北京市高等教育精品教材立项项目

新丝路·文化

总主编 宁琦

东方民间文学 下

陈岗龙 张文奕 ——主编

北京大学出版社
PEKING UNIVERSITY PRESS

图书在版编目（CIP）数据

东方民间文学. 下 / 陈岗龙，张文奕主编. —北京：北京大学出版社，2021.1
（新丝路·文化）
ISBN 978-7-301-29239-6

Ⅰ.①东… Ⅱ.①张… ②陈… Ⅲ.①民间文学—文学研究—东方国家 Ⅳ.① I106.7

中国版本图书馆 CIP 数据核字 (2020) 第 167477 号

书　　　名	东方民间文学（下） DONGFANG MINJIAN WENXUE（XIA）
著作责任者	陈岗龙　张文奕　主编
组稿编辑	张　冰
责任编辑	兰　婷
标准书号	ISBN 978-7-301-29239-6
出版发行	北京大学出版社
地　　　址	北京市海淀区成府路 205 号　100871
网　　　址	http://www.pup.cn　新浪微博：@北京大学出版社
电子信箱	lanting371@163.com
电　　　话	邮购部 010-62752015　发行部 010-62750672　编辑部 010-62759634
印　刷　者	河北滦县鑫华书刊印刷厂
经　销　者	新华书店 720 毫米 ×1020 毫米　16 开本　20.5 印张　540 千字 2021 年 1 月第 1 版　2021 年 1 月第 1 次印刷
定　　　价	68.00 元

未经许可，不得以任何方式复制或抄袭本书之部分或全部内容。
版权所有，侵权必究
举报电话：010-62752024　电子信箱：fd@pup.pku.edu.cn
图书如有印装质量问题，请与出版部联系，电话：010-62756370

编委会名单

（下）

主编：陈岗龙、张文奕

李小元　（北京外国语大学）
姜永仁　（北京大学）
史　阳　（北京大学）
张玉安　（北京大学）
高木立子（北京科技大学）
赵　杨　（解放军外国语学院）
陈岗龙　（北京大学）
张文奕　（西安交通大学）
程　莹　（北京大学）

目 录

第一章 老挝民间文学 ················· 1
    第一节 老挝历史文化概述 ················· 1
    第二节 老挝民间文学概况 ················· 2
    第三节 老挝民间文学研究概述 ················· 31

第二章 柬埔寨民间文学 ················· 34
    第一节 柬埔寨历史文化概述 ················· 34
    第二节 柬埔寨民间文学概况 ················· 36
    第三节 柬埔寨民间文学研究概述 ················· 60

第三章 缅甸民间文学 ················· 63
    第一节 缅甸历史文化概述 ················· 63
    第二节 缅甸民间文学概况 ················· 65
    第三节 缅甸民间文学研究概述 ················· 92

第四章 菲律宾民间文学 ················· 95
    第一节 菲律宾历史文化概述 ················· 95
    第二节 菲律宾民间文学概况 ················· 97
    第三节 菲律宾民间文学研究概述 ················· 130

第五章 印度尼西亚和马来西亚民间文学 ················· 136
    第一节 印度尼西亚和马来西亚历史文化概述 ················· 136
    第二节 印度尼西亚和马来西亚民间文学概况 ················· 137
    第三节 印度尼西亚和马来西亚民间文学研究概述 ················· 168

第六章 日本民间文学 ················· 174
    第一节 日本历史文化概述 ················· 174
    第二节 日本民间文学概况 ················· 175
    第三节 日本民间文学研究概况 ················· 194

第七章 朝鲜民间文学 …………………………………………………… 201
第一节 朝鲜历史文化概述 ………………………………………… 201
第二节 朝鲜民间文学概况 ………………………………………… 202
第三节 朝鲜民间文学研究概述 …………………………………… 220

第八章 蒙古民间文学 …………………………………………………… 223
第一节 蒙古国历史文化概述 ……………………………………… 223
第二节 蒙古国民间文学概况 ……………………………………… 225
第三节 蒙古国民间文学研究概述 ………………………………… 257

第九章 非洲民间文学 …………………………………………………… 263
第一节 非洲历史文化概述 ………………………………………… 263
第二节 非洲民间文学概况 ………………………………………… 266
第三节 非洲民间文学研究概述 …………………………………… 312

后 记 …………………………………………………………………… 316

第一章　老挝民间文学

第一节　老挝历史文化概述

老挝地处中南半岛,是东南亚唯一的内陆国家。它北邻中国,西邻泰国和缅甸,东邻越南,南邻柬埔寨。

老挝历史悠久,其境域内最早的国家始建于公元1世纪——据中国史籍《三国志·吴书》记载,这个国家名为"堂明国",始建于公元1世纪至2世纪。公元2世纪以后,位于今天柬埔寨南部地区的扶南王国,称雄中南半岛。7世纪中叶,扶南王国被其属国真腊所征服。8世纪初,真腊分裂为陆真腊和水真腊,其中陆真腊又称文单,辖境大致相当于今天的老挝,其都城文单城,就是今天的万象。8世纪中叶,昆布罗率领佬族迁徙到这片地区,建立了一个小王国,但直到12世纪前,整个老挝地区基本都属于吉蔑人的势力范围。

14世纪中叶,法昂王创建了老挝历史上第一个统一的封建中央集权制王国——澜沧王国,意为"百万大象之国"。其国势在15世纪至17世纪时达到顶峰,一度曾是中南半岛上很有影响的国家。之后,由于统治集团内部争权夺利、各据一方,导致国家分裂,又屡遭越南、缅甸、暹罗入侵,后成为暹罗的附庸。1893年,法国入侵此地并将之并入法属印度支那联邦。1940年,这一区域又被日本占领。1945年10月12日,老挝曾宣布独立,但1946年,法国第二次入侵老挝。老挝人民同印度支那半岛的另外两国人民——越南人和柬埔寨人一起,进行了英勇的抗法斗争。1954年,法国被迫签署关于印度支那问题的《日内瓦协议》,承认老挝独立。不久,美国推行新殖民主义政策,对老挝进行干涉和侵略,老挝人民又开始了艰苦卓绝的抗美救国斗争。1962年,美国被迫签订了关于老挝问题的《日内瓦协议》。之后,美国支持老挝国内右派势力,破坏联合政府,大肆进攻解放区。老挝军民英勇抵抗,在全世界人民的声援下,终于取得了抗美救国斗争的胜利。1975年12月2日,老挝人民民主共和国成立,君主制被废除。

老挝文化的基础是宗教和传统习俗。艺术、文学、音乐、戏剧都起源于宗教和传统习俗。古代老挝民族或奉祀鬼神,或祭拜祖先,或崇拜自然和精灵。公元8世纪或9世纪,婆罗门教传入老挝,直到14世纪初叶,法昂统一了老挝地区,建立了澜沧王国。法昂王自幼在柬埔寨长大,深受佛教熏陶。为了在老挝建立一个强大的中央政权,他把柬埔寨南传上座部佛教引入国内,并将佛教视为统一国家的思想支柱。自此,婆罗门教逐渐衰落,南传上座部佛教开始盛行,但原有的原始宗教和婆罗门教并未完全消失,而是与佛教有限度地融合在了一起。

老挝民主革命时期,出于政治目的,老挝各民族以居住的地域高度不同为标准,分成了三部分:老龙族、老听族和老松族。直到现在,一些地方还保持着这种称呼习惯。在日常生活中,老挝人民也习惯使用这三个名称作为族称。2000年,老挝中央建国阵线将老挝各民族划分为四个族群:佬傣族群、孟-高棉族群、汉藏族群和苗瑶族群。老挝人常说的老龙族通常指的是佬傣族群的各民族;老听族主要是孟-高棉族群各民族;老松族包括苗瑶、藏缅族群各民族。

第二节 老挝民间文学概况

一、概述

老挝文字产生的时间相对较晚,在那之前很长的时期内,老挝人民在生产生活中创造了丰富的民间文学作品,不仅数量多,而且体裁多样,包括神话、传说、民间故事、民间歌谣、谚语和谜语、民间戏剧等。

二、民间叙事文学

(一)神话

"神话是原始社会的民间故事。由于当时生产很低下,缺少科学知识,人们不理解各种自然现象和社会现象的真正原因,认为天地万物都是有生命的。为了解释自然和社会的现象,同时也为了表达征服自然的愿望,当时的人们就根据人类社会的情形,在想象中按照劳动英雄的形象创造了各种各样的神,不自觉地编造了许许多多关于'神'的故事,即神话。"[1]

老挝神话数量较多,内容丰富。据其内容,可分为创世神话、民族起源神话、与自然抗争的神话,以及外来宗教神话等类型。

1. 创世神话

老挝创世神话是关于天地开辟和万物起源的神话。老挝古代先民以其独到的思维方式对很多本源性的问题进行解释,创造出了多姿多彩的创世神话。其中,流传较广的有以下几种:

红泰族神话《水和土地的产生》中讲道,世界上最初什么都没有,后来天神创造了水和土地。

《老挝和老挝人的起源》则讲道,最初世界上全是水,后来漂来一截木头,变成了土地。

---

[1] 段宝林著:《中国神话博览:神话与史诗(上篇)》,北京:民族出版社,2010年,第22页。

《布纽、耶纽创造人间》中说,世界上最初没有土地,只有一眼望不到边的水,天神对布纽、耶纽说,他们所到之处将生出土地,于是才有了土地。

苗族神话《创世》中说,最初,世界混沌一团,天地不分。天神做了一次深呼吸,创造了天空,同时在天空中造了十个太阳、九个月亮和许多星星。为了防止太阳、月亮和星星掉下来,天神又高高撑起一块巨大的绿色帘子。大地上本来还是一片汪洋,由于有十个太阳一直照耀了七年七个月又七天,大地上的水逐渐干涸,开始出现陆地,树木花草也逐渐生长起来。后来天神又创造了各种各样的动物。最后,神仙用泥土捏成一种肚中有灵魂、喉中有声响的动物,这就是世界的主人——人类。

对以上创世神话加以分析,可以看出:

首先,在解释世界的诞生时,几则神话无一例外地提到了土地的生成,这反映了老挝原始先民对土地的朴素崇拜。"原始先民对土地的依赖和对土地的崇拜是相伴而生的,对土地的依赖感直接导致了对土地的崇拜感。土地崇拜是自然崇拜的一种形式,……因为对一个农耕文明而言,土地是原始先民赖以生存和生产的场所,也是自然中万物生长的重要条件。原始先民对土地的依赖来自对土地的需求,即对土地的自然属性的需求。"[①]

其次,几则神话大多认为世界最初是一片汪洋,可见老挝先民对水的印象之深刻,这与老挝的自然地理环境息息相关——湄公河流经全境,水域面积广阔。在老挝先民的想象中,土地应该是在水之后产生的。

再次,几则神话中大多提到是由天神或直接,或间接地创造世界的。类似造物主的说法在世界其他国家和民族中也是较为普遍的一种存在。

最后,从苗族神话中可以看出,老挝苗族先民们认为人是有灵魂的,是灵肉结合的一种动物。不仅是苗族人民,大多数老挝民族至今依然相信人是有灵魂的。所以,当孩子受到惊吓时,他们会认为孩子的灵魂已经脱离了肉体,此时需要举行"唤魂"仪式,让灵魂重新回到孩子身上;他们还认为,"人是由天神指派到人间以履行建设人间的责任,如果在这期间表现良好,等到肉体死亡以后,天神将把他的灵魂重新召回天庭。因此,老挝人相信,死亡只是一个人完成了他在人间的事业,在这之后,灵魂将重归天堂。正因为如此,老挝放置死者棺木的灵堂被称为'好房',前去参加葬礼的人不是为了去悼念死者,而是给予死者的家属以安慰。他们相信,那个时候,死者已经灵肉分离了,也就是说,他的灵魂已经升天了"[②]。

2. 民族起源神话

民族起源神话是各民族中最为常见的神话种类之一。在老挝流传最广的民族起

[①] 李滟波著:《中国创世神话元素及其文化意蕴》,上海师范大学博士学位论文,2007年,第55页。
[②] [老挝]本米·特西蒙:《从壁画中追寻祖先的足迹》,《寻访老挝》(Visiting Muonglao),万象:老挝国家旅游局,2005年,1—2月份刊,第46页。

源神话主要是葫芦神话和龙的神话。

"葫芦生人"是在世界范围内分布较为广泛的民族起源母题。老挝地处热带,葫芦这种植物为其古代先民们所熟悉,又因为它多籽、多产的特性,人们很容易将它与初期难以解释的生殖现象联系在一起。例如,中国西南地区的许多民族中都曾有过葫芦崇拜,并有葫芦神话流传至今。这也反映出老挝与中国西南的一些民族具有同源关系。

老挝古代有大量葫芦生人的神话存在。其中,流传最广的版本有《葫芦》《老挝民族的祖先》等。《葫芦》[①]情节梗概如下:

很久很久以前,天神住在天界,人类住在凡间,天帝是凡间的统治者。他们通过巨藤保持往来。后来,天帝指派了三位天神下凡,以建设凡间,并吩咐他们说,以后人类有什么好吃的,一定要禀告并供奉天帝。可是人类却没有听从天帝的吩咐。天帝一怒之下,发起洪水淹没了人间,只剩下了三位天神又回到天界。然而,习惯了凡间生活的天神们无法适应天界的生活,因而请求重返凡间。天帝答应了,并赠予他们一头水牛。三位天神牵着牛回到凡间,将一片老鼠四窜的草地开垦成了水田,也就是后人习惯称呼的"鼠田"。过了大约三年,那头水牛死了,从它的鼻子里长出了一个大葫芦。葫芦里面人声鼎沸,嘈杂一片。三位天神十分惊奇,就用烧红了的铁钎往那个大葫芦戳去。拔出铁钎时,居然从葫芦孔中涌出人来。后来,天神用凿子把葫芦孔凿得更大,成群结队的男男女女、牛羊马象、猪狗鸡鸭和数不清的财物等蜂拥而出,足足持续了三天三夜才结束。天神们把从钎孔出来的第一批人叫作"老听";从凿孔出来的第二、第三批人分别叫作"老龙"和"老松"。

实际上,老龙、老松、老听三个民族的划分是有其政治、历史背景的,缺乏科学的划分依据,但在老挝人民心中已经根深蒂固了。因此,虽然2000年老挝中央建国阵线民族局正式公布了老挝政府关于老挝族群的最新科学划分,但是民间还是比较习惯用这三个称呼。同时,正是因为有了这样的神话,老挝人民认为,三个民族来源于同一个葫芦,同根同源,所以应该相互尊重、相互帮助。

《老挝民族的祖先》情节梗概如下:

从前,天帝管辖着凡间,人类无论做什么都必须先请示天帝。后来,人们渐渐忘记了要向天帝请示汇报。天帝一怒之下,施行法术,降了三年三个月又三天的大雨,凡间洪水滔天,人类都被淹死,只剩下居住在高山顶上的一户人家。大水正要淹没他家时,漂来一个大葫芦。夫妻俩抓住葫芦,凿开一个口,把一对儿女和一些食物放了进去,之后,夫妻俩也被洪水吞没了。洪水退去之后,姐弟俩分头寻找父母,无果,这时一只鹧鸪鸟授意他们结为夫妻。姐弟俩听后很生气,用石子击中鹧鸪鸟。后来,他们偶然在

---

① [老挝]耿乔·努安纳冯著:《老挝民间文学(第一卷)》(老挝文),万象:老挝国立大学语言学院老挝语言文学系,2002年,第18—20页。

死去的鹧鸪鸟的嗉子里发现了稻谷,就把这些稻谷当作种子,开始耕种水田。之后,姐弟俩结为夫妻,妻子生出一个葫芦。当他们用铁钎在葫芦上戳开一个口后,从葫芦里走出了很多人。他们按出来的顺序,把这些人分为三批,临终时把遗产分为三份留给他们:第一批出来的人分得一些成衣;第二批出来的人分得木制织布机;第三批出来的人分得一些鸡鸭猪羊。①

这则神话实际上是洪水神话与葫芦神话的结合体,也是较为常见的一种神话模式:洪水毁灭人类,葫芦作为运载工具拯救了姐弟,在其他神话异文中通常为兄妹俩的性命;后来二者结合,繁衍出人类。然而,这则神话还有一个突出的特点,就是它提到了水稻和水田,这体现出了老挝农耕文化的独特之处。

以上两则神话中,出现的葫芦数量都是一个——这也是最常见的一种模式,但在老挝,还有出现两个葫芦的神话,这在东南亚其他国家的葫芦神话中并不多见。"蔡文枞《关于老挝民族起源问题》一文载:库姆伦来到孟天(亦称芒滕,今越南奠边府)。他立国之地临近一个被各种藤草围绕的湖泊,湖的北面有一棵长着两个大瓜的葫芦藤。由于古藤参天,大树茂密,天地混为一体,显得十分拥塞昏暗。库姆伦派人向天王求助,天王派出一批天将前来砍伐古藤和大树,并穿凿那两个葫芦。藤、树被伐后,天地分开了,人间亮堂了。葫芦被凿开后,从第一个中走出了许多人,他们是卡、柯姆、普因、卡英、卡米等民族;从第二个中走出了佬族人。后来,库姆伦分派他的七个儿子和葫芦里出来的臣民到各处建立了七个国家。其中长子昆罗被派往勐兆,也就是今天的琅勃拉邦,建立了'澜沧王国'。"②

一直以来,老挝都有对龙③的崇拜,现存龙的壁画、雕刻等可证实这一点。在谈到民族起源时,人们常常讲述"九龙神话":

古时候,有一个居住在湄公河畔的部落,部落中有一个名叫迈宁的妇人,她家有九个儿子。在生第九个儿子之前,她去湄公河捕鱼。当她下水捞鱼的时候,有一根布满粗糙鳞片的原木从湄公河上游漂流下来,她来不及躲闪,被原木触碰了大腿。不久,他就怀孕生下了第九个儿子,起名"九龙"。九龙生下来就会走路。一天,九龙跟着母亲去湄公河捕鱼,一条蛟龙突然钻出水面,大声向妇人喊道:"喂!我的儿子在哪里?"妇人大吃一惊,立即转身跑回家中。九龙来不及逃跑,这时蛟龙游过来,伸出舌头,反复舔舐九龙的后背。九龙长大后聪明过人,力大无比,人们拥戴他为这个部落的首领。从此,这个部落世代繁衍生息,成为哀牢族,九龙就是哀牢族的祖先。④

---

① 张良民主编:《老挝民间故事》,沈阳:辽宁少年儿童出版社,2001年,第4—5页。
② 傅光宇著:《云南民族文学与东南亚》,昆明:云南大学出版社,1999年,第185页。
③ 老挝的龙、厄和那伽是否属于同一种动物,尚存在争议。它们在老挝语中是不同的词,此处原文词义即"龙"。
④ 张良民主编:《老挝民间故事》,沈阳:辽宁少年儿童出版社,2001年,第7页。

"这类感生神话说明了一种古老的生殖观念:远古时代的初民,他们不知道生儿育女是男女交合的结果,而认为是由于接触到某种自然物所致,并将这些自然之物奉为图腾加以膜拜。这是母系氏族的时代只知其母不知其父的生殖状况。"①

老挝的这则"九龙神话"与中国《后汉书·西南夷传》中的"九隆神话"主要内容基本一致。据傅光宇对中国云南民间文学的研究,"九隆神话在云南古籍及民间都有进一步的演变……近年来在保山一古老石洞发现了九隆石雕,九隆是附近彝族人民推崇的始祖"②。由此可见,无论从文学素材还是族源方面,老挝都与中国西南部有着千丝万缕的联系。

3. 与自然抗争的神话

与自然抗争的神话反映了原始先民征服自然、控制自然的愿望。"由于当时人们在自然力面前处于被动的地位,因此这类神话虽然也反映了他们的生产实践和取得的成就,但更多的是在这基础上表现了原始人企图控制自然、获得更多的生活资料的愿望和他们坚强不屈的气概,从而使这部分神话充满了幻想和豪情。"③在老挝,与自然抗争的神话较为丰富,其中布纽、耶纽的神话可谓家喻户晓,对现代民俗亦产生了重要的影响。布纽、耶纽的神话不仅流传甚广,而且随着时代的变迁,出现了不同的版本。

在《布纽耶纽》中,布纽、耶纽是天神的后代,天神派他们下凡到人间。那时太阳很久才出来一次,当太阳落山以后,大地就一片漆黑,寒冷无比。因此,人们纷纷去寻找太阳,追求光明,但他们都因饥饿和劳累而在半路上死去。布纽十分同情人类,决心帮助人类摆脱苦难。他长途跋涉来到一座远在天边的高山,吃了一颗长在高山上的神树的果子,顿觉浑身是劲,力大无穷。他不顾天帝的禁令,飞到天庭寻找太阳。在天上,他从一个光芒四射的大火球中挖下一团火,又迅速飞回大地,把这团火塞进大地的中心,大地逐渐变得温暖起来。从此,大地上有了温暖和光明。然而天帝大怒,为了惩罚布纽,将一团烈火塞进他的肚中,布纽被活活烧死。后来,布纽的尸体变成了一座大山。④

在《昆布罗》中,布纽、耶纽在昆布罗下凡建国并统治人间的过程中发挥重要作用。他们在昆布罗下凡前,扛着斧头下到人间,铲除妖魔鬼怪,并划定建国的版图,为第一个政权的建立作出了贡献。

关于布纽、耶纽的几个神话版本,创作背景有着明显的差异,由此可以推测出它们创作于不同的年代。可能在很早的时候,布纽、耶纽的人物形象就成为老挝人民心中

---

① 万建中著:《民间文学引论》,北京:北京大学出版社,2006年,第132页。
② 傅光宇著:《云南民族文学与东南亚》,昆明:云南大学出版社,1999年,第79页。
③ 钟敬文主编:《民间文学概论(第二版)》,北京:高等教育出版社,2010年,第130页。
④ [老挝]阿提乌泰·加都蓬赛等编著:《老挝文学》(老挝文),万象:老挝教育部师资培训中心,1996年,第10—11页。

英勇的祖先形象了。后来,出于某种需要,人们把它放在一个新的历史事件中,加以神话化。这就出现了不同时代的各种版本。著名神话学家袁珂先生关于"广义神话"的观点与此吻合。在《从狭义的神话到广义的神话——〈中国神话传说词典〉序(节选)》一文中,他提出,神话不仅存在于原始社会,在后来的封建社会中也依然流传,并可产生一些新的神话。但不管在哪个神话版本中,这两个形象都是英勇无畏、为民请愿、造福人类的。

在《巫术科学宗教与神话》一书中,著名人类学家马林诺夫斯基对于神话有过这样的阐释:"仪式、风俗、社会组织等有时直接印证神话,以为是神话故事产生的结果。文化事实是纪念碑,神话便在碑里得到具体表现;神话也是产生道德规律、社会组合、仪式或风俗的真正原因。"老挝人至今依然将布纽、耶纽视为民族的祖先来加以崇拜,用各种鲜活的民俗活动戏剧般地演绎着神话,也记录着神话。例如,每到一年一度的老挝新年——泼水节时,老挝古都琅勃拉邦都会举行布纽、耶纽游行活动:将金狮银狮的大面具从寺庙里请出来,高高地供在花车上,后面有金狮银狮护卫。这是一项文化气息很浓的活动,据老人们说,这是提醒人们要对父母长辈、老师、祖国、土地感恩,尤其是要对祖先感恩。事实上,布纽、耶纽代表着一种祖先崇拜。在日常生活中,"纽"这个字渐渐成为一个没有实际意义、相当于语气词的动词后缀,常用说法有"吃纽""来纽"等,代表人们时时惦记着两位祖先。

4. 外来宗教神话

印度文化对古代东南亚产生了巨大的影响,而印度文学也通过宗教传播等形式,在老挝古代文学中留下了明显的印记,其中最突出的表现,就是印度大史诗《罗摩衍那》在老挝的流传。《罗摩衍那》在老挝叫作《帕拉帕拉姆》,它继承了原著的形式和主要内容,但是很多细节依据老挝的自然环境和文化习俗等特点有所改动。老挝学者本天·苏沙瓦认为:"《罗摩衍那》不是直接从印度传到老挝的,而是通过高棉(今柬埔寨)的简易舞蹈形式传入。传入时间大约在 13 世纪中期法昂王统一国家之时。""当时法昂王从高棉引进了大量的文化艺术资源,在当时的首都琅勃拉邦广泛传播,以巩固老挝的文化艺术基础。后来,公元 15 世纪的波提萨腊王时,《罗摩衍那》完整的文学文本才传入老挝,并在同一时期被翻译并改编成具有老挝特色的老挝语文本,命名为《帕拉帕拉姆》。从那以后,《罗摩衍那》开始以两种形式在老挝传播:舞蹈形式和文本形式(贝叶经文)。舞蹈形式沿袭了最初的简易内容,集舞蹈、道白、歌词于一体,最初只在宫廷内表演,普通民众无缘欣赏,传播的范围很有限;相比而言,文本形式则有着更多的受众,全国范围内,凡是有寺庙的地方,几乎都有《罗摩衍那》贝叶经文的踪迹,也有民众摘抄部分内容流传于民间。文本的传播主要有两种形式:一是在寺庙中,通过僧侣向佛教徒讲经的方式传播,因为老挝 80% 以上的人都是佛教徒,所以这种方式使《罗摩衍那》传播甚广;二是通过普通百姓的口口相传。"①除此以外,"《罗摩衍那》的故事内容还以壁画形式出现于老挝寺庙,如古都琅勃拉邦的香通寺、万象省的乌蒙寺等。其中乌蒙寺壁画所反映的《帕拉帕拉姆》的故事情节较为紧凑,内容比较完整,共有29幅"②。《帕拉帕拉姆》对老挝民间文学产生了重大影响,除该神话本身的传播外,其内容也成为老挝本土民间文学创作的素材,例如,民间故事《泪水河》就源于其中的《牛王托拉毗》。

5. 老挝神话特征

老挝神话一方面具备世界范围内神话的普遍特征,如体现着朴素的积极浪漫主义和某些朴素的现实主义因素之间的初步结合③;通过神奇的幻想来表现生活;人物形象都是神或半人半神④等等;另一方面,流传较广的经典老挝神话还具有以下鲜明特点:

第一,同一个母题,有多种版本流传。例如,如上文所述,老挝葫芦神话是各种形式葫芦神话的集大成者;布纽、耶纽神话的多个版本明显出现于不同历史时期,其创作初始时,应该是佬泰语族用以歌颂祖先的英勇和功绩的,然而到了昆布罗时代,开始出现反映古代城邦的建立的情节——这实则为神话的历史化现象,"也就是说将神话当作历史材料利用,神话本身被转化为古史传说"。"历史化了的神话,是与农耕文明相适应的惟道德理性的现世主义思维方式支配的结果,其依附于道德至上,充当道德政治的图解。具体说,是出于神化帝王、帝王神化及建立帝王谱系的需要。"⑤

第二,神话体现了老挝与中国文化和印度文化的渊源关系。老挝处于中南半岛,是古老的印度文化和华夏文化的汇合之处,老挝文化的诸多方面都反映出与中印文化的渊源关系,神话也不例外。《罗摩衍那》在老挝的流传及对老挝民间传说和民间故事创作的影响,就是印度文化印记在老挝的典型代表。老挝佬泰族群神话与中国壮族的神话之间也存在着较多共通点,尤以龙的神话和葫芦神话最为突出,其神话在主题、叙事方式、象征意义和信仰内涵等方面都较为相似,体现了两个民族之间的文化渊源。

第三,"天"具有特殊的形象和地位。老挝神话的一个显著特点是,每则神话的重要主角都少不了鬼或天,或言天神。古代老挝人相信,除人类世界以外,还有鬼和天的世界。除了下界,还有天界,"天在上面的世界,人在下面的世界"。人和鬼常有往来和联系。这种源于万物有灵论、祖先崇拜和自然崇拜的观念不仅表现在神话中,在传统习俗和信仰中也多有痕迹。然而,"天"的概念在每个阶段又存在不同的解读。在阶级

---

① [老挝]本天·苏沙万:《帕拉帕拉姆——罗摩衍那在老挝》,《寻访老挝》(*Visiting Muonglao*),万象:老挝国家旅游局,2006年,1—2月份刊,第34—35页。
② 陆蕴联:《印度史诗〈罗摩衍那〉在老挝的流传和变异》,《东南亚》2006年第3期。
③ 段宝林著:《中国神话博览:神话与史诗(上篇)》,北京:民族出版社,2010年,第24页。
④ 钟敬文主编:《民间文学概论(第二版)》,北京:高等教育出版社,2010年,第133—134页。
⑤ 万建中著:《民间文学引论》,北京:北京大学出版社,2006年,第119页。

出现以前,"天"只有自然性,没有社会性;阶级出现后,"天"开始具备社会性,统治阶级宣扬他们是"天"派来统治人类的。"天"兼具自然性和社会性的特点还表现在,它有时显得神秘,离人类的生活很遥远,但有时又跟人类很亲密,可能就是某个民族功绩显赫的祖先。这一点从某些留存至今的仪式中可以看出,例如,老挝人常亲切地称呼"老天公公",祭祀的时候会虔诚地说一句:"吃吧,天神父母。"

(二)传说

14世纪中期,法昂王统一老挝,并开始用文字记载历史。因此,老挝的民间文学研究者以14世纪为界,将老挝传说的发展分为两个时期。

在老挝人的观念中,14世纪以前的很长的历史时期都属于远古时期。这一时期的传说内容主要与古代城邦的建立有关。例如,《西科达蒙王》《小伙子占塔帕尼》,以及关于昆壮和昆布罗的传说等等,都是与当时某个城邦首领有关的故事。它们以超现实的手法记述了古代城邦的产生和发展。从这些传说可以推测出,当时的老挝出现了两方面的现象:一方面是佬泰各族在他们各自生活的地方建立起了很多较大的古代城邦;另一方面是原本在北部建立了城邦的佬泰各族开始往南迁徙,与老挝分散的原始居民相融合,建立起新的城邦,其中川铜地区的苏阿城邦逐渐兴盛,成为后来统一的澜沧王国的都城。这一时期的历史传说无论从形式,还是内容上,都得到了很大的发展。

除此以外,这一时期还有一大批专门介绍古代城邦的建立,以及名胜古迹的由来的传说,如《朗勃拉邦的传说》《万象的传说》《帕诺塔的传说》等。

总体来看,14世纪以前的老挝传说发展迅速,不仅蕴含了丰富的历史内容,还较完整地保留了它们的古代特点——统治阶级思想和宗教思想对传说所造成的影响还不明显,对历史的传承也还停留在依靠传说口口相传的阶段。因此,这一阶段的传说和历史之间没有明确的界限。

14世纪,特别是1353年以后,老挝开始了以文字记载历史的阶段。为了重构之前的历史,在统治者的授意下,学者们纷纷从传说中挖掘史料,同时,为了提升传说的历史价值,他们又在其中附加了很多自己的观点。这种做法使传说和历史进一步混淆,整理后的传说内容又极大地受到编撰者个人观点的影响。也就是说,记录、整理传说的本意是为了提升传说的历史价值,但是其具体做法却在很大程度上损害了传说的本质和特色。例如,编撰者把传说中的主人公都提升为法力无边的天神,以增强传说的神奇性;把统治阶级在社会中的作用类比为天神,以提高其神圣性。同时,那个时代的知识分子大多为僧侣,因此,由他们编撰的传说无可避免地受到了宗教思想的深刻影响,一些源自婆罗门教和佛教的角色开始频繁出现在老挝传说中。

虽然这一时期的历史事件已有文字记载,但人们还是更喜欢用传说的方式生动地讲述历史,从而赋予了传说新的内容和新的形式。传说涉及的角色中,最多的还是英勇的领袖们。人们将他们描绘成刀枪不入、来无影去无踪的神秘人物。虽然他们在战争中也会失败,有时还会被俘虏、被关押,甚至被杀害,但是在传说中,人们却把他们塑造成长生不死、永远跟人们并肩作战的英雄。这些都反映了民众的良好愿望和对英雄领袖们的崇敬。

具体看来,老挝的传说大致可以分为历史传说、山水传说和风物传说等类型。

1. 历史传说

相较其他类型的民间传说而言,老挝的历史传说数量较少,内容却相当厚重,每一篇都集中反映了各个民族、各个时期的重大历史事件。

以下几篇是老挝人民耳熟能详的传说,从中可略窥老挝历史传说的风貌。

(1)《西科达蒙王》

据老挝典籍记载,在苏阿城建立之前,老挝各族人民已陆续在各地建立起了多个城邦。《西科达蒙王》就反映了古代老挝民族在中部和南部建立城邦的事迹。在这篇传说中,主人公西科达蒙年幼时跟其他人并无二致,后来因为吃了黑米,并得到一根神奇的兵器——狼牙棒,就成为一名力大无穷的勇士。他不仅能在一两天内,帮助村民从森林里扛来数千棵树,还能打败前来侵略的敌人,保卫家园。最后,他被拥立为王,还帮助万象城平息了来破坏庄稼的象群。①

从传说《西科达蒙王》中可以看出,当时,西科达蒙已经是中南半岛南部的一个强大城邦了;但在它向北扩张势力时,却受到了其他城邦的多次抵抗,尤其是万象城——当时的万象城实力比西科达蒙要弱小得多,万象王自知依靠武力无法获胜,便使出阴险的计谋,致西科达蒙王于死地。西科达蒙王之死意味着西科达蒙城的衰落。

(2)《昆布罗》

《昆布罗》可谓是老挝流传最广的传说。"《昆布罗》是老挝最具有历史性的传说。"②这部作品在16世纪前为口传作品,16世纪由僧王马哈特銮整理成文,命名《昆布罗的传说》,之后有过多次修改,出现了多种版本。但主要内容还是反映了历史上昆布罗率领人民从北向南迁徙到现在老挝所在地建立国家的重大历史事件。

根据老挝史籍记载,昆布罗是历史中的真实人物。在《老挝史》中有这样的记载:公元8世纪左右,以昆布罗为首领的佬泰各族从北部向南迁徙,来到现在老挝的土地上,并建立起了第一个国家,佬泰族成为这片新的土地的统治者。泰国学者姆·耳·马尼奇·琼赛的《老挝史》中也说道:坤博隆(中国称为皮罗阁)帝国幅员辽阔,当他在世的时候,帝国是统一的,他和坤洛(中国称为阁罗凤)都是南诏伟大的国王。

在传说中,人们把昆布罗提升到天神的地位。《昆布罗》的情节梗概如下:

昆布罗是天神的儿子,能力强,品行好,于是天帝派他下凡管理人间,还把两个女

---

① [老挝]波山·冯达拉著:《老挝文学》(老挝文),万象:老挝教育部社会科学研究院,1987年,第48页。
② 同上书,第50页。

儿赐给他作妻子,随行的还有别的一些天神。按照天帝的指示,昆布罗来到一个叫那诺额依努的城市。九年以后,昆布罗有了七个儿子。但是渐渐地,昆布罗和妻子都开始抱怨一件事情——两根巨大的葫芦藤交织在一起,遮天蔽日,人间气候日益寒冷。于是,昆布罗请众天神回天庭向天帝汇报。天帝命布纽天神砍下了巨藤,命凿神凿开大葫芦,命钻神钻开小葫芦,从两个葫芦里涌出无数的男男女女和各种生物。从那以后,昆布罗统治的那诺额依努城就开始兴旺起来。昆布罗选取了从大葫芦中出来的漂亮女孩作为儿媳妇,同时派了七个儿子分别统治七个地方。在儿子们赴任前,昆布罗告诉他们各个地方的风俗习惯和统治臣民的原则,教导他们要宽容大度、帮弱济贫。[1]

(3)《陶坤陶壮》

《陶坤陶壮》有三个版本:普通版本、巴利语版本和诗歌版本,因此也叫《陶坤》《陶壮》《坤壮》等,这些版本形式有别,但其内容大致相同。

老挝著名学者马哈西拉·维拉冯认为,"诗歌版本的《陶坤》是老挝文学的一朵奇葩,可以与诗歌《信赛》争奇斗艳,尽管二者的风格截然不同。可以说,《陶坤》是老挝鬼神信仰的源头"[2]。然而,尽管意义很大,这部作品却并未得到《昆布罗》那样的广泛流传。

巴利语版本的内容与诗歌版类似,只是主人公名字不同,前者叫壮仑,后者叫陶坤,都有一个哥哥叫阿依壮。老挝著名学者马哈西拉·维拉冯认为,这两个版本创作于同一时期。人们先创作出了诗歌版本,而后为了迎合当时流行的口味,而翻译出了巴利语版本。[3]

琼赛的《老挝史》中将坤真译为坤壮,说:"当安南人进攻景线时,坤壮在帕耀继承了他父亲的王位。他的伯父康钦派人向他求救。坤壮进军讨伐安南人,把他们赶走。他伯父把自己的女儿娃坎空蒙娘嫁给坤壮。可是坤壮已经有两个妻子:帕府亲王的女儿和难府亲王的女儿。安南人被赶走后,坤壮充满冒险精神,他就不回家了。他立儿子劳恩銮为帕耀国王。他自己率师出征,征服了南掌即朗勃拉邦王国。接着他向东京进军,所向披靡,锐不可当。后来他和安南公主乌巧娘结婚,生了三个儿子。据老挝史书记载,他到了川圹,并且占领了这个在安南人管辖下的城镇。为了庆祝胜利,他下令运来了许多瓮美酒犒赏士兵,现在这些酒瓮还留在川圹的查尔平原。他的长子艾法銮分管安南,次子伊坎豪分管南掌,三子桑春圣分管泰国北部的难府。他自立为安南皇帝,就居住在那里。但是他渴望战争的念头再也无法控制。他寻找更多出征的机会,当他七十七岁的时候,骑了一头象勇往直前,甚至在寡不敌众的情况下,还跟巧曼塔托科法塔原国的军队对阵,结果从象背的座位上被砍了下来。他的部下把他的尸体运回

---

[1] [老挝]马哈西拉·维拉冯著:《老挝文学》(老挝文),万象:老挝国立大学,2002年,第18—19页。
[2] [老挝]马哈西拉·维拉冯著:《文学的作用》(老挝文),万象:老挝国家图书馆,1996年,第76页
[3] 同上书,第66—68页。

景线。这位泰族历史上最了不起的神将就这样结束了他的一生。"①

老挝学者西拉·达拉冯所著《老挝史》中,谈到"南掌王国始王诏昆罗"时,说佛历3到4世纪时,"有一个孔族(孔,老挝语音阿姆)王名叫坤真结昙摩腊,又叫坤仑(南部泰人和高棉人称为拍隆),在纳空银扬,即勐昌盛登位为王。坤真和越人作战,攻取了越人的勐巴干(川圹)。在那里连续庆祝胜利达七个月。他下令酿制了大量的酒以欢宴士兵。川圹地区常见的石坛,被认为是坤真时期的遗物。"

此外,各种版本的相关传说中描写了坤壮失败和战死的不同原因,例如:坤壮沉溺于美酒和女色;轻视敌人,没有警惕;其妻用旧筒裙盖在宝物上,致使宝物灵性丧失;坤壮的宝剑无法打败孕妇等等。虽然坤壮最后失败了,但是人们还是把他描绘成胜利者,说他的灵魂继续与敌人作战,并取得了胜利。②

2. 山水传说

(1)《陶斗克的故事》

老挝北部多高原山地,南部多平原低地,总体上是一个多山的国家。针对这种地形地貌的由来,老挝有一个美丽的传说《陶斗克的故事》,其大意是:

一对夫妇结婚多年没有孩子,后来妻子终于怀了孕,怀胎三年,生下一个男孩。男孩落地就能走路、说话,力大过人,取名"陶斗克"。陶斗克长大以后,不忍心看到乡亲们因为没有水田耕种而忍饥挨饿,于是立志改变地形。他首先从山上搬来巨石,投入老挝南部的湄公河中,巨石立即挡住了水流,给湄公河沿岸带来了许多肥沃的淤泥,山地变成了良田。那块巨石就是现在老挝南部湄公河中的"里匹"大礁石。之后,陶斗克不顾劳累和自身安危,在老挝南部和中部地区,用他力大无比的双脚,踏平了许多高山峻岭,使之变成一马平川,然后分给农民进行耕种。这就是现在老挝中南部富庶的平原,也是著名的粮仓。陶斗克开辟了南部和中部的田地后,还准备继续北上,但在川圹挖山的时候,不幸被魔鬼所害。因此,川圹到现在还只是高原,而北部其他地区还是山地。③

这个故事在老挝北部地区广泛流传。它不仅解释了自然地形特征,也反映了老挝先民们与自然抗争,改造自然、建设家园的美好愿望。这则传说的情节虽比较神奇,但主人公并没有法力,生活也和普通人一样,这是其可信性和民众性之所在——虽然有艺术夸张的成分,但却能在一定程度上,让人们相信这些事件是真实发生过的。

(2)《瓦普庙传说》

老挝南部省份占巴塞省的瓦普庙是著名的婆罗门教古刹。老挝人认为它可与柬

---

① [泰]姆·耳·马尼奇·琼赛著,厦门大学外文系翻译小组译:《老挝史(上册)》,福州:福建人民出版社,1974年,第47—48页。

② [老挝]波山·冯达拉著:《老挝文学》(老挝文),万象:老挝教育部社会科学研究院,1987年,第51页。

③ 同上书,第48页。

埔寨的吴哥寺媲美,并称为印度支那两大胜迹。同时,它也是老挝的两大世界文化遗产之一。关于瓦普庙的建造,民间流传着一个传说。

1235 年,老挝与泰国之间爆发了一场战争。老挝的军队突破了泰国的重重防线,包围了泰国的要塞南市,不料南市要塞易守难攻、固若金汤,老挝的军队久攻不下。经过几十天的抗衡,交战双方伤亡惨重,都付出了沉重的代价。老挝的占巴塞披耶卡马塔王和泰国的那空伯罗女王见胜负难决,于是举行和谈,最后决定双方各建一座庙,谁先完成,谁就是这场战争的胜利者。于是双方各自开始修建庙宇。老挝的工人都是男性,泰国的工人都是女性。一开始,老挝这边的建造速度比较快。泰国女王见势不妙,指派一群女孩儿赤裸着上身去参观老挝的庙宇建造。老挝男人光顾着欣赏女体,耽误了手中的活计。结果泰国女王那边提前竣工,从而成为这场奇妙战争的胜利者。老挝的军队履约,立即退出泰国领土。一场战争就这样在和平中结束了。但占巴塞披耶卡马塔王不久就去世了,老挝人为纪念占巴塞披耶卡马塔王的爱国精神,决定把这未完成的寺庙建完。一年后,这座老挝著名的婆罗门教庙宇终于建成,就是瓦普庙。

现在,每年一月下旬至二月上旬,老挝人都要欢度传统节日——瓦普节。据说,这个节日就是为纪念瓦普庙的建成和占巴塞披耶卡马塔王的功德而举行的。节日期间,人们在瓦普庙内举行盛大的庙会,除举行隆重的宗教仪式外,还举办许多民间的娱乐活动,如赛象、赛马、斗牛、斗鸡等等。

3. 风物传说

(1) 泼水节的来历

老挝民间流传着很多关于节日来历的传说,其中流传最广的当属老挝新年——泼水节的来历。而关于泼水节来历的传说,在老挝、泰国、柬埔寨、缅甸和中国西双版纳等都有流传。

老挝的新年被称作"宋干节",或"五月节",因为它在老挝农历五月(公历四月)中举行。宋干节在东南亚一些地区又称"泼水节",是老挝、缅甸、泰国、柬埔寨等东南亚半岛地区最为重要的节日。在历史的发展中,这一民间节日和该地区奉行的南传上座部佛教有着密切的联系。节日期间最主要的民间活动是泼水,另外还有斋僧、布施、浴佛、堆沙塔、放生等带有佛教色彩的活动。关于宋干节的起源,有一系列的民间传说,例如:

古时候,有一个财主的儿子,名叫坦玛巴拉。他自幼聪明伶俐,懂得鸟语,通晓佛法,名扬四方。一位名叫伽宾婆罗的天神得知后,下凡向坦玛巴拉提出三个问题,并与他打赌,如果坦玛巴拉能解答出他的问题,天神甘愿割下自己的头颅,否则坦玛巴拉的头将被割下。问题是早晨、中午、晚上人体的祥光各在哪里?坦玛巴拉一时回答不出,请求宽容七天时间。可是,六天过去了,他还没有想出答案,就悄然离家出走,躲避起来。到了夜晚,坦玛巴拉躺在一棵糖棕树下睡觉,树上栖息着一对大鹏鸟。雌鸟问雄鸟:"明天我们到哪儿去找吃的?"雄鸟回答道:"不用担心,明天我们可以食用坦玛巴拉的尸首,因为他回答不出天神的问题,天神要割下他的头。"雌鸟又问是什么问题,雄鸟便告诉了它,并说出了答案:"早晨,人体的祥光在脸上,所以,人们要洗脸;中午,祥光在胸部,所以,人们在洗澡时,先用水拍拍胸脯;晚上,祥光在脚上,所以,人们睡觉前要洗脚。"雌鸟听了,连连点头。躺在树下的坦玛巴拉没有睡着,听得真切,心中大喜,返回家中。翌日清晨,他解答了天神的难题。天神只好认输,并把他的七个女儿唤到跟前,郑重其事地嘱咐说:"我将履行前诺,割下我的头。但我的头落地后,大地就会变成焦土;抛到空中,天就会久旱不雨;丢入海洋,海水就会干涸。所以,请你们用盘子托着我的头,然后放入吉罗沙山洞的神龛中。"说完,他当即割下了自己的头。伽宾婆罗天神的七个女儿遵照父亲的话去做。后来,每年到了这一天,天神的七个女儿轮流把父亲的头从山洞中取出来,用水洗净,然后围绕吉罗沙山转一圈,再放回原处。这一天就是宋干节的第一天。

这则老挝传说和在泰国、缅甸流传的宋干节起源的传说,情节基本一致,只是其中所涉及的神灵名字有所不同——各国、各民族的泼水节传说都围绕着自己的神灵展开。缅甸称这个节日为泼水节,传说中打赌的双方是梵天和帝释天——因陀罗,捧着梵天头颅的是七仙女。泰国和老挝一样,称其为宋干节,认为它是一年季节变换的标志。"宋干"一词是老挝语和泰语的音译,在老挝语中有"送旧迎新"的意思。宋干节之际,正是自然界季节交替的时候,旱季即将结束,雨季就要来临,经过几个月的旱季而干涸了的大地,开始得到雨水的滋润,树木换上新叶,大地万物呈现出一派生机勃勃的景象,这时播种就要开始。每年雨量的多少,决定着收成的好坏,因此,在宋干节泼水这一民俗行为,还被赋予了祈求风调雨顺、稻谷丰收的意义。同时,宋干节后,开始昼长夜短,人们认为,这象征着新的一年生活将在光明中蒸蒸日上,给新年添上了一层吉祥的色彩。所以,老挝民族的先民们早就把新年安排在每年的五月份举行。

南传上座部佛教传入后,在老挝日益发展、兴盛,对老挝民族社会生活、精神信仰产生了深刻的影响,一些和佛教有关的活动也被纳入宋干节的庆祝范畴之中,同时,节庆中的泼水等民俗活动也被赋予了更为深长的寓意。宋干节期间,人们先在寺庙浴佛,僧侣们用树枝蘸着香水洒在人们的头上,然后把佛像从佛堂请到庭院中,搭上浴棚,善男信女们把浸泡着芬芳花瓣的香水倒入龙形的水槽中,淋在佛像身上,为佛像洗尘。人们默默祈祷,预祝在新的一年中人畜兴旺、安居乐业。人们把新年之水视为吉祥、幸福的象征。尤其是青年男女,会把满桶满盆的水向对方泼去。人们认为宋干节泼的水是圣洁的水,不仅能解暑去热,还能消灾纳福,消除人们一年的辛苦和疲劳,使人们忘记一切忧愁和烦恼。同时,这清亮亮的水又象征着民族和家庭的和睦,昔日结下的怨恨和不满,随着浇泼的清水一冲而净,人们之间的关系变得更加亲密融洽,快乐和吉祥将伴随人们度过新的一年。由此可见,佛教的理念、活动已经渗透到了宋干节这一传统民俗节日的各个层面,和泼水节本身紧密结合在一起了。①

(2) 石缸平原上石缸的成因

老挝北部川圹省西部有一处著名的战略要地——查尔平原。"查尔"是法语"jarre"的音译,意为"缸、罐、瓮"。查尔平原上有数百个古代遗留下来的大石缸,因此法国人把这个平原命名为"查尔平原"。按老挝语的原意,它就是"石缸平原"。这些石缸是用整块石头雕琢而成的,形态各异,大小不一,最大的石缸高3.125米,缸口宽达3米多,重2吨多。石缸或三五成群,或单个独立,散落于原野之上,蔚为壮观。关于石缸的由来有多种说法,例如:

据老挝古籍记载,公元6世纪至7世纪间,越南军队常入侵这一地区,后来老挝国王坤壮率军在此抗击越军,浴血奋战,最终斩杀了越军主将,把越军全部赶出老挝国土。为了庆祝胜利,坤壮国王下令制作酒缸,酿造美酒,犒劳将士,并与将士们围着酒缸载歌载舞,庆功祝捷。

在历史上,确实发生过老挝民族抗击越南侵略者的事件,但把石缸解释为庆贺时所用的酒缸,尚缺乏充分的根据。一些学者根据当地气候干燥、远离河道等情况推断,很可能是当地居民为了解决水源问题,才制作石缸,用来承接雨水。通过仔细观察石缸的碎片,一些学者还认为,石缸是用鹅卵石加上一种粘合物制成的,而不像是用整块石头凿成的。20世纪初,法国考古学家和后来的日本考古工作者先后发现,在有些石缸上配有石盖,石盖上雕刻有简单的人物、动物图案,缸内装有骨灰、陶器、石斧、青铜器、铁器等。据此推断,这些"石缸"可能是古代原始民族于公元前留下来的石棺群。然而,有关石缸的来历和用途,至今仍然众说纷纭、莫衷一是,石缸之谜仍未解开。

(3) 卡姆族铜鼓的来历

老挝的铜鼓是一种具有重要的历史、文化和艺术价值的器物,很多学者推测它是由克木族发明的。"克木族是老挝土地上最早的居民之一,他们到达老挝地域的时间大约在公元1世纪的早期。"②关于铜鼓的发明,在克木族流传着一则《达尼罕》传说:

当父母和乡亲们外出劳作的时候,达尼罕在家带弟弟妹妹。他偶然发现了父母放在床下的乌蜡块儿,就用它们捏成一个单面的大鼓。鼓声传到了他父母和乡亲们的耳朵里,大家都以为村里出现了什么险情,纷纷赶回村子。看到这种情形,达尼罕赶紧把大鼓捏回原来的乌蜡块儿。如此反复了几回。终于有一天,达尼罕的父母没有出去干活,而是偷偷地躲在一旁观察达尼罕。当他们发现了事情的真相后,就用一种特殊的水浇在那面鼓上,于是便有了真正的铜鼓。

古时候,铜鼓在克木族人民生活中发挥着多种功能,例如:庆功宴上击鼓以庆祝胜

---

① 陈岗龙、张玉安等著:《东方民间文学概论(第三卷)》,北京:昆仑出版社,2006年,第177—180页。
② 黄兴球著:《老挝族群论》,北京:民族出版社,2006年,第102页。

利;节日中击鼓以聚集群众;战场上击鼓以鼓舞士气等。除此之外,克木族人相信,只有通过铜鼓的声音才能把自己的想法和愿望传达给天神。① 在《老挝族群论》中,黄兴球教授曾提到过一个克木族建立最初的城邦的故事,其中就有这样的叙述:"克木人得到天神的帮助……天神还吩咐他们在遇到灾难的时候,就敲响铜鼓,天神就会来救助他们。"②现在,铜鼓不仅是克木族重要的文化遗产,还为克木族人所尊崇,对它加以供奉。

(三) 民间故事

民间故事是老挝民间文学的重要组成部分。据其内容,可分为动物故事、魔法故事、生活故事、幽默与笑话等类型。

1. 动物故事

老挝的动物故事非常丰富,究其来源,既有老挝本土故事,也有在外来故事类型和母题基础上改编而来的故事。在这些动物故事中,以水生动物和大象为主角的故事所占比重很大。这可能是因为湄公河流经老挝全境,河网密布,老挝人民世世代代与水和水生动物关系密切,有着深厚的感情,因此自然而然地将人类的各种情感赋予在各种熟悉的水生动物身上;同时,老挝素有"万象之邦"的美誉,在老挝人的心目中,象力大无穷、性情温和,在平时的生产、生活中,是不可多得的帮手,而在战争中,象更是将帅们不可或缺的战友。老挝长篇史诗《陶昆陶壮》中就提到,在陶壮出生时,人们进献了一头叫潘卡的象;这头象此后一直陪伴在陶壮左右,跟随他征战沙场,英勇杀敌。据老挝古代史料记载,象是军队里最重要的组成之一,例如,在法昂王统治时期,史籍中不仅记载重要将帅的名字,还清楚地记载了这些将帅的随身战象的名字。这充分证明了自古以来,佬傣族群就与象有着亲密的关系,象是人们心中的神圣动物。但有趣的是,在众多动物故事中,人们并没有把大象塑造成令人尊重的王者形象,它往往是以弱胜强故事中被战胜的一方。例如,《蚂蚁降大象》③的故事说道:

有一头大象依仗自己高大的身躯和非凡的力气,到处横行霸道。它看见一群蚂蚁,嗤之以鼻,根本不把它们看在眼里。而蚂蚁理直气壮,据理力争。大象恼羞成怒,用长鼻横扫蚂蚁,蚂蚁则迅速爬满大象全身,还有一些钻进大象的眼睛、耳朵、鼻孔里,狠狠叮咬。大象难受万分,拼命挣扎,最后竟一命呜呼了。

在《小鸟赢大象》④中,小鸟和大象比赛喝海水。涨潮时,小鸟让大象先喝,而在海

---

① [老挝]波山·冯达拉著:《老挝文学》(老挝文),万象:老挝教育部社会科学研究院,1987年,第52—53页。
② 黄兴球著:《老挝族群论》,北京:民族出版社,2006年,第103页。
③ [老挝]沙曼·波吉著:《老挝民间故事集》(老挝文),万象:老挝国家文学艺术研究院出版社,1990年,第113页。
④ 同上书,第175—176页。

水潮落时,小鸟自己才喝。以此假象,小鸟赢了大象,当上了森林之王。

2. 魔法故事

老挝的魔法故事数量较少,但其中也不乏精品。例如,《四株占芭树》就是一个流传甚广的魔法故事,其情节梗概如下:

远古时代,有一个叫作泽卡沁的王国,在怪鸟的洗劫下,变成了一片废墟。为了拯救祖国,聪明、美丽、善良的公主发图玛钻进一只金鼓,在里面待了很长时间,直到被另一个王国的年轻国王发现,把她拯救出来,并立为王妃。之后,发图玛遭到狠毒的王后厄卡依的百般迫害。就在发图玛生下四个小王子当天,王后厄卡依和侍女西汤婆子偷偷地用四只小狗换走了四位王子,然后把小王子们放进一个瓮子里,抛入江中,随波逐流。国王听信了谗言,将发图玛发配去养猪。装着小王子们的瓮子被一对善良的老夫妇发现。老夫妇没有子女,遂将四位小王子视若己出,疼爱有加。然而不幸的是,王子们还活在人世的消息不久便传到了王后厄卡依耳朵里,她指使西汤婆子用浸了毒药的饼害死了王子们。老夫妇悲痛欲绝,将王子们埋葬了。第二天一早,他们发现坟头长出了四株红色的占芭树,老夫妇又像哺育孩子们一样悉心照顾这几株占芭树。好景不长,占芭树散发出神奇香味的奇闻又被王后厄卡依知道了,她派人连根拔掉了占芭树,扔进九龙江。碧玉般透明发亮的占芭树干被一个小和尚发现了,出于好奇,他折下了一截小树枝,谁知在断处却流出血来。小和尚将这件奇事禀告给了发拉西,也就是在深山里修道,会许多法术,将要成佛的人。发拉西算出了四株占芭树的身世,用神水把它们变回了四个王子,并传授给他们法术。之后,在番牙印(玉皇大帝)的帮助下,四位王子终于与母亲团聚了,王后厄卡依则跌入地洞,受到惩罚。泽卡沁王国也重现繁荣。

在这个故事中,王后用四只小狗换走四位王子的情节与中国的"狸猫换太子"故事情节如出一辙,而王子死后变成占芭树,之后又由占芭树变成人的情节,则是典型的魔法故事情节。

现今,占芭花是老挝的国花,因其纯洁的花瓣和芬芳的香味而深受老挝人民的喜爱。每年泼水节前后,占芭花便开满了枝头,白的、粉的,煞是好看。人们把花瓣采下来,泡在水里,做成天然的香水,或者做成花环,献给敬爱的长者或尊贵的客人。

3. 生活故事

生活故事直接反映着人们的日常生活,故事的主角常被认为就是生活中真实存在的人物。在老挝的生活故事中,以孤儿或女婿为主人公的故事较为突出。

(1) 孤儿故事

据不完全统计,在老挝民间故事中,以孤儿为主角的故事数量约有五六十篇之多。

在这些故事中,主角分为明显的两派——正义与非正义的。正义的一方往往是贫苦的孤儿,勤劳、诚实、仁慈、勇敢,而非正义的一方往往是国王或大臣,富有,却凶残、狭隘、懒惰。故事的主题一般在于印证"正义必然战胜邪恶"等观念——故事中的双方以多种形式对抗,最终的结果一定是正义的一方战胜非正义的一方。

这类故事在宗教兴盛的时代发展最快,老挝的很多生活故事即深受佛教的影响,这导致了故事中对抗性的明显下降。在受到佛教影响的故事中,与劳动人民和正义的代表孤儿对立的一方,不再是一直以来许多故事中的国王,而换成了大臣,如在《孤儿小皮》和《孤儿五通》等中,国王变成了正义的一方,是值得尊敬的,往往起到一个公正的仲裁者的作用。这些故事中的孤儿在战胜对手之后,也并没有像《小鬼孤儿》故事中所讲的那样取代国王,而只是被任命为国王的某个阶层的大臣,如果是孤女则会被封为王后。例如,《圣水》的情节梗概如下:

孤儿陶沙普靠自己诚实的劳动,开荒种地,获得好收成。当一群麻雀飞来吃他的稻谷时,他让麻雀吃个饱,为了报答他,麻雀使一股圣水涌出山洞。陶沙普用圣水治好了一位公主的病,国王就将公主许配给他,还要送给他金银财宝。但陶沙普都婉言拒绝了,只要了柴刀、斧子、锄头等农具,继续开荒种稻,并将他的劳动成果分给百姓。当地老百姓说,陶沙普去世后变成了一座缸形大山,里面装满了陶沙普所收获的稻谷。①

又如,《孤儿与灵猫》的故事讲道,有一个名叫甘帕的孤儿,在路上保护了一只灵猫。为了报答他,灵猫给甘帕唱起了动听的歌,并给了他许多稻谷和白银。甘帕从此变得富裕起来。他的邻居肖高见了十分眼红,便设法借走了灵猫。肖高爱财心切,不爱护灵猫,致使自己一无所获。他为此竟把灵猫活活打死,还煮熟吃了。最后,肖高自己的头发和牙齿都掉光了,受到众人的讥笑。

(2) 女婿故事

在佬族社会中,男女婚后一般要居住在女方家中。"但是,在佬族社会中,当上门女婿并不像汉族社会那样大多是一种不得已而为之的行为,上门女婿的社会地位并不低,并不受到社会的歧视。与汉族社会相反,佬族社会欢迎女婿上门。"②《选女婿》这则故事就反映了这种社会实际,其情节梗概如下:

一个农夫为了在两个小伙子中选一个作女婿,就让他们在规定的时间内各自做一个牛轭,谁做的牛轭符合他的心意,就选谁为女婿。第一个小伙子从来没有做过牛轭,生怕村里人看见后讥笑自己,就躲在家中,默默地干起来;第二个小伙子也从未做过牛轭,但是他明白,要做成像样的牛轭,必须请教他人,于是他就在村口的凉亭中制作牛轭,好让来往的行人都看到,不断给他以指教。到了规定的日子,两个小伙子把各自做好的牛轭送到农夫家,农夫一眼看中了第二个小伙子做的牛轭,当场定下亲事,并说道:"将来的女婿有了这样好的手艺,我的女儿不愁吃穿了。"③

因为老挝的岳父和女婿长期生活在一起,由此产生了很多生活故事。这些在老挝

---

① 张良民主编:《老挝民间故事》,沈阳:辽宁少年儿童出版社,2001年,第143—146页。
② 黄兴球著:《老挝族群论》,北京:民族出版社,2006年,第5页。
③ 张良民主编:《老挝民间故事》,沈阳:辽宁少年儿童出版社,2001年,第93—95页。

脍炙人口的故事，大多是在笑声中讲述岳父和女婿斗智斗勇的情形，其中又以岳父由优势转为劣势的情节居多。例如，《岳父和女婿》大意如下：

　　一个老头有两个女儿，先后都成了亲。老头偏爱大女婿，对小女婿常常没有好脸色，所有重活也都分配给小女婿干。有一天，岳父安排大女婿下田干活，小女婿跟他去城里换盐。岳父骑马，小女婿在后面走，心里直嘀咕岳父的偏心。到了城里，换了盐，二人就往回赶。岳父说盐少，又容易洒，所以让小女婿扛着，他自己骑着马走在前边，小女婿扛着盐袋走在后面，一路辛苦，一路怨愤。两人经过一个小树林时，小女婿哼起了小曲儿，缓解疲劳，岳父在前边听着小女婿欢快的歌声，心里直纳闷这小子怎么这么开心，于是试探着问他累不累。小女婿回答说走路实在是件幸福至极的事情，累了就歇，困了就睡，进了森林，还可以遍尝野果，不像骑马的人，一直被颠得头晕眼花，想闭眼休息会儿，还担心会从马背跌落。岳父听小女婿这么一说，就好说歹说，硬是跟小女婿调了个儿，让小女婿骑马走在前面，他自己下来扛着盐袋跟在后面。小女婿一跨上马，便策马飞奔，一溜烟不见了人影；岳父扛着盐袋，踉踉跄跄地跟着，直走得汗流浃背，这才知道上了当，却又无可奈何。走着走着，他到了一个小水塘边，只见里面鱼群游来游去。岳父放下盐袋，跳下水洗澡解乏。他想，我再也背不动了，一定要找个地方把盐袋藏起来，改天再过来取，可是找来找去，觉得哪儿也不合适，唯恐被路人发现了偷走。最后，他终于找到一个好地方——水里，于是他把盐袋藏到池塘里，请小鱼儿们代为保管。藏好以后，他便急匆匆地赶回家去，小女婿早已悠闲地在家歇着了。第二天，天刚蒙蒙亮，岳父便带着小女婿去水塘取盐，这次他自己骑着马走在前面，让小女婿在后面跑着跟着。到了水塘以后，却怎么也找不着盐袋了。岳父心想，肯定是这些小鱼把盐都给偷吃了，一怒之下，把水塘里的鱼一条条都抓起来摔死了，最后在泥潭里抠到一条胡子鲇，却怎么抓也抓不住。小女婿建议岳父抓住胡子鲇两鳍的根部。岳父盛怒之下，也没多想，便照办了，结果被胡子鲇胸鳍两侧的硬刺刺进了手掌，怎么也不出来，直疼得眼泪直流，却又碍于面子，不敢大叫，只能哼哼着。之后，两人一起去森林中找草药。小女婿上了山，岳父在山脚等着神药。小女婿一上山便开始一边滚大石头，一边大喊着让岳父躲开。岳父见一块接一块的大石头直朝自己滚下来，吓得左翻右滚，直被折腾得筋疲力尽，浑然不知胡子鲇早已钻出来了。小女婿终于从山上下来了，岳父高兴地问他是否采来了神药。小女婿回答说，刚才已经把神药滚下来了。岳父一听，恍然大悟，无话可说，心力交瘁地回家了。

４．幽默与笑话

　　《乡茗》是老挝家喻户晓的笑话集。这一系列幽默与笑话故事的主人公乡茗是个聪明、机智的人物，他擅长辩理和讽刺，在与财主、官吏的斗争中，常常展现出超常的智慧，取得最终胜利。达官贵人们则往往丑态百出，却又无可奈何。例如，《遵嘱》的故事梗概如下：

从前有个贪婪、吝啬又爱慕虚荣的财主。每次骑马外出时,他都让乡茗和其他仆人跟在后边,仆人们疲惫不堪,却又敢怒不敢言。一天,财主又骑马外出,照例让乡茗和仆人们跟在后面,并嘱咐说:"凡是我的东西,无论掉在什么地方,你们千万不要捡。"半路上,财主不慎掉了钱袋,乡茗看在眼里,但牢记嘱咐,视而不见。财主回到家后,发现钱袋不见了,质问乡茗。乡茗回答说:"老爷,您吩咐过我,您的东西,无论掉在什么地方,我们都不能捡。所以,我没敢把钱袋从地上捡起来。"直气得财主吹胡子瞪眼,却又无可奈何。于是,他又嘱咐道:"从今以后,你要是看见我的什么东西掉到了地上,一定要捡起来还给我。"乡茗连连称是。过了几天,财主骑马去看望一个亲戚,还是让乡茗等人跟在后面。财主回到家以后,等了好半天才见乡茗回来,便质问他是不是在路上逗留了。乡茗一边放下肩上扛着的布袋,一边告诉财主,这回财主掉的东西太多了,一直忙着捡东西,所以才回来晚了。财主转怒为喜,迫不及待地打开布袋,却看到了一袋臭烘烘的马粪,直熏得他连忙掩鼻,随即破口大骂,说乡茗捉弄他。乡茗不慌不忙地说:"老爷,请别发火。您不是吩咐过我,要把您的东西都捡起来吗!"财主无言以对。[①]

又如,《骗披耶下湖》的故事这样讲道:

从前,有一个披耶(旧时老挝贵族爵位的称号,相当于侯爵)听说乡茗聪明过人,便想试试他的智慧。他差人叫来了乡茗,说:"据说你很会骗人,是吗?"乡茗说:"我确实骗过人,但是很多人也都有骗人的经历啊,不单单是我一个人。"披耶说:"别人的确也骗人,但没有你高明。要不你骗我试试?"乡茗说:"您这么聪明的人,都做到披耶了,像我这愚蠢的小人物,怎么能骗到您呢?"披耶说:"不管能不能骗到,你试试看,我倒是想看看你有多厉害。"乡茗说:"我骗不了您的。"披耶说:"骗不了也要试试。"乡茗说:"您这可让我怎么办才好呢?我确实不善于骗人啊。"披耶说:"如果你真厉害的话,不妨试试骗我跳下这个湖。"乡茗说:"这更是个大问题了。我这小人物,哪儿来的智慧能把您骗下湖呢,要骗您上岸还有可能。"披耶一听,说:"骗我上岸也行啊,我跳下去让你骗我上来,我倒想看看你究竟有多厉害。"说完,披耶就跳下了湖,大喊道:"乡茗啊,你说你厉害,那骗我上来试试。你是要吓我说湖里有蚂蟥?有鳄鱼?还是有蛟龙?尽管说吧,我什么都不怕。"乡茗说:"您怕不怕都不是问题了,跟我没关系。"披耶说:"那你想怎么骗我,尽管来啊。"乡茗说:"上不上来随您的便,反正我已经把您骗下湖了。"说完,扬长而去。披耶这才意识到自己被骗了,加之在湖里待久了,又觉得身子发冷,于是灰溜溜地

---

① 张良民主编:《老挝民间故事》,沈阳:辽宁少年儿童出版社,2001年,第209—210页。

上了岸,只觉得又累又气。①

再如,讽刺商人的《两个骗子》,体现了农耕社会中人们对商人的看法。其大意是:很久很久以前,有两个商人,分别住在两个城市里。两个人都以做买卖为生,从这个城市买了东西,去那个城市卖。两个人有个共同的特点,就是依靠欺骗来为自己牟利。一天,两个商人在路上碰见了。商人甲挑着腌醋鱼瓮,商人乙挎着大刀,各自吆喝叫卖。两人见面后寒暄了一阵,最后决定交换商品,然后拿到各自的城市去卖。交换完东西之后,两个人便赶紧跑了,生怕泄漏了秘密。回城的路上,双方都觉得对方太蠢了。走出了很远之后,两个人各自停下来休息,顺便检查换来的东西。卖大刀的商人打开腌醋鱼瓮,想看看里面的是怎样的大腌醋鱼,却发现只有三条小银条波鱼,剩下的全是些壳。卖腌醋鱼的商人也想看看换来的大刀怎么样,谁知抽出刀来,却发现只有连着鞘的刀柄而已。两人都折回去准备找对方算账,还一边抱怨一边诅咒,可是想来想去,又各自回去了,边走边想:"我说我过分,没想到他更过分。我是过分了点儿吧,谁知他竟然更胜一筹。"②

佛教进入老挝后,相关的"戒律"也被僧侣们带到了广大的民众中间。然而,人们崇敬的僧侣中,却有一些人违背了戒律,做出不道德的事情来。有些僧人阴险狡诈、唯利是图,甚至贪图女色。这使得他们成为幽默与笑话嘲讽的对象。这类故事往往篇幅短小,冲突安排合理,能够清楚地体现出一些僧人的伪善和失德。它们数量不多,但具有重要的社会意义和斗争价值,也从侧面反映出劳动人民对佛教信仰和戒律的深刻认识。例如,《南寺僧侣和北寺僧侣》中这样讲道:

> 从前,在一个村子里有两位僧侣,一位住在南边的寺庙,一位住在北边的寺庙。两位僧侣有些共性:吝啬,且好女色。北寺僧侣种了很多菠萝蜜,南寺僧侣种了很多竹子,但是每当老百姓想从他们那讨点菠萝蜜和竹笋,却无一例外地被拒绝了。这种情况持续了很长时间。
>
> 村子里有一个寡妇,她有一个女儿,貌美如天仙,谁见了都心生爱慕。这个寡妇深知两位僧侣的脾性。有一天,她去了北寺,说:"高僧,改天我想叫女儿来您这讨两三个菠萝蜜,好招待来帮我修房子的乡亲们。等房子修好了,墙修牢了,如果您想去找我家女儿,谁也看不见,您就不用担心人家说三道四了。"
>
> 北寺僧侣一听说可以去找那貌美的女孩儿,眼睛直放光,说:"施主,别说两三个菠萝蜜,再多几个也可以啊,你今天不拿吗,还是准备改天来?"
>
> "那全看您的恩赐了。"

---

① [老挝]阿提乌泰·加都蓬赛等编著:《老挝文学》(老挝文),万象:老挝教育部师资培训中心,1996年,第62—63页。

② 同上书,第52—54页。

"别说恩赐不恩赐的话,好东西大家一起分享嘛。"说完,他赶紧下了禅房,摘了好些菠萝蜜给那寡妇,直到她拿不动为止。离开之前,寡妇又说:"晚上您不去找我家女儿玩吗?如果您要去的话,我就吩咐她在家等着您。"

　　北寺僧侣心里一直等着这话呢,直点头应下了。

　　寡妇抱着一大堆菠萝蜜高兴地回家了。然后,她又去找南寺僧侣,把刚才对北寺僧侣说的话重复了一遍,最后又如愿地抱着一大堆竹笋回了家。

　　到了约定的时间,北寺僧侣先来到寡妇家。寡妇一见,说:"您赶紧到卧室躺下等着吧,别让乡亲们看见了,我女儿去大伯家帮忙了,一会儿就回来。"其实,寡妇已经让女儿去别人家睡了,第二天才回来。

　　北寺僧侣一听"到卧室躺下等着",兴奋得心儿怦怦直跳,仿佛又回到了年轻的时候。于是他赶紧进了卧室,躺下等着。这等待的时刻实在太美妙了,仿佛进入了极乐世界一般。不知道过了多久,寡妇听到了北寺僧侣熟睡的鼾声。正在这时,南寺僧侣到了,刚上楼梯,寡妇招呼道:"哎呀,我还以为您不来了呢。您赶紧吧,我女儿正在卧室呼呼地睡觉呢,赶紧进去吧。"等南寺僧侣一进卧室,寡妇立即躲开了。

　　南寺僧侣在黑暗中扶着墙壁往前走,小心翼翼地摸索卧室门,一来怕吵醒了女孩儿,二来心里正做着美梦呢。一进了卧室,南寺僧侣就主动抱住了"女孩儿",北寺僧侣惊醒过来,以为是"女孩儿"回来了,也赶紧配合着抱住了"她"。两个人都欲火中烧,于是又是拥抱,又是亲吻,双方都心满意足。

　　亲热了一会儿,两个人都开始疑惑:这女孩儿怎么力气这么大呢?为了证实一下,他们相互摸了摸对方的胳膊,发现完全没有少女的细腻,相反却硬如木头,不但松弛,再摸摸还有毛……最后,两个人决定摸一下头,才惊觉对方没有头发……这时,他们才明白原来被寡妇骗了。于是各自起来穿好衣服,谁也不跟谁说话,匆匆地离开卧室,羞愧难当地各自回了寺庙。①

三、民间歌谣

　　"老挝人一出生,就跟民谣结下了不解之缘。孩子呱呱坠地时,便会听到长者举行庆祝仪式时吟诵的祝福谣;晚上,在妈妈或外婆的摇篮曲中安然入睡;之后可能会接触到招魂谣、植树谣等等。可以说,民谣伴随着一个人的一生。"由此可见,民谣在老挝人生活中的重要意义。

　　老挝民谣形式多样、内容广泛,据其功能,大致可分为仪式歌谣和民歌两种类型。

---

① [老挝]阿提乌泰·加都蓬赛等编著:《老挝文学》(老挝文),万象:老挝教育部师资培训中心,1996年,第50—51页。

（一）仪式歌谣

从内容上看，老挝的仪式歌谣大多在祈求万物神灵保佑人们，表达了古代老挝劳动人民战胜自然灾害、获得丰收的美好愿望。从中还可以清楚地看到当时的人们在强大的自然面前无能为力的现实，表明了人类对自然的征服将是一个漫长而艰巨的过程。因此，老挝的仪式歌谣内容又常常与劳动歌谣相重叠，主要有以下几种类型：

1. 盖房谣

在老挝的广大农村中，大多数的住房是竹木结构的高脚屋。自古以来，老挝人把衣、食、住、行中的"住"视为头等大事，认为住房不但是日常起居之处，更是最安全、温馨的精神圣殿。因此，人们在盖房时，十分讲究，丝毫不敢马虎。当某一人家要盖新的高脚屋时，事先必须备齐各种材料，尤其要选好做屋柱的材料，树木一定要笔直顺溜，无虫眼，无瑕疵——人们相信，一旦误用了不符合要求的屋柱，就不吉利，会导致以后生活动荡不安、挫折不断。为此，主人会邀请亲友，带上伐木工具，一起前往密林，仔细挑选符合要求的树木。一旦选中，就向右绕这棵树三圈，然后手扶树木虔诚地吟唱道：

　　这棵树呀好木材，
　　树枝好比凤翎开，
　　树梢就像龙尾摆，
　　金兜银兜树上挂，
　　不尽财源滚滚来。

然后，才动手砍伐，把树木运回家中，以备后用。在盖房时，还必须选好地基，一般都会选择地势较高的向阳处，并靠近水源，再请占卜师选一个盖房的良辰吉日。在正式盖房之前，主人吟唱起盖房谣：

　　新房就要盖，
　　财宝滚滚来，
　　亲朋好友聚，
　　幸福传万代。

人们祝愿新盖成的高脚屋牢固、美观，祝愿主人日后安居乐业、万事如意。

2. 开荒谣

老挝地广人稀，有大片的荒地。为了扩大耕地面积，获得稻谷丰收，老挝人几乎每年都要开荒种地。开荒时要举行仪式，吟唱《开荒谣》，以祈求神灵保佑，使稻谷茁壮成长，获得好收成。例如：

萨图,萨图![①]
山神、树神、土地神,
我有一片虔诚的心,
献上老母鸡白米饭,
恭恭敬敬拜诸神。
敬请诸神多保佑,
保佑稻谷好收成。
蝗虫莫来咬碎叶,
野猪别来咬断根。
稻谷像竹丛一样壮,
庄稼像茅草一样盛,
饥饿别来骚扰,
恶魔莫进家门。
萨图,萨图!

3. 植树谣

种植各种果树向来是老挝一项十分重要的生产活动。人们期望种植的果树茁壮成长,硕果累累。它们认为,要获得劳动成果,不但要靠自己辛勤的汗水,还要靠神灵的点化,神仙的威力将决定劳动果实的多少。在老挝民间就流传着这样一首种植果树的歌谣:

周日种下根苗壮,
周一种下藤细长,
周二种下果实多,
周三种下花开艳,
周四种下只长茎,
周五种下果皮厚,
周六种下树干直。

因此,在种植各类果树之前,人们要选好适宜的日子。

4. 制鼓谣

鼓是老挝民间最重要的乐器之一。人们在制作鼓时,非常讲究,都希望新制成的鼓,敲起来声音洪亮悦耳。而在老挝人的观念中,鼓声的悦耳与否取决于神灵的威力。在老挝民间就流传着这样的制鼓谣:

---

① 祈祷时常用的起首词,意为"但愿如此"。

一月制鼓得安康，
　　二月制鼓胜顽敌，
　　三月制鼓村失火，
　　五月制鼓有灾难，
　　六月制鼓家和睦，
　　七月制鼓有好运，
　　八月制鼓六畜旺，
　　九月制鼓金满堂。

因此，为了避灾纳福，人们都不在三月、五月里制鼓。当鼓做好后，人们把鼓护送到佛寺，这时会有一个人代替新做成的鼓，开口吟诵道：

　　我是所有鼓的主宰，
　　我的声音人人喜爱，
　　金翅鸟听了也会飞来，
　　我给佛寺带来繁荣，
　　我给百姓带来光彩。
　　赶走一切妖魔鬼怪，
　　灾祸险恶不要再来，
　　幸福吉祥与我同在。

之后，人们会为鼓举行拴线祝福仪式，再把鼓安装到寺庙的鼓楼上。以上制鼓谣和仪式都表达了人们祈求神灵保佑以消灾纳福的美好愿望。

5. 招魂谣

古时，老挝人无法对许多自然现象作出科学的解释，于是认为有一种超自然、超人类的神灵支配着人类的生活。人们一旦做错了事，或违背了习俗，就会被认定得罪了神灵，将受到神灵的惩罚，他的灵魂会离开身体，从而遭灾得病。为了消除疾病、恢复健康，人们常请巫师来吟诵招魂谣。这类招魂谣虽然含有不少的迷信成分，但同样是民间文学的一种表现形式，反映着老挝人民祈求无病无灾、身体健康的美好愿望。在某些地区，当巫师吟诵招魂谣时，还会用箫、芦笙等民间乐器伴奏。例如，在苗族居住的地区，巫师就会一边用两手摇动铃铛，一边为患者吟诵招魂谣。

6. 祝福谣

在老挝民间，在拴线祝福仪式上吟唱的祝福谣广为流传。每当有一些重大事件，如妇女生孩子、男女青年结婚、亲友出门远行、贵客嘉宾来访、逢年过节、新屋落成等等发生时，人们都要举行拴线祝福仪式，并请祝福师吟诵祝福谣。祝福谣的内容大同小异，主要是祝福被拴线的人身体健康、幸福富有、吉祥顺利、万事如意等。例如，在一首

《婚礼祝福谣》中,祝福师这样吟诵:

> 祝你们小两口互敬互爱,
> 做丈夫的心胸要宽如海,
> 对妻子要轻言细语,
> 就连赶鸡时要说"嘘",
> 赶狗时要说"舍",
> 赶牛时要说"荷",
> 打骂妻子更不该。
> 祝你们小两口互帮互助,
> 拧成船缆绳一股。
> 生个女儿富贵来,
> 生个儿子荣华在。
> 疾病莫来骚扰,
> 恶魔莫来捣乱。
> 丈夫的灵魂长附身,
> 夜晚及时回家睡。
> 同床共枕情意深,
> 只做好事莫学坏。
> 祝你们大吉大利喜临门,
> 幸福安康过一生。

这类祝福谣,在古时使用的是日常白语,自佛教传入老挝后,祝福谣的开头和结尾开始借用佛教经文中的巴利语,从而为它增添了神圣、庄重的色彩。人们虽然听不懂它们的意思,但对其所表达的内容却深信不疑。从形式上看,这类歌谣的用词都特别讲究,常常使用生动的比喻、连续的排比来吟诵,上句和下句之间也往往都押韵,听起来十分悦耳。

老挝民族把吟唱民歌、民谣当作他们日常生活中不可缺少的一部分,而祝福谣已成为老挝人民最喜闻乐见的一种民间文学形式。人们通过哼唱这些民歌、民谣,表达他们对生活的热爱、对爱情的赞美,以及对美好生活的向往;也通过这种形式,在得到自我娱乐的同时,受到多方面的教育。[①]

值得一提的是,和其他国家、民族一样,老挝民间也有哄婴儿入睡时唱的小歌曲,且十分常见,它们的内容也往往与劳动相关。例如,在农村地区往往有内容大致相似

---

① 张良民:《老挝民歌民谣概述》,《东南亚纵横》2005 年第 1 期。

的摇篮曲：

> 吟！吟！吟！吟沙耶！
> 坎平儿小乖乖，
> 你妈妈去水田，
> 很快就会回来，
> 你妈妈去旱地，
> 把柴火背回来。
> 你妈妈劳累了，
> 小腿也抬不起，
> 你妈妈疲倦了，
> 大腿也挪不动。
> 每天早出晚归，
> 干好田地农活，
> 盼望收获稻谷，
> 养你长高长大。
> 吟沙耶！吟沙耶！

平淡的歌词中却表达了老挝人民希望通过辛勤劳动获得丰收的朴素情感，也体现了长辈对孩子的真挚的爱。

(二) 民歌

老挝人民淳朴善良，生性活泼乐观，能歌善舞。老挝各地广泛流行着"咔"和"喃"两种民歌曲调。人们形容"咔"和"喃"为一种歌中有舞、舞中有歌的表演艺术，歌与舞就像红花和绿叶一样相互映衬，相得益彰，使人们在动听的歌声和曼妙的舞姿中得到艺术的享受。逢农闲或节假日，老挝人喜欢用"咔"和"喃"这种载歌载舞的形式，抒发内心情感，表达对自由、幸福生活的向往。

实际上，"咔"和"喃"是说、唱、舞交替进行的一种表演形式。老挝北方地区大多称之为"咔"，而南方地区则大多称"喃"。"咔"又分为流行于华潘省的"咔桑怒"；流行于琅勃拉邦的"咔通"；流行于南岸河一带的"咔岸"；流行于华潘省红泰族居住的地区的"咔泰登"等。此外，起源于中国傣族民歌的"咔叻"，流行于与中国接壤的丰沙里、琅南塔、乌多姆塞三省，以及琅勃拉邦省和沙耶武里省的北部。

"喃"分为流行于下寮沙拉湾、占巴塞和阿速坡等省的"喃沙拉湾"；流行于占巴塞省的西潘敦风景名胜地区的"喃西潘敦"；原是甘蒙省马哈赛县普泰族的民歌曲调，现在流行于老挝全国的"喃马哈赛"；流行于湄公河两岸，意为"行船湄公河南下调"，多在民间传统节日中表演的"喃茏空"等类型。

这些"咔"和"喃"曲调,大多由一人或两人领唱——或有多人伴唱,或男女对唱,通常还有芦笙、木琴、鼓、笛等民族乐器伴奏。"咔"和"喃"的歌手个个口齿伶俐、吐字清晰,人们称他们为"摩喃"。演唱的内容有青年男女谈情说爱、讲述故事、解答问题、破解谜语等。虽然曲调比较简单,但旋律却很悠扬,有的热情奔放、轻松愉快;有的细腻委婉、娓娓动听;有的幽默滑稽、妙趣横生。

每逢佳节,许多地方都要搭起临时的彩棚,举行对歌比赛,这种赛歌形式往往会成为民歌的大汇演。赛歌会的参与者在芦笙或唢呐的伴奏声中,互唱祝福词,然后唱起"咔"或"喃"曲调。这些曲调的第一句大多是自由式的吟咏,接下去的歌词是和着韵律的三字、四字或七字的诗句。说唱者有的以眼前的景物、个人的情感为素材,即兴创作,出口成歌;随后内容逐渐展开,天上地下、海阔天空,一直可以唱到深夜。演唱者精神饱满,十分投入。听众也兴趣盎然,毫无倦意。

民歌中以男女青年情歌数量最多,多表达他们爱慕、思念、回忆、欢乐或失恋的情感,有的还有戏谑逗乐的成分。在有外村的姑娘来到本村走亲戚时,本村的青年小伙子都要相约与之对唱。此外,还有男女对唱的现代民歌,表达人们在国家独立、民族解放后的欢乐心情。

"呻"是另一种群众性的民间演唱表演形式,参加的人越多,呈现的气氛越欢乐。通常在出雨节(赛船节)、高升节、宋干节,或在乔迁新居、举行婚礼时,特别是在陪送新郎到女方家举行婚礼时,都要表演这种集体载歌载舞的"呻"。

"呻"有着特殊的节奏、音韵和曲调。表演时,往往由一个人领唱,在场的其他人跟着附和,同时还会以芦笙、鼓、锣、钹等民族乐器伴奏,以增添热闹、欢乐的气氛。在表演"呻"时,还有一个非常明显的特点,就是领唱的人往往身着奇装异服。男子故意穿女子的花筒裙,或者穿着破衣烂衫,同时在脸上涂上各种颜色,成为面目全非的大花脸。有的人还挑着装满各种东西的破篮子、破筐子,以吸引夹道围观的群众的注意。人们见了往往忍俊不禁。

"呻"的主要功能是表达节日的祝福,但其歌词内容大多充满着诙谐、滑稽的气氛,意在逗乐。领唱的人往往即兴创作,出口成章,唱到精彩之处,其他人也跟着随声附和,一起吟唱。担当领唱的人,大多头脑灵活、思维敏捷,而且敢于厚着脸皮,说唱一些令人捧腹大笑的粗话、俗话,例如,有一首《讨酒歌》就生动地描绘了一个无赖酒鬼的可笑形象。①

四、谚语和谜语

(一) 谚语

老挝人民在长期的生产、生活中创造了大量的谚语,内容丰富、题材广泛,涉及广

---

① 张良民:《老挝民歌民谣概述》,《东南亚纵横》2005 年第 1 期。

大民众日常生活和社会生活的方方面面。据其内容,老挝谚语可被分为总结认识自然和生产生活经验的谚语、反映人际关系的谚语、反映社会状况的谚语、新谚语等类型。

认识自然和总结生产生活经验的谚语,例如:

天要下雨先明亮,天将晴朗先昏暗。天将下雨,蚂蚁忙着跑,天将晴朗,蚂蚁睡大觉。

十棵晚稻不如一棵早稻。稻田好不好,先把稻秧瞧。一旦迟插秧,趟趟跟不上,茎儿矮而小,穗儿结不长。

正月备好刀斧,二月开垦旱田,三月拾柴织布,四月烧荒种地,五月备好犁耙,六月耕种早稻,七月耕种晚稻,八月出售农货,九月早稻灌浆,十月鱼虾入篓,十一月收稻入仓,十二月拾收棉花。

反映人际关系的谚语,例如:

父亲恩重如高山,母亲恩大似天地。子女不听父母话,魔鬼拉去入地狱。
老鼠咬断纱,方知猫儿恩;儿女抱在身,方知父母情。
夫妻之间,蔑称不能说,爱称叫到老。
木桩多篱笆牢,亲戚多家兴旺。
宝石三年不擦成贱货,亲戚三年不走会生疏。
头发少,用发团来添加;亲戚少,要朋友来增补。
木料多,好盖房;朋友多,好办事。

反映社会状况的谚语,例如:

饱餐者撑得要吐,饥饿者饿得要死。
官吏到村好比大象进田。
粮食满仓可颐指气使,钱财满袋可信口雌黄。

此外,在争取民族解放和国家独立的斗争中,在保卫祖国、建设祖国的事业中,老挝人民还创造出了一些新谚语,例如:

团结则存,分裂则亡。
死了成鬼胜于活着当奴。
祖国是我家,军队是篱笆。哪里艰苦,青年就往哪里冲;哪里需要,青年就往哪里去。

这些谚语大都短小精悍,却蕴含着深刻的哲理,是老挝人民宝贵的口头文化财富。

(二)谜语

作为一种斗智和娱乐的方式,谜语一直为老挝人民所喜爱。以谜底属性为标准,老挝谜语可被分为反映人和动物的谜语、反映植物和工具的谜语、反映佛教事物的谜语等类型。

其中,反映人和动物的谜语,例如:

两个小老头,各自在一边,从来不见面。(谜底:耳朵)

童年是个小妖怪,长大进入尖顶屋,一生完了上天堂,魔鬼拉去杀了命。(谜底:蚕)

一个小家伙,穿着花衣服,老爷的食品,也敢偷着吃。(谜底:苍蝇)

反映植物和工具的谜语,例如:

一把水瓢,挂在树梢,舀也满,不舀也满。(谜底:椰子)

小时候给人吃,年老了给人睡。(谜底:竹子)

一只小船穿行在密密的草丛中。(谜底:织布的梭子)

反映佛教事物的谜语:

高高尖尖一棵树,终年不长一片叶,有了佛祖就有它。(谜底:佛塔)

一位老神仙,常住洞穴内,五月阳光烈,才被雨水淋。(谜底:佛像)[①]

可以看出,老挝的谜语通常采用借喻、隐语、对比等艺术手法。此外,还有一种比较特殊的文字游戏式谜语,也就是把谜面中某几个词的元音或辅音对调,例如:ABC(打一件农具),把 A 和 C 的元音或辅音对调,新组成的词就是谜底。

谜语的丰富性和趣味性,使它们成了广大劳动人民珍贵的精神食粮。在老挝的各个地方,老人们都喜欢给孩子们猜谜语,一方面,向他们传授关于自然和社会的智慧和经验;另一方面,也能培养孩子们勤于动脑的习惯。

五、民间戏剧

老挝民间戏剧主要有歌剧、舞剧、话剧、歌舞剧等类型。

(一)歌剧

直至 20 世纪,在老挝民间还流传着一种由一男一女合演的小歌剧。它们大多取材于宗教神话、传说、故事等,侠义与爱情是这类小歌剧表演的经典主题。

(二)舞剧

老挝的民间舞剧来源于宫廷舞剧,因此演员的服装大多绚丽多彩,常戴有面具;舞姿以手部与臂部动作为主,且会在舞台上设置布景。舞剧展现的内容大都是与神仙、鬼怪等相关的宗教故事,有些是选自印度史诗《罗摩衍那》的片段。

在这类古典舞剧中,男主角往往是俊秀、英勇的王子,或品德高尚的少年,由法力

---

① 此谜面指的是每年老挝农历五月中欢度新年,即泼水节时,有一项很重要的活动——浴佛。

无边的因陀罗相助,具有非凡的神通,他们会与凶残、贪婪的魔鬼、夜叉顽强搏斗,取得胜利;女主角通常是聪明、温柔的美女,忠贞无比;二人经历了种种考验和磨难,最后总是以大团圆结局。这表达了人们对邪恶势力的憎恨和对自由幸福生活的向往。

《群战恶魔》是这类舞剧中的典型代表,它的情节梗概如下:

在一个风景如画的湖边,四位美貌绝伦的仙女在精心地梳洗打扮,嬉笑声声,接着又翩翩起舞,沉浸在一片欢声笑语中。突然,一声巨响,从湖边升腾起一大团浓浓的烟雾,一个青面獠牙的恶神随之从烟雾中跳出。它张牙舞爪,妄图霸占手无寸铁的仙女。四位仙女惊恐万分,竭力呼救。正在这危急时刻,四名武艺高强的英俊少年恰巧路过,拔刀相助,与恶魔展开了一场殊死搏斗。经过多个回合的较量,少年们终于降服了恶魔,救出仙女。最后,四名少年分别获得了四位仙女的爱情。他们在风光秀丽的湖边载歌载舞,乐而忘返。①

(三)话剧

老挝的话剧,往往取材于民间故事,具有鲜明的民族风格。话剧《财主与长工》就歌颂了劳动人民的智慧,鞭挞揭露了封建官吏的残暴和愚蠢。

(四)歌舞剧

老挝最著名的歌舞剧叫"洛坤"。它类似于泰国的"孔剧"。演员均戴着头盔、面具,在音乐伴奏声中用程式化的动作进行表演,出场人物有罗刹、猴王等。演出服装、面具等均相当讲究。发展至今,剧中扮演人类或仙人的演员可以不戴面具,但扮演罗刹、猴王者仍必须戴面具。演员不演唱、不道白,必要时由幕后专人伴唱、念白或配音。传统演出剧目是脱胎于《罗摩衍那》的《帕拉帕拉姆》。

这种表演有一套程式化的舞蹈、动作语汇和表演要求。例如,就动作而言,伸出手,用手掌捂胸,表示自我介绍、言及自己、知道或懂得了;如果再配合以其他动作,如脸呈悲色、不安,则表示悲伤、忐忑、吃惊等等;双手交叉于胸前,手指尖与肩平,表示爱慕、神怡;披盖衣被,以手掌捂前额,表示惋惜、不适;手掌先贴近腮边再移至面颊,表示害羞、愧疚。如此种种,通过手脚、脸部、眼神、身姿等各种动作、表情的配合,就可以表现出世界万物和人物的丰富感情。这与印度"卡塔卡利舞"的手势语有异曲同工之妙,且二者间可能存在事实上的渊源关系。

第三节 老挝民间文学研究概述

1975年12月,老挝人民民主共和国成立以后,出于继承和传播民族文学的宝贵遗产的目的,老挝的文学工作者们开始积极挖掘、整理民间文学作品。因此,虽然出于历

---

① 陈岗龙、张玉安等著:《东方民间文学概论(第三卷)》,北京:昆仑出版社,2006年,第222页。

史和经济等原因,迄今为止,老挝都没有开展过正式的、大规模的民间文学搜集、整理工作,但仍能看到一些阶段性的努力和成果。例如,1979年创刊的《文艺》月刊中经常刊登各种体裁的老挝民间文学作品;1987年及之后,陆续编写出版的几部文学教材,如1987年老挝教育部社会科学研究院整理出版的《老挝文学》、1996年老挝教育部师资培训中心整理出版的《老挝文学》、2002年老挝国立大学语言学院老挝语言文学系编写的《老挝民间文学1》及《老挝文学》等,都介绍了老挝民间文学的概况,并进行了初步的分析。然而,这些教材中的知识介绍部分比重较大,研究还不够深入,且所用理论基本套用苏联和越南的阶级分析理论,在当今世界民间文学研究界不断开拓创新的总体氛围下,其理论研究环节就显得尤其薄弱了。

另外,在国外财团的支持下,老挝还陆续出版了《老挝民间故事集》《老挝民间歌谣》《老挝谚语谜语集》等民间文学集。近年来,一些文化类杂志,如 Visiting Muonglao、SAYO 等上也陆续出现了一些与民间文学相关的简评,如《壁画中追寻祖先的足迹》《帕拉帕拉姆——罗摩衍那在老挝》等。

总之,目前,老挝国内对民间文学已有一定程度的重视,但对其进行搜集和整理的工作还并未真正提上日程,民间文学研究也还不够系统、深入,理论水平尚未能与世界学界接轨,还有待提高。

但在此,仍需特别提到老挝著名学者马哈西拉·维拉冯(1905—1987年)在民间文学收集、整理和研究方面做出的成绩和贡献。马哈西拉·维拉冯是老挝著名的历史学家、文学家和语言学家,精通梵语、巴利语、泰语,其研究开老挝古典文学研究之先河,在此领域做出了突出贡献。他先后收集、整理、校勘了多部古典文学作品,并对一些较重要的作品,如《信赛》《陶昆陶壮》《乡茗》等,进行了考证和分析。他还负责编写了老挝高等学校文学教科书《老挝文学》等专著。后人将他的研究性文章整理汇编成《文学的作用》一书,于1996年出版。

老挝还跟德国和日本开展了一些合作项目。例如,老挝跟德国学者合作完成的《老挝、德国关于老挝民间文学的合作研究项目报告》一书,用英文写成,全面介绍了老挝的民间文学情况,但目前尚未正式出版;老挝跟日本合作的《老挝、日本关于老挝民间乐器的研究项目报告》,用老挝文和日文写成,主要介绍老挝民间乐器和民间音乐的研究情况。

除此以外,"老挝文化概要"(Laos Cultural Profile)、美国北伊利诺伊大学东南亚研究中心负责的"老挝语言文化学习资料库"(SEAsite Laos)和"东南亚音乐"(The Music of Southeast Asia)等网站上,也有一些介绍老挝民间文学,尤其是老挝民间表演艺术的资料,如《传统表演艺术》(Traditional Performing Arts)和《老挝传统音乐》(The Traditional Music of Laos)等。

在中国,张良民教授曾在《东南亚纵横》等刊物上先后发表了多篇关于老挝民间文学的论文,如《老挝谚语浅析》《老挝民歌民谣概述》《老挝民间故事评析》等,主编《老挝民间故事》,编写了《东方民间文学概论(第三卷)》中的"老挝民间文学"部分,对老挝民间文学作品进行了详细的分类和分析。傅光宇的《云南民族文学与东南亚》中,有多处将老挝与云南民间文学进行对比分析的内容。陆蕴联的《印度史诗〈罗摩衍那〉在老挝的流传和变异》中,介绍了《罗摩衍那》对老挝民间文学的影响。张英的《东南亚佛教与文化》则浅析了佛教对老挝民间文学的影响。黄兴球的《老挝族群论》中,也提到了在老挝各民族中流传的一些传说故事,值得参考。

思考题

1. 老挝神话中有哪些世界性的神话母题?
2. 印度文化对老挝民间文学产生了哪些影响?
3. 检索相关网络资源,你认为老挝民间文学中存在史诗性质的作品吗?试作一简述。

本章主要参考书目

[泰]姆·耳·马尼奇·琼赛著,厦门大学外文系翻译小组译:《老挝史》,福州:福建人民出版社,1974年。

黄兴球著:《老挝族群论》,北京:民族出版社,2006年。

陆蕴联:《印度史诗〈罗摩衍那〉在老挝的流传和变异》,《东南亚》2006年第3期。

张良民主编:《老挝民间故事》,沈阳:辽宁少年儿童出版社,2001年。

张英著:《东南亚佛教与文化》,北京:中央民族大学出版社,1999年。

第二章 柬埔寨民间文学

第一节 柬埔寨历史文化概述

柬埔寨王国位于中南半岛南端,东部和东南部与越南相连,北部与老挝接壤,西北部与泰国毗邻,西南部濒临暹罗湾。高棉族是柬埔寨的主体民族,占全国总人口的90%左右,因此其官方语言为高棉语(柬埔寨语)。佛教是柬埔寨的国教,全国信仰南传上座部佛教的人数占总人口的85%以上。

柬埔寨历史悠久。早在三四千年以前,高棉人的祖先就已居住在现今湄公河下游一带和洞里萨湖地区了。这一地区最早的国家建立于公元1世纪,初期称扶南,继而称真腊,到公元16世纪始称柬埔寨,至今已有两千年的文明史。

柬埔寨文化发展的进程可分为5个时期:

公元68年—8世纪末:吴哥前时期(扶南王国及真腊王国初期)
9世纪初—15世纪上半叶:吴哥时期(真腊王国中后期)
15世纪中叶—19世纪中叶:吴哥后时期(真腊王国末期,柬埔寨王国初期)
1863—1953年:殖民地时期
1953年9月11日至今:独立后时期(柬埔寨王国)

19世纪中叶以前,柬埔寨社会处于农奴制阶段。此后,柬埔寨进入封建社会。虽然当地建国较早,曾拥有辽阔的疆土、悠久的历史和辉煌的吴哥文化,但农奴制的长期存在使这里长期处于以农业生产为主的封闭式社会中,束缚了经济的发展,后来,它又受到邻国和西方国家的侵犯,陷入战乱状态。因此,直到现代,柬埔寨还是东南亚地区最贫困的国家之一。

在形成和发展的过程中,柬埔寨文化深受印度文化、中国文化和西方文化的影响。

印度文化对古高棉的影响是直接的,也是最早的。公元1世纪,印度南部一位名叫混填的婆罗门贵族乘船来到谷特洛①大岛,用武力征服了该岛,并娶女首领柳叶为妻,建立起了东南亚历史上第一个国家——扶南王国。随后,印度的社会制度、宗教信仰、语言文字、文学艺术和风俗习惯等逐步影响到扶南王国。公元9世纪初至15世纪初的吴哥王朝是柬埔寨历史上的极盛时期。吴哥地区作为王朝的国都前后持续六百多年之久,高棉人民创造了高度发达的物质文明和灿烂的吴哥文化。这一时期的国王

---

① "谷"是高棉语"陆地"的音译,"特洛"是岛上一种树木的音译名称。

推行"神王合一"的信仰,即把国王作为神的化身来崇拜。

中国文化对柬埔寨的影响开始于扶南立国之后不久。公元3世纪中叶,三国时代的吴国曾派使节朱应和康泰出访柬埔寨,这是中柬关系史上第一个重大事件。公元1296年,中国使臣周达观随使团前往真腊访问,在真腊生活了将近一年时间,写下了被世人推崇的名著《真腊风土记》。这是柬埔寨古代史和中柬关系史上最珍贵的文献。明代永乐年间,郑和七下西洋也对真腊进行了友好访问,为促进中柬两国人民友好关系的发展作出了重大贡献。在民间,南宋时期,旅柬华侨逐渐增多,明末清初到20世纪之间,大批中国人移居柬埔寨。旅柬华侨把自己的生产技能、传统工艺、生活方式、风俗习惯等带到了柬埔寨,对柬埔寨丰富资源的早期开发、经济发展及社会繁荣,起到了积极的促进作用,作出了不可磨灭的贡献。

19世纪中叶,西方文化开始向柬埔寨传播。法国殖民主义者在柬埔寨强制推行奴化教育,使柬埔寨民族文化遭受巨大摧残和压制,但柬埔寨作家们依然运用爱情或宗教的题材,来表达人们争取自由、渴望幸福的愿望。民间口头文学仍然在广大农村盛行,以消除人们心中的郁闷和苦痛,表达人们反抗侵略者统治的情绪,追求现实生活中无法得到的慰藉。

高棉语是柬埔寨的国语,全国通用。高棉语又分西部、中部、东部三个方言区,以金边为中心的中部语为标准语。在发展过程中,高棉语广泛吸收了印度及临近民族的词汇。现今仍保留有许多梵语和巴利语词汇,尤其是一些社会、政治方面的术语。这是因为自古以来,柬埔寨就受到印度文化的影响,婆罗门教、佛教等在柬埔寨长期流传。据史料记载,公元1世纪至2世纪,包括古老的梵语在内的印度文化就已经传入扶南王国了。公元6世纪左右,古高棉文字诞生。从此,柬埔寨进入了有本民族文字记载的新的历史时期。初时,高棉人将古高棉文字写在兽皮上——人们对狩猎时获得的兽皮进行加工处理,染黑后,用白垩土在上面写字。这被称为"皮书",但它经不起风吹雨淋和蛀虫的咬蚀。后来,人们又将文字刻在石头上,产生了"金石文学"或"石碑文学"。碑文虽然能长期保存,但石碑又大又重,且不易雕刻,不便携带和传播。再后来,人们把当地盛产的贝多罗树的叶子漂白晾干,用铁笔在上面精心刻字,然后撒上黑粉,黑字便清晰地显露出来了,使用这种方法记载的多为梵文经典,后人称之为"贝叶经",用贝叶记下的文字作品又称"贝叶书"。到了中世纪,人们用粗糙的纸叠成折子,用黑墨在上面书写圆体字。宗教经书、占卜术、咒语等都由寺院的僧侣口授给学生,再由学生抄写在折子上。这种书写方式一直沿用到了20世纪50年代。随着外国先进文化的传入,活字印刷于19世纪在柬埔寨得到普遍应用,为柬埔寨文学的交流、发展提供了有利的条件。柬埔寨许多古代碑铭及古建筑廊壁上的浮雕保存至今,仍相当完整,为柬埔寨历史、文化、艺术等研究提供了十分珍贵的资料。

第二节　柬埔寨民间文学概况

一、概述

相对东南亚其他国家而言,柬埔寨文字产生的时间虽然较早,其文化艺术却有一个很重要的特征,即音乐、舞蹈、美术、建筑雕刻艺术十分发达,但作家文学力量一直较为薄弱。此消彼长,柬埔寨民间文学不仅传统深厚,且发展的空间较大。

柬埔寨民间文学内容丰富、形式多样,深刻反映了高棉的民族特征和人民的好恶。同时,在外来文化,尤其是印度文化的影响下,又常常能看到挪用、借鉴其他民族民间文学元素的痕迹,它们时常给柬埔寨民间文学注入新的色彩。

柬埔寨学者在对本国民间文学作品进行分类时,往往将神话、传说和民间故事等作"一体化"处理,根据作品内容进行较为宽泛的归类。其中,主要的分类方法有以下三种:

分为七类:讲述卓绝惊奇的事情、关于世界演化、建筑方面、司法审判、笑话、动物和其他;

分为五类:关于事物起源、关于问题根源、关于抽象化事物、关于幻想、关于"寻求"主题;

分为四类:寓言故事、关于世界演化、关于真实存在、关于建筑。

本章中,在尊重柬埔寨学界传统分类方法的基础上,按照世界通行的民间文学体裁分类标准,对其民间文学成就做一介绍。

二、民间叙事文学

(一) 神话

与世界和宇宙的起源、人类的起源、文化的起源等相关的神话,是柬埔寨民间文学的重要组成部分,其中,又以国家起源和始祖神话、自然神话、谷物起源神话,以及图腾崇拜神话最为典型。

1. 国家起源和始祖神话

在柬埔寨,创世神话和人类起源神话似乎并不多见,人们把注意力更多地放在了对民族自身起源问题的猜测上。日本学者斋藤和子认为,在从印度支那再向东、向西伸展的亚洲大陆的东南部,存在着一个可以称为古海洋文化的文化圈,该文化圈的文化特征表现在神话、建筑和文学等方面。[①] 柬埔寨先民们相信,他们居住的这片土地,最初应该是一片海洋,因为某种神力才变成了现在的样子。而且,像东南亚很多国家

---

① [日]山本达郎编:《东南亚的宗教和政治》,东京:东京日本国际问题研究所,1969 年。

一样,柬埔寨把国家的起源追溯到外国人和龙女的婚姻,从《王子和龙女》这则神话中,就可以看出这样朴素的思想。神话主要叙述了印度南部的一位王子,来到谷特洛岛(今柬埔寨),因涨潮无法返还,却偶遇海龙王之女,两人一见钟情,龙王为他们举行了婚礼的情节。其中还讲道,为了祝贺驸马,龙王把谷特洛岛四周的海水吸干,扩大了岛上的面积,这片陆地就成了今天的柬埔寨。①

这则神话中有两个元素引人注目。一是印度王子与谷特洛岛龙女的结合;二是"龙王"。王子与龙女结合这一情节,与建国传说中混填与柳叶的结合如出一辙。在这里,王子可能代表着印度文化,而龙女则象征了柬埔寨本土文化,二者的结合也就体现了两种文化的交融。"龙王"这一元素在柬埔寨民间文学中经常出现,可能源于柬埔寨先民的古老信仰。据柬埔寨文化艺术部副国务秘书米歇尔·德拉奈博士研究,自古以来,高棉人就有崇拜蛇或龙的传统信仰,人们把蛇视为生活中不可缺少的水的保护神。至今,在柬埔寨最宏伟的建筑群——吴哥古迹中,仍能够找到各种形式的蛇的图案。不仅如此,高棉人还视金环蛇为其祖先,这一点可以从《金环蛇的故事》中找到一些线索。

《金环蛇的故事》讲的是妻子妮在丈夫长期出门经商时,为了报答金环蛇为她捡斧子的恩情,开始与金环蛇交往。妮每日傍晚让女儿去叫金环蛇,直到怀了孕。丈夫回来后,看见妮日益隆起的肚子,心生怀疑,女儿把事情经过如实相告。丈夫怒杀金环蛇,继而剑斩妻子妮。妮死去后,从她的腹中爬出很多条小蛇。丈夫继续举剑砍小蛇,有些小蛇来不及逃跑而被砍死,有的钻进泥里,有的游入水中,还有的爬进森林。从此以后,地球上便出现了许多种类的蛇。②

柬埔寨语中称具有威力的蛇为"涅克",即梵语中的"那伽"。《金环蛇的故事》所讲人蛇相配、繁衍蛇氏族的情节,在柬埔寨民间广为流传,后来成为高棉人的始祖神话。有学者认为,柬埔寨先民把蛇看成是男根的象征,因此,这则神话也体现了柬埔寨氏族社会的动物图腾崇拜和生殖崇拜。

2. 自然神话

远古时期,人们无法充分理解各种自然现象的成因和变化规律,他们怀着虔诚敬畏的心理,展开瑰丽的想象,试图对这些现象作出解释。例如,柬埔寨神话《闪电和雷声的来历》,讲述男神和女神为了争夺天神赐予的一只魔杯,而在空中互相比试追逐,女神手中的魔杯在云雾中晃动,发出耀眼的光芒,而男神用斧子作武器追赶女神,发出隆隆巨响。这时,人们就会看到一道道闪电,听到轰隆隆的雷声。这就是闪电和雷鸣的来历。

---

① 邓淑碧主编:《柬埔寨民间故事》,沈阳:辽宁少年儿童出版社,2001,第37—38页。
② 同上书,第21—23页。

3. 谷物起源神话

稻子是农耕社会中人们赖以生存的重要物质,因此,世界各农耕民族都创作了丰富的稻作神话,以解释这种珍贵物种的神奇起源。柬埔寨的重要稻作神话《水稻的来历》大意如下:

最初,水稻是不需要耕种的,漫山遍野随处可见,人们可以在家坐等稻米自动飞入粮仓。然而,有一天,一个蛮横的妇女嫌稻米飞进她家时太吵闹,就用木棍狠打稻米。稻米一气之下,飞进了深山老林的石缝里,躲了起来。后来,鱼儿主动为挨饿的人们帮忙,央求稻王让稻米重新回到村民家中。稻王答应了,但前提是村民必须自己耕种和收割。[①]

这是一则典型的飞来稻类型的神话,与东南亚及中国南方少数民族中的稻作神话相似。

4. 图腾崇拜神话

婆罗门教传入柬埔寨以后,扶南王国开始盛行林伽崇拜。关于其起源有这样的说法:

一位仙人跟自己的妻子、女儿一起居住在森林。一日,湿婆来到这里,赤身裸体把灰涂在身上,手拿头盖骨,以优美的声音请求布施。仙人的女儿见了,神魂为之颠倒。仙人于是念起咒文,用法力叫林伽神把他打落下界。地上却发生了大洪水,世界在毁灭。湿婆便祈求诸神把林伽请到世间,世界秩序逐渐得到恢复,从此,他成了人们崇拜的对象。

这是一则糅合了宗教元素和大洪水元素的神话。它不是一则纯粹意义上的洪水神话,因为依神话所言,人间虽然发起了洪水,世界面临被毁灭的危险,但却并未像真正的洪水神话中那样,旧的世界,包括人类都遭到毁灭,新的世界诞生。

(二)传说

1. 历史传说

柬埔寨最重要的传说就是前文所述的建国传说。传说中讲道,公元 1 世纪时,谷特洛岛上有一位聪明美貌的女首领,名叫柳叶。她统一了该岛附近的诸部落,自立为王,人们称她为柳叶公主。后来,有一位名叫混填的印度南部婆罗门贵族,于公元 68 年沿水路来到岛上,以武力征服了谷特洛岛,娶柳叶为妻,在岛上建立了扶南王国。

2. 风物传说

(1) 金边的由来

金边是柬埔寨的首都。传说《金边的由来》[②]中讲述了它的来历:

---

① 邓淑碧主编:《柬埔寨民间故事》,沈阳:辽宁少年儿童出版社,2001,第33—34页。
② 同上书,第1—2页。

一位姓奔的老妇人去河边提水,发现了一棵从远处漂来的基枝树。乡亲们合力将大树拖上岸,发现树洞里有四尊青铜小佛像和一尊石制神像。奔老太太请人在家搭起佛龛,供奉佛像,然后在她家的西面堆起一座大山,并用那棵基枝树的树干作柱子,在山上建起了一座寺庙,将四尊佛像安放在寺庙里。据说佛像一直十分灵验,帮助人们实现各种愿望。为了纪念这位慈善的奔老太太,后人就称这座山为"百囊奔",称这座寺庙为"瓦百囊奔"——高棉语中,"瓦"意为寺庙,"百囊"意为山。后来,柬埔寨迁都到此地,正式把这座新王都命名为"百囊奔"。

一开始,华侨称它为"金塔",后来为了与奔老太太联系起来,便改称为"金奔"。"奔"和"边"这两个字的发音很相近,那些从中国广东沿海一带移居到柬埔寨的华侨渐渐把"金奔"念成了"金边"。这便是"金边"的由来。

(2) 吴哥窟的由来

吴哥寺又称小吴哥,由苏利耶跋摩二世建于12世纪初,现在是柬埔寨吴哥地区艺术成就最为杰出,也是保护修葺最为完好的历史遗址。苏利耶跋摩二世修建这座寺庙是为了奉献给毗湿奴神,并在自己死后作为寝陵。吴哥寺是高棉古典建筑艺术的高峰,它结合了高棉寺庙建筑学的两个基本布局:祭坛和回廊。祭坛由三层长方形回廊环绕须弥台组成,一层比一层高,象征印度神话中位于世界中心的须弥山。在祭坛顶部矗立着按五点梅花式排列的五座宝塔,象征须弥山的五座山峰。寺庙外围环绕一道护城河,象征环绕须弥山的咸海。如今,吴哥窟的造型,已经成为柬埔寨国家的标志,出现在柬埔寨的国旗上。

柬埔寨民间流传着《关于吴哥的传说》[①],其情节梗概如下:

有一位叫月香的仙女,是因陀罗的女儿。因为偷花,她被罚与凡间男子林生结为夫妻,罚期六年。由于生活贫困,仙女织锦以贴补家用。婚后一年,她生下一子。此子天资聪颖,取名毗首羯磨。罚期满后,仙女被迫返回天宫。毗首羯磨长大后,决心寻母。在历经千难万险之后,母子终于重逢。毗首羯磨被母亲带回天宫,学习各种技能,成为建筑大师。之后,他奉因陀罗之命,仿照天宫的牛棚,为投胎在凡间的因陀罗之子花环之光修建了比那牛棚还要富丽壮观的宫殿,即吴哥寺。

这个传说反映出古代印度文化对柬埔寨的影响。在很多神话传说中,天上或者神界一般都寓指产生影响的高棉文化国家或地区,因此一些学者认为,这则传说中仙女的国度可假设为古代印度或者印度教;而因陀罗神要求按照天宫牛棚为花环之光修建宫殿,实际上是柬埔寨按照印度教寺庙的模式建造了吴哥寺。正如胡西元在《试论印度文化对柬埔寨历史的影响》一文中所说,"印度的笈多艺术风格也传到柬埔寨,在此发展。由于印度文化在柬埔寨的长期积蓄发展,也由于柬埔寨人善于吸收、改造,真腊

---

① 邓淑碧主编:《柬埔寨民间故事》,沈阳:辽宁少年儿童出版社,2001,第3—9页。

吴哥时期形成了举世闻名的柬印文化融合的代表——吴哥文化"①。

3. 风俗传说

在柬埔寨民间,父母为了使待嫁的女儿皮肤白嫩、容貌美丽,同时也静心学习一些女红,就让其待在闺房中,不许出门,不与男性见面。关于这样的风俗,流传着一段《姑娘住闺房的来历》的传说:

一个女孩被盗贼骗到森林深处当了他的养女。为了防止女孩逃跑,盗贼把她关在一间小房内。时间一长,女孩的脸色变得苍白。盗贼担心养女得病,便请来民间医生老妇人为其治病,姑娘恢复了健康。老妇人想为这位美丽的姑娘找一个般配的意中人。一次偶然的机会,她遇到了一位学艺回乡的英俊青年。在老妇人的撮合下,姑娘和青年终成眷属。而姑娘的养父也对自己作盗贼的恶行幡然悔悟,决定远离他们,不再回来。当这对年轻人回到村民当中时,人们称他们郎才女貌、天生一对。老妇人说:"这美丽的姑娘是从闺房中走出来的。"于是,这就成了流传在柬埔寨民间的习俗。②

这个故事还反映出了世界许多地方少女月经初潮时须隔离的习俗。故事中提到强盗把女孩单独锁在一间小屋里,每当吃饭,或有什么好吃的东西的时候,他都从窗户把东西递进去给女孩吃;而女孩被关在屋子里很多年,直到长成了大姑娘,由于长期不出门、不见阳光,身材瘦削、脸色苍白;后来,在快来月经时服了老妇人配的草药,才恢复了健康。这与很多地方将月经初潮的少女紧闭在小屋或笼子里的习俗类似。弗雷泽在《金枝》中就记载了这样一个例子:"婆罗洲的奥特达农人把八岁或十岁的女孩子关在家里一个小房间或密室里,长期不和外人接触。这间密室,同本宅其他部分一样,都是建在离地面很高的木桩上。女孩住在里面,几乎完全处在黑暗之中。不得以任何借口,哪怕是最急切的需要,离开住房。在她幽禁期间,家里亲属也都不能见她,只有一个女奴专门伺候她。幽禁期限通常为七年。由于长期缺乏运动对她的发育成长很有影响,待到成年将她从小室里放出来时,脸色苍白,皮肤蜡黄。"弗雷泽对这种习俗作了如下分析:"少女月经初潮时普遍受到许多限制和幽禁,其原因在于原始人对于月经出血极端恐惧。""可以说妇女月事来时需要隔离的目的是要化除其危险影响。对于第一次月经来潮的姑娘特别小心严格隔离的原因,就在于人们认为其危险特大。预防措施即姑娘不许触地和不见太阳。"③

柬埔寨女孩自古就喜欢扎耳朵眼儿,戴漂亮的耳环。关于这个习俗,也有一段传说,叫《扎耳朵眼的来历》:

一个富翁想娶一个女佣人为妾。女主人得知后,辱骂、殴打了女佣人,还用铁钉钉

---

① 胡西元:《试论印度文化对柬埔寨历史的影响》,《东南亚纵横》1998年第2期,第39页。
② 邓淑碧主编:《柬埔寨民间故事》,沈阳:辽宁少年儿童出版社,2001,第39—43页。
③ [英]詹·乔·弗雷泽著,徐育新等译:《金枝(上册)》,北京:中国民间文艺出版社,1987年,第312—314页。

在她的耳垂上以示惩罚。富翁请人做了各式耳环、耳针、耳坠给女佣人戴上,本意是遮挡她耳朵上的缺陷,却意外地发现美丽异常。后来,连富翁的妻子也对此羡慕不已,于是大家竞相效仿,以扎耳洞、戴耳饰为美。此后,这种行为便在民间流传开来,慢慢成为一种习俗。①

（三）民间故事

民间故事是柬埔寨内容最丰富的民间文学类型,不仅数量繁多,且形式多样。柬埔寨人习惯将其民间故事笼统地分为两大类:一类叫作"真实的故事",另一类叫作"创作的故事"。所谓"真实的故事",讲述的并不一定是真人真事,而是指故事的成分停留在人们认为真实、合理的范围之内,故事叙述的内容与人们的日常生产、生活大致相同,并不存在过多的超自然的虚构成分;而"创作的故事"则类似于平常所说的"幻想故事""魔法故事"等,这类作品中往往存在一些神化的、异想天开的成分,或赋予故事主人公以超乎常人的能力,或将动物拟人化等。但无论是哪种故事,往往都是用来表达广大人民对某种特定事物的追求,对美好生活的向往,或是对一些普遍规律和社会道德规范的认同的。按照民间故事的内容,可以将其分为动物故事、魔法故事、生活故事和民间笑话等类型。

1. 动物故事

柬埔寨的动物故事多取材于源自印度的《佛本生故事》和《五卷书》,借由这些故事深入浅出地说明一些道理。例如,《鸽王和鸽群》讲的是一只鸽王带领一群鸽子在稻田上空觅食。鸽群禁不住猎人撒下的稻谷的诱惑,执意要飞下去吃稻粒。鸽王只好随鸽群一起落入猎人的网中,再因势利导,想办法逃脱。在鸽群意识到自己的错误时,鸽王鼓励大家齐心协力挣脱网绳。终于,它们带着捕鸟笼一起飞向天空。后来,它们停在一个白蚁堆上。在鸽王的朋友鼠王的帮助下,鸽群终于飞出鸟笼。② 这个故事的内容与《五卷书》第二卷中鸽子的故事基本一致。

在柬埔寨动物故事中,以兔子为主角的故事占了很大比重。在柬埔寨人民心中,兔子是一种机灵的小动物。它常常以两种形象在故事中出现:一是公正判官——机智勇敢、见义勇为、抑强扶弱;二是耍小聪明、好吃懒做、谋求私利的角色。例如,在《兔子的故事》中,水獭、鸡、鹰、虎和兔子五只动物准备合力建房,每天四只动物上山割草,留下一只动物烧饭。别的动物都尽职尽责,唯有兔子贪玩不干活,既不愿去割草,又不会做饭,只会搞恶作剧。③

在这则故事中,兔子虽然狡猾奸诈、耍小聪明,但其机灵、可爱的形象依然让人捧腹不已,深得人们的喜爱。有关兔子的故事,既揭露了兔子谋求私利的不良习性,又表

---

① 邓淑碧主编:《柬埔寨民间故事》,沈阳:辽宁少年儿童出版社,2001,第44—45页。
② 同上书,第300—301页。
③ 同上书,第241页。

明了弱小的兔子面对强敌时,善于保护自己、求得生存的聪明才智。因此,它们实际上较为真实地反映出了古代柬埔寨小农经济社会中一部分普通农民的心态和生活现实。

2. 魔法故事

较其他类型的故事而言,柬埔寨的魔法故事情节往往更复杂,篇幅也更长,内容大多为宝物故事。故事中出现的宝物会造福于正面人物,尤其是贫困潦倒的弱势群体,而对于那些居心叵测或贪得无厌的人,宝物不仅会失去其神奇功能,有时还会带来祸害。

这一类型的故事数量不少,本章中试举两例,以求窥一斑而见全豹。

(1)《一只神奇的公鸡》

从前,有一对夫妻,由于家境贫寒,只能让两个孩子自谋生路,临分别时,给了它们一小锭银子。兄弟俩用父母给的银子向一个爪哇人买了一只猎公鸡。他们风餐露宿。有一次,他们在一棵树下吃饭,吃完就躺下睡着了。这时,雷神觉得他的宝座突然变得特别热,很不舒服,他用慧眼向凡间扫视了一遍,发现有两兄弟在受苦受难,于是决定救救两个孩子。雷神在孩子们身边变出两眼井,并在井沿上刻了些字,表明第一眼井会让人消亡,第二眼井会让人起死回生。兄弟俩醒来后,先用公鸡做了一次实验,果然如刻的字所言,公鸡扔到第一口井里后马上就消失了,倒入第二口井的水,公鸡又立即出现,而且变得比以前更美丽。兄弟俩亲自尝试,结果都成了英俊不凡的少年。

他们继续长途跋涉。有一天,兄弟俩商量要试试猎公鸡的本领如何。他们布置好圈套,把公鸡拴在木桩上,公鸡扇了三次翅膀,开始啼叫。当地镇长的女儿像着了魔似的,不由自主地朝着有叫声的方向走去,不知不觉地走进了两个青年设下的圈套之中。兄弟俩抓住了这个年轻姑娘,把她带到镇子里,挨家挨户叫卖,最后到了镇长家,镇长按捺着怒气用三大锭银子赎回了女儿。恰巧一个宫廷的官员目睹了这一切。回宫之后,他把这只猎公鸡的奇事禀告了国王。国王听后,立即召见两个年轻人,并许诺他们说,如果能用猎公鸡捉住正宫娘娘,就用整个王国换取这只猎公鸡。结果,公鸡扇了三次翅膀,啼叫了三次,王宫的墙倒塌了,王后跑出来,并跑到了兄弟俩设好的绳套里。国王信守了自己的诺言,让位给两兄弟中的哥哥,让弟弟作了亲王,还把王后和所有的嫔妃都献给了兄弟俩,国王自己则抱着那只公鸡离开了王宫。

他四处流浪,有一天觉得筋疲力尽,便用公鸡捕猎,公鸡却一声也不啼叫,只是在泥土中扑棱。一会儿,来了一只象王,它向公鸡发起进攻,用象牙把公鸡推进土里,没想到两颗大象牙却脱落了。国王放好象牙后便饿晕过去。两个漂亮的姑娘从象牙里出来,给国王准备了丰盛的午餐,随后又重回象牙。国王醒后,享用了美味佳肴,又继续赶路。又一天,国王以同样的方法获得了犀牛王的角,犀牛角里也藏着一个女子,为国王准备了美味的食物。最后,在一个美丽的地方,当国王熟睡时,公鸡扇了扇翅膀,啼叫了三次,一座繁华的城市和金碧辉煌的宫殿便出现了。国王醒来后,惊喜之余,回去取回了藏好的象牙和犀牛角。当天晚上,三位美貌的女子分别从象牙和犀牛角中钻出来。国王将她们封为王后。这座美丽的城池被称为花城,猎公鸡也被赐封了一个显赫的官职。这位国王在位一百年。当他驾崩时,这座花城连同三位王后都消失了,因为这原本就是天宫,而天宫只会出现一次。

(2)《螃蟹救穷人》

从前有个孤儿叫卡列。在梦里,他得到已故父亲的启示,于是每天去一个窝棚旁的螃蟹洞里挖一只螃蟹,拿去市场卖。一个财主的小女儿每天都买他的螃蟹,悄悄爱上了卡列,可是她的爱情遭到了全家人的反对。最后,她宁愿被父亲逐出家门,还是选择了跟卡列在一起。卡列依然每天去挖螃蟹,夫妻俩美满地生活着。妻子心疼丈夫,不愿丈夫每天那么辛苦地去挖螃蟹,所以偷偷地把螃蟹洞挖了个底朝天。第二天,卡列来到了一片狼藉的螃蟹洞,只看到一只又红又亮的大螃蟹壳,于是伤心地把它带回家,放在高脚屋下。夜里,妻子在临睡前准备把一把银币放到箱子里,却不小心掉落了一枚,顺着地缝滑到屋子下面,正好掉进了螃蟹壳里。第二天。她再去找时,那枚银币已经变成满满一螃蟹壳的银币了。夫妻俩又尝试着把瑞尔、金币、宝石等放进螃蟹壳。过了一年,他们的金银财宝就多得数不清了。妻子很想念父母,于是决定回家看看。经过一番周折,贪财的老财主终于相信女儿女婿不再是穷光蛋了,立即派人把他们接回来同住。可是,没过多久,老财主就患重病去世了。几个尖酸刻薄的姐姐拿着妹妹给的钱去花,但钱立刻就会变成大大小小的螃蟹壳,让她们在卖主面前出尽了丑。善良的小妹妹和他勤劳的丈夫却一直过着幸福美满的生活。丈夫仍每天去挖螃蟹。他们把金银财宝都分给了穷人,穷人都很感激他们。

3. 生活故事

柬埔寨的生活故事有几个突出的特点:对比故事丰富;故事中常出现四个主人公;判案故事多,判官则往往是聪明的兔子和公正的国王等。

对比故事指的是故事中常常出现两个个性、形象鲜明的主角,由于他们处理事情的态度不同,从而导致了不同的结果。故事的主题一般是体现了善有善报、恶有恶报的佛教思想。例如,《挖木薯的故事》讲的是两个小女孩挖木薯的不同劳动经历。一个小女孩在挖木薯的时候,不小心把铲子掉到了洞里,一只头上长疮的老虎帮她把铲子取了出来。虽然老虎疮口上蠕动的蛆和飞来飞去的苍蝇让小女孩感到恶心,但为了报答老虎的恩情,她还是耐心地用小树枝挑开那些疮口上的蛆,并安慰老虎说疮不臭。老虎给女孩的筐里装满了金银块。这件事情被住在附近的一个妇人知道了,她也让自己的女儿去同样的地方挖木薯,并故意把铲子丢进洞里。老虎也帮她取出了铲子,并要女孩给它挑疮口上的蛆。女孩却直说疮很臭。老虎抓了很多眼镜蛇,装满了女孩的筐子。女孩一回到家,眼镜蛇便把急不可耐地打开筐子的母亲当场咬死了。①

《两个朋友》讲的是两对夫妻舀大海的故事。一对夫妻勤劳、执着,他们决心舀干大海,并日日劳作,坚持不懈。他们的举动惊动了鱼王。为了避免大海被舀干,鱼王下令送给夫妻俩金银各五罐,请求他们停止舀海水。夫妻俩欣然答应,从此过上了富裕的生活。另一对夫妻听说了此事以后,也想效仿,但他们又懒惰又不齐心,鱼群也没把他们当回事,他们只能空手而归。②

四个主人公的故事常常与判案故事相重叠,通常是四个人一起做一件事情,之后发生了纠纷,请某个人评判,最后得出公正的结论,例如,《四个不孝之子的故事》《四个男子种椰子树》《四个学手艺的男子》等等。

判案故事则是柬埔寨民间故事中别具特色的一种,不仅因为其数量多,更因为故事中作为法官的是两类极具特色的主角:兔子和国王。其中,兔子当判官的故事有《道士救老虎》《穷人和财主》《兔子的故事》《兔子帮助男子求亲的故事》《狼吃鱼虾的故事》等等;国王判案的故事有《房主和借宿者的故事》《绍盖射鱼鹰的故事》《模仿财主致富的故事》《三个财主的故事》《一起偷牛案》《一起翻船案》《两个遭难的男子》《两个男子争抢雨伞》《财主的三个儿子争夺遗产》《以牙还牙》等。两类主角的故事大致情节基本类似:人和人之间、动物之间或者人和动物之间发生了纠纷,谁也说服不了谁。在几方闹得不可开交的情况下,先去请一位年长的仲裁者或者法官出面调解、裁决,但法官往往也无能为力,或者议而不决,最后只能请出兔子判官或者国王。故事结局往往都是兔子判官或国王根据实际情况作出了智慧且公正的评判,纠纷各方满意而归。在这类故事中,以兔子为主角的,通常是借兔子的形象颂扬劳动人民机智勇敢、不畏强暴和敢于主持正义的精神;以国王为主角的,则通常是为了歌颂封建君主的贤明、公正和深得人心。

例如,《穷人和财主》讲述一个穷人喜欢闻财主家饭菜的香味,财主得知后便要他交付饭钱,双方发生了争执,于是找到兔子判官裁决。聪明的兔子判官在了解了事情真相后,以其人之道还治其人之身,让财主去拿银元的影子,最终使财主的图谋落空。③

《四个男子种椰子树》讲道,四个男人一起种了一棵椰子树,他们每天分别从与椰子树同样距离的四个方向的四个水池中挑水浇灌这棵树,大家都认为付出了同样的劳动;后来,这棵树结了五个椰子,每个人都想得到剩余的那一个,于是一起去叩见国王,请国王分配;最后,国王判定那个从东边水池挑水浇椰子树的男人应该得到第五颗椰子,因为他每天上午和下午都会被太阳晒着,付出的劳动和汗水比其他人多。④ 故事不

---

① 邓淑碧主编:《柬埔寨民间故事》,沈阳:辽宁少年儿童出版社,2001,第94—96页。
② 同上书,第187—189页。
③ 同上书,第232—233页。
④ 同上书,第209—210页。

但赞扬了国王秉公断案,也体现了劳动人民多劳多得的朴素思想,表达了人们对公平合理的分配制度的向往和追求。

4. 民间笑话

特明吉是柬埔寨机智人物故事中的经典主人公。他是一个农民的儿子,孩提时被财主戏弄过,长大以后,他便央求母亲让自己去财主家当长工,而后以自己的聪明智慧让财主出尽了洋相。后来,财主把特明吉献给国王,国王千方百计刁难特明吉,却终究敌不过特明吉的机智。特明吉是典型的"箭垛式"人物,在柬埔寨可谓家喻户晓,妇孺皆知。《特明吉的故事》中收录了关于他的很多故事,这些故事既有自己的独立性,相互之间又存在一定的联系。例如,其中一则故事这样讲道:

一天,财主出门去与村里的官员谈论事情。财主的妻子差遣特明吉去叫老爷回家吃饭。特明吉便一路大喊,财主从老远就听见了,觉得很没面子,责备了特明吉,并告诫他下回走近了再小声说话。不久,财主外出,家中突然失火了。财主的妻子吓坏了,又让特明吉去叫财主赶紧回来。特明吉一直走到财主身边,才轻声细语地告诉了财主。财主急得大叫,让特明吉立即跑回去把家里的细软物品抢出来。特明吉火速奔回财主家,从火中救出了鸡笼子和空油桶等物,堆在院子中央。财主回来一见这些东西,气急败坏,特明吉却说这些东西是最轻的了。从那以后,财主担心如果继续把特明吉留在家中,自己将会财产尽失,就决定把特明吉献给国王。之后,特明吉又在王宫里上演了一出又一出令人忍俊不禁的闹剧。

(四)史诗和叙事诗

1. 罗摩故事

柬埔寨民间文学的一大特点是深受印度文学的影响。约公元 6 世纪左右,高棉人在印度南部婆罗米文变体——帕拉瓦文(Pallava)的基础上创制了古高棉文字。随着婆罗门教和佛教相继从印度传入,用梵文书写的《吠陀》《往世书》等也传入扶南,但在民间口头流传最广的,还是印度两大史诗《罗摩衍那》和《摩诃婆罗多》。

针对印度的罗摩故事开始传入柬埔寨的年代问题,学界大致有两种看法:第一种认为,它是在公元 1 世纪至 6 世纪的扶南王国时期传入的。其依据一是考古学家在柬埔寨发掘出的公元 5 世纪的哈努曼铜像;二是语言学家从公元 5 世纪的高棉碑铭中发现,当时已经有了内容是宗教布道和史诗《罗摩衍那》《摩诃婆罗多》的"讲故事"形式出现。[1] 第二种观点则认为,罗摩故事是从公元 9 世纪至 15 世纪上半叶的吴哥时代之前传入的。其根据是在柬埔寨保留至今的吴哥古迹上的浮雕,尤其是吴哥寺中几百米长的浮雕回廊,足以说明至少在吴哥时代之前,印度的两大史诗就已经非常流行了。显

---

[1] Pich Tum Kravel:"Reamker", *Seminar: Ramayana's Influence Towards Performing Arts*, Bangkok: Thailand Cultural Center, August14, 2004.

然,两种观点都认为,吴哥时代是印度罗摩故事传入柬埔寨的年代下限。

古高棉的碑铭有两种语言文本,一种是梵文文本,其中多半是以歌颂国王为内容的赞美诗;另一种是古高棉语文本,多为散文体作品,更多地描写人世间的事情。值得注意的是,罗摩的名字一直反复出现在古高棉的碑文之中。毫无疑问,罗摩是当时流传的神话故事中最主要的人物。柬埔寨当地的许多人名和地名都与罗摩故事有关,也证实了这一点。同时,大量的梵语碑文也表明,在吴哥时代以前很久,《罗摩衍那》《摩诃婆罗多》和《往世书》就已为高棉人所熟知了。例如,16世纪的K.359碑文中便提到了为寺庙提供史诗抄本和每日背诵史诗的情况。而考察各种长短不同的赞颂性的碑文,就可以看出,国王们非常喜欢自比为婆罗门教的神祇和英雄,特别是阿周那和罗摩等。在11世纪的K.289号高棉碑文中,赞颂了一位名为商罗摩的将军,说他英勇地面对敌人时,就像"罗摩面对罗波那一样"。

除上述口传、碑铭、浮雕等文本形式外,柬埔寨的罗摩故事还以艺人说唱、舞蹈、戏剧、绘画等多种形式流传。但由于古代的记载方式较为落后,加之吴哥王朝衰亡后数百年的战争破坏,最初的舞台唱白剧本早已遗失殆尽,只剩下某些舞蹈片段和戏剧残本,以及吴哥古迹上流传千古的浮雕画面了。

19世纪末,吴哥寺的罗摩故事浅浮雕令一批来自欧洲的旅游者为之倾倒。此后,柬埔寨的罗摩故事便成为部分法国学者们关注的焦点。在法兰西学院的赞助下,1900年,法国远东学院成立。经过艰苦的努力,艾莫尼埃(E. Aymonier)发掘和调查了在古代柬埔寨的领土范围内几乎所有遗存至今的肖像。此后,在历史学家、考古学家的共同努力下,遗迹得以很大程度地恢复,还完成了鉴别史诗画面、情节的艰巨任务。费诺(L. Finot)、古鲁贝夫(V. Goloubew)和戈岱司(G. Goedes)是这个杰出的学者队伍中的重要成员。

值得注意的是,在鉴别和确认史诗画面的过程中,学者们起初以蚁垤的梵文版《罗摩衍那》为依据,后来却发现,整个浅浮雕故事并不符合蚁垤文本的框架。他们很快走出了误区,把注意力投向了罗摩故事的地方文本上,从而深化了对柬埔寨罗摩故事文本的研究。

在柬埔寨流传的罗摩故事是东南亚最早的罗摩故事文本之一,它与泰国、印尼爪哇的罗摩故事文本间存在相互影响关系。萨威洛斯·普(Saveros Pou)认为:最古的高棉罗摩故事文本的主要载体是碑文和浮雕,也就是罗摩故事的雕刻文本;然后罗摩故事的雕刻文本朝着两个方向流变:一个方向发展成泰国的《拉玛坚》(Ramakien),另一个发展为最古的高棉文本《罗摩赞》。而这部最古的高棉文本在继续发展的过程中,又吸收和融合了泰国《拉玛坚》中的成分,也借鉴了印度南方的泰米尔文本和爪哇的罗摩故事文本中的元素,从而逐渐形成了后世的多个罗摩故事文本,其中包括仍在流行的口传文本。①

从 15 世纪至今,罗摩故事一直是高棉文学发展的动力之一。长期以来,改写罗摩故事、为考尔剧(Lekhon khol)配唱词,以及吟游诗人的巡回演唱等,都是民众所喜爱的文学艺术表现形式。它们使得高棉的罗摩故事文本不断得到丰富和发展。可以说,和泰国、缅甸,以及印度尼西亚的情形一样,罗摩故事在柬埔寨的文学、文化中的影响几乎是无处不在的。

2. 民间叙事诗

在柬埔寨民间文学中,韵文体作品占据了很大的比例。流传下来的柬埔寨早期口头文学作品都是韵律严谨、能吟能唱的古体诗。它们吟诵时顿挫有节、优雅动人、耐人寻味;歌唱时旋律悠扬、悦耳动听、回味无穷,深受本国人民喜爱。早在扶南王国时期,在印度文明的影响下,每年阴历六月十五日,古高棉人都要举行维莎迦节,以纪念佛祖释迦牟尼的诞生、成道和涅槃。寺院里的比丘们聚在一起吟诵诗文。这些诗文所使用的语言随时代的不同、宗教信仰的更迭而变化,最初用梵语——婆罗门教和大乘佛教的语言,后来用巴利语——南传上座部佛教的语言,最终使用了民族语言高棉语。

(1)《罗摩赞》

在柬埔寨民间口头流传的罗摩故事有许多种,但用文字记载下来的正式文本只有位于金边的柬埔寨宗教事务部佛教研究所于 1937 年首次出版的《罗摩赞》(Ramakerti)。《罗摩赞》是吴哥时代最著名的一部长篇叙事诗。由于受到印度史诗《罗摩衍那》的影响,作品中主要人物的名字、故事发生的地点,以及自然景物描写等方面均与其多有相似,但在人物形象的塑造、作品宣扬的教义、故事的开头与结尾等方面却又不尽相同。《罗摩赞》是罗摩故事在柬埔寨民间流传了几百年之后才被整理、记录下来的。

《罗摩赞》现存仅 16 册,即第 1—10 分册,和第 75—80 分册,其余 64 册失传。目前通行的《罗摩赞》版本是卡尔普莱斯(S. Karpeles)依据瓦塔查雅翁亲王保存在河内法国远东学院的版本编辑的。编者在前言中强调说:"出版尚存的这些故事,旨在引起人们的重视,以便共同寻找那些现已失传的故事。"柬埔寨战前著名的人文学教授纽·泰姆的研究成果表明,《罗摩赞》第 1—10 分册的原稿大约完成于公元 17 世纪至 18 世纪哲塔四世王(Chettha IV)至安恩王(Ang Em)时期;而第 75—80 分册则是在公元 18 世纪至 19 世纪时的安恩王至安东王(Ang Ton)时期续写的。

《罗摩赞》被称为吴哥时期最有价值的民间叙事诗,直接体现了以两大史诗为代表的印度文化对柬埔寨民间文学的影响,反映了柬埔寨民间文学和作家文学彼此间的亲密关系,在柬埔寨文学史中享有盛誉。

---

① Saveros Pou: *Asian Variations in Ramayana*, Delhi: Sahitya Akademi,1981, pp. 256—257.

(2)《东姆与狄欧》

《东姆与狄欧》又被译为《冬貂》。它取材于15世纪时,在柬埔寨发生的一个真实事件,起初在民间口头流传,19世纪末时,乌东王朝末期的著名诗人桑托沃哈·莫克(1846—1908年)在搜集了民间流传的各种相关版本后,进行了整理、加工,最终将这个故事以八言律诗的形式写出。1915年,诗人索姆又将此诗改写成了七言律诗。1942年,诗人努·冈又重新将它写成八言律诗,更名为《狄欧艾克》,并在1944年的全国文学作品大赛中获一等奖。这部长篇叙事诗还被改编成了戏剧,也是深受人们喜爱的传统剧目。2003年,这一题材被拍成了电影。下面节选一段东姆逃离寺院找到狄欧时,两人倾诉衷肠的对话:

> 狄欧:妹妹好比一朵花,哥哥就是一只蜂;
> 　　　蜂儿绕着鲜花飞,采得花蜜会离去。
> 东姆:哥哥好比一雄狮,妹妹就是深山洞;
> 　　　狮住洞中多自在,心满意足不离去。
> 狄欧:妹妹好比一码头,哥哥恰似河中舟;
> 　　　船儿靠岸得安定,船行岸留情悠悠。
> 东姆:哥哥好比一条鱼,妹妹恰似一江水;
> 　　　哥妹鱼水情意深,难舍难分永不离。
> 狄欧:妹妹好比一棵树,哥哥就是那鹦鹉;
> 　　　今虽搭窝在树上,有朝一日难留住。
> 东姆:哥哥好比一头象,妹妹就是蔗一根;
> 　　　象见甘蔗当宝贝,哪会见宝不动情。[①]

此外,17世纪至19世纪间,在柬埔寨还盛行两种题材的叙事诗,其一为反映宫廷生活的作品,有的是御用文人根据所见所闻写成,还有的出自国王、王族之手。流传至今的精品佳作有《佳姬王后》《索昆唐的故事》《皇叔的故事》等。其二是反映宗教内容的,大多与上座部佛教教义,如主张坐禅行善,宣扬因果报应等有关。其中数量最多的是各类本生故事,较著名的有《十本生经故事》《五十本生经故事》《五百本生经故事》《毗输安怛罗王子的故事》《摩诃绍特的故事》《少年波果儿的故事》《真那翁的故事》等。这些叙事诗篇幅本身较长,在民间流传的往往只是故事中的主要情节,其中一些被改编成说唱词或戏剧,在乡村演出,丰富了人民大众的业余生活。

过去,柬埔寨男子在青少年时代都要出家。他们从小在寺庙里习文练武,接受佛教的灌输和熏陶。人们常说"柬埔寨的文学寓于寺庙之中",就来源于此。只有少数学

---

① 本段摘译自桑托沃哈·莫克的八言律诗版本。

问高深的人才能读懂古老的巴利文佛教经典,由此就产生了"解经文学",即把佛经故事译成地道的高棉文,刻在贝叶上,保存于寺院中。这些故事语言优美、情节跌宕起伏,加上人们对佛教本身的信仰,很容易从思想境界和意识形态上引起共鸣,尤其是在外族入侵、国土沦陷时,人们更愿意把渴求和平、安宁的愿望寄托在佛祖身上,相信佛祖能够拯救众生,帮助人们摆脱战乱和贫穷的困扰。

三、民间歌谣

（一）歌谣

高棉民族是喜爱歌唱的民族,人民大众在生产、生活实践中创作出了很多口头歌谣,它也是产生最早的民间语言艺术之一——在田间耕作的人们哼起劳动号子时,会忘却疲劳;在收割季节,人们唱起欢乐的歌谣,举行庆丰收仪式,迎来丰收的硕果;农闲时节,青年男女成双成对地用歌谣来表达相互爱恋之情;传统节日的夜晚,人们常常聚集在月光下,围坐在火堆旁,或听老人讲民间故事,或是妇女们在一起谈论家常,还有些人会随着鼓点一边跳着南旺舞,一边唱起欢乐的歌谣。

柬埔寨民间歌谣可分为劳动歌谣、礼俗歌谣、爱情歌谣和摇篮曲等类型。

1. 劳动歌谣

生活在19世纪的柬埔寨著名农民诗人、故事歌手格罗姆·俄依从小酷爱诗歌,具有歌唱天赋,经常随身携带乐器,走乡串村,自编自唱一些农民喜闻乐见的歌谣。其内容涉及范围很广。他劝导人们勤于劳作、善于经营、学习文化、自立自强、尊老爱幼、善待他人,甚至教导年轻人该如何选择对象等。总之,歌谣全方位地反映了农村生活场景和民间的风尚习俗,提倡高尚的道德情操,鼓舞人们奋发向上,还唤醒同胞起来反抗外族的侵略。这些歌谣的内容类似训言,具有鲜明的民族特色和深刻的教育意义,是柬埔寨民间文学中不可忽视的组成部分。下面摘译格罗姆·俄依整理的《农夫的生活》：

> 平整土地修田埂,地要平来埂要直,
> 精心耕作莫大意,水流畅通莫弯曲。
> 雨季来临河水满,溪流淹了水稻田,
> 打开缺口放掉水,低处农田莫埋怨。
> 旱季农闲补田埂,蓄得雨水好种田,
> 想要水稻获丰收,田间管理是关键。
> 糖棕种在田埂上,树干高大叶遮光,
> 耕牛进出总磕碰,方知自己找麻烦。
> 枯叶浮在水稻田,家离稻田十里远,
> 等到发现枯叶时,水稻烂掉才觉冤。

若要想得糖棕果,把树种在屋后边,
日后树大果成熟,包你开心嘴更甜。

2. 礼俗歌谣

在传统节日或欢庆丰收的仪式上,柬埔寨人往往要跳一种在民间最流行的集体舞——南旺舞,以表达欢乐的心情。下面就是一段由男子领唱的南旺舞歌词:

欢乐的人们来相会,
高高兴兴跳起舞,
踏着节拍跳啊跳,
农闲的夜晚多逍遥。
(众人合)嘿比呀!呀!嘿比呀!
大家一起把舞跳!

美丽的姑娘别坐着,
过来和我们一起跳,
展开歌喉大家同唱,
高棉的舞蹈多美妙。
哥哥的家呀住得远,
妹妹来去呀不方便,
让我们尽情地跳吧。
(众人合)花呀!花呀!花!
哥哥只爱茉莉花!

十五的月儿分外明,
美丽的姑娘更加艳,
美若天仙美若天仙,
歌声嘹亮啊舞翩跹。
快来快来一同跳舞,
年轻人啊都来跳舞。
(众人合)退呀!退呀!退!
转身朝后看,姑娘来跳舞!

3. 爱情歌谣

爱情歌谣主要反映男女之间的爱情生活,表现爱情的美好、相思的苦闷等主题,例如:

(1)《酸子树开花》

  萨嘎瓦,酸子树呀开了花,
  清早起来提醒你,快把田来犁。
  犁一垄也行,犁两垄也罢,
  犁田回来搓绳子,妹妹等着你。

(2)《提亲歌》

  芭蕉蕾啊,小芭蕉,
  带上三十串,出门去提亲。
  父亲答应嫁,母亲却不依:
  想要我家女,送个猪头来。

(3)《情歌》

  哥哥抬头望,
  看见鸟归林,
  疑似妹思念,
  哥哥欠妹情。

4. 摇篮曲

吊床是柬埔寨常见的休闲用品,同时也是一种特殊的摇篮。柬埔寨的母亲们常常一边轻摇吊床,一边哼着摇篮曲。摇篮曲的歌词有大众化、地区性的,也有随母亲当时的心情即兴哼唱的。下面就是两首在柬埔寨民间较为流行的摇篮曲:

(1)《少壮需努力》

  我的好孩子,趁幼多学习。
  光阴莫错过,虚度无收获。
  少壮多努力,终生会受益。

(2)《宝宝快睡觉》

  宝宝宝宝,
  妈妈的好宝宝,
  闭上眼睛快睡觉,
  一觉睡到太阳照。

  宝宝宝宝,
  妈妈的好宝宝,

> 不要哭来不要闹,
> 锅里的饭要熟了。

> 宝宝宝宝,
> 妈妈的好宝宝,
> 喷香米饭吃个饱,
> 背着书包上学校。

(二) 谚语

谚语是劳动人民用精练的语言,总结生产斗争、阶级斗争以及各种社会生活经验的语言艺术结晶。它是一种具有教育意义、有认识作用或含有哲理的民间传言。[①]

柬埔寨民间谚语源远流长,是高棉民族集体智慧的结晶。谚语不仅反映出广大民众的生产、生活经验,也体现着人们丰富的精神世界。其语言精炼、内涵丰富、比喻贴切、形象生动。

柬埔寨谚语的形成主要有三大来源:一是来自劳动人民的生活实践;二是来自口头流传的民间故事和传说;三是来自优秀的作家文学作品。其中,数量最多的是反映了高棉人民真实生活的第一类。而按照柬埔寨人的习惯,谚语又可据其内容分为八类:

第一,揭露剥削者对财产、权势的贪婪之心;

第二,表达劳动人民对人生的体验;

第三,体现人民内部团结互助的精神;

第四,劝导人们勤奋工作,任劳任怨;

第五,反映农村生产状况;

第六,提倡办教育、学文化;

第七,提示人们不要在生产过程或日常生活中犯类似谚语中的错误;

第八,诠释社会上的各种现象。

在本章中,据其功能,将柬埔寨谚语归纳为五类来进行讨论:

1. 社会类谚语

社会类谚语主要反映阶级关系、阶级矛盾及剥削者的丑恶。例如:

> 十条河水填不满一个海。
> 狗吃人屎,好比国王与王位。
> 蚯蚓从不厌恶泥土,官吏从不嫌弃金钱。

[①] 钟敬文主编:《民间文学概论》,上海:上海文艺出版社,1980年,第313页。

2. 生活类谚语

生活类谚语主要涉及人们对日常生活中经验教训的总结,以及与生活相关的方方面面的事情。

  恼怒须压抑,贫穷应勤求。
  人生一世,最终是一捧骨灰。
  宁肯损失一袋钱,不可诺言不兑现。
  妻子精打细算,家中有吃有穿。

3. 生产类谚语

生产类谚语主要是人们对生产过程中的经验教训的总结。例如:

  大风起快扬帆,时令到快犁田。
  听见雷声响,莫忙淘水缸。
  只有先种果树,才能吃到果实。
  莫在象道上播种。

4. 自然类谚语

自然类谚语是人们通过对自然界的观察,总结出的关于自然现象的规律。例如:

  水凉鱼聚,水热鱼散。
  穗空茎直挺,穗实茎低垂。
  果子落地不会远离树根。
  水涨鱼吃蚁,水退蚁吃鱼。

5. 其他谚语

  趁清早好入林,趁年幼好入寺。(指学知识)
  宁愿己死,不愿国亡。(指爱国)

(三)谜语

民间谜语属于短小的韵文类口头创作,是一种一问一答的语言艺术形式。它通过一方用迷惑性的言语描述某种事物来提出问题,由另一方根据所提问题的线索猜出这种事物是什么,也就是一问一答。[①] 谜语由两部分组成:问的部分和答的部分,即谜面和谜底。

柬埔寨的民间谜语丰富多彩,按照谜底的性质,可以将其分为事谜、物谜、字谜等,由于字谜是建立在对柬埔寨语言和文字了解的基础上的,本章不作具体介绍,仅以事

---

① 毕桪主编:《民间文学概论》,北京:民族出版社,2004年,第319页。

谜和物谜为例。

1. 事谜

事谜一般以人的行为动作、心理活动和劳动行为等为谜底。其谜面多着眼于某一运动或活动的情节。① 典型的柬埔寨事谜有：

　　四只脚朝下，四条腿朝上，三个头摇晃，一条尾发僵。（谜底：两人抬一头猪）

2. 物谜

顾名思义，物谜的谜底一般是某种实物，包括动物、人、植物、自然物、乐器等。在柬埔寨，这类谜语不仅数量多，内容极为丰富，而且极富柬埔寨本土特色。例如：

　　头上顶着一团火，脚上长着两只角。（谜底：公鸡）
　　走起路来摇摇摆摆，用手扫地，用手把花采。（谜底：大象）
　　吃了睡，睡了吃，有人说是猪，你猜他是谁？（谜底：国王，懒人）
　　大腹便便，像蚂蟥一样专门吮吸百姓血。（谜底：贪官污吏，吸血鬼）
　　树干像炷香，叶子像个盘。（谜底：莲杆与荷叶）
　　树干像柱子，树叶像板子。（谜底：香蕉树）
　　从肚子吃进去，从背上拉出来。（谜底：刨子）
　　有脚不会走，有翅不会飞，有口不会说。（谜底：高脚屋）
　　一篮爆米花撒满天空中。（谜底：星星）
　　种下长不出，刀劈劈不开，用力撕不断。（谜底：水）
　　响咚咚，腹中空。（谜底：鼓）
　　像是冬瓜不是冬瓜，像是南瓜不是南瓜，常常放在大腿上，两手交替用劲拍。
（谜底：手鼓）

四、民间戏剧

柬埔寨的民间戏剧于吴哥时代，即公元 9 世纪前后出现。当时著名的古典戏剧《罗摩传》受到了印度史诗《罗摩衍那》的影响，但在人物及故事情节的安排和唱腔的运用方面融合了高棉民族的传统文化元素。吴哥时期最杰出的君主——阇耶跋摩七世（1181—1215 年）的第二位妻子因陀罗黛维是一位博学多才的公主，她亲自创建剧团，对高棉文化艺术的发展和传播起到了积极的促进作用。古典题材的戏剧多出自佛经故事，有《神绶带》《海螺》《真那翁的故事》等，其内容大同小异，程式化特征明显，几乎都是讲述一位王子在少年时遭遇磨难，幸遇神仙点化，学文习武，长大成人后，他又巧遇仙女或公主，与之结为百年之好的故事。在这些故事中，王子后来还会遭受妖魔迫

---

① 毕桪主编：《民间文学概论》，北京：民族出版社，2004 年，第 323 页。

害,被搭救后转危为安,最终当上国王——因为国王是菩萨的化身,最终总会有好报。由此可见,民间戏剧中佛教因果报应思想烙印是很深的。

柬埔寨民间戏剧的发展与柬埔寨的历史密切相关,与民间文学也有不可分割的关系。吴哥王朝之后,民间艺人们把一些著名的民间故事改编成地方戏,这些从内容到形式均为纯粹的高棉民族式的戏剧,如《东姆与狄欧》《特明吉的故事》《阿勒沃的故事》等,在民间流传很广。

从1863年到1953年,柬埔寨受法国殖民主义者统治长达90年之久。在这一历史背景下,著名的"富贵真腊"在政治、经济、文化、艺术等领域都处于落后状态,一些民间戏剧几乎失传,被人们遗忘。随着柬埔寨战乱的结束,柬埔寨王国政府致力于国家的恢复与重建,民间戏剧也得到了相应的重视,重获新生。

柬埔寨的民间戏剧种类很多。它们的形成与人们生活的地区、民族、语言和习俗有着密切的关系。每种戏剧之间既有相通之处,也各有其自身的特点。表演的形式往往不是单一的,而是将说、舞、唱结合在一起,又各有侧重。民间戏剧的种类还可以根据伴奏的乐器、音乐、服装、道具、故事情节等的不同来划分,例如,一种戏剧的表演手法偏重于古典舞蹈,在全剧中占70%甚至更多,那么它就可以被叫作古典舞剧;如果剧中对白的比例占70%或多于70%,以说唱为主,便称为话剧。这些民间戏剧在流传过程中大多没有文字记载,通常由民间艺人一代一代口耳相传,因此没有统一的规定,表演起来比较灵活,编导和演员都有较大的发挥空间。还有一些民间戏剧和在皇室宫廷里流行的柬埔寨古典戏剧有关。一些资料报道说,柬埔寨的民间戏剧有二十多种,为人们所熟知的就有如下十几种:巴萨剧、大皮影戏、小皮影戏、考尔剧、波尔斯德雷剧、依给剧、阿雅剧、柏拉茂特剧、史诗剧、话剧(面具舞剧)、单弦说唱、鼓琴说唱、阿贝剧、芦笙剧等。这些民间戏剧是由柬埔寨劳动人民直接创作出的,他们既是编导,又是演员,他们最懂得也最理解民众的心声。因此,千百年来,民间戏剧为广大人民所喜闻乐见。

柬埔寨民间戏剧中较为重要的类型有:

(一)巴萨剧

巴萨剧(Lekhaon Basak)是一种以对白和说唱为主的古典题材戏剧,大约产生于公元10世纪的吴哥王朝初期。这种戏剧的唱词和对白都是优美的诗句,有专门的唱腔,使用鼓、锣、高棉风琴等乐器伴奏。舞台上有布景和道具,配以灯光。演员身着古装,边说边唱,随着悠扬、起伏的乐声款款起舞。根据剧情的需要,也有丑角和武打动作。

巴萨剧通常演出王公贵族们悲欢离合的浪漫故事,或是与天神、仙女、妖魔鬼怪等相关的神话传说。著名的古典文学作品《罗摩赞》就被改编成了用古高棉文写的巴萨剧剧本。此外,传统剧目还有《真那翁的故事》《东姆与狄欧》《神龙森》等。

到了现代,巴萨剧又有新的发展。桑沙伦是20世纪五六十年代最著名的巴萨剧演出艺人。他擅长扮演国王,拥有很多观众和听众。广播电台还设有每周专栏,专门播放他录制的唱段。当时,金边市有一个家族式的巴萨剧团,在全团八十多人中,除了35人是亲戚外,其余成员就是桑沙伦和他的8个妻子,以及他们生育、抚养的37个子女。他们以在农村巡回演出为生。到了20世纪70年代时,通常每个省都有一个巴萨剧团。

(二) 皮影戏

皮影戏(Lekhaon Sbaik)是另一种著名的柬埔寨民间戏剧形式。柬埔寨的皮影戏分两种:大皮影戏和小皮影戏。小皮影戏的人物剪影小巧,肢体可以活动,表演内容多为本生故事;大皮影戏的皮影人物肢体则不能活动,由皮影艺人举着进行表演。皮影艺人一般要模仿故事中的人物做出各种表情和形体动作。柬埔寨的大皮影戏以《罗摩赞》,又译《林给故事》,为唯一的表演题材。在这一点上,它与面具舞剧、考尔剧、古装戏相似。

据考证,印度两大史诗《罗摩衍那》和《摩诃婆罗多》是随着婆罗门教的传入,而在古高棉民间流传开来的,后经艺人改编、加工,成为具有本民族特点的《罗摩赞》。到了吴哥时代,工匠们运用绘画、雕刻等艺术形式,将《罗摩赞》中的故事情节在吴哥建筑上表现了出来。如果把皮影戏的内容与吴哥寺中的罗摩故事浅浮雕相比,皮影戏人物的画法、姿态、服装和饰物等都与浮雕极为相似。皮影戏的表演看起来很像是栩栩如生的雕刻,而吴哥寺浮雕中人物的动作则如同皮影戏表演时的静止状态。甚至浮雕中故事的叙述采用了同皮影戏相似的系列组合方法,即把几个相关的故事场面分成故事组,再把几个有内在联系的故事组划分成一个相对完整的故事片断。这个例子清楚地证明了表演传统和绘画传统之间的关系。[①]

大皮影戏通常只演出《罗摩赞》的片段,而不是全剧。演出场合一般是在民间的各种传统仪式上,如求雨仪式、为寺院住持或父母以及社会名人祝寿、拜火神仪式、纪念过世的祖先等。

柬埔寨大皮影的人物分为五类——国王、公主、魔鬼、猴子和其他动物、男女百姓等。如按角色在剧中的动作、姿态来划分,则有行走、飞翔、作战、打坐、痛苦、散步、会见、变身、相爱等。

大皮影戏皮影人的制作有着极为严格的规定和固定的程序。制作皮影人和道具的艺人要先将刚宰的牛皮洗净、晾干,在上面画出不同形态的人物或动物形象;然后按划痕进行雕刻。接着涂抹颜料,让颜料渗进雕刻之处;最后用细竹条撑开、抻平,制作

[①] Suresh Awasthi: "The Ramaya Tradition and the Performing Arts", V. Raghavan ed.: *The Ramayana Tradition in Asia*, Delhi: Sahitya Akademi, 1980, pp. 665—666.

工艺才算完成。做一套完整的大皮影戏的人物和道具需要154张牛皮。最大的皮影人有2平方米大小,重达8公斤。值得注意的是,婆罗门教的主神毗湿奴、湿婆,还有莫尼仙人这三个皮影人一定要用自然死亡的牛皮来做,而其他仙人的皮影人则必须用虎皮或熊皮来做。工匠在制作皮影人时,要穿白色的衣裤,而且必须先拜建筑神毗湿奴,然后才能开始制作。此外还规定,皮影人制作必须在一天之内完成,不得拖延。皮影人和道具要存放在一个很考究的坐东朝西的库房中,库房内要有一排排很高的架子,专门用来存放皮影人和道具。库房前还要设一神龛,用来烧香祭拜皮影戏艺术的创造者湿婆神。

在大皮影表演前,剧组人员,包括乐师、配音者、表演者和其他后台服务人员等,都要在备好水果、香烛的舞台前举行仪式,纪念过世的祖先,祈求他们保佑演出成功,为演职人员和观众降福。举行这个仪式部分是为了制造气氛,一方面让演员各就各位、进入角色;另一方面也可使观众集中精力,对演出节目有心理准备。过去,人们使用火把或椰油灯,作为皮影戏中的光源。现在,这种原始的方法早已弃之不用了,一般都改用电灯。按照传统习俗,大皮影戏的表演艺人只举着皮影人表演,另一些人则在舞台侧面说唱,说唱词均为高棉古体诗,并由宾柏乐队伴奏。宾柏乐队主要由箫、锣、鼓等民族乐器乐手组成。

大皮影戏与柬埔寨人的生活有着密切联系。自古以来,高棉人就信仰婆罗门教和佛教,人们把教义简单地归纳为善有善报、恶有恶报,并把它当成高棉人的行为准则。艺术家们精湛的表演使得罗摩故事深入人心。在劳作之余,人们口耳相传,能够背诵出故事中的许多情节。他们自娱自乐,使自己仿佛置身于另一个世界之中。大皮影戏的表演不仅丰富了人们的业余生活,还净化了他们的思想和灵魂。罗摩、哈努曼是人们心目中的英雄,而罗波那则是他们最憎恨的丑恶形象。正是这些生动、鲜活的人物形象和高水平的表演技艺,给柬埔寨的大皮影戏注入了无限的活力,使之世代相传,直到如今。

(三) 考尔剧

考尔剧是一种与柬埔寨古典文学及宗教联系极为密切的剧种,是一种由宫廷走入民间的古典戏剧。据考据,它产生于公元9世纪前后的吴哥时代。

关于考尔剧名称的含义有两种解释:第一,据20世纪柬埔寨著名的语言大师尊达僧王在《柬语词典》中的说法,考尔剧就是以舞蹈形式专门表演《罗摩赞》的男人戏;第二,法国著名学者乔治·戈岱司解释说它是"猴子舞剧"。现代高棉人则习惯称它为面具舞剧。

同大皮影戏一样,考尔剧表演的内容仅限于《罗摩赞》。表演时间一般与岁节礼俗有关,多在柬埔寨传统新年、求雨仪式或国王生日等特殊日子。最初,考尔剧只在皇宫内表演,后来发展成为大众演出。考尔剧不仅在表演的内容上与大皮影戏相同,其对白和乐曲也大体相似——考尔剧正是从皮影戏发展而来的。

柬埔寨的考尔剧有三个特点:一是剧中角色均由男演员扮演,所以又称男人剧;二是人物脸谱化——扮演人、妖、猴等角色的演员都要戴面具,只有饰演罗摩妻子悉多的演员例外。但"悉多"在化妆时,要先在面部涂上厚厚的白色底粉,其效果与戴面具相差无几。演员的头饰也很讲究,要整个套在头上。泰国和缅甸的罗摩剧头饰与此相同。演出时,舞蹈者、道白者、歌唱者各司其职——舞蹈演员在前台只是跳舞,对白和配唱都由后台的演员担任。考尔剧要求舞者的动作和台后演员的说唱一致、协调,但是修道仙人和丑角可以自己说话。考尔剧的第三个特点是有严格的表演程式,不可随意变动和增减。这与柬埔寨的宗教信仰有关。

每年临近传统新年时,人们要选择一个星期六来举行拜师仪式,为考尔剧的演出做准备。由于演员多为农民,他们忙于种田维持生计,因此,拜师仪式上所需的礼品及所用物品等通常由演员们的亲戚帮忙张罗准备。所有物品都必须备齐双份,一份在祭祖仪式上用,另一份在礼拜村寨的保护神和寺庙的佛像时用。在指定的星期六傍晚,人们从田里收工回家,洗澡更衣后,就去参加拜师仪式。在举行仪式的场地上,摆放着高低不等的桌子,铺有白布的桌上依次放着考尔剧使用的面具。其中,修道仙人的面具放在中间最高的桌子上。它的右边放正面人物,如罗摩、罗什曼那、悉多、哈努曼等的面具;左边放反面人物,如十首王、罗刹等的面具。面具摆放的位置,要按照角色地位的不同而有高低、上下、左右之分。祭坛前面铺有红色席子或红地毯,上面放一个带白色枕巾的枕头,枕头上放有下列物品:一个盛有茉莉花香水的银制高脚钵,钵口上搭着许多根棉线,棉线用来系在演员的手腕上表示祝福,还有剃刀、镜子、香水、槟榔、香烟等。红席子的两边依次排列着对称的花塔。花塔由芭蕉杆制成,上面插花并配有其他饰物,分为9层、7层、5层和3层不等。花塔顶端插有蜡烛。供品还有成对的猪头、生熟各一只的鸡、鸭、鱼和数目成双的香蕉、椰子、点心等。演员分别手持上述供品进入拜师仪式会场,老前辈和演员们一起点燃香烛,在供桌前跪拜。这时,资格最老的祖师爷宣布仪式开始,并致祝词。其大意是祈求树精、天神、玉帝、大梵天、阎罗王等各路神仙保佑高棉子孙平安、幸福,结束语是"善哉"。接着,乐师们奏乐,表达对演员们的祝福,其间还有朗诵和舞蹈表演。当演奏到第31支曲子时,演员们要载歌载舞,表示对师祖的感激之情。整场仪式在第33支曲子演奏完时宣告结束。

拜师仪式结束后的当晚,并不马上表演考尔剧,而是让在场的人们休息、消遣。第二天,即星期日上午,老人们将拜师仪式所用的花塔和部分供品送往村中寺庙的佛堂,准备当天下午将要举行的拜佛仪式。参加此仪式的有包括舞蹈演员、乐师以及幕后的歌唱者、道白者在内的考尔剧剧团全体演员,还有他们的亲戚等等。仪式开始,先点燃香烛,众人向佛像跪拜,接着奏乐,由师父事先挑选好的演员穿好戏装,以不同角色的舞蹈形式拜佛。这些演员分别是戏班主、女演员、恶魔、猴子等各种角色的代表,每种角色 2 至 4 人。

拜佛仪式之后，星期日晚上，剧团才开始演出考尔剧，通常要连续表演 3 到 7 个晚上。表演时间的长短取决于剧团拥有的实力。演出结束的第二天上午，剧团还要举行送师仪式，而后演出活动才正式宣告结束。送师仪式上有僧人诵经。人们为僧人施斋饭，然后将大米、糕点、槟榔、香烟、鱼肉等多种祭品置于芭蕉杆做成的船上，祈请恩师和陪伴恩师的祖先一路走好。之后，人们重返各自的住地。

泰国的孔剧与考尔剧之间具有渊源关系。14 世纪末，暹罗与高棉之间的战争结束后，专门表演罗摩故事的高棉考尔剧便传入了泰国，在泰国称"孔剧"。实际上，泰文的"孔"就是柬埔寨语的"考尔"，二者是同一个词。此后，泰国的戏剧艺术又为缅甸所接受。在东南亚地区，泰文一世王本《罗摩颂》和柬埔寨的《罗摩赞》可能是相近程度最高的两个文本，这与后者对前者的影响是分不开的。

(四) 波尔斯德雷剧

波尔斯德雷剧 (Lekhaon Boul Sdrei) 是以说唱为主的传统话剧。据考据，它起源于乌东王朝时代，但后来逐渐失传，近年来才被重新发现和恢复。波尔斯德雷剧的演员，除两名男演员扮演马和滑稽角色外，清一色为女性。演出时有宾柏乐，亦即民族弦乐伴奏。表演形式比较自由，可一边舞蹈，一边演唱，还可以对白。演员虽穿古代服饰，但讲现代语言，因此普通民众都可看懂。由于该剧与在古代高棉王国宫廷里流行的宫廷舞剧 (亦称为皇家芭蕾舞剧) 比较相似，人们把这两种戏剧比喻为姐妹剧。两者的区别在于波尔斯德雷剧是柬埔寨民间的一种地方戏，具有大众化、通俗化的特点，而宫廷舞剧则是由皇室组织的专业剧团，专门在宫廷内表演，供皇亲国戚观赏。波尔斯德雷剧所表演的内容多为柬埔寨的民间故事和佛经故事。

(五) 依给剧

依给剧 (Lekhaon Yigei) 是一种深受大众喜爱的传统剧种。其表演内容以民间故事、佛经故事为主，情节上也比较程式化、大同小异，都是在说明正义终将战胜邪恶的因果报应思想。逢年过节或农闲时，人们就在临时搭起的戏棚子里面演出依给剧，并不需要太多的布景和道具。开演之前，所有的演员先在舞台上依次亮相，由导演逐一介绍。演出过程中，以演唱和舞蹈为主，并设有专人解说，用手击单面鼓伴奏。

柬埔寨王国政府对民间戏剧极其重视，在金边皇家艺术大学开设了依给剧专业，培养依给剧的继承人。国家广播电台还设有依给剧的专栏节目。

(六) 阿雅剧

阿雅剧 (Lekhaon Ayai) 是一种在柬埔寨民间流行的剧种。自古以来，柬埔寨人民就喜欢对歌，尤其是在民间传统节日新年时，男女青年喜欢玩一种类似中国南方少数民族中"抛绣球"的游戏。最初是男女各站一排，派代表即兴演唱，内容多为猜谜语，一问一答，语言隐晦、旁敲侧击。久而久之，这便形成为了一种曲艺形式。19 世纪末 20

世纪初,一位名叫"雅"的民间艺人以擅长对歌著称,人们就在他的名字前加上表示亲切的"阿"来为这种表演形式命名,称为阿雅。后来,阿雅分成两类,一类仍保留原来的传统,以男女对歌的形式来表演;另一种则以单人歌唱的形式来表演故事情节了,也就是由演员即兴演唱,或表演一些滑稽风趣的故事,类似于说唱小品。

(七)柏拉茂特剧

柏拉茂特剧(Lekhaon Bramaotyai)的意思是供人们欣赏、令人愉悦的戏剧,但近半个世纪以来,这种传统戏剧已经无人问津了。它与波尔斯德雷剧有些相似,除少数滑稽角色外,演员清一色为女性,是集说、唱、舞为一体的综合表演艺术。此种戏剧的产生、发展历史已无法考证,只知道它是在传统戏的基础上,接受了西方影响而来的。演出过程中,高棉民族乐器和西洋乐器混用,以悠扬悦耳的交响乐伴奏。在过去,柏拉茂特剧表演的剧目多为民间传说。

第三节 柬埔寨民间文学研究概述

近代以来,柬埔寨受西方殖民者统治,因此,19世纪以前的柬埔寨民间文学的搜集、整理工作基本没有得到应有的重视。但在柬埔寨有一个好的传统,其国王历来都具有较高的文学修养,他们从小受到良好的教育,懂梵文和巴利文,同时也是虔诚的佛教徒,他们之中,有的善于带兵打仗,或者扩大疆土,或者抵御外国侵略者,还有的国王对民间文学很感兴趣,且多才多艺,在诗歌、戏曲和舞蹈方面都有很高的造诣,由此,在他们建都的地方,大都留下了丰富的民间文学遗产。例如,前文所提乌东王朝的安东国王在位期间,就致力于发展民族文化,修改《男人法》《妇女法》等各种法典,规范语言和文字,有力地推动了柬埔寨文学的发展。

1951年2月柬埔寨独立之前,在当时的宗教事务部大臣绍姆·涅恩的主持下,柬埔寨组建了一个23人组成的《民歌》编辑委员会。其中,负责搜集和创作诗歌的有8人,他们的作品均为古诗体,即七言、八言、九言律诗形式,以继承民族文学的传统。民歌的内容则分为:《歌颂历史篇》《公民职责篇》《民族文化篇》《发展教育篇》等。这些作品皆可吟诵,可对唱。《民歌》分册出版,并由金边佛教学院负责发行,这充分说明王国政府开始重视起民歌的传承问题了。

柬埔寨真正有组织、系统地开展对民间文学的搜集、整理和研究工作是在其独立之后了。民族的独立、经济的发展,为柬埔寨民族文化的继承和发扬光大创造了前提条件。它表现在两个方面:其一,老一辈作家将自己潜心打造、积累多年的佳作公诸于世,或再版过去的优秀作品,新一代作家队伍也逐渐成长壮大。其二,就是民间文学开始得到应有的重视。大量原先散落在民间的口头文学作品,神话、传说、民间故事等,被柬埔寨民俗研究会设立的专门班子汇集、整理起来,先后出版了《柬埔寨民间故事集》(1963年)、《高棉民间舞蹈》(1964年)、《高棉节日志》(1966年),以及由众多教师集体编辑出版的《格罗姆·俄依训言集》(1963年)等成果。其中,《柬埔寨民间故事集》共收录了142篇民间故事,分5册陆续出版,并多次再版。这套书中没有晦涩难懂的梵语、巴利语词汇,题材广泛,寓意深刻,是柬埔寨民间文学研究的宝贵财产。此前一度被外国文化压制的、濒临灭绝的传统民间戏剧——考尔剧、巴萨剧、皮影戏等又重获新生,继续活跃在广大的农村。

这一时期,柬埔寨著名作家、学者李添丁花了7年的时间搜集资料。从1957年9月起,它们先在国家广播电台被连续播出。1959年,柬埔寨第一部《高棉文学史》专著正式出版,其中选入了许多民间文学作品,为后人对柬埔寨文学的深入研究和探讨提供了翔实的资料。2003年,高棉文学研究资料中心又出版了青合迪编写的《高棉文学概况》一书,对高棉民间文学进行了详细的介绍。在柬埔寨战争基本结束后的1990年至1994年间,第三次出版的《柬埔寨民间故事集》已增加到了9册,内容与篇目较之以前均得到了丰富。根据作品内容,书籍的创作单位柬埔寨民俗编委会将整套书籍划分为七大类:第一、二册,共计57部作品,内容涉及社会、文化、经济等方面;第三册,共计53部作品,以司法审判、公平公正为主题;第四册,共计12部作品,其中4部与起源问题相关,剩余8部与第一、二册中的作品内容相近;第五、六册,共计40部作品,主要内容是柬埔寨历史、地理等方面的起源和发展问题;第七册,共计25部作品,主要是动植物故事;第八册,共计29部作品,主要是神话故事;第九册,共计32部作品,内容涉及高棉的风俗习惯。[①]

柬埔寨王国政府在紧抓经济发展的同时,也很重视民间戏剧的恢复工作。现任柬埔寨文化艺术部部长的帕花·黛维公主是西哈努克国王的女儿,本人是极为出色的舞蹈演员。目前,她除了担任领导工作外,还经常深入剧团亲自指导古典舞蹈剧和其他剧种的接班人。在柬埔寨,还有一批专业人才在多方打听、走访民间老艺人。例如,干丹省农村有一位名叫普嘎绍依的老艺人,他从12岁时开始学习民间传统的考尔剧,虽然没有文化,但对唱词记得很熟,并有一副好嗓子,在他1995年病逝之前,柬埔寨文化艺术部曾派专人去老艺人家中,请他录音,然后整理出来,以期逐渐复兴濒于灭绝的考尔剧剧种。

近现代史上,柬埔寨长期处于殖民统治和战争的威胁下。滋养民族文化的土壤——劳动人民终日忙于逃避战乱,无暇顾及生存以外的事,而由王位之争而引发的内乱,更使情况雪上加霜,历史悠久的柬埔寨民族传统文化一度处于停滞状态,大量民间文学类型,如民间戏剧等为人们所遗忘。到了20世纪90年代,柬埔寨进入和平重建时期,虽然得到国际上的关注和援助,但由于种种原因,重建的步伐缓慢,它至今仍

---

① 李轩志:《柬埔寨民间故事分类及母题分析》,选自《亚非研究(第4辑)》,北京:时事出版社,2010年。

然是世界上最贫穷的国家之一。因此,经费奇缺、后继无人成为当前柬埔寨民间文学继承和发展中所面临的最严重的问题。

步入信息时代后,柬埔寨国内的青年一代也跟随潮流,追求时尚、寻求刺激,在王国政府贯彻开放型经济政策的同时,接受了大量的西方文化,本民族传统的价值观发生了变化。相应地,他们对传统民间文学的态度从逐渐淡漠,进而发展到完全失去兴趣。这是一个非常值得关注的问题。

鉴于以上情况,柬埔寨文化艺术部通过报纸、广播、电视等媒介,号召全国人民行动起来,共同保护前人创造出的瑰丽文化遗产。政府还制定了一系列保护民族文化的政策和措施。在柬埔寨文化艺术部召开的2000年工作总结及制订2001年奋斗目标的大会上,公布了未来十年的发展方针,其核心是保护本民族文化,提高高棉民族的自信心,遏制民族文化流失的势头,宣传和提高柬埔寨文化价值观,营造民族文化艺术创作氛围。与此同时,要在加强和巩固地区乃至国际文化交流的过程中,提高国民热爱民族文化的意识。1999年4月,柬埔寨加入东盟这个地区性组织,从而有了更多的与东盟成员国交流的机会。例如,2000年时,迎接新千年的盛大聚会就在吴哥寺举行,柬埔寨独具民族特色的歌舞、戏剧等吸引了许多国内外观众;2001年,改编自柬埔寨神话《金环蛇的故事》的电影《蟒蛇之子》上映,在柬埔寨和泰国场场爆满,一票难求。[①] 近几年来,柬埔寨在地区性经济合作中的地位日益上升。可以预见,在不久的将来,柬埔寨民族传统文化复兴的步伐也将加快,柬埔寨在新世纪的形象也将被重塑。

思考题

1. 在东南亚地区的民间文学交流中,柬埔寨扮演着什么样的角色?
2. 柬埔寨戏剧具有哪些特点?
3. 柬埔寨民间文学研究面临着哪些问题?你认为应该怎样解决?

本章主要参考书目

邓淑碧主编:《柬埔寨民间故事》,沈阳:辽宁少年儿童出版社,2001年。
李艾译:《吴哥的传说——柬埔寨民间故事》,北京:新华出版社,1985年。

[①] 仲力:《〈蟒蛇之子〉席卷柬埔寨》,《东南亚纵横》2001年第6期。

第三章 缅甸民间文学

第一节 缅甸历史文化概述

缅甸,全称缅甸联邦,地处亚洲中南半岛西北部边缘,北部与中国西藏自治区和云南省相邻,西部和西北部毗邻孟加拉国和印度,东部和东北部与老挝和泰国接壤,西南和南部濒临印度洋的孟加拉湾和安达曼海,国土面积67万余平方公里,在东南亚地区仅次于印度尼西亚,位居第二。

缅甸历史悠久,有着自己独特的社会历史发展轨迹。据考证,早在几千年以前,就有人类在缅甸这块土地上繁衍生息了。纵观缅甸历史,大致可以划分为八个时期:

公元前2世纪—前1世纪:缅甸早期
1世纪—11世纪初:骠国和孟国等部落王国时期
1044—1287年:蒲甘王朝时期
1287—1531年:南北分裂时期
1531—1752年:东吁王朝时期
1752—1885年:贡榜王朝时期
1885—1948年:殖民统治时期
1948年至今:独立后时期

缅甸是一个多民族国家。其中,主体民族缅族约有四千多万人口,占全国人口的百分之七十以上。他们主要居住在伊洛瓦底江中下游和伊洛瓦底江三角洲一带。其余较大的主体民族还有七个,按人口数量排序,分别是克伦族、掸族、若开族、孟族、克钦族、钦族和克耶族。克伦族约有四五百万人口,主要居住在缅甸东南部的克伦邦;掸族约有四百万人口,主要居住在缅甸东北部的掸邦;若开族约有近三百万人口,主要居住在缅甸西部沿海的狭长地带;孟族约有一百六十万人口,主要居住在缅甸东南部孟邦;克钦族人口约一百四十万,主要居住在缅甸北部;钦族人口一百一十余万,主要居住在缅甸西北部;克耶族人口约一二十万,主要居住在缅甸东部。据一些人类学家研究,缅甸民族主要是由属于澳大利亚人种的土著民族尼格利陀小黑人和从我国西北、华南和西南迁徙到缅甸定居的属于蒙古人种的羌氏族群、百濮族群和百越族群构成的。缅甸文化也是由尼格利陀小黑人和迁徙到缅甸境内的中国各族群共同创造的。因此,缅甸的一些民族与中国西南部分少数民族的族源相同、血脉相连、习俗相近,文化底蕴相同。

在众多从中国西北、华南迁徙到缅甸境内定居的民族中,孟族和骠族(缅族的一支)是最早迁徙到缅甸境内的两个民族。他们的本民族文化产生较早,为缅甸文化的最终形成奠定了坚实的基础。孟族文化和骠族文化中具有很多中国文化的元素,例如,孟族和骠族的服饰、居住的干栏式高脚屋、种植水稻的生产方式等,都受到了中国文化的早期影响,与中国文化有着千丝万缕的关系。但是,自从印度的婆罗门教(印度教)和佛教传入缅甸后,由于地缘因素、气候因素,以及社会发展状况等方面的原因,缅甸人与印度的宗教一拍即合,很快就接受了印度宗教中的大量元素。印度宗教与缅甸人的原始宗教信仰互相融合,对缅甸的文学和文化产生了较大的影响。

公元1044年之前,婆罗门教对缅甸太公王朝、古骠国的毗湿奴城、汉林城、室利差呾罗城时期的宗教信仰和文化产生了较大影响。1044年以后,蒲甘王朝建立,阿奴律陀王皈依佛门。在这位国王的支持下,南传上座部佛教逐渐在蒲甘兴盛起来,并取得了蒲甘臣民宗教信仰上的主导地位,被定为国教,一教独尊。从此,佛教在很大程度上取代了印度教对缅甸文学和文化的影响,为缅甸人民后来的宗教信仰奠定了基础。之后的缅甸各王朝都极力推崇佛教,广收弟子,大建佛塔、寺庙,使佛教在缅甸获得了空前的发展。1871年,缅甸最后一个封建王朝贡榜王朝时期,敏东王甚至在曼德勒主持召开了第五次佛教结集。缅甸、泰国、斯里兰卡、老挝、柬埔寨等国的两千四百余位高僧与会,历时五个月,以律藏为重点进行了校正。之后,又用了五年时间,将全本三藏镌刻在了729块石碑上,保存在曼德勒山脚下的古都陶佛塔(又名石经院)塔院中。这被认为是迄今为止"世界上最大的书"。

缅甸独立以后,在吴努执政的1954年5月至1956年5月间,在仰光和平塔人造石窟内举办了第六次佛教结集活动。这一次,来自斯里兰卡、柬埔寨、老挝、泰国、缅甸等国的两千五百余位高僧列席,中国、印度和巴基斯坦等国也派出了代表团共襄盛举。1958年,世界佛教联合会总部迁往缅甸首都仰光,缅甸的吴千吞当选为世界佛教联合会主席,标志着缅甸成为世界佛教的一个中心。

此前的千百年中,在南传上座部佛教潜移默化的熏陶下,佛教的教义、佛教的思想深深地扎根在了缅甸人的心中,深入到了缅甸人的骨髓,是缅甸人最重要的精神食粮。佛教活动成为缅甸人最大的精神兴奋点,他们把几乎全部的热情都投入到了佛事当中。佛教的教规和戒律成为普通缅甸人自觉遵守的信条,变成缅甸人衡量是非的标准和判断伦理道德的准则,也是缅甸社会和谐、人们彼此间友爱相助的纽带。在佛教的长期影响下,缅甸人形成了一整套以佛教思想为核心,以佛教主题为主要内容的文学艺术体系。相关的传统节日和风俗习惯等也都来源于佛教。本章中所论述的缅甸的民间文学正是在这样的文化语境中产生、发展和传承的。

第二节　缅甸民间文学概况

一、概述

与作家文学不同,民间文学最突出的特征之一,就是在大多数国家、民族中,它基本上是口头流传的文学,是人们世代口头传承和讲述的文学形式——早于作家文学产生,是作家文学发展的源泉之一。讲故事和听故事是人们一种消遣娱乐和接受教育的传统方式,古已有之。人们正是通过这种口头传承的方式把这些故事世代相传,形成了今天有文字记载的浩瀚而丰富的民间故事文学。

民间文学的第二个重要特征是其变异性,这也与其主要以口头传承的方式有关。在口头传承的过程中,虽然故事的母题以及主要情节可能没有根本上的改变,但在不同的地方、不同的民族,以及不同的国度中,人们会根据本土的天文、地理、宗教信仰、风俗习惯的特点,对原来的民间故事进行很多改动,有删节,也有增添,常使原来的民间故事更加丰满、更具地方特色,也更吸引人。可以说,绝大多数民间故事原型最初可能是在一个地方、由一个民族创造的,但故事文本后期的完成与定型,则应该是由多民族共同完成的。它所经历的历史十分漫长,它所跨越的地域十分广阔。

缅甸是中国的友好邻邦,拥有悠久的历史和灿烂的文化,民间文学资源十分丰富。除具有上述民间文学的普遍特点外,缅甸民间文学受到了印度宗教的突出影响是其另一个典型特征。具体来讲,缅甸民间文学先受婆罗门教,后又受佛教的影响很大。这也是东南亚地区主要信仰南传上座部佛教的各国民间文学所共有的特色。

纵观缅甸民间文学的发展历程,大致可以分为以下三个阶段:

第一阶段:民间文学产生的早期。这一时期,印度的婆罗门教对缅甸人的宇宙观——对世界的形成、日月的出现、人类的起源等问题的认识,有很大影响。

第二阶段:民间文学发展的中期。公元11世纪以后,在缅甸建立起了第一个统一的封建王朝——蒲甘王朝,阿奴律陀王将南传上座部佛教定为国教。缅甸封建王朝建立初期的民间文学开始深受印度佛教的影响。该时期的缅甸民间文学或直接照搬《佛本生故事》《五卷书》等中的内容,或在这些印度故事的基础上加以增删、改编。

第三阶段:缅甸化时期。缅甸人民在南传上座部佛教思想的影响下,创造出了既带有宗教色彩,又反映现实生活的、具有缅甸民族特色的民间故事。这部分民间故事在整个缅甸民间文学中所占的比重是最大的。

综合来看,缅甸民间文学具有以下鲜明特征:

第一,缅甸民间文学深受印度文化的影响。

在佛教传入之前,到缅甸做生意的印度雅利安人和达罗毗荼人就已经将印度的婆罗门教传到了缅甸境内。① 净海在《南传佛教史》中写道:"传入缅甸的宗教最早是婆罗门教","在佛教未传入缅甸盛行之前,缅甸人主要的宗教信徒是婆罗门教教徒。"②据考证,婆罗门教最迟也应当在公元前3世纪以前就传入缅甸了。有文献记载,从缅甸历史上第一个国家太公王国(前850—前600)时,就有缅甸人开始信奉婆罗门教了,到了公元1世纪至10世纪的骠国时期,缅甸人对婆罗门教(印度教)的信仰达到了高峰。蒲甘王朝建立后,虽然南传上座部佛教取得了压倒性的优势地位,但是婆罗门教(印度教)的影响并没有完全消退,至今仍然存在于缅甸社会。创世神话中说人类是梵天下界变成的,就是其影响的具体体现。

在世界文化格局之中,斯里兰卡、缅甸、泰国、老挝和柬埔寨五国共同构成了南传上座部佛教文化圈,这些国家文化的各个层面都深受南传上座部佛教的影响。公元前3世纪起,南传上座部佛教传入缅甸及东南亚其他地区以后,佛教逐渐取代了婆罗门教(印度教)在当地的影响,成为主要宗教信仰,更进一步成为这些国家文化的思想核心,其文化开始带有浓厚的佛教色彩。正如缅甸作家白象岛昂登在《缅甸民间文学》一文中所说:"缅甸文学的发展和繁荣是在佛教的基础上发展起来的。"③缅甸民间文学也不例外。记载佛陀前生为国王、婆罗门、商人、女人、象、猴等所行善业功德的寓言故事,即印度的《佛本生故事》等可以说是缅甸民间故事的源泉。

在缅甸,最早的"讲故事"就来源于人们彼此之间相互传颂《佛本生故事》中的内容。最初是照本宣科,稍后进行了一定限度内的改编,或是以本生故事为主体,在此基础上,置入缅甸的场景和语境,发展成独具缅甸特色的民间故事。早期,这些故事在人群中口耳相传,公元11世纪,缅甸文字产生以后,很多民间故事被文字记录下来,进入较为稳定的传播阶段。缅甸人最熟悉的是记载和描写佛陀成长经历的《五百五十本生经》和模仿《佛本生故事》的写法、体例而创作的《清迈五十本生经》,甚至达到了几乎人人耳熟能详、倒背如流的程度。正如季羡林教授在《佛本生故事选》的前言中所写:"在缅甸,佛本生故事同样很早就流传开来。这里有用本地字母印的或抄的巴利文原本,有缅甸文的译本,也有用缅甸文改写的本子。佛教僧侣也用这些故事向人民群众宣传教义。在几百年的长时间内,这些故事也是家喻户晓,深入人心。这些故事也表现在艺术形式上。在古都蒲甘的许多古塔里面,墙上的浮雕全取材于本生故事。有的竟把将近五百五十个故事用浮雕表现出来,蔚成佛本生故事浮雕的大观。"④《佛本生故事》是缅甸民间文学取之不尽、用之不竭的源泉,也为缅甸作家文学的创作提供了大量灵

---

① [缅]敏悉都著:《缅甸信神史(上古时期)》,仰光:敏翠出版社,1992年,第105页。
② 净海著:《南传佛教史》,北京:宗教文化出版社,2002年,第124页。
③ [缅]白象岛昂登:《缅甸民间文学》(缅甸文),选自《民间故事文学论文集(上卷)》,仰光:文学宫出版社,1989年,第5页。
④ 郭良鋆、黄宝生译:《佛本生故事选》,北京:人民文学出版社,2001年,第3页。

感。这是缅甸民间文学和作家文学的一大突出特点。

在《佛本生故事》基础上发展而来的缅甸民间文学题材很多,门类也比较齐全,有神话、传说、民间故事、民间歌谣、谜语和民间戏曲等。一般认为,在缅甸民间文学中,缺少史诗这一体裁的作品,这与其社会、历史文化有关。与此相应,传说和有关佛教的说教却数不胜数。在缅甸,有数以万计的佛塔,几乎围绕着每一座佛塔,都有一段美丽动人的传说,深深地打动着每一个缅甸人,以及每一位前来参观、访问的旅游者。发生在寺庙里的民间故事也非常之多。它们大都讲述关于佛祖、佛寺、僧侣和小沙弥之间的故事,甚至形成了一个专门的门类。这些故事往往短小精悍,但很能给人以教诲和启迪。这是缅甸民间文学有别于其他国家民间文学的一大亮点。

第二,缅甸民间文学深受原始宗教信仰的影响。

虽然受外来宗教的影响十分深刻,缅甸人也没有完全脱离原始的宗教信仰。他们从历史上就信仰鬼神,引入外来宗教后,最早信奉的是婆罗门教神祇;尔后奉佛;再后来,又信奉混杂了婆罗门教(印度教)、佛教和缅甸原始宗教元素的神祇,也就是挂在蒲甘瑞喜贡佛塔围墙外面的"外三十七神";东吁王朝时期,缅甸的"内三十七神"全部产生,缅甸人从此又信奉内三十七神。今天,缅甸人仍然崇拜内三十七神,过神节、跳神舞、唱神歌,且信星相、看手相、卜吉凶、算命在缅甸非常普遍,随处可见。实际上,缅甸人信奉的神灵很多,有家神、村神、天神、地神、水神等等。因此,缅甸民间文学中关于神灵的故事,尤其是讲述主人公因为信仰神灵,得到神灵祐助而脱离苦难的民间故事有很多。同时,他们也相信鬼魂的存在。因此,缅甸民间文学中也有相当数量的关于鬼的故事。

第三,反映现实生活的民间文学作品所占比重很大。

在经历了如前所述缅甸民间文学发展的第一和第二阶段之后,缅甸民间文学逐渐能够在一定程度上抛开印度的影响,其发展进入了开始自主创作的第三阶段。在这一阶段,缅甸人民在生产劳动中,在社会生活中,创造出了一大批反映缅甸人民精神风貌和生活现实的民间文学作品,这些作品思想端正、情节巧妙,具有真情实感,既贴近人民大众的审美趣味,又具有较强的教育意义,为广大缅甸人民所喜爱。也正是这批作品,使缅甸民间文学真正具有了缅甸本土特色。

第四,缅甸民间文学反映了缅甸人的性格特征。

具有缅甸民族特色的幽默笑话数量是比较多的,这在一定程度上反映了缅甸人民安于现状、容易满足、随遇而安、苦中求乐的民族性格。总体上看来,缅甸人的生活偏于艰苦,但即使明天衣食无着,他们也不发愁。平日里,人与人之间喜欢逗乐,喜欢开玩笑,说话喜欢使用比喻,没有比喻不成文。缅甸人的这种性格特征在他们的传统节日泼水节时体现得尤为明显。节日里,大家相互泼水,尽情欢乐,以消除一年的疲乏,抹去心中的苦闷,在泼水嬉戏中寻求精神上的慰藉。可以说,诙谐、幽默,喜欢逗乐、开玩笑是缅甸民族的典型性格,也是缅甸民间文学的特点之一。

第五,缅甸民间文学的变异性十分突出。

缅甸最主要的民族是缅族,其民间文学的绝大多数内容正是围绕着缅族形成的。换言之,缅族民间文学是整个缅甸民间文学的主体部分。但变异性十分突出是缅甸民间文学的另一个重要特点。正由于缅甸民族众多,民族之间山水相隔、风俗与文化相异,加之语言不同等原因,同一个故事在不同的民族中的变体很多。同一个母题、类型的故事从平原地区传到山区,或从一个民族传到另外一个民族的时候,其人物名称和特征、故事环境和场景、故事情节等就难免会发生变化。这种变异特征使得缅甸民间文学的整体情况变得别具趣味。同时,除缅族外的众多民族的民间文学虽很多亦是由《佛本生故事》,或是缅族故事变异而来,基本思想及主要情节大致相同,但也都有独属自己的民间传说、故事等,且别具特色。它们极大地扩充了缅甸民间文学的多样性,使其更加丰富多彩。

二、民间叙事文学

(一) 神话

神话是人类历史中最早出现的文化载体和艺术形式之一,它以瑰丽的想象解释天地万物的形成,述说人类的起源和人类社会中一些文化现象的由来。缅甸神话讲述的就是缅甸人心目中的神祇创造世界和人类的故事。据其内容,缅甸神话包括创世神话、人类起源神话、文化起源神话和自然现象神话等类型。

1. 创世神话

创世神话是关于开天辟地、日月出现、山川形成和人类及万物起源的神话。缅甸的创世神话大都属于创造型神话,其中最具代表性的有《创世记》《宇宙的形成与毁灭》《日食和月食的由来》《毁灭地球的雨》《人类与日月的出现》等。

《创世记》中说道,很久以前,宇宙一片混沌,没有物质,也没有形象。历经亿万年变化,产生了叫作"汪汪德底"的阳电和称作"宁斑马尚"的阴电。阴阳相会,吸引在一起,变成了英高瓦马冈大神。然后由他创造出了世界。他从自己身体中分离出奠德拉纳、奠德拉额、宁友拉瓦三位弟弟。他们共同创造了地球、天空和日月星辰。地球出现以后,英高瓦马冈大神又创造了人类、动物、树木、花草等等。[①] 这一神话中的创世过程与中国古籍《淮南子》中所言,上古天地混沌之时,产生了一阴、一阳两位大神,他们分开后,创造出了天地万物的神话有相似之处。

《毁灭地球的雨》也是一则创造型神话,讲述的是大神创造缅甸的名山大川的故事。同时,这又是一则洪水神话,且与中国的伏羲、女娲神话有一定相似性。神话说

---

① 张玉安主编:《东方神话传说(第六卷)》,北京:北京大学出版社,1999年,第145—146页。

道,大神从大海里舀了两钵水,浇到世界北边的山顶上,水流淌下来,右边变成了恩梅开江,左边变成了迈立开江,两江在钦卡仰格地区汇成了一条大河,就是缅甸文化的摇篮——伊洛瓦底江以及世界上的其他江河湖泊。最后,大神因为发现自己上当受骗,大发雷霆,让整个世界下起瓢泼大雨,大洪水淹没了世上的一切,只留下一男一女。①

上述神话中隐含着一定的印度婆罗门教宇宙观,而除此之外,缅甸神话还受到佛教浩劫论的影响。佛教认为,世界最终是要彻底毁灭的。缅甸高僧阿信阇纳咖毕翁那在其所著的《修养哲学》中的"世界毁灭"一节中写道:

> 诸事无常,世间一切物质总有一天是要毁灭的。生物们赖以生存的地球也包括在内,不可能永久存在。导致地球毁灭的因素有三种,劫火、劫水、劫风。地球即将毁灭的时候,首先出来两个太阳,白昼出一个太阳,夜晚出一个太阳,没有黑夜。由于两个太阳的灼烤,小江、小河里的水都干涸了。此后,当第三个太阳出现的时候,大河、大江里的水也都干涸了。第四个太阳出现的时候,喜马拉雅山中的七个湖泊开始干涸。当第五个太阳出现的时候,大洋变得干涸。第六个太阳出现,世界上就没有了任何潮湿的气息。当第七个太阳出现的时候,十万多个星球燃起熊熊大火。又过了很久,从地球表面一直到梵界,烈火熊熊,同喜马拉雅山、须弥山、铁围山一起,用银、金、红宝石、蓝宝石、翡翠建造的宫殿都变成了燃料。当一切都成为灰烬以后,毁灭世界的劫火熄灭,世界也就毁灭了。后来又遭到了劫水和劫风的破坏,咸水和风暴把世界变成了齑粉。如此反复,世界要经过六十四劫。②

上述观点在缅甸神话《宇宙的形成与毁灭》中有所体现。作为宇宙起源神话的一环,末世论神话主要讲述世界的没落、末日和更新。③ 这则末世论神话说道:"宇宙将遭受64劫,每劫包括7次火灾和一次水灾。最后还要遭到一次风灾的袭击,变成齑粉。这时,宇宙便彻底毁灭了。现今的世界是经历了第一劫7次火灾、一次水灾之后,又经过第二劫7次火灾中的第一次火灾后诞生的。"④

2. 人类起源神话

缅甸神话对于人类的起源问题做出了各种各样的解释。例如,《利德隆救世》中说,人类是从一个大南瓜中走出来的;《人贪心,天地分》中说,人类是从一个硕大无比的青葫芦中走出来的。但是,在印度宗教的长期影响下,大多数缅甸人深信,人类是梵

---

① 张玉安主编:《东方神话传说(第六卷)》,北京:北京大学出版社,1999年,第148页。
② [缅]阿信阇纳咖毕翁那:《修身哲学》(缅甸文),仰光:佛牙出版社,2002年,第297—299页。
③ [日]大林太良著,林相泰、贾福水译:《神话学入门》,北京:中国民间文艺出版社,1989年,第60页。
④ 张玉安主编:《东方神话传说(第六卷)》,北京:北京大学出版社,1999年,第123页。

天离开梵界下到人间变成的。

《人类与日月的出现》是一则关于天体和自然界形成的神话,其中也提到了人类的起源问题。它这样说道:

> 很久很久以前,梵界住着一群梵天,因为他们命数将尽,纷纷离开梵界,化身来到世界上。但是,他们仍然具有梵天的本质,所以遍身泛着祥光,终日欢乐自得。他们不吃不喝,就像飞禽那样,在高空翱翔、嬉戏。虽然称作生灵,却无男女之别。时间一久,他们便开始吞食大地上的油质、精华。后来,大地上的油质、精华日渐减少,这群生灵便互相争食起来。结果,他们身上的祥光逐渐泯灭。这时这群生灵惊恐万分。
>
> 后来,大地逐渐变得一团漆黑,他们更是惊异不已。经过不知多少年后,也不知道是这群上古生灵的造化,还是因为大自然的伟力,有一轮直径为五十由旬方圆有一百五十由旬名为"婆奴罗围"的太阳神,全身金光万道,于缅历十二月十五日乘坐二十六宿,从东胜身洲的日出山巅升起。她的万丈金光照耀着大地。生灵们见到太阳神,惊恐之心才安定下来,并产生了勇气,于是称其为"太阳"。太阳神运行三十个时辰后沉落到持双山背后,宇宙间又呈一片漆黑。众生灵急切地盼望着再获另一次光明。于是有直径为四十九由旬、方圆为一百四十七由旬、白银在外、宝石在其中的月神,身披寒光,在众星辰的簇拥下,于缅历六月乘第十二宿从东方升起。众生灵欣喜若狂。因为他们的愿望得到满足,故称其为"月亮"。①

缅甸人认为,人类形成以后,开始时不吃不喝,后来争吃地上精华、油质,把油质精华吃光之后,又开始吃甘草,再后来吃"德雷"米饭。原始人本来没有肛门和尿道,但由于吃"德雷"米饭,身体里有了多余物质,遂产生了肛门和尿道,开始排泄大小便。人类也就有了男身和女身之分。然后,男女互相爱慕,开始交媾,为避免旁人耻笑,遂建起了房屋,居于屋内。之后,又产生了各种动物和生物,新的世界又一次形成了。② 可以看出,这同时也是一则文化起源神话。

缅甸神话故事并不是孤立存在的,它与东南亚各国神话间有着千丝万缕的联系。尤其是与东南亚南传上座部佛教文化圈中的缅甸、泰国、老挝、柬埔寨等国的神话故事情节、观念大同小异——彼此间往往只在一些地名、人名以及细微情节上有所差异。例如,上文所述《宇宙的形成与毁灭》就与泰国创世神话《火劫》的主题内容大致相同;缅甸的《人类与日月的出现》《德雷米》等人类起源神话,与泰国《创世经》中的神话内容基本相同,皆源于印度婆罗门教(印度教)和佛教的影响。

---

① 张玉安主编:《东方神话传说(第六卷)》,北京:北京大学出版社,1999年,第124页。
② 同上书,第125页。

关于人类的出现,缅甸神话中还有另一些说法。例如,缅甸神话《人贪心,天地分》和老挝神话《葫芦生人》《老挝民族的祖先》内容较为接近,都讲到了人类从大葫芦里走出来的情节;这与中国西南一些少数民族中流传的"葫芦生人"神话系出同源。此外,缅甸的《利德隆救世》与老挝神话《人类的初民》《两个南瓜生初民》以及《南瓜生人》等,讲的都是人类从南瓜里生出来的故事。

3. 文化起源神话

缅甸的文化起源神话题材丰富,涉及缅甸人日常生活中经常接触到的很多文化事象的来历。其中的典型代表就是关于"火"的起源神话。同人类起源神话一样,在缅甸,对于火的起源也有不同的神话解读。例如,《火的起源》说是神把火带给了人类;《火又回到人间》则讲道,火是自然界的一种客观存在,只是刚开始没有引起人类的重视,人们也不会使用火,天帝释看到这种情况后十分生气,就把火都藏了起来,还把人和动物的眼睛都捏拢了,不让人们发现火的存在,结果一只蚱蜢的眼睛因为长在头顶上,没有被捏上,它发现了火,并告诉了人类。值得注意的是,在这些神话中,基本都涉及了火的重新发现和利用问题。[①]

4. 自然现象神话

自然现象神话是早期人类对刮风、下雨、打雷、闪电、日食、月食、彩虹等自然现象的产生作出解释的神话。在缅甸神话中,大多数的自然现象都被解释成是神力所为。例如,《月食》中对"月食"现象的解释,就同中国"天狗吃月亮"的说法颇为相似,但具体情节又有所不同。《月食》讲道:

>一个穷苦寡妇快要死了,她把两个孙子叫到床边,对他们说:"孩子们,我跟别的祖母不一样,没有黄金白银留给你们承继。我只能留给我大孙子一个臼,留给我小孙子一根杵,这两样东西你们可以在厨房里找到。"不久她就死了。哥哥心里想:"我要臼干什么呢?我又不是厨房里的佣人。"因此他没有拿那个臼,独自到另一个村里去努力干活,不久就富裕起来。
>
>弟弟却非常相信死去的祖母,"要不是这根杵对我有用处,"他自己对自己辩解说,"祖母是决不会把它留给我的。"因此他不管走到哪里,都把那根杵带在身边,邻人们见了都觉得很好笑。他只靠打柴过活,把打来的柴带到村子里卖掉。他过的日子非常苦。
>
>有一天,他正在拾柴,忽然一条大蛇向他游来。他非常害怕,马上爬到一棵树上。可是使他惊奇的是,那条蛇竟跟他说起话来。
>
>"我不会伤害你的,"蛇说,"我只想借你的杵用。"
>
>"你要它干什么?"弟弟问。

---

① 张玉安主编:《东方神话传说(第六卷)》,北京:北京大学出版社,1999年,第151页。

"我的丈夫刚死,"蛇解释说,"不过,只要把你的魔杵放到他的鼻孔边,让他闻一下,他就会马上活过来。""我可不知道我的杵是根魔杵。"弟弟惊奇地说。

"跟我来,你就知道了。"蛇说。于是他跟着走到森林的另一边,看见有一条死蛇躺在地上。他把杵放到死蛇的鼻孔边,那条蛇马上就活过来了。"杵的威力就在它的气味上。"头一条蛇解释,"只要你不把这秘密告诉别人,这威力就能永远存在。"那条蛇谢过弟弟,就游走了。

弟弟在回村的路上看到一只狗的尸体。那只狗死了已有好些日子,尸体都腐烂了。弟弟把杵放在死狗的鼻孔边,那只狗马上活了,霍地跳了起来。弟弟给这只狗取了个名字,叫做"腐烂哥儿",这狗就做了他忠实的仆人和伴侣。

不久,弟弟就成了一个很有名的大医生,能够起死回生。不过并没有人知道他治病的秘诀,都以为他带着的杵只是一种吉祥的象征。过了些时候,王国的公主嫁了他做妻子,于是弟弟就当了驸马。可是他继续做着医治死人的伟大工作。到后来,国内到处一片快乐,不知道悲伤痛苦是什么东西。

有一天,弟弟想起了一个主意。"我的杵能征服死亡,"他想,"当然也一定能征服年老。"因此他做了一个试验。每天把杵放到自己的鼻孔边闻一下,也把杵放到公主的鼻孔边让她闻。公主对丈夫的这种动作当然很觉得惊奇,不过她总以为这只是医生的一种任性的行为罢了。过了很久,他觉察自己和公主都没有变老,心想这一下算是给他发现长生不老的秘密了。可是月亮女神看见凡人竟要跟她一样长生不老,永远保持着青春的美丽,不由得心生妒忌。"就是太阳也变老呢,"月亮女神自言自语说,"因为每天黄昏,他总是变得又红又丑。"因此她要等机会把那根杵偷走。

有一天,那根杵不知怎么弄湿了,上面长了霉。弟弟于是把它拿到太阳里去晒一下,自己就坐在旁边看守。公主抗议说:"你身为驸马,怎么晒着一根旧杵还坐那儿看守?你当然可以叫你的士兵来守卫。"她非常固执,驸马最后只好屈服了。"可是除了我那忠实的腐烂哥儿以外,我不放心让别人来守卫。"于是腐烂哥儿坐在那里看守。月亮女神看见机会来了,就从天下来偷杵。那时候是大白天,月亮女神发的光很弱,忠实的腐烂哥儿看不见,可是鼻子却闻着了有贼的气味,因此露出困惑不解的神气。月亮女神捡起了杵拔脚就逃。那只腐烂哥儿就循着杵的气味在后面追,因为杵的气味要比月亮女神的气味重得多。

从那天起,狗就一直在追月亮女神。在晚上他可以看见月亮,可是在白天只能依靠杵的气味继续追。因为不断地吸着杵的气味,这只狗就变得长生不老了。有时候他捉住月亮,就咬住她,想把她吞下去。可是狗的喉咙太小,吞不下去,最后又不得不把月亮吐出来。于是他又重新追赶,这样狗就永远追着月亮。因此,每逢月食的时候,缅甸人就说:"月亮被腐烂哥儿捉住了。"等到月食过去以后，他们就说："月亮已经从他的嘴里吐出来了。"①

(二) 传说

缅甸作家吴拉丁认为，缅甸的民间故事大体上分为三类。第一类是传统故事；第二类是传说故事；第三类是佛本生故事。② 这其中的传说故事，又分为三种：一是历史英雄人物传说；二是人名地名传说；三是宝库历史和宝库守护神传说。

缅甸民间传说具有以下三个特点：

首先，缅甸传说非常丰富，在缅甸民间文学整体中所占比例较大。

其次，传说是缅甸民间文学中受印度佛教影响最大的一个部分，带有浓厚的佛教色彩。在缅甸传说中，佛陀在缅甸讲经布道的传说，以及关于佛塔的历史传说等数量最多。

最后，缅甸传说中还有相当数量的关于神灵信仰的传说，例如，神通广大的神明的传说、能飞天遁地的佐基的传说等。

依据目前国际通行的分类标准，再结合缅甸本土传说的现实情况，本章将缅甸传说划分为人物传说、历史传说、佛陀传说、佛塔传说、地名传说、物产传说、风俗传说等七个类别来进行介绍。

1. 人物传说

缅甸人物传说讲述的大多是发生在缅甸的真实历史人物，国王和文武百官、王后、王妃和王子、公主身上的事情，只有很少一部分传说会虚构人物。缅甸人民通过传说表达对这些人物的歌颂或咒骂、赞扬或批评，或热爱，或厌恶的感情都经由传说体现出来。经典的缅甸人物传说有《骠绍梯》《阿奴律陀王》《江喜陀王》《阿朗悉都》《那拉悉都》等，传说中的大部分情节是以历史事实为根据的，但也有不少虚构的成分存在。正如日本学者柳田国男在《传说论》中所言："他像草木一样，根子在古代，却繁茂滋长，有时枝丫枯竭，或又扭曲了。又像海滩渚水，既有沉沙，又有潮起潮落。"③它们反映了缅甸人民对英明的封建国王和其他历史英雄的赞扬与歌颂，同时也道出了人民对封建暴君的不满和反抗。

2. 历史传说

历史传说主要围绕缅甸历史上的一些重大事件展开。它所记述的不一定是事件的全部，往往只是历史事件的某一个关键点或一个片段。一般情况下，它与人物传说会有交叉，但历史传说重在记事，人物传说则重在记人。缅甸的经典历史传说有《那腊底哈勃德王与中国之战》《掸王思洪发灭佛》《缅甸始自太公国》《古代迁徙到缅甸境内

---

① 张玉安主编：《东方神话传说（第六卷）》，北京：北京大学出版社，1999年，第126—128页。

② [缅]吴拉丁：《传统故事研究》(缅甸文)，选自《民间故事文学论文集（上卷）》，仰光：文学宫出版社，1989年，第40页。

③ [日]柳田国男著，连湘译：《传说论》，北京：中国民间文艺出版社，1985年，第9页。

的人》《阿罗汉法师从直通到蒲甘弘法》等。这些都是发生在缅甸历史上的真实事件，但是传说中对发生年代交代得不够准确，故事情节也会与史实有些许出入，并含有一定的夸张或虚构成分。与真实的历史相比，经过艺术加工、处理的历史传说往往更能突显出缅甸人民的正义、正直和真诚，反映出缅甸人民的机智与勇敢。例如，《那腊底哈勃德王与中国之战》中讲道：

相传中国皇帝曾派使节到缅甸向那腊底哈勃德王索取白象，但遭到了拒绝，于是他发兵攻打缅甸。那腊底哈勃德王率领象军迎敌。象军威力强大，黑压压铺天盖地地冲向中国军队。中国军队躲进森林，万箭齐发射向大象。大象中箭者甚多，缅军溃败。此后，中国军队也学会了使用象军。在额长羌一战中，中国一万人的军队战胜了缅甸六万人的军队。那腊底哈勃德王丢弃蒲甘城，向西逃至亚达市，并拆毁大批佛塔和寺庙，修筑和加固城墙，又修造船只，带上后妃和金银细软乘皇筏沿伊洛瓦底江南下至勃生市。中国军队一路追杀，后因粮草不足而撤军。此后，人们就称那腊底哈勃德王为"畏惧中国军队而逃跑的国王"。

3. 佛陀传说

无论是缅甸本国文献还是外国文献，都没有佛陀到过缅甸的记载。但是，几乎所有缅甸人都深信佛陀曾经到过缅甸的许多地方。缅甸传说中充斥着很多佛陀在缅甸的故事。例如，在缅甸第二大城市曼德勒，人们竞相传说佛祖释迦牟尼成佛以后，到过曼德勒市的曼德勒山，并预言此处将诞生一位传播佛教的国王，还将出现一座传播佛教的城池。曼德勒是缅甸贡榜王朝的国都，佛教确实在曼德勒得到了空前的发展。

在缅甸实皆市，人们传颂着佛陀在实皆山的事迹——传说佛祖来到实皆山，向山上的魔鬼说法。现在，在传说中的佛陀说法处还建有一座佛塔，以兹纪念。传说佛陀在实皆讲经后，还曾到伊洛瓦底江洗澡。他洗澡的地方现在被称为"多一安渡口"。这里水的比重比其他地方水的比重大得多。实皆人还在这里建造了一座现在名为"塞德温"的佛塔，塔内珍藏有传说中佛陀洗澡时用过的袈裟。

在缅甸马圭省敏巫市，人们传颂着佛祖释迦牟尼曾到过敏巫传道说法的故事。在敏巫附近的一座山上，人们发现了佛陀的脚印。敏巫由此出名，前往瞻仰参观者络绎不绝。

在古都蒲甘，也传颂着佛陀在蒲甘传经、说法的故事。传说中佛陀曾到过蒲甘附近的单基山，并在那里预言：这里将出现一座佛教兴盛的城池。果然，蒲甘后来成为缅甸南传上座部佛教发展的中心。

如前所述，关于佛祖释迦牟尼到过缅甸传经、说法的事情，各类史籍中都没有任何记载。那么，为什么缅甸人对佛陀到过缅甸的各种"事迹"如此津津乐道呢？这些传说是缅甸佛教徒出于对佛陀的崇拜和敬仰而创造出来的，它们为佛教在缅甸发扬光大找到了合理化的根据。无论如何，缅甸人至今仍然热衷于宣讲各类佛陀到过缅甸讲经的传说。每当有外国游客前来参观时,缅甸人总是十分自豪地说佛陀曾经多次到过缅甸。

4. 佛塔传说

缅甸素有"万塔之国"之称,与佛塔有关的各类传说故事多得讲不完——几乎每一座佛塔都有一个美丽的传说故事。

例如,仰光大金塔是缅甸佛塔中的标志性建筑,曾一度被列为世界八大奇迹之一。据说,该塔是由欧格拉巴(今仰光)的帝富婆和跋梨迦两兄弟建造的,塔下珍藏着佛祖释迦牟尼的八根头发,以及其他三佛的舍利,因此也称"四佛舍利塔"。初建时,该塔只有 66 英尺高,后来经历代国王不断下令加高,现在已经达到 326 英尺高了,成为世界著名佛教建筑之一。大金塔塔身贴有 7 吨重的黄金。宝伞上挂有 1485 枚风铃,其中金铃 1065 枚,银铃 420 枚。钻球上镶有 4350 颗钻石,93 颗其他宝石,最大的一颗钻石重 76 克拉。可以说,大金塔浑身都是宝,价值连城。关于仰光大金塔,有一个传说:

> 一位名叫貌干的缅甸青年,成了中国南诏国的驸马,生有一子。一天,他对南诏王说,缅甸仰光有一大金塔,塔上有很多金银珠宝,他愿前往取来。传说貌干到了仰光,刚一踏上大金塔的台阶,双腿就慢慢地从下往上变成了石头,并逐渐石化到了脖子。南诏国公主金萨丽不见驸马归来,心中万分着急,征得父母同意后,便抱着幼小的儿子跋山涉水,千里迢迢到仰光寻夫。她来到大金塔下,一眼就看到自己的丈夫变成了石头人,赶忙抱着孩子踏上大金塔的台阶。不料,她自己的双腿也变成了石头。最后,貌干和金萨丽公主,以及他们的儿子都变成了石头人,至今仍站在仰光大金塔下——塔下有貌干及其妻金萨丽和儿子的塑像。①

在仰光北面有一座城市叫作卑谬。卑谬市郊有一座寺庙,里面供有一尊大佛,附近的人都称之为"金眼镜大佛"。在卑谬一带,金眼镜大佛非常有名,每日香火不断,求医拜佛者络绎不绝。传说,很久以前,附近有一个财主不幸得了眼疾,虽四处求医、良药吃遍,眼疾仍不见减轻。财主为此茶饭不思、夜不能寐,家人也心急如焚。忽一夜,他梦见神仙告曰:若明日做一副金边眼镜布施给城郊大佛,眼疾便可痊愈。财主心中大喜,天一亮,就马上请来工匠,做了一副金边眼镜,给城郊大佛戴上,然后烧香祈祷佛祖保佑他眼疾痊愈。果然,没过多久,财主的眼睛就好转如初了。从此,不仅财主每日烧香拜佛,方圆百里的患眼疾者都纷纷前来烧香祈祷。②

5. 地名传说

地名传说主要叙述大山、大河、名胜古迹以及各种地名的由来。例如,鸳鸯岗传说讲的是发生在缅甸勃固省会勃固市的传说故事:

---

① 1985 年仰光大金塔僧侣口述记录稿。
② 1985 年卑谬金眼镜大佛寺僧侣口述记录稿。

很久很久以前,勃固市一带到处一片汪洋。一日,从很远的地方飞来一对鸳鸯。它们飞得很累,想停下来休息,但低头一看,地面上一片汪洋,没有陆地。鸳鸯很着急,猛然间看见一块小小的沙洲,不禁大喜过望,赶忙落下。但因沙洲太小,只能落下一只鸳鸯,于是雄鸳鸯先落下,雌鸳鸯落在雄鸳鸯的身上。经过多年地质变化,勃固一带由大海变成了陆地,这一对鸳鸯原来休息过的沙洲变成了一座小山岗。

勃固人根据这则传说,称这个小山岗为"鸳鸯岗"。勃固市也因此有了别名"鸳鸯城"。由此还产生了一句俗语:"仰光的雨难以驾驭,勃固的姑娘难以驾驭。"——因为雌鸳鸯落在雄鸳鸯的背上。

在缅甸,类似的地名传说还有很多很多,有些可以在历史典籍中找到根据,有些则文学性较强,虚构的成分居多,真实性难以考证,但它们无一例外都会给当地增添很多色彩,提高当地的话题度和知名度,很能引起游人参观的兴趣。

6. 物产传说

物产传说是与缅甸各地物产有关的传说故事。缅甸风光宜人、物产丰富,是东南亚国家中矿产资源比较丰富的国家之一,尤以盛产高质量的宝石著称——缅甸产出过世界上最大的红宝石、世界上最大的玉石原石,还有世界上最大的养殖珍珠。因此,相关的物产传说也十分丰富。

例如,缅甸红宝石的重要产区叫作"抹谷",位于缅甸北部与中国接壤的克钦邦。虽与中国接壤,但中国境内几乎不出产宝石,缅甸一方宝石矿藏的数量和质量却闻名遐迩、享誉世界。在缅甸就流传着一则美丽的传说《三个龙蛋的故事》,解释这一现象的由来:

龙女赞底来到人间,和太阳神之子结为夫妻,不久后有了身孕。太阳神之子未等孩子出世就离开了。赞底公主即将临盆之际,派了一只白鸦去寻找王子。王子包了一颗红宝石,让白鸦带给公主,结果在回来的路上,红宝石被人调了包。公主打开白鸦带回的包袱,发现里面只有一块干粪。一气之下,她将龙蛋生在山间,自己忿忿地返回了龙国。一位猎人在天神的指引下发现了三枚龙蛋,但是在回家途中,遇到了洪水,猎人不慎将龙蛋掉进了江中。其中一枚龙蛋留在了中国,变成了公主;另一枚破裂后变成了王子,就是后来缅甸的骠绍梯国王;第三枚金色的龙蛋被洪水冲到抹谷、贾宾一带,破裂开了,变成了无数的红宝石。①

抹谷市至今仍然是缅甸主要的红宝石产地。缅甸物产传说中的物产都是实实在在存在的,而关于物产由来的传说则体现了劳动人民的智慧和想象力。这类传说中很多离奇的情节都与佛、神、魔有关,也体现了佛教对缅甸传说产生的影响。

7. 风俗传说

风俗传说是关于民间风俗习惯、传统节日如何形成的传说。缅甸的风俗传说数量

---

① 张玉安主编:《东方神话传说(第六卷)》,北京:北京大学出版社,1999年,第142页。

极多,几乎每一个传统节日都有一个美丽的传说。这些传说大多源于佛教,小部分源于婆罗门教(印度教),还有一些源自缅甸自身的气候或者时令。

例如,泼水节是缅甸一年当中最大的传统节日。关于泼水节的由来,在缅甸有一个家喻户晓、妇孺皆知的传说:

> 天帝释因陀罗和大梵天打赌,约定输者砍掉自己的头颅。他们请来格瓦拉曼作裁判。格瓦拉曼最后判定天帝释获胜。于是,大梵天砍下了自己的头颅。但该如何处置大梵天的头颅却令天帝释大伤脑筋——如果把头颅抛向天空,天就会崩塌倾毁;投进大海,大海立刻就会滚滚沸腾;掷向大地,大地马上会烈火熊熊。最后,天帝释叫来七位仙女,让她们轮流将大梵天的头颅捧在手中。当大梵天的头颅从一位仙女的手中转到另一位仙女手中时,人间恰好旧岁辞去,新年来临。因此,每到泼水节来临之际,缅甸人就用清凉洁净的水互相泼洒。人们认为,这吉祥之水可以洗刷掉一年的疲乏和晦气,使人精神焕发、延年益寿,给人带来好运。①

泼水节传说本来源于印度的婆罗门教故事,和佛教并无关系。但是,后来转而尊崇佛教的缅甸人想方设法将许多佛教的元素添加了进去,把泼水节变成了佛教的节日。现在,在泼水节时,缅甸人除了泼水以外,还要做很多善事,诸如向僧侣和寺庙布施、给老人洗头、剪指甲、放生等等,做各种善事以积功德。

实际上,一年之中,缅甸人大约要过23个传统节日。这些传统节日中,与佛教有关的有14个之多,如浴榕节、点灯节、安居节、光明节、自恣日、百衲衣节、敬老节、织不馁袈裟节、僧侣考试节、堆沙塔节、拜塔节等等。这些节日都是围绕着佛祖释迦牟尼的生平事迹等形成的,具有明显的佛教特征。

(三)民间故事

民间故事是缅甸民间文学中最重要的门类之一。缅甸民间故事不具有神话的神圣性,也不具有传说的纪念性,几乎完全是娱乐性的,且寓教于乐,具有重要的教谕功能和规范功能。善与恶、丑与美、聪明与愚蠢的二元对立原则构成了缅甸民间故事的主题。它集中体现了缅甸人的伦理道德观念,在一定程度上对社会伦理制度起到了规范的作用。

参照世界通行的民间故事分类体系,缅甸民间故事也可大致分为动物故事、魔法故事、生活故事、民间笑话等几种类型。

1. 动物故事

缅甸动物故事是以动物为主人公的民间故事。在很多动物故事里,出现了能作人言、有与人类一样的思想感情的动物。它们作为故事的主角,从自然动物发展成为形

---

① [缅]吴埃奈著:《缅甸十二月传统节日》(缅甸文),仰光:缅甸国家宗教局出版,1980年,第14—15页。

似动物而神似人类的人文动物,具有了丰富的内涵和深刻的寓意。它们代表着各种身份、性格、能力的人类自身,体现着人类社会的道德观念和伦理标准。

纵观缅甸的动物故事,有很多来源于印度的《佛本生故事》《五卷书》或《故事海》等民间故事集。一些动物故事与印度的民间故事情节主题完全一样;另一些则在原来故事的基础上,根据缅甸人的好恶而有所改编——这些故事的宗旨大都是宣传印度的宗教思想,尤其是宣传佛教思想、教义和伦理主张;还有一些则是仿造印度故事而新创造出的动物故事。在这些故事中,充当主角的有小兔子、老虎、鳄鱼、乌鸦、猫头鹰、杜鹃鸟、鹦鹉、龙、大鹏鸟、大象、猴子、猫、老鼠等。在故事中,它们或像人一样判案,或像人一样狡猾奸诈,或像人一样记仇,或者友好,或者互相帮助,仿佛说的就是在人类之间发生的故事。古代缅甸人对子女儿孙如有不满,并不会直截了当、毫不掩饰地说出,而是经常讲一些动物故事,采用隐讳的方法,拐弯抹角地进行教育。这些故事口口相传,沿袭、发展到今天,形成了别具缅甸民族特色的动物故事群。

总体来讲,缅甸的动物故事又可进一步划分成三个亚类型——动物起源故事、动物社会故事,以及动物与人(神)的故事。

(1) 动物起源故事

汤普森指出,如果一个故事的主要意图在于对动物形态和习性进行解释,那么它就是动物起源故事。由此看来,动物起源故事是讲动物的体格、形态、习性等的来由的故事,如《乌鸦的羽毛为什么是黑色的》《牛为什么没有上牙》《为什么蜗牛的肌肉从不酸痛》《知了为什么没有肠子》《白眼圈猴的尾巴怎么变短了》《麂子为什么不敢到水田边喝水》等。

实际上,很多动物起源故事表面上在解释动物的奇特表现所从何来,深层次地却是在讽刺人类社会中的矛盾和非道德现象。例如,《乌鸦的羽毛为什么是黑色的》中说,乌鸦没有摆正自己的位置,认为自己有一身美丽的羽毛,就恃才傲物;乌鸦当上国王后,鸟儿们吹捧它几句,它就飘然欲仙,最后却被鸟们拔光了羽毛,用木炭涂抹其身,使乌鸦的身体变成了黑色。故事说明了乌鸦的羽毛变成黑色的原因,同时也告诫那些盲目骄傲自满、缺乏自知之明之人,要牢记"谦虚使人进步,骄傲使人落后"的朴素道理。

(2) 动物社会故事

缅甸的动物社会故事是讲动物之间的纠纷、竞争、动物的智谋以及愚蠢的行为的故事。它常用拟人的手法,使动物拥有人类的智慧,使弱者在弱肉强食的动物世界里最终战胜强者,成为人人称赞的佳话。

貌似强大的老虎在缅甸人的心目中具有两面性,既有残酷凶狠、横行霸道、忘恩负义的一面,又有糊里糊涂、傻里傻气、经常被小兔子愚弄的一面。缅甸故事中老虎有时是一个凶恶的魔鬼,有时又是一个可爱的大傻瓜。在缅甸,鳄鱼是常见的动物,是水域中的一霸,但在缅甸民间故事中,鳄鱼是经常帮助人类的动物,与人类有着密切的关系。与中国的情形不同,对于缅甸人来说,乌鸦是一种吉祥的动物。缅甸有一句俗话,"乌鸦叫,客来到。"说明乌鸦能给人类带来吉祥的消息。但是,在缅甸人的心目中,乌鸦的品性也是多样的,它既是吉祥的鸟,又是一种骄傲、狂妄的鸟,有时是一种坏事做尽的鸟,又有时是一种关怀同类、促进鸟类团结的鸟。狐狸是一个阴险、狡猾、奸诈、做尽坏事的家伙。乌龟爬得很慢,但坚持不懈,能取得最后的胜利。猫头鹰在缅甸民间故事中以一位智者的形象出现。它常依靠自己的智慧排解动物之间的纠纷。上述这些动物的特性在缅甸民间故事中都有生动的体现,但纵观缅甸动物故事,最具代表性的动物主角要数小兔子。它们聪明、伶俐、机灵,是智慧的象征,在故事中常担任公正的法官和聪明的律师的角色,是拯救人类和其他动物的大英雄。当缅甸动物之间发生冲突,甚至当缅甸人与人之间发生矛盾的时候,往往都要找小兔子裁决,而小兔子也总是不负众望,以它的聪明才智、公正无私、合情入理地解决问题,被称为"聪明的法官"。

缅甸有一则有趣的动物故事,叫作"母老鼠选女婿",讲的是母老鼠想为女儿找一个神通广大的女婿,但是一物降一物,总有更有本事的候选,她先后找了太阳神、雨神、风神、山岗、水牛等,结果转了一圈还是把女儿嫁给了老鼠。① 无独有偶,在缅甸的邻国泰国也流传着一个情节类似的故事,叫作"鼠姑娘择夫"。这个故事实际上来源于印度的《五卷书》。中国也有这个故事的异文,明代刘元卿的《应谐录》里对此有所记载,恐怕其来源也是印度的古代寓言故事。

(3) 动物与人(神)的故事

在动物与人的故事里,不仅有动物角色,还有人类的角色,故事就发生在动物与人类之间。故事里常把动物人格化,让它们帮助人类解决困惑和难题,解救人类于危机之中。在缅甸这一类故事当中,聪明的小兔子自然也是故事的主角,人类凡有困惑,就去找小兔子帮忙。《小兔子法官》②就是这一类故事中的典型。它以拟人的手法突出了小兔子的聪明才智。小兔子以子之矛,攻子之盾,略施小计,就使偷邻居哥友小马驹的哥来自投罗网,真相得以大白于天下,最终物归原主。

这则缅甸动物故事与《佛本生故事》中《大隧道本生》里的《生小牛》故事情节和寓意十分接近。《小兔子法官》中讲道,小兔子以用大眼筐舀水不可能成功救火,譬喻了母牛不可能生出一头小马驹的道理;在《生小牛》中,它则用男人不可能生孩子这种情况,说明了吉祥公牛不可能怀孕的道理。

2. 魔法故事

魔法故事闪耀着奇光异彩,是民间故事中最能引起听众、读者兴趣的类型。魔法

---

① 姜永仁主编:《缅甸民间故事》,沈阳:辽宁少年儿童出版社,2001年,第173页。
② 同上书,第159页。

故事里的奇迹是由魔法的持有者或者魔法宝物来完成的,魔法是故事的主要情节因素。它们常常把听众引入一个虚幻的世界,没有具体的地点或人物,"幻想"是该类故事最大的特点。但魔法故事的母题和情节并不是凭空捏造出的,而是与民俗、民间信仰有着一定的关联。魔法故事的主题,"有对优美的善良的人性的赞扬,有对人性丑恶的鞭挞。是人民是非观、道德观的形象化,是人民憧憬和期望的心声"①。具有代表性的缅甸魔法故事有《龟女》《蛇王子》《巫婆和孕妇》《仙女》《神锣》《长鼻子公主》《棕绳套圈》等。

《仙女》讲的是聪明、英俊的青年貌貌与善良、美丽的仙女玛拉拉的爱情故事。貌貌心地善良,帮助弱小的鸟儿逃离了老鹰的魔爪,结果善有善报,凭借小鸟的帮助,貌貌解答了玛拉拉父亲的难题,有情人终成眷属。不幸的是,在返乡的途中,玛拉拉被树神施了法术,把她变成了一个葫芦水壶,而树神则冒充玛拉拉,变化成貌貌的妻子。善良的玛拉拉在每天家中无人的时候,又恢复原形,替貌貌煮饭烧菜。最后,貌貌识破了树神的伪装,并设计将树神杀死。从此,他与仙女玛拉拉幸福地生活在一起。

缅甸的《蛇王子》故事幻想色彩非常浓厚,它属于在南亚、东南亚等地区比较常见的"蛇郎型"故事。在这类故事里出现的蛇都具有变形能力,它们化身为人类,成为英俊的丈夫,并参与人类的日常活动。缅甸的这则故事讲道:

有一位老妇人有三个女儿,她每天靠拾无花果度日。一条大蛇给老妇人摘了很多无花果,老妇人答应将自己的一个女儿嫁给它。但老妇人说话不算数,一路逃跑,大蛇从后面一路追赶。在老妇人家里,大蛇缠住了老妇人,老妇人只好兑现诺言。大女儿和二女儿都不同意嫁给大蛇,生性善良的小女儿答应了母亲的要求,同意嫁给大蛇。大蛇跟小女儿恩爱有加。白天,大蛇蜷缩在箩筐里,晚上就变成了英俊的王子,睡在小女儿的身边。老妇人看见了,就烧掉了蛇皮。从此,蛇王子和小女儿相亲相爱,日子过得很快活。不久,小女儿有了身孕。大女儿和二女儿心生嫉妒,趁蛇王子外出做生意时,诓小女儿去荡秋千,借机将小女儿从秋千上推下。幸好,一只大鹞鸟把小女儿和她的儿子叼起,安顿在自己的窝里。蛇王子做生意归来,远远地就听见妻子的歌声,向大鹞鸟讨回了妻子和儿子。真相大白后,大女儿和二女儿仓皇逃跑,沦为乞丐。从此,蛇王子和小女儿过着幸福美满的生活。②

这个跨越广大时空领域的"蛇郎型"故事,不仅蕴含着一些很有研究价值的人类文化元素,也为民间文学比较研究提供了优质素材。

3. 生活故事

生活故事是指以日常生活为题材,以现实生活中的人物为主人公的民间故事。在

---

① 洪钟主编:《中国民间故事集成·四川卷》,北京:中国文联出版中心,1998年,第13页。
② 姜永仁主编:《缅甸民间故事》,沈阳:辽宁少年儿童出版社,2001年,第33页。

缅甸的生活故事中,有时也有一些幻想性的情节,但是并不像在魔法故事中那样,成为故事的核心。生活故事既是缅甸民间故事中数量最多的一类,也是其中的精华部分。它涉及社会和人民生活的各个方面,既贴近寻常百姓生活,又能够反映民间疾苦和人们对幸福生活的企盼,具有浓厚的生活气息。按照故事中的人物划分,缅甸生活故事可以分成官民型、两兄弟型、三姐妹型、巧女型、傻女婿型、后母型等类别。按照故事内容来看,缅甸生活故事则大致可以分为宫廷故事、寺庙故事、家庭故事、富翁和穷小子故事、爱情故事、智慧故事、贪心故事、"善恶有报"故事、成语谚语典故、鬼怪故事等类型。本章中,采用后一种分类方法对其加以介绍:

(1) 宫廷故事

顾名思义,宫廷故事讲的是发生在缅甸古代宫廷中的国王、王妃、王子、公主以及王公大臣之间的故事。其内容多与国王选择王位继承人、王妃之间争风吃醋、王子和公主之间的明争暗斗有关。例如,《一个国王和三个王子》[①]讲的就是国王选择接班人的故事:

一位国王有三个儿子。他们都说自己很爱国王。那么到底该选谁来作王储呢?国王想出一个计策,他借外出拜佛的机会,说自己已经驾崩,以此来考验三个王子。大儿子听说父王驾崩,心灰意冷,整天泡在森林里打猎以消磨时间;二儿子则跑到王宫大门口的大榕树下整日嚎哭,无所事事;只有小儿子勇敢地接管了朝政。国王打扮成一个穷困潦倒的老头儿,明察实情以后,宣布立小儿子为国王。

故事说的是一位国王选王储的事情。情节看似简单,但却说明了一个很深刻的道理:什么才是真正的爱。

(2) 寺庙故事

寺庙故事讲的就是发生在寺庙里的故事。故事的主人公一般是住持和尚或者小沙弥,也有一些是发生在僧俗之间的故事。缅甸有四万多座寺庙,僧侣三十余万人,发生在寺庙里的故事也就很多。缅甸作家吴拉收集、出版的《缅甸民间故事》系列丛书中就有两本专门收录寺庙故事。以下略举两例:

《"那个"和"这个"》是一则发生在住持和尚和小沙弥之间的诙谐故事。故事讲道,心善、仁慈的老和尚收留了很多山鸡,它们下蛋孵小鸡,两个庙祝一直觊觎这些鸡蛋。一天,一个庙祝偷煮了鸡蛋,却被另一个庙祝吃光了,两人想要理论一下,但又怕老和尚发现,只好用"这个"和"那个"来代指鸡蛋。[②] 这则故事简短而真实,读来令人忍俊不禁。

《万事到头终有报》是一则在僧俗之间发生的故事。其中讲道,一个坏心眼的买糕

---

① 姜永仁主编:《缅甸民间故事》,沈阳:辽宁少年儿童出版社,2001年,第41页。
② [缅]吴拉主编:《寺庙中的缅族故事》(缅甸文),曼德勒:发展出版社,1965年,第20页。

饼的女人,想要毒死她所厌恶的庙祝,结果自己的独生子却误吃了毒糕饼。痛失爱子的女人耳旁回响起庙祝经常念叨的那句话:"万事到头终有报,好心才有神来助!"①

(3) 家庭故事

家庭故事中的主人公一般都是家庭成员,但随着故事情节的展开,有时也会有一些非家庭成员出现,故事内容多为父子之间、兄弟之间、姐妹之间发生的事。

《三姐妹》是一则典型的缅甸家庭故事,讲述的是妈妈和三姐妹之间发生的事:

一位妈妈和三姐妹住在森林的小屋里。一天,妈妈外出砍柴,并叮嘱三姐妹无论谁来敲门都不要开。她走后,大老虎装出妈妈的声音,哄骗孩子们开门。大姐说这声音和妈妈不一样,老虎辩称是自己回来时参加演出,嗓子唱得有些疼;二姐又说妈妈眼睛不会那么红,老虎辩解说是被路上的辣椒辣红了眼;小妹说妈妈的手不是这样的,老虎又辩解说那是帮人家盖房,抓过牛粪和泥巴,才变脏了。结果,三姐妹放松了警惕,放老虎进来,被老虎害死了。天神怜悯三姐妹,用一只金桶将她们接到天上,并把老虎摔死了。后来,天神给三姐妹各自安排了任务,大姐负责在白天给人们带来光明和温暖,是太阳;二姐负责在夜晚发光,是月亮;小妹则是在月亮睡觉的时候,负责给人们照亮的星星。②

(4) 富翁和穷小子故事

缅甸民间文学中有关富翁和穷小子的故事也有不少,且具有一定的程式化特征,一般都是描写富翁如何贪心,穷小子如何诚实,最后富翁落得个可悲下场的故事。例如,《诚实的渔夫》讲述了富翁吴财渡船时,不小心将钱袋掉进河里所引发的故事。吴财鸣锣宣告悬赏一百块银元,奖励给拾得钱袋的人。但是,当一个渔夫拿着从河里打捞上来的钱袋交给他时,富翁高兴地收回钱袋,却只字不提给一百个银元的事。渔夫据理力争,富翁却硬说他的钱包里原本有一千一百个银元,现只剩下了一千银元,说明渔夫已经拿走了一百个银元,所以不能再给了。官司打到府衙。府衙大人说,既然富翁说他钱袋里有一千一百个银元,而这个钱袋里只有一千个,那说明这个钱袋根本不是富翁的,将钱袋判给了渔夫。渔夫兴高采烈地拿着钱袋走出府衙。富翁却昏倒在地。故事鞭挞了说话不算数的富翁吴财,赞扬了渔夫拾金不昧的高尚品质,说明诚实的人必有好报,贪心的人没有好下场。

(5) 爱情故事

爱情故事是缅甸民间故事中最具文学品味的作品。它们不仅描述了青年人之间的忠贞爱情或对美好爱情的憧憬,同时也带有浓郁的佛教文化的色彩,读来令人不仅为缅甸青年的爱情所感动,还能领会到佛教对缅甸青年人爱情观的影响,领略到缅甸

---

① [缅]吴拉主编:《寺庙中的缅族故事》(缅甸文),曼德勒:发展出版社,1965年,第20—21页。
② 姜永仁主编:《缅甸民间故事》,沈阳:辽宁少年儿童出版社,2001年,第290—292页。

文化的深层内涵。缅族故事《彩虹》、克伦族故事《忠诚的夫妻》、掸族故事《孔畅络与南妃缤》,以及《玛茵茵敏》等均属于缅甸民间故事中的爱情故事。

《彩虹》讲道,因难产而死的王后在下葬时甩出了遗腹公主信遗依。丁茵国王虽然宠爱女儿,却又觉得不吉利,便在城外墓地为公主建了一座宫殿,这个地方后来叫"德拉"(在今仰光市仰光河对岸)。德拉的对岸是敏格拉洞。统治敏格拉洞的国王生有一个王子,名叫敏南达。敏南达与信遗依相爱了,但敏南达的父王认为公主不吉利,坚决反对,还禁止国民到德拉走动。敏南达只好每夜躲在鳄鱼鄂摩耶的嘴里,偷偷渡河去幽会。雌鳄鱼玛小气爱慕鄂摩耶,但鄂摩耶对它不屑一顾。它由爱生恨,决心要报复鄂摩耶。玛小气变成信遗依的侍女,设计使王子和鄂摩耶威力大减。他们遭遇了玛小气等鳄鱼的伏击,躲在鄂摩耶嘴里的敏南达不幸身亡。信遗依公主闻知王子的死讯,郁郁而终。德拉和敏格拉洞同时火化这对情人的尸体,只见两股青烟从河的两岸升起,并在河道上空交织在一起,在雨后的天空中形成了一道美丽的彩虹。①

美丽的彩虹本是一种自然现象,但几乎在每一个国家,都有关于它的美好故事、传说。在缅甸,彩虹代表着男女青年忠贞的爱情。人们一看到彩虹,就会想起信遗依公主和敏南达王子的故事。

(6) 智慧故事

智慧故事情节往往十分精彩,不仅能测验人类的智慧,还可以启发人们的思维,开阔人们的眼界,增加听众的知识。一般情况下,这类故事中都会出现一个很多人都无法解决的难题,最后,会有一个聪明人化解难题,给出正确的答案。缅甸民间故事中智慧故事的数量也不少,而且其情节设计往往非常精妙。典型的故事有《献鸡》《聪明的法官》《村村建粮仓,无后开店堂》《法官和聪明的小律师》等。在《献鸡》这则故事中,聪明的农民非常公平地均分了五只鸡,不但自己分得了最实惠的一份鸡肉,还得到了国王的重赏;贪财的农民非但没有分到鸡肉,反而"偷鸡未成蚀把米",两手空空地回家了。② 缅甸智慧故事所讽刺的,都是那些贪财的人或统治者,受到赞扬的是贫苦人或下等人。这充分说明了广大人民群众的立场和观点。

(7) 贪心故事

缅甸的贪心故事有《诚实的渔夫》《因贪心而死的人》《金黄马》《金鹿》《神锣》等。其中,《金鹿》③是一则抨击王公贵族贪心不足的典型故事。它讲道,善良的牧人设法救下了被国王追赶的万兽之王——金鹿,它的金蹄在地上敲击一下,就会出现一枚金币。国王发现自己上了牧人的当,便命他找出金鹿,否则就要他的命。无奈之下,牧人只好去找金鹿。金鹿愿意献身帮助自己的救命恩人。贪婪的国王要求金鹿变出成堆的金

---

① 姜永仁主编:《缅甸民间故事》,沈阳:辽宁少年儿童出版社,2001年,第1—4页。
② 同上书,第94—96页。
③ 同上书,第166—169页。

币,直到国王被埋在了金币堆里,他才让金鹿停下来,不料金币立刻化成了泥土,将国王活活埋死了。

(8)"善恶有报"故事

缅甸的生活故事中还有一定数量的宣扬"善有善报、恶有恶报"的故事,这是受到佛教思想影响的结果——它们所宣传的是佛教的因果报应思想和功德观念等,号召人们要尊崇佛、法、僧三宝,尊敬父母和师长,要尊老扶幼,只要一辈子做好事,从善事,积功德,就可以得到福报,否则,就会遭到报应。缅甸民间故事《好心必有好报》《弯弯绕和一根筋》《苏貌》《抛弃孩子的父亲》《尊敬父母的貌妙》《被土地吞噬的貌干亚》等都是宣扬善恶有报思想的故事。其中,《尊敬父母的貌妙》讲述的是尊敬和孝顺父母的貌妙得到好报,不尊敬父母、心怀鬼胎的貌咖得到恶果的故事。《被土地吞噬的貌干亚》讲述的则是不尊敬母亲的貌干亚与他游手好闲、害死貌干亚的老母亲的妻子,还有他的岳母遭受天谴的故事。

(9)成语谚语典故

成语和谚语典故是缅甸民间故事中比较常见的类型。这类故事往往短小精悍,故事情节简单紧凑,但寓意深刻、发人深省,富有教育意义。缅甸的成语和谚语故事有《刻舟求剑》《话多有失》《事倍功半》《自作自受》《喜新厌旧》《覆水难收》《恢复原状》《因小失大》《过河拆桥》《喜出望外》《恰到好处》《赔了夫人又折兵》《滴水之恩,涌泉相报》《口蜜腹剑》《骑驴找驴》《马没买先备鞍》《不见兔子不撒鹰》《熊瞎掰棒子一场空》《为虎作伥》《吃人家的嘴短,花人家的手短》《以毒攻毒》《众愿难违》《黔驴技穷》等等,不一而足。

(10)鬼怪故事

缅甸人虽大多信奉佛教,但他们自古以来的神灵信仰也被一定程度地保留了下来。缅甸人认为,人世间不但有天地神祇,还有鬼怪存在。缅甸人信奉的传统神有37位,包括家神以及土地神、水神、树神、花神、风神、雨神、雷神、电神等。同时,在他们的观念中,还有地狱,有阎王,以及各种魑魅魍魉。在这种传统信仰的影响下,缅甸民间文学中存有一定数量的关于鬼神的故事,也就不足为奇了。典型的鬼怪故事有《鬼帽》《困境》《六肘尺长的鼻子》《所到之处》《生死相依》等。

4. 民间笑话

缅甸民族是一个乐天而诙谐的民族,缅甸人容易满足,没有很多的奢望。在日常生活当中,他们喜欢逗乐、开玩笑,经常讲一些笑话消遣。因此,在缅甸的民间故事中,幽默与笑话数量是比较多的。其中的经典作品有《四个傻子》《可怜牛的小伙儿》《不出我之所料》《骗子》《喝棕榈酒比赛》《善于思考的老处女》《有主意的客人》《九个笨蛋》《瞎子多的世界》《老鼠打的洞和懒汉》《当场出丑》《不光是我怕老婆》《信不信由你》等等。缅甸人在劳动之余经常讲述这些笑话,不仅可以解除疲乏,还可以消除烦恼,减轻生活贫困带来的压力。

《四个傻子》讲的是四个傻子分五只兔子,怎么也分不均匀,过路的骑马人看出他们是傻子,便拿走了一只兔子,剩下四个傻子刚好每人分到一只兔子。傻子们非但不觉得吃亏,反而还从各自分得的兔子身上割下一条腿,以奖赏骑马人的聪明。①

《不光是我怕老婆》讲的是有人赶着一群牛和一群马,遇到怕老婆的就送一头牛,遇到不怕老婆的就送一匹马,结果牛很快就送光了,只有一个人要了一匹马,但那个人也是怕老婆的,后来还追上来,换掉老婆不喜欢的马。这个故事在缅甸有很多变体。例如,一则故事中说,村长命令村里的男人,凡不怕老婆的到红色的牌坊里去,怕老婆的都到蓝色的牌坊里。结果只有一个男人到了红色的牌坊里,还是他老婆叫他进去的。②

三、民间歌谣

歌谣是人民口头创作的短篇韵文作品。可以唱的一般称为歌,只说不唱的称为谣。在缅甸,民谣包括小快板、顺口溜等类型。儿童口齿伶俐、善于模仿,是民谣的主要传播者。民谣一般只说不唱,节奏鲜明有力,韵律自由,但都朗朗上口、易记易说。民歌则与此不同。它抒情性强,具有抑扬顿挫的优美旋律,句法一般比较工整。民歌主要抒发人们的主观感情,在悠扬的乐曲声中,歌唱生活的苦与乐。颂歌、苦歌、情歌、劳动歌等都属于民歌。但因为歌与谣有着密切的联系,相互之间常常可以转换,难以机械化地对它们加以区分,因此民间文学研究者们经常将歌谣视作一个整体来加以论述、分析。

总体来看,缅甸民间歌谣的特点是:第一,反映现实生活,贴近人民生活,体现人民疾苦;第二,短小精悍,短则四五句,长则七八句,往往几句歌谣就能表达出一种完整的思想、塑造出一个完整的艺术形象;第三,比拟、拟人、对偶、押韵等方式的应用,使得缅甸民间歌谣极具感染力。

(一)民歌

1. 劳动歌

劳动歌主要是指以劳动生活为题材的作品,又可细分为秧歌、田歌、船歌、砍柴歌、采茶歌、渔歌、牧歌、纤歌、夯歌等类型。

缅甸劳动歌中最精彩的部分要数插秧歌。缅甸是一个地道的农业国家,最主要的农作物生产就是水稻种植。每年雨季来临时,农民们或一家一户,或几家几户,以妇女为主导,男子也参与其中,在加油声中,在鼓乐声中,人们比赛插秧,气氛既紧张,又欢

---

① [缅]吴拉主编:《缅族民间故事》(缅甸文),曼德勒:发展出版社,1965年,第34—35页。
② 姜永仁主编:《缅甸民间故事》,沈阳:辽宁少年儿童出版社,2001年,第298—299页。

快。插秧歌一般就是在这种场合唱的,它们的内容直接反映出插秧时热火朝天的劳动场面和插秧的人们愉快的心情。例如,有一首插秧歌这样唱道:

> 在金色蟠檀树下,
> 远望天际把秧插。
> 只怪雨儿总不降,
> 秧儿蔫蔫田中趴。①

还有一首插秧歌反映了劳动人民对幸福生活的向往和对美好未来的憧憬,表达了经过一年的辛勤劳动,即将获得大丰收的人们的喜悦心情。歌中唱道:

> 咱们那块宝田上,
> 看你插的秧,
> 长得多茁壮!
> 哟,快来看呀!
> 粒粒饱满圆又亮,
> 一穗准打十斤粮。②

2. 赞美自然风景的民歌

缅甸地处热带和亚热带地区,自然风光秀丽,景色旖旎。高耸入云的棕榈树、随风摇曳的椰林、金光闪闪的佛塔、五彩缤纷的鲜花,以及别具一格的民族风情,无不令人陶醉其中,加以讴歌。因此,缅甸还有一定数量的专门赞美大好河山的民歌,例如:

> 山川秀美,
> 花朵蓓蕾初放,
> 树与树交织,
> 鸟儿在林间啼唱。③

3. 情歌

缅甸青年男女恋爱比较自由。在庆祝泼水节等传统节日的活动中,在满溢着书香的校园中,在共同的生产劳动中,在花前月下的交往中,如果彼此间有了爱情,征求父母的意见后,男女双方就会举行婚礼,结为伉俪。与世界其他国家、民族一样,缅甸也有很多情歌,例如:

> 阿哥把裙头儿解开,

---

① 姚秉彦、李谋、蔡祝生编著:《缅甸文学史》,北京:北京大学出版社,1993年,第18—19页。
② 同上书,第19页。
③ 同上。

为妹擦汗递过来。
任它流吧,
阿哥你别管,
滴滴答答汗珠流得快。①

又如:

烈日照在阿妹身上,
像蔫倒的秧苗无精打采,
阿哥忙解下自己的披肩,
轻轻展开蒙在妹头上。②

此外,有描写热恋的情歌,就也有描写失恋的民歌。例如,有一首情歌这样唱道:

刚从田里归来,
你说你要戴朵野花,
哥为你采来。
哪想到,
次日早晨哥看见你,
头上却戴着玫瑰花,
倒是显得高贵无比呀!③

4. 儿歌与童谣

儿歌与童谣是在儿童口中流传的歌谣。缅甸这一类型的作品数量很多,但大多没有特别具体的内容,一般情况下,就是母亲为了哄孩子快点入睡,或者儿童做游戏时顺口编出的,只重于音节连贯、和谐,富于幻想。例如:

白鹭飞,
白鹭跑,
小宝宝要睡觉。
别往这边飞,
别往这边跑,
小心网儿把你套!④

又如:

---

① 姚秉彦、李谋、蔡祝生编著:《缅甸文学史》,北京:北京大学出版社,1993年,第18—19页。
② 同上。
③ [缅]敏杜温著:《敏杜温诗歌集》(缅甸文),仰光:文学宫出版社,2001年。
④ 姚秉彦、李谋、蔡祝生编著:《缅甸文学史》,北京:北京大学出版社,1993年,第17页。

天上只有一颗星,
云彩遮月没光明。
有时月亮露笑脸,
有时又在云里行。
瞧!
那可不是普通月,
那是神明变换的月亮公。①

5. 仪式歌

仪式歌是在民间祭祀、祝酒、出嫁、迎宾、送葬等传统仪式中所唱的歌,主要内容是对乡土和祖先的赞颂、对亲朋好友的祝贺和送别等。缅甸是一个地道的佛教国家,几乎月月都有佛教节日,人们天天都念佛诵经,宗教仪式很多,如命名仪式、剃度仪式、扎耳朵眼仪式、迁居仪式、布施仪式、敬佛仪式、开光仪式等,在这些仪式上都要唱歌。这些民歌往往节奏明快、生动活泼。例如,有这样一首布施歌唱道:

眼前一片金光闪,
莫非朝阳出东山?
哟!哪是旭日升?
是你看花了眼!
僧衣袈裟黄灿灿,
高僧托钵来化缘。
斋饭斋菜快备好,
慷慨布施好行善。②

(二)绕口令

绕口令亦称急口令、拗口令,是一种语音拗口的民谣。它把语音相近和易混的词语编排在一起,要求说得快,不出现错误,吐字要清晰,是练习正确发音和口齿敏捷的好方法。缅甸也有不少绕口令,例如:

山上掸族人,
挑着亚麻往前奔,
短的亚麻短,
长的亚麻长。

又如:

---

① 姚秉彦、李谋、蔡祝生编著:《缅甸文学史》,北京:北京大学出版社,1993年,第17页。
② 同上书,第18页。

木棒低下蛙
扁的蛙扁
圆的蛙圆。①

(三) 谜语

民间谜语是劳动人民聪明才智的体现。它常常以惊人的准确性既含蓄又生动地把事物的特性表现出来。缅甸有很多谜语,按照缅甸作家基努的分类方法,它们共分为六类,分别是:物谜、哑谜、隐谜、数字谜、问题谜和故事谜。其中,哑谜、隐谜、数字谜、问题谜都与缅甸语的语言特征相关,虽然十分活泼有趣、独具民族特色,但若不懂得这种语言,就很难领会其中的诀窍。因此,本章中主要介绍物谜和故事谜。

1. 物谜

所谓物谜,也称一般谜语,谜底常常是一种较为常见的物品。例如:

走起路来是圆圈儿,停下来是长条。(谜底:缅甸妇女用头顶东西时的垫圈、头垫)

头脚包得严严的,刘海儿梳理得漂漂亮亮的,宝石镶得整整齐齐的。(谜底:玉米)

水中间淤成沙滩,那是仙女居住的小岛。(谜底:研磨檀香、楝香木时用的圆石盘)

三层城墙相围,是哪路神仙的湖?(谜底:椰子)

仙女屋的柱子,虫子咬不动。即使能咬动,也只能咬一个眼。(谜底:针)

两人一对,白日分开,夜晚重逢。(谜底:门扇)

湖中有水,水中有蛇,蛇头有金。(谜底:油灯)

曲曲弯弯,从高走到低。(谜底:河流)

砍不断,杀不死。(谜底:水)

2. 故事谜

在缅甸,为了讨论一个问题而讲一个故事,例如,问在故事中谁的年纪最大,或者谁最忠诚等,请听故事者回答,称为故事谜。与一般的故事不同,讲故事人出于某种目的,会在这些故事中故意省略部分内容,要求猜谜人说出自己的观点,再根据猜谜人回答的情况,判断他是否老实,或狡猾,或阴险等。

四、民间戏剧

"戏曲是文学、音乐、舞蹈、美术、杂技等多种艺术因素的有机综合。熔唱、做、念、

---

① [缅]基吴著:《缅甸传统谜语》(缅甸文),仰光:南无出版社,1985年。

舞于一炉,以歌舞演故事是其基本的特征。"① 缅甸民间戏曲的特点也是如此。缅甸的民间戏曲种类很多,但最有名、最为民众喜闻乐见的要数木偶戏和歌舞剧两种。在古代,木偶戏和歌舞剧不但是宫廷中的高雅剧种,而且随着时间的推移,逐渐从宫廷走向了民间,成为缅甸民众喜闻乐见的传统戏剧。

(一) 木偶戏

在缅甸,木偶戏也称"高戏""群偶戏",其他几种古典戏剧则称为"低戏"。这是因为,在古代,文雅、高贵的木偶戏为皇亲国戚所专宠,可以在高台上演出;而"低戏"则不可居高临下地表演,否则会被认为折辱了高贵的观众。不仅如此,缅甸木偶戏比其他剧种的历史更长,演出技艺要求更高,剧目内容也更高雅。它的主要剧目大多与罗摩故事或佛本生故事相关。特点是注重清唱、歌词优美、演技高超。

缅甸的木偶戏分"木偶模仿人"和"人模仿木偶"两种。据载,辛古王时代,就设有专门的戏曲官,负责组织宫廷中的戏剧演出,当时的戏曲官首创了宫廷傀儡戏班。当时的戏班有28个木偶人表演,到了近代,已发展到了30个以上。因此,木偶戏也称"群偶戏"。木偶师操纵木偶人身上的13根提线,木偶人身体的各部分关节通过提线可以自由活动。当木偶模仿真人舞蹈时,不仅身体的造型能被突出强调,关节的屈伸也比真人灵活,使这种舞蹈的舞姿显得更加妩媚,舞步愈为洒脱。以此,木偶师不仅可以使用木偶表情达意,将复杂的剧情交代清楚,还能手舞足蹈,毫不费力地将缅甸舞蹈中的很多高难度动作模仿得惟妙惟肖。

随着社会的进步和发展,人们不再满足于看假人演剧。到了近代,真人模仿木偶的戏剧和舞蹈表演形式被创造了出来,并由此渐渐形成了一个专门摹状木偶的派系。按摹状技艺来分,还有"纯木偶性的模仿"和木偶与人的"混合性模仿"之别。

男女木偶舞是参照木偶的舞蹈动作创作出的纯舞蹈性摹状舞蹈,包括"男木偶舞""女木偶舞""男女双人木偶舞"等形式。

"男木偶舞"一般由4位男演员表演。舞蹈主要体现木偶的提线艺术,所以演员不必将颜面涂白,只是装扮成真木偶的样子,表现一张一弛的木偶动作:4人同时扬臂举足,顿首旋身。其舞姿规范、动作轻盈、整齐划一。

"女木偶舞"一般由3个女子坐在木台上表演。她们化装成真木偶的样子——面施白粉,服饰发型也如木偶一样华丽生硬。表演时,演员们身轻如燕,舞姿婀娜、步伐敏捷,在木台四周飞旋,跳上跳下。3位女性依次起舞,各自表演摹状绝技。

"男女双人木偶舞"是木偶舞中的精品。它要求男女演员都要模仿木偶的样子化妆。与"女木偶舞"不同的是,"男女双人木偶舞"表演时,在演员身后有一块宽大的幕布,幕后高台上站着木偶师。当木偶师以"无形的线索"操作"木偶"舞蹈时,观众仿佛

---

① 钟敬文主编:《民俗学概论》,上海:上海文艺出版社,1998,第347页。

在看放大了的真的木偶戏。其高超的舞蹈和摹状技艺给人以真伪难辨之感,甚至会产生是真的木偶在表演的错觉。

虽然目前缅甸的木偶戏已日渐消亡,但在上述各类舞蹈中,依然可以看到木偶戏留下的痕迹,如棱角突出的舞姿、顿挫有力的律动、节拍鲜明的鼓乐、华丽辉煌的服饰,以及高难的技艺等。此外,缅甸舞蹈常规舞步动作的定型与提线木偶的操作也有一定关系。例如,演员在台上的行进步伐,不论向前还是向后,腿和手都必须自下而上,再自上而下活动,如同提线的一张一弛;舞姿静止时演员上身前俯,做翘首、飞臂、扬足等动作,也都是用来展示"木偶感"的技巧。此外,不论是动的步伐,或是静的舞姿,舞者向上飞扬的律动总是多于向下的律动,即便是快速旋转,手足肢体也是弯折着的。这些木偶式动作语汇的形成,是由于被挂线的部位,如头、肩、腰、手、足,在动作时自然要被线索提起上扬,而非关节的部位会自然下坠。很显然,这些都是提线木偶戏的影子。①

(二) 歌舞剧

缅甸的歌舞剧以演出罗摩故事为主,因此也叫罗摩舞剧。与泰国的孔剧一样,缅甸的罗摩舞剧演出时,男性人物一般要戴面具,而女性不戴。也就是说,出演罗摩、罗什曼那、仙人和十首王的演员戴面具,而出演悉多、甘比等的演员则戴头盔,露着面孔。国王和大臣们露着面孔演出,是剧中的例外。专门演出罗摩舞剧的艺人们都非常崇拜剧中人物的头盔、面具——不论在舞台上,还是在演员家中,仙人、十首王、罗摩、罗什曼那等的头盔、面具和悉多的头盔等都会被单独放置在特殊的地方,并用鲜花、香烛等供奉。反面人物十首王等罗刹头盔、面具则要与罗摩、罗什曼那等正面人物的分放在不同的地方。②

戴面具的演员表演时不说话,不戴面具的演员同台表演时也不说话,只是跳舞。因此,缅甸的罗摩舞剧也以哑剧而闻名。因为绝大多数观众对剧情早已有所了解——也有时先介绍剧情,后表演舞剧,演员如何用舞姿来表演就显得更为重要了。此外,演员戴着面具,无法展现面部表情,所以会更加注意肢体语言的运用。

缅甸的罗摩舞剧注重舞蹈和做功,而不像其他戏剧那样将说唱和舞蹈并重。剧中大部分场面是用舞蹈动作来表现的。剧中人物之间的对话是带韵脚的诗句。演唱任务由幕后的歌唱者担任。某些场景中也会加入群舞,由乐队演奏序曲以及动作的配曲。可见,缅甸罗摩舞剧是将形体动作、道白、吟诗、舞蹈、歌唱、演奏等艺术手段融合在一起的一种综合艺术。

罗摩舞剧传入缅甸的时间大约在 18 世纪中期以后。印度的《罗摩衍那》通过两种

---

① 于海燕著:《东方舞苑花絮》,北京:世界知识出版社,1985 年,第 140 页。
② 张玉安、裴晓睿著:《印度的罗摩故事与东南亚文学》,北京:昆仑出版社,2005 年,第 289—291 页。

途径传入缅甸,一是印度蚁垤仙人的《罗摩衍那》,一是泰国的宫廷罗摩剧。据考证,罗摩表演艺术最初是在蒲甘时期,以说书的形式开始的,后来发展出雅甘、达钦等诗歌形式和口头表达的种种形式。现在的罗摩舞剧是波道帕耶王在位期间,于缅历1151年(公历1789年),根据暹罗罗摩舞剧写成的。史料记载,贡榜王朝信漂辛王在位期间(1763—1776),缅甸开始从泰国吸收罗摩文化,在1770年以后开始演出罗摩舞剧。

缅甸历代国王都非常重视罗摩舞剧的表演。在重要的节日和仪典中,几乎都要上演罗摩舞剧。因此,罗摩舞剧不断有所发展和创新。古时候,宫中的罗摩剧要陆续演出很多天,在仰光曾一连演出45天,第二次世界大战后变为用7天演完,再后来分3天演出全剧选段。现在,每年缅历九月兰花盛开时,在仰光城东都会演出罗摩舞剧,称为献花盛会。在缅甸全国各地巡演的某些剧团、木偶团也夹带演出罗摩舞剧的"追鹿""拉弓会"等片段。在仰光演出罗摩舞剧最多的剧团,每年都争取上演献花盛会,可见其深入人心。

第三节 缅甸民间文学研究概述

民间文学传统发达、资料丰富、特色鲜明是东南亚诸国的普遍优势,但与此相对应的,民间文学的搜集、整理、研究工作等却大都没有跟上,与世界民间文学研究的前沿水平有较大差距。缅甸即是如此。很多有价值的民间文学作品还等待着人们去科学地发掘、研究。即便如此,在缅甸仍有两位重要的作家——吴廷昂、吴拉,为缅甸民间文学的搜集和整理工作做出了突出贡献。

吴廷昂是缅甸最著名的作家之一。他早年曾赴英国进修,之后又到美国留学,并获得了博士学位,此后一直从事民间文学的学术研究工作。早在1937年,他就在牛津大学出版社出版了《缅甸戏剧》(Burmese Drama)一书。他还是最早开始重视对缅甸民间故事进行收集、整理的作家。20世纪40年代,他用英文撰写了《缅甸民间故事》(Burmese Folk-Tales)一书,并于1948年在英国牛津大学出版社出版。中国学者施咸荣将其翻译成了中文,由人民文学出版社出版。此后,丁振祺再次翻译了这部作品,并于1984年在云南人民出版社出版。原书收入缅甸民间故事70篇,并基本按照国际通行的标准,将它们划分为四个部分:动物故事、传奇故事(魔法故事)、人物轶事故事(生活故事)和诙谐故事(民间笑话)。

此外,在关切缅甸历史、被殖民史及英缅关系的同时,吴廷昂还先后出版、发表过多部与缅甸民间文学相关的研究著作,例如:由牛津大学出版社出版的《缅甸戏剧:缅甸剧本研究(附翻译)》(Burmese Drama: A study, with translations, of Burmese plays,1956年)、《缅甸法律故事》(Burmese Law Tales,1962年)、《缅甸佛教中的民间元素》(Folk Elements in Burmese Buddhism,1962年),以及由哥伦比亚大学出版社出版的《缅甸僧侣故事》(*Burmese Monk's Tales*,1966年)等。1976年,就在他去世前两年,年届古稀的吴廷昂还出版了新的《缅甸的民间故事》(*Folk Tales of Burma*, Sterling Publishers)。可以说,他为缅甸民间文学研究事业孜孜不倦地工作了数十年,一生奉献、成就卓著,为全世界打开了了解缅甸历史文化、民间文学的大门。

吴拉是与吴廷昂几乎同时期的缅甸著名作家,曾因批评时政而被捕入狱。他曾就职于市政厅,创办并主持过《发展》《群众》《人民报》等杂志、报纸,担任过缅甸作家协会主席,还曾先后到访过苏联、中国、南斯拉夫、德国、斯里兰卡、英国、法国等国家,代表缅甸文化界与世界进行交流、沟通。

1962年,在仰光世界和平塔召开的国家文学交流会上,吴拉作了《关于民族故事和歌曲》的专题报告。他在缅甸民间文学研究方面最突出的贡献,是在1962到1974年间,收集、整理并出版了共计四十余本的"缅甸民间故事丛书"。这也是缅甸有史以来出版的最为全面、最具价值的一套民间文学系列丛书。为此,他几乎走遍了缅甸全国的城镇乡村,遍访各个民族、各个社会阶层、各种身份地位的人士,以收集民间故事。这套丛书包括《缅族民间故事》《掸族民间故事》《克伦族民间故事》《克耶族民间故事》《若开族民间故事》《孟族民间故事》《克钦族民间故事》《钦族民间故事》《那家族民间故事》《鲁些族民间故事》和《寺庙里的缅甸故事》等,一些民族的民间故事更由数卷组成。这套丛书正是吴拉为拯救缅甸传统文化做出的卓越贡献。

除以上两位杰出代表外,迪达登收集、整理,并于1953年出版了《缅甸故事》,吴多棉和吴甘敏于1956年分别出版过《缅甸历史故事集》和《缅甸帝王故事》,扎瓦那于1966年出版了《故事》一书等。

此后,缅甸政府也对民间文学收集、整理工作给予支持。例如,缅甸宣传部印刷与图书出版公司文学宫于1987年12月召开了传统文学宣读会。会上,吴丁腊、吴觉昂、吴基埃、吴敏乃宣读了关于世界与缅甸民间文学研究的论文。1989年,这些论文被汇集成了两卷本的《民间故事文学论文集》出版。之后的历届缅甸政府均对民间文学的发掘、保护工作采取相对重视的态度,致力于保持缅甸民间文学的民族特色,发扬缅甸文学的传统。相信以此为契机,在各种体裁、内容的作品进一步被发掘、整理的基础上,缅甸民间文学的个案研究及理论建设都将迈上崭新的台阶。

思考题

1. 试论述印度宗教对缅甸神话的影响。
2. 缅甸历史传说的特点有哪些?
3. 缅甸戏剧演出具有哪些特点?

本章主要参考书目

贺圣达著:《缅甸史》,北京:人民出版社,1992年。
姜永仁主编:《缅甸民间故事》,沈阳:辽宁少年儿童出版社,2001年。
李谋、姜永仁编著:《缅甸文化综论》,北京:北京大学出版社,2002年。
姚秉彦、李谋、蔡祝生编著:《缅甸文学史》,北京:北京大学出版社,1993年。
张玉安主编:《东方神话传说(第六卷)》,北京:北京大学出版社,1999年。

第四章　菲律宾民间文学

第一节　菲律宾历史文化概述

　　菲律宾位于亚洲东南部,北隔巴士海峡与中国台湾宝岛相对;南面和西南面隔苏拉威西海、苏禄海、巴克巴拉海峡,与印度尼西亚、马来西亚相望;西濒南中国海;东临太平洋。菲律宾是东南亚地区典型的海岛国家,在漫长的文化发展过程中受到了东西方各种外来文化的影响。印度文化、中国文化、阿拉伯文化、西班牙文化和美国文化等都在不同的时期和区域对菲律宾文化的发展产生了影响,它们与本土文化撞击、融合,形成了色彩绚丽的菲律宾文化。

　　今天虽然已无法考证菲律宾民间文学的起源和流传的明确历史年代,但是它们也随着历史时代的变迁在不断地变化和发展。一方面,文化的变化与发展为民间文学的传承与再创作提供了丰富的源泉,另一方面,民间文学又忠实地保留了文化变迁的丰富内涵。为了更好地论述菲律宾民间文学的特点,本章首先对菲律宾文化的发展过程及其特点做一简单介绍。

　　谈到菲律宾文化的渊源,一些学者持菲律宾民族文化外来论,认为文化传播在菲律宾文化发展中占有重要的地位,菲律宾文化是在移民和文化交流的过程中逐步形成的;一些学者持菲律宾民族文化本土起源论,认为菲律宾文化是由本土文化不断演进、发展而来的。在菲律宾文化的发展过程中,外来文化的影响和本土文化发展演化应该是兼而有之。菲律宾民族的渊源来自通过陆桥和海上航行进入菲律宾群岛地区的外来移民。菲律宾大学考古人类学系贝耶教授(H. Otely Beyer)认为,菲律宾群岛原无人类居住,现在的菲律宾各民族都是数次成规模的外来移民的后裔,从旧石器时代后期,即25万年前开始,直至约公元前200年之间,菲律宾群岛一共经历了七次移民浪潮。也有学者认为,菲律宾的民族起源与中国古代的百越、百濮等南方民族有密切的关系,百越、百濮等民族不断向南迁移,通过亚洲大陆与菲律宾相连的陆桥进入菲律宾。[①]还有学者认为,人类向菲律宾群岛迁徙的过程是南岛语系民族(即操马来-波利尼西亚语系语言的民族)大迁徙至关重要的组成部分,南岛语系民族从中国大陆南方出发,途经菲律宾、印度尼西亚、马来西亚等东南亚地区,其中一路向东至美拉尼西亚、波利尼西亚,另一路向西直至马达加斯加。在迁徙民族到来的同时,菲律宾本地居民的文化也在不断演化发展。上古时代的菲律宾文化是移民浪潮和本地演化的共同结果。

[①] 刘其伟著:《菲岛原始文化与艺术》,台北:六合出版社,1982年,第1—2页。

在16世纪西班牙殖民者进入菲律宾之前,印度文化、中国文化、阿拉伯文化早就已经相继传入菲律宾,并对菲律宾文化的发展产生了深远的影响。印度文化以东南亚海岛地区的古国室利佛逝和满者伯夷为中介,传入菲律宾。中国文化对菲律宾影响久远,在菲律宾群岛各地的考古遗址中,发现有中国瓷器的有数百处,其中发现了唐代瓷器的有20处,发现有宋、元瓷器的遗址有77处,有明代瓷器的有104处。在日常生活,如饮食、亲属称谓等方面,菲律宾文化深受中国影响,这与历史上中国东南沿海地区长期向菲律宾输送华人移民有关。阿拉伯文化对菲律宾的影响主要体现在其南部地区。伊斯兰教于13世纪传入菲律宾后,当地民族皈依伊斯兰教,并建立过苏丹王国。[①] 菲律宾原始民族的文化属于马来民族文化,与其他东南亚海岛地区较为接近。例如,原始居民居住在竹木结构的干栏式建筑(高脚屋)中,这种房屋以竹子、木头打桩,以棕榈叶子覆盖屋顶,离地一两米,楼上住人,楼下用于堆放杂物或饲养家禽,房屋结构完全适应热带地区潮湿炎热的自然环境。

1521年,麦哲伦率领西班牙船队环球旅行,来到菲律宾群岛;1565年,西班牙殖民军队开始占领菲律宾群岛,建立了历时333年的殖民统治。其间,英国曾在1762至1764年间短暂占领过马尼拉。19世纪末,菲律宾的思想启蒙和民族革命运动蓬勃兴起,于1898年推翻西班牙殖民统治获得独立,成立了菲律宾第一共和国,但不到三年,就重新沦为美国的殖民地,之后又经历了近半个世纪的美国殖民统治,直至1946年获得独立。

这段时期,西方文化对菲律宾产生了深刻影响。西班牙是一个信奉天主教的国家,西班牙殖民者长期致力于在菲律宾推行天主教。天主教教会和殖民征服相辅相成,随着殖民统治的扩张,传教士在菲律宾各地建立教会网络,而殖民统治者也利用教会,宣传服从殖民统治的教义,巩固其殖民统治。1521年,麦哲伦到达菲律宾中部的宿务时,就主持了当地部族首领皈依天主教的洗礼仪式。1565年,黎牙实比[②]远征军踏上菲律宾群岛时,还有5名奥古斯丁会传教士同行传教。西班牙传教士努力学习当地原始居民的语言,将教义翻译成当地的语言,直接与原始居民交流。教会引进了大量西班牙文化,在日常生活中,他们为菲律宾人取西班牙的姓名,在进行洗礼的时候,给菲律宾人取西班牙教名。西班牙文字也被引进了菲律宾,在教会创办的学校里,使用西班牙语进行教学,西班牙的文学、诗歌和戏剧也相继传入菲律宾。西班牙传教士还对菲律宾民间文学进行了收集和整理,在这个过程中,他们抢救、保留了部分民间文学的读本,但同时对民间文学的改写也使民间文学中出现了大量殖民者的意志和观念。

20世纪上半叶,美国殖民政府在菲律宾推动现代化、工业化进程,同时在全社会范

---

① 金应熙主编:《菲律宾史》,开封:河南大学出版社,1990年,第41—46页。
② 西班牙殖民官员Miguel Lopez de Legazpi,也有学者将其翻译成列加斯比。1564年,他由新西班牙(今墨西哥)率舰队远征菲律宾,于1565年4月到达菲律宾群岛中部宿务岛,后在该岛建立起第一个西班牙殖民点,同年出任第一任西属菲律宾总督。

围内大力推广和普及英语,英语不仅成为菲律宾的官方语言,而且成为了商业和社交用语——西班牙殖民政府在统治期间,限制菲律宾人使用西班牙语,所以西班牙语只是殖民官员和菲律宾本地贵族的语言——美国则以美国课本为教材,规定英语为学校教学语言,提高菲律宾的教育水平;借此大力宣传美国价值观念、生活方式。电影、音乐、舞蹈、文学等各种美国现代文化的符号都直接进入了菲律宾现代社会。最终,以英语教育为突破口,美国文化在短短半个世纪的时间里产生了压倒性的影响。形象地说,西班牙人是一手拿着刀、一手拿着十字架征服菲律宾的,美国人则是一手拿着枪、一手拿着粉笔征服了菲律宾。这些外来西方文化和本土既有文化相结合,奠定了菲律宾现当代社会的文化根基。

第二次世界大战之后,菲律宾独立。由于国内和国际环境发生了变化,菲律宾政府和社会对于民族文化开始重新认识和评价。在日益高涨的民族主义思潮的影响下,菲律宾政府着手清除本国文化中的殖民主义色彩,重塑民族精神。一些具有民族主义诉求的文化研究机构相继成立,许多学者开始重视菲律宾本土文化的研究、整理工作。各种民间组织也自发地设立基金会、建设博物馆,支持文化事业的发展。这些都有力地提高了本土文化在社会中的地位。菲律宾社会文化的主流逐渐开始摆脱长期殖民统治带来的阴影,开始走上探索本民族文化发展的道路。半个世纪以来,外来文化和本土文化兼容并包的民族文化逐渐为菲律宾赢得了世界性的声誉,以《呼德呼德》《达拉根》为代表的一系列菲律宾民俗文化事象和历史文化景观被列入联合国教科文组织的"世界口头和非物质文化遗产代表作名录""世界文化遗产名录""世界自然遗产名录"等,民族文化的发展和民族认同感的增长相辅相成,全社会的文化事业蒸蒸日上。今天,菲律宾民族文化以其多元融合、独具特色的风貌自立于世界民族文化之林。

第二节 菲律宾民间文学概况

一、概述

东南亚是世界著名的民族博物馆、宗教博物馆,是人类文化多样性的宝库。菲律宾民族众多、语言多样,尤其是僻远的海岛上和热带山林中的原始民族,吸引了国际学术界众多民俗学家、文化人类学家和语言学家的目光。学术界在菲律宾民族的数量、菲律宾各民族、部族的划分标准上未有定论,不同资料的统计结果互有差异,例如,有统计称其共有 85 个民族,也有统计显示其民族多达 115 个。在这些统计所界定的民族之下,还有不少操不同语言的族群,这意味着如果依据语言来分类,菲律宾的族群数量会更为丰富。1968 年,巴斯卡西奥(Emy Pascasio)的统计显示,菲律宾人共使用 70 种语言。随着调查人员深入到群岛各地,尤其是对僻远地区的少数民族进行调查,新发现和确认的语言还在不断增多。1980年,麦克法兰(McFarland)的统计显示,菲律宾共有语言118种。2000年的《民族学第一卷:世界的语言》统计显示,全世界共有6809种语言,其中菲律宾就有171种。[①]

多姿多彩的民族文化孕育了丰富多样的菲律宾民间文学。菲律宾的神话、传说、民间故事、史诗和民间歌谣等都很丰富,广泛分布在各个民族中。各民族民间文学既有共同性又有差异性,这与菲律宾民族文化的特点和分类有关。

长期以来,学者在文化分类上把菲律宾各民族分成山地民族和平原民族两类。山地民族分布在偏远的山区和散落的海岛,生产力较为落后,有不少民族和部族还处在刀耕火种的游耕农业阶段。这些山地民族受殖民文化的影响较小——在历史上,它们往往很迟才被纳入殖民统治的范围之内——通常信仰万物有灵的拜物教和泛神论,即使是后来皈依了天主教等外来宗教,也较多地保留了传统的信仰。总之,山地民族比较完整地保留了传统的土著文化特征。平原民族分布在广阔的沿海地带和平原,农耕业发达,西班牙殖民者到来后,较早地被纳入殖民统治范围之内,并在文化上较早地接受了外来文化和宗教,今天已成为"被天主教化的菲律宾人"(又称基督教化的菲律宾民族)。两类地域不同的文化环境造就了它们文化上的明显差异,而在同一类之中的各民族,彼此间在文化上具有较高的相似性和一致性。因此,反映在民间文学这一民俗文化事象上,也就形成了截然不同的两种类型。尤其是在神话领域,最能展现两类民族民俗文化的差异。

山地民族的神话保留了更多的土著文化成分,具有纯粹的神圣性,因而也就更具有较强的社会功能。神话作为一种神圣的叙事,存在于当地人的道德观念和宗教仪式中。它是严肃的世界观,主导人们的信仰,规范人们的行为。它对于山地民族的原始土著文化起着不可或缺的作用,作为关于原始信仰和道德的强有力的教条,融入当地人日常的宗教、仪式、巫术、伦理等中去,成为当地生活的重要组成部分。

在已接受外来天主教文化的平原民族地区,除一小部分神话还保持着和山地民族神圣神话类似的原生特征外,大多数神话都已经与当地民间传说、民间故事等联系在一起,被当地人视作"神话故事",而不再是与仪式、世界观紧密相关的纯粹的神圣叙事了。这些神话可被称作"神话传说",它们的叙事内容和意义,并不具有通常的神话和传说之间的本质差别。这些神话中的修饰和描述成分较少,基本上都是起源神话(创世神话),明确地或含蓄地讲述了世界的起源、早期人类的创业、文化英雄及其业绩、人类文化生存环境的创立、动物的起源和特点等等,"为什么"和"怎么样"是这些神话要表达的主题。在该类神话中,神话的神圣性下降了,与当地的宗教、仪式和道德规范并

---

① Barbara Grimes ed.: *Ethnologue*, Volume 1: *Languages of the world*, 14th Edition, Dallas: SIL International, 2000.

没有太多联系,因为当地文化已经深受外来天主教和殖民文化的影响。有些神话甚至体现了天主教文化——在经历天主教和西班牙文化浸淫的漫长历史过程中,神话中原本的神灵被外来文化的偶像替换掉了。例如,在一些神话中,人们把事物的起源与上帝、耶稣等联系在一起。

总之,菲律宾民间文学由这两大文化类型共同组成——来自山地民族的"更传统和纯粹的"民间文学较多地反映了菲律宾群岛的原始文化;平原天主教化民族的民间文学则较多地反映了殖民者和天主教文化对于菲律宾群岛的影响。

二、民间叙事文学

(一) 神话

神话是以某一神灵为中心的传承故事[①],在神话流传的年代、神话流传的民族中,无论是神话的讲述者还是听众,都认为那是确实发生过的事情。神话内容有一定的具体特征:

(1) 记述的是事物的起源、生物和神灵的行为,以及它们和人类的关系;
(2) 被该民族认为是一种真实记录;
(3) 其中的角色是超越于人类社会的存在,他们的种种创造活动形成了人类出现之前的远古时代;
(4) 这些角色活动的远古时代,所有本质的东西已经产生;
(5) 他们主要活动在远古的大地上,其次才是天上和地下;
(6) 它不仅解释说明已存在的现象,还用一次发生在上古的起源事件作为依据来进行证明,从而使人们能严格遵守神话所规定的行为规范。[②]

研究菲律宾神话对更为全面和深入地了解菲律宾民族的信仰和世界观体系有着重要价值,有助于理解他们的历史和现实。它们揭示了菲律宾人对自己与神、与世界之间关系的深度思考。

对神话进行分类是神话学研究最基本的步骤。参照斯蒂·汤普森在他的"神话母题索引"中所设计的分类[③],按照较有代表性的母题来划分,菲律宾神话可被归为十类:世界的创造和进化神话,宇宙的构成神话,太阳、月亮和星星神话,地貌特征神话,大洪水神话,自然现象神话,人类起源神话,文化起源神话,动物起源神话和植物起源神话。

---

① [日]松村武雄等:《世界大百科辞典》,东京:平凡社,1981年。载于中国民间文艺研究会研究部编:《民间文学理论译丛(第一集)》,北京:中国民间文艺出版社,1986年,第116页。
② 参考美国学者鲍曼(Baumann)的观点,引自[日]大林太良著,林相泰、贾福水译:《神话学入门》,北京:中国民间文艺出版社,1989年,第34页。
③ 斯蒂·汤普森在《民间文学母题索引》中提出该母题索引。这里采用其中的"神话母题"部分,所列出的编号即是该书中的母题编号。[美]斯蒂·汤普森著,郑海等译:《世界民间故事分类学》,上海:上海文艺出版社,1991年。母题的名称采用了该书中的译法。

1. 世界的创造和进化神话

菲律宾各民族都有自己的宇宙起源及宇宙论神话,它们构成了一个极其丰富的集成。菲律宾各族先民在宇宙观上是多神论者,信仰的神灵体系通常由一个至高无上的至尊神以及一些地位稍低的男神和女神共同组成。于是,菲律宾各民族中就有了多个至尊神灵的名称,诸多的民族和部族对至尊神又有自己各不相同的称谓。

世界上各国、各民族的宇宙起源神话通常可以分为创造型和进化型两大类。菲律宾的创世神话大多属于创造型,各民族普遍认为,世界是有意识地被创造出来的,至高无上的神灵是宇宙万物的创造者。创造神独自,或者与协助者,有时也会是敌对者,在合作或对抗中创造了世间万物。菲律宾创世神话中有许多是简化了的创造型神话,常常只是粗略地交代是伟大的至尊神创造了大地,而没有对过程和细节的相应描述。例如,在马拉瑙族(Maranao)神话中,既不知道创造神是谁,也不知道他/她创造世界的时间,只是说天上和地上各分为七层,每层由不同的生物或神灵统治,门口都有神鸟、天使守护,人居住在地上的最上一层,天堂在最高的第七层,那里有一棵生命树,树叶上写着大地上每个人的名字,控制着人类的生死,树下的罐子中装着人的灵魂。这种"生命树"的母题与印度尼西亚、马来西亚神话中的生命树或宇宙树、世界树有关,东南亚的马来民族中广泛分布着生命树是世界结构一体化和万物创造根本的观念。

在菲律宾也有不少"堆积型"的创世母题,以"石块堆积形成大地"的母题最为常见。例如,他加禄和比萨扬创世神话中说道,原来世界上只有天、海和飞翔其间的一只鸟。为了让自己能有个地方可以歇脚,鸟就挑拨天和海的关系,让它们争斗起来。海把海水喷向天空,天则扔下许多石块,变成岛屿,最后就形成了陆地。在这则神话中,人格化了的自然力量成为敌对的双方,经过它们的相互作用,世界才被创造出来。这种对抗模式在菲律宾神话中比较常见。此外,一些神话中还有"清洁身体堆积"的母题,例如,布拉安创世神话中说,麦鲁神(Melu)非常爱干净,经常用手清洁身体上的污垢,并把泥和死皮搓下来放在一边,它们日见增多,堆成了小丘。麦鲁觉得很麻烦,为了解决小丘,便创造了大地。

菲律宾也有进化型的创世神话,即认为是某种原始物质或胚胎自然发展出了宇宙万物[①],但数量很少,而且菲律宾的进化型创世神话也与至尊神密切相关——万物有灵的泛神信仰在菲律宾各民族中非常流行,是最基本的世界观和信仰体系,因此,在菲律宾各民族中,创世和神灵始终有着密切的关联。例如,比科人中流传有一则"尸体化生"的进化型神话讲道,布兰神(Bulan)和他的兄弟阿德劳神(Adlao)作战,他们的手臂被割断压扁形成陆地,泪水变成了河流,两缕头发就成了男人和女人。此外,还有神的排泄物作为胚胎孵化创世的母题。例如,苏洛德(Sulod)神话中,拉基神(Laki)和巴伊

---

① [日]大林太良著,林相泰、贾福水译:《神话学入门》,北京:中国民间文艺出版社,1989年,第49—50页。

神(Bayi)居住在水中,一天,巴伊神抓到了一条名叫拉古拉古(Lagu-lagu)的蠕虫,她把虫子握在手中,虫子便不断排便,粪便无休止地堆积,终于形成了大地,拉基神和巴伊神就在大地上繁衍生息。哈努努沃芒扬人的神话则说,马卡卡阿克神(Makakaako)手中有一条蠕虫,它的排泄物不断堆积,以后又有了更多的蠕虫继续排便,日积月累,后来马卡卡阿克神觉得寂寞,就创造了兄弟俩,让他们整理排泄物,这样就形成了大地。

2. 宇宙的构成神话

和创世神话一样,关于宇宙构成的宇宙论神话也反映了菲律宾人原始的宇宙观。在东南亚马来民族的神话中,关于宇宙结构的观念非常相近,宇宙常被想象为三层的结构体——上层的天界、下层的下界(冥界)和位于两者中间的地界。最初,只有天界和冥界,后来由于神灵的造化或其他的创造,才形成了地界,也就是大地。下界通常是海洋,而陆地是在水中产生的,漂浮于浩瀚无垠的大海中。这构成了典型的横向"陆地—海洋"体系[①],反映了作为海洋民族的菲律宾人的海洋文化特征。纳波里人(Nabaloi)有一则"天父地母"式的创世神话说道:

一切初始时,宇宙中没有大地,只有天上和地下。天上和地下的两派人因为世仇而常年战斗。至高无上的太阳神就创造了大地,把双方隔开。但这并没有彻底阻止战争,因为两派人都经常会来到大地上打猎。有一次,他们因为一只鹿而大开杀戒,死伤无数。一个来自天上的男人和一个来自地下的女人受了伤,便被各自的同伴抛弃了。这对男女伤愈之后结了婚,成为纳波里人的祖先。

很多菲律宾民族都相信宇宙是由多层组成的复杂宇宙观。[②] 例如,伊富高人认为宇宙并没有起源,一直就是这么存在着,而且也将永远存在下去。它是由很多层相似的水平平面组成,每层的表面都覆盖着泥土,土地下面是一种光滑的蓝色石头,叫"穆岭"或"布岭"(muling,buling);大地位于宇宙的中心,从中心往两边,一层层变得越来越小;人类居住的大地叫做"地界"(Luta)。人类上方是"天界"(Daya),由四层组成,从上而下是:Hudog、Luktag、Hubulan和Kabunian,最下面的那层紧靠着大地;地下的冥界(Dalom)由多少层组成并不清楚,只知道所有的层面在地平线最远端相接,那里是神秘的东方地区拉古德(Lagud)。

菲律宾神话中,世界并非创造神一次创造的结果,有时还需要其协作者——往往是人类祖先,继续完成,即在创世的后继阶段,宇宙构成便与人类自己的活动密切相关。其中最具代表性的是"天地分离型"母题的神话。不少民族神话都讲述道,天原来很低,紧贴着地面,以至于妇女可以把首饰、梳子或婴儿挂在天上,人们还不得不钻到洞中去躲避太阳的烈焰。后来,人们在打谷时,不断地用杵子敲打到天空,天便不得不

---

① [苏]谢·亚·托卡列夫、叶·莫·梅列金斯基等编著,魏庆征译编:《世界各民族神话大观》,北京:国际文化出版公司,1993年,第527页。

② 同上书,第530页。

一点点上升,才有了今天的样子。例如,巴格伯神话中说,天太低了,连转动胳膊都必须蹲在地上,后来有一个舂米的妇女哀求天,天才一步步升高的。在文化史上,这类神话是谷物栽培民族文化中的典型代表。天地的分离,就是在人和宇宙之间产生了新的秩序,而这种秩序是通过人向天神反叛确立起来的[①]。

3. 太阳、月亮和星星神话

这类神话解释的是天体的起源和它们各自特点的由来,如为什么有日月交替、为什么太阳比月亮明亮、为什么月亮表面布有斑点、星星从哪里来等。菲律宾神话中,太阳和月亮原来可能是夫妻、兄弟姐妹、朋友、敌人,由于各种原因,他们之间产生了矛盾斗争,于是产生了上述问题。

例如,马诺伯族神话中的太阳和月亮曾是夫妻。月亮不允许太阳碰他们的孩子,但太阳还是亲吻了孩子,结果孩子们都被活活烧死。月亮很愤怒,把孩子的尸体扔到了地面,太阳抓起芋薯叶扔到月亮脸上作为报复。于是,月亮变得黯淡,表面布有斑点。从此月亮就离开了太阳,太阳则一直追逐着月亮,日月开始交替。在伊斯奈格族(Isneg)神话中,太阳偷了月亮的狗,打斗中,太阳朝月亮扔了一把扫帚,月亮朝太阳扔了一个火把,太阳便有了光辉,月亮则有了黑点。

星星的由来也与日月密切相关。它们通常作为日月的附属品存在,例如,在巴格伯神话中,太阳要求月亮杀死他们刚出生的女儿,月亮没有答应,于是太阳在盛怒之下,亲自杀死了孩子,把尸体切成碎片丢出窗外,便变成了星星。在他加禄神话中,太阳和月亮原本分别统治着白天和黑夜,月亮很贪心,占了晚上,还抢走了白天的一部分。虽然风神不断劝阻月亮不要傲慢,但太阳和月亮之间的战争还是爆发了,月亮身负重伤,身体的一部分就散落成无数的星星,而且也没有太阳那么明亮了。这一类神话中的太阳、月亮、星星已经成为人格化的自然力,神话也带有伦理和道德的色彩,发挥了教诲和训诫的功能,维系了神话中所蕴含的民族道德传统。

4. 地貌特征神话

这类神话解释了河流山川等各种地貌特征的起源,因此有不少都是说明性的神话,而非神圣性强的神话,它们在内容上与地方风物传说相当接近。

在菲律宾湖泊起源神话中,最为常见的母题是"沉城陷湖",即某地的居民自私贪婪、亵渎神灵、恶行累累,天神为了惩罚他们,用水淹没了整个城镇,该地区就变成了湖泊。这类神话中还隐含了"洪水作为惩罚"的母题,与洪水神话有一定联系。菲律宾拉瑙湖(Lanao)、巴奥湖(Paoay)、三巴勒(Zambales)的帕特湖(Paete)、三巴洛克湖(Sampaloc)、达努湖(Danum)、安布瓦亚湖(Ambuwaya)、纳罕湖(Naujan)等湖的起源神话都是这一类型。例如,关于知名的拉瑙湖的来历,神话说道,因为大地上人口快速

---

① [日]大林太良著,林相泰、贾福水译:《神话学入门》,北京:中国民间文艺出版社,1989年,第53—56页。

增长，大地的两端就要失去平衡，为了维持世界的秩序，天神召集来众多天使，一夜之间就把整个曼达波里王国（Mantapoli）从原地崛起，搬到了天上，在当地留下的大坑里涌出了泉水，就变成了今天的拉瑙湖。

菲律宾山峦起源神话中有一部分具体讲述某座特定山峦的由来。这部分神话往往和当地的风物传说有密切关系。例如，在比科人关于马荣（Mayon）火山由来的神话中，年轻貌美的马格荣（Magayon）有很多追求者，但她只与乌拉普（Ulap）深深相爱。酋长垂涎于她，发起了战争，在战斗中他们俩双双战死，人们把他们合葬在一起。后来，坟越升越高，变成了一座火山，根据她的名字，就叫做马荣火山。另一部分山峦起源神话则是解释、说明了一般意义上的山峦、火山等地貌的起源，常与该民族的宇宙论神话、创世神话等紧密相关。例如，在伊洛哥神话中，昂格鲁神（Angngalo）用双手从地上挖出泥土，泥土后来就变成了山；另有一则神话说，山峦原本都淹没在海底，昂格鲁神的女儿掉到了海中，神为了救她，就把一根带子投入海中，吸干了大部分的海水，所以山峦才浮出了海面。

5. 大洪水神话

洪水神话是关于原始时代大灾难的神话，它不仅包含了世界的末日和大洪水灾难，往往还有救世主的出现和人类的重生等情节。这两种观念更是世界诸多不同民族共同的永恒话题。英国人类学家弗雷泽认为，世界洪水神话流传的中心有四个：巴比伦的两河流域、美洲印第安人地区和东南亚以及大洋洲地区，他还专门提到，菲律宾洪水神话十分丰富。分布在群岛各地的菲律宾各民族拥有各种类型的洪水神话及相应故事。大多数神话中都讲道，因为人们没有完成天神交给的任务，或者没有遵守神的旨意，或是其他原因触怒了神灵，于是受到大洪水的毁灭性惩罚。在菲律宾最有代表性的是"伊富高洪水神话"，神话的核心是一个典型的"洪水后兄妹再殖"主题：

很久以前，发生了一次特大干旱，人们的生活受到很大影响。村中的长者建议人们在河边的墓中挖洞，寻找河神，求得水源。到了第三天，人们终于挖出了一眼泉，泉水猛烈地喷涌，周围来不及脱身的人就淹死了。找到水源后，人们举行了盛大的宴会来庆贺。宴会上风云突变，大雨倾盆，河水越涨越高，人们往山上逃去，但其他所有人都淹死了，只有维甘（Wigan）和布甘（Bugan）兄妹俩分别躲在两座山上，活了下来。大水退去后，维甘找到了妹妹。布甘有些犹豫，但还是按照神的旨意，嫁给了哥哥，人类才得以延续下来。

还有一则芒达亚族（Mandaya）神话是兄妹再殖类型的变体。其中讲道，洪水过后，只有一个孕妇活了下来，她祈祷自己的孩子能是男孩。祈祷应验了，她生了一个男孩。男孩长大后娶了母亲，于是便有了后来的芒达亚人。

在菲律宾各民族的洪水神话中，大洪水通常是一个符号和标志，代表的是一场巨大的变革——不仅是自然力的变化，也是人类社会、文化的转折和重生。洪水把整个世界分隔成了前后两个阶段——原初世界与现实世界,在这两个世界中运行着的,是两种完全相异的秩序。原初世界通常是想象中的世界,那里的种种秩序带有理想和幻想的色彩,富有奇幻的意味;现实世界才是真实的世界,这里的各种秩序一直延续至今,都是今天仍能见到的事实。洪水给世界秩序带来了巨大的变化——原初秩序结束,原初世界彻底终结,现实秩序开始,世界有了新的开端。例如,在伊戈洛族神话中,原先的大地过于平坦,人们容易迷路,天神卢瓦维格便制造了一场大洪水,让山峦升起,还"制造了符合更美好的世界的新人类";而在班多克族神话中,因为在平坦的大地上很难捕捉到野兽,天神的两个儿子为了使山脉上升,以便猎取猪和鹿,就制造了洪水。

6. 自然现象神话

自然现象神话讲的是大自然中各种秩序的建立及其相应解释,例如,为什么会有电闪雷鸣、地震、日食、月食等。这类神话直接体现了各民族的宇宙观,各民族大都根据自己的生活经验,用拟人化的手法来解释为什么会发生这些自然现象。

菲律宾各民族相信,地震是由巨大生物的身体运动,或者是支撑世界的柱子,或是神的运动所引起的。例如,在比科族神话中,巨人的指头支撑着世界,它们只要动一动,就会引起地震;在伊巴纳格神话中,巨人伯纳多·卡皮奥(Bernardo Carpio)被囚禁在两座山之间,他扭动身体,试图逃出来时,就会地震;而伊斯奈格神话则认为,在支撑世界的柱子附近,有一条巨大的鳗鱼和一只硕大的螃蟹,它们打架时,鳗鱼的尾巴扫到了柱子,大地就会摇晃起来,形成地震;在马拉瑙人神话中,大地是由一只巨兽驮在背上,有只小虾跟着它,小虾挠它的时候它会晃动,大地也就跟着动了起来;在阿拉安-芒扬人神话中,大地的背负者是创世巨人安布奥,他像托着盘子一样把世界托举在头顶,倘若他用手在头上挠痒痒,就会发生地震。

菲律宾各民族有关日食、月食的神话与世界很多民族中的神话相似,通常讲述的是太阳或月亮被巨型怪物吞吃的故事,或者是其他物体把日、月包围起来拥住,于是就有了日食、月食。神话中,吞噬日月的怪物多种多样,例如,在宿务神话中,它是一条巨大的蛇;在马诺伯神话中,是一只巨大的毒蜘蛛;巴格伯神话中的怪物是一只大鸟;而在马拉瑙神话中,吞食日、月的则是一只大狮子。

7. 人类起源神话

菲律宾的人类起源神话绝大多数都和本民族、部族,或者某个特定民族或部族的起源相关,甚至于有些神话只讲到一个特定的人群和家族的起源。综合来看,菲律宾神话对人类起源的解释大致可以分为三类:

第一类,神造型——神灵以某种物质为材料创造了人类。这一类神话的数量最多。菲律宾神话中最常出现的是用泥土造人的母题,这也是一个世界性的神话母题,通常被认为与人类的陶器文化有关。例如,在布拉安神话中,麦卢神(Melu)和斐维神

(Fiuweigh)用泥土造人,斐维神把人的鼻子颠倒过来安放,且不听麦卢神的纠正,于是,麦卢神趁他不注意时,把人的鼻子摆正了,但在匆忙之中,他的指头不小心把人的鼻子压扁了,所以今天菲律宾人的鼻子就比较扁平。

第二类,天降型——地面上原本没有人居住,人类始祖由于各种原因从天上来到了地上。例如,在比萨扬神话中,地面上起初并没有人,天堂上有个猎人偶然凿开了个洞,透过这个洞,他才发现下面的大地。于是,猎人率领着他的同伴,顺着一根用羽毛编成的绳子下到地上世界,定居了下来,成为人类的祖先。但有个女人太胖了无法穿过那个洞,就被留在了天上。她点亮了整个天空以提醒后人,人是来自天堂的。在伊富高神话中,天神决定让地上有人类居住繁衍,便用洪水把他在天上的两个孩子维甘和布甘带到了地面上,让他们找到了一个装满所有食物和生活必需品的谷仓。后来,兄妹俩结婚并有了孩子,于是地上就有了人类。参考弗勒贝尼乌斯的"颠倒法则"①,在世界很多民族中,人类祖先从天上降临到地面和死者的灵魂可以升天是成对出现的观念,这种关于起源的想法很可能来源于对人类的最终结局——死亡后升天——的想象,即人死后灵魂所回到的天上,正是人类最初的来源。

第三类,孵化型——人类始祖往往是在大地形成的过程中,从卵或植物中孵化而出的。人类的孵化起源是创世神话中宇宙由原初物质孵化而成的进化型神话的一种延伸。菲律宾他加禄族、比萨扬族中广泛流传着这一类型的神话。例如,有神话讲道,原来世界上只有天、海和飞翔其间的一只大鸟,为了让自己能有个地方歇脚,大鸟就挑拨天和海的关系,让它们争斗起来。于是,海把海水喷向天空,天则扔下许多石块,石块变成岛屿,最后就形成了陆地。此后鸟在陆地上停歇下来。一天,大鸟偶然发现水中漂来一根竹子,它跳上去啄开了竹子,从竹节中蹦出了第一对男人和女人。菲律宾的"竹节生人"孵化型神话与东南亚泰国、缅甸、老挝、印尼等民族的"葫芦生人""生命树生人"的神话有密切联系。在我国南方少数民族中,"葫芦生人"的神话母题也很多。孵化是人类先民的一种重要起源观念,葫芦、竹节、卵等都是空腔性质的物体,是母体生殖的象征,人从空腔物体中出生,是人类从母体中出生过程的隐喻,这一点在学术界已有一定共识。

8. 文化起源神话

文化起源神话讲述的是火、猎头、纹身、嚼槟榔等重要文化现象的起源。在菲律宾神话中,关于火的起源既有它是神灵对人类始祖的恩赐的说法,又有它来自文化英雄盗火的伟大成就的观念。例如,在伊富高神话中,天神门伯囊(Mumbonang)的孩子维甘和布甘定居之后,另一个友善的神灵门达洛(Muntalog)去找门伯囊神为他们求火。门伯囊神取下自己身体的一些部分——头上的一根硬毛用来打火、一部分眼白作为燧

---

① [日]大林太良著,林相泰、贾福水译:《神话学入门》,北京:中国民间文艺出版社,1989年,第74页。

石、耳朵上的蜡作为火绒,他把这些交给了维甘和布甘,并教会他们如何打火,伊富高人从此就有了火。

在刀耕火种的游耕民族中,猎头习俗被认为有着强烈的生死循环的象征意义。死被视作是生的前提,猎头是对死亡和死去祖先的崇拜,供献人头意味着敬奉死去的祖先,象征农作物的丰收。菲律宾的山地民族中,很多都有猎头的习俗,通常在当地也存在着相应的神话来对其作合理化解释。例如,在伊戈洛族神话中,太阳的孩子在一旁看着月亮制作铜锣,月亮便砍下了孩子的头。太阳知道之后,又把孩子的头装了上去,孩子便复活了。太阳对月亮说:"你看,因为你砍了我儿子的头,地上的人们都像你一样在相互砍对方的头,而且将一直延续下去!"按照这则神话中的讲法,人们猎头其实是期待砍去头之后,人还能像太阳的孩子那样再次复活,死的意义是为了生,猎头成了求生的方式。

嚼槟榔是在东南亚地区广泛流传的习俗。在一则马拉瑙人神话中,有兄弟三人都爱上了自己的妹妹,父母羞愧难当,便杀了他们,并分开埋葬。在他们的坟上分别长出了槟榔、槟榔树和槟榔藤,妹妹的坟上长出的是烟草。父母每样各取一些放在一起嚼,吐出来的是血一样的汁液。此后,人们就有了嚼槟榔的习惯。

9. 动物起源神话

动物起源神话是对"动物某些属性的诠释"[1],这类神话和植物起源神话一样,属于"说明神话"[2]。它们对世界上那些非本质或次要的东西加以"说明",并不极具神圣性,只是给出一个可有可无,甚至只是使人轻松愉快的解释。就这一点而言,它们与传说较为接近,有些还具有地方性传说的特征,只不过因为它们的功能仍然是解释起源,所以归入了神话的范畴。

菲律宾有许多神话里都说,动物是由人变来的,最常见的是猴子是由人变来的。这些神话都涉及了人变成动物以作为惩罚的母题,惩罚的原因是人的过失和不良品格。山地民族的神话中,典型母题是孩子拒绝吃母亲或继母拿来的食物,于是变成了猴子。例如,一则神话中说道,继母送来了煮熟的饭,烧得有些焦,男孩就不肯吃,而是吃了生的甘薯,然后男孩就变成了猴子。在另一则神话中,两个男孩抱怨母亲只给他们米饭,没有肉吃,很快他们就浑身长满毛,变成了猴子。在其他一些民族的神话中,人变成猴子通常是由于人懒惰、失礼,有道德缺陷。例如,一则他加禄神话讲道,有个儿子非常懒惰,父亲向他扔了一块木头,男孩就变成了猴子,木块黏在他背上,变成了尾巴。在另一则布基农神话中,孩子们帮祖母染衣服,祖母烫了手,疼痛难忍,孩子们却在一旁大笑,这些不尊敬老人的孩子就变成了猴子。马拉瑙神话中讲道,一个老头

---

[1] [苏]谢·亚·托卡列夫,叶·莫·梅列金斯基:《世界各民族的神话·绪论》,选自中国民间文艺研究会研究部编:《民间文学理论译丛(第一集)》,北京:中国民间文艺出版社,1986年,第3页。

[2] [日]大林太良著,林相泰、贾福水译:《神话学入门》,北京:中国民间文艺出版社,1989年,第35—36页。

很自私，不肯把自己果园里的水果分给孩子和乞丐，结果来了位智慧的老者，把他变成了猴子。按照结构主义神话学的理论来看，无论是吃生食物、不敬老，还是自私，这些过失都是对人的属性的否定，人与动物构成了二元对立的两端，与人性相反的就是动物属性，所以在神话中，对人性的彻底否定就表现为人变身成动物。

10. 植物起源神话

菲律宾各民族中有大量关于各类植物、花卉和水果起源的神话。稻米是菲律宾人最主要的食物，关于稻米的神话流传非常广泛，稻米还常常被赋予最为神圣化的起源。最典型的母题是，稻米最初是神灵们唯一的食物，后来，由于某种机缘才被带给了人类。例如，在马拉瑙族神话中，天神派遣天使把稻米赐给人间，天使就让一个孩子降生，孩子死后，坟头上就长出了稻子；在纳波里人神话中，天神把一位老人带到了天堂，并用米饭招待他，老人觉得很好吃，但神并不打算给他更多，于是，临走时他偷偷拿了一把稻谷，藏在口中带回了人间。另一则纳波里神话中说，女神阿米翰得知地上的人类遭遇了大饥荒，为了拯救他们，她把自己的乳汁洒向大地，乳汁落地就变成了稻米，人类从此就有了大米。

值得注意的是，很多菲律宾植物神话都说道，新的植物从坟墓中生长出来。新生长出的植物是死者的某种延续。这种想法体现了原始居民关于生死循环的观念。在他加禄族的神话中，椰子是由死者的头变成的。例如，一则神话讲道，有个年轻人被情敌杀害后，埋在心爱女孩的花园中，后来，坟上长出了一棵人们从未见过的椰子树。女孩把树的果实剥开后，发现里面长得很像被杀的年轻人的脑袋，就用一个相近的名字来称呼这种新植物，作为对他永远的怀念。在另一则他加禄神话中，一对老夫妇终于有了个孩子，但孩子的头又大又圆，且只有一只眼睛。有一天，孩子从窗台上摔到地上，就此不见了。后来，在他摔倒的地方长出了一棵椰子树，树的果实就像他那又大又圆的头。还有一则神话中说，曾经有位叫作马卡布诺的公主，她失去了自己的爱人，悲痛欲绝，公主病死埋葬之后，她的坟上长出了一棵椰子树，果实肉厚味甜，人们便把它叫作马卡布诺椰子。

菲律宾神话用丰富的想象力和形象化、人格化的语言，提供了原始民族关于世界构成的一系列解释，直接体现了菲律宾各民族的宇宙观。在现代人眼中，它的内容及其承载的信仰可能荒唐而幼稚，但这些神奇的想象正是这些民族先民们用于观察和理解世界的方式。如同今天现代人用"科学"来理解世界一样，土著民族们用"神话"作为他们解释和思考世界的方式。神话总与神话流传民族的原始宗教、仪式巫术、价值观、宇宙观等紧密相连，被视为是曾经真实发生过的、讲述世界创造和人之所以为人的历史事实。它们左右着菲律宾各族人民的精神生活达数千年之久，是至关重要的文化现象，是菲律宾各民族具有地方性特色的"知识系统"的重要组成部分。

菲律宾神话是由多民族、部族的神话共同组成的，神话体裁、类型异常丰富，但是无论是菲律宾本国学者还是外国学者,对于这个庞大的神话体系的系统研究和理论解释都还存在很多不足,依然有很多未知的领域等待着后来者继续探索。

(二) 传说

民间传说区别于其他民间文学体裁的基本特征是其具有地域性、现实性以及历史的确定性。它有鲜明的地方特点,具体情节往往和某一个特定地方相关联,并被那里的人们信以为真。菲律宾民间传说讲述的常是一些有神奇力量的生灵,比如妖精、魔鬼、仙女、水怪、幽灵、宝藏、圣人和有名的当地人物等的事迹,传说流传地区的人们至今仍或多或少地相信它们的存在。传说的另一个特点是其历史性,菲律宾民间传说的内容往往是迁徙、战争、英雄的故事、酋长和国王的统治等,是当地的一种口述历史,即使其中包含了一些奇异、古怪,甚至荒唐的因素,但仍常常被当地人当作真实发生过的历史事件。

菲律宾著名民俗学者达米阿娜·尤汉尼奥指出,菲律宾传说大多侧重于说明事物为何如此,却并不重视解释事物的根本来源,并且,在叙述过程中,它们常表达出明确的教育内涵来指导听众,教育性是菲律宾传说的突出特征[1]。按照母题的不同,她将菲律宾民间传说划分为五类:

第一类,历史传说,又包括两个亚类——"英雄传说"和"历史事件传说"。前者是以历史中的人物为重点的历史传说或文化史传说;后者是关于历史上重大事件的传说。和前者相比,后者中的历史人物没有历史事件本身突出。

第二类,宗教传说,叙述的是上帝与众神,以及其他圣徒创造奇迹、惩恶扬善的事迹,多意在宣传宗教教义。

第三类,超自然生灵传说,涉及了各种各样的超自然的生灵和力量,又可称为神秘传说。它们描述包括魔鬼、矮人、妖怪、美人鱼、水怪、精灵、鬼魂等在内的各种拥有超自然力量的角色,叙述他们的行为和事迹。

第四类,地名传说,指各地地名的起源传说,也叙述当地的地形特征。该类传说通常都有历史传说的色彩,与当地的真实历史事件和历史人物有关,是所有传说中最具地方性的一类。

第五类,风物传说,指关于某地的古迹、风物,以及某些风情、习俗的传说。在菲律宾,风物传说以宝物传说最为常见。它们讲述的是各种各样富有地方特色的器物,诸如沉在水底的钟、深埋的宝藏等的故事。本章重点介绍五类中的历史传说、宗教传说、超自然生灵传说和风物传说。

1. 历史传说

菲律宾的历史传说可以分为"英雄历史传说"和"历史事件传说"两类。其中,英雄

---

[1] Damiana L. Eugenio: *Philippine Folk Literature: The legends*, Quezon City: University of the Philippines Press, 2002, Introduction, p. 20.

历史传说以各种历史人物——包括各种史诗英雄、文化英雄、历史伟人以及其他拥有超常能力的人物——为中心,数量丰富,是菲律宾历史传说的代表。菲律宾各民族大都有悠久的史诗传统,英雄人物在民族的集体记忆中占据了很重要的位置,对英雄的敬意延续到了民间传说中,就形成了众多讲述历史中的英雄及其事迹的传说。在许多民族的观念中,传说中的历史并非简单的历史事件本身,而是带有英雄和伟人深刻印记的历史。历史事件传说则相对较为零散,很多是混杂在英雄传说之中的。

英雄历史传说主要讲述英雄的一系列冒险活动,虽然看起来内容近似,但它与英雄史诗有明显区别:第一,在形式上,英雄传说采用散文形式叙事,英雄史诗则是韵文体,并与史诗流传民族的口头表演艺术相结合。第二,二者在情节上各有侧重,英雄传说会给人真实感,故事往往发生在被精心描绘、但其实并不存在的"伪装出的真实世界",而英雄史诗则充满了奇幻色彩,大多发生在典型的幻想世界。菲律宾的一些英雄历史传说其实是以民间传说形式出现的、被口头改写了的史诗。菲律宾各民族有大量的英雄史诗,相应的就衍生出了众多神奇、现实色彩兼具的英雄历史传说,而且这些传说所涵盖的范围、涉及的英雄人物比史诗要广阔得多,流传和变异亦更为丰富,在展现该民族对于历史英雄的信仰的同时,也富有生活化气息。

不少史诗英雄都出现在英雄历史传说中,比如伊洛哥人的兰昂(Lam-ang)、班乃人(Panay)的拉保东宫(Labaw Donggon)、哥达巴托人(Cotabato)和布基农人(Bukidnon)的阿格约(Agyu)、马拉瑙人(Maranao)的班杜干(Bantugan)等等。例如,马拉瑙人关于班杜干的传说着重讲述了他最后一次历险并战败的经历:

班杜干向一个苏丹的女儿求爱,但有一个西班牙将军与他竞争。他便率领本族战士与西班牙侵略军展开了激烈的战斗,最后功败垂成。他的战舰载着他本人、妻子,以及所有战士和船员,在汪洋大海中沉没了。后来,在这些战舰沉没的地方,升起了一个长满棕榈树的小岛。人们传说班杜干和他的战士们依然生活在那个海岛上的深山老林中,岛上仍会时不时传出他们的声音。

很多英雄历史传说讲的是本民族领袖领导人民抵御外族侵略的事迹。它们承载了该民族历史中反抗敌对民族、反抗西方殖民者的光辉经历,体现了民族精神和荣誉,被当地人民珍视。今天,这些民族领袖在历史上的存在虽无文字记载,但他们的名字已被铭刻在该民族的历史记忆中,以传说的形式口耳相传。例如,加登人(Gaddang)关于英雄巴云(Bayun)的传说讲道:

巴云力大过人、智慧超群,伊富高人屡次进犯卢马邦地区(Lumabang),是他领导族人数次征战,把伊富高人赶走。后来,伊萨贝拉地区(Isabela)的首领慕名而来,说那里有个巨人欺压当地人,请他出战铲除恶敌。经过一番恶战,巴云获胜,当地人得到解救。

伊洛哥人关于领袖卢马杜德(Lumtuad)的传说讲道:

班加诗兰人(Pangasinan)在首领巴拉里斯(Palaris)的率领下多次入侵伊洛哥地区,对伊洛哥人的生存造成了巨大威胁。卢马杜德便率领人民奋起反击,分别经历了水上和陆上两次大战之后,卢马杜德杀死了巴拉里斯,伊洛哥人大获全胜。将班加诗兰人驱赶走后,他们便迁入了班加诗兰地区,定居生活,直至今天。

也有一些传说中的英雄本人是有史可考的,不过传说中出现的英雄业绩仍有不少极具奇幻色彩、富有戏剧性的成分。这可能是因为英雄人物常常是"箭垛式"的人物,随着传说的流传,越来越多的情节被附会到某个英雄人物身上,传说中的英雄人物更显得高大、传奇。例如,1521年,麦哲伦率领船队环球航行,到达菲律宾,他在宿务地区炫耀武力,企图挑拨和利用当地民族之间的矛盾,但最终在马克坦岛(Mactan),被当地酋长拉普拉普(Lapulapu)率军击毙,西班牙殖民者军队也遭到暗算、落荒而逃。拉普拉普的这段光辉事迹已部分脱离了历史实际,成为英雄传说,在比萨扬地区流传。宿务的一则传说中就讲道,起先拉普拉普为了心爱的公主,与情敌打了起来,并击败对手,显露出过人的胆识;后来,麦哲伦带着殖民者入侵宿务,他与情敌化干戈为玉帛,团结一心、奋力抗敌;最终他亲手打死了麦哲伦,打得侵略者仓皇逃窜。

2. 宗教传说

当下,菲律宾全国有约85%的人口是天主教徒。在殖民统治期间,很多土著民族都皈依了天主教、基督教。四百多年来,天主教一直是以平原民族为代表的大部分菲律宾民族中的主要宗教信仰。于是,在菲律宾很多民族中产生了大量宗教传说。其内容都是关于上帝、耶稣以及圣徒在菲律宾各地显灵,并施展出超凡力量的故事。它们作为菲律宾民间传说的重要组成部分,充分保留了殖民主义影响和天主教文化传入的痕迹。

菲律宾有很多关于圣婴圣像(Santo Niño)的传说,其中最有名的当数宿务传说:

一个渔夫撒网打渔,撒了两次都毫无收获,第三次却捞上来一块烧焦成黑色的木头。一天清晨,那块木头突然变成了圣婴的圣像,之后更多次显灵、创造了很多奇迹。例如,出海的船只遭遇了暴风雨,圣婴拯救了遇险的船员。他还保护了战乱中的人民,让一个虔诚的信徒在关键时刻隐身起来,从而免于被送往战场等。圣婴又会像小孩子一样调皮,常常化身成人,跑出教堂搞恶作剧。例如,清晨时分,他从商贩手中买走鱼,说过一会儿再给钱,到夜里,他又出去散步,结果人们发现圣像身上的衣袍被海水打湿了,鞋里还装着零钱。

菲律宾也有许多关于圣母显灵的传说,其中最有名的莫过于安蒂波罗(Antipolo)地区的传说——相传圣母的圣像曾经两次从圣坛上消失,之后,人们都是从附近蒂波罗树(Tipulo)的树干上把圣像找了回来。虔诚的人们认为这是神的旨意,就在蒂波罗树旁建起一座教堂。树被砍倒之后,奇迹般的升起了一座城镇,这里就被命名为"安蒂波罗",意思是蒂波罗树。在一则苏益高(Surigao)传说中,女孩非常想去参加当地人为供奉圣母而举行的盛大庆典和舞会,但她实在找不出一身可以穿出门的像样衣服来;

这时候,来了一位富有而和蔼的老妇人,主动把自己的项链借给了小女孩,小女孩就兴高采烈地去参加庆典了;后来,她惊讶地发现,圣母像脖子上戴的,就是那条曾经借给她的项链,原来是显灵的圣母帮了她。

菲律宾还有许多关于各位圣徒的传说。这些圣徒出现在人们的日常生活中,被赋予了世俗化的色彩,并非宗教经典中那种严肃的宗教形象,体现了菲律宾人民对于外来西方宗教的世俗化、生活化的理解和宗教情感。例如,他加禄人中流传着一个关于圣彼得惩罚自私的恶妇玛丽亚的传说:

自私、恶毒的玛丽亚落入了井中,井中满是沸腾的油。她大声喊叫,妹妹便前来相救。这时,圣彼得显灵了,告诉玛丽亚的妹妹,只要能找到一个曾得到玛丽亚帮助的人、动物或植物,就可以救出玛丽亚。玛丽亚的妹妹历尽千辛万苦,最后只找到了一株小草,原来是玛丽亚在井边洗澡时,曾把水溅到了草上,使枯萎的小草重获新生。玛丽亚的妹妹高兴地把这件事告诉了圣彼得,圣彼得便给了她一枝玫瑰,让她将玫瑰伸入井中,把玛丽亚拉上来。正当妹妹把玛丽亚往上拉时,井中的其他灵魂抓住了她的脚,想和她一起重返人间。玛丽亚却无情地摆动着脚,想挣脱开他们。这时候,玫瑰突然断了,玛丽亚又重新掉入井中。再也没有人能够帮助她了。

3. 超自然生灵传说

菲律宾各民族中有大量讲述各种千奇百怪的超自然生灵和超自然力量的传说,并且它们极富地方色彩,是菲律宾民间传说最主要的构成部分。富于神秘色彩和幻想出的事物、情节是这类传说的典型特征。传说虚构了一个又一个处在不久的过去、魔幻而充满奇异色彩的世界。有些传说并没有任何确定的人物和地点,有些则与某个已知的地方或某个著名人物相关。这些传说中出现的超自然生灵,是菲律宾民间信仰中的各种妖魔鬼怪,包括阿斯汪(aswang)、黑巨人(kapre)、魔鬼、矮人、仙女、鬼魂、土丘老怪(matanda sa punso)、美人鱼、桑蒂莫(santilmo)、第纳克(tianak)、迪克巴朗(tikbalang)等。这些形象各异的妖怪精灵,很多为菲律宾所独有,是菲律宾民族中朴素的万物有灵信仰在民间文学中的反映。其中又有一些传说是现代新产生的,涉及现代人生活的因素和社会背景,表明这些民间传说的生命力历久弥新、经久不衰。

阿斯汪(Aswang,Asuang 或 Asuwang)是一种极具菲律宾特色的妖怪。它作恶多端,会化身成多种形象伤害人类,有关它的传说在菲律宾各地家喻户晓[1]。阿斯汪有时是吸血鬼或吸食人血的女巫,身体可以从腰部或其他部位自动断开,上半身或者头会长出翅膀飞走,下半身则留在原地。

卡皮兹(Capiz)地区的一则传说讲道,一群阿斯汪把自己的脖子断开,头便飞了出

---

[1] Maximo D. Ramos: *The Aswang Syncrasy in Philippine Folklore*, Manila: Philippine Folklore Society, Paper No. 3, 1971, p. 2.

去,企图去加害人类。一个聪明勇敢的男孩跑到阿斯汪留在地面的身体边,把灰撒在它们身体的断面上,待到阿斯汪们回来,发现头已经再也回不到身体上了,阿斯汪就此被消灭了。

一则他加禄传说中讲道,一个阿斯汪扮作女巫住在村里。一天,她身首分离飞到了房顶上,把细丝般的舌头透过屋顶伸了下去。一个女子正在缝衣服,发现了阿斯汪的舌头,便抓起剪刀把舌头绞断。房顶上传来一声惨叫,而后是翅膀扑打的声音。等人们追赶到女巫的住处,发现女巫正在流血。人们用刀砍过去,阿斯汪便化为了灰烬。

在另一则他加禄人的传说中,阿斯汪试图诱惑一个青年男子,但他断然拒绝了阿斯汪,阿斯汪就前来报复,让他的妻子着魔,得了重病。眼见着妻子奄奄一息,青年男子终于想出了办法,用鞭子使劲抽打妻子,终于把藏在她体内的恶魔赶了出来,妻子得救了。

在其他类似的传说中,人们会使用魟鱼的尾巴来鞭打受害人的身体,从而驱赶邪魔。在不少传说中,采用鞭打的办法对付阿斯汪是有效的。总之,这些传说既讲述邪恶的超自然生灵加害于人的故事,说明邪恶的超自然生灵的破坏力,同时又会提供对付邪恶力量,保护人类自身,并挽救受害者的办法,从而帮助人们战胜对于莫名的超自然邪恶生灵的心理恐惧,在传说中找寻到心理依托。这也是这些传说能够长期广为流传的基础。

在菲律宾的很多乡村中,都流传着关于"恩坎多"(engkanto)的各种传说。"恩坎多"这个名称源于西班牙语,包含了诱惑、富有吸引力的意思。恩坎多就像是生活在人间的天使、仙人,拥有神奇的魔力,并且与人为善。在菲律宾各地,恩坎多有多种称呼,例如,在苏益高和保和地区叫 encanto 或 enkanto,在怡朗和安蒂克地区叫 tamawo 或 tumao,在宿务则叫作 banwaanon。有的传说说他们住在树上,还有的说他们住在山顶或山中,甚至有说他们住在河底的。他们通常身材矮小、皮肤白皙、英俊漂亮,甚至是金发碧眼。虽然他们会反感人类闯入自己的领地,但又常常与人开玩笑、有意无意地捉弄人,或是友善地送给人一些小东西。

在一则民都洛东部地区的传说中,妹妹乌萍(Uping)正在河边洗衣服,一个恩坎多想捉弄乌萍,就变成了她姐姐皮娜(Pina)的样子,走过来和她说话。妹妹觉得这个"姐姐"有些不对劲儿,但又没发现什么明显的异常。她回到家后,见到真的姐姐皮娜正在等她,这才意识到她在河边遇见的那个其实是恩坎多的化身。

另一则保和地区的传说讲道,恩坎多化身成一个孩子的父亲,去学校把那个孩子带走了。孩子就跟着他"回到了自己家中"。吃晚饭时,孩子说要加些盐。这时候,周围的一切突然都消失了。孩子这才发现,原来一切都是恩坎多制造出来的幻觉,此时自己其实正在一块高地上——相传那里正是恩坎多经常出没的地方。

另有一则他加禄人的传说讲道,一个农民遇上了一位富有、热心的老人,其实那个老人是恩坎多的化身。老人把农民带到了自己家,农民发现老人的家里金碧辉煌,临走之前，老人又给他一些钱财，并把他送回家。老人叮嘱他，绝不能告诉任何人钱是从哪里来的。此后，老人不断给农民钱财。直到一天，老人要出门远行了，给了他整整一坛子的钱。农民憧憬着自己将会有一个美好的未来，心花怒放，结果忘记了老人的告诫，把整个秘密都告诉了妻子。农民一说完，他的钱罐就立刻被大地吞没，所有钱财都消失得无影无踪。这则传说中出现了违反禁忌而招致惩罚的母题。当地人关于恩坎多的信仰中，是存在禁忌的，一旦违背，就会招来惩罚或者其他不良后果。也正是因为这些禁忌的存在，恩坎多才始终是传说中神秘的超自然角色。

菲律宾各地还广泛流传着"鬼搭车"的现代传说，这也是世界性的现代都市传说，讲述的是鬼魂搭上车之后又突然消失的故事。在一则他加禄传说中，一个女孩在路边向司机招手，司机便停了下来，她上了车之后，告诉司机要去的地方，但当司机抵达目的地时，却惊奇地发现，后座上的女孩不见了。第二天，司机又经过了昨天女孩下车的地方，向路边的一位妇女描述了昨天的怪事。那位妇女告诉司机，她的女儿已在车祸中遇难了，司机昨天所见到的正是他女儿。

在一则黎萨省的传说中，一位医生前去探视病人，在路上，他遇到了一位白衣长发的女子，医生便让她搭上了车。车正开着，医生猛然在后视镜中瞥见，后座上竟然是一具口鼻中塞着棉花、眼上盖着硬币的尸体。他非常害怕，但装作什么都没有看见，直到把白衣女子送到目的地下车。几周之后，他又一次遇到了这个白衣的女子，后来他因为受到过度惊吓，精神崩溃了，很快便死于心脏病。

在一则伊洛哥传说中，一驾马车路过了一座公墓，车夫看见路边有一个女孩招手，便让女孩上了马车。后来，马车走到一个地方时，马突然不听使唤，停了下来，车夫再怎么赶，马都一动不动。车夫心里觉得奇怪，回头一看，突然发现后座上的女孩已变成了骷髅。

4. 风物传说

风物传说涉及的内容极其广泛，它们是对某地的古迹、宝藏、有地方特色的风物的由来和特点，以及某些地区的风情和习俗的来历等作出的解释。其中一些传说文本较为丰富，在各地都有流传，成为在菲律宾具有代表性的风物传说，例如，"沉在水底的警钟""埋藏的宝藏""闹鬼的房子"等。

"沉在水底的警钟"是独具菲律宾特色的风物传说。不同于常见的识宝传说，它直接反映了16世纪以来皈依天主教的菲律宾民族与菲律宾南部穆斯林民族之间冲突和战争的历史，具有现实的历史内涵。今天，流传在菲律宾各个天主教徒地区的相关传说，在情节模式上具有很高的相似性，其情节程式大致如下：

（1）当地的天主教徒买来或铸造了一口大钟，假如有穆斯林入侵，就用来向村民发出警报；或者该地已经有了一座这样用途的警钟；

（2）因为钟声美妙悦耳，或者是因为警钟的存在阻挠了穆斯林的入侵，穆斯林民族

的首领苏丹派来了大军,想把警钟抢占过来;

(3) 当地村民们为了保护警钟,把它投入河中或埋入地下藏起来;或者穆斯林抢到了警钟后,把钟丢到了湖里或井中;或者在穆斯林坐船携带警钟返回的路上,钟像着了魔一般变得异常沉重,穆斯林不得不放弃,把它抛入大海中;

(4) 从此以后,警钟就再也没有出现过,但是人们依然能时不时地听到从遥远的地方传来美妙的钟声。

在比科族的传说中,每当有人试图去触摸或挖掘大钟时,天神就会用电闪雷鸣和狂风大雨来警告他。在苏益高人和宿务人的传说中,海底的大钟由一条大鱼终日守护着,任何人都不得靠近。而阿克兰人(Aklanon)传说,大钟是由迷人的美人鱼保护着的,她们把它藏在人看不到的地方。

这类传说清晰地展现了历史上天主教文化和伊斯兰教文化在菲律宾各个原始民族之间的冲突。这两种外来文化各为菲律宾不同原始民族所接受。各原始民族之间本来就存在诸多冲突,这些民族各自皈依,成为天主教徒和穆斯林之后,原有的冲突和矛盾又被赋予了宗教冲突的色彩。他们把这些矛盾、冲突以饶有趣味的民间传说的方式表现出来,并赋予其魔幻的色彩。历史上,菲律宾中北部的天主教徒和南部的穆斯林之间的战乱、侵扰和争夺历时四百多年,至今都没有停止过,这一类型的传说恰好反映了这段文化冲突的历史。

识宝传说讲述埋藏和寻找宝藏的故事。这是在世界范围内流行的民间传说类型。在菲律宾,当地人会相信传说中的宝藏是存在的,寻宝人及其经历也确有其事,而且,最终由于人性的弱点等原因,寻宝人并没有找到宝藏。借此传说,实际上批判了故事人物的性格弱点和品格缺陷,肯定了一些被认同的传统价值。也就是说,这类传说还被赋予了相当深刻的教育意义。

在比科人中,相传有一只小白鼠,可以把人们带到藏宝的地方。一个人想方设法捉到了小白鼠,把它关在笼中,当作宠物养着。邻居告诉他,他应该在白鼠身上系根线,然后把它放走,这样才可能找到宝藏。

在另一则比科族传说里,有一个神秘的声音告诉一位妇女,在一个地方埋藏着财宝,并且反复告诫她,只可以自己拿去用,决不能将这个秘密告诉其他任何人。但是她最终还是把秘密告诉了丈夫,等到他们再去寻找财宝的时候,却发现那些财宝早已无影无踪了。

在巴格巴格(Bagbag)地区的一则传说中,一个富翁把财宝埋在地下,但他死后没有给后代留下藏宝图。在巫师的帮助下,人们才找到宝藏的位置。富翁的后代便雇了几个工人来挖掘。刚开始挖的时候,贪婪的雇工们就不断算计着怎么能把这些财宝据为己有,结果最后什么都没有挖到。原来在挖的时候,人们曾听到地下有流水声。巫师解释说,其实仙女们趁着人们算计财宝的时候,已经拿走了所有的财宝,这声音正是财宝滚滚流入地下河的声音。然后巫师又说道:"我看到了金子带来的邪恶,也许失去金子就是最好的结果。"

菲律宾民间传说与神话是有交叉的。二者都有大胆夸张的想象、曲折神奇的情节、浪漫主义的色彩,但民间传说包含着更多真实的历史因素[①],仍是以人为主角、以人性为特征,反映的是人类社会的种种关系[②],是历史性和传奇性、虚与实的结合。从审美的角度来看,菲律宾的民间传说是夸张、奇幻、虚构与简明、真实、客观的巧妙结合,给人们带来了丰富的艺术享受。一些较晚形成的传说,如宗教传说和风物传说等,艺术性比较早的英雄历史传说要高一些,其中的艺术成分更加丰富和复杂。从功能的角度来讲,菲律宾传说主要还是教诲性的,以生动有趣的口头传统方式传承道德伦理观念、精神信仰,从而维系当地社会的传统、强化社会群体内部的联系。这其中以宗教传说和超自然生灵传说表现最为突出。从文化史的角度出发,菲律宾传说具有鲜明的地方性色彩,其中既有菲律宾本土文化的传承,又有外来文化的影响,展现了本土与外来文化在风俗、信仰、意识形态等各个不同层面上的交流。

(三) 民间故事

菲律宾民间故事是菲律宾文化的重要组成部分,它用极为生动有趣的方式反映了菲律宾各民族精神层面上的文化内容,为民众所津津乐道。它集中体现了菲律宾各民族文化的传统与特质,是关于各个时期菲律宾人民文化的百科全书。民间故事通常可以分为现实性强的生活故事和幻想性强的魔法故事两大基本范畴。[③] 在对菲律宾民间故事进行具体分类时,同一个故事,可能既是寓言,又是笑话,也是生活故事,还可能是动物故事;而同一个故事类型,也有不同的民间文学体裁来表达,既可以是神话,也可以是民间传说,还可以是民间故事。所以,在沿用通常的民间故事分类体系考察菲律宾民间故事时,需要避免一刀切式的区分,而且不应忽视不同民族之间民间故事的相似性。按照它们的内容特点,菲律宾民间故事大致可以分为:动物故事和寓言、魔法故事、生活故事、宗教教诲故事、民间笑话。

1. 动物故事和寓言

动物故事是民间故事中最为古老的一种。在菲律宾的动物故事中,动物被赋予了人类的特质,既展示了某些动物的聪明,又反衬出其他动物的愚笨。菲律宾动物故事大多是双方对抗的机智故事或欺骗故事,最常见的类型是弱者凭借机智战胜强者,在叙事结构上也有常见的模式,无论是内容还是形式上,都与其他国家的民间故事有不少相似之处。

例如,"猴子和鳄鱼(乌龟)"是在全世界广泛分布、家喻户晓的民间故事类型,在菲

[①] 刘守华著:《民间文学概论十讲》,武汉:湖北教育出版社,1985年,第68—69页。
[②] 叶春生著:《简明民间文艺学教程》,广州:中山大学出版社,1999年,第117页。
[③] 钟敬文主编:《民间文学概论》,上海:上海文艺出版社,1980年,第203页。

律宾,它也是最典型的动物机智故事之一。该故事类型发源于印度,后随着印度文化向中国、阿拉伯、东北亚、东南亚等国家和地区传播。《佛本生故事》中的《鳄鱼本生》、《五卷书》中的《海怪和猴子》、汉传佛教的《佛本行集经》中的《虯与猕猴》、《生经》中的《佛说鳖猕猴经》等都属于这一类型。菲律宾很多民族中都有这个故事的异文。它传入菲律宾的具体时间已不可考,但应当是在印度文化传播到东南亚海岛地区的文化史背景下传入的。早在1889年,菲律宾民族英雄、民俗学研究先驱何塞·黎萨尔就在伦敦发表了菲律宾与日本"猴子和乌龟"民间故事的比较研究。

菲律宾故事中的欺骗者通常是猴子,受骗者总是鳄鱼,有时也会换成乌龟。猴子作为成功欺骗者的故事可以分为三类:

第一类:鳄鱼抓住了猴子的腿或脚掌,猴子说:"你抓住的其实是树根(或树枝)",结果鳄鱼相信了,就把猴子放了。

第二类:鳄鱼的妻子装病,只有吃了猴子的肝(或心、肺等)才能好。鳄鱼假意要背猴子过河,到了河中央,却对猴子说要拿走它的肝。猴子回答说:"我把肝挂在树上了,先背我回去,我把它给你拿下来。"鳄鱼就背着猴子回到岸上,猴子便趁机逃跑了。

第三类,猴子要过河,但河里满是鳄鱼,它要弄一大群鳄鱼,让它们聚集在一起,自己便踩着一条条鳄鱼的身子,安全地过了河。

菲律宾的"猴子和乌龟"故事里也有猴子聪明反被聪明误的情节类型,由乌龟充当成功的欺骗者,最终愚弄了猴子。例如,在比萨扬和他家禄地区广泛流传着这样的故事:

猴子和乌龟一起找到了一棵香蕉树,决定两人共享,便把树拦腰砍开,各自占有一半。猴子见香蕉树梢上枝繁叶茂,就要了上半部分,把丑陋不堪的下半部分树根给了乌龟。猴子要的树梢很快就死了,但乌龟的树根长了起来,又长成了大树,结了丰硕的果实。乌龟爬不上树去采摘。猴子假装帮助乌龟,爬上树把香蕉全部摘了吃光,还把剥下来的香蕉皮扔给乌龟。乌龟很生气,便在树周围种了很多荆棘,或者是在树的周围打上了木桩。当猴子下树的时候,便被扎伤,甚至是扎死。乌龟把猴子的肉晒干卖给了其他的猴子,或者把死猴子身上某个部位分给别的猴子咀嚼食用,后来才被发现。猴子们便抓住了乌龟,要杀死它。乌龟骗猴子们说,请把它淹死以作为惩罚。结果,乌龟从水里浮了上来,还抓到了一条鱼。猴子们很嫉妒,便在腰间系上石头,潜到水里抓鱼,结果都淹死了。

另一些异文的结尾部分则有所不同,讲道,乌龟嘲笑猴子。猴子们把乌龟扔回水里,然后又请来一只鹿,把河水喝干。猴子们在鹿的肛门上接了根管子,但是一只鸟啄穿了管子,水又被放出来了,猴子们就被淹死了。

这类故事还演化出了其他不同的亚类型,如果最初的猴子在下树的时候没有死,乌龟还会继续想办法捉弄它。其方法有:乌龟骗猴子,让猴子溺水,作为对猴子的惩罚；乌龟骗猴子说有种"国王的果实"很好吃，其实是非常辣的辣椒，结果猴子的嘴被辣坏了；乌龟骗猴子戴上了"国王的腰带"，很漂亮，但其实是拿了条蛇缠在猴子身上，结果猴子差点被蛇缠死；乌龟躲到椰壳下骗猴子，猴子认为是自己的肚子在嘲笑他，便用石头砸自己肚子，把自己打死了；乌龟躲在河里，猴子便让一只动物喝干河水，以便抓住乌龟，但就在河水快被喝干的时候，乌龟让螃蟹戳那只动物的肚子，水又流了出来，把猴子和那只动物都淹死了等等。

2. 魔法故事

魔法故事包含了一系列充满幻想性的母题或插曲，把听众或读者引入到一个虚幻的空想世界，故事始终充满了奇异的色彩，其中出现的人物和地点大多是现实中不存在的。

很多国际性的魔法故事都能在菲律宾不同民族中找到相应的地方性版本。例如，"灰姑娘"型故事是最为著名的魔法故事之一，菲律宾的灰姑娘型故事通常讲道，女主人公被后母虐待，总是做一些苦活、累活、脏活。一些友善的朋友帮她完成了家务活，并帮她打扮得像公主一样来到教堂。她被一位国王看中，国王后来以试穿拖鞋的办法找到她，并和她结婚。这一世界著名的魔法故事已和菲律宾当地文化相互融合成为充满本土文化特色，或者带有菲律宾天主教色彩的本地化了的民间故事。例如，帮助灰姑娘的人是她的教母，或者她的亲生母亲变成了螃蟹来帮助他，或者是鳄鱼、老太太、漂亮的女子等具有菲律宾特色的人物。而且，故事中灰姑娘干的活计通常都是在河边洗衣服，这是菲律宾农村少女典型的劳作方式。在萨马岛的版本中，灰姑娘还干舂米、杀猪等菲律宾当地人日常的苦活、累活。故事中的男主人公也不总是国王或者王子。在莱特岛的版本中，他就是当地最有钱的人的儿子。男、女主人公的相遇也并不是在西方式的酒会上，在大多数的菲律宾故事里，它都发生在天主教的教堂里。这蕴含着非常浓郁的菲律宾天主教文化特色。教堂与菲律宾人的日常生活息息相关，不仅是当地至关重要的宗教活动场所，还是人们日常聚会、交流沟通、举行大型活动的场所。还有许多菲律宾版本给灰姑娘故事添加上了续集。例如，在他加禄的一个故事变体中，男女主角结婚后，国王得知灰姑娘生了一条小狗——她真正的孩子被邪恶的继母及其帮凶调换了。虽然孩子失踪了，国王最终还是认出了自己的亲生子，因为母亲在见到自己的孩子时，就会流出乳汁。国王明白了事情经过，惩罚了继母等坏人。总之，各种各样的菲律宾本土文化要素以多种形式进入了这个国际性的魔法故事中。菲律宾各民族的创造力融入进来，故事情节变得更加丰富多彩，形成了菲律宾各民族自己的"灰姑娘"故事。

在菲律宾，还有另一个流传广泛的魔法故事类型。根据他加禄人故事中主人公的名字，它被命名为"卡兰卡"（Carancal）。这一故事共有三十多个版本的变体，其主要情节如下：

卡兰卡出生时只有手掌大小，但是长大后变得强悍无比，每天都要吃大量的食物。这让他的父母苦不堪言。后来，因为实在是承担不了了，父母便想方设法要将他遗弃。一次是让树砸到他身上，另一次则是把他扔到鲨鱼成群的河里，但这些都失败了，卡兰卡一一化险为夷。此时卡兰卡意识到，自己在家中并不受欢迎，就决定离开父母，临走时只带了一把大刀防身。途中，他遇到了三个十分强壮的人，并将他们一一打败，而后又与他们分别结为好友，一起继续自己的旅程。一路上，卡兰卡和他的伙伴们展现了各种超凡的力量和技艺，每经历完一次冒险，就帮一位同伴娶到一位公主。最后，就剩他自己还是单身汉，而他的三位朋友还都成了国王。当他终于成为一个富有的人之后，又回到了自己的父母身边，从此和他们一起幸福地生活。

　　3. 生活故事

　　生活故事的情节跌宕起伏，有很强的叙事性。它们讲述的是有具体时间和地点的现实世界中的生活，代表了民间故事现实性的趋向。生活故事里也会出现奇迹、魔法等一些超自然的因素，但不像魔法故事那样以超自然的魔法力量为核心，故事讲述的主要还是人类的机智和才能，而且讲述者和听众仍会视之为身边真实的事件。

　　菲律宾也有"巧女故事"，讲述女主人公依靠聪明才智以弱胜强的故事。例如，《聪明的马塞拉》讲道：

　　马塞拉聪慧过人，给国王留下了十分深刻的印象。国王打算让她嫁给王子，但在此之前，先出了三道难题，要求她解决。第一个难题是要马塞拉用一只小鸟做出12道菜。马塞拉就给了国王一根针，叫国王把针做成12把汤勺，这让国王意识到这两个要求都是不可能的，只好作罢。第二个难题是国王给马塞拉一头羊，要她卖得六块钱拿回来，但必须还要能把钱和羊一起带回来。马塞拉便剪了羊毛，把羊毛卖了六块钱，并将羊带了回来。第三个难题是国王要她从公牛身上挤出牛奶，马塞拉就告诉国王说她父亲生孩子了，她要去照顾父亲而不能去挤牛奶，于是国王知道自己的要求多么荒唐。马塞拉终于通过了考验。

　　类似的母题还出现在其他一些故事中，例如，在《伦皮干的故事》中，当国王要求伦皮干让公马怀孕时，伦皮干就对国王说他父亲生孩子了，他要回家洗衣服，所以不能去。

　　4. 宗教教诲故事

　　菲律宾民间故事通常都具有教育意义，在富有浪漫情调和娱乐性的故事情节中，宣扬善有善报、恶有恶报的主旨。宗教教诲故事的道德教育意义更为明显，与宗教教诲传说类似，都是在传统的民间故事的基础之上，借用了天主教的教义、人物和宗教传奇，既宣传菲律宾各族人民共同认同的传统伦理与道德，又带有浓郁的外来天主教文化的色彩，成为天主教宗教思想宣传的一部分，集中体现了西方外来文化对菲律宾本土文化的影响。菲律宾民俗学家范斯勒认为："关于本地圣人的故事和传说在很多地方都能听到，其中一些的确是受到了（菲律宾）群岛内外一些文化的影响，但大部分，据我所知,完全独立地隶属于各个不同的当地文化。"①

告诫人不要贪婪是教诲故事中常见的主题。故事用贪得无厌的坏人作为反面教材,宣传传统伦理道德。例如,在《贪婪的故事》中,两个朋友在一棵树下偶然发现了一袋子金子。虽然表面上两个人商议金子一人一半,但这两人都贪得无厌,心里都盘算着如何把对方害死,自己好独吞整袋金子。于是,一个人把尖刀藏在袋子里伺机行凶,另一个人则在对方吃的米中下了毒。结果一个人用刀杀死了对方,但他自己紧接着也被毒死了。类似的故事曾出现在印度的《五卷书》中,它和英国乔叟的《赎罪者的故事》、中国藏族的《三个喇嘛的私心》以及宋朝《张氏可书》中汉族的"天宝山三道人"故事情节非常相似,说的都是几个贪婪的人为了独占财宝,各自策划了一系列的阴谋加害对方,结果同归于尽。

尊老敬老也是教诲故事中常见的主题。在菲律宾的敬老故事中,主人公常常在最后受到宗教的启示而觉醒和忏悔,进而告诫人们,不孝敬年老的父母将没有好下场。例如,在《不孝的儿子》中,一个男子嫌父亲年老碍事,就将父亲背到了森林里,绑在一棵树上。这时,他突然发现原来自己的父亲也曾对爷爷做过同样的事情。他以此为戒,将父亲解开,带回家去,从此服待他安度晚年。在类似的故事中,有时则是主人公不善待父母,主人公年幼的孩子也表示要以其人之道还治其人之身,最终主人公觉醒,认为不能残忍地对待年迈的父母。

5. 民间笑话

菲律宾的民间笑话中包含了大量以狡猾而机智的人物为主人公的幽默故事。菲律宾的机智人物故事滑稽荒唐、引人入胜。故事主人公有时表现为智慧、聪明,有时候则表现为狡猾、欺诈、不诚实,甚至有时还会声名狼藉、越轨淫秽,但对于听众而言,并不觉得十分反感,反而认为他们独具吸引力,能令人会心一笑。

菲律宾各地都有一些人们耳熟能详的"箭垛式"故事人物,各种各样的机智故事都被附会到他们身上。最为家喻户晓的是"胡安"系列故事。有故事讲述道,胡安因为一些小过失被抓进了监狱,国王便判决几天之后将他丢入海里处死。临刑之前,他想方设法欺骗了某个王子或贵族。胡安自称当地国王或地方首领本来要求他迎娶公主,但他自己觉得配不上公主,因此触怒了国王才被关押在这里。受骗的王子或贵族便会主动要求来监狱中替换胡安,胡安得以安然脱身,而聪明反被聪明误的王子或贵族最终作为胡安的替身被投入了大海。过了一段时间,胡安又"死而复生"重新回到国王面前,国王非常吃惊。胡安对国王报告说,他被投到海中时,见到了国王的父亲或者祖父。国王信以为真,让手下人把自己也投入海中去找寻祖先,结果国王就这样淹死了,

---

① Damiana L. Eugenio: *Philippine Folk Literature*: *The Folktales*, Manila: University of the Philippines Press, 2001, Introduction, p. 35.

胡安取而代之，成为新的国王。

菲律宾不同地区对这一故事人物的称呼略有不同，例如，在他加禄和邦板牙地区是 Juan 或 Suan，比科地区是 Juan Usong，比萨扬和苏禄地区是 Juan Pusong。不同地区的故事情节虽然类似，但也各具地方性的特色。例如，在苏禄地区的胡安·布松故事中，胡安欺骗的不是国王，而是当地穆斯林的苏丹。这些故事发生在苏禄地区由苏丹统治的时期，虽然在现实生活中，传承民间故事的普通民众接受着苏丹王室的独裁统治，但民间的故事歌手们创造了胡安·布松这个聪明但又无赖的形象，民众们借由口头传统中的胡安·布松，对苏丹进行一系列的愚弄、挖苦和嘲笑，从而释放和缓和了民众与上层统治阶级之间的矛盾关系，民众也通过胡安·布松的故事表达了反抗权威、要求平等的愿望。

在南部棉兰老岛的马拉瑙地区，机智人物胡安的故事与印度尼西亚、马来西亚的皮兰多故事结合了起来，主人公由胡安改作皮兰多（Pilandok）。"皮兰多"这个名字来源于马来西亚民间故事中的鼷鹿（Pelandok）。鼷鹿是马来西亚民间故事中著名的机智动物。有关它的故事大都讲述弱小但富有智慧的鼷鹿，通过欺骗和智斗，最终战胜强大的敌人、保全自己的故事。鼷鹿故事流传到马拉瑙之后，与当地的机智人物故事结合了起来，皮兰多这个名字被沿用了下来。故事中，鼷鹿与一女子结婚后变成了人，对鼷鹿的称呼也变成了 Tausug Pilandok，直译是"皮兰多人"。于是，马来西亚的动物故事在菲律宾南部就变成了机智人物故事。

除机智人物故事外，菲律宾最具代表性的民间笑话就是各种傻瓜故事。这是一类以幽默为目的而讲述的故事，主人公的荒唐想法和愚蠢行为是听众乐趣的来源。

最为菲律宾人津津乐道的傻瓜故事也属于"胡安"系列，即"懒汉胡安"或"傻子胡安"（Juan Tamad）——胡安是菲律宾文化中最重要的"箭垛式"人物，不仅是民间故事中的机智人物，也是傻瓜故事的主角。例如，布拉干地区的《傻子胡安故事》讲述了"懒汉胡安"一系列的可笑举止：

母亲让胡安去找一个文静不吵闹的女子作老婆，胡安却把一个死去了的女人带回了家。母亲又教导胡安说："如果东西的味道变得难闻了，那就是死的，不能要。"结果胡安觉得母亲身上的味道很难闻，就把母亲当作死人给埋葬了。胡安又觉得自己身上味道很臭，便用香蕉树干做成筏子，坐进去，在河里漂流。一群土匪抓住他，让他给他们做帮手，叮嘱他不要让任何东西发出声音。胡安煮饭时，水烧开了，发出很大的响声，于是他就把锅砸碎，以便让锅保持安静。土匪又派他去集市买瓦盆和螃蟹，他用藤条把瓦盆绑好后运回去，却把螃蟹放到河里，说是要让螃蟹们自己先游回来，结果螃蟹全跑了。土匪又策划了一次抢劫，让胡安负责放风，并且告诉他："如果你发现有什么东西是热的，那就是人；如果发现有什么东西是冷的，那就是刀。"当一只蜥蜴爬到他身上时，他觉得有个热的东西来了，便大声喊："有人来了！有人来了！"强盗们听了后落荒而逃,整个抢劫计划都泡汤了。

除了胡安这个著名的傻瓜形象,在班加诗兰省还有《七个傻子》的系列故事,叙述了发生在七个傻子身上的各种千奇百怪的蠢事。例如,一则关于傻瓜起源的故事中讲道:

有一天,七个傻子被叫去驱赶老太太鼻子上的苍蝇。他们冲着老太太的鼻子就打了过去,把老太太打死了。他们把老太太装在棺材里,抬去教堂安葬,结果在路上,尸体从里面掉了出来,找不着了。傻子们回去找尸体,看到路边坐着另一个老太太,就把她当成要找的那个老太太,硬是给塞到棺材里,抬到了教堂。这个老太太的丈夫也很傻,听到了妻子的呼救声,还以为是傻子们在和她开玩笑。牧师也很傻,尽管老太太不停呼救,他仍然主持着葬礼继续进行,说是已经支付了丧葬费,所以不能停下来,一定要弄完。结果在回家途中,七个傻子终于发现了掉在路边的老太太的尸体,他们却以为那是老太太的鬼魂,吓得四散而逃,跑到了吕宋岛(Luzon)的各个地方,就成了今天在各个地方所见到的那些傻瓜。

综上所述,世界民间故事中常见的类型、母题,在菲律宾民间故事中大多都能找到,因此菲律宾各民族的民间故事常常让人觉得似曾相识。世界各民族的文化都是多元的,都有独立发展的经历,同时各文化之间又相互交流。菲律宾民间故事本身是独立发展起来的,但在发展的过程中,受到了传入的其他文化的影响,既产生了独具本土特色的民间故事,也吸收了其他民族的故事类型和母题。一方面,外来的故事类型和母题进入菲律宾民间故事时,存在着本土化的过程,融合了菲律宾当地文化的要素,最终变成菲律宾的故事。例如,在菲律宾式的"猴子和乌龟""灰姑娘"等故事中,可以清楚地看到外来民间故事受到本土文化的强烈影响和改装的痕迹;另一方面,菲律宾本土的民间故事也足以和世界其他民族的民间故事相媲美。例如,"懒汉胡安"的系列故事,情节丰富、内容充实、意义深刻,不仅在菲律宾家喻户晓,也赢得了世界性的声誉,甚至于,"懒汉胡安"这个称呼已经成为菲律宾民间文学的代名词。

(四)史诗

史诗既是一个民族重要的口头传统和地方性知识,又是具有代表性的民族文化事象。史诗集中体现民族文化的传统和特质,蕴涵了一个民族在形成之初的世界观和价值观,它不仅在这个民族的生活中占有举足轻重的位置,而且对民族文化传统的形成与发展产生着巨大而深远的影响。在菲律宾民间文学中,史诗是较为发达的一种体裁。菲律宾的史诗文化非常丰富,许多民族和族群都有自己的史诗。菲律宾各民族史诗大多讲述的是该民族或部族英雄的神奇经历和伟大业绩,以英雄人物为叙事主体。有许多菲律宾本土学者认为,"史诗是菲律宾民间文学最为巅峰的部分"[①]。

---

① Damiana Eugenio:*Philippine Folk Literature:the Epics*,Quezon City:University of the Philippines Press,2001,p.Ⅺ.

据不完全统计,菲律宾各民族中有一百多部英雄史诗①,其中已经由学者搜集、整理、转写、翻译并最终发表的史诗有二十多部。② 历史上,菲律宾的平原民族受天主教影响较深,已发现的史诗主要集中在北部的吕宋地区和中部比萨扬(Visaya)地区,包括伊洛哥族(Iloco)的《兰昂的一生》(*Ti Biag ni Lam-ang*)、比科族(Bicol)的《伊巴隆》(*Ibalon*,又称 *Handiong*)、班乃地区(Panay)的《拉保东公》(*Labaw Donggon*,又称 *Hinilawod*)等。菲律宾的山地原始民族分布在僻远的山区和海岛,更多地保留了传统文化特质,今天已在吕宋岛北部山区、南部棉兰老岛穆斯林地区发现了大量活形态英雄史诗,包括伊富高族(Ifugao)的《呼德呼德》(*Hudhud*)、卡林加族(Kalinga)的《乌拉林》(*Ullalim*)、加当族(Gaddang)的《鲁马林道》(*Lumalindaw*)、巴拉望地区(Palawan)的《库达曼》(*Kudaman*)、马拉瑙族(Maranao)的《达拉根》(*Darangen*)、《图瓦安》(*Tuwaang*)、棉兰老地区的《阿格约》(*The Agyu*)、《马达帕格》(*Matabagka*)等。

虽然菲律宾曾前后共遭受了近四百年的殖民统治,外来天主教文化大量传入,20世纪以来又迅速走上了现代化发展的道路,但菲律宾诸民族的史诗和其他口头传统一起,大都得以保存,史诗依然保持着"活形态"的特征,在民间以口头的形式流传着。进入 21 世纪,伊富高人的《呼德呼德》、马拉瑙人的《达拉根》还被联合国教科文组织列入"人类口头和非物质文化遗产代表作名录",成为世界知名的民族文化经典。

1. 菲律宾史诗的分类

在民间文学研究中,通常根据史诗所讲述的内容,把史诗分为创世史诗和英雄史诗等类别。其中,英雄史诗以英雄业绩为题材,是该民族、部族口头的历史叙事。就产生的年代而言,英雄史诗比创世史诗要稍晚一些,一般认为是在"军事民主制"时代或"英雄时代"——即原始社会解体、奴隶制确定的时代。菲律宾各民族的史诗基本都是英雄史诗,讲述为了部族利益,本民族历史上的杰出英雄人物率领族人历险征战、迁移他方,同时追求个人爱情的伟大业绩——战争和婚姻是世界各民族英雄史诗中最为核心的两大主题,菲律宾史诗也不例外。菲律宾各族的英雄史诗都是以英雄的历险经历作为情节主线的,所以以历险活动的具体情节作为标准,可以把菲律宾史诗分为两大类——浪漫史诗和战争史诗,以及另一小类——迁徙史诗。

大多数菲律宾史诗属于前两类,迁徙史诗相对较少。但在这三种类型的史诗之间,界限并非泾渭分明。事实上,三种类型指称的实际上是菲律宾史诗中最主要的三种内容,而几乎所有的菲律宾史诗都兼有上述两种甚至三种内容成分,只是总会有某一种成分在整部史诗中居于主导地位而已。因此,把某一史诗归为某一类,并不意味

---

① Jovita Ventura Castro etc. ed.: *Epics of the Philippines: Anthology of ASEAN Literatures*, Quezon City: APO Production Unit Inc., 1983, p.1.

② Damiana Eugenio: *Philippine Folk Literature: the Epics*, Introduction, Quezon City: University of the Philippines Press, 2001, p. XI.

着它只具有该类情节,只是该类情节在内容比例上占据优势、在意义上更为重要。例如,在许多浪漫史诗中,英雄追求爱情的过程中,所要经历的考验就是为了家族和村社的利益而征战。

(1)浪漫史诗

在浪漫史诗中,英雄的一系列历险行为主要是为了追寻爱情,或者为了本部族联姻。英雄爱上了一个女子,而后不断追求,经历了一系列波折、冲突、争斗、和解等事件后,最终和心上人结婚。

菲律宾浪漫史诗的代表是伊洛哥人的《兰昂》、卡林加人的《乌拉林》、加登人的《鲁马林道》和巴拉望地区的《库达曼》等。在这些以爱情为主题的浪漫史诗中,有的男主人公只追求一位女子,例如,兰昂只对卡诺扬(Kannoyan)表达自己的爱意;有的男主人公则或同时,或先后与多名女子发生爱情关系,例如,拉保东公先后追求过三名女子,且她们最终都被他娶为妻子。这些史诗中,往往还涉及为了争夺恋人,或为家人报仇雪恨,英雄去历险、进行战斗的情节,即战争的内容也被纳入浪漫史诗之中。例如,在《兰昂》中,英雄兰昂最初就是为了报杀父之仇,开始了各种历险,报仇雪恨之后,才开始追求卡诺扬的。

(2)战争史诗

在战争史诗中,英雄为了家族、村社或部族的利益、生存和荣誉,为了保护家人、帮助他人,开赴征程,和敌人、恶魔、敌对部族等血战,打败了对手,证明了自己的超凡能力,并赢得族人的尊重。

菲律宾战争史诗的代表是伊富高人的《呼德呼德》、棉兰老地区的《阿格约》和《马达帕格》等。这些史诗共同的中心内容是主人公为了部族和村社的生存,带领人民进行英勇的战斗。例如,在棉兰老多个民族中广泛流传的《阿格约》,就讲述了阿格约父子带领人民外迁、返回、击败敌人等一系列的传奇经历;《呼德呼德》讲述了阿里古荣带领汉那卡(Hannanga)族人和布巴哈用率领的达利格迪干(Daligdigan)族人进行了历时三年的战斗,最终和平解决矛盾,两族首领互相联姻的故事。《马达帕格》是菲律宾已知的唯一一部主要讲述女英雄事迹的史诗。它讲述了马达帕格为了拯救自己的部族,不惜以身相许,嫁给掌管宝物的神,最后偷得宝物,拯救部族的故事。

(3)迁徙史诗

在迁徙史诗中,英雄率领家族、部落,为了逃避苦难或邪恶势力,跋山涉水,定居他方,追求到了幸福生活。它们反映了民族迁徙这一人类发展史中至关重要的经历。迁徙史诗与这些民族的创世神话、起源传说一样,在该民族中被视为真实的历史。

菲律宾迁徙史诗讲述的通常是受自然环境所迫、或受社会异己力量的压迫,人们不得不离开民族发祥地,历经千辛万苦,长途迁徙到今天的居住地的故事。史诗中杰出的英雄人物会率领族人战胜困难,靠着顽强的毅力和超自然力量的帮助,族人们最终取得迁徙的胜利,从而表达了人们追求本民族繁荣发展的理想诉求。例如,在《兰昂》中,兰昂带领族人迁徙他处,从而避免了与伊戈洛人之间的仇杀,让伊洛哥人恢复了安宁与平静;在《阿格约》中,阿格约最终来到了纳兰达安这个乌托邦式的理想之地,这也正是马诺伯全民族的理想。

2. 菲律宾史诗的活形态特征

菲律宾史诗最大的特点就是它们基本上都是"活形态"史诗。菲律宾著名民俗学者尤汉尼奥曾总结了菲律宾史诗在形式上的三大要素:

(1) 具有一定的长度;
(2) 表现形式为具有韵律的诗歌;
(3) 被人们吟唱或诵唱。

另外两位菲律宾知名民俗学者曼纽尔和迪米特里奥也提出,应把"作为当地信仰而被吟唱"归纳为菲律宾史诗必不可缺的重要特征。[①] 可见,吟唱被视为菲律宾史诗最重要的特征之一,这与世界其他一些民族的史诗现今仅已文本状态存在是不一样的。

菲律宾史诗的活形态、重视吟唱的特点可以直观地从史诗的命名中窥见。菲律宾史诗常用该民族语言中表示歌唱或吟唱的词语来命名,例如,伊富高人的"呼德呼德"(hudhud)、苏巴农人的"古曼"(guman)、马巾达瑙人和马拉瑙人的"达拉根"(darangen)、曼萨卡人的"迪沃特"(diawot)等,这些词在当地语言中都是"歌唱"的意思。马诺伯人的史诗甚至还有"奥瓦京"(owaging)、"乌拉京"(ulaging)、"乌拉新翁"(ulahingon)、"乌拉新安"(ulahingan)等源自同一词的多个变体的称呼,这些变体无一例外都是"歌唱"的意思。这些地方性的词汇,清晰地表明,在这些民族中,原始居民们可能并不了解现代民间文学分类中所谓的"史诗"概念,在当地存在的乃是一种地方性的口头吟唱传统。

史诗的"活形态"意味着史诗依靠技艺高超的史诗歌手的口头传唱和表演而传承。菲律宾史诗长期处于口头吟唱的状态,其文本形式的来源是历史上作家文人、传教士、民俗学者、人类学者等进行的搜集、采录、整理和发表工作。今天已经成文的菲律宾史诗,其文本绝大多数是直至现代才形成的,至多也只能追溯至近代,而一部史诗通常存在着多个版本。在被殖民之前,菲律宾没有形成一个统一的政权,殖民统治期间,史诗的采录、整理和发表工作又不被重视,导致很多史诗的整理工作进行得比较晚,菲律宾史诗搜集、整理并成文发表的时间也就相对比较晚。

20 世纪前后,菲律宾学者开始了对史诗的整理工作,因为菲律宾史诗的口头特点,不同学者整理出了不同的文本,例如,《兰昂》共有五个版本,其中最早的完成于 1899

[①] 曼纽尔(E. Aresenio Manuel)于 1963 年提出,菲律宾史诗具备的要素是:(1)有一定的长度;(2)以口头表演传统为基础;(3)围绕着超自然事件和英雄业绩叙事;(4)采取诗歌的形式;(5)被人们吟唱或诵唱;(6)具有严肃的主题,体现了该民族的信仰、传统、理想和价值观。

年,最晚的成形于1947年;《阿格约》亦有五个版本,最早由曼纽尔(Manuel)在1963年整理成文,最晚的出版于1979年——在口头表演和传承中,活形态史诗会逐渐演变出不同的版本。史诗中常常有一些段落,作为整篇史诗的插话出现。因为这些史诗是活形态的,歌手在吟唱时,有时会遗忘相应的段落,有时又随机应变,在传统程式的基础上,创造出新的段落,通常是对故事细节的描述。在同一个部族里,人们经常听的是同一部史诗的吟唱,因此,史诗歌手也需要通过创新,用新的、带有歌手自我特色的段落来吸引听众,给他们带来新的趣味。由此,《兰昂》的五个版本中,有一些段落是各个版本共有的,有一些段落则是某一版本所特有的,而且故事人物的名字也有差异,不过英雄及其主要事迹是一致的。关于英雄阿格约的史诗则是由多部完整、独立的史诗构成的史诗集群。除对阿格约本人英雄业绩的唱颂外,还有多部诗篇唱颂的是他的亲友们,例如,阿格约的妻子达亚卡瓦(Tagyakawa)、他的三个儿子内白耶(Nebeyew)、库姆拉特(kumulatey)和因巴辛邦(Impahinbang),他的兄弟勒纳(Lena)和班拉克(Banlak),他的姐妹亚布安(Yambungan)和达巴卡(Tabagka),他的表亲杜勒拉安(Tulelangan)和白特伊(Bete'ey)等的英雄业绩。

直至今日,菲律宾史诗文本形成的脚步也并未停止。民间文学学者正在通过系统的田野工作对其进行采集、整理,新文本不断出现。例如,近年来,菲律宾雅典耀大学学者利用现代多媒体手段、数字化的信息技术等,全面记录了五十多部史诗及其表演过程。这一田野文本的数字化采集工作至今尚在继续,最终将构建起菲律宾史诗的多媒体数字化资料库。

菲律宾史诗的口头表演者和传承者,基本上仅限于当地那些技艺高超的史诗歌手、民间艺人,普通人们通常只是史诗吟唱的听众,而非像神话、传说和民间故事等其他体裁的民间文学那样,部族中的大多数人都可以参与到它们的口头演述之中。史诗歌手既有男性,也有女性,这些歌手通常是向年长亲属或者知名歌手学习的。

史诗吟唱常常是在傍晚吃完晚饭之后进行,这主要是由当地的生活现实所决定的。夜晚来临,周围都安静了下来,人们也结束了一天的劳作,回到村社里。这时,歌手和听众就都可以集中精力了。一部较长的史诗通常需要连续唱上数个夜晚。曾有记录显示,《桑达约》的歌手从每天晚上九点唱到凌晨三点,一共持续了七天才唱完。有许多歌手在吟唱时,都要求周围较为黑暗,吟唱时会闭上眼睛,甚至还用毯子等物遮盖住自己。菲律宾各民族还会在各种庆典,如婚礼、洗礼、展示仪式、和解仪式等场合中吟唱史诗。作为这些典礼和仪式上重要的娱乐方式,人们会聚集在一起,津津有味地听歌手唱诵伟大祖先的英雄业绩。同时,这种吟唱也具有教育功能,可以培养年轻一代对本民族的自豪感,向他们灌输本民族的历史、传统和知识,同时也可以借机在年轻人中培养新一代的史诗歌手。例如,《库达曼》通常是在打猎之后,向神灵献祭的仪式上,或者欢迎客人来访的仪式上吟唱。在这些仪式上,史诗吟唱不仅丰富了仪式的内容,还标志着这类场合不同于日常生活,使得人们对于仪式具有更为深刻的记忆。

3. 菲律宾史诗的代表作

(1)《呼德呼德》

在菲律宾各民族众多的史诗之中,《呼德呼德》无疑是最有代表性、也最为知名的。"呼德呼德"是菲律宾山地少数民族伊富高人对于本民族世代流传的口头叙事诗歌的统称。广义上,它包括了伊富高人的各种篇幅较短的民间叙事诗和篇幅较长的史诗、叙事诗;狭义上,它特指关于英雄阿丽古荣(Aliguyon)和布巴哈用(Pumbakhayon)等的活形态史诗。联合国教科文组织设立了"人类口头和非物质文化遗产代表作名录",并于2001年首次评选出19项"非物质文化遗产",《呼德呼德》作为亚洲的6项代表之一,位列其中。

伊富高人既在田间劳作时吟唱《呼德呼德》,又常在一些特定的仪式场合吟唱,具体包括:丰收祭神的庆典,这是其最为知名、最具代表性的样式;部族中显贵人物过世期间以及对祖先的二次葬;伊富高人的成年礼"剪发仪式"。男性和女性都可以作为史诗的吟唱者。可以一人吟唱,也可由一人领唱,众多人集体吟唱或各自回应。吟唱大多从晚饭后开始,持续二到四个小时。这是因为夜晚比较安静,既适于吟唱者集中精力,又便于部族成员聚集观看。

唱颂丰收时,吟唱则在白天进行。人们在田间劳作中唱和,或者聚集在谷仓边,举行丰收庆典、祭祀谷神以及吟唱史诗。吟唱者把芦苇草垫铺在干栏式谷仓下面,或院落中显眼的角落,部族中的男子、妇女和儿童围在四周,跪坐或者趴着。丰收祭神吟唱的《呼德呼德》,是讲述英雄阿丽古荣战斗和求婚等丰功伟绩的史诗。伊富高人认为,阿丽古荣等人既是伟大的英雄,又是崇高、善良的神,在劳作时吟唱关于他们的故事,可以取悦这些神灵,从而促进水稻的生长。

《呼德呼德》是以阿丽古荣等英雄人物为中心的一系列口头诗篇汇聚而成的"史诗集群",各种各样版本的异文在伊富高的各个部族中广泛流传,其中较为知名、最具代表性的是《阿丽古荣呼德呼德》(*Hudhud hi Aliguyon*),讲述的是两个敌对部族化干戈为玉帛,最终相互联姻的故事:

在汉那卡有个叫阿丽古荣的少年。他偶然得知自己父亲原来是被仇人所杀,于是决定去复仇。他占卜求得了吉兆,经历了各种技能的考验,带领同伴出征达利格迪干,去寻找杀父仇人巴干伊万(Pangaiwan)。在那里,他遇到了巴干伊万的儿子布巴哈用。两人虽然是世仇,但很快便英雄惜英雄、互相钦佩起来。阿丽古荣向布巴哈用提出挑战,布巴哈用迎战,战斗竟持续了一年半,直到稻田荒芜也未分出胜负。阿丽古荣主动停战,返回了汉那卡,布巴哈用带人追来,两人又在汉那卡较量了一年半,汉那卡的稻田也荒芜了,但仍未分出胜负。于是,布巴哈用返回达利格迪干,阿丽古荣却追来打算再次交手。此时,巴干伊万出面了,阿丽古荣与布巴哈用终于和解。阿丽古荣娶了布巴哈用的妹妹布干,布巴哈用娶了阿丽古荣的妹妹阿吉纳亚。从此,两个部族在各自的土地上过上了富足、美满的生活。

(2)《达拉根》

《达拉根》史诗属于菲律宾南部棉兰老岛马拉瑙民族历史悠久的口头传统,是由讲述马拉瑙民族祖先、英雄班杜干(Bantugan)及其子孙的历险经历和婚姻传奇的一系列史诗所构成的史诗集群。至今已发现并记录下来的《达拉根》史诗共有 17 部,合计 72000 多行。每部史诗讲述的都是一个完整的事件,可以单独成篇、单独吟唱。把各部中的不同事件联系起来,才能梳理出各位英雄人物之间错综复杂的谱系关系。在 2005 年联合国教科文组织的第三次评选中,《达拉根》作为口头传统的杰出代表,入选"人类口头和非物质文化遗产代表作名录"。该史诗既借用象征、暗喻、讽刺等文学手法,探讨了生死、爱情、政治和美等人类文化的永恒主题;同时也是马拉瑙丰富的文化传统和地方性知识的载体,演绎着马拉瑙民族的法律和社会准则、习俗和民族传统、美学观念和社会价值观。因此,史诗被马拉瑙人奉为关于社会和文化规范的行为准则。今天,在婚礼庆祝仪式上,人们会持续数夜,在音乐和舞蹈的配合下吟唱这部史诗。

史诗中的故事发生在传说中马拉瑙历史上的四个王国或部落联盟——布姆巴冉(Bumbaran)、班根萨扬阿罗贡(Pangensayan a Rogong)、纳达恩格班阿拉贾特(Nataengcopan a Ragat)和米尼利吉阿罗贡(Minirigi a Rogon)中,英雄人物主要来自班杜干所在的布姆巴冉国的王族。

布姆巴冉国的第一位统治者是纳道·吉本(Ndaw Gibon),他通过与阿亚巴加纳巴伊(Aya Paganay Bai)公主的联姻,把布姆巴冉由一个小村社发展成强大的王国。数年后,国王吉本去世,长子托米纳南萨罗贡(Tominanan sa Rogong)继承了王位。托米纳南萨罗贡娶了 8 位妻子,生下了班杜干等 15 个儿子。班杜干成功地偷袭了他国,胜利归来,赢得了众多女子的芳心,其中便有亲妹妹拉瓦能(Lawanen)。虽然拉瓦能感到十分苦恼,但班杜干证实了这原来是众神的意旨。后来,班杜干和马达利(Madali)之间爆发了战争,激战后却发现原来彼此是堂表亲,于是化干戈为玉帛,两人成了挚友。班杜干的兄长继承王位后,嫉妒班杜干,既不准他结婚,又不准大小首领们与他说话。班杜干觉得受到人们的冷遇,被迫远走他乡,想另找他处安度余生。旅途中突然天降大雨,疾病把班杜干折磨得痛苦不堪,他召唤出精灵,把他带到海中之国的达丁邦(Datimbang)公主那里。尽管公主想尽办法,但班杜干最终还是不治身亡。人们为班杜干的死伤心,海中之国的国王召集了所有人来辨认,都没有人认识他,最后还是班杜干的鹦鹉告诉了达丁邦公主。公主为了避免误会而导致两国爆发战争,派鹦鹉将噩耗传给布姆巴冉的国王,并派船将尸体运回布姆巴冉。班杜干最亲密的朋友马巴宁(Mabaning)和马达利乘坐魔法盾牌飞到了天堂。马达利变身成一位美女,将负责看管死者灵魂的死神支走,他们趁机带着班杜干的灵魂回到布姆巴冉,从而让班杜干起死回生。敌对国家以为班杜干已经去世,纷纷派遣军队进犯布姆巴冉。班杜干复活之后,立即披甲上阵,大败敌军,并从国外娶回了50名公主。后来,班杜干与巴贡巴扬阿鲁纳(Bagombayan a Luna)国的巴兰泰明吉娜恩(Balantai Mingginaon)公主订婚,米索瑶(Misoyao)率军进犯巴贡巴扬阿鲁纳,企图掠走巴兰泰明吉娜恩公主。班杜干前去,与米索瑶的大军大战,尽管他神勇无比,但最终仍体力不支。这时,他的儿子们及时赶到。米索瑶最终被打得几乎全军覆没,带着仅剩的5个负伤的战士落荒而逃。

4. 菲律宾史诗的程式

世界各民族的英雄史诗,在情节结构上往往具有异常相似的叙述模式,讲述的很多都是大抵类似的内容,也就是说,史诗中存在着具有代表性的情节程式。法国文学批评家热奈特(Gerald Genette)曾从结构主义叙事学的角度提出,史诗叙事在本质上是"动词的表达和扩展",针对荷马史诗《奥德赛》而言,他认为整部史诗不过就是"奥德修斯回归故乡依萨卡"这样一个句子的扩展。[①] 史诗程式研究的集大成者洛德(Albert Bates Lord)拓展了对于英雄史诗中"回归"这一概念的认识,提出"回归歌"(return song)是英雄史诗中常见的情节结构模式,"离去—劫难—回归—报应—婚礼"这一情节结构在许多英雄史诗中都能找到。神话学家坎贝尔曾总结出英雄从出发到回归的原型模式:英雄从小屋或城堡出发,走到了危险的阈限;如果遇到阈限的守卫者不让其通过,英雄就需要打败守卫者,从而到"一个陌生而又异常熟悉的充满各种势力的世界旅行";"那里有些势力严峻地威胁他(考验),有些势力则给他魔法援助(援助者)";当英雄到达最低点时,会经历一次最重大的考验,从而得到报偿;"英雄最后要做的事就是归来",要么是那些势力赐福于他、保护他启程,要么就是他逃走并被追捕;到达归来的阈限时,超自然的势力必须留下;于是英雄从陌生世界归来而重新出现,并给现实世界带来恩赐。[②] 总之,英雄史诗的情节主干存在着"英雄到远方去冒险征战而后胜利归来"的规律性模式。[③]

菲律宾英雄史诗同样具有鲜明的情节程式。它们通常依照时间顺序叙事,按英雄的生平经历来讲述他的神奇经历和伟大业绩,很少会用到倒叙、插叙。根据情节发展的时间顺序,可以归纳出菲律宾史诗的情节程式:

(1) 简短的开篇,艺人表示吟唱开始;

(2) 英雄出生在特殊而复杂的环境中,并表现出非凡的天赋;

(3) 英雄神奇般地长大成人,并要义无反顾地启程去历险;

(4) 英雄经历了一次又一次的征战和历险;

(5) 在各种不寻常的历险事件中,英雄展现出超凡的能力和英雄主义的气概;

[①] 万建中著:《民间文学引论》,北京:北京大学出版社,2006年,第161页。

[②] [美]约瑟夫·坎贝尔著,张承谟译:《千面英雄》,上海:上海文艺出版社,2000年,第255—256页。

[③] 刘亚虎主编:《〈南方史诗〉论》,呼和浩特:内蒙古大学出版社,1999年,第208页。

（6）面对各种复杂、艰险的挑战，英雄通过艰苦卓绝的努力和拼搏，最终都获得了胜利；

（7）面对最后的决战，英雄可能会意外死去，但最终也会起死回生并结婚，从此过上幸福生活。

不难发现，《呼德呼德》《达拉根》等史诗都明显具有这一情节模式，整部史诗就是讲述阿丽古荣、班杜干等英雄离去、遇劫、归来、举行婚礼这一历程的回归歌。值得注意的是，菲律宾史诗通常可以按照情节发展顺序分作数段，每一段中都包含了一次对英雄的考验，而每经历一次考验，英雄就会变得更加强大和神奇；史诗英雄有时会因为意外死去，但和其他一些民族的史诗不同，菲律宾史诗中的英雄都一定会非常神奇地死而复活，最后总是英雄过上幸福生活的大团圆结局。

菲律宾史诗英雄和其他民族的史诗英雄一样，都是神奇、超凡的。一方面，英雄的身世非常奇特，都是奇迹般地诞生并快速长大成人；另一方面，英雄都具有英俊的外表和超凡的神奇力量。这两方面也是世界各民族英雄史诗中常见的元素。菲律宾史诗中，从英雄的出生开始，不平凡的身世就伴随着他。一出生，英雄就开始具有别人没有的特点和能力。例如，在《乌拉林》中，英雄的母亲在河里吃了一种神奇的果子之后就怀孕了；在《兰昂》中，兰昂母亲在分娩时，唯有一个富有经验的老妪才能够接生，换作他人都不行。兰昂一生下来就开口说话，告诉众人自己的名字和使命，而后迅速长大成人，迫不及待地开始去历险。英雄还拥有超自然的力量，或者拥有具有魔力的物品或动物，以帮助他们完成历险。例如，当兰昂想点燃麦秆的时候，他既能召唤风来助燃，又能召唤大雨来浇灭火焰。此外，兰昂还拥有魔法石，以及具有魔力的动物来帮助他——一只具有魔力的公鸡在兰昂向卡诺扬求婚的过程中作了他的代言人，它在兰昂复活的过程中也发挥了很大作用。这些情节造就了英雄"异于常人"的特性，有助于史诗主题的彰显，同时它也与菲律宾各民族拥有丰富的泛灵信仰和原始宗教密切相关。

与其他许多民族史诗中的宏大叙事不同，菲律宾英雄史诗中的考验和历险经历通常是"个人化"和生活化的。菲律宾史诗中最常见的考验是战斗，虽然这些战斗对于英雄所在的部族、村社等也具有重要意义，但从根本上看，它仍是英雄个人能力展示的舞台，战斗是英雄个人个性化的战斗，而非民族集体的宏大战争。菲律宾史诗中的战斗的规模都比较小，场景非常生活化，很少有成千上万人征战的波澜壮阔。英雄常常又是与自然界的猛兽搏杀。例如，《呼德呼德》中的英雄阿丽古荣杀死了野水牛；《兰昂》中的英雄兰昂杀死了大鳄鱼。如果是英雄与他人征战，通常也只是小规模的战斗，绝非大型战争。例如，在《呼德呼德》中，阿丽古荣虽然是带领族人去与古米尼金族人作战的，但整个战斗过程也基本只有阿丽古荣和古米尼金单挑，最多也不过是古米尼金的弟弟比木约前来相助，阿丽古荣的妹妹阿桂纳亚也参与其中。菲律宾英雄史诗中的征战并不够激烈，更不会惨烈，而是"个人化"的表演。而且，从战斗的结果来看，恶魔、猛兽会被英雄杀死,与英雄作对的反派人物通常却不会被杀,在不少史诗中,还会出现双方和解的局面。

菲律宾英雄史诗的这一情节特征,与历史上菲律宾各民族的社会发展水平、发展形态有关。历史上,菲律宾各个民族绝大多数都处于部族社会时期,在西班牙殖民统治开始之前,尚未建立起国家。因此,只有在南部穆斯林民族的一些史诗中,才会出现早期国家和地方政权的痕迹,以及大规模的战争场面。这是因为这些穆斯林民族历史上曾经建立过苏丹国,并经历过较大规模的战争。

史诗中蕴含的最基本的伦理道德就是个人应该服从和维护民族群体的共同利益。因此,史诗英雄的神奇品质首先对英雄个人有意义,体现了他个人形象的高大有力,表明了英雄的个人价值,但更为重要的是,史诗英雄的神奇超凡又总是体现在对于本民族、部族具有普适价值和深远意义的各种事情上,其中包括促进该民族群体的内聚、向心力,发挥领袖和核心的作用,与族人集体完成迁徙、征战等历史上的大事件等——正是这些超越个人的价值才使得史诗中的英雄更加崇高而伟大。

菲律宾史诗最基本、最重要的特点之一就是"活形态"。作为一种口头传承的民间文学体裁,在漫长的流传过程中,它沉淀和保存了菲律宾各时代、各民族人们的精神信仰和世界观。① 它承载了各民族早期社会中的各种文化现象和价值取向,即原始民族一系列的"地方性知识",包括各部族的习俗、道德、伦理,各阶层、亲友之间关系的行为准则,求爱和婚礼的过程,具体的服饰、食品、生活必需品的信息,人们的价值取向、人与人之间的关系和各种复杂的社会关系等等。这些丰富、生动的口头吟唱,亦由此成为菲律宾各民族文化中真正富有价值的财富。

第三节 菲律宾民间文学研究概述

一、菲律宾民间文学的搜集、整理与研究

千百年来,菲律宾民间文学一直在原始民族中口头流传。西班牙殖民统治时期,天主教传教士深入到菲律宾群岛各地区、各民族的聚居地,一边学习当地的语言、文化、风俗,一边传教。在这一过程中,传教士接触到了当地原始民族的各种民俗事象和各式各样的民间文学作品,做了一些记录,甚至主动收集了一些民间文学作品。这些工作虽然很有限,且传教士在记录时还进行了改写,一定程度上改变了民间文学的原貌,但这仍然是菲律宾民间文学搜集、整理和研究工作的滥觞。

---

① 宝音和西格:《关于〈江格尔〉研究中的几个理论问题》,《内蒙古大学学报(人文社会科学版)》1999年第4期。

菲律宾民间文学真正开始为世人所认识是在19世纪中后期,它是伴随着当时民族主义的兴起和民族认同的需要而出现的。在殖民时代,菲律宾社会的话语权由西班牙天主教会和殖民政府所掌控,菲律宾的本土文化被根本否定,原始民族被视为是劣等的、没有文化的民族,西班牙的天主教文化、骑士文化、贵族文化成为菲律宾社会文化的主流。19世纪后半叶,西班牙殖民统治即将走到尽头,民族主义思想开始成为菲律宾社会的主要思潮。这使得作为民族文化重要组成部分的民间文学得到了重视和越来越多的认同,逐渐成为塑造菲律宾社会民族精神的一个重要方面。对于民间文学的研究也是由倡导民族意识和社会改良的民族主义知识分子最先开始的。他们认为,民间文学作为菲律宾民族文化遗产的一部分,表现了民族精神,有利于增强菲律宾各民族的历史和文化自豪感。于是,在民族主义的旗帜下,菲律宾的社会精英阶层和民族知识分子把对整个菲律宾群岛民间文学的研究,定位为达到民族认同的重要途径。菲律宾民俗学、民间文学研究的兴起也被赋予了重要的时代意义和历史内涵。值得注意的是,随着当时对民间文学的关注和研究的兴起而来的,还有菲律宾社会对于民族语言认同的上升——在随后的菲律宾民族独立革命期间(1896—1901),菲律宾第一共和国曾定他加禄语为国语。

在这一时期,伊萨贝罗·雷耶斯(Isabelo de los Reyes)和何塞·黎萨(Rose Rizal)是两位做出了基础性工作和开创性研究的代表人物。其中,雷耶斯开创了对菲律宾民间文学的科学而系统的研究,被誉为"菲律宾民间文学之父"[1]。作为奠基人,他的许多基础性工作使得后人的研究成为可能,例如,他最先整理并发表了伊洛哥族的英雄史诗《兰昂的一生》等多部民间文学作品。黎萨是菲律宾国父。作为一位民族主义诗人和作家,他大力提倡对菲律宾本土文化的重视,在文学领域中涉猎广泛,其中也包括民间文学。1889年,他在伦敦发表了《两则东方寓言》一文,对一则菲律宾"猴子和乌龟"故事和一则日本民间故事进行了比较。这篇论文现收录于《特鲁布纳东方记录》(*Trubner's Oriental Record*)的第三卷。虽然这仅是个较为简单的历史比较法式的初步研究,但它开创了菲律宾民间故事学研究的先河。此外,他还搜集过谚语、谜语和歌谣,翻译了吕宋地区著名的玛丽亚·马科琳(Maria Makiling)山的传说。

20世纪初,菲律宾成为美国殖民地。在这一时期,美国殖民政府在菲律宾普及中等教育,来菲律宾教授英语的美国教师在搜集和整理菲律宾民间文学的工作中发挥了主要作用。弗里泽·加德纳(Fletcher Gardner)在他加禄语地区展开搜集和整理民间文学作品的工作,发表了《他加禄语故事集》。露西塔·卡兰巴格(Lucetta Kellanbarger)以及莱特克利夫夫人(Mrs. Ratcliff)搜集并整理出版了《内湖故事集》

---

[1] William Henry Scott: "Isabelo de los Reyes, Father of Philippine Folklore", *4th National Folklore Congress*, 4—6 July 1980.

(The Laguna Sketchbook)。伯顿·麦克斯费尔德(Berton Maxfield)和米灵顿(W. H. Millington)在班乃地区收集、发表了《比萨扬故事集》。除了基础性的收集工作,这一时期也有相应的研究著作相继问世。何雷斯·斯古德(Horace E. Scudder)编写了《民间传说》(1899年)。约翰·米勒(John Maurice Miller)编写了《菲律宾民间文学》(1904年)。华盛顿·伊文(Washington Irving)撰写了《阿尔罕布拉》(The Alhambra, 1905年),这部著作被列为菲律宾教育部的民间文学教材。与此同时,美国人类学家也来到了菲律宾,做了不少搜集工作。劳拉·本尼迪克特(Laura Watson Benedict)出版了《巴格伯神话》(Bagobo Myths, 1913年)。克劳德·莫斯(Claude Moss)出版了《纳波里故事》(Nabaloi Tales, 1924年);菲库勃·科尔和梅勃·库克·科尔夫妇(Fay-cooper Cole & Mabel Cook Cole)出版了《丁吉延的传说》(Traditions of the Tinguian, 1915年)。1916年,《菲律宾民间故事》(Philippine Folk Tales)出版。该书收录了来自多个民族的58篇传说和故事,是第一部在全国范围内搜集而成的民间文学集。它成为菲律宾民间文学史上的里程碑式著作。另一部重要著作是菲律宾本土学者卡米洛·奥西斯(Camilo Osias)在1920年出版的七卷本《菲律宾读者》(The Philippine Readers),其中收录了多种体裁的民间文学异文和相关的研究论文。1921年,哈里奥特·范斯勒(Harriott Ely Fansler)和伊斯多罗·潘拉斯圭(Isidoro Panlasigui)编撰了三卷本的《菲律宾民族文学》系列丛书,涵盖了民间故事、传说、童谣、谜语、民歌等多种体裁的民间文学作品。

这一时期,有两位著名学者对菲律宾民间文学的发展做出了至关重要的贡献——菲律宾大学教授、人类学家H. 奥特里·比耶(H Otely Beyer)整理了大量的人类学、考古学和历史学资料,编撰出了一部150卷的《菲律宾民族学大系》(The Philippine Ethnographic Series)。这部文化人类学巨著收录了多达20卷的有关菲律宾民间文学、习俗和信仰的最原始的田野材料。与此同时,他在菲律宾大学开设了很多人类学、民俗学课程,促进了菲律宾民间文学的教学和研究工作。另一位菲律宾民间文学专家D. S. 范斯勒(D. S. Fansler)进行了更为深入的研究。1908年至1914年间,他整理出64篇民间故事和18篇传说,编撰成《菲律宾民间故事集》(Filipino Popular Tales),于1921年在美国民间文学协会出版。他还发表了《菲律宾民间故事的程式、类型、情节和母题》(Story Patterns, Story Groups, Incidents, and Motifs in Philippine Folktales)、《菲律宾民间故事索引》(Finding-list of Philippine Folktales)、《菲律宾民间故事集手稿摘要索引》(Descriptive Index of MS and TS Collections of Philippine Tales and Traditions)和《范斯勒民间故事来源地理索引》(Geographic Index of the Provinces and Municipalities in the Philippines from which the Individual Folktales in the Fansler Collection Were Obtained or Reported)等四部工具性著作。范斯勒长期致力于田野调查,历时28年,编写出一部包括四千多个民间文学异文,共计76卷的手稿。这成为第二次世界大战之前菲律宾最为系统和最具学术价值的民间文学研究成果。

第二次世界大战之前,菲律宾民间文学研究的主流还是芬兰历史-地理学派的方法。第二次世界大战后,菲律宾独立,民族主义思潮的再度复兴推动了民间文学的研究。学者们把研究重点更多地转向了生活在偏僻山区的民族。他们大量运用田野调查、参与观察的方法,搜集偏远山区原始民族的民间文学成果。劳伦斯·L.威尔森(Laurence L. Wilson)在1947年前后出版了《伊隆哥生活和传说》《阿帕瑶生活和传奇》《菲律宾高地》等著作。罗伊·富兰克林·巴顿(Roy Franklin Barton)在1955年出版了《伊富高神话》和《伊戈洛民间传说集》。1961年,E. 阿悉尼奥·曼努维尔(E. Arsenio Manuel)在棉兰老马努乌人(Manuvu)中搜集民间故事,出版了《巴格伯高地的叙事故事》一书。到了20世纪七八十年代,包括菲律宾学者在内的国际学术界,对各民族聚居区的民间文学作品进行了大量的搜集、分类和整理工作,对各民族零散的民间故事进行了系统的研究,发表或出版了相应的论文和专著。菲律宾大学的学者从1975到1988年间,在全国范围内进行了系统的民间文学采集工作。夏季语言研究中心(Summer Institute of Linguistics)的学者则侧重于对山地原始民族的研究。除上述系统、有序的搜集工作外,还有一些零散的、来自教师和传教士的搜集成果,例如,安敦·波斯玛神父(Antoon Postma)采集了数百篇哈努努沃芒扬人(Hanunuo Mangyan)的民间故事、歌谣,并于1977年开始陆续发表。

从20世纪80年代开始,为了适应展开全面研究的需要,菲律宾学者开始建立一个完整而系统的菲律宾民间文学资料库。菲律宾大学民间文学专家尤汉尼奥教授先后编著、出版八卷本的《菲律宾民间文学》系列集成——第一卷《民间文学选集》(1982年)、第二卷《神话》(1994年)、第三卷《民间传说》(1996年)、第四卷《民间故事》(1989年)、第五卷《谜语》(1994年)、第六卷《谚语》(1992年),还有《民间歌谣》等两卷尚在规划中。这套综合性集成覆盖面广、内容细致,具有很高的概括性和权威性,得到了菲律宾国家研究委员会(NRCP)的资助和首肯,它所提供的丰富资料对于菲律宾民间文学的整体研究有很高的学术价值。在经历了一百多年、一代代学者的田野调查、采集和整理工作之后,从零散到整齐,从孤立到综合,菲律宾各地区、各民族的民间文学终于有了一个结构完整、覆盖广泛、内容丰富的资料库,给学者们的研究提供了日益完备的资料来源和参考依据。

二、菲律宾民间文学的学术价值和时代意义

民间文学是菲律宾民俗学、人类学研究最主要的对象之一,无论是菲律宾本土学者,还是以西方为主力的国际学术界,在这一领域都取得了丰硕的成果。由于菲律宾绝大多数都是无文字民族,历史文献材料异常匮乏,菲律宾民间文学研究的主要方法

是田野调查和搜集——人类学家和民俗学家在菲律宾原始民族中从事田野调查,撰写了大量民族志,对民间文学作品进行搜集和整理,把这些原始民族的口头传统、口述历史视为最重要的研究资料。以菲律宾大学学者为代表的菲律宾本土学者多年的细致工作为学术研究奠定了基础,欧美民俗学者、社会人类学家对菲律宾民间文学进行的研究也产生了极大的影响——以美国人类学家为代表的欧美社会人类学者把研究视野转向东南亚等地区,菲律宾成为众多人类学家的田野乐园,尤其是各个山地原始民族的"异文化"吸引了大批学者的目光,由此产生了大量调查深入、资料翔实的民族志作品,其中包括不少第一手的民间文学文本资料,它们极大地丰富了菲律宾民间文学集成。更为深远的意义在于,这些欧美人类学家的工作使得菲律宾民间文学的研究越来越具有普适价值和世界性的学术意义。菲律宾民间文学研究早已不再是本土民俗学者带有民族主义情结的、局限于本国范围之内的研究,而成为国际学术界广泛参与的、具有世界学术知名度的一项研究,它的学术价值在世界范围内得到了普遍认可。今天,对菲律宾民间文学的研究已成为国际上的"菲律宾学"(Philipiniana)中的核心组成部分,有多国学者参与其中。

在全球化、信息化迅速发展的21世纪,菲律宾民间文学也在重新确立自己的文化定位。全球化时代的文化多样性已成为当今异常热门的话题。世界范围内掀起了对于本土文化、民族文化进行重新评价和认同建构的大潮。提倡民族文化和回归传统,成为学术界、文艺界、政治界的流行话语。全球化时代,对于本民族文化的独特认同被赋予了新的文化内涵和政治含义,文化也成为各个国家和民族在国际社会中塑造自我形象、确立自身地位的重要手段。在这样的宏大背景之下,菲律宾政府和众多非政府组织都致力于宣传本国具有特色的民族文化,以塑造菲律宾在国际社会中的形象。菲律宾众多的原始民族、多姿多彩的民俗传统、异常丰富的民间文学资源正日益成为菲律宾民族自立于世界民族之林的文化标志。因此,对菲律宾民间文学的研究也被赋予了新的时代意义。《呼德呼德》和《达拉根》这两项史诗吟唱传统都已被列入联合国教科文组织的"人类口头和非物质文化遗产代表作名录"。一方面,这为菲律宾民间文学和民俗文化在世界范围内赢得了极大的声誉,大大促进了菲律宾本国和国际学术界对于菲律宾民间文学进行更深入研究的热情;另一方面,它更是直接体现了全球化时代的国际社会对于发展中国家、世界中小国家文化的认同——肯定它们是人类文化多样性的不可或缺的组成部分,从而有利于这些中小国家应对挑战,继续发展本民族的文化事业。

思考题

1. 西班牙殖民统治给菲律宾民间文学带来了怎样的影响?
2. 菲律宾神话资源十分丰富。试通过与本章不同的视角,对其进行分类,并阐明理由。

3. 菲律宾史诗的典型特征有哪些？
4. 全球化浪潮为菲律宾民间文化研究带来了哪些利好？你认为还有哪些需要注意避免的问题？

本章主要参考书目

［英］亚马杜·M.于逊英译，刘浩然译：《蓝昂的一生——菲律宾伊洛哥族古典叙事诗》，泉州：泉州市刺桐文史研究社，1990年。

史阳著：《菲律宾民间文学》，银川：宁夏人民教育出版社，2011年。

吴杰伟、史阳译著：《菲律宾史诗翻译与研究》，北京：北京大学出版社，2013年。

Eugenio, Damiana L.: *Philippine Folk Literature: The Epics*, Manila: University of the Philippines Press, 2001.

Eugenio, Damiana L.: *Philippine Folk Literature: The Folktales*, Manila: University of the Philippines Press, 2001.

Eugenio, Damiana L.: *Philippine Folk Literature: The Legends*, Manila: University of the Philippines Press, 2001.

Eugenio, Damiana L.: *Philippine Folk Literature: The Myths*, Manila: University of the Philippines Press, 2001.

Raghavan, V. ed.: *The Ramayana Tradition in Asia, Papers Presented at the International Seminar on the Ramayana Tradition in Asia*, New Delhi: Sahitya Akademi, 1980.

第五章 印度尼西亚和马来西亚民间文学

第一节 印度尼西亚和马来西亚历史文化概述

印度尼西亚和马来西亚所在的马来群岛(Malay Archipelago),文化历史可以追溯到距今四千多年前的石器时代。公元前300年前后,这一地区开始进入铜铁器时代,出现许多大小不同的部落联盟。当时,分布在各岛屿上的部族各踞一方,创造出了适应于各自自然条件、生产方式和原始信仰的原始文化,例如不同的原始宗教、音乐舞蹈、神话传说、咒语歌谣等。公元2世纪至7世纪,在受印度文化影响的地区,出现了一些套用印度模式的奴隶制王国,印度尼西亚与马来西亚的原始文化开始受到印度婆罗门教的影响。较为典型的例子就是本地的神话传说中掺杂进了印度神话传说的成分。

公元7世纪,在苏门答腊岛,出现了当时东南亚最强盛的室利佛逝王朝(Sriwijaya)。这个佛教文化相当发达的国家的版图一度扩大到了整个马来群岛的大部分地区。公元10世纪后开始成为政治文化中心的东爪哇,从马打兰王朝(Mataram Kingdom)到麻喏巴歇王朝(Majapahit),历经五个世纪之久,在此期间,印度教始终占据主导地位。印度教文化和文学,特别是两大史诗,为爪哇和马来半岛的文化和文学打下了深刻的烙印,史称这个时期为"印度文化影响时期"。这一时期的印度尼西亚古爪哇文学发展迅速,其最早和最有影响的古典文学作品大都出于这个时期。

公元14世纪至15世纪,伊斯兰教已经在商业发达的沿海地区立足,曾经强大的印度教王朝却逐渐走向衰亡。在苏门答腊北端、爪哇和其他地区相继出现一些伊斯兰教王国,而15世纪在马来半岛南部建立的马六甲王朝则是这个时期最强盛的伊斯兰王朝。从此,伊斯兰文化的影响便逐渐取代了印度文化的影响,主导了印度尼西亚和马来西亚文化和文学的发展。因此,马来古典文学的兴起可以说是伊斯兰文化、文学直接影响的结果。史称这个时期为"伊斯兰文化影响时期"。

伊斯兰教在印度尼西亚和马来西亚的发展和兴盛,在时间上与西方殖民主义者的入侵几乎是同步的。随着殖民主义统治在这一地区的确立,西方文化和文学的影响逐步占据更为重要的地位,并给予民族觉醒以后的印度尼西亚和马来西亚现代文学以全方位的影响。

大体而言,可以将马来群岛的文化看作一种类似层积岩的结构。第一层是基于当地原生文化的原始信仰;第二层是印度文化;第三层是伊斯兰文化和西方文化。然而,其表象却是一种笼统含糊、界限不明的融合体。概言之,这是一种以信仰神道为基础的、融合了万物有灵以及各种宗教信仰的多元文化体系。我们暂且称之为印尼-马来文化。

第二节 印度尼西亚和马来西亚民间文学概况

一、概述

总体上,印度尼西亚和马来西亚民间文学可分为神话传说、民间故事、民间歌谣、民间戏剧等多种体裁形式,内容十分丰富。

二、民间叙事文学

(一) 神话

就神话内容而言,印度尼西亚和马来西亚地区的神话大体可以分为创世神话、人类起源神话和文化起源神话三种。

1. 创世神话

印度尼西亚和马来西亚的神话大体可以分成两个相对独立的神话区域:一是东部印度尼西亚;二是西部印度尼西亚和马来西亚。东部印度尼西亚神话是指松巴哇岛(Sumbawa)以东的小巽他群岛和马鲁古群岛神话,而西部印度尼西亚和马来西亚地区的神话是指爪哇、巴厘、加里曼丹、苏拉威西、苏门答腊等各岛屿,以及马来半岛上诸民族的神话。由于这两个神话区域各有自己独特的神话内质,加之各自所接受的外来宗教神话的影响也有来源和程度上的差异,因而表现出不同的神话特征。

(1) 东部印度尼西亚创世神话

东部印度尼西亚诸民族神话的基本特点突出表现在:

第一,创世神话以天和地相结合为主题——有时是太阳和大地相交,太阳和月亮结合——即天地圣婚产生宇宙,形成上下两层构造的现存世界。

第二,宇宙树或宇宙山在宇宙形成过程中起到了至关重要的作用。

第三,这一地区的神话也曾受到印度教和伊斯兰教的影响,但这种影响是间接的,是经由印度教化和伊斯兰教化的马来群岛西部地区传来的。其明显的标志就是,东部印度尼西亚的一系列民族,如马努塞拉人、布鲁人的神话在中世纪以后出现了至高神、造物主。

例如,塞兰岛韦马莱人的一则创世神话便是如此。相传,韦马莱人所崇敬的太阳神叫图瓦勒(Tuwale)。最初,他是天的化身,与地结合创造了物质世界。后来,他的创世神的地位被杜尼阿伊(Duniai)所取代,他仅被承认为以香蕉造人的大神。在后来的众多神话中,图瓦勒只是一位太阳神,成为月神拉比耶(Rabie)的劫持者和配偶。他在苍茫太空中永不停息地追逐月神。一旦追获,天空便出现满月。韦马莱人认为,满月是日神和月神夫妻结合的象征。① 可见,太阳神的配偶不只是以女性为本原的大地,还有女性本原的月亮。其实,月神的女性本原可能与她久居于女性本原的大地有关。韦马莱人认为,月亮拉比耶也是属于大地的一部分。她最初与人共居于地上,到了待嫁之年,太阳神图瓦勒前来向她求婚,但拉比耶的父亲执意不允,还送去一头猪表示轻蔑。为此,图瓦勒勃然大怒。不久后,太阳神便把拉比耶悬在空中,使之成为月亮女神,并娶她为妻。② 东部印度尼西亚地区的诸民族认为,太阳源于男性本原的天国,或者是天国的代表,而月亮则源自女性本原的大地,是大地的化身。因此,这一地区的创世神话中日和天之间、月和地之间常常是互换角色的。

值得注意的是,在东部印度尼西亚的创世神话中,宇宙树或宇宙山的地位至关重要。天地拥合之后,第一对男女初人往往先出现。尔后,人或宇宙树置身于天地之间,感到身体难以伸展,便将天擎起。在韦马莱人和阿卢内人的创世神话中,宇宙树被称为"努努萨库"(Nunusaku)。相传,努努萨库矗立在锡兰岛西部的山顶上,此山为三条大河的源头。韦马莱人和阿卢内人均认为,他们都出于努努萨库宇宙树。树中仍居住着人类的祖先和泰人联盟的蛇形保护神尼图·艾拉凯(Nitu Ailake)。努努萨库宇宙树至今仍被马鲁古中部各民族奉为其象征。③

讲述天地圣婚的创世神话大多都很古朴、简短,原生神话的核心情节清晰可辨。然而,有些情节也有外来文化影响的痕迹。例如,东部印度尼西亚弗洛勒斯岛上的达雅人所信奉的至高神德瓦(Deva),其名字来源于印度,显然是中世纪以后受印度教影响的产物。但是,据说德瓦神是由大地女神的圣婚配偶天神或太阳神转化而来的,这样的"出身"又明确地表露出德瓦神的地域特征。此外,德瓦神和大地女神的"原配"关系从他们合作创世的情节便可以看出——相传,德瓦神每年用雨水滋养大地女神尼图(Nitu),并以泥土造出初人。初人尊其为父,尊尼图为母。可见,德瓦和尼图之间天与地的原初关系是很清楚的。至于另一说,即大地女神尼图是天神德瓦所造,应该是当地神话受印度教影响以后,亦即德瓦天神升格为至高神、造物主以后的事情。

(2) 西部印度尼西亚和马来西亚创世神话

西部印度尼西亚和马来西亚地区的神话也具有一些共同特征。以加里曼丹雅米人的《玛哈塔拉创世》为例:

相传,洪荒时代,瀛海中有一座金山和一座金刚石山。这两座山相撞生成了宇宙,随即出现了造物主玛哈塔拉(Mahatala)。那时的宇宙十分空旷,只分上界和下界,即天界和水下世界。造物主玛哈塔拉是天界之神,水下世界则由蛇形女神贾塔(Djata)统辖。造物主居住在天界山峦之巅,那里与下界相隔42层云。一天,玛哈塔拉将女神贾

---

① 外国神话传说大词典编写组编:《外国神话传说大词典》,北京:中国国际广播出版社,1989年,第801页。
② 同上书,第471页。
③ 同上书,第620页。

塔约到上界，他们共同用金刚石造了一棵宇宙树，树上落有犀鸟，一雄一雌。雄鸟是上界的象征，雌鸟是下界的象征。两鸟相互争斗，双双身亡，宇宙树也不复存在。之后，从两鸟的躯体和宇宙树的碎片中生出了山川、景物和初人——一对男女。这对初人乘金舟和金刚石舟在下界的海洋中久久漂流。玛哈塔拉用日月的碎片造了一把土，扔到海上，转瞬间，土变成了陆地。此后，这对初民结束了在下界海洋中的漂泊生活，开始在大地上繁衍生息。从此，宇宙不只分为上下两界，又多了个中界，那就是人间大地。[①]

这则创世神话具有很强的典型意义，它反映了西部印度尼西亚和马来西亚这一地区神话的几个共同特征：

第一，宇宙是一个三层体结构，即宇宙是由天界（上界）、地界（中界）和冥界（下界）组成的。相传，最初宇宙只有上界和下界，中界（即大地）通常为天神所造，而且漂浮在瀛海之中。下界带有明显的水的属性，原初为漫无边际的瀛海。爪哇人、巴厘人和马来人对宇宙的想象基本如此。而东部印度尼西亚诸民族心目中的宇宙则是两层体结构，只有天和地之分。

第二，西部印度尼西亚和马来西亚地区创世神话的第一主题是上界和下界的"神祇之争"。天神往往是禽类，多为犀鸟，一般为男性，而冥神多以蛇为化身，通常是女性。例如，雅米人水下世界中的贾塔就是蛇形女神；而东部印度尼西亚的创世主题是"天地圣婚"，天是男性本原体，地是女性本原体。也就是说，在东部印度尼西亚，世界的诞生不是神祇相争的结果，而是二者结合的产物。

第三，在西部印度尼西亚的创世神话中，连接天界和下界的宇宙树毁于天神和冥神之争，初人、大地、种种地貌和文化成果常常生于宇宙树的残余；但东部印度尼西亚的宇宙树不但没有被破坏，反而在天地结合之后，将天地分离，并把天擎起。

第四，女性神明（常为冥神）往往参与造地。她们常常善恶难分，在创世过程中有举足轻重的作用。她们或源于冥世，或与上界相联系——既与上界有纷争，又用上界的材料造地。她们有时甚至在神殿中居于中枢地位，犹如宇宙树一样，使整个宇宙一体化。

应该指出，从公元1世纪前后开始，在西部印度尼西亚和马来西亚地区，先后传入了婆罗门教（印度教）、佛教、伊斯兰教和基督教，因此，其神话人物形象、神话题材和神话母题、情节等，都发生了不同程度的变异；然而，部落神话和部落信仰仍不同程度地长期保留在这一地区的许多民族之中。例如，巴塔拉·古鲁神是这个地区印度教神话中的众神之首，但是他在爪哇、巴厘、苏门答腊、苏拉威西等岛屿的神话中的形象和地位又是不同的。造成这一现象的主要原因在于这些岛屿地方神话和地方信仰的基础各异，所受印度宗教文化影响的程度也不同。爪哇岛和巴厘岛是受印度宗教神话影响

---

① 张玉安主编：《东方神话传说（第七卷）》，北京：北京大学出版社，1999年，第88页。

最大的地方。因此,在爪哇人的神话中,巴塔拉·古鲁神是地位最高的主神,而在巴厘人的神话中,他甚至成为湿婆的化身。在苏门答腊神话中,巴塔拉·古鲁虽然是天神,但他的形象更多显现为至尊的苦修者,其神通、地位和作用远不能和爪哇、巴厘神话中的巴塔拉·古鲁神相比。在苏拉威西岛上,巴塔拉·古鲁也是布吉斯人所尊崇的至高神,但人们相信,他毕竟是本土造物神托帕兰罗沃(Topallanrowe)的长子,他的下降世间和最后的重返天界都是受其父之命而行的。

2. 人类起源神话

从广义上讲,在创世神话中,造物主和各类神祇通过犀鸟、燕子、牝鸡、蛇、蜥蜴、蝴蝶等创世,也都属于动物图腾神话,而东部和西部印度尼西亚创世神话中所共有的宇宙树、神奇的植物叶子、从天上落下的宝剑柄和藤木等参与创世的情节则属植物图腾神话因素。在印度尼西亚和马来西亚的人类起源神话中,动植物图腾神话数量同样非常之多。这类神话与先民的图腾崇拜有关。印度尼西亚和马来西亚地处热带,幅员辽阔,有成千上万个岛屿,难以计数的动物和植物种类,这是在马来群岛的先民中形成图腾信仰和图腾崇拜的客观条件。这一地区的人类起源神话,多为动植物生人型图腾神话,又常常与上帝造人型神话相糅杂。以下便是在苏门答腊岛巴塔克人中流传的一则典型的动植物生人型图腾神话:

宇宙诞生时,安邦神(Ompung Tuan Budi na Bolon)背靠一棵巨大的榕树。一根残枝从树上掉下,落入大海之中。随即,从这根树枝中生出了鱼类和海洋里的各种生物。接着,另一根残枝掉在地上,从中生出了蟋蟀、毛虫、蜈蚣、蝎子等各种昆虫。不久,第三根树枝从树上折断,变成了鹿、老虎、野猪、猴子、鸟儿等各种森林中的野生动物。尔后,第四根树枝摔落在地上,裂成碎块,变成了水牛、马、山羊、猪等家畜。其中,从第三根树枝生出的一对鸟儿,雄鸟叫巴蒂拉贾(Patiaraja),雌鸟叫曼都旺曼杜英(Manduangmandoing)。它们交配后产下一窝蛋。在一次大地震中,这窝鸟蛋生出了世界上最早的人类。[①]

在爪哇、巴厘、苏门答腊等地的印度尼西亚民族中,普遍流传着有关榕树生人的图腾神话。这类神话往往把榕树生人,或通过鸟卵生人,和榕树变动物的神话糅杂在一起。它们可能反映了这些地区民族的最早宗教形式,即图腾崇拜。在马来群岛,先民们在这类神话的发展时期,很可能"尚未向自己提出关于整个世界起源的一般的和抽象的问题"[②],他们传颂的这类图腾神话仅仅是"神话意识的一种最简单的萌芽形式",

---

[①] [新加坡]李炯才著:《印尼—神话与现实》,新加坡:新加坡教育出版社,1979年,第88页。

[②] [苏]C. A. 托卡列夫、C. П. 托尔斯托夫主编,李毅夫等译:《澳大利亚和大洋洲各族人民(上册)》,北京:生活·读书·新知三联书店,1980年,第321页。

也是"流传至今的最古朴的神话"①。而创世神话中的"三界观""宇宙树"支撑天地的创世作用等,则是后来原始先民抽象思维发展的产物。也就是说,在上述地区,人类起源神话是早于现存的创世神话出现的。

古往今来,印度尼西亚民族一直把榕树视为生命树和保护神,看成是平安和吉祥的象征。爪哇的王宫、巴厘岛的寺庙都毫无例外地种有榕树遮阴,印度尼西亚最大的政党专业团体的党徽、印度尼西亚共和国的国徽都有榕树作为标识。可以说,榕树这一象征物已经深深地印入了印度尼西亚文化之中。

3. 文化起源神话

印度尼西亚和马来西亚地区的文化起源神话种类多样,其中,谷物起源神话极为丰富多彩,是这一类型神话的代表。这一地区自古就是稻谷的重要产地,爪哇岛的本义就是盛产谷物之岛。因此,这一地区的谷物起源神话数量巨大、类型多样,也就不足为奇了。其中有通过动物运来谷种的动物运来型神话,如《神鸟送稻种》等;有通过智盗和勇夺手段得来谷种的英雄盗来型神话,如《巧偷稻种》《杜米冷》等;有讲天神主动恩赐谷种的天神赐予型神话,如《天鹅仙女》等;有神、人或动物尸体变成谷物的尸体化生型神话,如《稻子的由来》《兄妹之死》《女神与稻谷》《稻谷女神卢英》《被杀的女神》等;还有祖先取回型、飞来稻型以及穗落型等谷物起源神话,如《猎人与两粒稻种》《神鸟送稻种》等。

谷物起源神话是原始农业产生的反映,是研究原始农业经济的活化石资料。从不同类型的谷物起源神话中,可以得到许多关于印度尼西亚和马来西亚地区原始农业的信息。

例如,东部印度尼西亚地区的一则神话《猎人与两粒稻种》讲道:

古时候,一个猎人外出打猎,来到了一个山谷,发现山谷里的人会种稻谷,但是不会使用火。猎人在那里定居,教会了当地人使用火,他自己也学会了耕种技术。猎人回家的时候,带回两粒稻种,一粒红色,一粒白色。从此,他家乡的人们慢慢都学会了耕作。

这是这则神话前半部分的内容。这部分是典型的祖先取回型谷物起源神话情节,是原始部落初民由狩猎转向农耕生产的过程的反映,同时也反映了狩猎文化与农耕文化相互学习、共同进步的现象。神话的后半部分继续叙述道:

红、白两粒稻子在猎人的家乡被种植了一段时间以后,红稻子对主人不满,自行离去,到了另一个地方,选中一个农妇的土地,在那里自生自长起来。从此,另一个地方也有了稻子。

---

① [苏]德·莫·乌格里诺维奇著,王先睿、李鹏增译:《艺术与宗教》,北京:生活·读书·新知三联书店,1987年,第65页。

这后半部分的内容属于飞来稻型谷物起源神话。这一类型的谷物起源神话还广泛流传于印度阿萨姆、东南亚的缅甸、老挝、泰国和中国西南地区的几个省份。这似乎与这一广大区域为亚洲栽培稻起源地的现实情况有着某种内在联系。

在苏拉威西万鸦老流传的《杜米冷》则属于盗来型谷物起源神话。这则神话的形式显得极为古老，它讲道：

杜米冷和两个伙伴顺着接天的大树来到天上。他们在天上偷到了12粒稻种，但这一行为被天神发现了。杜米冷和他的伙伴们使用法力击败了天神。可是，天神使用诡计，骗杜米冷把稻谷种在石榴树下，结果稻谷长不大。杜米冷一气之下砍断了通天的大树。从此，人和天神再也不能往来。

值得注意的是，在这则神话里，天神的能力并不比人类高，反而败在人类的手下，而且，它还含有一个"绝天地通"的母题。此例英雄盗来型谷物起源神话显然保留了较多的原始风貌，透露出一种一切有用的物品均由天神掌管的原始观念，以及人类开始意识到自身的力量，决心从天神那里取回文明、文化成果，如谷物种子的愿望。德国民族学家阿尔多弗·厄·伊恩增认为，英雄盗来型谷物起源神话产生于"古代高文化"地区，并反映了谷物栽培民文化的特征。[①] 从总体上看，苏拉威西地区的情况证实了这一点。

应该指出的是，在马来群岛地区，谷物起源神话中尸体化生型谷物起源神话的数量最多，特色也最为鲜明。对这一地区的尸体化生型谷物起源神话加以总结，可以发现，其中有三个要素是相同的：第一，不论神话中的死者是谁，一律都是女性；第二，死者的死因都是由于被杀、被咒，而不是自然死亡；第三，尸体化生出的庄稼主要有稻子和根块植物两类。不难看出，这三个要素集中反映了这一地区原始农耕文化的一些重要特点。

例如，分布在马来西亚沙捞越州和沙巴州的穆鲁特人（Murut）中流传有一则尸体化生型谷物起源神话：

至高神阿吉卡普诺（Aki Kapuuno）为了创造出一种主要粮食作物，便把他女儿的身体切割成若干部分，并把这身体的各部分变成了二十多种稻谷——每种稻谷都与人体各部位的颜色、形状或功能相联系。例如，红色的德拉稻（Daraa）是姑娘的血变来的；灰色的姆姆尼稻（Mumunin）是姑娘的眼睛变的；而浅黄色、尾部有点翘起的巴巴奇隆稻（Babakilong）则是由姑娘的耳朵变成的，等等。

在东部印度尼西亚塞兰岛上的韦马莱人中，流传着这样一则极受民俗学家重视的典型神话：

---

① 李子贤著：《探寻一个尚未崩溃的神话王国——中国西南少数民族神话研究》，昆明：云南人民出版社，1991年，第249页。

从前,在圣地塔麦勒住着九个家族。一天,一个叫阿梅塔的小伙子外出打猎,猎获一头野猪。他发现野猪的獠牙上挂着世界上的第一颗椰果核。当晚,阿梅塔得到神祖的启示,让他将椰核种入地里。阿梅塔照办。三天后,一棵高大的椰树破土而出。又过了三天,椰树上开出了花朵。阿梅塔情不自禁地攀上巨树,撷取椰花,却不慎被树枝划破手指,鲜血滴落在花萼上。九天后,一位纤巧迷人的姑娘在花萼上赫然显现。阿梅塔惊喜万分,深情地称她为"海努维勒",意思是"椰子枝"。海努维勒生来就有排泄瓷器、铜锣等宝物的特异功能,因而遭到全体村民嫉妒。一日,九族村民相聚跳舞,连续九日,通宵达旦,狂转不停。他们把海努维勒围在中间,逼着她把宝物分给村民。海努维勒慷慨应允。可是,到了第九天,妒火中烧的村民们还是把海努维勒推入土坑里活活埋掉了。阿梅塔得知消息,急忙赶来寻找姑娘的尸体。他接连在地上插了九片椰叶,使姑娘的头颅和鲜血显露出来。随即,他把姑娘的尸体挖出,切成碎块,分散掩埋在许多地方。不久,从这些地方长出了各种农作物,其中最多的是薯类,即被当地人视作主食的甘薯。①

神话中被杀后变成农作物的都是女性,这一方面反映了人类农耕文化的历史,即最先发现和培植农作物的是妇女,最早从事农业生产的也是妇女;另一方面也反映了长期以来,女性在马来群岛农业生产中的重要地位。在印度尼西亚和马来西亚,至今仍流传一种"米母亲"的习俗。农民们称稻子为"母亲",并对"米母亲"有各种禁忌,例如,不能在稻田里脱衣服,不得在稻田里说脏话等。这体现了当地对从事农耕劳动的妇女的尊重和崇敬心理。

然而,神话中叙述的那些轻易杀掉女性的情节,也是表达对妇女的尊重和崇敬的方式吗?女神或人类妇女随意被杀,然后从其尸体中长出各种植物的神话情节在亚洲许多国家都有流传。也就是说,这种"残杀现象"不是个别的,也不是偶然的。它与原始农耕民特有的一种宗教思想和世界观紧密联系在一起——生与死是可以互相转换的,"生与死不仅互相联系,而且可以说死是生的前提","在他们看来,死尤其是杀害是生的前提,为了祈求作物的丰收乃是不可缺少的"。② 在上述韦马莱人的神话中,九族村民相聚跳舞,把女孩子海努维勒围在中间,连续九日通宵达旦狂欢不停,最后把女孩子杀死的情节,明显带有祈祷农业丰收的狂欢与仪式的特征,被杀害的女性就是祭祀仪式上的牺牲者。从她身体里长出农作物,象征着牺牲促进了农作物的生长。俄罗斯民间文艺学家普罗普在《神奇故事的历史根源》一书中,深入研究了类似仪式原型的内涵。

神话中的女性被杀后,从其尸体长出的谷物种类也不是随意编造的。这是马来群

---

① 张玉安主编:《东方神话传说(第七卷)》,北京:北京大学出版社,1999年,第96页。
② [日]大林太良著,林相泰、贾福水译:《神话学入门》,北京:中国民间文艺出版社,1989年,第95页。

岛原始农耕文化类型的反映。爪哇、加里曼丹、苏拉威西等西部印度尼西亚的主要岛屿上流行的几则谷物起源神话都表明，这一地区属于以稻作型农耕为主，兼有根栽型农耕方式的原始农业文化区；而东部印度尼西亚的神话《被杀的女神》显示的则是以栽培薯类为主的根栽型农耕文化的特征。这些谷物起源神话对这一地区原始农耕文化的映射还可以从考古发现，以及当下尚在流行的民俗中得到印证。

最后，应该指出，与印度尼西亚相比，马来西亚保留下来的神话数量相对较少，图腾神话的比例也不大。这主要是因为马来西亚的伊斯兰化更为彻底，从而导致作为原始信仰载体的神话，在相当大的程度上被遗忘了。在马来西亚，遗留的神话内容主要是解释动物或者植物的由来。而经过长期流传，这些神话中多数加入了民间故事的成分，尤其是在叙述方式和一些具体的细节描述上，情况更加明显。

此外，在印度教和伊斯兰教传入印度尼西亚和马来西亚的同时，相关的神话也传播到了这一地区，其中又尤以印度教神话为多。印度教神话的传入是这一地区出现国家之后的产物。统治者为了维护自身的权威，引进了印度教，神话也随印度教传入。因此，印度神话在这一地区的出现首先是一种政治权衡的结果。最初，它以翻译、改写作品的形式出现在宫廷，而后在统治者的支持下进入民间，成为民间文学的一部分。然而，这些产生在遥远、不可知的地方，且与自身文化背景差异极大的外来神话一开始并没有被当地居民所接受。在由宫廷走向民间的过程中，就不可避免地出现了一些诸如更改神话发生地的名称，使之更为听众所熟悉的本土化做法。在与当地原始信仰发生冲突时，外来神话不得不作出妥协，给当地神祇留出一席之地。通过这样一些变通手段，以及数百年来渐进式的影响，外来神话才成功地融入印度尼西亚和马来西亚本土，成为人们日常文化生活中不可分割的一部分。这种本土化转换的成功甚至令这一地区的人们深信，这些神话的原产地就在印度尼西亚和马来西亚本土，而非其他地方。

(二) 传说

相对神话而言，传说是一种历史性较强的民间文学体裁。传说中的主人公是现实生活中的人，而不是神。当然，其中也可能杂有神秘、幻想的成分，甚至糅入一定的神话因素。依据其内容，印度尼西亚和马来西亚的传说可被划分为宗教传说、风物传说和人物传说三大类型。

1. 宗教传说

宗教传说主要是讲述宗教圣徒和先知的事迹，以及一些神迹的传说。在印度尼西亚和马来西亚，它们大致可以分为印度教传说、基督教和天主教传说，以及伊斯兰教传说三类。

印度尼西亚是世界上伊斯兰教信徒最多的国家，马来西亚的穆斯林占全国总人口一半以上。自然，在这里，伊斯兰教传说流传范围最广、传承人也最多。伊斯兰教传说又可分为两种，一种是从波斯和阿拉伯文学作品翻译过来的，另一种是本土的伊斯兰教贤人(Sunan)传说。前一种包括：
(1)《古兰经》故事；
(2)穆罕默德先知故事；
(3)穆罕默德先知密友的故事；
(4)伊斯兰英雄故事。

这些故事大都有多种翻译文本，但也以口头形式在穆斯林中流传。

后一种本土的伊斯兰教传说以爪哇的"九大贤人"(wali sanga)传说最为有名。与《古兰经》和伊斯兰先知传说相比，印度尼西亚的伊斯兰教贤人传说都具有一个显著的特点，即带有强烈的神秘色彩，内容充斥着各种各样的超自然神力。

在印度尼西亚和马来西亚，还有另一类宗教传说故事，即按照伊斯兰教教义、观念改写的印度史诗《罗摩衍那》。其中的代表性作品是马来语文本《罗摩圣传》(Hikayat Sri Rama)和《北大年罗摩衍那》(Ramayana Patani)，这两种文本主要在马来半岛和苏门答腊一带马来人聚居的地区流行，其中最重要的改动是把印度教的神改成伊斯兰教的神或先知，把主要人物的家谱和伊斯兰教徒认定的传统谱系结合起来。

2. 风物传说

印度尼西亚和马来西亚的风物传说，以地名由来和地貌形成的原因两个主题最为多见。其内容常常与神话内容杂糅，神秘气氛浓厚、传奇色彩颇强。此外，它们还常常带有明显的道德倾向和鲜明的感情色彩。例如，《覆舟山的来历》讲的是西爪哇万隆附近的一座山，为什么形状恰似一艘倒扣着的船的原因：

故事发生在很久以前，主人公桑古里昂的生父是一条狗，而他的外祖母是一只野猪。他的生命是他的外祖母偶然喝了一位国王的尿以后孕育而成的。一天，桑古里昂狩猎时，其父亲(狗)不肯追猎他的外祖母(母野猪)，不知情的桑古里昂杀死了他。尔后，桑古里昂因遭母亲怒骂而离家出走。若干年后，桑古里昂偶遇并爱上了依然年轻，但已互不相识的母亲。桑古里昂的母亲终于认出了儿子，婉言拒绝了他的求爱，但儿子执着求爱，母亲遂心生一计，要求桑古里昂在一夜之间造出一艘大船，然后才肯嫁他。桑古里昂满口答应，开始用法力建造大船。眼看大船就要完工，母亲急中生智，用一块红布模拟早晨的霞光。公鸡看到这光芒，以为天亮了，便开始打鸣。受骗的桑古里昂十分恼怒，将船一脚踢翻。就在这时，一股洪水将桑古里昂吞噬，而那只倒扣着的船变成了一座山。这就是覆舟山的由来。①

传说是以多神信仰或自然崇拜为基础的，因此常常会糅入一些在当代人看来稀奇古怪的因素。这则传说中的猪母、犬父关系应该是古代图腾信仰的反映，而母亲的拒婚行为，则是后来社会发展到了有血缘婚姻禁忌的更高级阶段时，添加上的情节。人

---

① 张玉安主编：《东方神话传说(第七卷)》，北京：北京大学出版社，1999年，第139页。

类刚从动物界脱离出来时,并不感到自己与其他动物有许多不同之处。这种与动物界同一的观念,是在原始人中出现动物崇拜的心理基础——当时,人类面对大自然的万事万物,是没有优越感的。然而,当人类从动植物图腾崇拜发展到对祖先神的崇拜时,类似对动物的祭祀、凭吊等行为,则应该属于祖先崇拜的一部分,或者说是某些传统民间信仰的残留。

3. 人物传说

在印度尼西亚和马来西亚的人物传说中,最有名的当属"班基的传说"(Cerita Panji)。在东南亚其他国家,如泰国、柬埔寨和缅甸等,它也以"伊瑙故事"为名,广为流传。

班基的传说来源于印度尼西亚本土的爪哇地区,但它也深受印度两大史诗的影响。相关传说有很多文本流传,各文本的情节、人名、地名等均有一定的差别,但其核心内容大体一致。传说发生在固里班(Kuripan)、达哈(Daha)、格格朗(Gagelang)和新柯沙里(Singasari)四个王国。固里班王子伊努和达哈公主赞德拉订婚或成亲后,由于第三者,天神或女人的介入,两人离散,失去联系。伊努王子改名班基,苦苦追寻赞德拉公主。经天神,或是仙人、弟妹等的指点和帮助,伊努王子与赞德拉公主消除误会,(再次)喜结良缘。在班基的传说中,善良与邪恶之间的斗争始终突出,它充分歌颂了主人公对爱情的执着和忠贞。

班基的传说在东南亚很多地区都有流传。和罗摩故事一样,其扩布和传承的主要方式是民俗表演艺术,而不是文学文本。在印度尼西亚的爪哇,皮影戏、木偶戏和面具舞剧等都会演出有关班基传说的剧目——其中,爪哇的班基面具舞剧独具一格,自成一类。在马来西亚的马来半岛,专门演出班基的传说的皮影戏源自爪哇,人们习惯称之为"爪哇皮影戏"。在泰国,表演伊瑙剧的形式有说唱节目、话剧和舞剧等。据说,最初把马来西亚的班基传说传入泰国的,是马来西亚的女俘,其形式就是班基传说的说唱表演。曼谷王朝二世王不但编写了在泰国最具权威的罗摩故事戏剧文本《拉玛坚》,即《罗摩颂》,也创作了最有影响力的伊瑙故事的戏剧文本——《伊瑙剧》。该剧本诗句优美,与舞蹈相契合,最适合以舞剧形式表演。在缅甸,最著名、最优秀的传统舞剧就是罗摩剧和伊瑙剧。每当宫廷中有盛大的节日和其他庆祝活动时,总要演出伊瑙剧或罗摩剧。[①] 事实再一次证明,表演性越强的民间文学作品,就越能最大限度地传承和扩布,就越具有强大和鲜活的生命力。

在马来人居住的地区,还流行一种慰藉故事(Cerita Pelipur Lara),也叫马来民间传奇故事(Hikayat)——这种体裁最初是受伊斯兰教先知故事和英雄故事的影响而出现的,后来演变为一种讲述人物传奇的专门体裁。它以娱乐听众为主要宗旨,偏重情

---

① 栾文华著:《泰国文学史》,北京:社会科学文献出版社,1998年,第83—84页。

节的传奇性和趣味性,往往会在已有民间故事的基础上进行再创造,所以和当时的现实生活并不十分贴近。但很多马来人都相信,这些故事讲的都是在马来半岛地区确曾发生过的事情,因为有些故事就发生在他们所熟知的地方——这也是本章中,这一体裁被归为传说,而非故事的原因。而正因为它们经过专门的改编、加工,慰藉故事成了马来民间传说中的集大成者。在现代娱乐媒体出现之前,马来市民,或者尤其是生活在乡村的马来人,在天黑以后,除了偶尔有机会欣赏皮影戏外,最主要的娱乐方式就是听故事伶人讲传说故事。尽管他们目不识丁,但是一般不会讲错——因为所讲的都是世代相传、从小就耳熟能详的传说。

慰藉故事多数都有固定的结构:开头,故事总是发生在王宫;王后不孕,国王忧心忡忡;国王祭天求子,如愿以偿;王子降生,常随之而来一种动物或者神奇的武器;恶人,如巫师、王妃等作祟,王子被弃山林或放漂海上;王子被近亲,也有时被动物捡拾,并抚养成人;在神的启示下,王子去寻找一位美丽的公主,开始在大地或海上流浪;王子总是得到神的庇护,或被赐予神器、宝物,或被赋予出众的智慧和无穷的力量;王子经受种种考验,战胜各种妖魔鬼怪;王子不得不与两个,乃至两个以上的妻子结婚,但一般不超过四个;结局是,胜利的王子回到故乡,惩罚了坏人,和妻子们过上了幸福美满的生活。

(三)民间故事

对讲述者和听众而言,神话和传说在一定程度上都被认为是真实可信的、曾经发生过的事情,民间故事则不然,无论是讲故事者还是听故事者,都知道它是虚构的,其功能主要在于娱乐、教育。依据题材、形象、风格的不同,印度尼西亚和马来西亚的民间故事可划分为动物故事、魔法故事、民间笑话,以及连环串插式故事等几类。

1. 动物故事

动物故事是世界范围内普遍存在的故事种类。无论是野生动物,还是人类饲养的动物;无论是哺乳动物、爬行动物,还是鱼、鸟、昆虫,都可以充当动物故事中的主人公,而且它们都像人类一样,会说话,会思维,有思想,讲道德等等,只是各个国家和地区动物故事中的代表性动物不尽相同。

在印度尼西亚和马来西亚地区,动物故事的主人公多是鼷鹿。鼷鹿是一种虽然体格弱小,但富有智慧的动物。它可以成功地欺骗,甚至战胜强大的敌人,保全自己。根据鼷鹿在故事中扮演的角色,鼷鹿故事大致可以分为以下四种:

(1)鼷鹿扮演傲慢的角色,在与弱小动物的比赛中落败。

开始,鼷鹿为了自己的生存,常常运用计谋,成功逃避强大动物的威胁。日子一久,鼷鹿便滋生出傲慢自大的情绪,尤其面对比自己弱小的动物时,表现更加明显。例如,一则故事讲道:

鼷鹿看见田螺背着房子慢吞吞地走路,觉得非常可笑,便提出和田螺赛跑。不料,貌似笨拙的田螺找来自己的兄弟，一路埋伏。每当鼷鹿气喘吁吁地跑到一个地方，都看见前面有一只长相一样的田螺慢腾腾地爬着。骄傲的鼷鹿输了，从此再也没脸去见田螺。

在马来半岛上非常普及的《小鼷鹿的故事》就属于这一种。

（2）鼷鹿扮演法官的角色，处理动物之间的纠纷。

小鼷鹿成为丛林里的法官，自称是苏莱曼的大臣，负责解决所有动物之间的纠纷，有时甚至会出面调解人世间的争执。例如，一则故事讲道：

一个商人控告说，有个孤儿因为闻到他家的饭菜香味而长胖。小鼷鹿便吩咐这个孤儿到帘子后边数钱，并让商人听到数钱的声音。最后评判说，商人听到的数钱声的价值支付了孤儿闻到的饭菜香。

《小鼷鹿和水獭仔的故事》便属这一种故事。它在情节上与机智人物故事有很多相似之处，只是主人公换作了动物。

（3）鼷鹿扮演恶作剧的角色，捉弄其他动物。

有时，鼷鹿为了一己私利，也会做出一些损人利己的事情来。例如，在马来人和爪哇人中家喻户晓的《鼷鹿的故事》中，鼷鹿似乎是一个坏而狡猾的动物——在亚齐语中，"鼷鹿"一词确实含有奸猾、坏的意思。它捉弄其他动物，还杀害了无辜的小鳄鱼，最后却被比它更小的动物打败。但鼷鹿从中体会到了安拉的伟大，从此悔过自新，变成了一个聪明智慧的法官，并总是得到苏莱曼国王的赞赏。

在类似的恶作剧里，鼷鹿的形象似乎并没有受到太多损害。恶作剧成功的主要原因在于，出现在故事里的其他动物都很无知、愚蠢，尤其是那些凶猛的老虎、鳄鱼。因此，每当鼷鹿的恶作剧成功，都会令听众或读者开怀大笑。

（4）鼷鹿扮演丛林之王的角色，赢得各类动物的尊重。

要成为被大家公认的丛林之王，鼷鹿就必须征服丛林里的猛兽。《精明的小鼷鹿》的两个版本(1885年，1893年)都讲述了一只鼷鹿如何挫败了所有的动物，成为丛林之王的故事：

最初，鼷鹿用往身上蹭榕树胶或在碎茅草中打滚的办法获得了神力。接着，它凭借智慧调解了山羊和老虎这一对仇家的恩怨。从此，鼷鹿声誉日隆。森林里的动物不堪巨魔的侵扰，纷纷向鼷鹿求助。鼷鹿运用计谋杀死了巨魔，于是，所有的动物都向鼷鹿俯首称臣，并向它敬献贡物。猴子因不肯臣服而被追捕，它去找大象、狮子和鳄鱼求救，但大象、狮子和鳄鱼均被鼷鹿挫败。为了惩罚猴子，鼷鹿骗它去捅蜂窝，猴子被蜇得全身肿起。鼷鹿于是当众宣布，谁不臣服于它，将与猴子同样下场。从此，鼷鹿的宝座更加稳固了。

有学者运用结构主义研究法，对鼷鹿故事文本的叙事结构进行了分析，得出结论说，爪哇人和马来人所追求的理想是拥有鼷鹿在危难中所表现出的冷静的智慧，能够不动声色地解决问题，最后实现和谐（平衡）的状态。①

印度尼西亚的其他地区也有鼷鹿故事流传。例如，在巽他地区有模仿爪哇鼷鹿故事的故事集，但故事的主人公不是鼷鹿，而是乌龟。在亚齐有一个包含26篇故事的故事集，主人公是鼷鹿。然而，除了少数几篇，大多数鼷鹿故事都是其他地区所没有的。类似故事在罗提岛（Roti）、提木尔岛（Timur）和康吉安岛（Kangean）也有流传，但其故事主角是猴子，且大部分故事在其他地区都未见过。②

在马来群岛以外，受印度文化影响的地区也有类似故事。其中，与爪哇和马来半岛的鼷鹿故事有诸多相似之处的，是东南亚半岛地区的越南、缅甸等国聪明的小兔子故事，虽然动物主人公发生了变化，但其中大多数故事情节都可以在马来语和爪哇语的鼷鹿故事文本中辨认出来。在美拉尼西亚和东南亚以东的地区，也就是与印度文化没有关系的地区，没有发现类似的故事。据此，一些学者认为，印度尼西亚和马来西亚的鼷鹿故事源出于印度。

2. 魔法故事

神话和传说都具有不同程度的幻想性，但神话以神为中心，传说以历史上的杰出人物为中心，魔法故事则与它们不同，它驰骋想象，将神奇因素引入普通民众的生活中去。魔法故事的主人公多是普通劳动者，还有些是限于某种困境，或遇上某种难题的王子或公主。印度尼西亚和马来西亚的魔法故事数量很多，常见的大致有以下三种类型：

（1）神仙、罗刹介入人间生活型

故事中，介入人间生活的神仙、罗刹都神通广大、法力无边。他们一般会在主人公处于危难的时刻出现，常常帮助人们解脱困境，主持人间正义，惩罚社会邪恶。主人公获得他们的救援和奖赏，大多是因为善良、勤劳，有时也是因为他们身处逆境、倍受欺凌。但是，主人公一旦失去原有的优良品质，或者换一位品质恶劣的嫉妒者、贪婪人出场，就会招来意外的惩罚。

例如，《金黄瓜》中就既有罗刹又有仙人，他们先后介入，互相较量，使故事情节波澜起伏、引人入胜。其情节梗概如下：

一个寡妇得到罗刹的帮助，喝了罗刹给她的椰子汁，生下了一个漂亮的女娃，取名金黄瓜。但罗刹在帮助寡妇时提出了条件：生出的如果是女孩就必须让他吃掉。由于求子心切，寡妇就答应了。后来，寡妇在万般无奈时，得到仙人的帮助，用仙人给她的四件宝物——黄瓜种子、针、盐和虾酱，使得罗刹节节败退。最后，罗刹淹没在了虾酱

---

① Philip Frick McKean: "The Mouse-deer (Kancil) in Malay-Indonesian Folklore: Alternative Analysis and the Significance of a Trickster Figure in South-East Asia", *Asian Folklore Studies*, Vol. XXX—1, pp. 71—84.

② ［印尼］阿斯蒂·S. 狄坡尤尤著：《鼷鹿：印度尼西亚的动物故事角色》（印尼文），巴厘：阿贡火山，1966年，第62—68页。

变成的大海之中。

在《红葱和白葱》①中,介入人间生活的也是罗刹,而且是一对罗刹老夫妻。故事里的罗刹奶奶虽然看起来很凶,但展现出的主要是善良的一面;而天天打猎的罗刹爷爷不但吃野兽,也喜欢吃人,在故事中表现出的是凶恶的一面。受气的白葱姑娘勤劳、善良,帮助罗刹奶奶干活,得到罗刹奶奶的奖赏;欺辱妹妹的红葱姑娘贪婪、懒惰,对老奶奶出言不逊,就被罗刹爷爷捉住吃掉了。

概括起来,印度尼西亚和马来西亚的这类故事中出现的神仙、罗刹有三个共性:第一,神仙多是深山老林中的修道仙人;第二,罗刹一般都是长相凶恶的巨人,既可能有善的一面,也有恶的一面。行善是为了救助好人,而作恶则常是为了惩治坏人。当然,仙人和罗刹在同一故事中出现时,其结局自然是魔高一尺、道高一丈了。第三,仙人都是以正面形象出现的,而罗刹有时以反面形象出现,有时以正面形象出现,但常常是同时兼有正、反两面的形象。仙人和罗刹在民间故事中的频频出现,反映出印度尼西亚和马来西亚民间文学深受印度文学的影响,特别是印度两大史诗影响的现实。

(2) 动物精怪介入人间生活型

这一型魔法故事的产生,大概是人类在原始文化的背景上,受"万物有灵"和图腾崇拜观念支配的结果。故事中的动物精怪有老虎、猴子、蛇、青蛙、老鼠、鸟类等等。例如,在《卡西姆和蛇的故事》(*Pak Kasim dengan Ular*)中,介入人间生活的就是一条蛇精。故事讲道:

卡西姆救了蛇精一命,蛇精答应满足他的一切要求。结果,他的第一个想要丰衣足食的愿望实现了;第二个想当国王的梦想也实现了;但第三个想要当太阳的奢求惹恼了蛇精。卡西姆使自己重新陷入了旧日贫穷的境地。②

此外,爪哇故事《安德·安德·鲁姆特》(*Ande-ande Lumut*)也属于这一类型。故事讲道,蟹精尤尤亢亢(*Yuyukangkang*)虽然表面看起来助人为乐,但终因存心不良、喜欢占姑娘的便宜,最后被黄姑娘制服,现了原形,原来它也是个罗刹。

(3) "异类婚"或"神奇婚姻"型

实际上,这类故事也属于动物精怪介入人间生活的类型。其特殊之处在于,故事中的动物精怪实现了与人类的通婚。在印度尼西亚和马来西亚,这类魔法故事数量很多,其中有以男性为异类的故事,例如,蛇郎型的《蛇王子和三公主》《本苏与蟒蛇》,神蛙丈夫型的《青蛙王子》等;但更多的是以女性为异类的故事,例如,天鹅处女型的《天鹅仙女》《青鸠和纳劳》《猎人与女神》等。

其中,蛇郎型故事以蛇郎的变形来象征男性境遇的突然改变,以此凸显姐妹间在

---

① 许友年译:《印度尼西亚民间故事》,北京:中国民间文艺出版社,1983年,第247页。
② James Danandjaja: *Folklor Indonesia*, Jakarta: Grafiti Pers, 1984, p.116.

性格、品质上的鲜明对比。在这一点上,《青蛙王子》中的青蛙,从丑陋、卑贱、受人歧视的异类,变成英俊王子的情节,是与蛇郎型故事有相通之处。但《青蛙王子》中赞美的不是公主同情、爱护异类的品格,而是她在父王的劝说下,信守承诺、履行诺言的美德。

在印度尼西亚和马来西亚,天鹅处女型的故事很多,极富浪漫色彩。其中,有的是女性出于对勤劳善良的小伙子的爱慕和对人间夫妻生活的向往,主动以身相许;有的是由于被男方捉到,或者因为仙衣被藏等原因,女性无法返回天国,万般无奈下才嫁给小伙子的。女性返回天国也有多种原因,多数是男方违约,或者女方受天国戒律约束,不得不返回。女方往往借仙衣,或羽衣、虎皮等,来往于天上和人间。但在《青鸠和纳劳》中,情况比较特殊,女方是凭着唱颂神歌的法力上天的——上天前,她边唱神歌,边从脚到头变成了鸟儿。这类故事有些以夫妻永久分离结束;有些还会讲到男主人公不畏险阻,携子登天,追赶返回天庭的妻子,最后全家团圆的情节;还有些故事以男女主人公的孩子重返人间,从事劳动为结局。值得注意的是,在印度尼西亚和马来西亚的天鹅处女型故事中,仙女下嫁的对象几乎都是普通劳动者,而且多为农夫或猎人;而在印度、缅甸和泰国的天鹅处女型故事中,男主人公多是贵族,且多为国王、王子等。

3. 民间笑话

印度尼西亚和马来西亚的民间笑话被称为"滑稽故事"。印度尼西亚语和马来语中的"滑稽"(jenaka)一词有两个意思:一是"诙谐的,幽默的",二是"聪明的,机智的"。滑稽故事就是以机智、滑稽、逗乐的角色为中心人物的故事。

就故事来源而言,马来语滑稽故事分为两种:一种是本地的原创滑稽故事,例如,收集在《滑稽故事》(Cerita Jenaka)中的《蠢伯》(Pak Kaduk)、《倒霉蛋长老》(Lebai Malang)、《笨伯》(Pak Pandir)、《蚱蜢爹》(Pak Belalang)和《大肚汉》(Si Luncai)等;另一种是由印度、阿拉伯、波斯的滑稽故事改编而来的,例如,《玛杰宁的故事》(Cerita Mat Jenin)、《果子狸的故事》(Cerita Musang Berjanggjut)、《马哈舒达传》(Hikayat Mahsyodhak)和《阿布·那瓦斯的故事》(Hikayat Abu Nawas)等。

就主人公的典型特点而言,滑稽故事则可以分为呆傻人物故事和机智人物故事两种。原创滑稽故事里的人物,不论是呆傻的,还是聪明、幸运的,通常都是人们讥笑的对象;而由外来故事改编而来的滑稽故事,其主人公则多是嘲笑当权者的机智人物。

(1) 呆傻人物故事

这类故事之所以会引人发笑,是因为主人公的愚钝或呆傻都经过了艺术加工,被夸张到了超乎常理的程度。例如,笨伯(Pak Pandir)竟然用开水给孩子洗澡,把孩子烫死了;为了使刚买来的盐不被别人拿走,他竟把盐藏入小河里存放;蠢伯(Pak Kaduk)把自己的神鸡换给了国王,然后同国王比赛斗鸡,斗败了,还在狂欢,以致身上的纸衣、纸裤都破碎了,赤裸裸地成了众人的笑料;傻姑爷卡巴延(Si Kabayan)又笨又懒,从不听老丈人的话,老丈人让他用矛去刺鹿,他却刺死了一个女人,让他用火去烧蜂窝,他却烧了鹿的尾巴。

这些呆傻人物有时很倒霉,有时却又很幸运。例如,虽然笨伯最后因吞食刚烤熟的香蕉,被烫死了,但他也确实幸运过一回——他把粘得的几百只活鸟挂满了身体,竟然被鸟儿带着飞到了一个王国,在那里,他谎称自己是某某王国的国王,竟与当地国王的女儿成了婚。蠢伯的命运很惨,最后他失手打死了妻子,弄得家破人亡,只能寄宿在朋友家里。自作聪明的蚱蜢爹(Pak Belalang)却出奇地幸运,他以藏牛找牛的方式骗得了别人的信任,并且在多次机缘巧合之下,相继为国王、船主、罗马阿斯卡兰国算卦,帮助他们解决了大难题,获得了很多赏赐。好在这位先生见好就收,最后把自己的房子烧了,并谎称他的星相书也一起被烧,不能再算命了。从此,他不再提心吊胆,过上了衣食无忧的生活。但就总体而言,这类呆傻人物的命运多数都很凄惨,从而加强了对主人公的讥讽效果。

(2)机智人物故事

在印度尼西亚和马来西亚,各个地区都有深受民众喜爱的机智人物存在,例如,在两个国家都广为流传的阿布·那瓦斯(Abu Nawas)和大肚汉(Si Luncai),还有亚齐地区的马哈舒达(Mahasyodhak)、马来半岛的克马拉(Kemala)、马杰宁(Mat Jenin)等。其中,流传最广的本土机智人物大概要数大肚汉了。

一则故事中讲道,大肚汉出言不逊,得罪了国王;国王下令要将大肚汉处死;大肚汉凭借自己的聪明和智慧,不但屡屡逃脱国王对他的惩罚,而且多次骗得国王的信任,甚至将公主骗到了手。然而,他为了保全自己,竟使国王和一位商人丧命。最后,他原形毕露,被公主杀死。以此看来,在两国人民的心目中,这位心地不善的大肚汉可谓是个令人啼笑皆非的悲剧性人物。

《阿布·那瓦斯的故事》是一部源于阿拉伯的滑稽故事集,在马来群岛的很多地区都非常流行,尤其是在虔诚的伊斯兰信徒之中,它不仅广受欢迎,甚至还被认为是本地的民间故事。这一系列故事的内容多是揭露与嘲讽仗势欺人的苏丹和官员,或用聪明的方法解决各种棘手的难题等。

值得注意的是,还有一些滑稽故事中的人物具有矛盾的、二元对立的性格、行为特点。例如,为爪哇巽他地区民众所喜爱的希·卡巴延就是如此。故事中,卡巴延总是与老丈人作对,并经常和老婆吵架,可丈母娘和奶奶却很喜欢他。他经常欺骗的对象是邻居吉西拉(Ki Silah),而他最尊敬的人是伊斯兰教长老。一方面,他愚蠢得连死人和活人都分不清;另一方面,他又聪明得能教育老丈人,让后者认错服输。实际上,卡巴延故事很有可能是集合了印度尼西亚和马来西亚两个国家流行的笨伯、蠢伯等呆傻人物和大肚汉等机智人物的故事成分的。而在有关伊斯兰苏菲的故事中,如果说阿布·那瓦斯以机智人物著称,霍加·纳斯尔丁以愚蠢人物闻名,那么,卡巴延就是阿布·那瓦斯和霍加·纳斯尔丁的结合。有学者分析称，卡巴延的一些特性，如安贫、质朴、清心寡欲、与世隔绝等，都是苏菲主义者的表现。他有时滑稽，令人发笑，但有时，恰在同一个故事中，表现却又会使人哀伤——公元9世纪的一位苏菲曾说："如果你了解了我的全部，那么你就会笑，但更多的是哭。"

应该指出，阿布·那瓦斯的故事对卡巴延故事的影响显而易见。例如，有一则故事讲道，一天，邻居吉西拉给卡巴延出难题，让卡巴延数天上的星星，卡巴延便让吉西拉数羊毛。这显然是一个阿布·那瓦斯式的故事情节，故事里的国王想考验阿布·那瓦斯的智慧，让阿布·那瓦斯数天上的星星，阿布·那瓦斯便拿来一桶沙子让国王数。接着，故事又讲道，吉西拉又让卡巴延用水把手绑上，卡巴延便让吉西拉先用水做一条绳子。关于阿布·那瓦斯，也有一个类似的故事：当阿布·那瓦斯被命令缝补石头的裂缝时，他要求对方提供用石头制成的线。

卡巴延又像霍加·纳斯尔丁一样耽于梦幻——一则故事中讲道，霍加正在做梦，梦中要和一位商人签署一份巨额合同。妻子把他叫醒吃早饭。霍加大发雷霆说，合同还没签字呢。在霍加看来，做梦要比吃早饭更重要。而卡巴延是个睡虫，也十分相信梦幻中的事。有故事讲道：

一天，卡巴延梦见自己在河中洗澡。而后问他的岳父，此梦有何寓意。岳父说，在下游洗，可以作村长；在上游洗，可以作县长；在更上游洗，可以作省长；再往上游一些，就可以作总统了。卡巴延问："在最上游呢？"岳父说："那就会被老虎吃掉了。"卡巴延道："那刚才我就是在可以作总统的那个地方洗澡啦。"

据统计，有数十个卡巴延故事都蕴含着伊斯兰苏菲主义的思想和追求，其侧重点尤在于嘲弄人类那些难以改悔的贪婪、欺诈、出尔反尔和相互仇恨、报复的愚蠢行为。例如，卡巴延不会辨别死人和活人的故事也不是没有寓意的。这则故事讲道：

一日，卡巴延在路边见到一个漂亮女人的尸体。他发现，无论怎么变换自己的位置，这女人总是凝视着他，便以为这女人看中了他。卡巴延正要去吻她，却突然闻到一股难闻的气味。卡巴延以为这女人抹的香水不够多，便去找她的主人。主人说，那是死人尸体，不是活人。随即，主人转身回屋，但突然放了一个屁，臭味向卡巴延袭来。卡巴延感觉这屁味和那女人的尸臭一样，便把这主人抱起来，当作死尸扔到了路边。

这个故事的含义似乎是：死尸如同活人，而活人如同尸体。那位吝啬的主人实际上不过是一具行尸走肉而已。

毫无疑问，和世界其他民族机智人物故事中的主人公一样，卡巴延是个"箭垛式"人物。这个爪哇巽他地区的性格复杂多样的角色，身上的箭不仅来自印度尼西亚和马来西亚，还来自土耳其、波斯和阿拉伯，还有些则可能来自印度。

4. 连环串插式故事

连环串插式，是一种大故事套小故事的故事结构，在东方民间故事中比较常见。

其具体表现形式往往是因为某种原因，一个或几个人开始讲故事，他们所讲的故事中的人物也讲故事，有时是为了拉长讲故事的时间，丰富其内容——在插入的故事中，可能还会套有别的故事，如此大故事套小故事、一环接一环，便能使整篇故事变得极长；有时是为了证明其所讲的道理真实可信——与枯燥的说教相比，这类故事情节生动有趣、引人入胜，能更好地达到教谕目的。例如，在一些动物寓言类的连环串插式故事中，被赋予了人性的动物们不仅擅长讲故事，还能针对主人遇到的各种问题，提出有益的忠告。

在马来群岛地区也流传着一些连环串插式故事，例如，《卡里莱和笛木乃》（*Hikayat Kalilah dan Dimnah*）、《聪明的鹦鹉传》（*Hikayat Bayan Budiman*）、《巴赫迪亚尔传》（*Hikayat Bakhtiar*）和《一千零一夜》（*Hikayat Seribu satu Malam*）等，它们大多是一些外来故事集。

《卡里莱和迪木乃》的马来文本有许多种，可能是分为几次，且通过不同途径传入印度尼西亚和马来西亚的。马来版本的这部故事集共16章，包括五十多个动物故事，每一个故事里都含有一定的伦理寓意。例如，第一章讲"狮子和黄牛的故事"——狮王的两只狐狸侍从卡里莱和迪木乃，为讨好狮王，极尽挑拨离间和造谣中伤之能事，使狮王误杀了忠心耿耿的黄牛，后来，其诡计被识破，迪木乃被狮王处死。故事告诫君王要防范奸臣，不要听信谗言、误害忠良。全书的主干故事中插入了很多富有寓意的动物故事，如狼与大鼓、小兔与狮子之间的故事等，讲述安邦治国之道、为人处世之理。

《卡里莱和迪木乃》在马来地区备受欢迎，其中不少故事在流传中产生了变异，被当地民众看作是马来民族自己的故事。实际上，《卡里莱和迪木乃》的波斯文本和阿拉伯文本，其源是印度的《五卷书》，而《五卷书》的爪哇文本早在13世纪便已开始流传，当时名为《丹特拉故事》（*Tantra Cerita*）①。伊斯兰教传入之后，深受阿拉伯影响的《丹特丽·卡曼达卡》（*Tantri Kamandaka*）的新文本便逐渐代替了《丹特拉故事》。

《聪明的鹦鹉传》在马来地区也有很多文本流传，其本源是印度的《鹦鹉故事七十则》。可能在15世纪的马六甲王朝时期，这一连环串插式故事集就已经经由波斯传入。马来地区的故事对原本的一些故事情节、元素等作了改编，其情节梗概如下：

一个大商人的儿子整日与妻子寻欢做爱，不求进取。一日，他买回的鹦鹉和鹩哥开始用讲故事的方式启发他，他终于醒悟过来，决定远行经商。行前，他把妻子托付给这两只鸟儿。丈夫走后，无聊的妻子与一位王子产生了恋情，并打算出门赴约。鹩哥直言劝阻，却不幸被她杀掉。于是，聪明的鹦鹉连续讲了25个有趣的寓言故事，妻子被这些故事深深吸引，以至于忘记了与情人的约会，直到丈夫远行归来。聪明的鹦鹉

---

① 《五卷书》梵文名为 Pañcatantra。其中，tantra（丹特拉）即译名"书"字的由来，本意是一种印度文体，但书中所讲故事实际并非这种文体，而属于印度的"论"（śāstra）的范畴。也就是说，现今一般被视作民间故事集的《五卷书》，在古代印度实际上是"统治论"的一种，又被称作"王子教科书"。

不但挽救了主人堕落的灵魂,而且成全了主人的家庭。

这个故事的爪哇文本叫《赞德利》(Cantri),有着更大的改动。其开篇故事移植了《一千零一夜》的开头故事,插入了更多的动物故事,有些故事的内容与原本有所不同,还有些故事是从《五卷书》里挪用来的。因此,《赞德利》也被看作是《五卷书》的另一个爪哇文本。[①]

(四) 史诗

印度尼西亚和马来西亚的史诗传统中,最明显的特征是印度两大史诗的影响深远。

公元10世纪,以印度教为精神支柱的印度尼西亚马打兰王朝取代了夏连特拉佛教王朝,从中爪哇迁往东爪哇。这时,为了巩固王朝的统治基础,马打兰王朝特别强调印度教在意识形态领域的作用。因此,王朝对作为印度教经典的两大史诗《罗摩衍那》《摩诃婆罗多》都非常重视。

1.《罗摩衍那》在印度尼西亚和马来西亚的影响

其实,在马打兰王朝东迁之前,两大史诗之一的《罗摩衍那》就已经在中爪哇广泛传播了。建于公元10世纪的普兰班南陵庙的墙壁上就有罗摩故事的浮雕,浮雕故事一直叙述到罗摩准备攻打楞伽城为止。大约在同一时期,罗摩故事已被翻译、改写为古爪哇语格卡温诗体的《罗摩衍那》了。这是古爪哇文学中最早见诸文字的印度罗摩故事的译改本。

在爪哇和巴厘岛流传着众多的罗摩故事文本。从内容上看,爪哇的罗摩故事文本大致可以分为两类,一类与蚁垤的《罗摩衍那》情节大同小异,但又并不是蚁垤版本的翻译文本。这一类的代表作有格卡温诗体《罗摩衍那》(Kekawin Ramayana)、《罗摩史话》(Serat Rama)、《罗摩衍那话本》(Carita Ramayana)等,由于这一类故事属于爪哇史诗故事,是为宣扬印度教,为巩固王权服务的,因此又可以归入神话类。而另一类故事,如《史诗哇扬选篇》(Serat Kanda)和《黑罗摩》(Rama Kling)等,则糅杂了不少伊斯兰教传说和地方轶事,毗湿奴和湿婆都被换成了阿丹先知,虽然其主干故事与第一类罗摩故事基本相同,但不少人物名称、人物关系,以及故事情节,甚至人物的性格等,都与蚁垤的《罗摩衍那》大相径庭了。这一类故事已经不再是印度教经典,它们主要为满足市民阶层的娱乐需要而存在,所以又可被归入传说一类。

格卡温诗体《罗摩衍那》也称古爪哇语《罗摩衍那》。从目前掌握的资料看,它不但是印度尼西亚最早的罗摩故事文本,也是东南亚最早的罗摩故事文本之一。"格卡温"是古爪哇文学中的一种古诗体,这种诗体完全模仿梵体诗的韵律,每行有固定的音节数,也分长音节和短音节。格卡温诗体《罗摩衍那》分26章,共2774个诗节。关于它

[①] 梁立基著:《印度尼西亚文学史(上册)》,北京:昆仑出版社,2003年,第274—278页。

的具体创作时间,各方说法不一,但学者们一般认可大致是在公元9世纪至10世纪。它来源于印度一部题为《罗波那伏诛记》(Ravanavadha)的梵文诗歌,作者是跋底(Bhatti)。将《罗波那伏诛记》和格卡温诗体《罗摩衍那》两个文本相比较,第1章至第12章内容基本相同,但从第13章以后,两者的关系渐远。从第17章到结尾,二者便毫无关系了。①这说明该诗可能并非源自印度的单一传本,有一些内容很可能选自其他文本,或者是有所改编,加入了某些当地的特色。

  格卡温诗体《罗摩衍那》从十车王求子写起,接着的情节是:三位王后生下罗摩等四兄弟。众友仙人请罗摩去斩除危害仙人们修行的罗刹。罗摩除掉罗刹后,又随仙人去弥提罗城参加悉多的择婿大典,娶到了美丽的妻子悉多。回国途中,罗摩打败了持斧罗摩,名声大震。在驼背侍女的挑唆下,吉迦伊王后要求十车王将罗摩流放,立其子婆罗多为王储。十车王无奈,答应了吉迦伊王后的要求。罗摩被流放到森林中去,弟弟罗什曼那和妻子悉多也随同陪伴。十首王之妹首哩薄那迦追求罗什曼那未成,反被削鼻受辱。她报复不成,只好煽动其兄十首王去劫持悉多。十首王命一罗刹变成金鹿,将罗摩兄弟引开,劫走悉多。在鸟王的指引之下,罗摩找到了悉多的去向。罗摩与猴王须羯哩婆结盟,帮助须羯哩婆杀死其兄波林,夺回王位。猴王派神猴哈努曼和猴兵等帮助罗摩去楞伽岛寻找悉多。十首王之弟维毗沙那弃暗投明,成为罗摩的有力助手。经过数次大战,罗摩终将十首王杀死,维毗沙那在楞伽岛即位。罗摩带悉多返回阿逾陀城后,怀疑悉多的贞洁。悉多蹈火证明清白。至此,罗摩结束14年流放生活,登基为王,夫妻团圆,举国同庆。

  格卡温诗体《罗摩衍那》具有很高的艺术性,其语言之美、韵律之丰富,得到了文学艺术家们极高的评价。它所开创的格卡温诗体成为印度尼西亚的一种优秀文学传统,在印度尼西亚文学史上确立了永久的地位。

  2.《摩诃婆罗多》在印度尼西亚和马来西亚的影响

  虽然在印度尼西亚和马来西亚的其他地区,很难找到印度的另一部史诗《摩诃婆罗多》广泛流传的足够证据,但在印度尼西亚的爪哇和巴厘地区,《摩诃婆罗多》比《罗摩衍那》的影响还要大。

  印度尼西亚马打兰王朝东迁以后,统治者们致力于两大史诗的移植和推广的决心愈发高涨。达尔玛旺夏国王亲自授命宫廷作家按照篇章翻译《摩诃婆罗多》。由于王朝的统治者把两大史诗看作是印度教经典,所以要求翻译者必须忠于原著,不许随便改动原意。《摩诃婆罗多》原书共有18篇,而目前传世的古爪哇语散文体《摩诃婆罗多》只有9篇,其余9篇为何缺失不得而知。后来,古爪哇文学作品中陆续出现了用格

---

① [印尼]巴斯托米:《从一部皮影戏看罗摩故事的说教》(印尼文),选自《罗摩衍那的传播、发展和前景》,爪哇:日惹爪哇研究社,1998年,第114页。

卡温诗体改写的《摩诃婆罗多》故事，如《阿周那的姻缘》《婆罗多大战记》等。这些故事已不再是对原作的浓缩和简化，而是进行了再创作的，不仅故事情节有了较大的改动，所表达的主题思想也有所不同了。可以说，格卡温诗体文学作品就是印度尼西亚文学从单纯移植印度两大史诗走向爪哇民族化文学创作的产物。例如，《阿周那的姻缘》的作者恩蒲·甘瓦的创作目的，就是通过美化阿周那的英雄形象，歌颂爱尔朗卡国王。出于这一目的，故事中重新塑造了一位绝色仙女苏帕尔巴，并改变了原著中阿周那与仙女的关系，使两人成为情投意合的一对情侣。由宫廷作家恩蒲·塞达和恩蒲·巴努鲁创作的《婆罗多大战记》描写了般度族和俱卢族18天大战的故事，其情节的选择、人物形象的描写、情景的刻画和渲染等，都紧紧围绕着歌颂在争夺王位的战争中取胜的查耶巴雅王(1135—1157年在位)的目的进行。在故事中，作者有意增加了许多对爪哇风土人情的描写，加大了对18天大战中妇女的活动和作用的渲染力度，加强了战争的悲壮气氛。它似乎在鼓励妇女为丈夫殉节，以壮战士的斗志。这一时期的格卡温诗体文学作品大部分取材于《摩诃婆罗多》，而很少涉及《罗摩衍那》。这大概与这一时期爪哇王朝战争频仍，崇尚武力，需要加以歌颂的是胜者为王的一方有关。[①]

《摩诃婆罗多》一直是印度尼西亚文学家们创作的灵感源泉，早已深入到爪哇人的灵魂深处。爪哇人深信，《摩诃婆罗多》中的英雄就是他们的祖先，《摩诃婆罗多》中印度人的神话就是他们的神话。在《摩诃婆罗多》的诸多人物里，阿周那是最受爪哇人喜欢和崇敬的人物，因而从阿周那身上衍生出来的故事也最多。

然而，《摩诃婆罗多》也主要是通过影戏，而非文学文本流传和影响的。在印度尼西亚，尤其是爪哇和巴厘，以《摩诃婆罗多》为题材的影戏之多，几乎不可胜数。与此同时，《罗摩衍那》的影响也并非无足轻重，例如，在印度尼西亚广为流传的班基故事，其源头和基础与《罗摩衍那》就不无关系。在马来西亚，情况有所不同，比起《罗摩衍那》，《摩诃婆罗多》的影响要逊色得多。实际上，《摩诃婆罗多》是先在爪哇，经过爪哇本土化以后，才通过皮影戏流传到马来西亚的。

三、民间歌谣

（一）民歌

印度尼西亚和马来西亚的民歌内容十分丰富，形式也多种多样，有诀术歌、板顿诗、沙伊尔、基东等类型。

1. 诀术歌

诀术歌(Mantera)的出现，是因为古代印度尼西亚人和马来西亚人相信，民间歌诀咒语具有法术作用，大声呼喊能唤起一种超自然力，反复念诵将大量的夸张、比喻、重

[①] 梁立基、李谋著：《世界四大文化与东南亚文学》，北京：经济日报出版社，2000年，第232页。

叠、排比以及强烈的音韵结合在一起的歌诀,能达到操控万物、驱鬼禳灾的目的。因此,每当他们从事一种生产活动或遇到天灾人祸时,便会有人出来呼唤,企图用有声语言来感动神灵,以获得神灵的帮助。

专门唱诵歌诀咒语的人被称为"巴旺"(Pawang)或巫师(Dukun),巴旺可能是咒语的创作者和传承人,在族群里有很高的威望。也有些咒语是百姓自诵的。歌诀咒语里包含了最初的诗歌形式。当下,在印度尼西亚和马来西亚的广大乡村地区,仍能听到依然在被当地巫师使用的咒语的残留形式。为了摆脱贫困和灾难,为了祈求丰收和获得更多的猎物,村民们经常在有威望的巴旺或巫师的带领下举行各种仪式,其中最重要的环节就是巴旺或巫师通过唱诵诀术咒语与神灵沟通和对话。

例如,在刀耕火种的年代,人们期盼司谷女神保佑丰收。于是,在耕种之前,祭师要念诵这样的咒语:

  司谷女神,啊,司谷女神
  快送来临盆的胎儿
  奶妈们,侍儿们
  别让他生病
  别让他着凉
  别让他疼痛
  别让他晕眩
  小的快变大
  老的快变嫩
  不动的让他动
  不齐的让他齐
  不绿的让他绿
  不高的让他高
  绿如碧海水
  高如卡普山

在一些老马来人的部族,如加里曼丹的达雅克族和苏拉威西中部的托拉查族中,至今仍盛行此类诀术咒语。该地的女巫师经常吟唱一种连祷长歌,叙述她们在九天之上与神灵相会的情景。女巫坐在席子上,整夜吟唱不停。她们相信,这时女巫的灵魂可以爬上屋顶,攀上彩虹,飞上天宫,与神仙会面,向神提出人间的种种要求。在马来半岛,巫师们诱捕对手灵魂的高超艺术也许是世界上任何其他地方都无法相比的,他们或者为了毁掉一个仇人,或者为了赢得一位美人的爱情,使用的手法多种多样。反复唱诵生动精彩的咒语是其中最核心的内容。例如,为了摄取一位美女的灵魂和芳心,巫师会在月圆之夜和月圆后的两天夜里,坐在蚁丘之上,面向明月,焚香礼拜,口念

如下咒语:

> 我给你带来槟榔叶,
> 啊,凶猛的王子!
> 把那柠檬果放在叶子上,
> 让她——娱乐王子的女儿——尝尝。
> 在朝阳升起和夕阳西下的时候,
> 愿你爱我爱得发狂。
> 愿你像思念双亲一样,
> 思念我。
> 雷声隆隆时,
> 想着我。
> 疾风呼啸时,
> 想着我。
> 下雨时,
> 想着我。
> 鸡鸣时,
> 想着我。
> 能说话的鸟儿述说故事时,
> 想着我。
> 抬头看着太阳时,
> 想着我。
> 举头望着明月时,
> 想着我。
> 因为我就在那月亮里。
> 咯,咯!＊＊＊的灵魂呀,
> 到我身边来吧!
> 我不想把我的灵魂交给你,
> 而是要你的灵魂和我的灵魂在一起。

这些爱情巫术的做法在印度尼西亚语和马来语的许多文学作品中都有生动、详尽的描述,并引起了英国人类学家弗雷泽的极大关注。可以说,巫术和神话在马来民歌中占有相当大的比重,这也是马来民歌的一大特点。

2. 板顿诗

板顿诗(Pantun)是印度尼西亚和马来西亚民间文学宝库中最耀眼的一颗明珠,是马来社会各阶层人士最喜闻乐见的一种通俗民歌。它在文莱、新加坡一带也很盛行。

诵读或吟唱板顿诗既是群众娱乐的一种方式,也是迎送客人或者欢庆场合上不可缺少的节目。可以说,从托人说媒,到新人求婚,直到举行结婚典礼,甚至在国王就职典礼等重大场合,都要吟唱板顿诗。有英国学者称:"只有了解了板顿,才能真正了解马来人的思想感情。"①这里所说的马来人是指印度尼西亚和马来西亚的居民。

荷兰和印度尼西亚的学者都认为,马来板顿诗发源于苏门答腊中部的米南加保(Minangkabau)地区。马来西亚的学者认为,马来板顿诗是道地的马来民族的宝贵文化遗产,是纯粹的马来文学,没有受到印度或爪哇文化的影响。但马来板顿诗早已蜚声国际,成为西方文人和学者眼中的珍品。休·赫尔曼(C. Hugh Holman)在《文学手册》中说道:"板顿曾为法国大作家雨果及其他大诗人所采用,取名为 Pantoum。现在,Pantoum 诗体已成为法国最现代化的诗歌形式之一。"②

据考证,板顿诗过去只在民间口头流传,直到 15 世纪,才首次出现在《马来纪年》的书面记载中,这是板顿诗由口头传诵转为书面表达,成为定型的书面文学形式的开端。

板顿诗可分为儿歌、讽喻歌、情歌、生活歌和礼仪歌等几种类型。③ 例如,以下就是一首为众人所熟知的表达爱情的板顿诗:

> Dari mana punai melayang?　青鸠从哪里来?
> Dari paya turun ke padi;　　从沼泽飞进稻田;
> Dari mana datang sayang?　爱情从哪里来?
> Dari mata turun ke hati.　　从秋波传入心田。

这首诗用比翼双飞的青鸠作喻,引出爱情这个主题,这与中国《诗经》中的"关关雎鸠,在河之洲"有异曲同工之妙。马来语"板顿"(Pantun)一词的意思就是"比喻",比喻正是板顿诗的突出特点。具体来讲,板顿诗的前两句常用比喻手法先言他物,以引出所咏之辞,类似于中国"赋、比、兴"中"兴"的手法;后两句才是诗的正文,即咏者的用意所在。板顿诗在发端两句中,常用花、鸟、鱼、虫、果树、船只、岛屿等来打比方,或作为开头衬韵,或作为言情语境,或托物喻志,把客观事物与主观情感交融在一起,使诗歌更富有美感,表现出马来民族含蓄隽永的民歌品味。有的学者认为,板顿就是由一种谚语或谜语式的短诗发展而来的。

上述板顿诗既押头韵,又押尾韵。规范的板顿诗是四言四句体,每句含八到十二个音节,第一句和第三句的尾音押韵,第二句和第四句的尾音押韵,也有押头韵和腰韵的,但主要靠的是韵脚,即押 ABAB 韵。每一句的前半句为升调,后半句为降调,中间

---

① 许友年著:《马来民歌研究》,香港:南岛出版社,2001年,第 2 页。
② 同上书,第 3 页。
③ 同上书,第 4—63 页。

有间歇和停顿,读起来抑扬顿挫,极富韵律感和节奏感。

实际上,板顿诗在印度尼西亚各民族中还有不同的叫法。马来族称之为 pantun,米南加保、亚齐和巴塔克族称其为 umpama 或 ende-ende,巽他人称其作 wawangsalan 或 sisindiran,而爪哇人将之称为 parikan 或 wangsalan。其中,影响最大、流行最广的是马来板顿诗。

中国学者许友年教授曾经指出,马来板顿诗与中国的山歌有许多相似之处。例如,与台湾山歌相比,除了语言上的差别外,从结构到内容直至修辞表现手法等方面,它们几乎是一模一样的,特别是和颇具南岛情调的高山族情歌相比,更是如此。若将板顿诗与福建、广东的客家山歌相比,就会发现,两者在都用兴句这一点上,也完全相同。

在马来西亚,板顿诗至今仍是地道的马来歌曲的基础,是各种文艺演出的主角。除了无音乐伴奏的板顿朗诵和舞蹈外,大多数是配乐的歌唱和舞蹈,还有音乐、歌咏和舞蹈相结合的节目,有专场演出。在乡村,也有男女在稻田里举行割稻仪式时表演的赛唱和歌舞等等。这同中国西南等地少数民族的跳月、起歌台或歌墟之类的形式比较接近。①

3. 输洛迦

输洛迦(Seloka)本是印度梵文史诗使用的一种诗律,格式多种多样。规范的输洛迦都是每颂两行,但也有每颂三行、四行的。印度尼西亚和马来西亚吸收、演化出的输洛迦都是四言四句体,每句八至十二个音节——这与马来板顿相同,但输洛迦与马来板顿也有显著区别:第一,输洛迦在印度尼西亚和马来西亚开始流行的年代要比板顿早;第二,输洛迦无起兴句和表意句之分,每句诗都是表意的,而多数板顿诗的起兴部分与正句部分没有意义上的关联;第三,输洛迦押 AAAA 韵,板顿诗则押 ABAB 韵;第四,输洛迦体诗多半都是带有警世、训诫意味的讽刺诗,而板顿诗的内容和应用范围远比输洛迦广泛得多;第五,输洛迦体诗又属叙事诗,常常通过多段诗歌串联起一个完整的叙事主题,因此,它往往与连环式的民歌有密切联系,有人因此称之为连环式民歌。

下面这首输洛迦便是一首讽刺诗:

> 鸦片膏,用布缠,
> 抽上瘾来目光散,
> 澡不洗,活不干,
> 老是惦记别人钱。

4. 沙依尔

沙依尔(Syair)是在板顿的基础上发展起来的民间叙事长诗。板顿的四句单章体

---

① 许友年著:《马来民歌研究》,香港:南岛出版社,2001 年,第 101—103 页。

式限制了诗歌"歌以咏事"的功能，尤其是在吟诵重大事件的时候，短小的板顿诗就显得无能为力了。于是，后来的人们保留了板顿单章四句的体式，但是诗歌长度不限，可以四句一章不断地发展下去，有的长达数千句甚至上万句，同时韵律也有所放宽，一般每章押一个韵脚，但无比兴之说，这就是沙依尔。

沙依尔是阿拉伯伊斯兰文化进入印度尼西亚和马来西亚以后出现的，这个词也是来自阿拉伯语的借词，也有学者认为，沙依尔是受波斯柔巴依诗体的影响产生的。沙依尔诗更接近于说唱文学，语言通俗易懂，适合吟唱、易于普及。

沙依尔的题材主要是神话、传说故事和人物传奇，其中不少是爪哇的班基传说。其中最受欢迎和最能引起学者兴趣的，是《庚·丹布罕》（Syair Ken Tambuhan），它主要讲述伊努王子和村姑的爱情悲剧。其他重要文本还有《班基·斯米朗之歌》（Syair Panji Semirang）、《昂列尼之歌》（Syair Angreni）等。沙依尔诗体的班基传说故事一般只截取全篇的一个片断，情节比较简单。还有一些沙依尔诗取材于印度、阿拉伯和本地流传的民间故事，且常常把几种来源的故事糅合在一起。例如，《贝达沙丽》（Syair Bidasari）就是其中很典型的一部。它讲述一位落难公主苦尽甘来的故事，深受人们喜爱，相关异文至少有十部以上。《猫头鹰之歌》（Syair Burung Pungguk）以动物为主角，展现人间爱情的悲欢离合，也是一部传世佳作。这些传奇故事类的作品大都具有一定浪漫色彩，表达的主题多是善恶有报、好事多磨，终达圆满等，较能迎合听众、读者的心理。说唱这类传奇故事也是在当时的社会条件下，民众为数不多的主要娱乐形式之一，所以能够百唱不厌、百闻不倦，一直流传到今天。

沙依尔中还有取材于近代历史事件的一类，大多描写人民奋起反抗殖民统治的内容，表现手法以写实为主，所描述的事件比较接近历史事实，宗教和神话色彩不浓。它们一般会有作者署名，但大致可归类于民间长诗。比较著名的作品有《望加锡之战》（Syair Perang Mengkasar）、《希莫普》（Syair Hemop）、《马辰之战》（Syair Perang di Banjarmasin）等。长达2400行的《希莫普》，表现的是1740年，雅加达地区的华人与原始居民并肩作战、反抗荷兰殖民压迫的"红溪惨案"。这种写实手法后来逐渐成为沙依尔创作的一种风尚，从而使它演变成了一种记录现实的歌诗。

5. 基东

基东（Kidung）是在爪哇盛行的一种叙事诗，源于爪哇民间唱词。麻喏巴歇王朝，即满者伯夷衰落后，格卡温诗体也随之衰退，取而代之的就是基东诗。这种诗歌使用的是中期爪哇语，其格律依照爪哇语音特点，不分长短音，句子长短不限，往往参差夹杂在一起，只是保留了韵脚。在形式上，它比马来语体的沙依尔更为自由。在内容上，与沙依尔的写实性有所不同，基东多取材于麻喏巴歇王朝的历史题材以及爪哇民间传奇。

较为重要的基东作品有《哈尔萨·威贾亚传》《梭兰达卡传》《郎卡·拉威传》《巽他

基东》等,其中后两部的流传最广。《郎卡·拉威传》讲述的是麻喏巴歇王朝的建国元勋郎卡·拉威将军,在遭受不公正的待遇后,揭竿而起,最后被镇压的悲惨遭遇。《巽他基东》讲的是巽他公主为了保卫自己的国家和尊严,在对抗麻喏巴歇历史上最强大的君主哈奄武禄的斗争中,最终以身殉国的悲壮故事。

基东来自民间,所以与主要为帝王歌功颂德的格卡温不同,基东传唱的作品一般是站在统治者的对立面的,对统治者基本持贬斥态度,例如,经常被人们传唱的民间英雄传奇《苏达玛拉传》《斯里丹绒传》《扎里·阿朗传》等都是如此。最受人们喜爱的班基的传说,也有众多的基东版本流传。

(二)谚语

印度尼西亚的俗语可分为四种:纯俗语;句子不完整的俗语;运用比喻的俗语和变性俗语。其中纯俗语应具备三个条件:一是句子完整;二是约定俗成,很少有变化;三是蕴含真理和智慧。看来,这种纯俗语大致相当于一般所说的谚语范畴。据其内容,印度尼西亚和马来西亚的谚语又可以划分为哲理谚语和道德谚语等类型。

哲理谚语如:

> 别认为年轻人都无知,别以为老年人都睿智。
> 下雨之前,备好雨伞。
> 踩哪里的地,就守哪里的礼。
> 行舟遇险改方向,发言遇阻多思量。

道德谚语如:

> 只要是有,一点也够。
> 想摘的未得一粒,怀里的撒满一地。
> 当你的食指指向别人,你的四个手指同时也指着自己。(人要自我反省。)
> 唾沫飞上天,湿了自己的脸。(人要尊重别人,否则只能自作自受。)
> 鹤飞天方,终归泥塘。(人要爱自己的家乡。)

这些谚语虽然简短,却能直指事物的本质,成为人们在日常生活里遵循的行为依据。

值得注意的是,在印度尼西亚和马来西亚还流行一种双句谣谚,这类谣谚中有很多后来都发展成了四句的板顿诗。据此,一些学者认为,板顿就是由一种谚语或谜语式的短诗发展而来的。例如,"与其蒙辱去偷生,不如长眠在九泉""求学半途而废,犹如花蕾枯萎"这两句谚语,后来都发展成了板顿诗。

(三)谜语

马来群岛的谜语可以分为韵文体和散文体两种,韵文体的谜语又可归入民间歌谣一类,其中很多都与板顿诗等民间诗歌有着渊源关系。受印度文化影响的印度尼西亚和马来西亚人民具有含蓄、浪漫的特点,因而十分注重象征性描述的运用。尤其是在尊拜神祇、避忌鬼灵的时候,他们更需要采取某些隐指的方式。例如,在传统文学典籍《班基的传说》和《马来纪年》中,释梦往往成为故事发展的关键情节。而释梦本身,就是某种意义上的谜语解读。这种隐指后来便发展成为当地谜语的一大特色。

例如,当一对夫妻意见相左,或感情有变时,妻子便可能隐晦地对丈夫说:

盘子没裂,饭也没凉;
你若不愿,我也不想。

过去是砍刀,现在是破铁;
过去百般宠娇,现在深恶痛绝。

韵文体谜语多为二到四句,一般都很短小。语言接近于韵律化的日常口语。例如:

小时穿绿裙,
大时穿红衣。
外表是天堂,
内里是地狱。(谜底:辣椒)

又如:

无脚能跑步,
无尾能行路,
无头能看物。(谜底:蛇,螃蟹)

但随着新诗体沙依尔的出现,也出现了篇幅较长的谜语,例如:

无物而有形,
快慢相与归;
无论动与静,
不分喜与悲;
大小不相弃,
高低不相离;
有形难捉取,
欲别不可为;
何谓时与地,
生死总相随。(谜底:影子)

值得关注的是,在爪哇岛,谜语还有一种特殊功能。在种稻仪式上猜一种被称作帕里坎(Parikan)的谜语,被认为可以产生神力,迫使稻秧结出颗粒饱满的稻穗。而爪哇语"帕里坎"既有谜语的意思,又指双句板顿诗,从一个侧面印证了谜语和板顿诗的关系。

四、民间戏剧

与东南亚其他国家相比,在印度尼西亚和马来西亚,由真人来出演角色的民间戏剧形式相对较少。这可能与这两个国家的伊斯兰化有关。但作为人们最为喜爱的休闲娱乐方式,民间戏剧依然找到了发展方向,那就是哇扬戏。

哇扬戏是在印度尼西亚和马来西亚普遍流传的影戏,也是这两个国家民族戏剧的主要形式。哇扬戏分皮影戏和木偶戏,此外还有由真人模仿木偶动作的人偶戏。其中,皮影戏流行最广,在民族表演艺术中占据主要地位。根据流传地区和哇扬戏的不同特点,这一地区的哇扬戏可分为印度尼西亚的爪哇、巴厘和马来西亚的吉兰丹哇扬戏三大流派。

（一）爪哇古典哇扬戏

爪哇古典哇扬戏,大致分西爪哇古典皮影戏和东爪哇古典皮影戏两种风格。西爪哇皮影戏至少有四个语言文本:使用巴达维亚语的巴达维亚（今雅加达）文本,使用井里汶语的井里汶文本,使用展玉语的展玉文本,还有使用万隆语的万隆文本。其中,井里汶古典皮影戏（Wayang Kulit Purwa Cirebon）的影响最大,一直流传至今。

西爪哇井里汶古典皮影戏来源于中爪哇和东爪哇,主要以两大史诗故事为题材。其中不少内容都根据伊斯兰教教义、教法进行了修改和创新。过去,每当伊斯兰教历的正月,在井里汶王宫中都会演出以两大史诗为题材的皮影戏。在乡村中,举行某种仪式,或庆祝丰收和感谢真主时,也时常演出皮影戏。如今,井里汶王宫已经成为历史文物的仓库,这里的皮影戏主要为游客演出。现在的井里汶皮影戏使用的是井里汶混合语,即爪哇语和巽他语的混合语。演出一般要持续一个晚上。它有一个与众不同的特点,即加美兰乐队（Gamelan）的乐手在哇扬戏的演出过程中,不但伴奏,而且始终参加伴唱。

在伊斯兰教传入爪哇以后,东爪哇古典皮影戏沿用了中爪哇皮影戏的形式,但也保有自己的特色,特别是在皮影人的涂彩等方面,更适合当地人的审美趣味和创作水准。东爪哇皮影戏的皮影人,尤其是女性人物,形状与日惹的风格相似,但人物的头饰和面部的颜色与中爪哇有所不同。在爪哇人的信仰向伊斯兰教过渡时期,东爪哇的古典皮影戏就已经成熟,因为此前东爪哇麻喏巴歇王国的统治已经扩展到了整个印度尼西亚群岛,所以东爪哇的皮影戏便在中爪哇普及开来。

在爪哇,木偶哇扬戏也很有名。木偶哇扬中的偶人都由木头制成,给木偶人穿戏装、涂画彩都要根据《罗摩衍那》和《摩诃婆罗多》中的角色需要来设计。演出时不用幕布,过去用油灯,现在多改用汽灯和电灯。木偶人和皮影人不同,木偶人是三维的立体艺术造型,头和身子分离,一根细杆从中空的身体穿过,既起到连接木偶人头和身子的作用,同时也是哇扬艺人手中的操纵杆。木偶人的手臂和身子也和皮影人一样,是用线连接的,哇扬艺人可以让木偶的手臂自由活动。据考,木偶哇扬最早被引进西爪哇的井里汶,而后才由此传入内地,逐渐为巽他人所喜爱。木偶哇扬戏在西爪哇很受欢迎,以致后来不用爪哇语,而改用巽他语演出,当然,其中还夹杂着不少现代爪哇语和古爪哇语的成分。皮影戏也因此缩小了地盘,只在达西马拉亚(今打横)、井里汶和巴达维亚三个地区演出。西爪哇人一般称这种哇扬为巽他木偶哇扬或古典木偶哇扬(Wayang Golek Sunda/Purwa)。其主要剧目表现的是《罗摩衍那》和《摩诃婆罗多》中的故事。巽他木偶哇扬大约出现在马打兰苏丹国(Saltanah Mataram)阿莽库拉特一世(1646—1677年)时期。随着时代的变化,木偶哇扬戏也在不断地改革和创新。

(二) 巴厘古典哇扬戏

巴厘古典哇扬戏是巴厘岛最古老,也最受尊崇的戏剧表演形式。它主要以罗摩故事为题材。与爪哇哇扬戏相比,巴厘哇扬戏的皮影人在人物造型上有明显的不同。爪哇的皮影人脖子长、肩膀宽,两臂长过膝盖,甚至可以触摸双脚,与常人形象相差甚远;而巴厘皮影人的造型比例则比较接近真人,规格比爪哇的皮影人小些。此外,巴厘的皮影人与东爪哇帕纳塔兰神庙(Candi Panataran)内的《罗摩衍那》浮雕中的人像极为相似。由此可以推断,在伊斯兰教传入以前,爪哇皮影人的人物形象和艺术造型也与印度神庙上的浮雕人物相差无几。巴厘皮影戏的另一个特点是,较之爪哇以至东南亚其他多数国家,巴厘皮影戏与宗教仪式有着更密切的关系,因而更具神圣性。这大概与巴厘人至今依然信奉印度教不无关系。在巴厘,皮影艺人在表演之前,都要先念咒语,请求神灵保佑演出顺利、成功。此外,还要举行一些净化仪式。在巴厘,几乎所有的皮影戏表演都与某一宗教仪式有关,而不是单纯出于娱乐的目的。

巴厘哇扬戏的表演方式与印度尼西亚其他地方的大致相同,但也有自己的特色:牵线人盘腿坐在用方框展开的幕布后面,头上悬着一盏照明灯,牵线人操纵着刻有孔眼儿的平展的皮影人,把它们的影子投射到幕布上。沿着幕布的底边放着一根香蕉树干,上面插着表演时静止不动的影人。两个助手坐在牵线人的两边。右边有一个盛皮影人的箱子,牵线人用夹在右脚趾之间的木槌儿敲箱子,这样既可制造声音效果,又能暗示和提醒坐在后面的乐师及时伴奏。除了那些皮影戏的狂热爱好者之外,多数观众都坐在幕前观看。

准备开演时,牵线人示意乐师开始演奏正式的序幕曲,同时打开木箱,将皮影人一一取出。最先取出的是一个代表生命树的"卡雍"(Kayon)。这是一个树叶形状的东西,用来指示开场、散场和换场,并作为火、雨、风、大海和敬神气氛的辅助象征。卡雍沿着幕布摇晃移动,表示创造一个物质世界。乐师继续演奏序曲,牵线人把皮影人垂直插在香蕉树干上,那些暂不出场的,或者是特殊的人物则与幕布垂直平放着,使观众看不到他们的影子,那些用不到的皮影人则被安排在两端。开场时,中心人物先移动,然后卡雍第二次摇动,表示赋予皮影人以生命。而后,牵线人吟唱古诗,演出才正式开始。

巴厘皮影戏主要使用一种叫做"根德尔"(gender)的打击乐器作音乐伴奏。这种乐器类似木琴,四个一组,分成两对,一对较大,另一对较小,带有铜制的琴键,用木槌敲击,有点像西方的电子木琴。每个琴键下面都有已调试好音调的竹制共鸣器,可以自然扩大声音。两对根德尔的音调高低要有所不同,合奏时才能产生一种敲击和共振的效果。在巴厘乐器中,根德尔的演奏技巧是最难掌握的,因为在敲击一个琴键的同时,每一根手指都要用来控制前一个已经被敲过的琴键的颤动,两只手简直就像在铜键上跳舞。

(三)吉兰丹哇扬戏

马来西亚的哇扬戏主要是皮影戏,分为四种:一是吉兰丹皮影戏(Wayang Kelantan),又因它深受泰国皮影戏影响,因此也叫暹罗皮影戏(Wayang Siam);二是马来皮影戏(Wayang Melayu);三是古典皮影戏(Wayang Purwa),也叫爪哇皮影戏(Wayang Jawa);四是大皮影戏(Wayang Gedek)。其中,第一种和第二种流行于吉兰丹和西马东海岸各州,第三种流行在半岛南部西海岸地区,主要在柔佛州(Johor),而第四种流行于吉打州(Kedah)、玻璃市州(Perlis)和半岛北部西海岸的几个州。目前,上述四种哇扬戏中,流传最广、影响最大的是吉兰丹皮影戏,其他几种已近乎绝迹。

吉兰丹皮影戏和在当地流行的爪哇皮影戏在表演方式上很相似,主要区别在于剧目、皮影人的外表和伴奏音乐的不同。吉兰丹皮影戏的主要剧目是罗摩故事,而爪哇皮影戏则主要表演班基的传说。吉兰丹皮影戏表演的文本是《摩诃罗阇·瓦那传》(Maharaja Wana),其情节之间的关系可以用一棵树来作比喻:最基本的部分是树根、树干和主枝干,例如,悉多被掳、罗摩寻妻等情节,大致和马来文本的《罗摩圣传》相平行;大量的插话则被称为枝节故事。通过对大量基础剧目文本进行比较,可以看出:第一,虽然没有一个表演艺人的文本和其他文本是完全相同的,但所有的吉兰丹皮影戏文本的主干故事都是一样的,它们各自与众不同的特点主要表现在插话故事中;第二,剧中讲述的故事一直在被地方化,即被马来化,很少有皮影艺人会意识到,他们表演的罗摩故事是来源于印度的;第三,吉兰丹皮影戏演出的史诗文本在马来文学和泰国文学中都很流行。

仔细分析吉兰丹皮影戏,便会发现,它综合了很多泰国皮影戏和爪哇皮影戏的特点。例如,和泰国皮影戏一样,吉兰丹皮影戏的皮影人(小皮影)只有一只手臂的关节会活动,而在爪哇和巴厘的皮影戏中,皮影人的两只胳膊都能活动;罗刹的形象受外来影响的痕迹特别明显,它们的尖顶高帽和圆形鼻子是从泰国学来的,圆睁的怒目则来自爪哇传统;猴子的尖顶王冠和尖顶帽子源自泰国,而猴子勇士的头饰则像是来自爪哇;吉兰丹皮影戏中的仙人驼背,长胡须,拄长拐杖,这与泰国皮影戏中的仙人形象大同小异,粗俗的王子和半神形象则显然都模仿了爪哇的皮影人形象。

马来西亚、泰国和印度尼西亚的爪哇在皮影戏艺术上的亲缘关系,进一步说明文化是没有国界的,优秀的文化,尤其是非常直观和大众化的表演艺术更是如此。马来西亚吉兰丹州的皮影戏之所以至今依然为民众所喜爱,并在不断地丰富和发展中,就是因为它依靠地缘的优势,汲取了多种文化的营养,并不断地进行改革和创新,极富地方色彩,符合大众口味。这正是口传艺术的生命力所在。

第三节　印度尼西亚和马来西亚民间文学研究概述

印度尼西亚和马来西亚历史悠久、地大物博、民族众多,民俗文化极为丰富多彩。然而,由于缺少有效的文字保存手段,其记载民间文学的典章古籍大多都已佚失,对这两个国家古代时期民间文学的搜集、整理情况,已经很难进行全面查考。

一、西方学界对两国民间文学的搜集整理和研究

印度尼西亚和马来西亚均曾遭受长达三百多年的殖民统治,在印度尼西亚于1945年8月独立、马来西亚于1957年8月独立前,研究这两国民俗的学者大多是欧洲人,又以两国独立前的殖民宗主国学者为主。

印度尼西亚独立前,荷兰学者主要是从人类学、神学、语文学和音乐学等学科的视角来研究印度尼西亚民间文学的。这批学者数量不少,著述也很多。尽管他们不是民俗学和民间文学研究的专家,但其研究成果仍为印度尼西亚现代民俗学和民间文学的研究和发展提供了丰富、宝贵的参考资料,奠定了研究基础。

拉瑟斯(W. H. Rassers)和约瑟林·德·扬(Josselin de Jong)运用社会结构理论分析印度尼西亚民俗。前者认为,爪哇的民间传说和礼仪是社会结构不可分割的统一整体,并在论文《班基传奇》(1922年)中论证了这一观点。后者对印度尼西亚神话有一定的研究,他把印度尼西亚人信仰的神灵的神格分成三类;第一类神代表生育和善良,第二类神代表死亡和罪恶,这两类神虽然性质相反,但实际上已合二为一,这样,就出现了同时代表生与死、善与恶的第三类神。在爪哇,死神和恶神往往具有两重性,一方面,它与死亡和罪恶相联系;另一方面,又是一位崇高而善良的神。这种两重性集中体现在一个被作者称为"诡诈神"的神身上。这个诡诈神就是负责联系人间和天神的中间神。

萨卡尔(H. B. Sarkar)曾以太阳神话理论剖析东爪哇神话,提出,东爪哇著名的民间传说中的人物——班基,是太阳的象征,而其所苦苦追求的赞德拉吉拉娜则是月亮的化身。他还认为,班基故事属于自然神话,与图腾崇拜和异族通婚的习俗毫无关系。

考斯特·威斯曼（L. H. Coster-Wijsman）根据传播理论，将印度尼西亚民间故事，主要是西爪哇帕逊丹地区的民间故事，同西亚、北非的民间故事进行比较，推断说，卡巴延故事直接源自土耳其和阿拉伯国家。

20世纪20年代，延·德·弗利斯（Jan de Vries）是第二次世界大战前的荷兰学者中唯一专门致力于印度尼西亚民俗研究的民俗学家，出版了几部关于印度尼西亚民间文学的研究专著，《关于强者汉斯的印度尼西亚民间故事》（1924年）、《有关贪婪者的印度尼西亚民间故事》（1925年）和《印度尼西亚民间故事：童话和寓言》（1927年）等。他尤其强调研究印度尼西亚民间故事的重要性，指出，印度尼西亚民间故事中有许多基本要素与欧洲民间故事相类似，并认为这种类似是因为它们的来源是相同的。

霍伊卡斯（C. Hooykaas）在1929年，对中爪哇一带来源于《五卷书》的动物故事做了收集、整理，并分别在1941、1947和1948年，针对巴厘、龙目、爪哇的童话做了类似的研究工作。他的妻子J. Hooykaas也于1956年，对巴厘的童话做了调查研究。

费利普·弗里克·麦克恩（Philip Frick Mckean）运用多种理论和方法，研究印度尼西亚动物故事中鼷鹿这个角色。他认为，鼷鹿在任何强敌面前总能保持沉着冷静，干净利落地解决一系列复杂棘手的难题，从而化险为夷，这反映了印度尼西亚人的一种文化价值观，即他们热衷于追求一种氛围的和谐，赞赏那种临危不惧、泰然生智、聪明勇敢的民族特质。

在马来西亚，无论是在马来半岛，还是在东马来西亚的沙捞越和沙巴，在独立之前，最先开始搜集、整理民间文学资料的都主要是英国人。著名学者如马克斯韦尔（W. E. Maxwell）、威尔金森（R. J. Wilkinson）、温斯德特（R. O. Winstedt）和斯特罗克（A. J. Sturrock）等都参与到这一工作中来。他们于19世纪末、20世纪初，在马来半岛收集了一些民间故事，并发表在《亚洲皇家协会海峡分会杂志》上，或收入为英国殖民官员们学习马来语而编写的通俗读物中。当时为研究者们讲故事的马来人帕旺·阿纳（Pawang Ana）和米尔·哈山（Mir Hassan）也因此声名远扬。

应该指出，在殖民统治时期，殖民政府曾为印度尼西亚和马来西亚民俗研究投入过一些人力、物力，但其主要目的是为了更深入地了解当地居民的文化心理，以更好地推行他们的奴化政策，巩固和加强其殖民统治。例如，1908年，荷兰殖民政府成立的民众读物委员会，名义上是要搜集和出版印度尼西亚传统民间文学作品，实际上却是为了控制和诱导正处于民族觉醒中的印度尼西亚人民的思想倾向。

二、印度尼西亚和马来西亚对民间文学的搜集整理和研究

公元15世纪前后，一部马来人的口传历史《马来纪年》问世。它收录了大量远古时期的神话传说，讲述了马来民族发展的历史，及其在政治、宗教、文化等各个方面的发展演变，被马来人奉为马来历史的经典之作。它虽然不是真实的历史纪录，但对了

解马来民族、社会及其文化都具有重要的参考价值。类似的历史传说故事还有《巴赛列王传》。这是东南亚地区第一个伊斯兰王朝——须文答腊·巴赛（Samudera Pasai）的一部王书，被誉为马来王朝历史传记文学的开山之作，其中也不乏有趣的神话传说。后来，各马来王朝所修的王书，包括《马来纪年》，无不受其影响。

在现当代，与西方学者相比，印度尼西亚和马来西亚开始对自身民间文学进行研究的时间要晚了许多——直到独立后很久，才得以进行。

在印度尼西亚，开本国民间文学研究先河的是普尔巴扎拉卡（Poerbatjaraka）教授。他在1940年和1968年，对爪哇的班基传说进行了研究。其次是伊·古斯蒂·努拉·巴古斯（I Gusti Ngurah Bagus），他于1964年，在《印度尼西亚文学》杂志上发表了有关巴厘文学中的诙谐题材的研究文章。1971年，他又针对巴厘岛的天鹅处女型故事做了相关研究。

然而，民间文学作为一门独立学科，得到本民族的重视，并开始认真研究，还是20世纪70年代以后的事情。70年代以前，印度尼西亚还没有一部专门的民俗学图书目录，只有各民族的文化书目。其中最有名的是雷蒙·肯尼迪（Raymond Kennedy）于1962年编写的《印度尼西亚民族和文化图书目录》（Bibliography of Indonesian Peoples and Cultures）。后来，这个书目又经过托玛斯·马来茨基（Thomas W. Maretzky）和费舍尔（H. Th. Fischer）扩充编写，内容得到进一步丰富，成为20世纪60年代以前，有关印度尼西亚的文化著作的最完整的图书目录之一。关于这类书目，印度尼西亚人类学家昆扎拉宁拉（Koentjaraningrat）所编的《印度尼西亚人类学书目概览》（1975年）中有更详细、更全面的介绍和说明。

20世纪70年代以后，印度尼西亚民俗学家亚莫斯·达南查亚（James Danandjaja）教授带领本民族的学者们开始了民俗资料的收集和整理工作，先后编写和出版了《爪哇民俗学注释目目》（James Danandjaja, An Annotated Bibilography of Javanese Folklor，1972年）、《巴厘民俗学注释图书编目》（Arinton, Bibliografi Beranotasi Folklor Bali，1973年）、《巽他族民俗学注释图书编目》（Sugiarto Dakung, Bibliografi Beranotasi Folklor Sunda，1973年）、《托拉查族民俗学注释图书编目》（Priyanti Pakan, Bibliografi Beranotasi Folklor Toraja，1985年）等成果。亚莫斯·达南查亚教授也是印度尼西亚独立后最有名望、贡献最突出的民俗学家。除上述成果外，其主要著作还有《印度尼西亚民俗学》（Folklor Indonesia，1984）和《巴厘特鲁年村的农民文化》（1980）等。应该说，印度尼西亚政府对民间文学的收集、整理工作相当关注。印度尼西亚国家图书编译局于1963年至1972年，先后出版了四卷本的《印度尼西亚民间故事》。

印度尼西亚独立后的民俗档案整理工作也是从20世纪70年代开始的。著名文学家阿伊普·罗西迪（Ajip Rosidi）于1971年发起并实施了"巽他板顿诗歌和巽他民俗采集工程"。作为该工程的组织者和领导者,他起到了带头和示范作用,做出了一定的贡献。

从1971年开始,印度尼西亚文教部领导的音乐舞蹈协会组织部分学者,分别在南苏拉威西的布吉斯(Bugis)和西爪哇的井里汶(Cirebon)等地,采集了相当数量的民歌,并对采集到的民歌进行了录音整理,有些歌曲还做了改编。

在印度尼西亚政府的支持下,全国性的印度尼西亚民俗学学术研讨会分别于1973年、1980年和1982年,在其首都雅加达举行。从20世纪80年代中后期开始,印度尼西亚政府文教部文化司实施了一项"地区文化的收集和编纂工程"(简称IDKD)。通过若干年的努力,从各省收集到了数千篇民间故事,其中,各地区的神话和传说占有相当大的比重。

值得一提的是,2004年,印度尼西亚火炬基金会/口承传统协会(Yayasan Obor Indonesia KITLV-Jakarta/Asosiasi Tradisi Lisan)在雅加达出版了一部《东南亚和大洋洲口头传统图书目录》(*Oral Tradition of Southeast Asia and Oceania—A Bibliography*)。该目录由海尔曼·凯姆(Herman C. Kemp)编撰,分神话传说、民间故事、习俗和传统、表演艺术四个部分,收入了从1826年至2001年间出版的,共计5765部民间文学和民俗学图书。其中,有关印度尼西亚和马来西亚民间文学与民俗学的图书约占总数的三分之二。这些图书多数都可以在荷兰莱顿大学KITLV图书馆中找到。

第二次世界大战后,尤其在马来西亚独立以后,马来西亚民间文学的收集、整理和研究工作逐步得到了重视和加强。马来亚大学的穆罕默德·塔伊普·奥斯曼(Mohd. Taib Osman)教授是其中有突出成就的学者。他从20世纪70年代起,就发表了《马来西亚口承传统资料搜集指南》(1979年)、《马来西亚口承传统》(1979年)、《马来文化集锦》(1983年)、《马来民间信仰:异质因素的融合》(1989年)等一系列成果。马来亚大学的西蒂·埃莎(Siti Aishah Mohd Ali)博士先后出版了两卷本的《马来民间故事》(I:1976年,II:1984年)。卡利亚·希塔姆(Zakaria Hitam)也是较有成就的一位学者。此外,语文出版局(Dewan Bahasa dan Pustaka)、一些大学和政府部门,如文化部等,也都开始了针对民间文学的收集、整理和研究工作。1983年,马来西亚文化、青年和体育部与全国口承传统协会在马来亚大学联合举办了一次全国性的"民间叙事文学研讨会",这是马来西亚民间文化研究方面的第一次全国性学术盛会。在大会上发表的论文收入了由穆罕默德·塔伊普·奥斯曼主编的论文集《民间叙事文学研究》(1991年)中。1985年,在东马来西亚沙巴州召开了"马来西亚民歌和民间音乐"学术研讨会。此外,一些大学还举办民间文学搜集、整理研讨班,并颁发正式的毕业证书。

目前,马来西亚政府、各大学、有关的科研组织和学者们正在努力地搜集、整理民族文化遗产,特别重视对口承民俗文化传统的保护和抢救,研究实力不断加强,研究方法也在向多学科、多领域发展。

三、中国对印度尼西亚和马来西亚民间文学的译介和研究

中国对印度尼西亚和马来西亚民间文学的译介,最早始于钟敬文先生编写的《马来情歌》,这本书在1928年,由上海远东图书公司出版,1935年,在上海神州国光社再版。该书共收录马来民歌七十多首,并附有两篇分析性的研究文章。

对马来民歌更系统的研究当属1984年,由福建人民出版社出版的广州外语外贸大学许友年教授撰写的马来民歌研究专著《论马来民歌》。这本书在马来民歌的历史沿革、内容、形式,以及中国诗歌对马来民歌的影响等方面做了比较详尽的研究。而后,对马来民歌情有独钟的许友年教授又修订了此书,并于2001年,在香港南岛出版社以《马来民歌研究》为名,再次出版。《马来民歌研究》的上篇增加了马来民歌的选译和介绍,并附有原文对照;下篇较多地借用了近年考古学、民族学和语言学方面的最新研究成果,进一步论证了马来民歌与中国民歌的渊源关系,并试图从民俗学的视角出发,探讨马来族和中国古代越族的关系。最为可喜的是,孜孜以求的许友年教授于2009年,又出版了一部新著《马来班顿同中国民歌之比较研究》,对马来民歌的研究较之前又有了新的突破。

在印度尼西亚和马来西亚的民间叙事文学方面,目前,中国还没有比较系统的研究专著出现。许友年教授编译的《印度尼西亚民间故事》(1983年)是在中国出版的第一部较有学术价值的印度尼西亚民间故事选集——译者尽量忠实于原文,注意民间故事分布区域的典型性,并在前言中做了概要性的梳理和介绍。此外,北京大学张玉安教授也做了一些开拓性的工作。他主持了一些对东方民间文学、东南亚民间文学和印度尼西亚、马来西亚民间文学的译介工作,其中包括主编了八卷本的《东方神话传说》。这套著作于1999年出版,其中的第六、第七卷主要收录了东南亚神话传说。2001年,张玉安教授再次主持出版了《印度尼西亚民间故事》。同时,他也发表了相关的研究论文。北京外国语大学的吴宗玉教授主编出版的《马来西亚民间故事》(2001年)也是目前较为重要的参考资料。应该看到,就目前的状况而言,中国对印度尼西亚和马来西亚民间文学的研究尚处于起步阶段,仍需后来者继续努力。

思考题

1. 印度尼西亚和马来西亚民间文学之间有哪些联系?
2. 印度尼西亚和马来西亚的机智人物/动物故事受到了哪些外来影响?
3. 你对东南亚地区的民间戏剧演出有哪些认识?试梳理各地区戏剧之间的关系。

本章主要参考书目

梁立基著:《印度尼西亚文学史》,北京:昆仑出版社,2003年。

[美]梅维恒著,王邦维、荣新江、钱文忠译:《绘画与表演——中国的看图故事和它的印度起源》,北京:北京燕山出版社,2000年。

许友年著:《马来民歌研究》,香港:南岛出版社,2001年。

张玉安主编:《东方神话传说(第七卷)》,北京:北京大学出版社,1999年。

张玉安主编:《印度尼西亚民间故事》,沈阳:辽宁少年儿童出版社,2001年。

Scott-Kemball, Jeune: *Javanese Shadow Puppets*, London: The Trustees of the British Museum, 1970.

Sweeney, Amin: *Malay Shadow Puppets*, *The Wayang Siam of Kelantan*, London: The Trustees of the British Museum, 1972.

Sarkar, Himansu Bhusan: *Indian Influences on the Literature of Java and Bali*, Calcutta: Greater India Society, 1934.

第六章　日本民间文学

第一节　日本历史文化概述

日本是一个地处亚洲大陆东方的岛国。其本土主要由四个大岛组成——本州、四国、九州和北海道。其中,本州、四国和九州自古以来就是日本民族的居住地,而在19世纪以前,北海道的居民主要来自阿伊努民族。

明治以后,日本学者开始从考古学、人类学、语言学等多角度入手,研究日本人的起源问题,得出了以下一些推论：

（1）南方说：由住宅及神话的相似性推断,原日本人属波利尼西亚人种；

（2）中国南方来源说：从各种文化的关联性推断,日本人的起源与中国南方民族有关；

（3）北方游牧民族说：根据古坟及出土的马具等古物推断,日本人的祖先与亚洲大陆北方游牧民族有关；

（4）其他：例如,有观点认为日本人是从西伯利亚南下而来的,等等。

最近的研究则认为,日本人和日本文化的渊源不是单一性的,且不是一次性形成的,而是有着多元性和多层积淀的,是像波浪那样经过了漫长时间的推衍而逐渐形成的。

自更新世纪（170万年前至1万年前）起,日本列岛上就有人类居住了。然而,日本人种及原始日本语的形成则被认为大约是在公元前1万年前至公元前500年前后的绳文时期了。一般认为,当时的人们几人或十几个人居住在一户的竖穴屋中,数户组成一个部落,以狩猎、捕鱼、采集等为生,形成了一个没有贫富、阶级差别的社会。不过,随着长时间、大规模的绳文时期遗迹考古工作的进展,最近,人们的以上认识有所改变。公元前700年前后,水稻种植和金属器具的使用技术传入九州北部,开启了弥生时代。稻作技术的引入提高了生产力,逐渐出现了剩余产品,人与人之间产生了贫富、身份的差别,农村共同体渐渐趋向政治集团化,由此形成了一些小的国家。随之而来的是有关农耕生产的信仰、礼仪、习俗等的渐次传播,日本文化的雏形出现了。弥生时代一直持续到了公元3世纪左右。后期,其文化传播到了本州岛东北部。

公元4世纪中叶,以天皇为核心的大和政权统一了各个小国。在这一时期,大和政权企图将范围扩大到朝鲜半岛南部,通过朝鲜半岛引进了大陆高度发达的物质文明。中国的许多知识和技术由此传入日本。5世纪时,来自朝鲜半岛的移民还带来了冶炼、制陶、纺织、金工、土木工程等种种技术。日本人从这个时期开始使用文字——

中国的汉字。到了6世纪，日本正式开始接受儒教、佛教。7世纪时，圣德太子谋求政治革新，以"大化改新"为契机，致力于建立一个以天皇为中心的中央集权制国家。此次改革以中国的隋、唐为楷模。自此，日本开始更加积极地去汲取大陆文化。至9世纪末，日本先后共派出了十多批遣隋使、遣唐使。

停止派出遣唐使后，日本开始消化从大陆吸收来的文化，进而形成了自己的文化核心。其中，7世纪开始借用汉字来表达、记录日语语音的方法的成熟——即日语书写规范的形成，对此起到了很大作用。例如，被认为是世界上第一部长篇小说的《源氏物语》就是利用这种"假名"写出来的。12世纪末，平家、源氏两派发动的全国性战争历经了半个世纪。最终，新兴的武士阶层掌握了政权，日本进入了封建制的中世纪。这个时代的主导思想——佛教的无常观念，通过当时非常流行的讲唱艺术"平曲"渗透到了百姓中间。14世纪时，日本恢复了与中国的正式贸易往来。到了16世纪，日本又发生了全国性的战争。德川家康最终取得了胜利，开创了江户时代。江户时代的日本社会比较稳定，且实行锁国政策。这对独立发展其自身的文化十分有利。江户时代很多传统民俗文化的形式，实际上已经比较接近今天日本民俗文化的形态了。此外，江户时代禁止基督教信仰的传播，同时，为了管理户口，所有百姓必须隶属于某一座寺庙。因此，在百姓的生活细节中处处都能看到佛教影响，民间文学当然也不例外。

19世纪后半叶，德川政权结束。明治政府积极吸收西方文化。明治维新后，日本社会进入近代阶段。第二次世界大战结束后，美国文化又大量涌入日本。经过一个世纪的近代化和西方化，原本很丰富的日本传统民俗文化发生了很大的变化。目前，通过政府和民间组织的积极运作，一小部分传统的民俗文化仍保留着。

第二节　日本民间文学概况

一、概述

中国学界的"民间文学"概念大致相当于日本的"口承文艺学"，即口头传承的文艺。它因相对于有文字记录的"书承文学"而得名。最早将民间口承文艺作为近代意义上的学术研究的对象，进行相关资料的搜集和研究的，是民俗学者柳田国男。

目前，日本口承文艺学研究的范围不仅限于日本国内，而其研究对象，从形式上分为散文体、韵文体和讲唱·表演体三大类。属于散文体的，大致上相当于汉语语境中广义的民间故事，即神话、传说、昔话（相当于中国的"狭义的民间故事"）和世间话。此形式在民间也叫"民话"。韵文体主要指民谣，即民间歌谣，谚语大多也是韵文体的。讲唱·表演体包括了由专业艺人或宗教人士演出的，以启发或宣传某种思想为目的的艺术形式；只具有纯粹娱乐功能的形式；以及村落里祭祀神灵，以保佑生产、生活的表演等类型。其中,由专业艺人演出的讲唱和表演叫作"艺能",在村落活动中由村民演出的叫"民俗艺能"。二者在传承以及表演风格上有较大的区别。

6至7世纪时,日本人已经开始使用文字记录自己的语言。现存最古老的书籍《万叶集》《古事记》《日本书纪》等中都载有在当时流传的神话、传说、故事和歌谣。随着佛教的普及,僧人为启发民众所讲的佛本生故事在本土化后,也有了文字记录。例如,12世纪的《今昔物语集》就是由天竺(印度)、唐土(中国)和本朝(日本)的佛教故事、世俗故事组成的一部大书。这类书上记录下来的在当时流行的故事叫作"说话",是日本国文学的研究对象。至16世纪末、17世纪时,"御伽草子"中记载的许多故事已经与现代民间口头流传的故事基本一致了。17世纪末至18世纪中叶,所谓的"日本五大御伽话",也就是《开花翁》《桃太郎》《被切掉舌头的麻雀》《卡其卡其山》和《猴蟹合战》这五种民间故事,在"赤本"——一种在妇女、儿童中流行的图画本里都能见到。可见,在这一时期,民间故事已被视为妇女和儿童读物的一种了。

日本民间文学的讲述和传承可分为家内传承、村内传承和村外传承三种形式。本格故事主要属于家中老人讲给孩子听的家内传承;村民在劳动休息时,或在青年组活动中互相讲述的笑话和传说属于村内传承;村外传承则主要包括由旅游者、行商以及流浪的下层宗教人士所带来的具有新闻性质的世间话和笑话。此外,由专业或农闲期去外地卖艺的半专业艺人讲唱的艺能类,主要是家内传承,也有较少的师徒传承。

现在,随着日本社会的变化,传统的讲述场所和传承方式已基本不存在。但是,在日本国内,出于一方面重新认识到了民间文学的教育和心理医疗等功能,另一方面为了保护民族文化遗产等考虑,以幼儿园老师、家庭主妇和退休老人等为主的一批人士,从书本上学到故事后,在地区图书馆、社区交流中心、学校,以及老人医院等各种场所举行故事会,进行故事讲演,也颇受听众的欢迎。一些学校还开设了民俗艺能方面的课程。这对增强地区居民的凝聚力起到了一定作用。

另外,日本的很多地方小镇将该地区传承下来的民间故事当作旅游资源进行开发。比如,因柳田国男的《远野物语》而出名的岩手县远野市,就设有"远野昔话村"。其资料馆利用多媒体技术介绍远野物语,构建了一个想象中的远野世界。此外,还有当地老奶奶用方言讲故事的表演。村里有昔话研究方面的图书馆和博物馆,利用当地的农家房子,再现过去的生活,供游客观赏、体验。比如,游客们可以参加到制造民具的活动中去。这样,他们就可以很容易地了解到作为民间故事传承背景的民俗因素,既能接触令人怀念的过去的氛围,又能学到不少知识。这种以民间文学为主题的民俗村还有山形县南阳市的"夕鹤的故乡"、鸟取县境港市的"妖怪路"、岛根县松江市、冈山县久米郡等十多处。

随着互联网的普及,在日本也出现了很多专门讲故事的网站,除了文字资料,还配上了声音和动画。此外,网上还公开了一些采访传统讲述者的录像。网络传播对昔话的传承也起到了一定的作用。

总之,日本的民间文学虽然在传承方法上有了很大的变化,但看起来它将会继续传承下去。由此,我们也可以关注这种传承方法的变化给民间文学本身带来的影响。

二、民间叙事文学

（一）神话

一般认为,现存日本神话基本上都是书面形式的,大多出现在 8 世纪的《古事记》《日本书纪》等古代文献中,从中不仅可以一窥日本文化的多元来源,也能够看出日本神话所呈现的多神特征。然而,实际上就日本神话是不是严格意义上的"神话"这一问题,诸学者之间也有争议。例如,著名的历史学家津田左右吉认为,日本神话是大和朝廷,即以天皇为王的氏族政权,以及少数贵族们为了证明天皇统治国家的正统性,创造出的一些渊源和由来故事,是政治工具,而不像其他民族的神话那样,是在仪礼上咏唱出的具有信仰性的故事。的确,日本神话的内容有着整齐的系统性。开天辟地、国土生成、日月诞生等故事之间都有因果关系,故事顺序也按照时间来排列,最后再与天皇统治的由来结合起来,讲述有关建国由来的王权神话以及"天孙降临"[①]的神话。再如,各氏族的祖先神伺候皇祖神,即天皇族的祖先神的神话都明显地反映出了各氏族附属和服务皇室的情形。从这个意义上来说,《古事记》《日本书纪》中的神话故事都带有强烈的政治性,其结构特点带有明显的人为因素。

这些文献虽带有明显的政治目的,但是具体到每一个特定的神话故事,则不能认为它们都是出于政治目的而被创作出来的。其中也有很多神话故事与后代故事有共同的母题,并且具有更为朴素的形态特征。在朝鲜、中国、东南亚或大洋洲的诸民族中也能找到同类型的神话故事。例如,伊邪那岐神和伊邪那美神的"生国神话",就与东南亚和中国流行的大洪水之后的"兄妹婚"神话,以及波利尼西亚神话中的"英雄神玛武伊从海里钓出国土"的故事有联系;"天岩户"神话[②]一般被认为与中国苗族的"让公鸡叫鸣,叫出藏在洞里的太阳神"的故事有关;"三轮山"神话[③]与"蛇女婿"故事和地方始祖传说同根。在朝鲜族、满族的古老建国神话里也能见到情节类似的故事。"海幸

[①] 天孙降临神话讲:天神中的最高神太阳神派出其孙子邇邇芸神到地上世界统治人间,他就是天皇的祖先。

[②] 天岩户神话:太阳神因为生气躲进岩洞里,于是天下归于黑暗,众神想方设法骗她出来,才恢复了光明。

[③] 三轮山神话:祭祀大物主神的儿子大田田根子出生的故事。一个男人每天晚上都到活玉依毘壳的住处。活玉依毘壳怀孕后,为了弄清这个男人的身份,当他离开时,在他的衣服上别了带线的针。第二天,跟着这条线找,看见这条线穿过了钥匙孔一直来到了三轮山神的住所。于是,她知道那个男人是蛇身的三轮山的神,即大物主神。大田田根子就这样出生了。

彦和山幸彦"的神话①与大洋洲的"交换鱼钩"故事属于同一个类型——它们都是从"原始心态"中产生的神话,而不是依据政治目的被人为地创作出来的。通常被认为政治性较强的神话,如"天孙降临""让国"②等,在有政治性的同时,也具有信仰性。前者本来是源于农耕祭仪的"大尝·新尝祭"仪礼的起源故事,后者是出云国造奉伺大云大社的起源故事。

1.《古事记》

据《古事记》序文讲,天武天皇在位时,就痛感必须删除各家所持有的帝纪及旧辞(本辞)中的虚假部分,还它们以本来面目。后来,元明天皇于和铜四年(711)下诏书,命太安万侣以稗田阿礼的口授为基础,进行编纂工作。次年,太安万侣献上《古事记》。元明天皇的意图是要歌颂在壬申之乱中取得胜利,并建立了古代天皇制国家的天武天皇的功德。

《古事记》共三卷,上卷的内容主要是神话,中、下卷主要讲述了从神武天皇开始,到推古天皇为止的古史传说。神话部分由"高天原神话群""出云神话群""筑紫神话群"(日向神话群)三个部分构成。

第一部分是"高天原神话群",以高天原作为神话的舞台或者背景,从天地之初讲起,一直讲述到须佐之男神被放逐出高天原。主要内容包括伊邪那岐、伊邪那美两神创造日本的国土和诸神,伊邪那美神的死亡和伊邪那岐神访问黄泉国的故事,天照大神和须佐之男神的纠葛,以及天岩户的神话等。

高天原神话被认为是围绕着北方系种族天孙氏族(天皇氏族)的信仰及传承编撰出来的,但它充分体现了北方的原始宗教——萨满教的特色。体现纵向思维的"垂直宇宙观"——高天原、苇原中国、黄泉国——是其特征之一。诸神的世界在高天原(天界)、诸神从高天原降临到苇原中国(地上)等设定,可被认为是来源于北方系种族的信仰及宇宙观。天照大神在众神中地位最高,他的孙子邇邇芸神从高天原降临到苇原中国的高千穗,开始统治地上国土的神话,与古代朝鲜的始祖神话同属于天降型神话。新罗的始祖赫居世王及贺罗国的始祖首露王也都是作为天神的儿子,从天而降,到人间统治地上国土的。这种神子降生的信仰和古代君主的即位仪式之间有着密切的关系。具体到天孙降临神话中,则反映出天皇即位仪式——大尝祭的仪礼和信仰。据说,满蒙诸族的君主即位时举行的仪礼,也意指君主作为新的太阳御子的诞生。由此

---

① 海幸彦和山幸彦的神话:邇邇芸神娶了木花之佐久夜毘壳,生了三个儿子。哥哥善于钓鱼,弟弟善于狩猎。有一次,弟弟用猎具换取了哥哥的钓钩,去海边钓鱼。弟弟不但没有钓上鱼,还丢失了钓钩。哥哥很生气,要求弟弟归还钓钩。弟弟无奈,在海边啼哭时,盐椎神告诉他去海宫的方法。弟弟在海宫与海神的女儿丰玉毘壳结婚了。之后,在岳父的帮助下找到了丢失的鱼钩。岳父还给了他潮满玉和潮干玉,并且教给他降服哥哥的办法。弟弟按照岳父教的方法去做,使得哥哥发誓要永远伺候弟弟。

② 让国神话:经天照大神多次要求,统治苇原中国的大国主神向高天原派遣来的使者建御雷神屈服,同意把自己的国土让给皇祖神的神话。

可见,日本神话中的神子降生思想,与在古代朝鲜和满蒙诸族中广泛流传的信仰是一脉相承的。

高天原神话中不仅有北方系的神话及其信仰元素,还包含了很多发源于南方系种族的神话、信仰和习俗的要素。除前文提到的伊邪那岐神、伊邪那美神生出国土的神话与印度尼西亚及波利尼西亚等地的神话有关外,对高天原神话中最重要的神——伊邪那岐神和天照大神的信仰,是以南方系种族的太阳崇拜及太阳神信仰为基础形成的。将太阳神作为大氏族(支配氏族)的祖神来崇拜的信仰,不仅在以埃及、印度、伊朗为首的古代文明中流行,还存在于东南亚的印度尼西亚、东北亚的满蒙诸民族中。因此,要判断日本神话中"太阳的御子"的观念和信仰起源于南方系还是北方系就非常困难。而通过母题判断,天岩户神话则明显起源于东南亚,是与日食或冬至相关的仪式性神话。综上可见,北方系文化和南方系文化在日本相互交错,共同构成了高天原神话。

第二部分是"出云神话群",从须佐之男神从高天原被放逐,下凡到苇原中国,将八头八尾大蛇杀死的神话开始讲述,直到大国主神服从天神的命令,让出国家的"让国神话"结束。这部分神话的舞台主要是出云国①(包含根之国),讲述了被称为国神的出云系诸神的神话。在出云神话的结尾部分,讲述了按照天照大神的命令,高天原的众神派遣建御雷神前往出云国交涉,他以强大的武力胁迫,终使大国主神让出国家的故事。该神话反映的是出云氏族屈服于大和朝廷的历史事件。由此推断,该神话大约是6世纪时,中臣氏将建御雷神确定为祖先神以后形成的。

高天原神话的核心是宫廷信仰,而出云神话中则记述了很多以农耕社会的民间信仰为基础的神话。因此,除不时出现的稻谷神、食物神之外,出云神话中出现了很多行使水神功能的雷神和蛇神的形象,如大国主神的儿子阿迟钽高日子根神、三轮山的大物主神等。其中最典型的是八头八尾大蛇的神话。实际上,同类型神话广泛流布于从中国南部到印度尼西亚的区域。出云神话就汇集了绳文时代的蛇神信仰和古代中国的龙信仰、印度的那伽信仰、中南半岛的龙蛇信仰等元素,来源错综复杂,难以细究。

出云神话认为,神灵的居所在大海的彼岸,神渡海过来后,又会回到海的彼岸。与大国主神一起创建国家的少名毗古那神②就是如此。大国主神前往的"根之坚州国"和流传于冲绳地区的"常世国"的观念是相通的,指的都是大海彼岸的灵地、乐土。冲绳人认为,生命及谷物起源于"常世国",人死后灵魂也会被送去那里。出云神话中也

---

① 出云国是沿日本海而建的古代氏族国家。从根源来看,出云系氏族的文化属于南方系文化系统,但从很早开始,出云氏族就和朝鲜交流,接受了先进的大陆文化,形成了以农耕及渔猎为经济基础的社会。日本学界认为,在大和朝廷统一日本之前,出云系氏族就在以出云为中心的地方建立起了政治与宗教性的势力圈。

② 柳田国男认为对这个小神的信仰是日本民族的古老信仰之一。后世民间故事,如《一寸法师》《桃太郎》等,都是对这位少名毗古那神信仰淡化后的一种表现形态。

有类似观念,讲述神从大海彼岸来访人间的故事。这与东南亚神话有相通之处,属于日本神话中的南方要素。

在大国主神的故事中,大国主神经受了八十神,还有根之国的神须佐之男神提出的各种考验,经历死的苦难和再生,最终成长为英雄神。这是古代社会成年仪式的反映。这种仪式在南方的原始居民中广泛流行,可以看作是南方民族习俗传播的结果。

第三部分是"筑紫神话",由邇邇芸神下凡到高千穗开始,叙述了以邇邇芸神、火远理(山幸彦)神、鹈茸草茸不合神这三代神的婚姻为中心的故事。神话的舞台从出云转移到了九州。因此,除富有文学性的婚姻神话外,还含有海洋神话的元素。

2.《日本书纪》

《日本书纪》成书于养老四年(720)5月,比《古事记》晚八年。它使用汉文编年体,记载了从神话时代到第41代持统天皇间的日本历史。《日本书纪》中有很多内容,主要是在第33代推古天皇之前发生的神话与历史传说,与《古事记》相重叠,但二者之间还是有着微妙差异的。此外,在《日本书纪》中,多以"一书曰……"这样的形式记载异传。大体上来看,《日本书纪》和《古事记》虽然都是历史书,但《古事记》的文学性较强,《日本书纪》则是一部相对纯粹的历史书,在叙事中省略了额外的文学描写部分。

3.《风土记》

《风土记》是和铜六年(713),大和朝廷敕令各国而编纂出的书籍。《古事记》《日本书纪》是按照时间顺序讲述的以天皇为中心的国家历史,而《风土记》则以国家和地方之间的关系为纽带,按空间分类,展开其叙述。以上两种记事方式,共同确立了古代日本律令国家的世界观。

当时的敕令中提出了五项要求:郡乡名要选用好的或雅的汉字来表示;制定郡内生长的物产目录;记录土地的肥沃状况;记录山川原野的名称由来;采编世代相传的旧闻逸事。后两项对古代民间文学成果的收集和保存具有实质性意义。

遗憾的是,目前保存较为完整的只有出云、常陆、播磨、丰后、肥前五国的《风土记》,其余的只散见于后世文献的引用中,或是彻底遗失了。

4. 天岩户神话

天岩户神话具有典型的日本神话特征。其内容如下:

伊邪那岐神生了天照大神、月读神和须佐之男神。遵从伊邪那岐神的命令,各神分别去治理所辖的地方,只有须佐之男神哭闹着要去母亲所在的根之国,拒绝去其他的地方。因此,伊邪那岐神决定流放他。须佐之男神想升到天上,同天照大神讲清事情的原委之后去根之国。这时山川鸣动、国土震颤。天照大神以为弟弟要来攻打自己,便严阵以待。须佐之男神为了证明自己没有谋反之心,提议宣誓。虽然证明了须佐之男神是清白的,但事情过去之后,须佐之男神却得意忘形,胡乱行事。终于,天照大神忍无可忍,大发雷霆,躲进了石洞里。这样一来,整个世界就陷入了黑暗,并发生了种种灾祸。高天原的诸神们商议过后,天宇受卖神神灵附体般跳起舞来,跳得阴部外露,引起众神哄然大笑。天照大神听到诸神的笑声,觉得很不可思议,就稍稍打开石洞,询问事情的原委。天宇受卖神回答说:"因为来了一位比您更高贵的神,大家才高兴得大笑起来。"说着,让她照镜子。天照大神觉得更加不可思议了,想看个仔细,于是就伸出身子来。这时,躲在石洞门后的天手力男神一下子就把天照大神拉了出来,世间恢复了光明。

在神话中,须佐之男神与天照大神宣誓后,各自生了很多神。其中,被认为是须佐之男神所生的,有以北九州为根据地、活跃在日本海及朝鲜半岛,掌控海上交通的海人氏系豪族所祭祀的神;而天照大神所生的有出云的国造、凡河内的国造、山城的国造等豪族的祖神,以及皇祖神天之忍穗耳神等。这反映出的,是各个豪族与朝廷的亲疏、远近关系。

须佐之男神得意忘形时,毁坏了田塍、弄脏了织布房。他弄坏的不是一般的水田,而是种着在新尝祭祀里扮演重要角色的大米的圣田。在他弄脏的织布房里,织的也是在新尝祭里使用的布,而新尝祭在天皇筹办的所有仪式中最为重要。须佐之男神的行为相当于犯了大罪。因此,一些学者认为,他可被看作是反对天皇氏族的势力。也有一些学者认为,这反映的是暴风雨对农业的影响,因为须佐之男神还是掌管暴风、地震、火山喷发等自然灾害的神。这里还体现出高天原神话的"垂直宇宙观"——处于最下层的根之国是邪恶的根源,从根之国来的邪神会带来各种各样的灾害。

天照大神躲进去的石洞,一般叫作"天岩户"。这个石洞的样子,类似于考古发现的古坟石室。学界对天照大神一度躲藏进石洞,后来又从石洞中出来的情节作了多种解释。首先,从神话中可以看出谷物神死亡和再生的信仰——天照大神进入的石洞与古坟石室相似,意味着天照大神是死后被埋葬,而后复活的。其次,从天照大神带有强烈的太阳神神格来看,神话可能反映了日食或者冬至祭祀,也可解释为由于火山的喷发,当时的人们长期处于火山灰降落的状态中。相传在石洞前举行的祭祀,就是会在新尝祭的前一天举行的镇魂祭祀的起源。担任不同职务的诸神就是各氏家豪族的祖神,神话里显露出了他们被天皇氏族统合的痕迹。

在神话中,天照大神是作为女性的太阳神。柳田国男认为,她实际上是侍奉男性太阳神的巫女,后来,巫女和神混同在了一起,就有了太阳神是女性的看法。其根据来自天照大神躲进石洞的原因,即巫女的重要工作,为准备新尝祭编织神的衣物受到了干扰。另外,也有学者认为,与《古事记》的编纂有很大关系的持统天皇是女帝这一政治背景,对天照大神的性别归属起了关键作用。最后,吉田敦彦等学者认为,天岩户神话中的某些部分和希腊神话中的得墨忒耳神话在结构上有很多细微的相似之处。

第二次世界大战前,日本政府实行"爱国主义"教育。当时,全国统一的历史课本是从这些神话开始讲起的,特别强调天皇的"神性"。二战结束后,随着天皇的地位从

"神"转变为"国家象征",日本的课本中就再也没有出现过上述神话了。因此,现代的日本人大多对这些神话并不十分了解。

(二) 传说

在日本,对传说的范畴和分类,都有多种说法。例如,柳田国男认为,传说是关于树木、岩石、坟墓、斜坡、山顶、祠堂等具体的事物、地形、植物等的故事,其范围很小,但在一般的认知中,传说也包括发生在历史人物身上的传奇故事等。关敬吾将传说分为说明传说、历史传说和信仰传说三大类。其中,说明传说包含了柳田国男所指的传说概念,即说明自然事物和风俗习惯等具体事项的传说;历史传说是与历史人物、历史事件有关的传说;信仰传说是对神秘经验和古老信仰,如山神、巨人、雷神等的解释。

日本民俗学者历来关注的重点,是和树木、岩石等自然物有关的传说,还有与信仰关系密切的祠堂传说之类。例如,有这样一则传说:

每天晚上,都有一位小伙子来到一个姑娘的住处。他们生下了孩子。一天,小伙子说他今后再也不能来了,说完就走了。第二天,为了修建寺庙,当地一株百年的柳树被砍掉了。然而,动用了一百个人也无法搬走这棵柳树。按照小伙子之前的吩咐,他们的孩子来到这里。孩子一骑上树干,柳树就轻松地被搬动了。

这类传说往往与很多有名的寺庙关系密切。它们大多故事情节完整,在各地传承的内容变化也不大,还常常被借入昔话之中。从传说中树木的种类来看,较多的是松树、杉树、柳树、樱花树等在日本随处可见的品种——松树是常绿树;杉树长得很高,样子也好;柳树和樱花树历来被认为极有灵性。例如,有传说讲道,平安时代的知名和歌作家西行曾作过"希望在春天的樱花下归去,就是那二月满月的时候"的和歌,几年后他真的于2月16日去世了。

初时,传说应当是依靠口头传承的,但因为日本较早就有了自己的文字,所以不少传说,尤其是历史传说,是先被记录成文字,或者是经文人创作之后,再回流到民间,并广泛流传开来的。在这种情况下,传说流传的中心往往就是这些历史人物的出生地或居住地。并且,这些传说经常与说明传说结合起来,形成一定的传播圈。例如,在日本九州岛中部宫崎县流传着关于平家武士大力士景清的传说。又例如,《安寿姬和厨子王》这一传说的流传中心是日本东北地区的奥州岩木山[①]。传说讲道:平安时代末期,一位领主因手下的背叛而被流放。他的妻子和两个孩子——姐姐安寿姬和弟弟厨子王去找他。半路上,他们上了人贩子的当,母亲和孩子们分别被拐卖到了不同的地方,沦落为奴婢。弟弟厨子王在姐姐安寿姬的鼓励和帮助下成功逃跑,还得到了好心人的帮助,证实了父亲的清白。后来,他去寻找姐姐,但姐姐早已被主人拷打而死了。弟弟替姐姐报仇,杀了主人一家和那个人贩子。最后,他又找到了已经哭瞎双眼的母亲。

---

① 现位于青森县的一座山,山形秀美,也称"津轻富士"。

在传说的一些异文中,也有说安寿姬成了岩木山的女神的。这个传说在中世纪被改编成了"说经节""净琉璃"(一种讲唱艺术形式),在日本全境广泛流传。到了江户时代,它又被改编成"歌舞伎""人形净琉璃"(一种戏曲艺术形式),成为很受欢迎的剧目。在明治时代,大文豪森鸥外也以此传说为素材,写出了小说《山椒太夫》。《安寿姬和厨子王》也是日本人喜爱的"贵种流离谭"——身份很高贵的人离开家乡,流浪诸国,受苦受难的悲剧性故事之一。

在地方性传说之外,也有全国性的传说。例如,《弘法泉》讲弘法大师[①]作托钵僧的时候,给款待自己的打水女子打出一眼清水泉;《弘法芋》讲有人在弘法大师饥饿时,没有施舍芋头给弘法大师吃,过后,他的芋头都变成了石头。在日本各地都有这类传说,讲这些传说的人们都相信这些故事就是在自己的家乡真实发生过的事情。学界一般认为,造成这种现象的原因,是"传说搬运者"的存在。他们大多是宗教下层人士,带着与所属宗教有关的人物传说到处流浪,并与当地情况联系起来,讲述这些传说。当地人相信了曾经发生过这样的事,并代代传承下来。

日本的传说,尤其是历史传说,反映出了日本人的思想和审美观念。除佛教的无常观念表现较为突出外,日本人心理上容易同情落败的英雄,喜爱悲剧。例如,在平家和源氏的战争中,为源氏的胜利立下了很大功劳的源义经,在战争结束后,被他掌握了权力,但猜疑心重的哥哥源赖朝驱逐并杀害了。此后,有关源义经的传说就有很多,甚至还出现了"他根本没有死,去大陆成了成吉思汗"的说法。

(三)民间故事

1. 昔话

在日本民间文学中,不限特定时代,人物和地点是虚构的,具有一定幻想性的散文体故事叫作"昔话"。其范畴大致相当于狭义的民间故事,只是与西方的幻想故事相比,日本的昔话更具传说的特征。为了与用古代文字记录的"说话"相区别,昔话的概念又主要指近代以后,在民间搜集到的口头传承故事。

在日本学界,区别昔话和其他故事种类的标准是,除关注讲述人本人使用的动词——一般来说,对昔话使用的动词是"讲"(語る),对传说或世间话使用的动词是"说"(話す)以外,还特别注意故事有没有开头语和结束语。这与昔话传承圈有密切关系,在不同的传承圈中,会有不同的开头语和结束语。例如,开头语有"很久很久以前""听说从前有过""这是古时候的故事,所以我也不知道真的有没有过,不过你们应该当作真的事来听呀"等等;结束语有"恭喜恭喜""一辈子繁荣兴盛了"等。有时,讲述人还会在这些结束语的后边加上接尾令,或者加上随便联想到的词来拉长结尾。但不管具

[①] 弘法大师(774—835年):法名空海,日本佛教真言宗(密宗)的开山祖师。曾于公元800年左右,以遍照金刚之法名,作为遣唐僧入唐学习。弘法是其谥号。日本民间故事中有很多都冠以他的名字。

体内容如何,使用开头语和结束语的结构都是固定的。

讲昔话的时候,听众的随声附和也很重要。和开头语和结束语一样,每个地方都有固定的附和话。这一点与神话、传说的讲述方式有所区别。神话、传说与民众信仰密切相关,尤其是在听神话的时候,听众必须虔诚地倾听,不能插嘴,但昔话中的虚构世界,却是在讲述者与听众的交流互动中被共同创造出来的。

讲故事的时间也有一定的禁忌和规矩。例如,在日本一些地方有"白天不能讲故事"的说法;一些讲述者在开始讲故事前,先要面向神龛轻轻地合掌,做一些礼拜性的动作,之后才能开始正式讲述。

日本的昔话,约在20世纪80年代就已搜集完毕,此后不再有新的故事类型产生。而昔话本身包括本格故事、动物故事和世间话三种类型。

(1) 本格故事:《仙鹤妻子》

"本格故事"的提法,来自日本著名故事学家关敬吾的故事类型索引[1],首次使用后,即成为日本民间文学界广泛使用的术语。本格故事的主人公是人类,主要讲述主人公从出生到成人、结婚、获得财富和幸福、子嗣兴旺等内容,是主人公一生生活经历或成长经历的总结。其中,较为著名的本格故事有《仙鹤妻子》等。

仙鹤妻子的故事,借由话剧作家木下顺二的话剧《夕鹤》而广为人知:一个男人放走了被猎网套住的仙鹤。仙鹤变成美丽的姑娘来找这个男人,并与他结婚。仙鹤变的妻子,织出非常漂亮的布,让丈夫拿到集市上卖,家境因此富裕起来。不过,妻子提出了一个条件,绝不允许丈夫看她织布。然而,每次织一块布,妻子就会消瘦很多。为此,男人忍不住偷窥了织房,发现在织布的原来是一只仙鹤,而且它织布时用的是从自己身上拔下的羽毛。仙鹤知道男人窥见了自己的原形,就变回仙鹤飞走了。

这是日本昔话中极具代表性的故事,现在,几乎所有日本人都了解它的情节梗概。人们认为这个故事的结局非常凄美——虽然夫妻二人的感情很好,但女人一被男人看到了自己的原形,就只能恋恋不舍地离开人界。这种悲剧性的结局,特别符合日本人的审美观。13世纪时,还出现了取材于《仙鹤妻子》这个故事的小说——《仙鹤草子》。

实际上,这种异类婚类型的故事在日本出现得极早。《古事记》中就记载了丰玉毗壳生孩子的时候,被丈夫山幸彦看到了原形,就离开丈夫回到海宫的故事。日本异类婚故事的典型结构就是男人搭救了某个动物,被救的动物变成女人来到男人家,与他结成夫妻。女人通过某种方法给男人带来好处,但因男人违反禁忌,知道了女人的原形,女人就不得不离开人间。这反映的是人类和异类不能在一起生活的思想。这一点与中国的异类婚故事常有美满结局的情况有很大差别。

---

[1] 目前,全国性的日本民间故事索引共有三种:柳田国男的《日本昔话名汇》、关敬吾的《日本昔话大成》和稻田浩二主编的《日本昔话通观》。后两种沿袭了 AT 分类法的体系结构,并根据日本民间故事的实际情况进行分类,加上了自己的索引号码。

日本的异类婚故事虽大多以异类妻的离开而结束,但在少数故事里,男人还会追随妻子前往异界。例如,属于"天鹅处女"类型的故事就有《羽衣》等:天上的女子降下人界,脱下衣服洗澡时,被男人偷藏了羽衣,因此无法回到天界,不得不留下来和这个男人结婚,生儿育女。通过偶然的机会,她找回了衣服,穿上后返回了天宫。男人按照妻子留下的办法,追着她去到天宫。他在天宫接受岳父的考验,最后却在瓜田里切错了瓜,从瓜里流出很多水。男人被水冲回人间,夫妻又分开了。这个故事的前半部分情节,最早出现在《风土记》中,后来被能乐(已被选定为世界非物质文化遗产的一种戏曲艺术形式)剧目采用,并借此提高了它的文艺性。在能乐中,故事结局是:男人藏起羽衣后,天女请求归还。男人为了看天女的舞蹈,把羽衣归还给她。天女穿上羽衣后,一边跳一边升天而去。

在故事的结局部分,男主人公的境遇又回到了最开始的样子,虽然获得了一些财产,但缺乏伴侣的情况仍然没有改变。这种"回归性"或"循环性"也是日本昔话的特征之一。它与西方民间故事中,主人公历经重重考验后,得到财富和幸福婚姻的情况也有较大区别。

(2) 动物故事:《猴蟹合战》

日本的动物故事与许多国家、民族中常见的动物寓言有一定差异,讲某种动物由来的内容占较大比例,其中常有一些神话、传说中的母题,具有较强的传说性。这些故事大都是根据动物的生活习性来讲述的,显示出人们对该类动物特征的准确把握。

作为日本五大御伽话之一的《猴蟹合战》是在其国内普遍流传的动物昔话,又有"报仇"型和"剪屁股"型两种亚型。

"报仇"型故事主要分布在本州岛和四国岛。其情节如下:

螃蟹用捡到的饭团换取了猴子捡到的柿子种。螃蟹种下了柿子。螃蟹天天威胁柿子说:"快快发芽,不发芽就把你剪掉了";"快快长大,不长大就把你剪掉了";"快快结果,不结果就把你砍掉了";"快快成熟,不熟就把你摘掉了"等。柿子树很快就结果了。柿子成熟的时候,猴子过来了,对螃蟹说:"我帮你摘。"猴子爬上树后,却自己吃好吃的果子,把还没熟的硬柿子扔到螃蟹身上,砸死了它。死去的螃蟹生下了很多孩子。螃蟹的孩子们得到栗子、蜜蜂、牛粪和臼的帮助,去猴子家报仇。它们藏在猴子家的各处,等猴子回来,藏在地炉里的栗子炸裂开,烧伤了猴子;藏在水缸里的蜜蜂蜇猴子;牛粪让猴子摔倒;臼从上边掉下来把猴子压死;最后,螃蟹的孩子们割下了猴子的头,报了仇。

"剪屁股"型故事主要在九州岛流传。前半部分情节与"报仇"型一样。但在这个亚型中,螃蟹比猴子狡猾。螃蟹让要来帮忙的猴子摇树枝,自己在下面用浅筐接了柿子以后,把所有的柿子都拖进了小小的洞里。"如果不给柿子,我就往这个洞里拉屎了。"猴子说着就把屁股放在了洞口。螃蟹剪了猴子的屁股。从那以后,猴子的屁股没有毛,螃蟹的剪刀上则有了毛。

除在日本广泛流传外,这个故事的前半部分还作为独立的故事在印尼、西伯利亚等地区流传。"报仇"型故事的后半部分,也作为独立故事在其他国家和地区流传。但作为一个复合型故事的"剪屁股"型《猴蟹合战》故事只在日本流传,在其他地区未有发现。因此,一些学者认为,这个故事是两个独立的故事分别流传到日本以后,在日本复合成一个故事的,且故事的中心在后半部分。"报仇"型故事在西伯利亚、东北亚,以及中国的汉族、蒙古族、苗族等地都有变体流传。"剪屁股"型则流传在菲律宾、印尼、新西兰、密克罗尼西亚、波利尼西亚等地区,日本是这个亚型流传地带的最北端。由此可见,日本在文化地理上的特殊性就表现在它是大陆文化和海洋文化的交汇点。

2. 世间话

世间话是指把广泛的世间见闻,附会以特定的地名、人名等,当成事实——或是自己,或是自己认识的人亲身经验过的事来讲的故事。世间话的内容大部分是奇闻怪事。

不论世间话的讲述者怎样煞有介事、言之凿凿地谈说这些奇闻怪事,听者都不会轻易相信其真实性,但因为涉及很多现实元素,世间话就很容易抓住听者的心。它与昔话之间最明显的不同是,世间话没有固定的形式,讲述起来十分自由,只要有人听就可以了。也因此,很多世间话在说完后不久就消失了。

事实上,在日本村落中流传的世间话的类型较少,且内容上也较少变化。柳田国男认为,世间话是随着传统昔话的衰落而兴起的,起源较晚。之后的许多研究者也秉承了这种观点,不太重视对世间话的研究。但实际上,世间话这种形式很早就有了,其内容也早就成为说话文学的素材。为能更深刻地阐明日本民族的生活与情感,还需进一步加强对世间话的研究。

近些年来,受美国都市传说研究的影响,对日本世间话的研究也出现了一些新成果。例如,野村纯一于1995年出版了《日本的世间话》一书,主要研究了20世纪70年代末、80年代初,在日本全国的小学生中特别流行的"裂嘴女人"世间话。其主要情节如下:

有一位身穿红色外衣、戴口罩、皮肤很白、长头发的女人忽然出现在放学回家的小学生面前,问:"我漂亮吗?"如果回答"漂亮",她就会把口罩摘下来说:"这样,还漂亮吗?"那个女人的嘴裂到了耳朵边。小学生要是逃跑,她就会追上来,速度很快。如果被她抓住,就会被杀死。

当时,很多小学生都相信这个故事,恐怖笼罩着日本的校园,有些孩子甚至连自己家门都不敢出,更别说去上学了,形成了一个社会问题。为了让孩子们放心出门,官方甚至出动了警车警戒。

野村对此问题进行了调查。他调查的对象是刚刚高中毕业,进入大学的女大学生。调查开始的时间是1981年,并一直持续到了这本著作最初出版前的1994年。他分析了世间话的生成和发展过程,指出:这个故事一开始比较简单,后来增添了越来越浓厚的传统色彩,向模式化的方向发展。例如,说裂嘴女人的武器是割草刀;她是三姐妹中最小的妹妹;击退她的有效办法是给她看写在手掌上的"犬"字;逃跑的时候分三次向她扔她喜欢的糖果,就会有救等等。

对现代城市里的小学生来说,割草刀是陌生的。三姐妹是昔话中经常出现的人物设定,需要扔糖果的次数也是"三",而"三"是民间故事中的惯用数字,早已形成了固定的模式。给裂嘴女人看写有"犬"字的手掌,本质上是一种咒,不具备科学性。向妖怪扔三次东西,是典型的逃跑故事的母题。在现代小学生之间流传的世间话中,出现这么多的传统因素,真是有趣的现象。其实,这个"裂嘴女人"本身,就是过去山姥——昔话中经常出现的吃人妖怪形象的现代化表现。皮肤白、长头发、大嘴巴,以及贪吃等都是山姥的特征。这样看来,世间话就是一些传统民俗世界中的东西,穿着现代化的衣服出现罢了。明治时代也流行过类似"裂嘴女人"的世间话。在较近的研究中,就增加了对这类故事生成规律方面的考察。"学校的怪谈""出租车怪谈"等,也被纳入了民间文学研究的范畴。

三、民间歌谣

在日本,民间歌谣是一种跨学科的研究对象,民俗学、国文学、音乐学等专业的学者都参与其中。严格来讲,"民谣"这一概念的使用范畴,因学科的不同而有所不同,但一般认为,民谣主要指在民间流行的带有日本风味的歌曲,可以带伴奏,也可以包括文人作品和专业艺人演唱的作品。

柳田国男曾对民谣作出如下定义:它是没有作者的歌,就算去寻找也找不到作者的歌;[1]是平民自己创作、自己唱的歌。[2] 这里所说的"平民",主要指住在农村、山区、渔村等地,从事第一产业的人。柳田强调,所有的民谣都与劳动和信仰分不开。町田嘉章和浅野建二将日本民谣分为了从A到L的12大类。其中,从A到I都是劳动歌[3],其他还有祝仪歌、舞蹈歌等。在日本民谣分类中,没有"情歌"类,因为与爱情相关的内容一般在劳动歌或舞蹈歌中出现,纯粹歌颂爱情的作品极为罕见。

日本最古老的文献——《古事记》《日本书纪》《万叶集》和《风土记》中,均有关于歌谣的记载。其中不少可以看作民谣。传统的日本歌谣是在五音和七音基础上定型的。富有代表性的和歌也是从古代歌谣演变而来的。[4] 在平安时代,和歌已经成为贵族男

---

[1] [日]柳田国男:《民谣觉书》,《柳田国男全集(第十八卷)》,东京:筑摩书房,1990年,第15页。
[2] 同上书,第314页。
[3] [日]町田嘉章、浅野建二编著:《日本民谣集》,东京:岩波书店,1960年,第411—415页。
[4] 一首和歌是由五音节、七音节、五音节、七音节、七音节这样五行组成的。

女们谈恋爱时最重要的工具。①

日语中的谐音词很多,因此,利用谐音是日本民谣中经常采用的技巧。而日语中的拟态词和拟音词也很丰富,衬词中也会出现多种多样的与劳动有关的拟态词和拟音词。

从17世纪到19世纪末的明治中期,日本古代的民谣已经发展成了与现在的民谣直接或间接相一致的形态。这与三味线的普及有很大关系。三味线是一种跪坐着用拨子弹奏的弦乐器,其原型是中国的三弦。三弦传到冲绳后成了三线(蛇皮线)。1561年左右,又从冲绳传到了日本本土。因为日本没有大蛇,就用猫或狗的皮子等进行改造,代替蛇皮面,成为城市里活跃的民间艺人以及歌舞伎和人形净琉璃的伴奏乐器。它的声音比三弦脆一些。三味线有旋律乐器和打击乐器的效果,产生了7.7.7.5的音节结构,在每一组音节内再分成(3.4)(4.3)(3.4)5的轻快节奏。有了三味线,原有歌谣的韵律都被改编了过来,新的歌谣也是按照三味线的曲调创作出来的。这些歌谣起初在城市里流行,但随着交通的发展,大量流行歌谣传播到了乡村。乡村里原有的劳动民谣等,也逐渐受到流行歌曲的影响,歌词韵律变成了7.7.7.5的音节排列组合,适合用三味线音乐的调子演唱了。

(一) 劳动歌

劳动歌是日本民谣中最根本的歌种。在日本传统的劳动生产中,几乎所有的场合里都能听到歌唱声。为了提高劳动效率,它们一般是作为一种节奏歌来演唱的。因此,其歌谣始终符合劳动的节奏。

  歌はよいもの仕事ができる＝話は仕事の邪魔になる
  (歌唱助我把活干好,闲聊则妨碍做事。)

由这首歌能看出,唱歌人已经意识到了歌谣的功能。妇女们夜里打麦子时唱的歌谣也很丰富。据说,这是因为干活时交谈产生的唾沫令主人生厌,但如果默不作声,又会被怀疑偷吃面粉。正是为了避免这两种情况出现,她们才唱歌的。

劳动歌的内容,有些与工作直接相关,如歌唱工作的辛苦等,有些也涉及周围的风景以及爱情等。

  娘よう聞け鉱夫の嬶は、岩がドンと来りゃ若後家よ
  (姑娘好好听着,采煤工的老婆,岩石一塌下来就成为年轻轻的寡妇呀。)

  糸や切れるな坐繰りよ廻れ晩の終いが遅くなる
  (丝呀,请不要断掉,取丝机呀请好好转,要不完工就会晚了。)

---

① 和歌史上有很多情歌,但基本上都属于作家文学。

花を摘むのもそもじとならば　イラカ刺すのも何のその
（摘红花也和你一起的话，不怕被刺刺到。）

昼は遠目でお姿を　見て楽しんで草を取る　夜は嬉しや蕎麦の花
（白天远处看见您丰姿，拔起草来很高兴，晚上能待在您身旁，心欢喜。）

（二）盂兰盆舞歌

对日本人来讲，能像正月一样受重视的节日，要数从农历七月十五开始，历时三天的盂兰盆会了。人们认为与正月时一样，在盂兰盆会时，先祖的灵魂会回到家里看望子孙后代。盂兰盆会期间有很多活动，但最受人们期待的就是盂兰盆会舞。

现在跳盂兰盆舞时，人们大多会围成一个圆圈来跳，但有些地方还保留着跳到最后，人们排成队走向河边、大海或是村头的形式，意思是把祖先的灵魂送回去。盂兰盆舞歌的歌词里多见预祝秋季丰收的内容。例如：

今年ゃ豊年　穂に穂が咲いて　道の小草に　米がなる
（今年丰收，穗上长出穗，路旁的小草，也结出大米。）

盂兰盆舞也是寄托了人们丰收愿望的一种节日活动。仔细考察就会发现，任何一个岁时活动中的歌谣，都会与丰收的预言和农事节令结合在一起，由人们定期歌唱。正因为如此，盂兰盆舞歌与其他劳作歌之间才存在显而易见的相互影响关系。

盂兰盆舞一跳就要一整夜，因此要唱很多的歌。现在日本各地仍旧保留着跳盂兰盆舞的传统，众多的舞蹈歌也就流传了下来。其形式分为两种：一种是"五七五"的三行体和"七七七五"四行体的短小精悍的小歌；另一种是一直反复连续"七七"或者"五七"的长篇"口说"形式。为了延长歌曲的演唱时间，前一种小歌，会采取领唱人和舞蹈者反复唱和的形式。例如，有一首"十三の砂山米ならよかろ＝西の弁財衆にゃただ積ましょ"（如果十三滨的砂山是大米的话，免费送给从西边来的水手吧）。歌词实际的唱法如下：

音頭：十三の砂山ナーヤーエ　米ならよかろナー
（领唱人：tosanosunayama-naa-yaa-yee　komenarayokaro-naa-）
踊り子：西の弁財衆にゃエー　ただ積ましょ　ただ積ましょ
（舞蹈者：nishinobennzaishunyayee-　tadatsumashotadatsumasho）
音頭：弁財衆にゃナーヤーエー　弁財衆にゃ　西のナー
（领唱人：bennzaishunyanaa- yaa- yee-　bennzaishunyanishino- naa-）
踊り子：西の弁財衆にゃエー　ただ積ましょ　ただ積ましょ
（舞蹈者：nishinobennzaishunyayee-　tadatsumashotadatsumasho）

"口说"这种歌唱方法来源于佛教音乐，在镰仓时代（1192—1338年）的平曲中就曾出现过。"口说"的特征是歌词冗长、起伏单调、平板、旋律不丰富。原本在平曲、净瑠璃中使用的曲调，经多次反复，配以唱词，就成了叙事性说唱。盂兰盆舞歌中采用的题材也与当时流行的歌舞伎和净瑠璃的题材一致。由于"口说"的歌词很长，歌词通常完全由领唱人来唱，舞蹈者只需插入衬词。例如，《相川音头》就这么唱①：

　　　　ドッと笑うて立つ浪風の〈ハイハイハイ〉②
　　　　（海里的波浪像哈哈大笑的）
　　　　荒き折節義経公は〈ハイハイハイ〉
　　　　（波浪很高的时候）
　　　　如何しつらん弓とり落とし〈ハイハイハイ〉
　　　　（不知为何义经公的弓掉落了）
　　　　しかも引き潮箭よりも早く〈ハイハイハイ〉
　　　　（不巧退潮比箭还快）
　　　　浪に揺られて遥かに遠き〈ハイハイハイ〉
　　　　（波浪里漂带走了很远）
　　　　弓を敵に渡さじものと〈ハイハイハイ〉
　　　　（义经公为了不给敌人那张弓）
　　　　駒を浪間に打ち入れ給い〈ハイハイハイ〉
　　　　（驱马进入大海里）
　　　　泳ぎ泳がせ敵船近く〈ハイハイハイ〉
　　　　（让马游到敌人的船旁）
　　　　流れよる弓取らんとすれば〈ハイハイハイ〉
　　　　（要把漂走的弓捡起来）
　　　　敵は見るより船漕ぎ寄せて〈ハイハイハイ〉
　　　　（敌人一看开船迎过来）
　　　　熊手取りのべ打ちかけ来るにぞ〈ハイハイハイ〉
　　　　（拿起武器要打他）
　　　　すでに危うく見え給いしが〈ハイハイハイ〉
　　　　（看起来已经很危险）
　　　　直ぐに熊手を切り払いつつ〈ハイハイハイ〉
　　　　（义经公马上防卫敌人的进攻）
　　　　ついに弓をば御手に取りて〈ハイハイハイ〉
　　　　（终于把弓捡起来）

---

① 以下歌词采自《平家物语》中关于源义经传说的一段。
② 〈ハイハイハイ〉(hai,hai,hai)的部分是舞蹈者插入的衬词。

元の渚に上がらせ給う〈ハイハイハイ〉
　　　（回到原来的海边了）

　柳田国男分析说,盂兰盆舞歌的这些特点,是因为最初,人们在舞蹈的节奏中陶醉时,唱的是村子里的人们应该早已知道的村子的历史等内容,后来,人们想听新鲜的内容,比如为人津津乐道的社会话题或历史故事等,就从歌舞伎和净瑠璃里借用一些主题,并就此演唱开来。

　　（三）摇篮歌和看小孩歌

　孩子降生到这个世界上,最先听到的歌应该就是摇篮歌了。从这个意义上来讲,在给孩子灌输本民族的歌谣感方面,摇篮歌起到了很重要的作用。日本的摇篮歌分为"哄玩歌"和"催眠歌"两种。"催眠歌"是为了让孩子更快入睡而唱的歌,节奏舒缓、旋律柔和,在日本各处都能听到"nennnenn"（睡吧,睡吧）这样的歌词。其余歌词内容多为"如果你乖乖地睡觉就给你奖品,如果哭闹着不睡你就会遇到害怕的事情"等。"哄玩歌"多是根据孩子眼睛接触到的自然事物等,随兴演唱出来的歌。孩子长大一些后,自己也会模仿着去唱。

　此外,在日本还有一种别具风格的儿歌,叫作"看小孩歌"。这种歌是看护小孩子的人唱的,内容多为描述自己的苦境等,与孩子没有直接关系。因此,也可以说它是一种劳动歌。第二次世界大战以前,日本的一些贫苦人家会把6岁到12岁左右的女孩子送到富人家去当佣人,看护别人家的孩子。这种工作要签半年或一年的合同,之后小女佣就一直住在主人家里照顾婴儿。对还是小女孩的她们来说,这是一件很辛苦的工作。因此,她们所唱的歌中多夹带有悲伤地想念父母的歌词。

　　　他人恐ろし　闇夜は恐い　親と月夜は　いつもよい
　　　（外人厉害,暗夜可怕,父母和月夜总是好。）

　有些歌里会表达对主人的愤恨,还有的歌词是对自己的安慰,一些辛辣讽刺的意味也常见于其中。例如：

　　　うちの　ごりょさんは　がらがら柿よ　見かきゃよけれど　しぶござる
　　　（我们老板娘像涩柿子,看起来好看,味道却很涩。）

　看小孩歌多是幼小的女孩们唱出的,尽管曲调和歌词很朴素,但其中洋溢着真情。多年后,它们被刻成唱片出版,仍能深深地打动人心,因此广为传播。

四、民间表演艺术和讲唱

　（一）艺能

　在日本,传统表演艺术被叫作"艺能"。艺能种类繁多,很难确定其所涵盖的全部范围。戏曲、舞蹈、音乐、讲谈（说书）、落语（单口相声）、模仿、轻业（杂技）等等皆是"艺能"。其中,大戏有古代的神乐和舞乐、中世纪的能乐和狂言、近世的歌舞伎、人形净琉璃等。

除专业演员表演的大戏以外,近年来,民俗活动中的艺能也渐渐受到了关注。它们被叫作"民俗艺能""传承艺能"等。许多地方戏和民间表演艺术,或保留着古老的传统形式,或吸收了大戏的各种元素,在江户中期以后,发展成了现在的样子。它们表演的时间、地点,以及表演者等多种多样,有在寺庙的宗教仪式和村落祭祀活动中的表演,有卖艺人的街头表演,也有些采用挨门挨户卖艺的形式。各种艺能形式之间又会互相接触,互相影响,其关系相当复杂。

在日本,自古以来就有以歌舞乐来供奉神佛的传统。寺院、神社等的宗教仪式当中也保留着不少艺能。现在,神乐保留在伊势神社,雅乐保留在天王寺。佛教刚传入日本时,是一种贵族宗教,随着时代发展,它逐渐与日本原有的民间信仰融合,又吸收了新来的佛教派别的教义,改换面目,逐渐成为民众的佛教。在这一过程中,佛教和神道教,以及修验道之间的交流和融合也在同步进行。在这三大宗教的法事活动中,容纳了民间的田乐、猿乐等。

20世纪70年代以来,从尊重历史、保存旧风俗的立场出发,人们对艺能形式的传统有了更明确的认识。

在日本,传说中艺能的起源可以上溯到天岩户神话中,天宇受卖神在天岩户前跳的舞蹈。她手里拿着竹叶边旋转边踏地,这明显是萨满巫师在与神沟通时候的动作。也就是说,在古时候,跳舞是一种与神交流的办法。天宇受卖神是供奉太阳神的巫女,跳起这种舞蹈是很自然的事。后来,天宇受卖神就成了宫廷巫女氏族的祖先神。巫女们原本在宫廷仪式当中承担凭借舞蹈与神交流的工作。后来,其跳舞配乐中加入了歌词,就逐渐地演变成了故事性的舞蹈。这种舞乐被称作"神乐"。直到现在,宫廷里的神乐还在每年的重要仪式上演出。

在民间,也有源自巫女表演的舞蹈戏,且和其他表演艺术融合起来,派生出了很多表演艺术形式。这种表演艺术由宗教人士传播到日本全国各地,其目的是教导民众,因此多具有一定的宗教成分。它们被吸收到当地神社或寺庙的祭祀活动当中,经历了本地化过程。到了江户时代,各地都有自己独特的神乐了。这种神乐与宫廷里演出的神乐完全不同,为了加以区别,宫廷里的神乐被叫作"御神乐",民间的则叫"里神乐"。例如,"岩户神乐"是以神话为主要内容的歌舞戏;"出云神乐"也以神话为内容,但似乎是不带歌词的舞蹈戏"大神乐",它的内容以一般舞蹈和狮子舞为主。这些神乐本来是宗教仪式的重要组成部分,但演变到后来,在一些地区,其娱乐部分被独立出来,进行单独的演出了。再以后,它们甚至进入了城市中的茶馆里,由专业演员进行表演,并由此得到了进一步的发展。例如,平安末期到镰仓初期,观阿弥、世阿弥父子将各地民间宗教活动中演出的歌舞戏,尤其是其中的猿乐,升华成了艺术性很强的歌舞戏"能乐"。

这些剧目取材于民间流行的传说或故事，主题是佛教无常观，大多以悲剧结局。

能乐的伴奏歌叫作"谣曲"，主要讲述故事背景和主人公的心情，歌词非常高雅。在江户时代，这成了武士阶级不可缺少的基本教养。能乐虽是十分高雅的艺术，但也很受一般民众欢迎，在民间村落里也有演出——民众们将能乐的表演方式吸收到当地的祭祀活动中，自己演出能乐来献给神。这样一来，在民众中流传的民间歌舞戏与艺术性很高的能乐相融合，也得到了长足发展。到了江户时代初期，民间的傀儡戏和讲叙艺术结合起来，形成了"人形净琉璃"，民间流行的歌舞发展成了"歌舞伎"。在城市里，它们由专业演员演出，为大众提供娱乐消遣。近松门左卫门等专业作家从历史传说、民间故事以及世间话中取材，写成相应的剧本，受到了极大的欢迎。这一时代的交通已经相当发达。不久后，民间又把这些大戏的元素吸收到自己的活动当中去，并逐渐本地化。目前，还有不少地区会在祭祀活动中自导自演"农民能乐"或"农民歌舞伎"等，来侍奉神灵。

（二）讲叙

在日本，以讲唱形式传承民间故事的方式叫作讲叙（語り物）。这是一种由专业艺人和着一定的曲调讲出来的叙事性故事。讲叙的内容大部分与传说、昔话是共通的，其中又以带有佛教思想的悲剧性故事居多。这种艺术形式对日本人的情感观念等具有重大影响。讲叙最为流行的时代是中世纪到近世，具有代表性的种类有"平曲""净琉璃""说经节""浪花节"等，演出时一般都伴有琵琶、三味线等乐器。

中世纪时，平曲十分流行，对后代的艺能、文学，以及民众思想的影响较大。源平战争结束后，源氏掌权，为了镇住平家一族的灵魂，同时宣传佛教思想，就由盲僧带着琵琶巡游全国，讲唱平家的故事，从而有了"平曲"。平曲的内容主要是平安时代末期，富贵的平家从繁荣走向灭亡的故事，又尤以平家与源氏之间发生的激烈战争，以及双方英雄的传说等内容为主。其主导思想是佛教的无常观。以平曲为基础编撰出的著名文学作品就是《平家物语》。

"说经节"最初所讲的内容是与佛教教义相关，如因果报应思想等佛教故事，调子始终带着悲调。后来，其内容慢慢扩展到名僧或其他得道者发愿、苦修的故事等。再后来，它逐渐脱离了宗教信仰，讲起男女恋爱或父子恩情的故事来了。17世纪初期著名的"五说经"就有《爱护山》《山椒太夫》《苅萱》《信田妻》《梅若》等。其中，《信田妻》说的就是著名的阴阳师（巫师）阿部晴明由狐狸妈妈所生的故事。这是流行很广的一个民间传说类型。

说经节的特点是使用土话讲述，开头要说一句关于某尊菩萨来源的话，故事里常有"多悲惨呀"之类的陈词，曲调一直比较悲哀，常引得妇女们落泪。后来，受到净琉璃艺术的影响，就仅讲唱主体故事，而不说菩萨的来源了，用词上也典雅了很多。

（三）日本民俗艺能的现状

民俗艺能是随着时代的变化而形成、变化或消亡的，这是民间艺术发展的一种自然规律。当下，随着现代化的加剧，人们的生产、生活方式和思想意识都有了很大的变化，很多艺能活动的功能、意义已经丢失，传统艺能的保存越来越困难。目前，很多街头表演，或挨门挨户卖艺的演出项目已经消失或面临着消失。

但 20 世纪 70 年代以后，或是民间自发，或由官方主导，在日本开展了大量的抢救和保护民俗艺能的活动。例如，很多民俗艺能的"保存会"成立了。参与者会对该艺能进行宣传、修习、表演，以及研究，虽然还存在很多问题，但至少在形式上保存了不少艺能活动。各地的学校都会组织课外活动，邀请民俗艺能的传承者担当老师，教学生们学习艺能。活动资金也由政府资助。有的民俗艺能还被开发成了旅游资源，或是出于地方宣传的目的而商业化。目前，日本全国已有数百个"农民歌舞伎"保护单位。其他的保护形式也不少。人们互相学习保护自己艺能遗产的方法，还会利用电脑网络等现代化手段，已经取得了很好的效果。但应该看到，真正受到保护的还仅仅是艺能中的一小部分，在缺乏古道热肠者的地方，很多民俗艺能无以避免地慢慢消亡了。

第三节　日本民间文学研究概况

一、神话研究概况

日本的神话研究，主要在宗教学、民俗学、人类学、心理学、语言学、文学等学科领域内进行探讨，现在也加入了历史学、考古学的研究方法和成果。把《古事记》《日本书纪》作为学术研究对象是从江户时代的贺茂真渊、本居宣长等开始的。这一时期，新井白石还从"神话是歪曲事实的历史"的角度出发，对它们进行了解释。

到了明治时代，日本形成了以天皇为中心的政治体制。原本就是为了巩固天皇氏族的政权而编撰的《古事记》和《日本书纪》再一次被赋予神圣的地位。东京大学教授久米邦武曾于 1891 年发表了《神道是祭天的古俗》，却被判大不敬罪，不得不辞职。这一事件为日本神话研究蒙上了阴影。

1899 年，以高山樗牛发表《古事记》神话相关研究成果为契机，日本神话论著的出版、发表逐渐增多。自此，在欧洲神话学说的影响下，日本的神话研究开始步入科学研究阶段，出现了各种各样的研究角度和观点。这一时期活跃的学者有高山樗牛、姊崎嘲风、高木敏雄、井上哲次郎、津田左右吉等。然而，短暂的繁荣景象很快就结束了，继续研究神话的学者只剩高木敏雄一人。他于 1904 年出版的《比较神话学》是日本最初的、体系化的神话学概论。但在此之后，有组织的神话研究陷入停滞。

大正末年到昭和初年，日本的神话研究又进入了全新阶段。一方面，日本神话和海外神话的比较研究取得了长足的进步——日本学者还独立研究了朝鲜及中国的神话。另一方面，尽管日本学者在理解西方的神话及神话学说方面略带偏颇，但客观上还是把这些学说介绍到了日本国内,并逐渐认识到了民族学资料及方法论在神话研究中的重要意义。松村武雄的《神话学概论》、第二次世界大战后出版的《日本神话的研究》等是这一时期的代表性著作。

然而,在第二次世界大战前和第二次世界大战期间,日本的神话研究再度步履维艰,在比较研究方面更是困难重重,一来,是作为比较研究基础的民族学在当时的日本还不很发达;二来,当时的政治环境也不利于自由的比较研究。这一时期的日本神话学研究有一个现象,就是日本学者大多都不在国内,而是在学术环境较好的欧洲国家进行自由的研究。例如,20世纪30年代前后,松本信广在巴黎,岗正雄在维也纳进行研究;第二次世界大战期间,沼沢喜市在瑞士的费里堡进行了出色的神话研究;而岗正雄在1933年完成的《古日本的文化层》大纲,到第二次世界大战结束后才在日本公开发表。像三品彰英这样能在日本国内进行出色的比较研究的学者实属凤毛麟角。

第二次世界大战结束后,日本学者对战争期间被政治控制的神话观进行了反思,但此前一些"神灵附体"式的研究负面效果开始显现,部分学者因此对神话研究产生了偏见。战后,真正的神话研究是从20世纪50年代末开始的。岗正雄于1958年出版了《日本民族的起源》,提出了以历史民族学的观点为基础,探明日本神话构成要素的起源和谱系的假说。例如,天岩户神话属于"母系的、狩猎、旱稻栽培民文化",而天孙降临神话则属于"父权的、〈氏〉氏族的、支配者文化"。大林太良于1961年出版的《日本神话的起源》中发展继承了这种观点,并确定了日本神话主要构成要素的传播途径、时期及承载者。日本的比较神话研究虽然以理论研究为主流,但也有个案研究的例子。例如,松本信广对东南亚、中国南部和日本的神话进行了比较研究,写出了《日本神话的研究》(1931年初版)、《日本的神话》(1960年)等著作。此外,松前健、大林太良等也在日本和东南亚神话的比较研究方面有所建树。对日本神话和中国神话进行比较研究的代表性学者是伊藤清司。三品彰英则在很早以前就开始了日本和朝鲜神话的比较研究,著有《建国神话考》(1937年)、《日鲜神话传说的研究》(1943年)、《神话和文化领域》(1948年)等。

20世纪70年代中期开始,以大林太良和吉田敦彦为首的学者,将结构主义神话学理论引进了日本。其中,大林太良引进列维-斯特劳斯的辩证法的结构研究法,于1975年出版了《日本神话的结构》;吉田敦彦采用杜梅齐尔的理论,写出了《日本神话的源流》(1976年)。

在比较神话学研究深入发展的同时,从文献史学的视角入手研究日本神话也成为一个流派。这种研究涉及大量国文学、历史学者的成果。津田以发展的眼光,总结了战前的日本神话研究,于1948年出版了《日本古典的研究》。他还敏锐地捕捉到了《古事记》和《日本书纪》神话中的政治虚构性和编纂性,为以后的文献实证研究定下了基调。石母田正从20世纪50年代末到60年代初连续发表的相关论文,就是受其影响的成果。之后,民俗学理论被引入了神话研究领域,开拓出了神话与祭祀礼仪之间的关系等研究领域,取得了全新的发展。这方面研究的推进有赖于以三品彰英、吉井严、松前健等一批学者的努力。在20世纪70年代,出现了试图脱离原有研究思路,在理论批判的基础上进行比较神话研究的益田胜实等人,还出现了通过文本语境进行神话解释的"文章逻辑论的研究"。这些都是神话研究中全新发展势头的体现。

从民俗学角度进行神话研究是由柳田国男和折口信夫发起的。接着,高崎正秀、肥后和男等也加入了这一阵营。民俗学视角的介入,使研究方法更为广泛了,并且不仅在神话研究领域如此,在国文学等领域中,从民俗学角度出发的研究目前也已相当普遍。

二、传说研究概况

日本国文学的研究对象中有"说话文学"一类,它是文字记录下来的古代流行的口头传承故事。其内容有口承神话、传说、昔话和世间话等。从来源看,日本国内较晚近的世间话、相对成熟的传说,以及汉译佛经等,均属其范畴。说话文学大约从平安时代开始出现,这与当时的社会背景和佛教的传入有关。当时僧侣讲说佛教思想的参考书就是佛教"说话集"。它们构成了说话文学的中心。从平安初期的《日本灵异记》开始,以12世纪初的《今昔物语集》为高峰,一直到16世纪末、17世纪的《御伽草子》,说话文学作品向着日本通俗文学的道路发展,因此被归入国文学的研究范畴。

反之,对日本口承传说的研究,则一直是从民俗学的角度展开的。据柳田国男在《传说论》中的说法,日本民俗学界研究传说的目的是为了厘清佛教进入前的日本民间信仰。因此,以日本传说为对象的民俗学研究,就理所当然地与佛教色彩浓厚的说话文学研究划清了界限。而且,国文学的研究主要依靠文字记载,不太重视民间口头流传的活形态资料。由此,在日本学界,口承传说研究和说话文学研究长时间分离,不曾聚到一起。直到近些年,双方才认识到对方的资料对自己的研究也很重要。口承传说和说话文学虽然有很多差异,但在研究方法和资料上仍存在着很强的互补性。

传说的文学化还表现在艺能的剧本中。艺能剧本也属于国文学研究的对象。中世纪的平曲是以平家和源氏的战争为内容来讲述的,其中就有很多英雄传说。这些传说在中世纪末到近世的一段时期里非常流行。而且,作为人形净琉璃前身的"说经节"和"净琉璃"的代表剧目,也都是以传说为素材的。能乐的曲目中也有不少采用了传说的元素。人形净琉璃和歌舞伎沿袭了它们的剧目,又从当代的事件和世间话中取材,进行演出。观众又会跟周围的人们分享这个观看到的故事,这样,它就又回到了口头传统当中。由此可见,日本传说的口头和书面传统是相互借鉴、相互流动的。

三、民间故事研究概况

柳田国男是第一位将日本民间故事(昔话)当作现代意义上的学术对象进行科学

研究的学者。他于1910年出版了《远野物语》这部故事集,其中收录了来自日本东北地区的学生给他讲的民间故事,并从此走上了民俗学研究的道路。柳田的目的是通过民间故事研究,阐明大陆文化传入前的日本文化原貌。因此,他对资料的要求非常严格,除一字一句不落地记录讲述者的原话以外,他将所有在其他情况下记录的故事文本都排除在了研究资料之外,例如,人们为了儿童阅读需求而改写的故事作品,就无法纳入柳田国男研究的范围。此后,日本学界继承了这种作风,养成了严格、忠实记录的好习惯。

柳田国男认为,神话应该是讲英雄一生经历的故事,而昔话是神话失去信仰功能后演变而成的。昔话有两种,一种还保留着神话原型因素,讲述英雄的特异诞生、冒险和苦难、幸福婚姻等内容,叫作"完形昔话";另一种里已经体现不出神话的内容了,多为动物故事、笑话等,柳田称之为"派生昔话"。根据这一观点,柳田编著了日本第一部故事索引目录《日本昔话名汇》(1948年),里面收录了340个故事类型。十年后,关敬吾参考AT索引,将日本民间故事分为"动物故事""本格故事""笑话"和"程式故事"四大类,并依照日本故事的具体情况,编辑了另一部索引——《日本昔话集成》,其中收录了642个故事类型。之后,经过进一步的修改和资料补充,他于1980年编出了《日本昔话大成》,收录了720个故事类型。1998年,稻田浩二完成了《日本昔话通观》的编辑工作。这是目前最新、最大的日本民间故事类型索引,收录有1272个故事类型。稻田尊重国际通行的民间故事分类方法,同时也借鉴了柳田的看法,注重故事发展的历史,将"讲从前"的故事——相当于关敬吾所讲的"本格故事"——排在前面,其中,带有神话性质的故事排在最前面。

柳田国男主张"一国民俗学",因此,他把故事研究的范围限定于日本国内。而德国文学专业出身的关敬吾则将芬兰历史-地理学派的理论和方法介绍到了日本,进行日本故事与国外故事的比较研究。按照他的理论,民间故事的核心在于婚姻故事。

在日本民间故事研究肇始的阶段,故事类型研究和从故事的民俗背景入手解读其文化内涵的方法占据主流,这其中也包括了结构主义分析。随着日本国内资料的搜集工作逐渐结尾,研究方法也变得多样起来,出现了对故事家、故事讲述环境的研究、心理学角度的考察、从文学角度出发,对故事文体进行审美研究、应用研究等新方法。

师从荣格的河合隼雄从深层心理学的角度研究日本民间故事,得出日本人的心性具有女性性质,而与西方人心性的男性性质不同等结论。小泽俊夫将瑞士民间故事学者马克斯·吕蒂的理论引进日本,并强调了民间故事的教育功能,以及培养故事传承人的重要性。

在日本国文学研究领域,民间故事研究还和"说话"学关系密切,民间故事研究与作家文学研究也有关系。例如,日本第一篇小说《竹取物语》曾多次被改写成儿童读物,很多人因此认为它取材自民间故事《赫奕姬》。实际上,在近代以来的口头民间故事搜集中，《竹取物语》的口头变体极为罕见，且都不是完整的故事。因此，学界认为，《竹取物语》是作家文学作品，作者是当时博有知识的文化人，他将佛经等文献中的一些故事母题重新组合，结合当时的政治情况，创作了《竹取物语》。但是，1961年在中国出版的一部民间故事集里收入了一篇叫作《斑竹姑娘》的故事，它从结构到内容细节都与《竹取物语》非常相似。如果这个故事确实在中国流传，那一直被看作是日本第一部小说的《竹取物语》就根本不是文人创作的作品，而是外国民间故事的翻译版本了。由于这篇小说在日本文学史上具有非常重要的地位，目前，学界总的倾向是对《斑竹姑娘》存疑，但无法提出具有说服力的否定根据。日本学者一直在中国寻找《斑竹姑娘》的异文，但到目前为止尚无结果。在除《竹取物语》之外的很多作家作品中，也能找到或明显或隐含的民间故事的影响痕迹。

早前就有学者提出，中国和日本的民间故事拥有很多共同的类型。但是，截至目前，中日民间故事的比较研究情况并不理想。在日本，对稻作文化和照叶树林文化[①]等感兴趣的民俗学家和人类学家虽然对中日民间故事的比较研究领域有所涉猎，但研究主要局限在中国西南少数民族的民俗传承和民俗活动方面。专门从事故事研究的学者大多只关心中国故事本身，并不关注中日故事的比较研究。在中国，也几乎看不到将中日比较研究，尤其是将中国少数民族故事与日本民间故事间的比较研究作为研究重点的学者。

利用学术成果对故事传承进行保护，并促进其发展、应用等，是日本在故事研究中取得的另一项实绩。第二次世界大战后，部分作家推动成立了"民话之会"，将纯粹使用方言的民间故事资料改写成仅带有部分方言特征的故事作品，以便现代人理解、接受。他们还利用民间故事素材创作出了具有民间故事韵味的文学作品。根据民间故事《仙鹤妻子》改编的话剧《夕鹤》、儿童文学《龙子太郎》等，就是这方面的代表性成就。除此之外，电视动画片《日本昔话》是很受欢迎的节目。许多日本人是看着这个节目长大的。在绘本界，作家和画家也虚心学习民间故事研究的成果，认真地进行了再创作。近年来，在日本及国外都颇受欢迎的鬼怪、妖怪恐怖片中，也直接或间接地借用了民间故事的类型结构或母题。小松和彦是日本异界观的研究者，出版有不少有关妖怪的论著，它们也大多与民间故事有关。另外，在前文提及的讲故事等活动中，也都充分采纳了日本学界的研究成果。

四、民间韵文体文学研究概况

（一）民谣研究概况

日本的民谣研究涉及国文学、民俗学和民族音乐学等多学科。

---

① 照叶树林文化：从喜马拉雅山腰经过东南亚北部、中国的西南、江南到日本西部的常绿阔叶森林地带共同拥有的文化。

国文学在歌谣研究中占有一席之地。明治末期，志田义秀首次将当时传唱的民谣作为研究对象加以考察，但当时，他主要是将民谣作为歌谣史的一部分来进行研究的。国文学中的歌谣学主要是根据文献资料研究历代民谣。因此，学者们大多更关注古代歌谣的形成问题。浅野建二毕生研究日本歌谣史。他将民间歌谣对当今民谣的影响和民间歌谣对文人诗歌的影响等问题都纳入了自己的研究视野中。这在研究歌谣史的国文学者中并不多见。

民俗学家则主要研究当时流行的民谣。除像国文学者那样探究歌词外，其研究对象还包括民谣传承的民俗社会背景、民谣的表演及其与歌词之间的关系等，以此探究民间歌谣的民俗学意义。其终极目标是通过歌谣探寻日本民族的根源。这种状况与柳田国男将日本民俗学研究的目标指向探求日本民族最纯粹的文化原型等观念大有关系。在《民间传承论》中，柳田国男论述道："对民谣进行民俗学的研究，就是要找出贯穿于每首民谣中的产生及变化的法则。通过这种研究就能够探索出民谣所反映的日本人的精神现象。"

柳田国男的弟子折口信夫从国文学和民俗学的双重角度出发，对民谣进行了研究——虽然没有专门而系统地研究民谣，但在有关民俗学和艺能史的多部论著中，他都谈到了民谣问题，且颇有见地。折口研究民谣的特点是在研究古代文化时，将民谣和艺能、信仰等结合起来，进行整体性的综合研究。继折口之后，国文学家臼田甚五郎也借鉴民俗学的成果，进行了艺能史和歌谣史方面的研究。臼田的很多见解对其下一代的研究者产生了一定影响。但总体来看，其视线始终是朝向古代的。

另一方面，诗人、作曲家们也逐渐开始关注民谣，并将其吸收到各自的创作中去。自1910年代末起，一批最先进的作曲家，开创了一种新的潮流，即在运用西方古典音乐方法的同时，发展日本传统的表现方法，创作出符合日本人审美的作品。他们与诗人北原白秋、野口雨情等合作，创作出新的民谣，即"创作民谣"。这些作曲者包括山田耕作、本居长世、中山晋平等。之后不久，他们接受各地和各旅游点的邀请，创作出切合当地情况的作品，受到了广泛欢迎。其中，藤井清水通过借鉴民谣，创作出了许多独具特色的作品。在那个还没有录音机的年代，他深入人们的实际生活中，直接对民谣进行采谱，留下了珍贵的记录。

但是，民谣成为文学、音乐学、艺能史学等领域的学术研究对象，是在1920年以后了。最早从音乐学角度开始研究民谣的是町田佳声。他曾是一位三味线音乐的研究者，在探求三味线音乐原型的过程中，他注意到了民谣的重要性。于是，1935年左右，他就开始了民谣的录音工作。除藤井清水是其无可替代的合作者之外，町田还从开始时就受到了柳田国男的方言调查和研究方法的很大影响，并受到了柳田本人各方面的帮助。上文谈到的日本放送协会的《日本民谣大观》以1944年刊行《关东篇》为始，直到1980年基本结束。《日本民谣大观》丛书的资料收集始于第二次世界大战以前，因此收录了民谣的古老的形态,采录了比较值得信赖的用五线谱采写的谱子,又是采自日本全国范围的民谣集,以上三方面的意义使其成为民谣研究方面极为重要的资料。

（二）民俗艺能研究概况

针对民俗艺能的研究起步较晚。1925年,东京建立起了日本青年馆,在开馆纪念活动中,从全国选择了八种民俗艺能进行了表演。因为很受欢迎,在此之后成为每年的惯例。一直到1936年,共举行过56种舞蹈和14种民谣的表演。这些表演引起了研究者的兴趣。

一般认为,1927年"民俗艺能之会"的创立,是日本民俗艺能研究的开始。参加此会的有柳田国男、折口信夫、金田一京助、小寺融吉等学者。他们进行实地调查,在研究会上发表研究成果,同时在该会主办的杂志《民俗艺术》上发表论文和调查报告等。第二次世界大战以后,"民俗艺能之会"重新开始活动,主办了《艺能复兴》杂志。后来,该会改称"日本民俗艺能学会",1982年时再改为"民俗艺能学会",并一直延续到现在。之后成立的"艺能史研究会"也发挥了重要的作用。

柳田国男之后,折口信夫可谓是日本艺能研究的第一人,他从民间信仰的角度出发解释了艺能。从国文学和民俗学的角度入手研究艺能的还有折口信夫的弟子池田弥三郎、臼田甚五郎等。此外,还有一些研究是从人类学、民族艺术学和戏曲史学的角度进行的。目前,日本各地艺能方面的资料搜集工作已经结束,但怎样有效、合理地利用这些资料进行研究,正是当前面临的现实问题,有待后来者的努力。

思考题

1. 日本古代神话具有哪些特点？
2. 日本民间文学的体裁分类体系与世界通行的分类方法有较大差异,体现出了很多日本文化独有的特征。你对这一现象有怎样的认识？
3. 与东方其他国家、地区的研究相比较,日本的民间文学研究具有哪些特点？
4. 试举例说明日本民间文学与作家文学之间的相互影响。

本章主要参考书目

[日]安万侣著,周作人译:《古事记》,北京:中国对外翻译出版公司,2001年。
[日]高木立子著:《日本民间文学》,银川:宁夏人民教育出版社,2014年。
[日]关敬吾编,连湘译:《日本民间故事选》,上海:上海文艺出版社,1983年。
[日]关敬吾等著,张雪冬、张莉莉译:《日本故事学新论》,沈阳:辽宁大学出版社,1992年。
[日]河合隼雄著,范作申译:《日本人的传说与心灵》,北京:生活·读书·新知三联书店,2007年。
[日]柳田国男著,连湘译:《传说论》,北京:中国民间文艺出版社,1985年。
金伟、吴彦译:《今昔物语集》,沈阳:万卷出版公司,2006年。

第七章 朝鲜民间文学

第一节 朝鲜历史文化概述

　　朝鲜半岛位于亚洲的东北部。它背靠大陆,三面环海,北部与中国、俄罗斯接壤,东、西、南边分别被日本海、黄海和朝鲜海峡所围绕。朝鲜半岛以北纬38度线为界,北半部是朝鲜民主主义人民共和国,简称朝鲜;南半部是大韩民国,简称韩国。朝鲜半岛虽然在20世纪40年代末分裂为两个国家,然而南北方引以为自豪的灿烂的历史文化却是同根同祖的朝鲜民族共同的财富。

　　公元前8世纪,朝鲜历史上最初的奴隶制国家古朝鲜建立起来,其后又出现了卫满朝鲜、三韩和汉四郡等部落国家。朝鲜的各古代国家虽然在半岛的不同地区创造了自己的历史,但相互间的密切交往使他们保持了文化上的共同性。

　　公元前1世纪中期,朝鲜半岛上先后出现了高句丽、新罗、百济三个封建制国家,它们逐渐统一了周围的一些小国,形成了三足鼎立的格局,史称"三国时期"。在长达七个多世纪的时间里,三国在建筑、绘画、音乐、雕塑等领域创造了灿烂的文化。例如,历经两千余年,至今仍然栩栩如生的高句丽古坟壁画、壮观的大城山城及安鹤宫遗址、新罗的黄龙寺九层塔等,无一不反映出当时朝鲜人民的聪明才智。6世纪伽倻人于勒制造的伽倻琴音色优美而凄婉,符合朝鲜民族的审美情趣,至今仍得到普通大众的喜爱。

　　朝鲜的本土宗教——神教,起源于原始社会的万物有灵观念。它崇拜自然及掌管特定事物的神,并信仰人的灵魂。公元372年,佛教从中国传入高句丽,之后又先后传入百济和新罗,随着佛教与朝鲜固有信仰的融合,三国很快发展成为佛教国家。源自中国文化传统的儒家学说被朝鲜人称为"儒教",带有了宗教的性质。儒教几乎和汉字同时期传入朝鲜半岛。公元4世纪前后,三国中出现了中国式的儒学教育机构——太学。同时,在高句丽末年,含有鬼神信仰成分的道教由唐朝传入,因为它与原有的神教相似,民众也纷纷开始信仰道教。如此一来,三国时期就形成了儒、佛、道三教并举,而以佛教为重的局面。宗教信仰丰富了民族文化的内容,对文化的发展起到了推动作用。

　　公元6世纪中叶,三国中原本势力最小、相对落后的新罗,吞并了洛东江流域的六伽倻,并相继于660年和668年,联合中国唐朝的军队灭掉了百济和高句丽,从而统一了大同江以南地区。史称一统三国的新罗王朝为"统一新罗"①。它在历史上存续了两百多年,于公元935年归顺新兴的高丽王朝,完成了王朝的新一轮更替。

于公元918年建立的高丽王朝并不太平,战事、纷争一直不断。尽管如此,在当时复杂的社会环境下,其经济、文化仍取得了很大发展。"高丽文化"开始为世界瞩目。高丽立国之初,统治阶级就将佛教定为国教,但在意识形态方面实际采取了儒、佛并重的做法,依靠儒家思想维护和加强封建统治。高丽末年,法门紊乱,僧侣们极为堕落。这时,恰逢中国的程朱理学传入高丽,儒教势力渐渐抬头。道教思想虽仍有一定影响——开城和地方上设有几处直属于王室的道观,为王家祈福消灾,但民间的道教信众并不多。

朝鲜王朝建于1392年。这是朝鲜历史上最后一个封建王朝。在朝鲜王朝统治的五百年间,一直推行"扬儒抑佛"政策。被认为是从儒教信仰蜕变而来的阴阳说和风水说在当时也大为流行,已成为一种民间信仰。同时,随着佛教被打压,在朝鲜民间,古代神教末流的巫教信仰开始兴盛起来。道教则进一步衰落,唯一的道观也在壬辰战争中被烧毁。同时,在仁祖时,西方的基督教经由中国传入朝鲜。1882年之后,外国传教士可以在朝鲜自由地布教,信仰基督教的民众由此日益增多。

从15世纪中期开始,封建统治集团内部"两班"贵族之间争权夺利的斗争愈演愈烈,进而扩大为党争,导致了封建中央集权体制的紊乱和国力的衰退。1592年至1598年间,又爆发了反抗日本侵略的壬辰战争。朝鲜虽然取得了最终的胜利,但长年的战乱仍极大地阻碍了生产力的发展。1876年,朝鲜被迫对西方列强开放了门户。1894年和1904年间爆发的中日甲午战争和日俄战争加快了朝鲜殖民化的进程。直至1910年"韩日合邦",朝鲜完全沦为日本的殖民地。

1945年日本战败后,朝鲜半岛终于从日本的殖民统治下解脱出来。然而时隔不久,1948年,南北政府相继成立,整个民族又陷入了分裂的历史悲剧中。

第二节 朝鲜民间文学概况

一、概述

习惯上,朝鲜学者将民间文学称为口传文学,韩国学者则称之为口碑文学,此外还有民俗文学、口承文艺、民间文艺、民间文学等多种叫法。朝鲜文字创制于1443年,其后又经过了一个较长的普及过程,直到朝鲜王朝末期,它才真正成为文学创作工具和大众书写工具。在漫长的历史过程中,艰深的作家文学,即汉文文学距普通大众很远,

---

① 统一新罗是韩国学者的叫法,朝鲜学者将这一时期称为后期新罗。

甚至可说是遥不可及,普通百姓所真正享有的只有民间文学。也因此,朝鲜民间文学的内容十分丰富,包括了神话、民间传说、民间故事、民间歌谣、谚语、谜语、民间戏曲和说唱等多种体裁形式。

在朝鲜历史上,最早出现的民间文学体裁包括原始歌谣和神话。进入三国时期之后,以村落为中心的民间传说、民间故事和民间歌谣发展起来。它们逐渐摆脱了以神为中心的内容,开始关注现实生活,出现了在劳动过程中传唱的劳动民谣、讲述生活经验的民间故事、战争中涌现出来的英雄人物传说、祭典仪式中的祈神咒语等体裁的作品。这些民间文学作品中的一部分被翻译成汉文,记录在了《殊异传》《三国遗事》《三国史记》等文献中。高丽后期出现的稗说文学与中国古代的稗官野史很相像,杂录了文人们感兴趣的琐事、传闻、故事等,其中也包括许多民间文学作品。主要的稗说集有李仁老的《破闲集》、李奎报的《白云小说》、崔滋的《补闲集》、李齐贤的《栎翁稗说》、鱼叔权的《稗官杂记》、柳梦寅的《於于野谈》等。然而需要指出的是,当时对民间文学的记录都是通过汉文实现的,在这一过程中,民间文学生动活泼的语言无疑受到了损伤,但也正是通过当时文人们的努力,后人才能够了解高丽及以前时期民间文学的大致面貌。

总的来说,朝鲜民间文学中的神话并不发达,与此相反,民间传说和民间故事较为丰富,特别是有关历史人物和历史事件的传说数量众多,而作为大众喜闻乐见的形式,民间歌谣中有许多大众耳熟能详的作品至今仍在传唱,如《阿里郎》《桔梗谣》等,俨然已成为韩国和朝鲜的文化名片。此外,劳动民谣中的织布谣、仪式民谣中的送葬歌、生活民谣中妇女控诉大家庭婚姻生活的民谣等都分布很广。巫歌的传承历史悠久,在韩国得到了很好的保护和较为深入的研究。作为联合国教科文组织选定的"人类口头与非物质文化遗产",板索里至今仍然深受韩国人民的喜爱,在国立剧场有定期的演出。喜爱韩国文化的外国人也将其视为韩国的国粹。而由于意识形态的不同,巫歌和板索里在朝鲜的传承、发展受到了一定限制。

二、民间叙事文学

(一) 神话

一般认为,朝鲜文化中有关宇宙起源和人类起源的创世神话较少,现存的《檀君神话》《解慕漱神话》叙述的是有关天神世界及民族祖先的故事。这两篇神话产生于原始社会末期[①],在其后漫长的历史传承中,经过不断的加工、润色,先后被记录于《古记》《旧三国史》等古籍中,并最终定型于《三国史记》(1145年)和《三国遗事》(1285年)中。

《檀君神话》是朝鲜现存最早的神话,内容如下:

---

① [韩]朴韩龙等著:《诗话韩国史》,首尔:黎明出版社,1996年,第17页。

昔有桓因庶子桓雄,数意天下,贪求人世。父知子意,下视三危太伯,可以弘益人间,乃授天符印三个,遣往理之。雄率徒三千,降于太白山顶神檀树下,谓之"神市",是谓"桓雄天王"也。将风伯、雨师、云师,而主谷、主命、主病、主刑、主善恶,凡主人间三百六十余事,在世理化。时有一熊一虎,同穴而居,常祈于神雄,愿化为人。时神遗灵艾一炷,蒜二十枚,曰:"而辈食之,不见日光百日,便得人形。"熊虎得而食之,忌三七日,熊得女身,虎不能忌,而不得人身。熊女者无与为婚,故每於檀树下咒愿有孕。雄乃假化而婚之,孕生子,号曰:"檀君王俭"。以唐高(尧)即位五十年庚寅,都平壤城,始称朝鲜。又移都於白岳山阿斯达,又名弓忽山,又今弥达,御国一千五百余年。周虎(武)王即位己卯(六字省略)檀君乃移於藏唐京,后还隐於阿斯达为山神,寿一千九百八岁。①

从这则神话的内容来看,它大致产生于原始社会末期国家逐渐形成的阶段。神话中桓雄下到人间视察三危太伯,并降到太白山顶建立神市,可以说明当时已经从狩猎游牧生活过渡到了定居生活。桓雄给想变人的熊和虎吃大蒜这一情节,说明当时的人们已经开始从事一定程度的农业生产。桓雄率领风伯、雨师、云师,让他们掌管农事、疫病、刑法、善恶等三百六十余事,说明当时的社会矛盾已经激化,社会政治制度在向阶级制国家过渡的过程中应运而生。

檀君一直被视为朝鲜民族的文化始祖。这则神话中对他奇异的出生过程进行了详细的叙述。神话创作于上古时代,充满了想象,这一点完全区别于有具体历史年代的史记文献。然而,在长期的口头流传过程中,这则神话中无疑也添加进了许多后来人的思想观念。例如,在讲述檀君的建国过程时,就出现了两处中国古代帝王的年号,这应该是后世接受中华文化影响后的结果。

《解慕漱神话》原是《高句丽建国记》的一部分,但其本身具有完整的神话情节,可以独立成篇。它讲述了天帝之子解慕漱和河伯之女柳花相遇、结缘的故事。在这则神话中,解慕漱的形象栩栩如生,极富诗意。他头戴鸟羽冠,腰佩龙光剑,乘着彩车自由地来往于天地水陆之间,白天管理人间,晚上返回天上。这一壮美形象的树立是原始初民们朴素的积极浪漫主义思想的凝聚。

总的来说,《檀君神话》《解慕漱神话》都属于天降神话范畴。神话的主人公桓雄、解慕漱从天而降,反映了原始人对上天的崇拜。天神与地神(柳花和熊女)的结合诞生了氏族和国家的始祖,反映了当时朝鲜民族天、地、人三位一体及天地融合、人神融合的思想观念。

从现存的神话资料来看,朝鲜神话不仅产生得较晚,记录得也较晚。因此,今天所见的神话带有明显的后人加工的痕迹。此外,朝鲜神话不像希腊神话那样有一个庞大

---

① [朝]李俊成、洪松植编:《三国遗事》,平壤:社会科学院出版社,1964年,第57—74页。

的神族系统,没能形成一个有关天地开辟、众神诞生、人类起源的神话体系。但从流传于民间的一些神话片段来看,也不能否认朝鲜曾产生过更古老的原始神话。例如,有学者研究了麻古奶奶的神话,认为它可以与中国的盘古开天辟地神话相当。据说,麻古是个力大无比的女神,她撒泡尿就流成了江河,喘口气就刮起了台风。她过南海的时候,不小心摔了一跤,也仅仅湿了裙脚。她将裙子脱下摊开,就盖住了整个月出山。此外,民间崇拜的天神、日神、星神、山神、树神、司风暴的女神永登妈妈、水中精灵武鬼神等,也应该看作原始社会万物有灵信仰的遗迹。只不过,这些神与神之间没有通过婚配、血缘、隶属、利害等关系结合起来,因而没有形成一部有着与人间一样的喜怒哀乐、悲欢离合那样的神的史诗。①

(二) 传说

朝鲜民间传说资源十分丰富。这些传说一部分记录于《三国史记》《三国遗事》《高丽史》《李朝实录》等史书中,一部分保存在《东国舆地胜览》《世宗实录·地理志》《大东水经》等地理志以及众多的地方志、个人文集中,此外,还有大量的传说通过口传的方式在民间传播。20世纪30年代以来,随着民间文学研究的深入,这部分民间传说也得到了收集、整理。

1. 建国传说

建国传说是一类颇具特色的民间传说。它讲述了建国始祖们诞生、成长、统一部落、建立国家的过程。在朝鲜历史上,基本上每个王朝都有自己的建国传说。在这些传说中,始祖王的能力被理想化,甚至被神化了。越早的建国传说中,始祖王被神化得越厉害,往往成了半人半神的人物。具有代表性的传说故事有《高句丽建国记》《百济建国记》《驾洛国记》《朴赫居世》《耽罗国记》等。

朝鲜的建国传说中,每个始祖王的出生过程都很奇特,其中尤以卵生说最为常见。例如,有关朴赫居世的传说内容大致如下:大约在公元前69年,六个村的村长率领众百姓寻求有资格为王的人。他们发现长杨山山麓萝井旁山林之间,有一匹马跪着长嘶,便跟踪找去,却并没有发现马,但见一个青紫色的蛋。把蛋打破以后,一个俊美的婴儿从中而出,沐浴之后,那婴儿全身光彩照人,鸟兽为之起舞,日月分外明亮。这个婴儿就被起名为赫居世。因为蛋的模样和瓢近似,赫居世遂以"朴"为姓。此外,建国传说中还有很多始祖王的奇异出生方式。例如,赫居世的王后阏英是从鸡龙的右肋下出生的;朱蒙建国传说中的金蛙王是从巨石下出现的,因全身金黄,形似青蛙而得名;而在《耽罗国记》中,济州岛的三位神人是从地下冒出来的。不仅中世初期,亦即三国时期的各个国家均有自己的建国传说,后世的每个封建王朝也都有自己的建国传说。例如,记录于《三国遗事》中的后百济王甄萱的建国记、记录于《高丽史》中的《高丽建

---

① 史习成主编:《东方神话传说(第八卷)》,北京:北京大学出版社,1999年,第10页。

记》,以及后世流传的朝鲜王朝李成桂的建国记等。

2. 历史人物传说

人物传说讲的是历史上著名人物的传奇故事。三国时期的名将乙支文德,新罗末期大诗人崔致远,高丽中期名臣姜邯赞,朝鲜时期大学者徐敬德、李滉、李珥、李之菡等的传说都颇具代表性。为这些传说所津津乐道的是主人公异于常人的神奇的出生经过和非凡的功业,因此其中往往具有非现实性的一面,但也突显了民众对传说人物的推崇和喜爱。

3. 山水传说

民间流传的山水传说很多。朝鲜半岛上几乎每处山川、江河、湖泊、平原、洞穴、岩石及村落名称的由来都有着自己神奇的故事。金刚山是朝鲜第一大名山,有关它的传说就非常多,其中流传最广的是《金刚山八仙女传说》:从前,金刚山上住着一个牧童和他的老妈妈。一天,牧童从猎人的枪口下救下了一只鹿。为了报答善良的牧童,鹿决定帮他娶一位仙女作妻子。于是,鹿告诉牧童说,顺着溪水往上走有八处潭水,那是八仙女洗澡的地方。只要趁着她们洗澡的时候藏起一件羽衣,就可以留住一位仙女作妻子。牧童依计,果然娶到了妻子,和仙女幸福地生活在一起。很多年过去了,他们有了三个孩子。牧童不忍心看着仙女继续承受失去羽衣的痛苦,就将羽衣还给了仙女。仙女穿上羽衣,抱着孩子飞回了天上。这时,那只鹿又出现了。它对牧童说,自从仙女们丢了羽衣之后,都是用吊桶从八处潭里打水,在天上洗澡,牧童可以坐着吊桶到天上去。牧童又依计来到天上,与仙女和孩子们重逢,但牧童不喜欢天上的生活,仙女也怀念在美丽的金刚山与牧童一起度过的日日夜夜。于是,他们带着孩子又回到了金刚山,与老母亲幸福地生活在一起。① 类似的传说,不仅金刚山有,在朝鲜半岛的妙香山、七宝山、大同江等地,都有流传。实际上,这一传说属于"天鹅处女"故事类型,在除澳洲之外的世界各地广为流布。日本的《羽衣》传说、中国的《天鹅处女》传说等都是这一类型故事的典型代表。

4. 风物传说

朝鲜风物传说涉及的范围很广,有房屋、祠堂、宫室、楼阁、石塔、佛像、城池、寺院、桥梁、工艺品、食品、动植物等等。其中的典型代表有《影池和无影塔》(庆州)、《神门普通门》(平壤)、《阿娘阁》(密阳)、《善竹桥》(开城)、《上元庵传说》(妙香山)等,还有关于动植物的《人参的传说》《桔梗的传说》《百日红传说》等。在这类传说中,多有主人公与社会现实斗争,但最终不敌而死的悲壮内容。《影池和无影塔》中的阿斯女、《阿娘阁》中的阿娘等都是如此。这体现了朝鲜文学中"恨"这一永恒的主题。

5. 风俗传说

风俗传说是朝鲜民间关于岁时风俗、婚姻习俗、风水风俗之由来的解释性传说。

---

① [朝]张权彪等著:《朝鲜的民俗传统(第七卷)》,平壤:科学百科辞典综合出版社,1995,第74页。

从这些传说中，可以看出民众鲜明的爱憎情感以及他们对美好生活的向往和追求。经典的风俗传说有《处容郎》《春节的传说》《正月十五的传说》《七月七牛郎织女传说》《窥新房传说》《佩戴鸳鸯鱼眼的传说》，以及各种风水传说等。

（三）民间故事

在吸收民间传说创作经验的基础上，朝鲜民间故事于高丽时期开始盛行，到了朝鲜王朝时期，就已经成为最为普及的民间文学形式。① 高丽末期，各种稗说集、个人文集相继问世，其中记录了大量的民间故事资料。进入朝鲜王朝，野谈、笑话等形式得到发展，有很多收录在了《大东野乘》《稗林》《东野汇辑》《溪西杂录》等集子中。近代又有《八道才谈②集》问世。20世纪30年代以后，孙晋泰的《朝鲜民谭集》等也相继出版。南北分裂后，韩国和朝鲜都对民间故事进行了大量的收集、整理工作，其中集大成之作有韩国任晳宰的《韩国口传说话》全12卷和韩国精神文化研究院编撰的《韩国口碑文学大系》全82卷等。

朝鲜民间故事数量庞大，据其内容，可分为动物故事、魔法故事、生活故事、民间笑话四大类。

1. 动物故事

朝鲜动物故事中登场的动物种类众多，常出现的有老虎、兔子、狐狸、狗、蟾蜍等。其中，见诸文献的动物故事有《三国史记》中的《龟兔之说》、《於于野谈》中的《野鼠的婚姻》等。这些动物寓言故事生动有趣，都通过简单的情节、鲜明的形象对比等，阐明了深刻的道理。广泛流传于民间的代表作品有《寻找珍珠的猫和狗》《用尾巴钓鱼的老虎》《炫耀年龄的蟾蜍》等等。

在这些故事中，各种动物往往根据人的喜好被赋予了生动的人类性格，如兔子的聪明、狗熊的憨厚、狐狸的狡猾、老虎的愚蠢等。例如，《用尾巴钓鱼的老虎》中就这样讲道：冬天，一只兔子被老虎抓住了。兔子对老虎说："你别吃我，我可以帮你钓到很多鱼。"老虎信以为真，跟着它来到河边，按照兔子的话把尾巴放进河里。过了一会儿，老虎不见动静，再想抽出尾巴，却已经被冻住了。这时，兔子早跑得无影无踪了。这些以动物为主人公的故事，反映的其实是人类的社会矛盾。在这个故事中，故事讲述者和传承者让弱小的兔子战胜了强大、凶猛的老虎，表达了民众对智者的推崇、对强权的蔑视。

朝鲜动物故事中最有特色的就是老虎故事。在整个朝鲜半岛广泛流传的《日月兄妹》《老虎和柿饼》《金刚山猎手和老虎》等都与老虎有关。但与朝鲜神话传说中老虎被崇拜，并成为神格化的"山君"形象相比，民间故事中的老虎往往被塑造成愚蠢的胆小

---

① ［朝］李东源著：《朝鲜民间文学研究》，平壤：文学艺术综合出版社，1999，第102页。
② 才谈：机智幽默的短小故事，是朝鲜中世纪民间故事的一种形式，属于笑话一类。

鬼,成了被戏弄的对象。①

《日月兄妹》属于在世界各地广泛流传的"老虎母亲"型故事。在朝鲜半岛,它以讲述日月由来的故事形式出现,具有自己的特点,其主要情节如下:

① 外出打零工的母亲在回家的路上被老虎吃掉了。
② 老虎想吃掉三个孩子,但被孩子们识破真相,老虎露出了原形。
③ 进了家门的老虎吃掉了最小的孩子。另外两兄妹得以逃脱,爬到了树上。
④ 老虎追上树来,兄妹俩向天神求救。
⑤ 老虎也向天神求救,一直追到了天上。但最终失败,掉到了高粱地里。
⑥ 来到天上的兄妹按照神的旨意,哥哥成为太阳,妹妹成为月亮。
⑦ 在妹妹的请求下,哥哥又变成月亮,妹妹成为太阳。②

这个故事在朝鲜半岛流传很广,仅在任晳宰的《韩国口传说话》中就收录了37个异文。这则故事中,关于日月由来的部分明显带有神话的痕迹。实际上,在朝鲜的其他民间文学作品中,还"可以找到不少'人变日月'型神话之遗存,如收录在《三国遗事》中的〈延乌郎与细乌女〉和民间文学研究家孙晋泰所采录的巫歌'日月仪式祝词'等。"③

2. 魔法故事

朝鲜魔法故事中的人物常常会借助超自然的力量克服困难、获得幸福。常见的有白发老人、燕子、老虎、鹿帮助人实现愿望的故事,以及有会帮助好人、惩治坏人的魔棒、鼓和笛子等宝物出现的魔法故事。

《旁乇的故事》是朝鲜现存最早的宝物魔法故事。它被记录于中国唐代段成式的《酉阳杂俎》之中。18世纪时,又被朝鲜王朝文人安鼎福的《东史纲目》记录下来。这个故事的情节梗概如下:

从前有两个兄弟,哥哥旁乇善良勤劳但很穷,弟弟富有却心肠歹毒。有人送给旁乇一块地,于是他向弟弟借蚕种和稻种,没想到弟弟却将种子蒸熟了给他。到了蚕破茧的时候,只有一只蚕成活,但这只蚕的眼睛有一寸多长,十几日的时间,就长得像黄牛一样大,一次能吃下几棵树的桑叶。弟弟知道后,伺机杀死了它。没想到几日之间,方圆百里的蚕都飞到了旁乇家。旁乇又将蚕分给了乡亲们。旁乇种的稻子也只活了一株,但穗子有一尺多长。一天,忽然有一只鸟叼下穗子飞跑了。旁乇跟着追到了山里,那鸟飞进一个岩石缝里不见了。这时天已经黑了,旁乇决定在此睡上一觉。到了半夜,有一群穿红衣的小孩出来,用一根金棒敲击石头,变出来许多珍馐美味。他们吃完之后,将金棒插在岩石缝中走了。旁乇大喜,取出金棒回家了。弟弟见哥哥富了起来,很是嫉妒,于是也用蒸熟的种子养蚕,只得到一只普通大小的蚕。他又用蒸熟的种子

---

① [韩]张德顺著:《韩国说话文学研究》,首尔:首尔大学出版部,1993年,第106页。
② [韩]崔仁鹤著:《韩国说话论》,首尔:萤雪出版社,1988年,第150页。
③ 金东勋主编:《朝汉民间故事比较研究》,沈阳:辽宁民族出版社,2001年,第356页。

种稻,也只得到一株稻子。稻子快成熟时,也被鸟衔走了。弟弟跟着追到山里,却遇上一群恶鬼,追问他把金棒偷到哪里去了。弟弟的鼻子被恶鬼拉出来一丈多长,村里人见了觉得很怪异。弟弟最终羞愤而死。

这则故事在朝鲜流传很广,又在朝鲜王朝末期定型为《兴夫传》,更成为家喻户晓的三大古典名著之一。这类善恶兄弟的故事在朝鲜周边的国家也都有分布,例如,蒙古的《捆打的姑娘》、日本的《报恩瓢和报复瓢故事》,以及中国的《燕子报恩》等。

3. 生活故事

在生活故事中,故事情节往往在对立的人物关系间展开,如封建官吏、地主、两班贵族与农民、贱民的对立等,反映了当时不同阶级间的矛盾冲突。除此之外,生活故事还通过善与恶、美与丑、智与愚、成人与儿童之间的鲜明对比,映射出丰富的世俗生活内容。故事的结尾总是善良战胜了邪恶、平民百姓凭借聪明才智戏弄了官府老爷,这表达了民众对现实生活的不满和对平等、自由、幸福生活的向往。从中也可以看出民间文学的"颠覆"作用和心理补偿功能。这类善恶故事中的代表作品是《孔菊和潘菊》,其情节梗概如下:

从前,一个山村里的农夫丧妻后又娶了后妻。农夫的前妻留下一个女儿叫孔菊,后妻带来一个女儿叫潘菊。继母和潘菊既贪婪又凶狠,处处为难孔菊。一天,继母给潘菊一把铁锄头,让她去锄一块沙地,却给孔菊一把木锄头,让她去锄一块满是石头的地。孔菊在黄牛的帮助下锄好了地。又一天,继母让孔菊将一个没有底儿的缸装满水。蟾蜍用身子堵在缸底,帮助了可怜的孔菊。再一天,继母带潘菊去参加婚礼,让孔菊在家将布织好,再将三石稗子捣出来。这一回小鸟飞来,帮她剥干净了稗子,仙女帮她织好了布,并送她花鞋和新衣服,也去参加婚礼。孔菊走在路上,正好碰到监司出行,慌忙中在小溪里丢了一只花鞋。衙役拿着这只鞋到各村去找鞋的主人。潘菊硬说这是自己的鞋,却怎么也穿不进去。孔菊一穿正好合适。这样,孔菊与监司结了婚。继母和潘菊十分嫉妒,将孔菊推下莲池淹死了,并将潘菊伪装成监司夫人。可是没过多久,事情就败露了,潘菊被处死。孔菊复活,从此过上了幸福的日子。①

显然,这是一个"灰姑娘"类型的故事,但它同时具有浓厚的朝鲜民族特色。

4. 民间笑话

民间笑话一般篇幅短小,但具有强烈的喜剧性。在朝鲜的民间笑话中,有一般性的娱乐笑话,如傻女婿、傻媳妇等愚者型笑话;有揭露地主、商人的贪婪、吝啬、虚伪和欺骗性的嘲讽笑话;也有反映聪明人物诙谐机智的巧智型笑话。例如,"凤凰金先达"系列笑话就是其中代表——"先达"原指科举及第但还没有做官的人,凤凰是他的绰号。关于他绰号的来源,就有一段故事:

---

① [朝]张权彪等著:《朝鲜的民俗传统(第七卷)》,平壤:科学百科辞典综合出版社,1995,第89页。

一天,金先达在逛集市时,发现一个商贩卖的鸡奇贵无比,就决定戏弄戏弄他。他换上褴褛的衣服,提着一个破钱袋,走到商贩面前,指着公鸡问:"这是什么鸟呀?"商贩看看金先达,觉得有机可乘,就对他说:"这是世上最贵的凤凰呀。"金先达装出很高兴的样子,按照商贩的要价付了 20 两银子,然后抱着公鸡等在路边。一会儿,国王乘着銮驾出来打猎,金先达上前拦住,叫着要把凤凰献给国王。国王看着他怀中的公鸡,觉得很奇怪,问明缘由之后,把商贩也叫了过来。金先达说自己花 300 两银子买了这只凤凰。商贩急忙辩解,说只收了 20 两。国王咆哮着说:"你居然还敢骗我!"说着让人打了商贩一顿,并让他还给金先达 300 两银子。从此,人们就称金先达为凤凰金先达了。①

在这个故事中,商贩和国王都成为金先达嘲笑的对象,他最后还利用昏庸无知的国王惩罚了贪得无厌的商贩。

有关金先达的种种趣事在朝鲜民间家喻户晓。其形式与中国维吾尔族的阿凡提故事相近,都是人民群众集体智慧的结晶。在这一系列笑话中,金先达被刻画成一个勇敢机智、爱憎分明、不畏权贵、善于反抗的幽默人物。他的矛头直指腐败的达官显贵、虚伪的僧侣,甚至残暴的国王。关于金先达这一人物,并没有确切的史料记载。金先达故事发生的地点主要集中在平壤,但也涉及首尔、黄海道、平安道及广大的北部地区。他的故事原本就流传甚广,近代之后,又被收集在了《平壤传说》等故事集中,其中的典型故事有《卖大东江水的故事》《卖房子的故事》《监司打扇》《金先达和郡守》《水田中的岩石》等。

三、民间歌谣

(一) 民谣

近代以前,朝鲜民间歌谣被称为俗谣、俚谣、打令、风谣、乡乐、杂歌、调子等。虽然名称不同,但都是指人民大众在社会实践中集体创作的短小的口头韵文作品,可以歌唱,也可以吟诵。

朝鲜民族自古以来就喜爱歌唱。三国时期,民谣从宗教、咒语式的形式中摆脱出来,成为反映现实、抒发真情实感的民间文学体裁。其代表作品有《井邑词》《风谣》《薯童谣》等。

高丽时期,民谣反映的主题更加多样,且进一步深化,在形式上也出现了分节的长歌民谣。月令歌等形式的民谣得到发展。同时,作为一种特殊的讽刺民谣,谶谣在这一时期也留下了很多作品。朝鲜王朝颇多变故,这一时期民谣所反映的生活领域也更为广阔,内容十分丰富。几乎在每个社会群体中都形成了自己的"民谣圈",如妇谣、童

---

① [朝]张权彪等著:《朝鲜的民俗传统(第七卷)》,平壤:科学百科辞典综合出版社,1995,第 102—103 页。

谣,以及17世纪开始在城市市井百姓中兴盛起的杂歌等。不仅如此,在各个地方还出现了具有鲜明地方特色的乡土抒情民谣,例如,歌颂各地风土人情、物产景致的《八景歌》、集市打令和内容各异的《阿里郎》等。此外,较有特色的还有咸镜道的哀怨歌、平安道的愁心歌和宁边歌、京畿道的汉江水打令、全罗道的强羌水越来、济州岛的海女歌等。

进入近代,在朝鲜人民反封建、反侵略的斗争中,出现了军歌形式的义兵歌谣和独立军歌谣。在宣扬国家独立、文明开化的爱国文化运动中,产生了大量的《爱国歌》《独立歌》等启蒙歌谣。反映这一时期人民生活的《新阿里郎》等新民谣也带有当时鲜明的反侵略思想和爱国色彩。

依据内容和表现方式的不同,朝鲜民间歌谣可以分为劳动民谣、爱情民谣、时政民谣、生活民谣、仪式民谣、童谣等六大类。本章重点介绍其中最具特色的四类。

1. 劳动民谣

朝鲜半岛在传统上都是农业国家,因此有关农业生产的民谣十分丰富。其中比较有代表性的有《插秧歌》《除草歌》等,此外还有春季雨水过后,往田间地头运肥时唱的《运肥歌》,清明前后唱的《犁地歌》《铁耙调》,整理农田时唱的《铁锨调》,春播时唱的《撒种调》《埋种调》,秋收季节的《割稻歌》《捆稻歌》《连枷谣》《脱谷谣》《打场歌》等等,不一而足。

在与手工业劳动相关的民谣中,以反映妇女劳动生活的民谣居多,有《织网歌》《春米歌》《打糕歌》《绩麻歌》《织布歌》《纺车歌》《绣花歌》等等。

朝鲜半岛三面环海,渔业资源十分丰富,自古就流传有许多反映渔业生产的民谣。例如,在出航时要唱《升帆歌》《撑篙歌》《摇橹歌》《艄公歌》《船歌》,到达渔场作业时要唱《撒网歌》《围网歌》《拉网歌》《收鱼歌》,归航时还要唱《归帆歌》《丰竹①歌》,卸船时唱《卸鱼歌》,此外晾鱼时也会唱一些小调等。下文就是一首流传于江原道地区的船歌:

> 嗨呀,嗨呀的呀,嗨呀的呀,
> 船要起航,嗨呀的呀,嗨呀的呀,
> 挂上帆呐,嗨呀的呀,嗨呀的呀,
> 无篙也能行万里呀,嗨呀的呀,嗨呀的呀。
> 月儿明哟,嗨呀的呀,嗨呀的呀,
> 想起她呀,嗨呀的呀,嗨呀的呀。②

这首民谣唱出了渔民挂帆起航、即将出海的劳动情景,也表达了渔民在明月之夜向着茫茫大海行进时,那种生死未卜、孤独迷茫的心境。

---

① 丰竹:在长竹竿的顶端扎上稻草竖在船头,作用类似于今天的满舱旗。
② [朝]文成猎等著:《朝鲜的民俗传统(第六卷)》,平壤:科学百科辞典综合出版社,1995年,第67页。

2. 爱情民谣

爱情民谣就是以男女之间的爱情为主题创作出的民谣。下面这首民谣就用充满生活气息的语言歌唱了爱情的甜蜜:

像西瓜一样圆的爱情,
像香瓜一样甜,
像葫芦瓢一样白,
像樱桃一样红,
像石榴一样有味道,
让我们白头偕老吧,
让我们白头偕老。

虽然生活像山樱一样苦,
但我们的爱情像柿子一样甜,
像葡萄一样结满硕果,
像南瓜一样丰润,
像黄瓜一样清香,
让我们白头偕老吧,
让我们白头偕老。

像桃子一样鲜嫩的青春,
像枣子一样布满了皱纹,
但像核桃一样坚硬的誓言,
像松子一样不会改变,
仍像香瓜一样可爱,
让我们白头偕老吧,
让我们白头偕老。①

这首《爱情歌》将男女间的真情用各种农作物的味道、颜色、形态和特点作比,真实、生动、朴实又充满诙谐的意趣。采用大量比喻和夸张手法是此类爱情歌谣的一大特点。除此之外,歌唱离别的悲伤和相思的痛苦的情歌也占很大比重,例如,《阿里郎》就是此类爱情民谣中的优秀作品。

《阿里郎》的各种变体在朝鲜半岛各地流传很广,有平安道的《西道阿里郎》、黄海

---

① [朝]文成猎等著:《朝鲜的民俗传统(第六卷)》,平壤:科学百科辞典综合出版社,1995年,第85—86页。

道的《海州阿里郎》、江原道的《江原道阿里郎》、庆尚道的《密阳阿里郎》、京畿道的《长阿里郎》、全罗道的《珍岛阿里郎》等。各地的《阿里郎》在旋律和歌词上有所不同,但都以爱情为主题,表达女子对负心郎的怨恨和留恋之情。同时,《阿里郎》又不仅仅是单纯的爱情民谣,它将广大民众的痛苦呻吟和对幸福生活的向往完美地交织在一起,凝聚了朝鲜民族在长久岁月中积淀的万千情感。下面这首《阿里郎》是流传较广的一首:

> 阿里郎,阿里郎,阿拉里哟,
> 越过了阿里郎山岗。
>
> 舍我而去的人儿啊,
> 走不了十里就会脚病发作。
>
> 蓝蓝的天上星星多,
> 我们的心中梦想也多。
>
> 阿里郎山岗共有十二座,
> 云彩和人都要歇歇脚再过。
>
> 远处的山就是雪岳山吧,
> 寒冬腊月也盛开着花朵。

20世纪一二十年代,民间又创作出了大量的《新阿里郎》民谣。这些民谣反映了日本占领时期,朝鲜人民流离失所的苦难生活,以及对日本帝国主义的反抗情绪。这一时期,《阿里郎》演变成以反侵略、批判现实为主题的民谣。"阿里郎,阿里郎,阿拉里哟,越过了阿里郎山岗"成为固定化的副歌部分,主歌部分随着时代的不同发生着变化。20世纪30年代,又出现了《革命阿里郎》。朝鲜建国之后,文人与民众也创作了许多反映时代内容的新民谣,例如今天的《先军阿里郎》《强盛复兴阿里郎》等。

3. 生活民谣

生活民谣是人民群众在日常生活中创作的民谣,内容常与家庭生活、自然风物、游戏娱乐等有关,是人们生活风貌和民族感情的集中体现。在朝鲜,反映家庭生活的民谣大部分是由女性创作的,既有歌唱父母与子女之间、兄弟姐妹之间温馨亲情的民谣,也有控诉不幸的家庭、婚姻生活的痛苦悲歌。例如:

> 我的宝贝,独生女儿,
> 爱之惜之,抚养成人,
> 马上就要,嫁到婆家,

临行之前,听妈说说。
婆家苦楚,一言难尽,
听见什么,只当没听,
见到什么,只当没见,
是是非非,不要参与。
听妈一言,宝贝女儿,
坐上轿子,到了婆家,
先当哑巴,过上三年,
再作聋子,忍上三年,
权当瞎子,还是三年,
三个三年,过完一看,
青丝已是,满头白发。①

这首《独生女》是一位母亲唱给即将出嫁的女儿的,告诫她到婆家后要处处小心,反映的是女性的痛苦。四四调是朝鲜民谣最基本的韵律形式,这首作品正体现了这一特点。

生活民谣中还有一类,歌唱了朝鲜美丽的自然风光和丰富的物产资源,洋溢着爱国主义情绪。这类民谣包括的范围十分广泛,有流传各地的八景歌、山打令、江河瀑布谣、日月星辰谣,有《金达莱》《桔梗谣》《凤仙花》等歌唱花草树木的民谣,也有以杜鹃、布谷、山鸡等为主题的鸟兽民谣。下面这首《桔梗谣》,连很多中国人亦是耳熟能详。它轻快、明朗而活泼,表达了歌者对生活的热爱:

桔梗哟,桔梗哟,桔梗哟桔梗,
白白的桔梗哟长满山野。
只要采上一两棵哟,
就可以装满一大箩哟。
哎嘿哟,哎嘿哟,哎嘿哟,
你呀叫我多难过,
因为你长的地方叫我太难挖……

此外,游戏民谣是在游戏过程中被创作出来并演唱的民谣。每到节日,朝鲜族人民都要进行多姿多彩的游戏活动。具有代表性的游戏活动有正月的跳跳板、放风筝、拔河、赏月、踏桥、斗火把、投石战,四月的观灯,五月端午的荡秋千、摔跤,八月的射箭,九月的赏枫叶等。此外,还有在各地广泛举行的农乐游戏、面具游戏、歌舞游戏等。在

---

① [朝]文成猎等著:《朝鲜的民俗传统(第六卷)》,平壤:科学百科辞典综合出版社,1995年,第97—98页。

游戏的过程中演唱民谣,不仅增加了娱乐的气氛,也能起到协调动作的作用。

4. 仪式民谣

仪式民谣是在婚丧嫁娶、宗教活动等民间传统仪式中所唱的民谣,包括哭嫁歌、喜歌、挽歌、哭调、祭祀歌、巫歌、祝词等类型。主要内容是表达人民对美好生活的向往、对乡土和祖先的赞颂、对亲友的纯真感情以及对痛苦生活的哭诉等。

其中,巫歌是比较特殊的一类民间歌谣,它带有咒语性质,是巫师们在巫俗活动中唱的歌。一般的民谣没有特定的演唱者,而巫歌需要专门的传承者和表演者——巫师,而想要成为巫师,往往要经过长期的训练。从这个角度来讲,较之一般的民间歌谣,巫歌更复杂、更具艺术性。

巫俗活动有大小之分,既有平日随时举行的活动,也有年终大规模举办的盛典。盛大的巫俗活动一般分为12场进行,有不净、上山、帝释、军雄、倡夫等。每一场拜不同的神,演唱不同的巫歌。这些巫歌表达的是人们摆脱苦难、追求幸福的愿望。

叙事巫歌是巫歌中文学性最强的一类。它以四四调的韵律形式,讲述众神起源,以及各种自然、社会现象的起源故事。目前收集到的叙事巫歌有一百多种,代表作品有《帝释起源》《巴里公主》《七星起源》《成造起源》等。巫歌《巴里公主》的主要内容如下:

从前,一个国王有六个女儿,当他的第七个女儿巴里降生时,他十分生气,让人把她扔掉了。过了十几年后,国王和王后得了重病,只有吃了来生的不死药才能救命。巴里公主得知这一消息后回去拜见了父母,并自告奋勇去来生找药。巴里历经千难万险来到来生,她服侍来生的武将,并为他生了七个儿子。得到不死药之后,巴里和丈夫、儿子一起回来见父母,却在半路上碰到了父母的丧舆。巴里将药倒进了父母的嘴里,国王和王后复活了。他们要将王国的一半送给巴里,但巴里拒绝了。后来,巴里成了万神之王的巫师,她的丈夫和儿子也都成了神。

一般认为,叙事巫歌起源于古代的"迎鼓""东盟""舞天"等祭天仪式和檀君祭、东明祭、赫居世祭等古代始祖王祭典。叙事巫歌中出现的神有三类,一类为主宰自然、人文现象的神;一类为部落守护神巫神;还有一类是家庭或氏族的始祖神。由于叙事巫歌歌唱的都是这些神的起源故事,一些韩国学者也将其称为巫俗神话。但从巫歌的内容来看,它很大程度上受到了佛教、道教等其他宗教和民间传说、故事,甚至小说的影响,具有杂糅性,与人类早期创造的神话有很大区别。以当下的观念来看,巫歌中存在很多原始信仰成分,但它通过向神祈祷,祈求神主宰人间的一切生老病死,揭示了人类存在于宇宙之中的合理性,是近代以前民众世界观的反映。

(二) 谚语

谚语是一种广泛流传的俗语。受中国的影响,朝鲜古代称之为"俚言""俚谚""俗语""俗谚"等。谚语一般具有知识性、哲理性、实践性和阶级性,在形式上采用短小、通俗、生动的口语句子,音韵和谐,易于记忆和流传。朝鲜谚语的韵律主要通过调节音节来实现,多用二音节和四音节。在这一点上,谚语与传统民谣是相通的。

朝鲜有很多谚语与中国谚语完全相同或近似,例如"千里之行始于足下""百闻不如一见""一耳听,一耳冒"等。还也有很多汉语中的成语,引入朝鲜语中后,就一直被当作谚语使用,例如"苦尽甘来""井底之蛙""言多语失"等。像"疾风知劲草"这样的诗句,在朝鲜也是人尽皆知的谚语。这一现象无疑说明中华文化对朝鲜影响之深远。

朝鲜谚语数量庞大。例如,1984年,由平壤科学百科辞典出版社出版的《谚语集》中,就收录有九千多条谚语。按照内容,可将它们分为政治谚语、劳动谚语、道德谚语、其他谚语等四类。

政治谚语是千百年来,朝鲜人民阶级斗争经验的血泪结晶,它反映出朝鲜人民在残酷剥削压迫下的痛苦呻吟和反抗斗争。例如,在谚语中,人们把封建官吏比作"戴乌纱帽的贼",表达了对搜刮民脂民膏的贪官污吏的憎恶。"使道大人的话哪儿有错"讽刺了统治阶级的专横。对于富人的贪婪成性,谚语中也有描述:"出了一个富人,要亡三个村子""用升借,拿斗还""富人越富心越黑"。两班是朝鲜贵族阶层,在谚语中,有"讨着吃的乞丐比坐着吃的两班强""两班背背架(不相称)"等,讽刺了两班的寄生虫生活。此外,还有"两班喝汤(装模作样)""两班溺水,也不打狗刨""两班冻死也不烤火""两班饿了三顿,还说要尝尝酱味"等谚语,讽刺的是两班贵族的顽固不化、装腔作势。

封建社会中,朝鲜普通百姓缺少做人的尊严。"使唤下人就像使唤自家的牛""自己吃饱了以为下人也吃饱了"等谚语就反映了当时大户人家的奴仆牛马不如的生活。"蚯蚓被踩住了也知挣一挣"等,是对统治阶级的暴政提出的警告。"民心即天心""远离百姓,国家灭亡""百姓是国家的根本"等反映了人民朴素的政治理念。

劳动谚语是民众在各项劳动过程中总结出的经验,也常常包含很深刻的哲理。它们往往超越职业界限,具有普遍的指导作用,例如,"木匠多了,盖不好房子""撑船的多了,船也能上山""一张白纸,两个人抬着也轻""有风才能行船"等。

自古以来,朝鲜半岛就推崇"农事是天下之大本"的观念。反映农耕生活的谚语尤其多。"种田的就是死也得收完种子再死""选种子就像选女婿、选媳妇一样"反映了农民对种子的重视。春天是一年的开始,对农民来说"春季的一天决定农事的一年",而在这个大忙的季节里,"猫的爪子都要借来用""烧火棍都忙""春播季节就像梦中见到亲家一样惶恐"。种种谚语均十分生动而诙谐。

道德谚语能对人们的言行起到很好的教育作用。朝鲜是东方礼仪之邦,崇尚文明道德,这类谚语也有很多。"拥有千两黄金,不如教育出个好孩子""在家里漏的瓢,拿到外边也漏",说明了子女教育的重要性。在教育子女时,父母的言传身教起着决定性作用,因此出现了"有其父必有其子""和善的父母出孝子""上游的水清,下游的水才清"等谚语。

朝鲜邻里之间往往保持着和睦的关系,做了什么好吃的东西也要拿出来大家分享。"敞开米缸招待客人""饿上三顿,就有人上门送米"等谚语反映了纯朴的民风乡情。"朋友是旧的好,衣服是新的好""贫贱之交永不忘""没有水就不要渡,没有情就不要交"等则反映出人们对友情的认识。诚实、谦逊是做人的美德,谚语中也有很多深刻的阐述,如"正直是一生的宝贝""正直之人的孩子饿不死""谷穗越成熟头越低""水越深越静"等。财富来自勤劳,"清晨开门,五福临门""勤快人眼里没有烂地"等谚语对此作出了形象的说明。而"天塌了,也有洞能钻出去""人生百年,苦乐各半""山塌了,见平地"等,则告诫人们在任何困境中都不要失去希望。

反映社会生活的谚语,不可避免地要打上时代和阶级的烙印。因此,也有"有钱就是好汉"等反映金钱万能思想的谚语;还有"母鸡一叫,家就要亡""死也要死在婆家院墙下"等依循封建道德规范对女性进行说教的谚语。

此外,还有一些谚语来源于特定的历史事件和历史人物。例如,"咸兴差使"这一谚语就与朝鲜王朝开国君主李成桂的儿子们争夺王位的情况有关,指的是一去不复返的人。"孙石寒流"也和历史人物相关。孙石是高丽时期的艄公。据传,他被封建统治者们害死在通津和江华之间的海峡中。孙石死于阴历十月二十日,正是天开始变冷的时候,人们传说这是他的冤魂带来的。因此,在忽然降温的时候,朝鲜人经常使用"孙石寒流"这句谚语。

(三)谜语

《三国史记》中记载了一段出谜、解谜的故事:琉璃是高句丽始祖东明王朱蒙的儿子。因为破解了父亲留下的谜语,他找到了断剑,登上了王位:

> 母曰:"汝父非常人也,……归时谓予曰:'汝若生男子,则言我有遗物,藏在七棱石上松下,若能得此者,乃吾子也。'"生琉璃闻之,乃往山谷索之,倦而返。一旦在堂上,闻柱础间若有声。就而见之,础石有七棱。乃搜于柱下,得断剑一段。

——《三国史记·卷十三·高句丽本纪·琉璃明王》

在这个故事中,"藏在七棱石上松下"采用的就是谜语的形式,指出了断剑所藏的地点。东明王通过它考察了儿子的智慧。此外,在《三国遗事·卷二·文武王法敏》的记载中,安吉也破了车得公的谜语,找到了车得公。通过以上资料可见,朝鲜中世初期的谜语已经和后世没有太大区别了。

19世纪以前,朝鲜并没有专门的谜语集问世,谜语在民间通过口耳相传,传承者多为妇女和儿童,他们在余暇时间借这种篇幅短小、便于记忆的形式休闲娱乐。谜语的谜面一般很短,例如,"铁马",它的谜底是"火车"。但根据出谜者的喜好,谜面有时也会相对延长,例如,"一棵大树有四层,每层有九十条树枝。最下层开花,第二层长绿叶,第三层长黄叶,第四层既没有花也没有叶",谜底是"一年四季"。

按照内容,谜语大致可分为物谜、事谜、字谜三类。其中,物迷以具体事物为谜底,包括人体、食品、器皿、用具、动植物等等。例如:

  一座小山七个洞。(谜底:脸)
  用嘴吃,用嘴吐。(谜底:缸)
  房顶上抽烟。(谜底:烟囱)

事谜以某一动作、行为或事件为谜底,包括生产劳动、家庭生活和自然现象等。例如:

  一天行万里也不累。(谜底:做梦)
  枯树上知了叫。(谜底:织布)
  越打越高兴。(谜底:捣衣服)

朝鲜字谜比较独特,包括汉字字谜和朝文字谜两种。历史上,朝鲜曾长期使用汉字,现在韩国的很多出版物还采用韩汉混排的方式,因此,谜底为汉字的字谜也不少。例如:"羊掉了角和尾巴",谜底是"王";"十上落了一片竹叶",谜底是"千";"牛站在独木桥上",谜底是"生"等。

朝文字谜则往往利用同音异义字来设计谜面。例如:"不能骑的马",谜底是"谎话";"点头求饶的树",谜底是"苹果树"——在朝文中,"马"和"话"、"谢过"和"苹果"发音相同。这些谜语以此起到了令人意想不到,知道谜底后会顿觉恍然大悟的效果。

此外,还有一些类似于"脑筋急转弯"的谜语。例如:"梦中遇见老虎怎么办?",答案是"醒过来"。这些谜语的娱乐性更强。

四、民间戏曲和说唱

板索里是将文学、音乐、表演三种艺术结合起来的一种朝鲜民间说唱艺术。它的唱词是一种韵文体的叙事诗。"板索里"是朝文译音。其中,"板"是指"众人聚集的场所"或"举办特别活动的场所","索里"指"歌曲",因此,"板索里"意为在大庭广众前演唱的歌。

板索里产生于17世纪末、18世纪初[①],盛行于朝鲜半岛南部忠清道、全罗道一带,是由当时被称为"广大"的贱民阶层的民间艺人发展起来的。从产生开始,板索里在民间就有许多不同的叫法,如"打令""本事歌""板游戏""广大调""唱乐""板唱""唱词""唱调""剧歌""唱剧歌"等等。

板索里的表演者只有两人:一位歌手,一位鼓手。19世纪诗人尹达善在他的《广寒楼乐谱》中写道:"唱优之戏,一人立,一人坐,而立者唱,坐者以鼓节之",描写的就是板

---

① [朝]文成猎等著:《朝鲜的民俗传统(第六卷)》,平壤:科学百科辞典综合出版社,1995年,第198页。

索里的表演形式。歌者根据世代相传的说唱本,和着鼓的节奏,以唱词、说白和动作进行表演,有时还要摹仿鸟叫等自然界的声音。鼓手则一手拍鼓,一手以槌击鼓。和着唱词的内容和曲子的节奏,鼓声时重时轻,有急有缓。鼓手还要配合歌者不时发出"好啊""真棒""是呀""哎咻"等声音,调动观众的情绪。对于鼓者所起的重要作用,自古就有"一鼓手,二名唱"的说法,或者把歌者比作鲜花,鼓者比作蝴蝶,形象地说明了两者间相得益彰的关系。

关于板索里的产生,公认的观点是它的音乐部分来源于巫歌,而文学部分则来源于民间传说故事。17世纪末、18世纪初,反映城市庶民生活的民间传说故事大量涌现。在当时迎合大众情绪的於时调、辞说时调、短歌、长杂歌等歌唱形式相继形成的环境中,人们自然地要求将民间传说故事以歌唱的方式表达出来,因此,在南道地区,一种新的民间说唱形式——板索里应运而生。

在产生的初期,板索里就形成了富有叙事性的特点。这一时期,《春香歌》《沈清歌》《兴夫歌》等作品已经以长篇叙事歌的形式定型下来。18世纪末到19世纪中叶,板索里发展兴盛,逐渐从全罗道波及庆尚、忠清及京畿道地区,并形成了十二部大书。活跃于这一时期的有全罗道的宋兴禄、忠清道的高寿宽、京畿道的牟兴甲等八大名歌手。他们对板索里的进一步发展起了推动作用。

19世纪末20世纪初,板索里的音调出现了地域分化,形成了全罗东部调、全罗西部调以及忠清-京畿中部调三大流派。衙役出身的名歌手申在孝(1812—1884)是板索里艺术的集大成者。他不仅确立了板索里表演的理论体系,还将十二部大书中的六部精华之作整理加工出来,创作了六部书的脚本。流传到今天的有其中的五部,即《春香歌》《沈清歌》《兴夫歌》《水宫歌》和《赤壁歌》。

《春香歌》讲述的是南原副使之子李梦龙与退妓之女成春香相爱,并冲破重重阻碍终成眷属的故事。故事讲道,在春光明媚的时节,春香来到广寒楼下荡秋千,邂逅了在此地游览的李梦龙。李公子对她一见倾心,热情地向春香求婚。春香同意与他订下百年之约,并瞒过李家父母,二人结成夫妻。正在他们恩爱度日之际,李梦龙的父亲突然升迁,要奔赴京师。迫于门第关系,春香不能与李家同行,两人只得洒泪而别。新任的府使卞学道是个酒色之徒,强迫春香当他的侍妾,春香誓死不从,被严刑拷打,打入死牢。李梦龙在京师中了状元,被钦点为御史。他化装为乞丐,察访民情,在卞学道的生日宴会上惩办了他,并救出春香。李梦龙终与春香幸福团圆。

以当时等级差别森严的时代背景来看,这样一对社会地位相差悬殊的青年男女的结合,不啻为天方夜谭。春香能成为李梦龙的正室夫人,并与之百年好合,只不过是说唱艺人及当时一般民众对打破等级壁垒的希望与梦想。作为市民阶层梦想的实现者,春香在朝鲜人民心目中占有不可替代的神圣地位。《春香歌》以及后来据此创作出的小说《春香传》等皆为在朝鲜家喻户晓的经典名作。

19世纪末,脱胎于板索里的唱剧兴盛发展起来,许多板索里歌手转而投入唱剧的演出。这一时期,很少进行整部板索里大书的演唱,歌手们仅仅表演观众们喜爱的选段,板索里的发展进入萧条期。

朝鲜建国之后,金正日主席在教示中指出:"板索里的表演不分男女声部,音调嘶哑,不适应我们时代人民的思想感情和欣赏口味。"因此,朝鲜目前对板索里并未做进一步的保护和研究。而另一方面,韩国国立国乐院于1960年举起了"复兴板索里"的大旗,开始在剧场舞台上进行板索里大书的整出表演。此后,板索里欣赏会日渐兴盛,板索里作为民族传统艺术,正得到越来越多的关注。2003年,板索里更被联合国教科文组织列入"人类口头和非物质文化遗产代表作名录"。

第三节 朝鲜民间文学研究概述

朝鲜古代文献中虽然记录了一些民间文学作品,但由于这些文献都不是此方面的专著,收集的作品数量有限,也未能形成体系。20世纪20年代,民间文学的收集、整理和研究工作开始进入实质性阶段。在当时被殖民的政治背景下,朝鲜民间文学的研究从弘扬本民族文化的立场出发,具有强烈的民族主义倾向。近代民间文学研究的开先河者有李能和、崔南善、孙晋泰、宋锡夏等,其中,孙晋泰在1927年至1929年间,在《新民》上连载发表有关民间说话①的研究成果,其后又结集出版了《朝鲜民族说话研究》。这些论著被视为朝鲜民间文学学术研究的开篇之作。20世纪30年代后期开始,对民间文学的研究从民俗学、文化人类学研究的传统中分离出来,学界开始致力于真正的文学意义上的研究。高晶玉《朝鲜民谣研究》的出版,将民间文学的研究向前推进了一大步。在这部著作中,作者从多个角度论述了民谣所具有的文学特点,指出民间流传的作品与文字化的作品一样具有文学艺术价值。

朝鲜半岛南北分裂之后,由于政治上的隔绝和意识形态上的分歧,学术研究的发展呈现出不同的特点,民间文学研究也不能例外。

一、朝鲜的民间文学研究概况

建国之后,朝鲜提出了重视人民大众的艺术的政策。从1960年到1963年,发行了民间文学杂志《人民创作》。这一时期,还出版了许多资料集,其中具有代表性的有《传说集》(1956年)、《乡土传说集》(1957年)、《平壤的传说》(1958年)、《民间文学资料集》(1964年)、《民间文学选集》(1966年)等。

20世纪50年代后期到60年代中后期,民间文学领域的研究也相当自由、活跃。

---

① 说话:指朝鲜对神话、传说、民间故事的总称。

可以说,当时朝鲜的民间文学研究比韩国要略胜一筹。高晶玉将自己原来在民谣方面的研究拓展开来,逐步涉足神话、传说、民间故事、板索里、民间戏剧、谚语和谜语等各个方面的研究,并于1962年出版了《朝鲜民间文学研究》一书。此书为朝鲜民间文学研究确立了理论基础,代表了当时南北民间文学研究的最高成就。除了高晶玉的概论性著作之外,当时还出版了多部相关研究著作。集大成之作有由韩龙玉、李东源执笔的《朝鲜民间文学》上、下册(金日成综合大学出版社,1966、1967年)等。

除此之外,当时民间文学的研究成果也反映到了朝鲜文学史的编撰工作中。1959年出版的《朝鲜文学通史》,纠正了以往只重视作家文学、忽视民间文学的偏向,介绍了朝鲜各个历史时期民间文学的发展动态。这一传统在以后编写的各种文学史类书籍中继续发扬光大。

70年代以后,朝鲜的民间文学研究相对萧条,但在资料的收集整理方面仍有所成就,出版了一些经过润色、加工的传说集和民间故事集,例如,《月亮中的玉兔》(1985年)、《高朱蒙》(1986年)、《孔菊和潘菊》(1986年)、《兴夫和玩夫》(1988年)、《太阳和月亮》(1988年)、《平壤传说》(1990年)、《凤凰金先达故事》(1992年)等,还先后出版了十余部《朝鲜史话传说集》。同时,多部人民大众喜闻乐见的民间文学作品被改编、摄制成了电影,其中的代表作有《雪竹花》《温达传》《平壤青年和江陵少女》《兔子传》《王子好童和乐浪公主》等。

目前来看,朝鲜的民间文学研究主力主要由以张权彪为代表的社会科学院和以李东源为代表的金日成综合大学两个研究集体担当。虽然从整体上来讲,双方的观点相似之处很多,但在一些具体的细节问题,如神话的界定、民谣的分类等方面,也存在一定分歧。

二、韩国的民间文学研究概况

战后,民间文学作品陆续被引入韩国的学校教育中,但民间文学作为一个独立的学科还没有确立起来。一些学者仍从民俗学的角度出发,对传说、民谣、民间戏剧等进行调查研究,对民间文学作品的文学性没有过多涉及。直至20世纪60年代,民间文学研究才开始逐步迈入正轨。这一时期,张筹根的神话研究、张德顺的说话研究,以及李杜铉的民间戏剧研究等是民间文学各个分支领域中的代表性成果。20世纪70年代起,民间文学研究态势迎来了新的机遇,民间文学终于从作家文学的阴影中走了出来。张德顺及其弟子赵东一、徐大锡、曹喜雄合著的《口碑文学概说》(1971年)确立了独立的民间文学理论体系,是韩国民间文学研究史上的里程碑式作品。

总的来讲,韩国和朝鲜的民间文学研究存在着很大不同。从体裁分类上看,在说话部分,朝鲜学者将童话和寓言独立于民间故事之外,进行了单独的研究。在民间戏剧部分,除了假面剧和木偶剧之外,他们还研究了风俗剧和话剧。对于韩国学者普遍关注的说唱文学——板索里,60年代以后,朝鲜不再将之纳入研究范畴。由于巫歌浓厚的"迷信"色彩,朝鲜学者一般不把它作为一个独立的体裁,仅仅在民谣部分简单提及。此外,南北学者对于神话也有着不同的认识,并且在传说、民间故事、民谣等的分类上有较大分歧。在研究方法上,韩国学者大量运用的是结构主义等西方理论方法,而朝鲜学者则普遍采用辩证法的唯物论观点。

70年代至80年代初,在弘扬传统文化的实践运动中,民间文学研究者们起到了积极的推动作用。民谣、假面舞、板索里、民间剧等得到了更多民众的喜爱。在这一时期,历经十余年整理、编辑,八十余卷的《韩国口碑文学大系》出版发行,展示了民间文学研究者们在收集、整理工作中的辉煌成就。在当时的大气候下,各个大学的国文学专业纷纷将民间文学设为必修课。从80年代中期开始,投身民间文学研究的学者越来越多。据统计,从1945年至1999年,有关民间文学的硕士、博士学位论文共429篇,其中80年代至90年代的作品就有将近400篇,而每年在各杂志上发表的相关论文也有百余篇,甚至数百篇之多。这些都反映了近期民间文学研究在韩国的受关注程度之高。

80年代中后期,板索里学会、韩国民谣学会等陆续建立起来。1993年,韩国民间文学学会成立,进一步推动了民间文学研究的发展。在民间文学的各个分支领域,研究的广度和深度也在不断加强。在学会的组织下,学者们原来独立的研究行为逐渐向集体的共同研究转变。韩国民间文学学会先后出版的主题论文集有《韩国口碑文学史研究》(1998年)、《口碑文学的表演者和表演方式》(1999年)、《口碑文学和女性》(2000年)、《东亚各民族的神话》(2001年)等。近几年来,学会又将研究主题定为"现代社会和民间文学",力图探讨在现代信息社会中,民间文学研究的未来走向,体现了学者们敏锐的时代感——民间文学原本就是活着的文学,它总是适应着时代的发展,以特定的方式延续着——只有把握住这一点,民间文学研究才能永远生生不息、充满活力。

思考题

1. 朝鲜历史上的宗教信仰情况对其民间文学的产生、发展造成了哪些影响?
2. 朝鲜民间歌谣传统十分深厚,这对其社会、经济、文化生活产生了哪些影响?
3. 试举例说明朝鲜民间文学在中国的传播情况。

本章主要参考书目

何劲松著:《韩国佛教史》,北京:社会科学文献出版社,2008年。
金东勋主编:《朝汉民间故事比较研究》,沈阳:辽宁民族出版社,2001年。
史习成主编:《东方神话传说(第八卷)》,北京:北京大学出版社,1999年。
韦旭升著:《朝鲜文学史》,北京:北京大学出版社,1986年。
赵杨著:《朝鲜民间文学》,银川:宁夏人民出版社,2013年。

第八章　蒙古民间文学

蒙古民族是一个跨境分布的游牧民族。除我国的内蒙古地区和蒙古国以外，俄罗斯联邦的卡尔梅克共和国和布里亚特共和国的主体民族都是蒙古族。因此，"蒙古民间文学"是一个广义的概念，不仅包括蒙古国的民间文学，还包括卡尔梅克和布里亚特的民间文学以及我国蒙古族的民间文学。不过，我们在本章将蒙古民间文学界定为作为国别民间文学的蒙古国民间文学，然而蒙古国的民间文学在内容和特征上与其他地区蒙古民族的民间文学都是相通的。

第一节　蒙古国历史文化概述

蒙古国是亚洲中部的内陆国家，国土面积156万平方公里，东、南、西三面与中国接壤，北面同俄罗斯的西伯利亚为邻，西部、北部和中部多为山地，东部为丘陵平原，南部是戈壁沙漠，属典型的大陆型气候。山地间多河流、湖泊，主要河流为色楞格河及其支流鄂尔浑河。蒙古国首都是乌兰巴托，全国划分为21个省。

蒙古国人口300万左右，主体民族是喀尔喀蒙古人，约占全国总人口的80%，此外还有杜尔伯特、土尔扈特、额鲁特、扎哈沁、巴亦特、布里亚特等蒙古部族。这些在蒙古国被称为少数民族的部族，都使用蒙古语，另外还有哈萨克和图瓦等少数民族。

对喀尔喀部族的历史记载是从16世纪时巴图蒙克达延汗重新统一蒙古各部，并将东蒙古分为六万户的时代开始的。喀尔喀蒙古是六万户蒙古之一，又分为内喀尔喀五部和外喀尔喀七部。喀尔喀蒙古地处瀚海之北，中国史书称外蒙古，又称漠北蒙古。明朝末年，喀尔喀归蒙古察哈尔林丹汗管辖。喀尔喀蒙古王公贵族为争夺牧场、牲畜和人口而经常发生内讧。康熙二十七年（1688），准噶尔的噶尔丹乘喀尔喀内讧之机，率三万骑兵入侵喀尔喀。喀尔喀各部被噶尔丹打败后，听从佛教领袖哲布尊丹巴活佛的意见"吁请内附"。康熙三十年，经多伦诺尔会盟，喀尔喀部正式归附清朝。1911年12月，外蒙古或喀尔喀蒙古王公在沙俄支持下宣布"自治"。1919年放弃"自治"。1921年，蒙古人民革命成功，同年7月11日成立了君主立宪政府。1924年11月26日，君主立宪制被废，成立了蒙古人民共和国。1945年2月，英、美、苏三国首脑在雅尔塔会议上规定："外蒙古（蒙古人民共和国）的现状须予维持"，并以此作为苏联参加对日作战的条件之一。1946年1月5日，当时的中华民国政府承认外蒙古独立。1992年2月，蒙古人民共和国改名为"蒙古国"。

蒙古人早期信仰萨满教，其信仰与阿尔泰语系突厥语族诸民族，以及西伯利亚的许多民族有很多共同点,其中最突出的是多神信仰。萨满教主要崇拜腾格里天神,并祭拜山川河流,萨满巫师被认为是人类和神界之间的使者,在蒙古传统社会中扮演着祭司、医师和预言者的角色。萨满教对蒙古民间文学具有发生学意义上的重大影响——蒙古民间文学中的神话、传说、英雄史诗和民间歌谣等无不与萨满教有着千丝万缕的联系。藏传佛教于16世纪末传入喀尔喀蒙古,并很快取代萨满教,统治了蒙古人的思想领域。喀尔喀蒙古的佛教领袖是哲布尊丹巴活佛。1937年以前,喀尔喀蒙古遍地佛教寺庙,有几百座之多。今天,蒙古国居民主要信奉藏传佛教。根据《国家与寺庙关系法》的规定,佛教为国教。

从16世纪末开始,佛教就对包括蒙古民间文学在内的蒙古社会文化产生了巨大的影响。一方面,佛教思想深刻影响了蒙古民间文学;另一方面,随着佛教在蒙古地区的传播,印度和中国西藏的文学艺术,特别是民间文学,流传到了蒙古地区,丰富了蒙古民间文学的宝库。就民间故事而言,佛教高僧喜欢用民众喜闻乐见的故事来阐释深奥的佛教教义,很多印、藏民间故事都是出于解说佛经、教义的需要,被翻译和传播到蒙古地区来的。古代印度的民间故事集《五卷书》《故事海》、大史诗《罗摩衍那》等也都被翻译成了蒙古语,在蒙古人中广泛流传。因此,要学习和研究蒙古民间文学,就得对蒙古人在历史上信仰过的萨满教和藏传佛教有所了解。

历史上,蒙古人曾经使用过十余种文字。其中使用时间最长、范围最广的是13世纪时创制的回鹘体蒙古文,距今已有八百多年的历史。在世界各地的蒙古民族中,卡尔梅克人在17世纪中叶以前使用回鹘体蒙古文,1648年以后改用托忒文,1924年以后开始使用西里尔字母。布里亚特人在1931年以前一直使用回鹘体蒙古文,1931年开始使用罗马化字母,1938年开始使用以西里尔字母为基础的文字。[①] 蒙古国则于1946年开始改用西里尔蒙古文,延续至今。因此,虽然蒙古各地的方言口语有别,但长期以来共同使用回鹘体蒙古文,凭借书面语保持了文化上的同一性,并留下了很多文献——回鹘体蒙古文是记录书面语的文字,西里尔蒙古文则是主要用来记录喀尔喀方言口语的文字。

蒙古民族是一个能歌善舞而且口头传统遗产丰富的民族,蒙古国也是如此。蒙古国和中国联合申报的马头琴和长调民歌已经被列入联合国教科文组织的"人类口头与非物质文化遗产目录"。除此之外,1240年成书的《蒙古秘史》是蒙古历史上第一部长篇书面文学作品,对探讨蒙古人从无文字时代的口头传统转向书面文学传统的过程具有重要研究价值,1989年,联合国教科文组织确认《蒙古秘史》为"人类文化遗产"。

---

① 力提甫·托乎提主编:《阿尔泰语言学导论》,太原:山西教育出版社,2002年,第117—122页。

第二节 蒙古国民间文学概况

一、概述

在蒙古人中,民间文学不仅是作为文学的一类而存在的,它更是日常生活的一部分。除了大家比较熟悉的《江格尔》《格斯尔》等伟大英雄史诗和长调民歌以外,更多的民间文学作品实际上保留在普通蒙古人的口耳相传中。只有走进草原上的蒙古人的生活中,才能感受到民间文学在蒙古人生活中的无处不在。从庄严的庆典仪式上诵唱的祝赞词、长调民歌,到日常生产生活中的吉利话、祭祀等,民间文学无不伴随着蒙古人的生活出现。而且,这些民间文学充分体现了蒙古人的历史记忆、生活智慧和生存哲学。正因为如此,曾有蒙古国学者提出,要把蒙古民间文学改称为"民间智慧学"。如果从文学史的角度考察蒙古人的文学成就,可以拿出来讨论的可能就只有《蒙古秘史》等少数几部伟大作品,但是从民间文学与民众生活的角度出发,人们就会发现,蒙古人是生活在民间文学的海洋中的。相应地,要考察蒙古民间文学,就必须将它和生活中的各种仪式语境结合起来观察。

作为一个对世界产生过重大历史影响的游牧民族,蒙古民族在历史的长河中形成了具有开放性和包容性的多元文化。这种多元文化对蒙古民间文学的发展产生了深远的影响。蒙古民间文学博大精深的根本原因就是它在与周围民族的文化交流中吸收到了大量外来精华,这一点鲜明地反映在蒙古民间文学丰富多彩的内容和精深的内涵中。也因此,蒙古民间文学除具有独特的民族特点外,还具备了国际性。这使得蒙古民间文学研究具备了在世界民间文学范围内进行广泛的比较研究的可能性。蒙古民间故事中有非常多的国际性故事类型,因此,有西方学者饶有趣味地形容蒙古地区是"煮故事的大锅"。这首先与蒙古人的西征促进了东西方文化交流,以及蒙古人在佛教传播过程中吸收了印度、西藏的民间故事有很大关系;其次,蒙古民间文学中最引人注目的英雄史诗,既与突厥史诗渊源颇深,具备历史姻缘关系,又与藏族史诗有同源异流关系。因此,学习和研究蒙古民间文学还需要具备相关民族和国家,如突厥语民族、藏族和印度等的民间文学知识,这样才能更好、更深入地理解蒙古民间文学的内涵。

民间文学为蒙古国现代文学的发生和发展提供了重要的基础和营养。蒙古国现代文学诞生于1921年蒙古人民革命胜利之后。蒙古国现代文学的产生和发展与蒙古民间文学的优秀传统分不开。在蒙古现代文学产生的早期,作家们能够直接吸取到营养的就是他们身边的民间文学。人民革命胜利初期,能够代表蒙古书面文学重要传统的佛教文学在意识形态上受到了排斥,作家们热衷的是人民大众的民间文学。另外,民间文学为作家们的艺术创作手法提供了直接可借鉴的创作模式和艺术形式。在

1921年人民革命斗争中诞生的《恰克图之歌》《红旗歌》《绣字锦旗歌》等革命歌曲被认为是蒙古国现代文学的开端,而这些革命歌曲的原型就是民歌《在棕色的庙门前》《黄色旗》和《将军旗》。蒙古民间歌谣对蒙古作家和诗人的影响是非常明显的。其中那些赞美祖国和家乡、赞美幸福生活的民间祝词和赞词等艺术形式,给蒙古诗人以丰富的创作灵感,使他们创作出了以赞美祖国和祝福新生活为主题的脍炙人口的诗篇。在蒙古国现代文学奠基人达·纳楚克道尔基的名诗《我的祖国》中,诗人如数家珍般地列举了祖国的名山大川和景点,这其中蒙古萨满教的神歌(Böögiin duudlaga)、民间洒祭词(Tsatsalin üg)和民间祝赞词的影响就很明显。蒙古国现代小说是在吸收、借鉴民间故事的艺术形式、情节内容,并且学习苏联及西方小说创作手法的多重基础中产生的。蒙古现代小说的雏形"故事-小说"是在蒙古民间故事的基础上产生的。蒙古国早期的作家们大多是通过改编民间故事这种创作实践,逐步走向小说写作道路的。他们在继承民间故事传统的同时,更加注重在故事讲述中贯穿当时时代的主题思想,或者根据时代的要求和文艺创作方针来改编民间故事,使之富有新意。例如,D.其木德的《鸳鸯》写的是在蒙古民间广泛流传的鸳鸯的传说。蒙古人认为鸳鸯与喇嘛有关,因此也叫它"喇嘛鸟"。作者通过描写众鸟不受鸳鸯蛊惑的情节,表达了草原人民从愚昧中觉醒,不再盲目地崇信喇嘛僧侣的主题。像《鸳鸯》这样的"故事-小说",虽然基本上沿用了民间故事的情节和内容,但已经用作家的思想意识对叙事材料进行了审视,并做出了艺术的加工,从而向现代意义上的小说创作迈出了关键的一步。

二、民间叙事文学

(一) 神话

蒙古神话中有创世神话、人类起源神话、洪水神话、文化起源神话和萨满教神话等几乎所有神话类型。并且,蒙古神话中比较明显地反映出了萨满教和佛教对蒙古人思维的影响。蒙古神话的发展经历了一个漫长的历史发展过程。在此期间,一些外来神话的母题和文化因素被吸收到蒙古神话中来。蒙古国著名神话学家曾·杜拉姆(S. Dulam)教授从神话形象的角度出发,对蒙古神话进行了系统梳理,写出了《蒙古神话形象》一书,被学术界公认为是研究蒙古神话的经典著作。

1. 创世神话

蒙古国流传的创世神话是这样讲世界的创造的:世界之初是汪洋大水。瓦齐尔巴尼佛(金刚持)找来天上的白色潜水鸟,命令它潜入海底找来泥土,之后,他利用这些泥土,凭其语言咒术的力量创造了世界。潜水鸟还从海底拖来巨龟,作为创造神的落脚地。[①] 在蒙古族流传的其他神话中,也多是说布尔罕·巴格西(佛祖)或者释迦牟尼把

---

① [蒙古]曾·杜拉姆著:《蒙古神话学形象》(西里尔蒙古文),乌兰巴托:国家出版社,1989年,第129页。

一撮泥土撒在汪洋大水上,创造了世界;接着,世界上长出草木和万物,最后出现了人类。① 在保留了萨满教传统的布里亚特蒙古神话中,瓦齐尔巴尼佛或者释迦牟尼的角色由"埃赫·布尔罕"——母亲神,古老的萨满神灵担任。

这是典型的"潜水捞泥神话"。神话学家们早已指出,这种神话是萨满创造世界的神话——创造神是用语言咒术的力量创造世界的。可见,蒙古国创世神话的起源十分古老,但在很多异文中,佛教的影响也非常明显。在蒙古神话中,人类的起源几乎都是和世界的创造连接在一起的,创造神在创造完世界之后,再创造世间万物,而人类是在草木和动物之后才出现的,这实际上也暗示着人类从动物中分离了出来。与上述受佛教影响的古老潜水神话相对应的,还有直接来源于佛教典籍的世界起源神话和关于人类堕落的神话。例如,在一些神话文本中提道:世界之初一片混沌,后来清气上升,浊气下沉,形成了世界;人类最初和神一样,能自由飞翔,而且身上发光,后来吃了地上长出来的稻米,失去了身上的光,也失去了飞翔的能力,世界变成一片黑暗。后来,佛创造了日月,照亮了世界,拯救了人类。该神话主要是通过佛教传入蒙古地区的,并被写进了几乎所有的蒙古文佛教史学著作中。

蒙古创世神话中不仅讲世界和人类的起源,还有很多关于日月星辰的神话,其中最著名的有神箭手额日黑·莫日根射日神话和银河、北斗七星的神话等。额日黑·莫日根射日的神话有多种变体。例如,有些变体中说,世界上出现了七个太阳,发生了干旱;神箭手额日黑·莫日根决定射掉七个太阳,并发誓说:"如果我不把七个太阳都射下来,我就剁掉我的大拇指,钻进地洞里不见天日,变成旱獭。"额日黑·莫日根把太阳一个个射下来,但正要射第七个太阳时,燕子挡住了太阳,额日黑·莫日根射中燕子的尾巴,最后的太阳幸存了下来。也有的变体中说,天上出现了七颗星星,地上变得寒冷无比,于是额日黑·莫日根去射七颗星星。不管是太阳还是星星,不管是干旱还是寒冷,额日黑·莫日根都是让世界重新回归正常状态的悲剧英雄。在银河和北斗七星的神话中说,在古代,有成千上万的军队赶着牛羊向西方迁徙,走着走着就走到天上去了。他们走过的路就是天上的银河。那时,呼和岱·莫日根汗也和军队一起赶路,并一路狩猎,猎取了无数的猎物。猎户星座的三星据说就是被呼和岱·莫日根追射的三只母鹿,还有三只小鹿跟着母鹿奔跑,而它们后面则是带着两条猎狗的呼和岱·莫日根在紧追不放。北斗七星据说是呼和岱·莫日根拴两匹骏马的拴马桩,还有七位老人每夜都守着呼和岱·莫日根的两匹骏马。这一神话在蒙古人中家喻户晓,它用迁徙游牧和狩猎文化的独特思维形象地解释了银河、三星和北斗七星的来历。②

---

① [蒙古]达·策仁索德诺姆搜集整理:《蒙古神话》(西里尔蒙古文),乌兰巴托:国家出版社,1989年,第38—43页。

② B. Rintchen:*Folklore Mongol*, Livre Quatrième, Wiesbaden, AF Bd15, 1965, p. 32.

2. 文化起源神话

蒙古人中流传着很多文化起源神话。例如,在火的起源神话中讲道,人间原本没有火;人类仰望天空,见到天上点着无数的火,就想把天上的火偷盗回来。于是,人们派燕子去盗火。燕子飞到天上,从一户人家的天窗飞进去,衔了火种就要飞走,不料被那家的主妇发现了,主妇用火剪夹住燕子的尾巴,燕子好不容易挣脱,飞回人间来,从此人间就有了火,燕子的尾巴也变成了今天的样子。人间有了火以后,下界也想把人类的火盗走,就派蛾来盗火。但是,蛾盗走的火种是没有热量的蓝色火苗,因此蛾就反复来盗火。据说,飞蛾扑火就是为了盗火。① 这个神话非常形象地体现了蒙古人的思维特征——在蒙古萨满教上、中、下三界的观念中,上界和下界的生活和现实中的蒙古人是一样的,住在蒙古包里,使用火剪子。实际上,蒙古人是按照人类的生活想象并创造出了天上和地下世界。

马头琴是最具特色的蒙古乐器。关于马头琴的起源神话是这样讲的:布尔罕·巴格西(神)的母亲死了,布尔罕·巴格西因此非常悲伤。为了摆脱悲伤,他想创造一种乐器,但是老是做不好。于是,他去找占卜者问原因。占卜者告诉布尔罕·巴格西:"你应该用木头做一个箱子,上面蒙上蛇皮,并用马尾巴做弦,用弯木做弓,就会制作出琴。"布尔罕·巴格西按照占卜者所说的做了,但琴声总是调不好,就又去找占卜者问原因。占卜者说:"是恶魔夺去了你母亲的灵魂,他应该告诉你。"布尔罕·巴格西去找恶魔。恶魔告诉他:"你在马尾巴上擦上松香,就会发出好听的声音。"布尔罕·巴格西依言照做,最终制成了马头琴。② 在蒙古人的传统中,音乐、歌曲和故事的起源都与死亡相关,例如,在有关故事起源的神话中讲道,有一个叫作塔日瓦的盲人半死后,灵魂离开身体,游历地狱,从地狱得到故事,带回到人间。③

3. 萨满教神话

蒙古人早期信仰萨满教,蒙古地区流传着很多萨满教神话。蒙古国流传的《最初的女萨满》中讲道:从前,天神创造了人类之后,派鹫去保护人类,以使人类不被恶魔伤害。鹫就在人类周围转悠,尽自己的责任,但是人类并不喜欢鹫,就让孩子们驱赶鹫。鹫回到天上,向天神报告自己的遭遇。天神对鹫说:"那么你把自己的神术传给人类,让人类自己去保护自己吧!"鹫飞回人间,见到一个在野外放羊却迷了路的少女睡在一棵树底下。鹫就把自己的神术传授给了她。少女昏睡了三天才醒过来,回到家之后,遭到了哥哥的粗暴谴责。突然,哥哥得了疾病,妹妹就说:"我来治你的病吧。"少女让哥哥躺在白毡子上,在他身下放一根有权的木柱,哥哥的病立刻痊愈了。自此,这个少

---

① [蒙古]达·策仁索德诺姆搜集整理:《蒙古神话》(西里尔蒙古文),乌兰巴托:国家出版社,1989年,第161页。
② 同上书,第167页。
③ 同上书,第163页。

女就成了最初的女萨满。① 这则神话反映出了萨满的治病职能和治病仪礼。古代蒙古萨满治病不用医术,而是举行驱逐恶魔的萨满仪式。当一个人患病时,由萨满宣布某神或者某恶魔是得病的原因,以及这神或恶魔向人们要什么东西——他们多半同意用某种动物来代替病人的魂。只要萨满同意了,就带着这种动物走,他还要做出种种仪式和姿态,好把恶魔从病人身上移到自己的身上,然后又由自己身上移到那动物身上去。②

另一则蒙古萨满神话中讲道:鹰是腾格里天神的神鸟使者。它受命降到人间,和部落首领结婚,并生下一个美丽的女孩。神鹰向她传授了与天及众神通灵的神术,并用自己的羽毛给女孩编织了一件神衣,给她头上插上了羽毛做的神冠,让她遨游世界,把她培育成了一个世界上最早的了不起的女萨满。③ 蒙古萨满的服装多数袖口肥大,前后襟缀满各种颜色的长短布条,看起来像鸟羽。这种萨满服实际上就象征了雄鹰一类的神鸟,萨满穿上它后,就能飞到另一个世界。

在蒙古人和其他信仰萨满教的北方民族中,萨满要去地下世界拯救被恶魔夺走的人的灵魂,以治好患者的病,其原因在于自从世界形成之后,神与恶魔之间就开始了斗争,斗争的后果是恶魔会加害神创造的人类,使人类面对疾病和死亡,而神则派了萨满来拯救和医治人类。例如,在布里亚特史诗《格斯尔》中,汗霍尔穆斯塔·腾格里神打死东方恶天神之首阿泰·乌兰神后,把阿泰·乌兰神的尸体打落到了地上世界,其左手、上身和下身变成三个巨大的恶魔并加害人类,最后才由格斯尔消灭了他们,拯救了人类。这一神话主题实际上也是蒙古英雄史诗的核心主题之一——英雄去敌人的领土上,把被抢走的部落成员救回来——在某种程度上,史诗英雄也是一名萨满。可以说,蒙古的创世神话和萨满教诸神话之间有着内在的联系,并在文化高度发展的阶段,形成了神与恶魔斗争的诸神神话。这其中最著名的就是东方四十四恶天神和西方五十五善天神之间进行斗争的神话。这些高度发展的社会性神话后来直接孕育出了《格斯尔》等蒙古英雄史诗。

(二) 传说

蒙古民间传说十分丰富多彩。本章将对族源传说、历史传说、山水传说和风俗传说作一简要介绍。

1. 族源传说

蒙古族源传说主要讲述蒙古先民起源和迁徙的历史,可分为讲述整个蒙古民族的

---

① [蒙古] 达·策仁索德诺姆搜集整理:《蒙古神话》(西里尔蒙古文),乌兰巴托:国家出版社,1989年,第149—150页。

② [俄] 道尔吉·班扎罗夫著:《黑教或称蒙古人的萨满教》,内蒙古大学历史系蒙古史研究室编印:《蒙古史研究参考资料(第十七辑)》,1965年3月,第23—24页。

③ 乌丙安著:《神秘的萨满世界——中国原始文化根基》,上海:三联书店上海分店,1989年,第216页。

历史起源和讲述某一个具体蒙古部落起源两种。前者流传于几乎所有蒙古部落中,后者则只流传于某个特定部落中。众所周知的全体蒙古民族的族源传说是《蒙古秘史》中所载的《苍狼白鹿传说》:"成吉思合罕的祖先是承受天命而生的孛儿帖赤那,他和妻子豁埃马兰勒一同渡过腾汲思海来到斡难河源头的不儿罕山前住下,生子名巴塔赤罕。"①孛儿帖赤那即"苍色狼",豁埃马兰勒即"惨白色鹿"。学者们认为,以苍狼和白鹿为图腾的两个有婚姻联盟关系的氏族部落渡海迁徙到斡难河边,繁衍出了蒙古民族。

  蒙古民族中关于某一个特定部落起源的族源传说中,最具代表性的是在贝加尔湖边生息繁衍的布里亚特蒙古的族源传说。在蒙古国的布里亚特人中流传的《霍里·土默特和霍里岱·莫日根的传说》讲道:霍里·土默特在贝加尔湖边见到9只天鹅从东北方向飞来,飞落湖边后脱去鸟衣,变成了9个美丽的少女,在湖中游泳戏耍。霍里·土默特藏起其中一位仙女的鸟衣,仙女们玩尽兴后,其他8位仙女穿起鸟衣飞走了,找不到鸟衣的仙女就留下来,作了霍里·土默特的妻子。仙女和霍里·土默特生育了11个儿子。他们老了之后,有一天仙女提出要看看自己的鸟衣。霍里·土默特心想,都老成这样子还能跑到哪儿去呢,就把鸟衣还给了仙女。不料,仙女穿上鸟衣就变成天鹅飞走了。这11个儿子就成了霍里·布里亚特人的祖先。②这个传说的核心内容实际上就是大家比较熟悉的"天鹅处女"型故事。这一类型故事之所以能够成为布里亚特蒙古人的祖先传说,就是为了证明布里亚特蒙古人的祖先"苍天有根"——霍里·土默特的配偶就不是普通的人类,而是从天上飞来的天鹅,而"苍天"正是蒙古萨满教中的最高神。

  2. 历史传说

  蒙古民间流传着许多关于历史人物和历史事件的传说。就蒙古国而言,除成吉思汗的传说广为流传外,喀尔喀蒙古历史上的著名人物,如阿巴岱汗、青滚扎布等,都有传说流传。例如,阿巴岱汗是把藏传佛教引入喀尔喀蒙古,并建造起喀尔喀蒙古的第一座佛教寺院额尔德尼召的人。喀尔喀原无汗号,阿巴岱汗于1585年到土默特俺答汗王府所在地呼和浩特,拜见三世达赖喇嘛索南嘉措,取经并受戒,得数件佛教圣物而归。在此之前,阿巴岱只有台吉称号,即成吉思汗黄金氏族后裔的尊称,是一个强大部落的首领,但从此以后,他就被称为土谢图汗,强化了他的政治使命。据史料记载,在最初的百年间,额尔德尼召是阿巴岱汗氏族土谢图汗的家庙,后来才变成整个喀尔喀蒙古的佛教寺庙。历史传说《阿巴岱汗》中讲道:阿巴岱汗骑着白骏马,穿上铠甲,全副武装去西藏拜见了达赖喇嘛,对达赖喇嘛说:"我要在喀尔喀蒙古建佛教寺庙,供佛像,请你赐给我一尊佛像和一个虔诚的喇嘛吧!"达赖喇嘛说:"从大漠来的穿盔戴甲的英

---

  ① 巴雅尔转写:《蒙古秘史》(蒙古文),呼和浩特:内蒙古人民出版社,1980年,第1页。
  ② [蒙古]浩·散布拉登德布搜集整理:《蒙古传说》(西里尔蒙古文),乌兰巴托:国家出版社,1984年,第40—41页。

雄啊！我满足你的要求吧。你自己到寺庙里看看。想要什么，就拿去吧。"阿巴岱汗就走过去，用剑指着众多佛像，这其中的贡布佛或者嘛哈噶剌佛稍稍动了一下。阿巴岱汗说着："这个家伙就好像是个活物似的。"就把佛像拿下来绑在了马背上。阿巴岱汗带回的各种佛像奠定了额尔德尼召供物的基础。

《喀尔喀四汗获得称号的传说》中讲道：清朝皇帝召见喀尔喀蒙古的四汗。待四汗入座后，皇帝给每人发了一串珊瑚念珠。四汗中的一位把念珠挂在脖子上；一位挂在耳朵上；一位戴在手腕上；最后一位则把念珠绕成几圈，放在桌子上。接着，皇帝赐茶，茶杯却像球一样滚圆。为了扶好茶杯，另外三汗都烫了手，只有第四位把茶杯稳稳地放在珊瑚念珠上。再然后，有一匹配着马鞍的漂亮玩具木马跑进来，经过四汗面前的时候，第一位感叹道："一匹好马！"第二位怕木马倒下，就赶紧扶了一把；第三位怕马鞍掉下来，就把它扶好。而第四位则说："蒙古人是宰着牲畜吃肉的。"说着，就把马鞍卸下来，从木马里取出热腾腾的美味佳肴，美滋滋地吃起来。根据四汗的表现，清朝皇帝分别给予了封号：扶木马的成了土谢图汗；扶正马鞍的成了扎萨克图汗；赞美木马的成了三音汗；而最聪明的第四位则成了彻辰汗。① 这个传说最主要的目的显然是为了突出喀尔喀四汗中彻辰汗的地位，赞颂彻辰汗，说他就像他的名字一样聪明有才。实际上，在喀尔喀蒙古，土谢图汗的地位是最高的。

3. 山水传说

蒙古草原上的一山一水都有着美丽的传说。蒙古山水传说都是对蒙古各地地名的由来和地貌特征作出解释的故事。蒙古民间山水传说一方面蕴含了蒙古人古老的萨满教信仰，另一方面集中突出了民间传说的附会解释特征。透过蒙古的山水传说，可以看到一些有趣的文化现象。在这类传说中，对蒙古地区山水和地貌特征的解释不一定是真实的和客观的，不一定有科学根据，但是传说以优美动人的故事情节做出的合理化解释却有着巨大的艺术感染力，被一代又一代的蒙古人所传承和流布，人们对传说的真实性深信不疑。例如，在蒙古国北杭爱省有一个叫做浩日格的地方。关于这个地方的传说中讲道：很久很久以前，这里曾经有一盏点给腾格里神的巨大佛灯，而附近美丽的山峦就成了屏障，保护巨大的佛灯不被风吹灭。"挡住、屏风"等在蒙古语中就是"浩日格"，附近的人因此称这个地方为"浩日格"。虽然这个故事本身并不真实，但蒙古国的民族学家巴达姆哈坦和民间文学专家散布拉登德布推测，该地区可能有过火山喷发，而经过人们形象思维的艺术加工，火山喷发的过程就演绎成了供奉给腾格里神的巨大佛灯了。②

---

① [蒙古]浩·散布拉登德布搜集整理：《蒙古传说》（西里尔蒙古文），乌兰巴托：国家出版社，1984年，第59页。

② [蒙古]巴达姆哈坦著：《巴达姆哈坦学术文集（第三卷）》（西里尔蒙古文），乌兰巴托：蒙古国国立历史博物馆，2005年，第89—90页。

蒙古山水传说有一个普遍特征,就是在蒙古各地流传的解释相似地名的传说,内容上往往十分接近,或者说人们经常用一个传说解释很多不同地名的来历。① 今天,蒙古国最大的淡水湖库斯古勒湖的西岸有一座叫作乌任都石的平顶山,湖的中央有一座小山,但很久很久以前,这个地方并没有什么库斯古勒湖,而是一望无际的大戈壁,乌任都石山也不是今天的平顶山,而是一座有着尖尖的雪峰的美丽高山。那时候,这里的戈壁上生活着一个打铁的老爷爷和他的老伴。他们天天从戈壁上的一口井里打水吃。有一天,老婆婆从井里打完水,忘记了盖上井盖。于是井水溢出,快要淹没整个世界。在这关键时刻,老爷爷取出自己的冶铁工具,把乌任都石山的雪峰锯下,投掷到水中央,盖住了井口,制止住了大水,拯救了世界。老奶奶挖了一条沟渠,导出溢出的水,形成了库斯古勒湖。而湖中央的那座山,如果放在旁边的乌任都石山上,就正好是一座有山峰的高山了。②

如果说解释地名和地貌特征的蒙古山水传说多短小精悍,那么,更多的蒙古山水传说则情节曲折,往往用蒙古民族历史和现实生活中的感人事迹来演绎出动人的故事,从而给美丽的山水增添了许多人文色彩。例如,在蒙古国库斯古勒省有一块与萨满教有关系的石碑,叫作达阳德日黑。据说,它与成吉思汗追杀女萨满的故事有关系。传说讲道:成吉思汗追回了被强盗偷走的八匹骏马,在回家的途中,因为口渴,他来到一户人家,正是有名的大萨满察合台的家。在喝茶的时候,博尔术告诉成吉思汗,有一个老妇人老是在成吉思汗坐骑的左侧徘徊。成吉思汗仔细一看,原来老妇人把左侧马镫的皮带剪了一半,只要成吉思汗骑上马,伸腿踢马镫,皮带就会断,成吉思汗就会从马背上摔下来。成吉思汗非常生气,拔出剑追赶老妇人,要把她杀死。但原来老妇人是一个女萨满,见成吉思汗追杀她,就施法术变成了一块石头,混在一片岩石当中。成吉思汗寻找女萨满时,发现有一块石头特别像人,就用剑砍掉了这块石头的头部。因此,今天的达阳德日黑的石头就没有脑袋了。③

4. 风俗传说

蒙古人的风俗传说内容涉及日常生活中衣食住行等方方面面。因为风俗传说对某一特定民俗作了民众认为权威的合理化解释,所以对该民俗事象的传承具有一种潜移默化的巩固作用。其中一些风俗传说的起源比较古老,带有文化起源神话的特征。例如,在喀尔喀蒙古和巴儿虎、布里亚特妇女的头饰中,最引人注目的就是像鸟的翅膀

---

① [蒙古]巴达姆哈坦著:《巴达姆哈坦学术文集(第三卷)》(西里尔蒙古文),乌兰巴托:蒙古国国立历史博物馆,2005年,第90页。
② [蒙古]浩·散布拉登德布搜集整理:《蒙古传说》(西里尔蒙古文),乌兰巴托:国家出版社,1984年,第218页。
③ [蒙古]山·嘎当巴、达·策仁索德诺姆编:《蒙古民间文学精选》(蒙古文),呼和浩特:内蒙古人民出版社,1984年,第1009页。

一样盘起的发辫。传说,古代的时候,敌对部落派了四只魔法乌鸦来到蒙古,企图毁灭蒙古人的火种。这些乌鸦就落在蒙古包的天窗上,趁家里男人不在的时候闯进来扑灭火种。于是妇女们一起商量,为了不让乌鸦闯进包里,就把自己的头发盘成百鸟之王大鹏金翅鸟的翅膀形状。乌鸦见了家庭主妇的发式,以为大鹏金翅鸟在蒙古包里,就离开了。从此,喀尔喀蒙古妇女的发式就变成了鸟翅膀的样子,并一直保持到现代。① 这个传说的叙事中表露出一些国家意识形态方面的内容,但是其核心还是妇女发式习俗与火种的关系,对这种发式习俗的结构和文化内涵进行深入探讨,还有可能窥见蒙古文化内部的一些有趣现象。

蒙古人有很多育儿习俗,其中母亲唱的摇篮曲,不仅能使婴儿随着摇篮曲进入梦乡,还是蒙古人教育儿童背诵家谱的一种手段。《摇篮曲的传说》非常感人:从前,有一位可汗,他有一个女儿和一个儿子。一次,可汗出去打仗,和家里失去了联系,可汗的女儿和哥哥两人只好相依为命,靠哥哥打猎为生。后来,哥哥娶了妻子,但是嫂子总想害死妹妹。有一天,哥哥外出打猎,嫂子趁机假称要做游戏,自己把较小的黄羊拐吞藏起来,而骗小姑去吞藏那较大的盘羊拐,结果盘羊拐卡在姑娘喉咙里,她昏死过去了。恶毒的嫂子就把失去知觉的小姑装进一个箱子里,又把箱子扔进河里。好在苍天有眼,小姑被河流下游的好心人救活,并和一名神箭手结婚生子。一个老仆妇把女主人的身世家谱编到一支曲子里,一边哄怀里的孩子睡觉,一边唱着摇篮曲:"哈日勒岱汗的孙子啊,宝贝,宝贝,宝贝! 哈流特根台吉的外甥啊,宝贝,宝贝,宝贝! 哲日格勒岱·莫日根的外甥啊,宝贝,宝贝,宝贝! 布日勒·莫日根的儿子啊,宝贝,宝贝,宝贝! 布达格·沙盖啊,宝贝,宝贝,宝贝!"有一天,老可汗听到这支曲子,问起事由,终于和失散多年的亲生女儿还有外孙见了面。从此,这种在唱词里加入家谱的歌曲就在可汗的臣民中广为流传,这就是摇篮曲的来历。②

(三) 民间故事

1. 动物故事

和世界其他民族一样,蒙古民族的动物故事丰富多彩,而且蒙古人的"动物来源故事"和"动物社会故事"具有独特的游牧民族特色。讲述动物体格形态、性格特征来历的蒙古"动物来源故事"往往带有神话因素和动物崇拜痕迹,并且多数故事都会将某种动物的来源与人类联系起来。例如,在蒙古国西部乌梁海人中流传的故事中讲道:熊是由人类变来的。很久以前,恶魔蟒古思吞吃人类,世界上只剩下一对老夫妇。老爷

---

① [蒙古] 浩·散布拉登德布搜集整理:《蒙古传说》(西里尔蒙古文),乌兰巴托:国家出版社,1984年,第46—47页。

② 同上书,第173—174页。

爷逃进树林里变成了熊,老奶奶跳进河里变成了鱼,因此熊能像人类一样站立起来。①蒙古人猎杀熊,与猎杀其他动物不同,要举行很多仪式,可见对熊的崇拜心态。在蒙古人中也流传着骏马起源于风、绵羊起源于天、牛起源于水、骆驼起源于太阳、山羊起源于岩石的说法,这些传说和故事中都带有神话因素,可见其故事起源之古老。② 也有部分动物故事借解释动物的奇异形状,讽刺人类社会的矛盾和非道德现象。例如,与其他动物相比,骆驼最与众不同之处是它的两个驼峰。从前,神和恶魔比赛,要创造出使人类惊叹不已的动物。神创造了骏马,人们赞不绝口。恶魔非常嫉妒,想创造出一种稀奇的动物来超过神创造的马,结果创造出了弯脖子、细尾巴、有两个尖尖的驼峰的怪物,这就是骆驼。

  蒙古民众于狩猎、游牧生活中遇见的各种动物的个性与行为特征取材,创作了许多"动物社会故事"。其中心主题基本上是弱小的动物和家畜凭借智慧战胜对人类和畜牧业有害的野兽,表现出蒙古人民独有的民族心理。蒙古国学者索德诺姆于1946年出版的《与畜牧业有关的民间文学》,收录了关于蒙古人饲养的五种牲畜——马、牛、绵羊、山羊和骆驼的民间故事。草原上常见的狼、狐狸和兔子等也经常出现在动物故事中。其中,狼凶残,狐狸狡猾,而兔子则机灵又喜欢恶作剧。值得注意的是,关于某些特定动物的故事只在蒙古民间才有流传。

  在《老狼的哀叹》中,一只肚子饿扁的老狼遇上一匹陷进泥里的马。狼正要扑上去,马说道:"你先把我从泥里拽出来,拉到河边洗刷干净,再美餐一顿也不迟。"狼照办了,用舌头把马身上的污泥舔干净后,马又说:"吃我之前,你念一念我左胯上的火印子如何?"老狼装得很有学问的样子,蹲到马的屁股后面,准备念火印子上的字,马"啪"的一声踢倒狼,一溜烟跑掉了。狼从晕迷中醒来后哀哭道:"本来是一顿美餐,怨我自己太愚蠢。我不是马的主人,凭什么把它从泥里拽出来?我不是马的母亲,凭什么用舌头把它舔干净?我不是识字的先生,念什么火印子上的字?呜呜!"③故事中,狼的贪婪愚蠢与马的聪明伶俐形成鲜明对比,体现了蒙古人憎恨豺狼和爱马如命的感情。

  聪明的小兔子是蒙古动物故事中常见的智慧角色,经常凭智慧战胜狼、老虎和狮子等凶猛的野兽。《草原上的兔子救了拜佛的绵羊》就是一个耐人寻味的动物故事:从前,有一只绵羊去雪域拜佛,在半路上遇到了大灰狼。狼见到绵羊就要吃掉它。绵羊哀求狼,等拜完佛回来再吃掉它不迟,狼答应了。绵羊到了雪域,叩拜了达赖喇嘛,就往回走。但是一想起老狼等候在半路上,就不由得伤心地哭起来。这时候正好遇到一

---

  ① [蒙古]普·浩日劳著:《蒙古民间故事》(西里尔蒙古文),乌兰巴托:蒙古国科学院语言文学研究所,2007年,第116页。

  ② 同上书,第117页。

  ③ [蒙古]达·策仁索德诺姆汇编:《蒙古民间故事》(西里尔蒙古文),呼和浩特:内蒙古人民出版社,1989年,第94—96页。

只小兔子。兔子想了一个办法,在路过一间废屋时,拣了一根纺锤、一块破毡子和一张包砖茶的有字的包装纸。绵羊和兔子正往前走,老狼迎面跑过来,要吃绵羊。这时候,兔子就对绵羊说:"快铺上坐垫。"绵羊就把破毡子铺在地上。兔子命令绵羊:"把旗子立起来。"绵羊把纺锤插在地上。兔子就拿着包装纸蹲在毡子上,高声宣读道:"大清皇帝答应给达赖喇嘛送七十二张狼皮,因此只要见到狼,马上捕捉剥皮凑数。"狼听了以后吓得魂不附体,逃之夭夭了。兔子对绵羊说:"绵羊啊绵羊,达赖喇嘛没能救你,是草原上的小兔子救了你。记住这个教训,你就回家乡吧。"①20世纪初,喀尔喀蒙古的道尔吉梅林写了一篇《兔子、羔羊和狼的故事》,内容是聪明的兔子威镇大灰狼,痛斥其罪行,救了羔羊。实际上,这部作品就是由上述动物故事改编而成的。道尔吉梅林借用广大蒙古人民喜闻乐见的民间故事题材进行创作,鞭笞和讽刺了统治阶级的贪得无厌。他在改编《聪明的小白兔》时,在思想意识上的重大突破集中表现在故事中兔子宣读的"皇帝谕"里——这是看透了当时官场的腐败黑暗,假托民间故事写出来的"控诉"。除此之外,在草原上还广泛流传着蒙古式"东郭先生的故事":有一匹小马驹在路上见到一个口袋,它好奇地打开口袋,从里面出来一匹狼,要吃掉小马驹。这时候兔子跑过来,凭其智慧,骗老狼钻进口袋后把口袋扎好,救了小马驹。

在蒙古动物故事中,除基于蒙古游牧社会生活而创作、传承的本民族特色的动物故事外,随着佛教的传播和文化交流的深入,印度等东、西方国家和民族的动物故事也大量流传到蒙古地区,并成为蒙古民间故事的重要组成部分。例如,以《五卷书》为代表的古代印度动物寓言很早就开始在蒙古人中传播,并成为蒙古故事中不可分割的重要组成部分。虽然狮子和大象不是蒙古草原上的动物,但蒙古人却对有关它们的各种动物故事非常熟悉。

2. 魔法故事

和英雄史诗一样,讲述主人公英勇的历险和成长经历的魔法故事是蒙古民间文学中极具特色的叙事文学种类。在蒙古民间文学传统中,魔法故事与英雄史诗之间有着密不可分的渊源关系。实际上,一些英雄史诗讲述的就是主人公通过各种考验,最后获得胜利,当上可汗,或与美丽的公主结婚的魔法故事;而一些魔法故事实际上就是用散文体讲述英雄史诗的内容,因此也被一些学者称为"英雄故事"。正因为如此,到底是英雄史诗衰落以后变成英雄故事,还是英雄故事为英雄史诗提供了最核心的故事情节,一直是研究蒙古英雄史诗和民间故事体裁关系的学者们争论不休的问题。不管怎样,用韵文体演唱的英雄史诗和用散文体讲述的魔法故事之间具备内容上的同一性和联系这一事实是学界所认可的。由此,部分学者用魔法故事与成年仪式关系的理论研

---

① [蒙古]达·策仁索德诺姆汇编:《蒙古民间故事》(西里尔蒙古文),呼和浩特:内蒙古人民出版社,1989年,第127—129页。

究蒙古英雄史诗,取得了成功。这说明普罗普的魔法故事形态学理论适用于蒙古英雄史诗及蒙古魔法故事的内容分析——俄罗斯学者普罗普在《故事形态学》和《神奇故事的历史起源》等经典著作里专门研究了俄罗斯民间魔法故事,并指出,魔法故事是由于某种伤害、诱拐、放逐等原因,或者为了实现得到某物的愿望,主人公离开家,在旅行中遇到魔法赠予者和援助者,开始神奇的旅行;接着,主人公与敌人战斗,通常是征服恶龙;而回家的主人公又被自己的兄弟陷害,坠落洞穴中,再经历危险的旅行和克服难题,最后取得胜利,当上国王或者与美丽的公主结婚的故事。蒙古魔法故事也正是如此。它们讲述主人公的神奇经历,通常是主人公在超自然力量的帮助下,实现理想或者达成愿望的故事。

蒙古民间故事《金羊拐银羊拐》讲道:从前有一对那木太莫日根老夫妇。他们有八百匹马,有一匹八条腿的神驹,还有一个八岁的儿子。有一天,老头儿赶着马群上北山放牧,遇上了挺着蒙古包一样大的肚子的蟒古思妖婆。蟒古思妖婆抓住老头儿,逼迫道:"你是把自己的命交给我?还是把八百匹马交给我?或把八岁儿子交给我?"老头儿胆小怕死又爱财如命,于是答应把八岁的儿子交给蟒古思妖婆。第二天,老头要搬走,却故意把儿子心爱的玩具金羊拐银羊拐丢弃在原来蒙古包的废基上。儿子要返回去取金羊拐银羊拐,问父亲该骑哪匹马。父亲说:"骑走在马群最后的长满癞痂的一岁马。"再问母亲,母亲说:"骑八条腿的神驹。"儿子骑上八条腿的神驹返回旧址,飞速地从等在那里的蟒古思妖婆手中夺过金羊拐银羊拐就逃走了。妖婆用铁制拨火棍打断了神驹的八条腿。失去坐骑的孩子爬上了一棵金杨树。妖婆砍断金杨树时,先后来了红狐狸和白狐狸。它们骗妖婆睡去后,孩子从树上下来,跑掉了。孩子在路上遇到一头两岁的牛,在骑着牛逃跑的途中,他找到了父亲磨刀石的碎片和母亲扔下的梳子和针。妖婆赶了上来,孩子把母亲的梳子抛在后面,梳子立即变成无法通行的树林;又把父亲的磨刀石抛在后面,磨刀石立即变成无法越过的山崖;再把母亲的针丢在后面,针变成了汪洋大海。妖婆问孩子怎样才能渡过大海,孩子叫她把两块牛一般大的巨石挂在脖子上,说这样就能游到对岸。蟒古思妖婆因此淹死在了海里。孩子从妖魔手中逃脱后,牛就死去了。孩子把牛的心脏放在怀里,睡在牛皮上。第二天醒来,他有了数不清的牛羊、华丽的宫殿和美丽的妻子。年轻人带着妻子找到父母,用金羊拐银羊拐打死了父亲,把母亲接回自己的家,过上了幸福的生活。

《金羊拐银羊拐》是非常典型的成年仪式故事。在这个故事中,主人公从一个玩耍羊拐子的儿童,成长为拥有财富和宫殿,并娶妻成家的成年人。在这个过程中,他经受了惊心动魄的历险和考验。小男孩骑的八条腿的马实际上象征了他接受成年仪式考验时的仪式庆典用具——八条腿的桌子。蟒古思妖婆则是主持成年仪式的女萨满。主人公战胜蟒古思妖婆,实际上就是通过了考验。在故事的结尾,主人公拥有了畜群、宫殿和妻子,说明他通过考验后,就已经长大成人了。哈萨克民间故事《金骸骨》与《金羊拐银羊拐》属于同一故事类型,情节与蒙古故事惊人的一致。① 学者们认为,《金髋骨》是关于成年礼的有代表性的故事:"故事里年轻的主人公去废弃的灶炕寻找金髋骨,那里有女妖守候,意味着他独自去荒无人烟的山野在巫师指导下接受成年礼。这种成年礼考验的故事最初应是受礼者对受礼过程的模糊记忆,是他们经历难以忍受的精神折磨与肉体摧残时,于神智恍然中所见到的虚幻景象。"②

流着鼻涕的秃头小男孩是蒙古民间文学中的典型形象,很多魔法故事中讲述的就是不起眼的秃头小男孩经过种种考验,完成任务,最终获得成功的故事。在蒙古民间广泛流传的《可汗、女婿和大鹏鸟》中讲道:一位可汗有九个女儿,其中八个女儿都遵从父亲的意愿嫁给了有钱有地位的富家子弟,最小的女儿却自己作主嫁给了流着鼻涕的秃头小男孩。包括八个女婿在内的所有人都看不起这个小女婿。可汗的马群里有一匹母马,每天夜里都产下一匹金胸银臀的宝驹,但是到了黎明,宝驹就会神秘地消失。八个女婿虽然轮班守夜,仍然没能留住宝驹。最后,秃头女婿提出要守着马群,可汗好不容易答应了。夜里,小女婿发现大鹏鸟飞来偷走了宝驹,就赶上去追踪,并射死了大鹏鸟,还把被大鹏鸟偷走的所有金胸银臀宝驹成群地赶了回来。但是,在回来的路上,秃头女婿被八个女婿陷害,被推进了事先挖好的深不可测的洞里。最后,秃头女婿的骏马找来牧羊姑娘,用九十九匹金胸银臀宝驹的鬃毛和尾巴编织成了金银长绳,把他拽出地洞。小女婿回到可汗那里,揭露了八个姐夫的阴谋,过上了幸福生活。在这个故事中,小女婿寻找的金胸银臀的宝驹与西方魔法故事中出现的金苹果和金羊毛一样——只有得到金胸银臀的宝驹,才能得到可汗和其他八个女婿的认可,获得社会地位。

蒙古国学者普·浩日劳把蒙古魔法故事中的魔法宝物分成两大类:一类为魔法动物,如能飞的马或者会说话的马、金胸银臀的鱼、魔法羊羔等;一类为魔法物件,如隐形帽、飞靴、万能宝盒、魔法斧头等。③ 其中的"飞马"就相当于西方魔法故事中的"飞毯",能够把主人公送到他想去的地方。

蒙古魔法故事中的大鹏鸟形象引起了学者们的浓厚兴趣。大鹏鸟一般被描述为"展翅飞翔遮住天空,盘旋降落铺盖大海"的巨大无比的神奇猛禽。在蒙古故事中,大鹏鸟一般承担两种角色。一种像上文的故事里那样,大鹏鸟盗走可汗的金胸银臀宝马,最后被英雄主人公消灭,是反面角色。但在更多的蒙古故事中,大鹏鸟是英雄的助手。英雄在完成任务的途中救了大鹏鸟的三个孩子,为了报答英雄,大鹏鸟就替英雄取来本不可能获得的宝物或者完成任务。在很多故事中,英雄遭到暗算坠落地洞后,

---

① 毕桴著:《哈萨克民间文学概论》,北京:中央民族学院出版社,1992年,第177—179页。
② 同上书,第179页。
③ [蒙古]普·浩日劳著:《蒙古民间故事》(西里尔蒙古文),乌兰巴托:蒙古国科学院语言文学研究所,2007年,第133页。

大鹏鸟还会驮着英雄飞出地洞,把英雄送到人间。这种神鸟也是蒙古英雄史诗中的典型形象。学者们研究了大鹏鸟驮英雄飞出地洞的题材后认为,大鹏鸟就是古老的萨满教中连接人间和另一个世界的神鸟。因此,有关大鹏鸟的魔法故事可能还涉及北方民族古老的萨满教信仰。

3. 生活故事

蒙古民族的生活故事数量多,且类型丰富。虽然生活故事中也会出现魔法宝物母题和神奇的情节,但是故事主人公战胜对手,取得最后胜利的关键则不完全依赖魔法力量,而是凭借智慧和生活经验,魔法母题在其中只起到辅助作用。这是生活故事与魔法故事最根本的区别。蒙古生活故事中不乏众多的世界性故事类型,更有一些产生在蒙古民族游牧生活土壤之上的本土故事,即使是世界性的故事类型,也都带上了鲜明的蒙古本土特征。

蒙古生活故事中的主人公经常是身高一尺、胡子长二尺的矮老头,口齿伶俐的孤儿和聪明的媳妇等普通人物,他们往往会凭着自身的智慧和丰富的生活经验战胜可汗、诺颜(统治者)、巴彦(剥削者)等,最终得到幸福。这实际表达了人民依靠自己的力量创造幸福生活的愿望——人民就是智慧的拥有者。

《身高一尺、胡子长二尺的矮老头》的故事在蒙古国的喀尔喀蒙古民间流传,而在卡尔梅克蒙古,这个矮老头则是身高一尺,胡子长五尺的。研究蒙古民间文学的专家已经指出,矮老头的这个形象实际上是智慧化身的象征。一尺高的身子配上两尺长的胡子,比例显然失调,但这恰恰象征了人类的智慧超过了生理上的身高——包括蒙古人在内的蒙古、突厥语各民族把胡子看作是智慧的象征。古代突厥、蒙古史诗中的长者叫作 Ag Sakhal,就是白胡子的意思。而在蒙古民间广泛流传的矮老头的类型故事中,矮老头就是凭借自己的智慧战胜了大力士或者虎狼等有害动物,保护了自己。卡尔梅克故事中讲道,矮老头和他的老伴靠五只山羊过着贫穷的日子,但小偷连这五只山羊也不放过。矮老头必须让人们知道自己不是好欺负的。结果,自以为在世界上最有力气的愚蠢的巴彦前来找矮老头比力气。巴彦叫矮老头去捡烧水的木柴,矮老头却用刀子绕着大树的根挖起沟来,并告诉巴彦:"一根木柴一根木柴搬太麻烦,我想把这棵树连根挖出来,扛过去当木柴烧。"矮老头到井边打水,却没有力气把盛满水的水桶提上来,于是又掏出刀子,绕着井口挖起沟来,并告诉巴彦:"这水一桶一桶地提过去,我嫌麻烦,就想干脆把井挖出来抱过去。"矮老头用这样的计谋战胜了愚蠢的巴彦。多种《卡尔梅克民间故事集》中都收录了这个故事,可见其在卡尔梅克人中的受欢迎程度。而这个故事在蒙古国流传的变体里则是老人与老虎较量。老人凭借智慧战胜了威胁他们的老虎,并且赢得了金子。他让老虎把金子送到家里。到家以后,老人喊老伴:"把前些日子杀的老虎的前胸和最近杀的老虎的后臀煮给我们的客人吃。"老虎一听吓破了胆,拼命地逃跑了。老虎在逃跑的路上遇到了狼。狼听了以后说:"你上了矮老头的当。我们俩现在就过去。"老虎说："不行,我害怕。"狼说："你如果害怕,我们俩就头拴着头去吧。"矮老头看见老虎和狼头拴着头过来,就对狼说："狼啊,你真是说话算数。你把欠我的一只老虎给我送来了呀?"老虎一听,吓破了胆,拴着狼扭头就拼命地跑,结果把狼拖死了。在这个故事中,矮老头面对的是在力气上远远超过他的猛兽,面对的是动物包围人类的社会,因此只能依靠智慧来求得生存。而老虎和狼头拴在一起去找老爷爷,后来狼被老虎拖死的母题也见于在东方各国广泛流传的《旧屋漏》(AT177型)的故事中。

如果说,矮老头是凭着智慧战胜了大力士和老虎,那么在很多聪明媳妇类型故事中,聪明的媳妇或少女则是凭借智慧和生活经验通过了考验,保护了自己的家庭和社会地位。在蒙古民间流传最广泛的《聪明媳妇》故事中,聪明媳妇总是替愚蠢的丈夫想出妙招,或者回答各种难题,最后维护了家庭的幸福。对聪明媳妇的美貌垂涎三尺的可汗提出,要聪明媳妇用灰编制马绊、骑着双头马到可汗家里来等难题。聪明媳妇就把马绊放在盘子里烧成灰送给可汗,并骑着怀着小马驹的母马到可汗家里,结果可汗无言以对。有时候,聪明媳妇会通过公公提出的各种难题考验,最后得到当家做主的权力。她们解答难题和通过考验,靠的是对生活和事物的细心观察和经验总结,其智慧源自生活本身。

如果说,矮老头和聪明媳妇凭借智慧和生活经验战胜对手,保护了自己的生活,那么更多的青年男女主人公则是艰难地通过重重的苦难和考验,改变自己的命运,最终得到幸福。在蒙古流传的《无手姑娘》故事梗概如下:一位可汗生有一个可爱的公主。在原配夫人死后,可汗又娶了一个新夫人。有一年,可汗要去很远的地方值三年的班,就把公主委托给新夫人照顾。狠毒的后母诬陷公主生了一只田鼠。可汗回来以后,听信夫人的话,砍掉了女儿的两只手,还把她扔到海边。无手姑娘想投海自杀,却漂流到大海彼岸。年轻的王子救了无手姑娘并和她结为夫妻。不久,无手姑娘怀孕了,快生孩子的时候,丈夫去京城值班。三年以后,丈夫准备回家探亲,就给妻子写了一封信。送信的人途中留宿一户人家,那家的女主人正好是无手姑娘的后母。后母灌醉信差后偷看了信,知道无手姑娘结婚并生了孩子,既嫉妒又仇恨,把信改写成"在我到家之前把无手妻子赶出家门。"可汗把孩子绑在无手姑娘的后背上,把她送到一座庙里,想等儿子回来再把事情问清楚。无手姑娘以为夫家人要杀自己,就从庙里逃走了。在戈壁滩上,无手姑娘走到一个水源边,想喝口水。因为不能掌握身体平衡,一弯腰她就落到水里去了。不料,奇迹发生了,无手姑娘的双手重新长了出来。最后,长出手的无手姑娘回到丈夫身边,过上了幸福的日子。在这个故事里,受后妻唆使的父亲砍断亲生女儿的双手,把她抛弃在海边,无手姑娘经历了种种坎坷后重新长出了双手,得到了幸福。一些学者通过对各国同类型故事的比较研究指出,少女"双手被砍又再生"的母题具有重要的象征意义:姑娘的双手被砍掉,意味着她失去了父爱、母爱和家庭;当她被救并重新获得幸福,还生下一个孩子时,手并没有长出来,暗示着眼前的幸福并不稳定;而最后她长出双手后,才拥有了真正的幸福。① 通过少女一波三折的命运,故事反映了严肃的家庭伦理问题,以及民众对家庭和幸福的思考。同时,蒙古民间故事《无手姑娘》还与驿站有关。无手姑娘第二次受迫害,是因为在信差送信途中,信被偷换所导致的。在某种意义上,故事中的这一情节可能批评了驿站制度中存在的一些问题。无手姑娘的命运一波三折,扣人心弦,催人泪下,是蒙古生活故事中的经典。蒙古国故事家僧格道尔吉苏荣于1968年讲述的长篇民间故事《无手姑娘》,被蒙古国学者们视作民间长篇小说。

蒙古生活故事中还有一些伦理主题的故事。例如,《生慈悲心》中讲道:从前有一个吝啬透顶的巴彦,有一家三口穷人给他当仆人,为他放牧牛羊。有一次,仆人家的小伙子为了给生病的年迈父母补养身体,偷了巴彦的一只绵羊,夜里背回家屠宰了,不料却被吝啬的巴彦发现。巴彦就跟着小伙子,前后脚地来到他们家,想人赃俱获。他贴着蒙古包的墙毡偷听包内的动静,等时机到了就冲进去抓个正着。小伙子把羊宰完了,正在分解羊肉的各个部位,并递给父母。老人每接一块肉就忠诚地念着祝词:"愿我们的巴彦的羊群繁殖。"吝啬的巴彦听了以后心想:"我以为他们偷了我的羊,宰着吃了,他们是黑心的小偷,却没有想到他们在分解羊肉的时候还替主人想着羊群繁殖。和他们相比,我却是比小偷还差百倍。我如果想着他们,对他们好,他们就不至于偷杀我的羊。他们是多么善良的一家人啊!"于是他羞愧地掉下眼泪,反而像小偷一样悄悄地离开了。从此,巴彦就对自己的仆人好了。这个故事完完全全是诞生在蒙古生活土壤中的本土故事。

蒙古生活故事中同样吸收了很多世界性的故事类型,这些故事类型是通过蒙古人在历史上与东、西方各国和各民族的接触、交流而被接受的。其中最典型的,就是印度的民间故事通过佛教的传播,广泛传布到蒙古地区,并经过几百年的流传,逐渐变成了蒙古生活故事中不可分割的部分。例如,古代印度故事集《僵尸鬼故事二十五则》和藏族的《尸语故事》传播到蒙古地区,又在民间口头流传的过程中不断变化,最终带上了鲜明的蒙古特色。

4. 民间笑话

在富有幽默感的蒙古民族中,流传着许多短小精炼的民间笑话。而且,和世界上其他民族一样,蒙古民族的民间笑话也逐渐集中附会到一些"箭垛式"主人公的身上。只要一提到民间笑话,蒙古人首先想到的是两类人物:一是机智人物——撒谎大王别林僧格;二是云游四方的游乞僧巴达尔沁。

在喀尔喀蒙古(现蒙古国)和布里亚特蒙古,流行最广的民间笑话是"达兰·胡达

---

① 刘守华主编:《中国民间故事类型研究》,武汉:华中师范大学出版社,2002年,第558—567页。

勒齐",亦即能够说七十个谎言的撒谎大王别林僧格的故事。这里的"七十"并非确切的数字,而是表示数量极多——蒙古人习惯于用"七十"表示大量的和无数的意思。因此,"达兰·胡达勒齐"的真正含义并不仅仅是能够说七十个谎言,而是特别能够撒谎的意思。而"别林僧格"这个名字中的"别林"是绰号,是"现成的、即兴的"意思,可见,别林僧格是一个充满智慧,能随时随地即兴发挥"撒谎"本领的人。这个名字和在中国蒙古族中广为流传的机智人物巴拉根仓的名字实际上是同源词。这是"箭垛式"机智人物的名字在不同的蒙古语方言区流传的过程中发生了语音变化的结果。而别林僧格或者"达兰·胡达勒齐"的故事在蒙古地区流传的过程中,则一直保留着比较稳定的故事情节,这证实了该机智人物的故事在蒙古各部族和部落中流传的稳定性。

《王爷死后转生为毛驴,堪布喇嘛死后转生为王爷》中讲道:有一次,王爷和堪布喇嘛问别林僧格:"你说说,我们俩死后会转生成什么?"别林僧格回答说:"王爷死后转生为毛驴,而堪布喇嘛死后转生为王爷。"堪布喇嘛听了非常高兴,以为自己的命运比王爷好。但是,别林僧格马上接着说:"您也是距毛驴越来越近。"在这个笑话中,别林僧格巧妙地利用逻辑推理,讽刺了王爷和堪布喇嘛这两个世俗和宗教的统治阶级代表。王爷死后转生为毛驴,堪布喇嘛死后转生为王爷,而再下一步,堪布喇嘛也要转生为毛驴了。

《大锅生小锅》中讲道:有一次,别林僧格借了吝啬的巴彦的大锅来煮肉,但是肉还没有煮熟,巴彦就派仆人要回大锅。别林僧格把自己家的小锅放在巴彦的大锅里,交给仆人说:"你们家的大锅来我们家以后生了一个小锅。"贪婪的巴彦听后,高兴地收下别林僧格的小锅。过了一些日子,别林僧格又借了巴彦的大锅煮肉,但是这次没有把大锅还给巴彦,就迁到别的地方去了。吝啬的巴彦追上别林僧格,想要回大锅。别林僧格回答说:"你们家的大锅来我们家以后死了。"吝啬的巴彦非常生气地问:"铁锅怎么会死呢?"别林僧格反问巴彦:"铁锅既然能生,它就可以死。"于是,巴彦只好认输。在这个笑话中,别林僧格也是利用了逻辑原理。本来大锅生小锅是荒唐的事情,但吝啬的巴彦为了占小便宜,承认了铁锅可以生铁锅的事实,而别林僧格正好利用了这一点,推理出铁锅也可以死的结论,让贪婪的巴彦自己砸了自己的脚。

游乞僧"巴达尔沁"的故事也是蒙古幽默故事的重要组成部分。佛教在蒙古地区发展到一定阶段以后,佛教僧侣分化成上、下两个阶层,从下层喇嘛中产生了一批被人们称之为"巴达尔沁"的游乞化缘喇嘛。他们手奉"巴达尔"——僧人化缘用的饭钵,游历各地。在为寺院化缘的过程中,一部分聪明的喇嘛看透了世间的虚伪丑恶,凭其勇气和智慧,与封建统治阶级和上层喇嘛斗争;另一部分喇嘛则由于其自身的行为,成了广大民众揭露和讽刺喇嘛阶层及佛教教义虚伪丑恶一面的反面教材,从而在民间产生了体量庞大的"巴达尔沁"的故事群。因此,可以说,巴达尔沁的故事是佛教传入蒙古地区,又经过了一定发展阶段后逐渐形成的。

面对吝啬的人家,巴达尔沁一般都是用语言讽刺,迫使主人只能好好招待巴达尔沁。例如,《肉粥开锅的声音》就是如此:从前,有一个巴达尔沁来到一户人家,但是这家女主人很吝啬。女人做饭的时候,从米袋里抓起一小撮米,扔到锅里,在巴达尔沁看来犹如往大海里扔了几粒石子。巴达尔沁心里想:"这户人家虽然富有,但是非常吝啬。我得想个办法。"于是,他默默地坐了一会儿,突然自问道:"谁啊?"女主人很吃惊:"怎么了?"巴达尔沁回答说:"没关系,没关系。我只是奇怪一件事。我走了很多地方,各个地方的肉粥开锅的时候,响声也不一样。我们那里的肉粥开锅的时候,米粒挤在一起,发出'你闪开,我过去'的声音。而你们这个地方的肉粥开锅的时候,米粒像沉入大海迷了路,互相找不到,只喊'嗨,你在哪里?我在哪里?'我听着听着就忍不住问了'谁啊'。"听了巴达尔沁的话,女主人赶紧往锅里加了米。①

还有一些巴达尔沁不守佛教戒律,行为不检点。广大民众根据他们的狼狈行径编出一些揭露佛教的虚伪和对其教徒的罪恶灵魂进行讽刺的笑话。例如,《好色的巴达尔沁》中讲道:好色的巴达尔沁来到一户人家。晚上过夜的时候,他对这家的姑娘说:"今天晚上我要钻进你的被窝里。"姑娘回答说:"可以,我在羊圈后面等你。"等到夜深人静以后,好色的巴达尔沁脱光衣服,只披着一件红布喇嘛袍,溜出蒙古包,来到羊圈后边。夜色里,他隐隐约约看见好像是姑娘披着一件山羊皮大衣,躺在那里等他。好色的巴达尔沁一高兴,就把自己的红布喇嘛袍盖在山羊皮大衣上,想钻进姑娘的被窝里,却没有想到,那哪里是姑娘,原来是一只硕大的种山羊。山羊受到惊吓,一跃而起,把好色的巴达尔沁的喇嘛袍挂在角上跑了。身上一丝不挂的巴达尔沁只好钻到堆放杂物的勒勒车下面,好不容易熬到天亮,接过姑娘倒炉灰时顺手扔出来的衣服和靴子,狼狈地逃走了。②

(四)英雄史诗

蒙古民族有异常丰富的英雄史诗遗产。据不完全统计,在世界各地的蒙古民族中流传的英雄史诗有六百多部,除举世闻名的《江格尔》和《格斯尔》两部鸿篇巨制外,还有众多的短篇和中篇史诗。研究蒙古英雄史诗的学者们一般认为,蒙古史诗有四个或者七个分布中心,分别是伏尔加河畔的卡尔梅克史诗、贝加尔湖边的布里亚特史诗、蒙古国西部的乌梁海史诗、蒙古国中部、东部的喀尔喀史诗和中国新疆的卫拉特史诗、内蒙古的巴尔虎史诗、扎鲁特史诗。又有学者将这些史诗进一步归纳为卫拉特史诗、布里亚特史诗和喀尔喀-巴尔虎史诗三个系统。卡尔梅克是蒙古英雄史诗的一个重要分布中心,国际学界对蒙古英雄史诗的认识,就是从发现卡尔梅克《江格尔》开始的。1805年,德国旅行家别尔格曼在伏尔加河畔的卡尔梅克人中发现了《江格尔》,并将其

---

① [蒙古]浩·散布拉登德布、达·宝如勒杰搜集整理:《蒙古幽默故事精华》(西里尔蒙古文),乌兰巴托:蒙古国科学院语言文化研究所,2001年,第31页。
② 同上书,第32页。

中的两章翻译成德文出版,从此,欧洲学者开始关注起蒙古英雄史诗的搜集和研究来。20世纪七八十年代,中国学者在新疆发现了《江格尔》后,人们才知道原来卡尔梅克《江格尔》是几百年前被从新疆带到伏尔加河畔去的。国际学界如今公认,中国新疆是《江格尔》的故乡,而且是卫拉特史诗的重要分布中心。布里亚特蒙古人将史诗称为"乌力格尔",他们有着悠久的史诗传统和丰富的史诗遗产。在所有蒙古史诗中,布里亚特史诗具有最古老的传统特征,并且有很多两万行以上的大型史诗。其中最著名的是《布里亚特格斯尔》,一般称作《阿拜·格斯尔·胡勒滚》,其中不仅讲述英雄格斯尔的一生业绩,还讲述格斯尔儿子的故事,这在其他蒙古《格斯尔》和藏族《格斯尔》中是没有的。蒙古国的史诗分为东西两个分布中心。蒙古国西部主要流传着卫拉特史诗系统的乌梁海史诗,有《宝马·额尔德尼》《阿尔泰·海拉赫》《达尼库尔勒》等长篇史诗,这些史诗与中国新疆的卫拉特史诗多有联系,且有很多共同的史诗。在蒙古国中部和东部流传的是情节比较单一、形态和内容比较古老的喀尔喀短篇史诗,其主题和结构特征都与中国内蒙古的察哈尔、阿巴嘎、乌拉特、鄂尔多斯、巴尔虎等部落中流传的短篇史诗有很多共同点,因此,研究蒙古英雄史诗的专家们将它们归入喀尔喀—巴尔虎史诗系统。蒙古国学者娜仁托娅统计了在蒙古国境内流传的英雄史诗,编写出了《蒙古史诗统计》一书,其中一共计入了273部史诗。由此可见,蒙古国是蒙古史诗的一个重要分布中心。

本章将对蒙古国的乌梁海史诗和喀尔喀史诗作一简要介绍:

在蒙古国西部流传的《阿尔泰海拉赫》是一部讲述多次战争的长篇史诗:在古老的美好时代,阿尔泰、杭爱山脚下的草原上住着三百岁的布尔汉汗和他的妻子布日曼·乌兰夫人。他们拥有漫山遍野的牲畜,但是膝下无子,日益烦恼。老汗年入古稀,连说话的力气都没有了;老汗的坐骑枣红马,也已经老得连嫩草也嚼不动了。众臣商议求子的方法,派使者去问住在三年路程远的地方的32位占卜师。占卜师告诉老汗,应该举行盛大宴会,祭祀天地诸神。可汗把13匹青马、银合马和3匹黑马,以及骆驼和野猪等献给腾格里天神和阿尔泰、杭爱山的神灵。之后,老汗夫妇和骏马果然恢复了青春。夫人神奇地生了一个男孩。孩子一见父亲,便开口询问未婚妻和敌人的消息。牧马人阿格·萨哈勒·巴拜为少年英雄套马、备鞍,设宴庆祝少年英雄的诞生,为他准备铠甲和弓箭。孩子被取名为好汉博依门·巴特尔。父母告诉他,他的未婚妻是占领日出的东南方的伟争·唐斯日汗的女儿乌伦·索伦嘎公主。

勇士博依门·巴特尔于是离开家乡去求婚。途中,他杀死了15颗头颅的蟒古思,并用神药救活了被蟒古思杀死的窝阔台·莫日根汗。两位英雄刺破大拇指,饮血发誓,成为结义兄弟。他们来到伟争·唐斯日汗的家乡,说明求婚的来意。伟争·唐斯日汗提出进行摔跤比赛来选拔女婿的条件,并且,摔跤比赛的优胜者,还要完成镇压大鹏金翅鸟、7匹青狼和青公牛等凶猛动物的难题考验。

在摔跤比赛中,勇士博依门·巴特尔和窝阔台·莫日根分别战胜了天上的摔跤手特布克·哈日和地上的摔跤手嘎海·查干,取得了胜利。接着,两位勇士变成鹰和海青鸟,躲在云里,趁机飞上大鹏金翅鸟的翅膀,杀死了它,并把大鹏金翅鸟的翅膀献给未婚妻的父亲。两位英雄变成蜜蜂,趁公牛摇头晃鼻的时候钻进牛的鼻孔里,扯断其内脏,杀死了公牛,取来两支公牛角,献给未婚妻的父亲。两位英雄射死7匹青狼,取来狼皮献给未婚妻的父亲。通过一道道考验,勇士博依门·巴特尔终于和乌伦·索伦嘎公主成亲。

英雄带着妻子回到家乡,不料蟒古思的两个儿子侵略了英雄的家乡,奴役了英雄的父母和人民。两位英雄去征讨蟒古思,两个小蟒古思招架不住逃跑了。两位英雄紧追不舍,突然天上打雷,下起冰雹来,而且迎面袭来无数士兵。两位英雄拼杀了15天,才消灭了蟒古思的军队。骏马忠告英雄,老蟒古思的老婆躲在云里施展魔法,不停地吐出军队来保护儿子。若想彻底打败蟒古思,必须首先射死她。英雄射死了蟒古思的老婆,蟒古思的儿子见母亲被杀,和两位英雄展开了惊天动地的决战。最终,两位英雄杀死了蟒古思的两个儿子。这时,天下起了毛毛细雨,为英雄洗尘并滋润了阿尔泰、杭爱山和草原万物。布尔汉汗和布日曼·乌兰夫人举行盛大的宴会,庆祝英雄的胜利。

窝阔台·莫日根汗告别兄弟回到自己的家乡,但是他的家乡遭到了敌人的洗劫。窝阔台·莫日根汗从蒙古包遗址上的火灶架的三块石头下面挖出羊肉、酒和家信。英雄吃肉、喝酒,恢复体力后看信。信中说,地上的摔跤手嘎海查干和天上的特布格哈日劫掠了窝阔台·莫日根汗的父母、妻子和臣民。窝阔台·莫日根汗去与敌人征战,恰好结义兄弟博依门·巴特尔也赶来助战。两位勇士最终消灭了敌人。窝阔台·莫日根汗带着父母、妻子和部属迁到了博依门·巴特尔的家乡。布尔汉汗和布日曼·乌兰夫人见两个儿子回家来了,召集部属,举行盛大的庆典,从此过上了幸福、安宁的生活。[1]

史诗《阿尔泰海拉赫》中既有求婚故事,又有战争故事。而婚姻和战争正好是蒙古英雄史诗的两个核心主题。英雄一般都要去往遥远的地方求婚,这实际上反映的是古代蒙古人的族外婚制度及其观念。而且,英雄在求婚途中一般要完成一两项英雄业绩,或者消灭恶魔蟒古思,或者战胜另一个英雄,得到有力助手,以此来证明自己的求婚资格。博依门·巴特尔就杀死了蟒古思,救了窝阔台·莫日根,两位英雄成了结义兄弟,实际上,这就是说两个英雄的部落已经缔结为部落联盟,从此,史诗英雄的力量就更加强大了。在蒙古史诗中,英雄求婚,一般都要通过好汉三项比赛——摔跤、射箭和骑马,有时还要接受杀死疯骆驼、杀死巨大的狼、取来大鹏金翅鸟的羽毛等难题考

---

[1] [蒙古]达米亚演唱,巴·策日勒搜集、整理:《阿尔泰海拉赫》(西里尔蒙古文),乌兰古木:《先进牧民》杂志社,1964年。

验。英雄经过种种艰难的考验后会娶妻完婚，而新娘跟着英雄去他的家乡的时候，往往是妻子的父母带着属民和牲畜一同迁徙到英雄的家乡来。研究蒙古史诗的专家们认为，史诗中的婚姻实际上也是一种和平的部落联盟，英雄通过婚姻，合并了妻子的部落，壮大了部落联盟。在很多蒙古史诗中，英雄求婚后，其家乡往往会遭到恶魔蟒古思或者敌对部落的侵略和洗劫，因此英雄还要再次出征，把被敌人抢劫的亲人和部落民众救回来——在史诗研究中，这种主题的史诗被称作"失而复得史诗"。英雄来到敌人的故乡，孤身奋战或者得到助手的帮助，逐一消灭恶魔或者敌人的孩子、老婆，最后彻底战胜敌人，并把敌人的部落占为己有。《阿尔泰海拉赫》中讲述了两次"失而复得"的主题，每次都是两个英雄共同战胜了敌人，实际上就是英雄的部落联盟战胜了他们的共同敌人。在战胜敌人或恶魔蟒古思的战争中，蟒古思的妻子往往掌握着魔法和巫术，英雄必须先战胜并消灭她后，才能最终消灭恶魔或敌人。史诗中的蟒古思妻子往往带有女萨满的特征。例如，有时候，蟒古思妻子会挺着蒙古包一样的大肚子。英雄一剑刺破大肚子，从里面跳出很多青铜小蟒古思，与英雄交战。英雄要花费很大精力去战胜并消灭这些青铜小蟒古思。研究表明，这些青铜小蟒古思就是萨满教的青铜翁滚，怀着这些青铜偶像的蟒古思老婆就是女萨满。《阿尔泰海拉赫》讲述了蒙古英雄史诗的婚姻和战争这两个核心主题，其故事又展示了蒙古史诗中的典型母题和传统题材，可以说是复合主题史诗的经典样例。

相比之下，喀尔喀史诗多是简短地讲述一两次战争事件的单一情节的史诗。例如，单篇史诗《阿盖乌兰汗》中讲道，英雄的夫人做了噩梦，梦见长着十五颗头颅的蟒古思来犯，并杀死了英雄。于是，英雄备马出征，途中与蟒古思相遇，经过激战消灭了蟒古思。[①] 单篇史诗《黑林嘎拉珠巴图尔》中，英雄出去打猎后，蟒古思抢走了英雄的弟弟和妹妹。于是，英雄去蟒古思的地方寻找弟弟妹妹，途中遇到被蟒古思捉来的天上的仙女母子，在仙女儿子的帮助下，他依次消灭了蟒古思、蟒古思的喇嘛、蟒古思的老婆和从蟒古思老婆肚子里跳出来的青铜小蟒古思，解救了弟弟妹妹和被蟒古思劫掠来的百姓。[②] 在这部史诗中，英雄是弟弟妹妹的保护者，实际上象征着英雄是部落的保护者。蟒古思抢劫弟弟妹妹，就是外部落来抢劫本部落的人口，英雄有义务把被抢走的人口重新夺回来。这实际上反映着史诗时代的部落复仇制度。在古代蒙古社会，部落之间的战争主要就是为了争夺草场和人口。英雄史诗正好反映了这种部落战争。

蒙古英雄史诗的故事情节和人物形象都是高度程式化和类型化的，其中最引人注目的是长着很多头颅的恶魔蟒古思的形象。恶魔蟒古思头颅的数目都是奇数，如十三颗、十五颗、二十五颗、三十五颗，甚至九十五颗。头颅越多，蟒古思的力量就越强大。

---

① [蒙古]R.娜仁图雅搜集整理：《喀尔喀史诗》(西里尔蒙古文)，乌兰巴托：国家出版社，1991年，第25—29页。

② 同上书，第83—94页。

英雄必须一颗一颗地砍下蟒古思所有的头颅，尤其是其中藏着灵魂的头颅后，才能彻底消灭蟒古思。实际上，多头一体的蟒古思是一个象征性的形象，它代表了强大的部落联盟——每一颗头颅都代表着一个部落，头颅越多，说明组成部落联盟的部落数目就越多，英雄战胜这样强大的敌人的困难就越大。因此，英雄往往需要依靠其他助手，才能战胜共同的敌人——多头的蟒古思。

蒙古英雄史诗中的另一个神奇形象是英雄的骏马。史诗中的骏马不仅跑得快，一天能走完一年的路程，还是英雄的亲密战友。当英雄遇到危险的时候，往往是由骏马来警告自己的主人；英雄束手无策时，骏马会替主人出谋划策。

蒙古英雄史诗用最优美的语言赞美英雄、英雄的家乡和骏马，也用穷形尽相的描述来形容可怕的恶魔蟒古思，其中最突出的艺术手法就是极度的夸张。例如，说英雄一出生就和普通人不一样，出生第一天一张羊皮就裹不住他了，出生两天两张羊皮也裹不住了，他迅速成长为顶天立地的勇士。英雄的骏马则远看像一座山，细看眼睛和鼻子才能认出是一匹马。而可怕的蟒古思不仅巨大无比，而且每一颗头颅都张牙舞爪，令人毛骨悚然。这种夸张的赞美和描述正好表达了蒙古人崇尚巨大、力量和速度的美学观念。

最后来谈蒙古英雄史诗，尤其是喀尔喀史诗的形成问题。关于蒙古民族英雄史诗的起源和形成，学者们一般认为，原始蒙古英雄史诗形成于蒙古各部落尚未形成民族共同体之前。专门研究喀尔喀史诗的著名蒙古学家尼古拉·鲍培在其经典著作《喀尔喀蒙古英雄史诗》中提出，喀尔喀、布里亚特、卡尔梅克和内蒙古的各蒙古部族的英雄史诗之间有着诸多共同点。这表明，这些英雄史诗是各部族还没有迁徙到现在的地域的时候，继承了当时尚未形成现代意义上的民族的时代的史诗传统的。在那个时代，后来的各部落还生活在一起，创作了共同的英雄史诗。后来，处在新的条件之下，他们终止了各部落之间的迁徙和移动，才逐渐形成了三个部族。17世纪末叶，喀尔喀人、内蒙古人隶属于清朝的统治，布里亚特人和卡尔梅克人处于沙俄的统治之下。他们基本上被固定在一定的地域内，终止了大规模的迁徙，并被置于新的社会经济条件下，这对他们以后的发展产生了重大影响。尼古拉·鲍培因此认为，这些部族的英雄史诗是他们游牧在与17世纪以来基本固定的地域完全不同的地域时创作的。那时的生活环境也与后来大不相同，并且，各部族互相之间是完全不同的种族关系。

鲍培的论述包含了这样两层含义：首先，喀尔喀、内蒙古、布里亚特和卡尔梅克等蒙古部族迁徙到17世纪以后固定下来的今天的生活地域之前，居住并游牧在一个迁徙和移动幅度较大的共同的地域里。那时候还没有形成民族共同体。他们之间或者各部落之间的关系被鲍培表述为不同种族之间的关系。原始的蒙古英雄史诗正是在这个时代形成的。从蒙古民族的形成历史来看，在13世纪，成吉思汗武力统一蒙古之前，各部落的情况是比较复杂的，除了操蒙古语族语言的古代部落外，还有不少操突厥语族语言的古老部落。因此,鲍培所说的"互相之间是完全不同的种族关系"的说法是有一定道理的,但是"完全不同的种族关系"这一表述不够准确。实际上,可能就是在操蒙古语族语言的古代部落和操突厥语族语言的古老部落共同居住在一起的时候,他们就创作出了比较发达的英雄史诗。今天,蒙古英雄史诗和突厥英雄史诗之间具有的诸多共同点也能够说明这种假设的合理性。

其次,蒙古民族共同体形成之后,继承了古老的原始蒙古英雄史诗的传统。后来,由于种种政治和社会历史原因,喀尔喀、内蒙古、布里亚特和卡尔梅克之间错综复杂的迁徙被限制,甚至终止了,但是他们仍然拥有相同的英雄史诗传统。这就是他们分别继承了最初的原始蒙古英雄史诗传统的结果。再后来,在不同的社会历史条件下,这些蒙古部族的英雄史诗有了不同的发展,但是互相之间仍旧保持着许多共同点。

虽然经过成吉思汗的统一战争,蒙古民族共同体形成了,但是元朝灭亡,蒙古人退回蒙古高原之后,中央集权的衰弱使异姓王公贵族和成吉思汗黄金家族之间进行了长达几个世纪的争夺全蒙古统治权的内部战争。这种战争实际上使蒙古社会退回到13世纪以前的部落和部落联盟战争的模式。14世纪到17世纪时,蒙古内部的封建战争可以分为两个类型。一是东蒙古和西部卫拉特蒙古之间争夺蒙古汗权的战争。战争在四卫拉特联盟的强大联合形成之后达到了顶峰。此前一直在社会政治地位上较为被动的卫拉特蒙古迅速强大,并且,在与东蒙古争夺蒙古正统汗权,以及与周围突厥民族和部落之间进行民族战争的过程中,他们原有的发达的英雄史诗传统得到了进一步的高度发展。一方面,形成了并列复合史诗《江格尔》,另一方面,卫拉特史诗体现出从部落史诗逐渐发展为民族史诗的趋势。例如,在沙俄的民族压迫下,《江格尔》表现出了民族史诗的特征。二是喀尔喀-巴尔虎史诗系统中的史诗一直保持着部落史诗的特征。其中的喀尔喀蒙古英雄史诗,正如鲍培所评论的那样,"民众把英雄史诗的一部分从氏族社会继承过来,又从贵族口碑文学那里继承了部分内容。有明一代的蒙古封建领主们大多反对中央集权的汗权。封建领主们相互之间的斗争反映到了英雄史诗中。"鲍培还认为,喀尔喀民间史诗完全是民众的创作,反映了大量的地方领主反对汗权的封建战争。喀尔喀史诗所突出的是某一个部落在众多部落中的政治和社会地位。因此,喀尔喀史诗的政治功能就是在地方领主反对中央集权统治的封建战争中,作出有利于本部落的合理化解释,从而振奋本部落民众的士气。以喀尔喀史诗为代表的东蒙古英雄史诗基本上就是由局限在本民族内部的部落史诗发展而来的,其主题局限在不同部落之间的战争和地方封建领主反对中央集权汗权的统治上,基本属于部落或者部落联盟的战争。在这种战争原型基础上形成及发展的英雄史诗,是作为部落史诗或者部落联盟史诗的单篇史诗或者串连复合史诗。

三、民间歌谣

(一) 民俗歌谣

蒙古民间文学中的民俗歌谣,指的是在日常生活和各种生产活动中的仪式场合里吟诵的口头诗歌。这些口头诗歌的共同特征是它们常与某种特定的仪式结合在一起,是各种民俗仪式的重要组成部分。因此,想要深入了解蒙古民俗歌谣,就必须熟悉吟诵口头诗歌的仪式背景。蒙古民俗歌谣大体上可以分为民间咒语、招福词、洒祭词、祝词和赞词等类型。

1. 民间咒语

蒙古人在生产、生活中经常使用巫术,并经常口诵民间咒语(Shibshilgiin üg)。蒙古民间咒语一般为固定不变的短小韵文,长篇咒语非常罕见。例如,点火的时候,如果火生不起来,蒙古人就会进行烟祭并吟诵咒语:"升起来,升起来,给你烤一只黑山羊。燃起来,燃起来,给你烤一只红山羊,旺起来,旺起来,给你献上黄奶油。"①蒙古人认为,献上香火并吟诵这种咒语,就能够使火生起来。而当小畜、仔畜或牛马在外过夜时,牧人会把用缰绳捆扎好的剪刀塞在蒙古包西南侧的衬毡里,并吟诵咒语进行祷告:"望缠住你张开的嘴,我的金齿貂尾。让留在野地里的牲畜,安然无恙地过夜吧!"②剪口张开,似是狼口伤牲,将剪刀口紧紧地捆扎好,就好像制止了狼或其他野兽张口伤害牲畜。并且,蒙古人做这种仪式时,深信上面的咒语具有与捆扎剪刀口同样的作用,能够制止野兽侵袭牲畜。

蒙古语把小孩嘴上生的马嚼疮叫作"阿马盖"(amagai)。马衔子也叫作"阿马盖"。因此,小孩生马嚼疮时就要用马衔子来进行治疗仪式,同时说咒语:"快快痊愈吧,让孩子的阿马盖转嫁到马嘴吧,阿马盖疮愈!阿马盖疮愈!"③在日常生活中,蒙古人有较多的禁忌。例如,遇到乌鸦叫就认为必是凶兆,这时要说咒语:"你说吉利我想听,千万别说不吉利,祝你活到三百岁,生下三个白蛋蛋。"④

2. 招福词

招福词(Dalalga)是蒙古牧民在春、秋两季举行的招福仪式上吟诵的歌谣。例如,春天是大地复苏,候鸟归来,万物恢复蓬勃生机的美好季节。因此,蒙古牧民会在候鸟归来的时候举行招福仪式,吟诵《候鸟招福词》,希望五畜繁盛,牲畜成倍增长:

  天鹅飞来,

---

① [蒙古]浩·散布拉登德布搜集整理:《蒙古民俗民间文学》(西里尔蒙古文),乌兰巴托:国家出版社,1987年,第15页。
② 同上书,第16页。
③ 同上书,第15页。
④ 同上书,第20页。

冰雪融化，
花骒马生驹，
迎接福禄来！
呼瑞！呼瑞！呼瑞！
鸿雁飞来，
春雪融消，
骏骒马生驹，
迎接吉祥来！
呼瑞！呼瑞！呼瑞！①

从南方飞回北方草原的各种鸟类是明确可见的春天到来的标志。在《候鸟招福词》中，蒙古民众表达了希望通过这些鸟儿们来带动和促进五畜繁殖的巫术思想。并且，在招福词中，他们按照自己的愿望塑造出了一个牲畜成倍增长的美好世界。在所有的招福仪式上都要用到用五彩带装饰的箭（Dalalga-yin sum）和木桶。用箭召唤牲畜繁盛和四方财宝，以及将福禄招引到木桶里的象征仪式，明显是一种模拟巫术。从空间民俗的角度观察，蒙古人的招财、招福仪式表现出将牲畜和四方财宝、福禄招引到以"炉灶"（Tulga）为中心的蒙古包，也就是人们的住宅来的倾向——召唤时用的箭和桶就置于炉灶前。在招福仪式中，还要把桶中所盛象征四方财宝的五谷撒向炉灶和蒙古包最尊贵的位置——正北方。可见，蒙古人的招福仪式及招福词是蒙古民众以住宅和炉灶为中心的招引意识的体现。与此相应，招财、招福仪式中还有一些严格的禁忌。例如，在举行仪式的三天之内，严禁从蒙古包里往外搬东西，也不允许将家里的东西借出去。这些禁忌保障了招福词的有效性。

3. 洒祭词

洒祭（Tsatsal）是蒙古牧民以母畜初乳洒祭天地诸神，以祈求人畜兴旺的专门祭祀。在洒祭仪式上吟诵的歌谣就是洒祭词（Tsatsliin üg）。洒祭词是在蒙古人的万物有灵信仰形成之后出现的。典型的洒祭词，如《母马初乳洒祭经》中吟诵道：

每一棵灌木都是神灵，
每一座山岩都是圣主可汗，
向我们逐水草迁徙的故乡山水
向我们搭建蒙古包的地方
向我们所到之处的土地
用洁白的母马初乳

---

① [蒙]浩·散布拉登德布搜集整理：《蒙古民俗民间文学》（西里尔蒙古文），乌兰巴托：国家出版社，1987年，第40—48页。

敬献九九圆满洒祭。①

洒祭词一方面表达人们对万物神灵恩赐的感激之情,敬献出游牧生产的第一劳动成果——母畜初乳,供天地诸神享受,另一方面是要祈求神灵继续保佑,赐给更多的恩惠。这就是献祭与祈祷的主题——祭祀神灵就是为了诉求。洒祭仪式的供品开始是母畜初乳,后来又以茶、酒等洒祭神灵。其中需要特别注意的是洒祭仪式中用的九眼勺。九眼勺一般长50厘米到70厘米,勺头刻有九个眼孔,眼孔里镶有珊瑚、珍珠、金、银、钢、铜、绿松石、海螺等珍宝,勺把上系着彩布条和哈达。显然,九眼勺是一种象征用品,其功能和招福仪式中使用的箭是相同的。而且,九眼勺的象征功能决定了洒祭词的格式特点。例如,在仪式中,向各种神灵洒祭,都要求是九或九的倍数的供祭。这就严格遵循了九眼勺的象征意义。蒙古民间有关于牛、马、羊的洒祭词。这类洒祭词在结构和措词上基本是统一的,一般由说明洒祭的理由、点名向天地诸神献洒祭和祈求神灵佑护等三个部分组成。把洒祭仪式中的对象——牛、马、羊等牲口名称替换套入洒祭词的相关内容中,就成为专门的《母马洒祭词》《母羊洒祭词》和《母牛洒祭词》等。例如,《绵羊洒祭词》内容如下:

> 祖母一般慈祥的长生天,
> 无比宽厚的大地母亲,
> 可汗一般权威的长生天,
> 可汗一般安祥的大地,
> 请听我祈祷!
> 我们等到这一天,
> 万星闪耀,
> 日月辉映,
> 最美好的月份,
> 迎来吉祥的时日,
> 我们向您敬献圆满洒祭。
> 若问洒祭的原因,
> 只因听天由命
> 花额母羊生下了羊羔,
> 只有它的羊羔吸吮了母羊的奶头,
> 尚未有谁品尝这圣洁的初乳。
> 黑头母羊生下了羊羔,

---

① 策·达木丁苏荣主编:《蒙古古代文学一百篇》(蒙古文),呼和浩特:内蒙古人民出版社,1979年,第331—332页。

只有它的羊羔第一个吸吮了奶头，
尚未有他人尝新这纯洁的初乳，
为的是我们将其向您献祭。
我们把白头母羊的初乳
贮放在洁白的毡房里，
要说我们碰到了它，
只是挤奶的五个手指，
要说我们触到了它，
只是将其盛装在洁净的奶桶里。
如今我们口诵美好的献词，
举行盛大的洒祭仪式，
向您供奉这香甜的初乳。
若问洒祭的原因，
就是祈求保佑我的羊群
请免于天灾人祸，
使羊群繁殖盛旺。
向金色的太阳
祭洒二十个九种洒祭，
向银色的满月
敬献二十个九种洒祭，
向畜牧之神吉雅其腾格里
敬献二十个九种洒祭，
向威武的巴图尔腾格里
敬献二十个九种洒祭，
向四周的腾格里神
敬献二十个九种洒祭，
向八方的腾格里神
敬献八十个九种洒祭。……[1]

这篇《绵羊洒祭词》按照一般洒祭词的格式和结构，交代了选择吉祥时日举行洒祭仪式的理由，并把只有第一只羊羔尝新过的圣洁初乳依次洒祭给四面八方的腾格里神、日月星辰，以及山水神灵，甚至是成吉思汗的诞生地和古代蒙古人跳踏舞的蓬松

---

[1] ［蒙古］浩·散布拉登德布搜集整理：《蒙古民俗民间文学》（西里尔蒙古文），乌兰巴托：国家出版社，1987年，第52—54页。

树,向人们展示了草原蒙古人生产、生活的一幅民俗画卷。

4. 祝词

俗话说,蒙古人讲求吉利。祝词是蒙古民众在日常生活和生产中,针对某一种民俗,按照一定曲调吟诵的,祝愿未来美好生活的歌谣。例如,蒙古民间在做毡子时说的祝词:

> 祝做成的毡子经久耐用,
> 足够做七十座蒙古包的毡顶,
> 祝做毡子的人吉祥如意,
> 活到一百岁享尽幸福。①

既祝愿人们的劳动成果世代相传,被更多的人享用,又祝福劳动成果的主人吉祥幸福。这就是蒙古祝词的核心主题——对美好生活的向往。在蒙古人的各种庆典和仪式场合里,少不了优美而诚挚的祝词。特别是在婚礼等重大庆典中,能说会道的蒙古民间艺人一口气说上半个小时的婚礼祝词,以祝福新人,是十分常见的。

5. 赞词

蒙古人民热爱赞颂一切美好的事物。赞词就是蒙古民众借赞美和评价生活中的美好事物来抒发美好愿望的民间歌谣。

在蒙古民间赞词中,蒙古包变成了珠光宝气的美丽宫殿,蒙古人民长期以来在其中艰难生存和艰苦奋斗的大自然变成了幸福的乐园,羊群就像洒在草原上的珍珠……这激起了蒙古人斗争的勇气,唤起了他们对美好生活的向往和对故乡的无比热爱。可以说,赞词描述的理想世界牵动着蒙古人民的心,使他们在实际生活中树立起了信心,并得到了宽慰。

(二)民歌

蒙古民族被誉为是歌的海洋,在辽阔的草原上,除了绿草、白云,最牵动人心的莫过于马头琴和悠扬的长调民歌了。蒙古人把民歌一般分成长调民歌和短调民歌。长调民歌是蒙古民歌古老的经典形式,主要在那达慕大会和重大庆典等庄严场合演唱。长调民歌的旋律缓慢、舒展、悠长,犹如天空和草原般宽广。演唱长调民歌的歌手需要掌握高难度的歌唱技巧和呼麦演唱技巧。据音乐研究者分析,蒙古长调民歌在音乐方面有以下特征:①长调民歌的节奏、韵律非常丰富,没有学习过多种高声节奏和韵律的音乐工作者无法正确记录长调民歌变化多样的曲谱;②长调民歌的音域(声幅)非常宽,通常比短调民歌的音域宽一倍;③长调民歌由上升的尖细高音突然变化到粗阔的低音,从粗阔的低音突然变化到尖细的高音,具有高低音跳跃巨大的韵律特征;④长调

---

① [蒙古]浩·散布拉登德布搜集整理:《蒙古民俗民间文学》(西里尔蒙古文),乌兰巴托:国家出版社,1987年,第114页。

民歌具有不完整的音调变化或转移大的特征;⑤长调民歌音乐不仅是五种音调,还包括多种节奏系统;⑥长调民歌歌手必须具备极强的构思能力和个人艺术修养。除具有音乐修饰性很浓的特征之外,长调民歌中还有气流(呼吸)、喉音的各种独特的折叠音。长调民歌不仅是用嗓子唱的歌,而是从腹腔内部充气,用全身的气流唱出的一种分配气流的艺术。学者们从音乐节奏的角度出发,把蒙古国的长调民歌分为东部曲调、西部曲调、孛儿只斤曲调和巴音巴拉图曲调四种,此外还有一种中央喀尔喀曲调。[①] 2005年11月25日,联合国教科文组织在巴黎总部宣布,中国和蒙古国联合申报的"蒙古长调民歌"被列入第三批"人类口头和非物质文化遗产代表作名录"。长调民歌的内容大多庄严、肃穆,稳定性比较强。与之相应,短调民歌则多是有才华的民间歌手根据社会生活和情感生活的实际,利用传统民歌的旋律即兴创作、传播的。因此,也有人将短调民歌称作"新歌"。[②] 短调民歌中最受人喜爱的题材,就是表达男女爱情的情歌。

蒙古民歌的内容丰富多彩,类型也多种多样。本章重点介绍蒙古的劳动歌、宴歌和情歌。

1. 劳动歌

劳动歌是一种由体力劳动直接激发起来的民间歌谣。它伴随着劳动节奏歌唱,与劳动行为相结合,具有协调动作,指挥劳动,鼓舞情绪等特殊功能。[③] 这个定义基本概括了许多民族在生产劳动过程中传承的民间歌谣的共同特征。但是,自古以来,蒙古民族经营的畜牧业生产是一种特殊的劳动,牧民在放牧的时候并没有协调动作、统一步调的要求,实际上,在野外放牧时,如果寂寞了,可以唱任何一种歌谣;而套马、驯服烈马等生产劳动过程则过于激烈,来不及唱歌来协调劳动节奏。因此,不能将薅秧号子、打夯号子、伐木号子、行船号子等在协作性较强而节奏、速度又经常变化的集体劳动中所唱的劳动歌的类型,生搬硬套在蒙古畜牧业生产中所唱的民间歌谣上。应该从蒙古游牧生产本身的性质和特点出发,考察蒙古民众在劳动过程中所唱的歌谣。

蒙古民族劳动歌中,最具特色的歌是劝羊歌和劝驼歌。它们是在劝说遗弃小羊羔或驼羔的母羊或骆驼接受初生幼畜的仪式中唱的歌曲。例如,蒙古国科布多省流传的《劝驼歌》中唱道:

你那金黄色的乳汁
为你可爱的驼羔流淌啊!
为什么不理你可怜的小驼羔
铁石心肠地把它嫌弃呀!

---

① [蒙古]普·浩日劳著:《蒙古民歌的诗歌研究》,乌兰巴托:蒙古国科学院语言文学研究所,2007年,第212页。
② 同上书,第213页。
③ 钟敬文主编:《民间文学概论》,上海:上海文艺出版社,1980年,第240页。

　　　　饥饿的驼羔黎明醒来寻母亲,
　　　　快来喂它浓香的乳汁吧!
　　　　呼斯 呼斯 呼斯
　　　　呼斯 呼斯 呼斯!
　　　　你那洁白的乳汁
　　　　为你小驼羔流淌啊!
　　　　为什么遗弃你幼稚的驼羔
　　　　把它从身边赶走呀?
　　　　饥渴的驼羔围着母亲哭泣,
　　　　发发慈悲喂它奶汁吧!
　　　　呼斯 呼斯 呼斯
　　　　呼斯 呼斯 呼斯!①

在催人泪下的马头琴声中唱着忧伤的《劝驼歌》,往往能"说服"母驼,唤起它的爱子之情。这种唱给牲畜听,从而感化牲畜,以此提高仔畜生存率的歌谣,无疑就是辅助生产的劳动歌。并且,只有在游牧民族之中,才有可能产生这种特殊的劳动歌。

2. 宴歌

"没有歌不成宴会",但在蒙古人的宴会上,并非什么歌都可以唱,而是必须遵循严格的民俗规范,在特定的时间、地点,对特定的对象演唱特定的民歌。蒙古婚庆长调民歌中,专门有婚礼和庆典开始时所唱的婚庆开始歌和婚礼、庆典结束时唱的婚庆结束歌。而且在各部落、各地区民间,流传着不同的婚礼庆典开始和结束的长调民歌。例如,在一些婚礼和庆典开始时,会演唱长调民歌《马头琴的开端》:

　　　　泽——在悠扬的琴声中,
　　　　　　大家欢聚到一起,
　　　　　　歌声合成一片,
　　　　　　我们庆贺幸福。

　　　　泽——在高山的脚下,
　　　　　　在清澈河流的岸边,
　　　　　　唱起马头琴的开头曲,

---

① [蒙古]浩·散布拉登德布搜集整理:《蒙古民俗民间文学》(西里尔蒙古文),乌兰巴托:国家出版社,1987年,第27页。

我们庆贺幸福。①

蒙古人举行那达慕,开始时要唱长调民歌《万马之首》:

  泽——精心吊膘的骏马,
    跑在万马之首,
    那达慕上赛马,
    就数漂亮的骏马。

  泽——勒紧了骏马的缰绳,
    却刹不住飞奔的力量,
    缰绳松开的瞬间,
    跑到了万马之首。②

3. 情歌

爱情是人类永恒的主题,也是文学艺术中最常表现的对象。蒙古人中流传着很多优美动人的爱情民歌。例如,长调民歌《小黄马》就用最朴素、最平实的语言表达了一个青年牧民在去寻找迁走了的心爱的女人的过程中,那种相思、焦虑和痛苦的心情:

  小黄马的碎步,
  考验我的耐心,
  恋人说过的话,
  让我内心惆怅。

  走不完的草原,
  累垮了骏马,
  逐水草的迁徙,
  拆散了恋人。

  你迁走的家,
  在天边隐约可见,
  望你迁走的背影,

---

① [蒙古]浩·散布拉登德布搜集整理:《蒙古长调民歌》(西里尔蒙古文),乌兰巴托:国家出版社,1984年,第16—17页。
② [蒙古]浩·散布拉登德布搜集整理:《蒙古民俗民间文学》(西里尔蒙古文),乌兰巴托:国家出版社,1987年,第17页。

两眼噙满泪水。①

这首歌中的骏马是主人公和他心爱的女人相约相见的中介,骏马是连着相爱的两颗心的桥梁。这是只有游牧民族才有的艺术境界和表现手法。蒙古爱情歌曲中,几乎没有不唱到骏马的。在传统游牧社会中,骏马是牧民维持日常生活和进行各种社交活动所必需的交通工具。因此,在长调民歌中,以骏马为题材的爱情民歌不仅数量众多,而且骏马通常是民歌中主人公与心爱的人相见的桥梁和纽带——主人公通常借助骏马的神速与心上人相见。类似的例子有《银蹄掌的走马》和《温顺的枣骝马》:

(1)《银蹄掌的走马》

> 银蹄掌的走马呀,
> 冰上疾走吃力呀,
> 黑眼睛的姑娘啊,
> 我以为你我有缘啊。
>
> 两耳翘起的小黄马,
> 我以为跑得快呀,
> 温柔可爱的姑娘啊,
> 我以为你我有缘啊。
>
> 北山有棵黄叶树,
> 远看好像金子呀,
> 爱慕眷恋的姑娘啊,
> 我以为你我有缘啊。②

(2)《温顺的枣骝马》

> 温顺的枣骝马呀,
> 等着秋天乘骑呀,
> 性格温柔的情人啊,
> 到了秋天相会啊。
>
> 修长的淡黄马呀,

---

① [蒙古]浩·散布拉登德布搜集整理:《蒙古民俗民间文学》(西里尔蒙古文),乌兰巴托:国家出版社,1987年,第89—91页。

② [蒙古]浩·散布拉登德布搜集整理:《蒙古长调民歌》(西里尔蒙古文),乌兰巴托:国家出版社,1984年,第104页。

骑着去见心上人呀,
漂亮可爱的恋人啊,
想听你的心里话。①

只有马背上生长的民族,才会在歌颂炽热的爱情时,也不忘记亲爱的马。

第三节 蒙古国民间文学研究概述

一、蒙古国民间文学搜集整理概况

1921年蒙古人民革命胜利后,受苏联意识形态的影响,蒙古人民革命党和蒙古人民共和国政府非常重视民间文学的教育功能和宣传作用,学术工作者、作家和艺术工作者因此深入民间搜集、记录在人民中口头流传的民间文学作品,出版了大量的民间文学选集。1930年,蒙古科学院的前身蒙古科学研究所语文研究室直接领导全国范围内的民间文学搜集、整理工作。搜集工作主要通过学术工作者到民间艺人的居住地进行调查记录、邀请著名民间艺人到语音实验室录制民间文学说唱等途径进行,这期间搜集到了大量民间文学作品。为了动员更多的人参与民间文学的搜集整理工作,当时的蒙古科学院院长Lh.登德布在报刊上发表《广泛开展搜集民间文学工作》等重要文章。1961年,蒙古科学院成立,在语言文学研究所设立了语音实验室和民间文学资料库。结合方言调查和民间文学搜集记录等工作,由科学院工作人员组成的考察队几乎走遍了蒙古国的所有领土,搜集记录了大量的民间文学文本。"所有语言的基础是方言,一切文学的源头是民间文学"的思想成为方言调查和民间文学搜集记录的主导思想。其实,这也是俄苏学者考察研究思想与方法的学术延续。由于政治和经济方面的原因,蒙古科学院语言文学研究所的方言和民间文学调查工作到1992年中断,至今都没能继续进行有组织的调查工作。而国际游牧文明研究院组织的国际考察队对蒙古民间文学和民俗进行了数次短期的考察。蒙古科学院通过变通的办法,寻找从牧区迁徙到乌兰巴托定居的民间艺人,搜集到了一些民间文学作品,充实进了民间文学资料库——蒙古科学院语言文学研究所也承认这些都是无奈的作法。当今,著名民间艺人相继去世,民间文学失传等实际情况也提示着蒙古民间文学搜集记录工作的紧迫性。蒙古科学院语言文学研究所的阿·阿丽玛和巴·卡陶编写、出版了两卷本的《蒙古科学院语言文学研究所蒙古民间文学、方言资料库统计目录》,第一卷为民间文学和方言调查记录手稿目录,第二卷为声音资料目录。该目录全面反映了蒙古科学院语言文学

---

① [蒙]浩·散布拉登德布搜集整理:《蒙古长调民歌》(西里尔蒙古文),乌兰巴托:国家出版社,1984年,第107页。

研究所蒙古民间文学、方言资料库收藏的蒙古民间文学资料情况。1959年,专门研究蒙古民间文学的学术刊物《民间文学研究》创刊,并持续办刊,直到今天。从1981年开始,蒙古科学院语言文学研究所陆续出版"蒙古民间文学集成"丛书,至今已经出版33卷。蒙古国学者在几十年中搜集、整理、出版了上百种民间文学作品集。其中,山·嘎当巴、达·策仁索德诺姆主编的《蒙古民间文学精华集》、宾·仁钦院士的《蒙古民间文学》五卷本和扎·曹劳、乌·扎格德苏伦搜集整理的《西蒙古英雄史诗》是比较有代表性的成果。《西蒙古英雄史诗》专门收录蒙古国科布多省著名史诗艺人苏和·却苏伦(Sukhiin Choyisurung)演唱的四部英雄史诗,并对史诗艺人苏和·却苏伦的生平作了详细介绍。其中收入的史诗是用记录方言的科学音标记录的,保留了口头演唱的英雄史诗的口头特征和史诗语言的方言特点,符合口头文学的搜集记录原则,书中还附录了词汇注释和名词索引。因此,这是一部比较规范的民间文学作品集。

二、蒙古国民间文学研究概况

1958年,达·呈都、达·查干编写的《蒙古文学》(中学教师参考手册)中对蒙古民间文学做了比较详细的介绍,并进行了初步的研究。这是蒙古学者所作早期的民间文学概论性质的著作。蒙古国学者所作的,具有代表性的民间文学概论性著作是山·嘎当巴、浩·散布拉登德布等编著的高校教材《蒙古民间文学》(1988年)和曾·杜拉姆、钢·南定必力格的《蒙古民间文学理论》(2007年)。

本章中,将按照体裁简要介绍蒙古民间文学研究方面的成就。

(一)神话研究

蒙古国立大学教授曾·杜拉姆(S. Dulam)博士的《蒙古神话学形象》是蒙古国学者研究蒙古神话的代表性著作。他比较深入地论述了蒙古神话的古老形象及其象征含义,并探讨了蒙古神话起源和发展的脉络。曾·杜拉姆的四卷本专著《蒙古象征学》主要研究了蒙古民间文学,尤其是英雄史诗和神话以及蒙古民俗中的各种象征。

(二)故事研究

普·浩日劳院士的《蒙古民间故事》(1960年)是蒙古学者研究民间故事的第一部学术专著,并有中文译本。山·嘎当巴先生在《民间文学研究》第14卷第2册发表的长篇论文《蒙古民间故事》是系统全面地论述蒙古民间故事诸多理论问题的论文。该论文系统论述了蒙古民间故事的名词术语问题、故事的分类和类型问题、蒙古民间故事的情节结构、蒙古民间故事的美学特征和艺术手法、蒙古民间故事的起源和形成发展,以及蒙古民间故事的社会文化功能等问题。在蒙古国民间文学研究界,山·嘎当巴的这篇论文和普·浩日劳院士的《蒙古民间故事》被公认为是奠定了蒙古民间故事研究理论基础的力作。

1979年,匈牙利蒙古学家劳仁兹在威斯巴登用德文出版了《蒙古民间故事类型索引》。该著作由《导论》和三章组成。第一章为蒙古民间故事异文,将蒙古民间故事分为了动物故事、英雄故事、魔法故事、生活故事和讽刺幽默故事五大类。第二章将符合阿尔奈-汤普森索引体系的蒙古民间故事用 AT 分类法进行编号,使蒙古民间故事的类型分类与欧洲的 AT 分类法接轨。第三章则为不能被归类到阿尔奈-汤普森索引体系中的蒙古民间故事设置了新的类型分类体系,其编号为 1—700。① 劳仁兹的《蒙古民间故事类型索引》是蒙古民间故事比较研究方面的重要索引工具书。

(三) 史诗研究

1900 年,芬兰蒙古学家兰司铁在大库伦(今乌兰巴托)记录了喀尔喀蒙古人芒来演唱的史诗《圣主江莱汗》,并于 1909 年用国际音标记录出版。兰司铁的《关于蒙古史诗》被学界认为是科学研究蒙古英雄史诗的第一篇论文。

苏联著名蒙古学家符拉基米尔佐夫于 1908 年、1911 年、1925 年、1926 年在蒙古地区进行语言和民间文学方面的田野调查,调查重点是卫拉特蒙古英雄史诗和著名史诗艺人莫·帕尔臣的情况。他于 1923 年出版了《蒙古—卫拉特英雄史诗》一书,其中收录了六部蒙古史诗及其俄文译文。书中由其本人撰写的长篇《导论》是当时世界上研究蒙古英雄史诗的最大部头的学术著作,至今仍被誉为蒙古史诗研究中的经典著作。符拉基米尔佐夫录制的蒙古著名史诗艺人帕尔臣演唱的英雄史诗的声音资料是今天蒙古英雄史诗口头文本研究的珍贵资料。②

尼古拉·鲍培的《喀尔喀蒙古英雄史诗》是研究流传于今天蒙古国境内的喀尔喀蒙古英雄史诗的经典著作。该著作最早用俄文写成,于 1937 年在莫斯科出版,后来译成英文,于 1975 年和 1979 年在布鲁明顿出版。可以说,在喀尔喀蒙古英雄史诗研究方面,迄今为止,还没有一部学术专著超过尼古拉·鲍培的《喀尔喀蒙古英雄史诗》。在这部著作中,作者提出了喀尔喀蒙古英雄史诗主要形成于 14 世纪至 17 世纪之间,反映了地方草原贵族对中央集权统治的反抗的观点。尼古拉·鲍培第一次用结构主义的方法研究了蒙古英雄史诗,奠定了蒙古英雄史诗结构研究的基础。德国的蒙古学家海西希在蒙古英雄史诗结构研究方面取得的巨大成就,可以说就是在尼古拉·鲍培的研究基础上发展出来的。中国学者仁钦道尔吉在《江格尔》和蒙古英雄史诗结构研究方面取得的重大成就,也是在尼古拉·鲍培和海西希的研究方法基础上作出的新成绩。可以说,尼古拉·鲍培的《喀尔喀蒙古英雄史诗》是蒙古英雄史诗研究学术史上的一座里程碑。

德国著名蒙古学家瓦尔特·海西希是国际学界公认的蒙古英雄史诗研究大家。

---

① 巴·格日勒图主编:《蒙古学百科全书·文学卷》(蒙古文),呼和浩特:内蒙古人民出版社,2002 年,第593—594 页。该书目前已经由本书副主编张文奕从德文译成中文,即将出版。
② [蒙]浩·散布拉登德布:《符拉基米尔佐夫的蒙古民间文学研究》,选自[蒙]浩·散布拉登德布著:《蒙古民间文学简论》(西里尔蒙古文),乌兰巴托:蒙古国科学院语言文学研究所,2002 年,第 165—169 页。

他于1972年出版了两卷本的《蒙古文学史》,比较全面地论述了当时学界能够掌握的全部蒙古英雄史诗的情况,并将这些史诗分成18世纪以前的古典史诗和18世纪以后的后古典史诗。其中探讨到的蒙古史诗主要有蒙古国西部的巴亦特、杜尔伯特、乌梁海等部落的英雄史诗、蒙古国中部、东部的喀尔喀史诗和内蒙古的史诗。海西希讨论了蒙古史诗的起源问题和内容,并论述了蒙古史诗的情节结构和口头程式问题。1968后,海西希教授领导的波恩大学中央亚细亚语言文化研究所承担了一些特别研究项目,主要研究对象就是蒙古英雄史诗。与此相结合,研究所于1978年、1979年、1980年、1983年、1985年、1988年召开了六次蒙古英雄史诗国际研讨会。各国学者在研讨会上提交的相关研究论文共133篇,此后陆续发表在海西希教授主编的《亚细亚研究》上。波恩大学中央亚细亚语言文化研究所由此成为国际蒙古英雄史诗研究中心。海西希教授本人也撰写并发表了一系列对蒙古英雄史诗研究具有理论指导意义的重要论文。其中最重要的一篇是《关于蒙古史诗的母题结构类型的一些看法》。在这篇论文中,作者建立起了划分蒙古英雄史诗情节结构和母题类型的科学体系。海西希把蒙古史诗的情节结构归纳为14个大的类型,又在这14大类下进一步分成更多小的类型和母题,从而为蒙古英雄史诗情节结构和母题研究奠定了理论基础。在《关于蒙古史诗的母题结构类型的一些看法》的理论指导下,海西希教授又于1988年出版了两卷本的巨著《蒙古英雄史诗叙事资料》,对54部蒙古史诗作出了详细分析,并对在各蒙古部族中流传的史诗及其共同母题进行了比较研究。这部著作不仅是蒙古英雄史诗内部的比较研究著作,还对蒙古英雄史诗和突厥民族英雄史诗,甚至蒙古史诗与世界各民族英雄史诗进行了比较研究,具有重要的学术价值。可以说,正是海西希将蒙古英雄史诗纳入了世界各民族英雄史诗比较研究和国际口头传统研究的体系中。这一贡献是巨大的。海西希教授的贡献不仅在于本人做出了杰出的研究,在蒙古英雄史诗的翻译和研究方面,他还进行了杰出的学术研究组织工作。在他组织下,尼古拉·鲍培、佛罗尼卡·法依特和克·科佩等学者把六十多部蒙古英雄史诗翻译成德文,介绍给了西方学界。

在《江格尔》史诗研究方面,蒙古国学者乌·扎格德苏伦主编的《民间文学研究》第11卷第1册(乌兰巴托,1978年)就是从蒙古人民共和国境内搜集整理的《江格尔》史诗异文,共收录有11部《江格尔》史诗异文和《江格尔之歌》,并且附录了词汇解释、古今江格尔齐传略和名词索引、《江格尔》研究论著目录等。乌·扎格德苏伦撰写的长篇《导论》长达58页,详细介绍了《江格尔》的研究情况,论述了史诗《江格尔》与民间文学其他种类的关系,《江格尔》史诗的分布及其影响,以及从蒙古国境内搜集到的《江格尔》和有关《江格尔》的手抄本等情况,是蒙古国学者搜集整理和研究《江格尔》史诗的一篇重要学术文献。

蒙古科学院语言文学研究所的巴·卡陶教授主要从事蒙古国西部英雄史诗的搜

集整理和研究工作,已经搜集整理、出版了《达尼·库尔勒》(西蒙古长篇英雄史诗)、《布玛·额尔德尼》(西蒙古长篇英雄史诗)、《巴亦特民间史诗》《布金·打瓦汗》《阿尔泰乌梁海英雄史诗》《杜尔伯特民间英雄史诗》《土尔扈特民间文学》《扎哈沁民间文学》《西蒙古民间传说》等多部史诗和民间文学集,并撰写、出版了《蒙古英雄史诗的象征》《蒙古英雄史诗形象体系》等专著,发表了一系列介绍和研究蒙古国西部各部族英雄史诗和民间文学的论文。

蒙古科学院的 R.娜仁图雅教授主要从事喀尔喀蒙古英雄史诗的搜集整理工作,以及史诗《汗·哈冉惠传》的研究工作。娜仁图雅搜集整理的《喀尔喀英雄史诗》是研究喀尔喀蒙古英雄史诗的比较重要的学术资料。她的《蒙古英雄史诗统计》(《蒙古民间文学研究》第 28 卷第 6 册,国家出版社,1988 年,第 79—153 页)对在蒙古国及其他国家出版的蒙古英雄史诗,以及蒙古国科学院民间文学资料库及语音实验室收藏的在蒙古国境内流传的 273 部英雄史诗,包括一部史诗的多种异文,做了类型分类和内容简介,是研究蒙古国史诗必不可少的重要索引工具。

日本学者也关注在蒙古国境内流传的英雄史诗的研究。例如,上村明主要研究蒙古史诗和蒙古西部民间文学,发表了《关于喀尔喀英雄史诗情节结构的复杂化》《阿尔泰－乌梁海的宴歌》《作为民众艺术的英雄史诗》《蒙古国西部英雄史诗的演唱与艺术策略——演唱的声音与没有词的歌谣》等论文。青年学者藤井麻湖在日本蒙古学家中崭露头角,是基于她对蒙古英雄史诗的专门研究。她已经出版了《传承的丧失与结构分析方法——蒙古英雄史诗被隐藏的主人公》《蒙古英雄史诗的结构研究》等两本学术专著。前一部著作用结构分析的方法,对流传于蒙古国西部的英雄史诗《阿尔泰海勒赫》进行了专题研究,是人类学视角下的蒙古英雄史诗文本研究。

(四)歌谣研究

俄罗斯探险家和蒙古学家波兹德涅耶夫在 1880 年出版的《蒙古民歌》中,用回鹘式蒙古文和托忒蒙古文发表了喀尔喀、布里亚特和额鲁特民歌 65 首,并将它们翻译成了俄文。1909 年,俄罗斯蒙古学家鲁德涅夫出版《蒙古人的歌谣》,将蒙古民歌分为世俗民歌和宗教歌曲两类,又收入了 121 首民歌的曲谱。波兹德涅耶夫从文学的角度出发,研究了蒙古民歌,鲁德涅夫对蒙古民歌的关注则是从音乐的角度出发的。1933 年,苏联音乐学家 P.M.别林斯基研究了蒙古说书艺人罗布桑演唱的本子故事、英雄史诗和 50 首民歌的音乐,撰写、出版了由苏联音乐学家专门研究蒙古民歌音乐的第一部学术专著。乌·扎格德苏伦在 1975 年出版了《蒙古民歌研究概论》。本书的《导论》部分非常详细地介绍、评价了苏联学者和蒙古学者的蒙古民歌搜集整理与研究工作的成绩,论述了古代蒙古民歌各种手抄本的情况,并收入了用蒙古文和藏文字母记录的蒙古民歌手抄本。

在蒙古民间文学整体研究方面,还要提到两位院士。一位是蒙古国文学史研究大家、蒙古比较文学的开拓者呈·达木丁苏伦院士。他一直强调民间文学在蒙古文学发展中的重要地位和作用，并在自己对蒙古文学史的研究中非常重视对民间文学的研究。在对蒙古故事与印度、西藏故事关系的考证研究中，呈·达木丁苏伦院士主要运用芬兰历史-地理学派的理论——他的《天鹅处女故事的比较研究》是蒙古学者运用芬兰历史-地理学派的理论和方法对蒙古和世界各民族"天鹅处女"型故事进行比较研究的代表性论文。呈·达木丁苏伦院士的《罗摩衍那在蒙古》则是对印度大史诗《罗摩衍那》在蒙古的传播和影响进行考察的比较文学研究著作，也是蒙古比较文学研究中的经典著作。他的《格斯尔的历史根源》是《格斯尔》学历史上的里程碑。

另一位是蒙古国民间文学研究领域的著名学者和学术组织者浩·散布拉登德布院士。三十多年来，他一直从事蒙古民间文学的搜集、整理和出版、研究工作，出版过《儿童民间文学原理》《牧民民俗传统》等几十部论著，还负责"蒙古民间文学集成"丛书的编辑出版工作，这套丛书先后出版了《蒙古传说》《蒙古长调民歌》《蒙古民俗民间文学》《近代民间文学》《蒙古民间传说集成》《蒙古讽刺幽默故事精粹》等重要著作。其中多数著作已经被转写成回鹘体蒙古文，在中国出版发行。

思考题

1. 萨满教信仰对蒙古神话产生了哪些影响？
2. 蒙古民间笑话故事中的"箭垛式"人物有哪些特征？你能在中国或世界其他国家、民族的民间文学作品中找到类似的例子吗？
3. 谈一谈你对蒙古英雄史诗主题的理解。

本章主要参考书目

[蒙]德·策伦索德诺姆编，史习成、支水文译：《蒙古民间故事选》，北京：世界知识出版社，1987年。
[苏]谢·尤·涅克留多夫著，徐昌汉、高文风、张积智译：《蒙古人民的英雄史诗》，呼和浩特：内蒙古大学出版社，1991年。
陈岗龙、哈达奇刚等译：《十方圣主格斯尔可汗传》，北京：作家出版社，2016年。
陈岗龙、乌日古木勒著：《蒙古民间文学》，银川：宁夏人民出版社，2008年。
陈岗龙著：《蒙古民间文学比较研究》，北京：北京大学出版社，2001年。
郝苏民、薛宇邦译编：《布里亚特蒙古民间故事集》，北京：中国民间文艺出版社，1984年。
仁钦道尔吉著：《蒙古英雄史诗源流》，呼和浩特：内蒙古大学出版社，2001年。
姚克成主编：《蒙古民间故事》，沈阳：辽宁少年儿童出版社，2001年。

第九章 非洲民间文学

第一节 非洲历史文化概述

非洲是世界古人类和古文明的发祥地。远古时代,亚欧大陆的一些区域仍被冰川覆盖时,非洲大陆上就已出现了鼎沸的人声。古代埃及、埃塞俄比亚文明等辉煌灿烂,是数千年前人类最高级的智慧成果的代表,并通过两希文化等深刻地影响了后世的亚欧文明。

虽然由于撒哈拉以南的很多地区,例如,班图人生活的非洲南部、科伊科伊人和布须曼人所在的非洲西南地区,以及马来-波利尼西亚人居住的马达加斯加等缺少可靠的历史文献,仅靠少量考古资料推测和口传的神话、传说,实在很难对其早期历史做出较为清晰的解读,但非洲古代历史中曾经辉煌灿烂的诺克文明等(公元前5—前3世纪)正以其独特的风采、价值,重新引起世人的注意。

来自西亚的阿拉伯人也早在古罗马时期就已抵达了非洲东海岸;北非地区的柏柏尔人、阿拉伯人亦于公元8世纪前后进入了撒哈拉沙漠以南地区,他们将伊斯兰信仰引入非洲地区,迫使当地人改宗,并取得了相当显著的效果。曾有文献记载道:"考考(Kawkaw)王国的国王声明穆斯林优越于他的臣民。"[①]公元11世纪,桑海人的国王就信奉了伊斯兰教,并将都城由库吉亚迁往加奥。曾经臣属于在西非历史上盛极一时的加纳王国的塔克鲁尔国王亦于公元1040年信奉了伊斯兰教。公元1076年,伊斯兰化了的柏柏尔人攻陷加纳王国首都昆比,并迫使加纳国王及其臣民改宗,此后,虽然加纳统治阶层赶走了柏柏尔人,恢复了王国独立,其百姓也仍大多信仰当地原始宗教,但加纳王国的统治阶层保持了穆斯林的身份。除了政权之间的武力胁迫,被称为"迪乌拉人"(dioula)的伊斯兰化商人,穿梭于从马里帝国的中心城市廷巴克图到杰内的商贸路线上,在将撒哈拉沙漠地区的盐巴运往西非的同时,也带来了伊斯兰教。最著名的例子当属马里帝国国王康康·穆萨,他是松迪亚塔的后裔。据记载,这位国王于1324至1325年间前往麦加朝觐时,带了五百名奴隶,一百驮黄金,其挥霍之奢侈和施舍之慷慨导致开罗金价下跌,马里帝国也因此扬名海外。距此170年后,桑海帝国国王穆罕默德·杜尔在一千名步兵和五百名骑兵的护卫下,穿越撒哈拉沙漠,前往麦加,并施舍了三十万枚金币,在伊斯兰世界传为一时美谈——这位国王也因此被伊斯兰世界承认为

---

① [法]凯瑟琳·科克里-维德罗维什著,金海波译:《非洲简史——从人类起源到种族、宗教与革命》,北京:民主与建设出版社,2018年,第123页。

西非地区的哈里发。①

伊斯兰文化的侵入给当地文化带来了深远、重大的影响。例如,斯瓦希里文明就是在非洲本土文化、阿拉伯文化、印度尼西亚和亚洲其他文化共同作用下诞生的混血儿——斯瓦希里人不仅在中世纪时,与非洲其他民族共同创造了阿扎尼亚文明,斯瓦希里语更是当今非洲大陆上使用最为广泛、文化影响最为深远的语言之一。

与此同时,随着伊朗、阿拉伯、北非等地的穆斯林的到来,用阿拉伯语记载的史料及传奇故事等开始变得丰富起来。公元10世纪时的马苏第、伊本·豪卡尔、11世纪的阿尔-巴克里、12世纪的伊德里斯、14世纪的伊本·白图泰、阿尔-奥马里,以及16世纪的哈桑·瓦赞等来自地中海和亚洲其他地区的学者、旅行家们记录了他们在非洲地区的所见所闻。用阿拉伯语记载的历史传奇有16世纪至17世纪非洲学者麦哈姆迪·卡迪的《淘金者编年史》《苏丹编年史》、廷巴克图的阿赫梅德·巴巴的文集、《卡诺编年史》《基尔瓦编年史》以及在索科托地区发掘的大量有关古苏丹的文献资料等。19世纪时,学者们还发现了用颇耳族(peul)语言记载的非洲当地传说。② 值得注意的是,现存绝大多数的这类材料——无论是用阿拉伯语,还是用葡萄牙语、荷兰语、意大利语等欧洲语言记载的,"都已严重固化了我们对非洲历史的解读与理解方式"③。因为,在非洲大部分地区,人们依靠口耳相传传述历史、传承知识,但自穆斯林带来了阿拉伯语,经过翻译、记录、改写的上述口传资料,已然失去了它们最原始的大部分意义。

这一时期,奴隶贸易已经在非洲大地上出现。它们最初并不是由西方国家发起的,而由非洲国家的部落首领或阿拉伯人经营。阿拉伯著名英雄传奇《安塔拉传奇》的主人公,也是阿拉伯历史上最早的悬诗诗人之一——安塔拉,就是黑人女奴之子,尽管他的父亲是阿拉伯部落的领袖,但在他为部落建功立业,并凭借战功得到部落重视之前,其身份亦与奴隶无二。尽管这一时期的奴隶贸易范围已扩大到了伊朗、印度等地,但总体来讲,其规模有限。

虽然对北非文化早有了解,但在相当长的历史时期里,欧洲人却对除埃及、努比亚、埃塞俄比亚等以外的非洲广大区域几乎一无所知,甚至认为那里是一片不毛之地。实际上,"非洲大陆存在着众多形式多样的政治实体(或组织),小到酋长制部落,大到各种帝国。所有这些政治实体拥有几百年的共同历史,同时具有严格的等级制度、相同的生产与生活方式,更重要的是他们语言相通。"④在当下以西方为主导的话语体系下,西非阿波美地区的丰族、多哥沿岸的最大部族埃维人、尼日利亚的第二大部族约鲁

---

① [法]凯瑟琳·科克里-维德罗维什著,金海波译:《非洲简史——从人类起源到种族、宗教与革命》,北京:民主与建设出版社,2018年,第128—129页。
② 同上书,第16页。
③ 同上书,第17页。
④ 同上书,第70页。

巴人及尼日利亚东南部操伊博语的伊博人等都被称为"部落"或"部族",但实际上,尽管与欧洲的国家相比,他们立国的根基与制度各不相同,但"这些部族曾经都是一个个实实在在的独立国家,准确地说应该是民族国家"①。除埃及王国外,著名的非洲国家还有库施王国、阿克苏姆王国、加纳帝国、马里帝国、桑海帝国、刚果王国、豪萨诸城邦、僧祇诸城邦②等。他们创造出了麦罗埃文明、斯瓦希里文明、豪萨文明、伊费文化、贝宁文化、刚果文化、大津巴布韦文化、马拉维文化和马蓬古布韦文化等曾经辉煌灿烂的古代非洲文化。其中,11至14世纪时的伊费文化就由约鲁巴人创造,这一以极富写实风格的雕塑而闻名的文化因尼日利亚古城伊费得名。到了15世纪至16世纪,贝宁文化继承和发展了伊费文化的成果。班图族的一支绍纳人则在中世纪时,在南部非洲发展起了大津巴布韦文化,留下了包括大津巴布韦古城在内的不少文化遗迹。11世纪时,津巴布韦进入全面强盛时期,利用当地的黄金、象牙、铜矿等资源,交换来自波斯湾地区的布匹、玻璃等,到了15世纪,它已成为非洲南部最大的邦国。

而在地理大发现的15世纪,欧洲人才真正开始意识到非洲的价值。1498年,葡萄牙航海家们穿越非洲最西南端的"风暴角"(今好望角),环游非洲大陆之后,殖民者们,如葡萄牙、西班牙、法国、英国等,开始在西非、北非以及南非沿海地区建立据点,以此大肆掠夺非洲的黄金、象牙、香料等资源,并进行大规模的奴隶贸易,几个世纪的"大西洋奴隶贸易"不仅给非洲人民带来了深重的灾难,还打断了非洲各民族一体化的进程,严重扰乱了非洲的发展。

这一时期,来自欧洲的商人、传教士、探险家、旅行者,甚至是奴隶贩子,从不同的角度出发,以各种各样的文字记录下了他们在非洲一些地区的所见所闻,但此时,欧洲人对非洲的认知其实尚未深入到非洲内陆地区,人们对那里的山川湖泊、自然景观,以及风土人情、社会文化等皆不甚了解。非洲内陆仍是一片有待"发现"的神秘之地。

1795年,苏格兰探险家蒙哥·帕克抵达尼日尔河畔,拉开了欧洲人在非洲"内陆探险"的序幕。这为殖民者实现彻底征服非洲的野心提供了必要条件。欧洲各国"有计划"地霸占非洲领土自此而始。一方面,它激起了非洲各民族的强烈反抗,解放斗争此起彼伏;另一方面,它也在欧洲诸列强之间制造了大量矛盾冲突,为了掠取到更多、更优质的资源,欧洲各国之间暗涌不断。到了19世纪末,在这两方面的作用下,非洲,尤其是撒哈拉以南的非洲地区,各种势力基本划定,除埃塞俄比亚、利比里亚等极少数国

---

① [法]凯瑟琳·科克里-维德罗维什著,金海波译:《非洲简史——从人类起源到种族、宗教与革命》,北京:民主与建设出版社,2018年,第71页。

② 僧祇,波斯义为黑人之意,阿拉伯地理学家,如伊德里西等用以指称今索马里以南,从谢贝利河到坦加一段的非洲东海岸的黑人居民。僧祇诸城邦即指古代非洲东部沿海的一批商业小城镇。这些城邦建于公元10世纪前,15世纪以后,为葡萄牙侵略者毁坏。19世纪,西亚的阿曼苏丹国和桑给巴尔苏丹国在非洲东海岸进行了殖民统治。《新唐书》中的《南蛮传下·陵》《室利佛逝》等节中记载了外邦来献僧祇男、女奴的历史事件。唐代杜环的《经行记》、宋代赵汝适的《诸蕃志》、周去非的《岭外代答》中皆有关于非洲东海岸城邦的记载。

家、地区以外的非洲领土被欧洲殖民者瓜分殆尽。

19世纪中后期到第二次世界大战结束期间,欧洲人在非洲的殖民活动达到顶峰,埃塞俄比亚亦沦陷于意大利墨索里尼政府。并且,就在这几十年间,欧洲殖民统治者不仅在非洲建立起了自己的政治体制,还极大地改变了非洲人的思维意识与生活方式。

正是在奴隶贸易与来自欧洲的殖民统治这两点上,非洲大陆的诸多国家、族群之间形成了一种奇特的"一致性"。因此,尽管从20世纪50年代起,非洲各国人民反殖民统治、争取民族独立的斗争取得了重大胜利——1956年,苏丹共和国独立;1957年,加纳共和国独立;1963年,肯尼亚共和国独立……直至1990年,纳米比亚摆脱南非白种人的殖民统治而独立,建立起了各自的主权国家,但在民间文学领域,非洲仍可被视为一个多元性很强的整体来进行研究。

如同其他很多东方国家、民族一样,对非洲的历史、文化研究主要基于近现代以来西方人确立起的学术范式,而几个世纪以来,以欧美为首的外部世界,出于对非洲、非洲人的歧视与偏见,在有关非洲的各领域研究中大量采用"后殖民主义"理论和方法。这种于20世纪70年代,以米歇尔·福柯的权力话语体系和雅克·德里达的解构主义思想为基石的学术思潮本身自有其价值,但因其滥用,实则对人们正确、全面地认识非洲本身的问题造成了一系列的消极影响。刚果哲学家瓦伦丁·马迪贝在《非洲的由来:灵知、哲学与知识层次》(1988年)及《非洲的理念》(1994年)中,分别对"非洲"一词的来源进行了梳理与解构,其观点与提出"东方主义"问题的代表人物爱德华·萨义德的论点有异曲同工之妙。[①] 正是在非洲本土学者日益觉醒,对非洲的过去与未来充满了与西方世界迥然不同的关切的背景下,非洲的"东方"属性才显得分外鲜明。

第二节　非洲民间文学概况

一、概述

非洲的国家与民族状况十分复杂。每个民族都拥有自己丰富的语言和文化传统。例如,在非洲现存的语言中,大约四分之三都属于班图语。"班图语"是非洲赤道以南广大区域内诸语言的统称,其使用者被称为班图人,但实际上,出于历史上的民族迁徙、征服、同化等原因,这些班图语的使用者在人种和文化上存在很大差异,彼此间的语言可能像英语和法语那样并不相通。在约鲁巴人、富拉尼人那里,语言和文化情况

---

① [法]凯瑟琳·科克里-维德罗维什著,金海波译:《非洲简史——从人类起源到种族、宗教与革命》,北京:民主与建设出版社,2018年,第7页。

也同样复杂。然而，由于受到自然环境改变、部族战争和商业贸易等的影响，非洲大陆上曾经发生过多次人口迁徙。其中规模较大的就有阿拉伯人穿过撒哈拉沙漠入侵苏丹、班图人从喀麦隆高原向东非和非洲南部迁徙、东非的尼罗-闪米特人向南方迁徙，以及布须曼人和科伊科伊人向非洲南部的迁徙等等。它们不仅改变了非洲大陆上的人口分布版图，还将包括民间文学在内的民族文化撒播在了行进的路途之中，极大地促进了各民族文化间的相互影响、交流。这使得非洲的民间文学样式在极其多元、复杂之外，又具有了可以进行统一讨论的基础。

总体上看，非洲大部分地区的文字出现时间较晚，这客观上造成了当地民间口头文学十分发达的景象。在相当长的历史时期内，神话、传说、史诗、民间故事、歌谣、戏剧等口头叙事是非洲人用以传承民族记忆的主要方式，并与人们的祖先信仰、宗教信仰、日常生产、生活等紧密地结合在了一起。非洲人在一代一代的口头叙事中树立起自我意识、建构出身份认同，并以此保持社会结构的稳定。因此，专业的口头艺术家，神话、传说、故事、史诗的传承人格里奥（griots）——在不同民族中也会有其他不同的称呼，例如，在西非一些地区，他们也被称为 jeli，jail，gawlo，mabo，gesere 或 gewel 等，享有重要的政治地位。非洲历史上的每一个王朝家族，几乎都有专为自己服务的格里奥。他们是国王的顾问，是王子的教师，是国家历史、文化的活档案——在西非史诗《松迪亚塔》中，作为曼迪国王重要助手的格里奥特图姆·马尼亚，就对史诗情节的推动起到了关键作用。虽然在当代，格里奥们逐渐丧失了原有的重要政治地位，但在民众眼中，他们依然背负着民族的记忆，是沟通过去和现在、神灵与凡间的使者，也是非洲民间文学研究重点关切的对象。

非洲的不同地区、不同民族对民间文学各体裁的分类标准并不完全统一，人们对口头文学诸样式的分类与命名不仅反映了它们之间的相互关系，还体现出当地人的一些思维方式，并为当今世界学术界通行的民间文学分类标准提供了全新的视角。例如，依据故事内容的不同，贝宁的达荷美人（Dahomey）将民间叙事分为 hwenoho 和 heho 两类，前者被认为是对远古历史的讲述，而后者则指虚构性的传说。依据讲述方式和受众的不同，赞比亚的本巴人（Bemba）将同样都是虚构的民间叙事分成了 ulushimi 和 umulumbe 两类——前者在讲述时伴有歌曲，听众主要为儿童；后者则一般没有配乐，听众主要是成年人。同时，非洲民间文学的表现形式也十分多样，例如，许多由书面文字记录下来的神话、传说等，在实际演述过程中，不是以直接讲述，而是以仪式、面具舞表演等形式呈现的。

实际上，丰富的表演性和参与性正是非洲民间文学的显著特征之一。民间文学的演述者同他们的观众之间往往存在着积极、充分的互动。演述的场合及观众的参与备受重视，很多演述是由观众同演述人共同完成的。例如，一些环境因素的干扰，如突然响起的脚步声、动物叫声等，虽然可能暂时打断演述，但演述者也常能因此借题发挥，通过插入评语等方式,将现实元素融入演述中去,引导观众对故事内容和现实之间的关系进行思考。再例如,很多民间演述类型都具有程式化的开头和结束语,需要演述者和观众之间配合对答。比如,在坦桑尼亚哈雅族(Haya)的故事传统中,在开始时,演述者会说:"我曾来过,见过。"("Nkaiaj nabona.")。这时,观众要回答:"正因您见到,我们也得以见到。"("Bonatulole.")在这类表演中,观众的回应往往从侧面暗示出他们对演述的满意程度。① 还有一类更为直白的观众,他们以评论——赞扬或责备,纠正他们认为演述有误的地方,或者以表现出漠不关心的态度等做法,来对演述者的表现作出回应。正是这种表演性与参与性,使口头文学与书面文学"冰冷的私密性"截然区别开来。②

世界各个国家、地区的作家文学作品,无不从民间文学中汲养撷英,同时也在一定程度上反哺民间文学,但在非洲,民间文学向作家文学"输血",为作家文学提供大量素材与灵感的状况尤为突出。例如,非洲著名作家阿莫斯·图图奥拉、被誉为"非洲现代文学之父"的钦努阿·阿契贝,以及非洲第一位诺贝尔文学奖得主沃莱·索因卡等,都因其作品中大量出现的非洲民间文学主题、手法等而引起世人瞩目。对其作品的重视与深入挖掘,又反向推动了非洲民间文学研究的进展。

虽然在民间文学的分类标准上,非洲各个国家、民族大都有自己的一套传统体系,但从总体上看,其体裁类型仍然不脱神话、传说、故事、史诗、歌谣、戏剧等窠臼。此外,在非洲,还有一种以"鼓"声为语言载体的民间文学形式,极富地方特色,亦应重视。

二、民间叙事文学

(一) 神话

在非洲的众多族群当中,并不一定存在一个专门的术语,能够与民间文学领域里通常意义上的"神话"相对应,但考虑到一些口头文本的演述语境和现实功能,它们确属"神话"范畴,且通常具有相对较高的神圣性。据其内容,非洲神话可以分为创世神话、人类起源神话、天体起源神话、自然起源神话、文化起源神话及民族起源神话等几种主要类型。

1. 创世神话

因其人种起源、历史源流、文化发展过程的复杂性,非洲不同族群中流传的创世神话也各不相同。仅以创世者来看,各族神话中就对其有不同的称谓,例如,埃维人称创世者,也是最高神为马伍(Mawu);约鲁巴人称其为欧劳容(Olorum);富拉尼人的创世

---

① Peter Seitel: *See So That We May See: Performances and Interpretations of Traditional Tales from Tanzania*, Bloomington: Indiana University Press, 1980, p. 28.

② Isidore Okpewho: *African Oral Literature: Backgrounds, Character, and Continuity*, Bloomington: Indiana University Press, 1992, p. 42.

者被称作道达里(Daodalih);尧人则称其为穆隆古(Mulungu);祖鲁人称创世者为昂库龙库鲁(Unkulunkulu);卢旺达人则将其称之为伊玛纳(Imana)等[①]——非洲人崇信的神灵虽多,但在每一个民族中,最高神通常只有一位。他们创世的过程各不相同。在这些神话中,有一些保留着较为原始的神话特征,体现了当地人对宇宙起源的朴素想象;另一些在保留了部分非洲当地神话特色的同时,体现出了明显受到外来文明,如伊斯兰文化等的影响的特征。创世神话中典型的例子有:

(1)《富拉尼族的创造歌》

最初最初
世界上只有一滴特别大的牛奶
然后,道达里来了,
创造了石头
然后,石头创造了铁
铁创造了水
水创造了空气
于是道达里第二次降临
他用五件东西
塑成了人的模样
但是人骄傲
于是道达里创造了盲目
盲目战胜了人
但盲目又变得骄傲
道达里创造了睡眠
睡眠战胜了盲目
当睡眠变得骄傲
道达里创造了担心
担心战胜了睡眠
当担心变得太骄傲
道达里又创造了死亡
死亡战胜了担心
但是当死亡变得更骄傲
道达里又第三次下凡
他来充当古埃诺——永恒的神

[①] 李永彩主编:《东方神话传说(第三卷)》,北京:北京大学出版社,1999年,前言,第9页。

于是，古埃诺又战胜了死亡。①

显然，这则创世神话中还包括了对人类起源以及人性弱点的认识。

(2)《大地是如何创造的》

约鲁巴人中，流传着这样一则创世神话：

大地原本是不存在的，世界上只有大洋，叫作奥孔，大洋之上是天空，叫作奥洛伦。奥洛伦有两个儿子——奥里夏和奥杜杜阿。一天，奥洛伦把长子奥里夏叫到身边，给他一把土和一只五爪母鸡，让他到下面去，在大洋上造出土地。奥里夏在半途中发现了一些棕榈酒，喝了酒之后醉倒睡着了。于是，奥洛伦又让次子奥杜杜阿拿着土和五爪母鸡去造出大地。奥杜杜阿把土放在大洋之上，再把五爪母鸡放在土上。母鸡开始抓刨，土散落到四周，形成了不少土地。大洋因此变得越来越小了。一些水从一个山洞流了出来，并且不停地流着，这就是能治病的圣水。因为贪杯，哥哥奥里夏没有完成任务，十分后悔。弟弟奥杜杜阿则圆满完成了任务，创造出了人间的大地。②

在这则神话中，大洋和天空是创世之初就已存在的，自然而然，人们对其来源不予追究，而人类生活在其上的大地，则是由人格化的天空之神派其子用天上的土在大洋之上创造出的。这种以万物有灵思想为基础的朴素宇宙观体现出了非洲神话的一个显著特点——各种自然事物、自然现象常以拟人化的形象出现——神、人往往形象一致，虽然也偶有半人形象和动物形象的神存在，但他们的精神特征也全部是拟人的。概因如此，神话中才会出现天空的长子喝醉误事的情节，这赋予了这则神话一重特殊的教谕意义。实际上，在约鲁巴神话中，除造物神外，还有命运神埃舒、雷神尚戈、火神-战神-铁神欧贡、河女神欧顺、森林神埃瑞勒等。他们都像人一样思考、行事。

在另一则同样讲述大地如何出现的神话中，非洲众神的人格化特征被体现得更为淋漓尽致。神话讲道：

天国里，奇花迷眼，异香扑鼻。日、月、风、雨和星星等神祇正在角力、斗智、捉迷藏。正玩得起劲时，忽听得不远处传来了撕肝裂肺似的尖叫声。

"啊唷，啊唷唷唷……"

这是浩浩宇宙最高的天神的呻吟声。一年前，她幸运地怀孕了。腹中剧烈的骚动，使她无法忍受地大声呻吟起来。天神临产了。

日月星辰和风云，慌慌张张地跑到天神家里，只见她躺在床上，捂着肚子直打滚。

"生了，生了！"突然一个星星高兴地叫了起来。

一个新神祇降生了：他白玉似的身子，尖尖的脑袋，超长的双手，一手拿着红

---

① 李永彩主编：《东方神话传说(第三卷)》，北京：北京大学出版社，1999年，见"非洲古代神话传说"。
② 同上书，第15页。

色魔珠,一手拿着银色魔杖。他的性子暴躁,嗓音特别大,一开口就把母亲和叔伯阿姨们吓了一大跳,大家给他取了个名字"雷"。

"哦,还有一个!还有一个!"

在大家的嚷嚷声中,天神又生下了一个女孩子,其相貌和性格跟她的孪生兄弟大不一样,她黝黑的身子,脸蛋椭圆,额部突出,双手捧着一把泥土,说话慢条斯理,走路踩着小步,显得稳重文雅。大家给她取了个雅号"地母"。

日月似梭,不知不觉中,雷和地母都长大了,到了婚配的年龄。天神因为天国里找不到与她儿女相配的神祇而忧心忡忡,最后决定让儿女自行婚配。

雷和地母成婚之后,感情更加亲密,如胶似漆。几年后,他们生了一块黑里带黄的泥土。这泥土穿过云彩,一直落下去,落下去,后来终于停住了,在这一刹那间,小小的泥土变得无限大,这就是今天人类居住的大地。[①]

(3) 斯瓦希里人的创世神话

一则斯瓦希里人的创世神话讲道:

早在太初之前,上帝就存在。他从来无生无死。如果他想要一种东西,他只要说"要有"那种东西,那种东西就存在。于是,上帝说:"要有光!"光就存在了。他握着一把光,又说:"我为你感到高兴,我的光,我要从你那里造出我的先知,把你塑进穆罕默德的灵魂。"……上帝拥有无限的知识,能够预见未来直至世界末日时将会发生的事情。他同时拥有无限的力量,出于他自己才知道的某种目的,他开始创造自己所需要的一切:首先,他创造出了宝座和毡毯,以便进行最后审判时坐上去;接着,他创造出了维护良好的书板,过去和未来,在任何地方发生的事全都可以被详尽地记录上去,用的是唯有上帝才能解读的文字符号,书板有她自己的灵魂,是上帝最忠实的奴仆之一;伴随着书板,上帝又创造了笔,用以书写各式各样的命运,这笔和天地间的距离一样长,它还具有善于思考的头脑,有自己的个性;紧接着,上帝创造了喇叭,还有一直依据上帝的指示,吹着喇叭的天使塞拉费里;上帝又创造了供善良的灵魂享用的乐园;创造出了火……上帝不断地创造,从无到有,因为他从不需要休息。上帝还用纯光创造出了像光一样明亮,像早晨的空气一样纯洁的天使——吉布瑞里、米凯里、泽莱里、马里基、里德安尼等,并让他们各司其职。上帝还创造出了左半边是火,右半边是雪的天使——根据上帝旨意,这两种相对的成分并存,上帝能使敌友相遇。天国里还有公鸡,它的脚站在乐园的最低处,头却昂立在七重天上。在上帝指定的黎明祷告时刻,它会发出啼叫,通知天使们集合,进行晨祷。大地上的公鸡们听到它的叫声,也会学着啼叫,这就成了人们进行一天中第一次祈祷的信号。[②]

---

① 李永彩主编:《东方神话传说(第三卷)》,北京:北京大学出版社,1999年,第16—17页。

② 同上书,第2—5页。

这则创世神话中的伊斯兰教成分十分突出。此处的上帝即指安拉,神话中添加了安拉创造出伊斯兰教先知穆罕默德的情节,而就其对创世过程的叙述而言,也与《古兰经》中的描述有着许多的重合。可以说,这是一则脱胎于伊斯兰教信仰的创世神话。

另一则斯瓦希里人的宇宙开辟神话则讲道:

> 时机到了,上帝开始创造物质世界。他把白昼的天幕展开,把夜晚的天幕展开,就像张开一个硕大无比的帐篷,就像展开布满神秘的信号与象征的两块毡毯。他在夜晚的天幕上置放一些固定的星辰,让它们像明灯一样燃放不动的火焰;置放一些流动的星星,让它们沿着天幕运行,各自走着只有上帝知道的路径。月亮也是沿着夜晚的天幕旅行,随着上帝的意志不断变形。上帝又在绚丽蔚蓝的白昼天幕上安置发光的太阳,命令它从东方升起,沿着天幕旅行,最后落向西方。他创造云彩,又给它们抹上不同的颜色,让它们像帆船一样在白昼天幕上航行;及至夜晚,他又让它们焕发红光。有些云又暗又沉重,含孕着雨水,在上帝希望结出果实的土地上降下阵雨。
>
> 上帝建造宇宙,共有七重天。……同这七重天相对的,还有深深的地狱。接着,上帝把大地展开,大地就像让人们坐在上面吃饭的毡毯。……他把陆地同大海分开:一边创造无边无际的海洋,另一边则创造大洲的高墙。……他让岛屿密布,就像五彩斑斓的花束从海洋长出,叫航行的船长感到赏心悦目。……每到雨季,白蚁倾巢而出,不计其数。它们像第一场大的阵雨那样发出沙沙的声音。黑色的蚂蚁也沿着自己的道路前进,在自己的蚁丘上孵化小的蚂蚁。有哪种动物没有孩子呢?狒狒的婴孩贴住妈妈的乳房,长腿的长颈鹿吸着母亲的乳汁。还有什么是上帝忘记了的?所有这些奇迹对你说来,难道不是他无限智慧的标记,不是他无限力量的标记吗?①

显然,这则神话中的部分内容虽然也被渲染上了伊斯兰教的色彩,但总体来看,它并非直接源自伊斯兰教的创世神话,而只是在非洲本土神话中嫁接了一些伊斯兰教成分,因此,其中的许多情节与前一篇神话中的说法有所出入,神话叙事的侧重点及语言风格也有所区别。这显示出斯瓦希里文化本身的复杂性,一方面,它与阿拉伯文化血统关系密切;另一方面,它也保留了相当数量的非洲本土传统文化特色。

2. 人类起源神话

在具体的神话文本中,人类起源神话往往是创世神话的一个重要、有机的组成部分。同创世神话一样,非洲各族群中流传着的人类起源神话题材、类型也十分丰富。例如,加纳的阿散蒂人神话中说道,最早的男女是从地洞里出来的;在南非的祖鲁人神

---

① 李永彩主编:《东方神话传说(第三卷)》,北京:北京大学出版社,1999年,第6—8页。

话中,人类则起源于芦苇或芦苇墩;苏丹北部的希卢克人认为,上帝用颜色各异的泥土塑造出了人的躯干,又造出人的腿、手、嘴、舌头等,最后才造出人的耳朵;俾格米人的神话说,最高神用泥土捏成人的身体,再加盖上皮肤,并向人的身体里注入血液,于是第一个人就会呼吸、会生活了,最高神还对人耳语道:"你可以生孩子,他们永远在森林里生活。"曼迪人的神话中说,上帝先造出其他所有的东西,最后才造出人——丈夫和妻子;上文中介绍的约鲁巴创世神话中讲道,天空之神奥洛伦的长子奥里夏因为贪饮棕榈酒,耽误了创造大地的工作,而在另一则约鲁巴神话异文中,主神欧鲁都马勒派欧巴塔拉神下去创造大地,欧巴塔拉神在路上喝了太多的棕榈酒,不但没有创造出大地,反而因为玩忽职守,创造出了白化病人、跛子、驼背人和瞎子。

除此之外,较为经典的非洲人类起源神话还有:

(1) 希卢克人类起源神话

造物主乔奥克在世界上四处徘徊时,对四周空荡荡的景象产生了不满,想要创造出一些能够管理这个世界的主宰者。于是,他来到白色的土地上,找到了纯白色的土和沙,用它们捏出了白人。之后,他又到了埃及的土地上,用尼罗河的泥沙捏出了棕色的人。最后,他来到了希卢克人的土地上,在那里找到了黑色的泥土,并把它们捏成了黑人。

他对用泥沙捏出来的这些人类并不满意。造物主乔奥克对自己说:"我捏的人必须能走会跑,还能到田野里去,所以我将给他们两条腿。"之后,他又想:"人必须会劳动,我要给他两只手臂,用来拿工具。"然后,他又想:"人必须能看到他所从事的劳动,所以我给他两只眼睛。"他就这样依次想了下去,人类要劳动就必须吃东西,因此要有嘴;人必须会说话、唱歌、呼吸,因此,他又给人捏出了舌头和鼻子。最后,造物主对自己说:"人必须听到周围发生的一些声音,如跳舞、击鼓、演说。"为此,他又捏出了人的两只耳朵。终于,造物主对自己的杰作满意了,就把这个完人送到世界上。①

(2)《人是怎样塑造的》

由于历史上的战争、商贸往来等原因,非洲一些地区受伊斯兰文化影响很深。《人是怎样塑造的》这则神话,就极富伊斯兰文化色彩。它讲道:

一天,上帝召集天使来到他的宝座前,宣布说自己要创造一种生物,跟天使一样有脑筋,只是其实体会是肉体。上帝要用泥土塑造他,而他也要靠土地生活,要养牛、耕地,学会扬帆远航和捕鱼。上帝说:"他将把我在大地上的造物占有,根据我的法则治理它们。他将是我的奴仆,他的孩子将遍布大地表面,多得像蚂蚁一般,但他们要干活,要向我礼拜。"

天使们听后,都感到十分忧虑,因为同天使相比,人的身上势必会存在许多缺陷和

---

① 李永彩主编:《东方神话传说(第三卷)》,北京:北京大学出版社,1999年,第13—14页。

弱点。然而,上帝安慰了他们。他向天使保证:"不用害怕,我决心要做的我决心做,我知道我知道的。我有个目的我要在几千年后实现。以后你就会明白创造人的理由。"天使们不再说话,只是吟诵赞美诗,颂扬上帝的智慧。

上帝用结实的灰色沃土捏成人的形状。第一个人捏好了,但他还缺少生命。上帝宣布"生命"这个词,于是生命来见这第一个人,从他的嘴巴进入,随后他全身就有了生命。他的皮肤有了颜色,原本黑暗的头脑中有了思想的火花。天使们屏住呼吸,看着这个小伙子睁开水晶般的眼睛享受阳光。这第一个人发出声音,宣布造物主的伟大:"阿里—汉都—里拉希—拉—拉曼尼—拉—拉曼尼!"

天使们看到这个用泥土造出的人竟然能够聪明又虔诚地讲话,感到十分吃惊。他们钦佩这个美好的新创造物,当上帝命令他们跪倒在亚当面前礼拜时,他们都遵从了,只有一个例外。①

以上"抟土造人"等类型的神话,探讨的多是全人类的祖先起源问题。在非洲,还有一些人类起源神话,讲述的是某一特定人群的来历,暗示着族群融合的过程,颇富意趣。例如,《长尾巴的天上人》讲道:

从前,有一对男女坐着云从天空下来,降落在马凯米地区摸拉马山丘。到了早上,当地居民发现他们在那里站着,还看见他们像母牛似的长着尾巴。人们询问他们的来处,他们回答:"上帝用云把我们送下来的。我们正在寻找一个地方居住。"当地的人们回答说,要是他们想在这里一起住,就必须把自己的尾巴割掉。这些从天上来的人同意了,此后就在那地方定居下来——他们的后代仍然来那里祭祀。据说牛群也被从天空送下来了,第二天早上,人们发现牛群就站在他们的茅舍前面。②

在思考"生命"起源问题的同时,非洲人民对于"死亡"之所以存在的原因,也做出了大量解释,其中一些反映出了当地人民朴素、直接的神话思想;另一些极富生活气息;还有一些则更具思辨性。例如:

(1)《死亡的来源》

上帝要求人类和比人类低级的动物自行决定死亡应不应该存在。上帝所有的创造物为此举行了一次会议,大多数生物决定不应该有死亡,但也有以鳄鱼为首的寥寥少数,坚持应该有死亡。既然他们是少数,鳄鱼和他的支持者的意见也就变得无足轻重了。参加会议的创造物们派狗去告诉上帝,不应该有死亡。然而,狗在途中发现了骨头,就停下来啃骨头,竟忘掉了给上帝送信的使命。鳄鱼抓住机会,派出青蛙告诉上帝应该有死亡。青蛙果真照办了。狗啃完骨头跑着去送信,但上帝告诉它说,它来得太迟了,上帝已经创造了死亡。③

---

① 李永彩主编:《东方神话传说(第三卷)》,北京:北京大学出版社,1999年,第8—9页。
② 同上书,第18页。
③ 同上书,第83—84页。

(2)《死神来到人间》

天上有个可爱的"云雾之邦"。云雾之邦的国王叫作吉普,他有许多子女,孩子们总喜欢踏着彩虹到人间玩耍。有一天,国王最宠爱的女儿南比来到现今乌干达的土地上,正遇上当时在大地上孤零零地生活着的金杜。富有同情心的南比决心来陪伴金杜。国王吉普告诉她,要小心自己的哥哥——死神瓦隆贝。南比想要取些天上的五谷带到人间,却不巧被瓦隆贝看到了。瓦隆贝表示自己会去往人间看望妹妹。

南比和金杜在人间大地上辛勤劳作,生活得很幸福,但瓦隆贝果然来看望他们了。为了把死神送走,南比和金杜答应把自己的第一个孩子送给他。

时间又过去了许多年,南比和金杜生育了很多子孙后代,但他们已忘记了对瓦隆贝的许诺。瓦隆贝再次来到人间,向夫妇二人索要孩子时,夫妇俩因为舍不得孩子,想方设法要把死神撵走。瓦隆贝恼羞成怒,发誓"永远也不离开这里了。"从此以后,南比和金杜夫妇虽然生活幸福、儿孙满堂、代代相传,但也会经常受到死神瓦隆贝的骚扰。有时候,他带走一个老人;有时候,他会带走年轻人,甚至是一个婴儿,但即便如此,瓦隆贝也无法阻止人类世代相传的繁衍。①

(3)哈比里、卡比里,以及生命和死亡的依存关系

在《哈比里和卡比里》这则神话中,古代埃及神话思想中的二元对称性特征有所体现,同时,其中关于"死亡"是在"生命"之初就已被同时创造出来,因而必然存在,且会制造出敌对、冲突等不和谐因素的辩证思想,显然也受到了古代埃及相关神话的影响。这则神话讲道:

第一个男人和第一个女人生了许多孩子,还生了许多对双胞胎。第一对双胞胎是哈比里和一个女孩,接着一对双胞胎是卡比里和另一个女孩,再后来,是谢蒂和一个女孩,之后又有许多对孩子出生。他们长到了成人的年龄,上帝就告诉第一个男人:"你的孩子们必须结婚,就像你和第一个女人结婚那样。我已经给了你数目相等的男孩和女孩。现在要记住,任何男孩子不可以同他的孪生妹妹结婚,我要他们交换妹妹。"

第一个男人对他的儿子们说明了上帝的训诫。大哥哈比里就去卡比里那里,索要后者的妹妹,却遭到了卡比里的拒绝。兄弟们打了起来。卡比里用拳头狠揍哥哥,揍得他动弹不得。卡比里等待着,不知该怎么办才好,只盼着哈比里再跳起来,但时间过去了很久,哈比里的身体依然躺在那里一动不动,直至散发出了气味。在不知死亡为何物的时代,该怎样处置尸体呢?

仁慈的上帝派两只渡鸦来到大地上。渡鸦飞落在离卡比里不远的地方。它们开始重演两兄弟的悲剧——打架,最后,一个倒下死掉了。接着,渡鸦在地上掘了个洞,把死去的鸟放进洞里,接着用沙覆盖其上。卡比里注视着它们,理解了无言的信息:一

---

① 李永彩主编:《东方神话传说(第三卷)》,北京:北京大学出版社,1999年,第84—85页。

个人必须埋葬他的兄弟。于是,卡比里也掘了个洞,把哥哥埋在里面,然后用沙土盖在腐烂的肉体上。就这样,葬礼变成了由上帝所规定的人类礼仪。

当他们的母亲得知自己身上掉下来的肉杀死了他的哥哥时,大吃一惊。她意识到,她本人已经把不顺从和罪恶带到了大地上!她懂得了,在造就生命时,她也在造就死亡。这就是战争的开始,它让母亲们哭泣。①

3. 天体起源神话

在非洲许多族群的意识当中,主要的创世过程,也就是宇宙空间、大地、人类及许多生物等被陆续创造出之后,又经历了一系列的调整、变化,一些新的事物出现,并被纳入宇宙整体的秩序中来之后,世界才逐渐变成了今天的样子。天体起源神话就是对创世过程的一种补充。值得注意的是,在许多非洲神话中,人类早期是与神生活在同一领域之中的,天地分离是后来才发生的事情,而天体起源也常常与人类活动相关。例如,约鲁巴人的神话中就说道,地上的姑娘英伊拉上天后,身子变得愈来愈小,可是闪闪发光,成了纯白颜色,直至最后,她竟变成了月亮。经典的非洲天体起源神话还有:

(1)《祖鲁人巧偷日月》

兔子祖鲁住在大地上,心里一直不痛快,因为大地上没有太阳,也没有月亮,始终昏沉沉的,不但寻找食物时费劲,就连走路时也不舒畅。因此,祖鲁想去天上居住。一位白胡子天神听到了他的心声,带他去见天上的大王。大王问祖鲁有什么本领,祖鲁回答说自己会弹琴。凭借一把弹琴的好手艺,大王不仅同意让祖鲁住在天上,还把自己的女儿玛莱妮嫁给了他。

玛莱妮掌管着天上的日、月。她把日月放在家中的一个大葫芦里。每天早晨,她把太阳挂在空中,傍晚时再收回来,入夜后,就又换上月亮。这样一年到头,从不间断。一晃几年的时间过去了,祖鲁的乡愁与日俱增,他挂念着生活在大地上的父老乡亲们。他决心要让大地上也有太阳和月亮。一天,趁着玛莱妮外出,祖鲁小心翼翼地打开葫芦盖,取出太阳和月亮,各切下薄薄的一片藏在身上。然后,他立刻沿着上天时的道路,匆匆回到了大地上。从那时起,大地上有了太阳和月亮。②

(2)《月中老人是铁匠》

世界上的第一个铁匠,打造出了一件恰似弯月牙在熠熠生光的工具。这时,他萌生了一个想法,想要在晚上,也有一个像太阳那样会发光的东西挂在天上。这样,人们走路、干活时,就再也不用摸黑了。

造物主知道了老铁匠的心愿,就从天上垂下一条铁链,让老铁匠把月亮送上天。

---

① 李永彩主编:《东方神话传说(第三卷)》,北京:北京大学出版社,1999年,第12—13页。
② 同上书,第27—28页。

老铁匠把月牙形的铁块装进袋子里,和两个女儿一起,抓住铁链一步步地往上爬,那铁链也一节节地往上升。当天晚上,天上第一次出现了一弯亮晶晶的月牙,它旁边还有两颗闪闪发亮的小星星。老铁匠和他的两个女儿再也没有回到大地上来。老铁匠始终守着他炼打出来的月亮,寸步不离,成了月中老人。①

在另一些神话中,月亮上的人影也被附会成少年等形象。可以看出,这些神话中的月亮,不仅是一样具体的事物,更以空间的形式存在。而在另一些非洲神话,如《太阳和月亮形状不同》等中,日、月以人格化了的"神"的形象出现,星星被认为是他们的孩子——津巴布韦的瓦塔帕人等也自称是"太阳的孩子",由此又引出了人类青年向太阳、月亮的女儿求婚这一类型的神话。《太阳和月亮的女儿》《瘸腿青年向太阳的女儿求婚》等神话就是其中的典型代表。前者讲述一位大酋长的儿子基曼纽勒在聪明的青蛙米纽蒂的帮助下,冲破重重阻碍,最终娶到了太阳和月亮的女儿的故事。故事中歌颂了青蛙的智慧,并指出,"因为他(青蛙米纽蒂)完成的业绩实在了不起,非洲那个地方的人直至今天还认为他非常聪明,比乌龟还要聪明,这是一切赞颂中最了不起的赞颂。"②后者主要在东非吉库尤族流传,讲述本族瘸腿青年塞塔拉不远万里,找到太阳宫,并杀死湖中怪兽,成功求娶到太阳的女儿的壮举。

4. 自然起源神话

非洲的自然起源神话主要分为两种类型,一种是在万物有灵的原始观念的指引下产生的,解释各类自然现象,如雷电、彩虹等的来历的神话。例如,阿曼德贝莱人称雷电为"天鸟",因为雷电飞得高,有魔力;刚果人称闪电是一只长着粗毛卷尾的魔狗,它的尾巴"汪"的一声卷下来,又"汪"的一声卷上去;拉姆巴人的神话中说,闪电是一只与山羊近似,但又有鳄鱼的后腿和尾巴的怪物,它被一根"结实牢靠的蛛网"般的绳放下来,再收上去——一旦"蛛网"断了,它就像山羊一样叫起来;尼日利亚的伊比奥人神话则说道,"雷和闪电(原来)住在大地上,住在所有的人民中间。雷是一只年老的绵羊,闪电是她的儿子,一只漂亮英俊的公羊。"因为他们给人类带来了麻烦,"雷和闪电被送到天上。"非洲一些部族常把彩虹视为沟通天界和人间的桥梁,而吉库尤人则把彩虹视为邪恶的动物;拜拉人称虹是里扎(上帝)的弓;另一些非洲人则把彩虹描述作蛇,是邪恶而危险的——显然,很多非洲人"并没有因其美丽奇异而予以赞赏"③。这种自然起源神话的神圣性及权威性较强,不同神话体系之间的说法虽有联系,但界限也比较明显。

另一种则是被部分学者称为成因叙事(etiological narrative)的神话,解释某些特别的自然现象,或人类、动物的某些特殊生理特征的成因。它们的体系性较为松散,演

---

① 李永彩主编:《东方神话传说(第三卷)》,北京:北京大学出版社,1999年,第50—51页。
② 同上书,第48页。
③ 同上书,前言,第12页。

述者和观众都不强调其内容的权威性或真实性,在演述过程中,演述者往往会加入其本人对世界上许多现象的思考与解释。《黑色皮肤是怎么来的》《老虎身上的斑点》《蝙蝠恨见太阳》《黑背豺吠月》《鸽子是怎样开始飞起来的》等神话都属于此种类型。其中,有一则《猴子的手印》神话,虽然与前文所述《月中老人是铁匠》一样,都对月亮表面阴影部分的来源做出了解释,但因其神圣性、权威性不同,神话的功能也不一致,神话属性自然有所差别。这则神话讲道:

在某地有一座大森林,森林里住着一位狮王和他的狮后。狮后非常喜爱洁白的月亮,但只许自己欣赏,不许别的野兽去碰一下,连苍蝇也不许飞近。狮王宣布所有的野兽都要轮流值班,看守月亮。一夜,轮到猴子值班看守了。他耐住性子坐在那里,看着皎洁的月亮升至中天,感到它漂亮极了,很想去摸一下,但碍于狮王的命令,他只能勉强克制住自己,坐着不动。但到了后来,他实在忍耐不住了,说:"不让摸,我偏要摸!"于是,洁白的月亮上留下了猴子的黑手印。[①]

5. 文化起源神话

在非洲大地上的各个族群之中,流传着大量的文化起源神话。因为火在当地人的生产、生活之中发挥着重要作用,在各类文化起源神话之中,又尤以火的起源神话数量最多。

一些神话中讲道,火是人类,或是其他动物从他处偷盗到人间的。例如,俾格米人的神话中说,火是祖先们从上帝的园地里偷来的。马里的多贡人认为,他们的第一个祖先从天上偷到了火,然后骑着虹来到了人世间。赞比亚的伊拉人神话中说,黄蜂是唯一可以飞得到高高的天空中的动物,正是它从上帝那里,把火带到了大地上。

在另一些神话中,火的起源则更具现实基础,是神话中的文化英雄的一种创造。例如,乞力马扎罗的瓦恰盖人神话《缪里勒的故事》中说道,缪里勒坐着凳子到了天上,发现那里没有火,于是他把木头劈成光滑的扁平片状,接着"转动光的木头让它迸出火花",再点燃干草,生起火来。

还有一种极富非洲特色的神话。火被拟人化了,以人的形象出现,并可以与人类生活在一起,结交朋友。例如,博茨瓦纳神话《火的发现》中讲道,火是从山洞里出来的,是看不见的上帝莫迪莫的一个仆人,火也愿意为人类服务,但有一定限度,一旦使用不慎,就会给人类带来极大的祸患。

此外,一些族群的文化起源神话中,具体的文化事象并不明确。例如,一则"蛇郎型"的神话故事——《科莱娄送来文明的信息》中讲道:

科莱娄是一条居住在乌鲁古汝山脉的山洞里的巨蛇。很久很久以前,两个妇女到树林里去挖根茎。突然间,她们听见地下隆隆作响,可是看不见是什么制造出这种响

[①] 李永彩主编:《东方神话传说(第三卷)》,北京:北京大学出版社,1999年,第52—53页。

声。于是,一个妇女回村里报告;另一个名叫姆拉姆拉里的妇女留了下来。过了一会儿,一条大蛇出现了。他把这个妇女带到洞里,说:"是上帝派我来的。我要娶你为妻,像姆拉里族的人,你将是我的人,要在山洞里永远为我服务。我有两个伙伴,我们被赋予使命,就是把地上毁坏或毁灭的一切恢复过来。"姆拉姆拉里的朋友到处寻找她,但过了很长时间都没有找到。突然有一天,她却穿着美丽的衣服、戴着耀眼的饰品回家了。"对她来说,这番经历绝对没有什么坏处。她带来的信息主要与文明有关。"①

6. 民族起源神话

非洲大地上人种复杂,族群众多。出于确立民族地位、维护民族认同,或者维持一定的社会规章秩序等目的,非洲不少民族中都流传着本民族的起源神话,它们的来源可能十分古老。较为典型的民族起源神话有《科阿尔人的祖先》《布须曼人的起源》等。

(1)《科阿尔人的祖先》

传说,科阿尔人的祖先是蛇。

科阿尔本是上界的一位神,因为触犯了天条,被罚下凡。科阿尔一到地上,便在原野上游荡。她爬呀爬的,觉得又饿又脏,想洗个澡。前面恰好有一条河。她正想跳进河里洗个痛快时,忽然记起临行前,主神对她的告诫:"千万莫洗澡,一洗,身上灵气也就没了。"她只能爬下河滩,喝水解渴。喝饱之后,科阿尔感到浑身舒服,就睡着了。待她一觉醒来,发现自己的腹部隆起,原来是喝了神水之后怀孕了。科阿尔生下了14个孩子,7男7女。这些孩子的模样都像蛇。蛇娃们渐渐长大成人,都想到各地独自谋生。科阿尔又是欢喜,又是难过,只得含泪将他们送往世界各地,身边只留下了最小的一对子女。这就是尼日尔科阿尔人的祖先。②

(2)《布须曼人的起源》

天空中飘荡着两朵云片。在两朵云片上,各坐着一只大蚱蜢,一只雄蚱蜢叫卡琼,另一只叫考特,是卡琼的妻子。卡琼有一条神异的魔杖。利用这条魔杖,卡琼创造出了世界。之后,他们收拢翅膀,落在一座草木茂盛的山口休息。突然,卡琼脚上被什么东西咬了一口。他猛然一跳,跳到旁边的一棵大树上,低头细看,发现了一条碗口粗的大蛇,正在得意地舞动着舌头。卡琼见状,怒火中烧,纵身跳下,抡起魔杖朝蛇头猛捶一杖。奇迹出现了。巨蛇吃了一魔杖,摇摇晃晃、慢慢地变成了一个人。这个人身材细长,有着浅棕色的皮肤、乌黑发亮的眼睛、扁平的鼻子、阔阔的嘴巴,还有动作敏捷的手脚。这就是世界上第一个人——布须曼人的祖先。卡琼夫妇见状愕然,继而转惊为喜,兴奋地看着由蛇变成的人。这人也笑容可掬,走来走去,友善地望着卡琼夫妇。从此,卡琼遇到蛇就毫不犹豫地用杖打它,被打的蛇都变成了一个个活生生的人。蛇的

---

① 李永彩主编:《东方神话传说(第三卷)》,北京:北京大学出版社,1999年,第123—124页。
② 同上书,第94—95页。

颜色各不相同,它们变成的人就呈现出不同的肤色,有黑人、白人、黄种人、红种人……①

在这两则神话中,科阿尔人和布须曼人的民族起源均被认为与蛇有关。

实际上,非洲神话具有一项重要的特征,即神话体系的适应性很强——在各族群中流传的神话,常常频繁借用其他族群的神话元素,并可能在较短时间里发生巨大的变化。社会人类学家杰克·古迪曾经记录了加纳西北部的勒达嘎人在"巴格雷"(Bagre)——一个"秘密"社团的仪式上演述的长篇神话,数十年后,当他再次进入该地区考察、记录时,发现伴随着仪式所讲述神话的内容已经有了较大变化。② 因此,不同族群的民族起源神话中出现相似的神话母题、要素,并不足为奇。

(二) 传说

与故事相比,传说的内容虽也有很多虚构的成分,但因为其中的关键元素——历史人物、地理景观、风俗习惯等,是切实存在的,人们常常认可其真实性,但与神话相比,传说则不具备太高的神圣性。据其内容,非洲传说可分为民族起源传说、历史人物传说、宗教传说、爱情传说和风俗传说等类型。

1. 民族起源传说

民族起源神话常将族群的来历与神祇等联系起来,有时还与图腾神话相关,被赋予一种质朴的神奇想象。民族起源传说中虽然也会出现一些相对"奇异"的情节,但从总体上看,其中出现的时间、地点、人物等常常是历史上真实存在的,因此更具历史真实性。实际上,因为文字出现得晚,有文字记载的历史信息长期缺位,除北非古代文明发达的少数地区以外,非洲大陆上众多民族的历史记忆就是靠代代口耳相传的历史传说保存下来的。其中一些传说对非洲国家、民族的权力结构、身份认同等更具有极为重大的意义。例如,加纳中南部阿肯人建立的阿散蒂王国,在军事、政治和商业等方面同欧洲联系密切。18世纪末期,传说中阿散蒂国王获得了一个象征权力与民族团结的"金凳子",自此以后,整个国家都相信,只有这个金凳子才能保证他们安然无恙,而只有国王,才是金凳子的永久守护人。因此,民众效忠于金凳子,就是要效忠于阿散蒂国王。1900年,欧洲殖民者占领阿散蒂首府,殖民总督逼迫阿散蒂国王交出传说中的金凳子,把国王作为人质,流放到塞舌尔群岛,洗劫并烧了王宫和王室陵寝,但始终没有得到金凳子。阿散蒂人的民族凝聚力因此得以维持。

经典的非洲民族起源传说有《孟尼利克王族的由来》《豪萨人的祖先》《罗人祖先的传说》等。

---

① 李永彩主编:《东方神话传说(第三卷)》,北京:北京大学出版社,1999年,第98页。
② Jack Goody: *Myth*, *Ritual and the Oral*, New York: Cambridge University Press, 2010, p.95.

(1)《孟尼利克王族的由来》

这则族源传说实际是《旧约》及《新约》中著名的示巴女王与所罗门,亦即《古兰经》中的赛伯伊女王与苏莱曼故事的非洲版本。在这一版本中,埃塞俄比亚女王的形象被极力地美化了。传说讲道:

所罗门倾心于女王的风姿,巧设计谋与女王结合,并做了一个预示着犹太教及世界发展轨迹的梦。女王回国之后,生下一个儿子,取名叫孟尼利克。孟尼利克长大成人以后,去寻找他的父亲。所罗门听说孟尼利克到来之后,心中大悦,无需信物就认出了自己的儿子。所罗门竭力劝说孟尼利克留下来统治以色列,但孟尼利克不肯。所罗门王用圣油涂抹孟尼利克,给他起名"大卫",还制定法律,规定只有孟尼利克的男性继承人有权统治埃塞俄比亚。大祭司扎道克教给孟尼利克以色列的律法。

孟尼利克请求所罗门给他一块约柜罩布上的流苏,因为女王想要一个可供埃塞俄比亚人瞻仰的纪念物。所罗门答应了。他还派以色列的参事和高级官员们的儿子随同孟尼利克返回埃塞俄比亚,以协助他的统治。然而,这些以色列贵族内心并不想前往埃塞俄比亚,因为他们不想离开锡安山女子号,即约柜。大祭司扎道克的儿子阿扎里亚赫心生一计,用一个木筏替换掉了真正的约柜。约柜因此随着孟尼利克返回的队伍来到了埃塞俄比亚。事后,所罗门发现约柜遗失,追到了埃及,但已无济于事,唯一堪可安慰的是约柜是保存在自己的长子那里。所罗门下令对遗失约柜一事保密,因此以色列的孩子们对此一无所知。①

(2)《豪萨人的祖先》

尼日利亚北部有一座名叫道腊的古城。城内有一口古井,井旁竖着一块铜碑,碑上记载着豪萨民族形成的神话传说:

很久很久以前,有一个青年人来到道腊城,向一个老太婆讨水,要喂他的牲口喝。老太婆告诉他附近有一口井,但她不敢从井里打水,因为井下有条蛇。青年听后,丝毫也不畏惧,把水桶放下井去。这时,有条蛇从井下飞腾上来,想要咬他。青年人手起刀落,砍掉了蛇头。道腊城的女王听到这个消息后,非常高兴,立即召见了他,还把自己的女儿许配给他。这个青年原来就是巴格达国王的儿子巴耶基达。因为和父亲发生了争吵,他带着一队人马穿越沙漠,长途跋涉来到道腊。

巴耶基达同道腊女王的女儿结婚后,他们所生之子巴沃继承了王位,继续统治道腊。巴沃在位时,又让他的六个儿子分别去统治一个城邦。这就是历史上的"豪萨七邦"——道腊、比腊姆、卡齐纳、扎里亚、卡诺、腊诺和戈比尔(今索科托)。

豪萨原文由两个音节组成,"豪",意为"骑";"萨"意为"牛",合起来就是"骑着牛"的意思。据说,巴格达王子巴耶基达当时骑着马来到道腊,但由于当地居民只见过牛,

---

① 李永彩主编:《东方神话传说(第三卷)》,北京:北京大学出版社,1999年,第100—104页。

没有见过马,误以为他骑的是牛,就称他为"骑着牛来的人"。后来,豪萨就成了这个民族的名称。①

(3)《罗人祖先的传说》

罗人是东非第二大民族尼罗特人的一个支系。罗人的祖先叫拉莫吉。他带领家族成员沿尼罗河向南迁徙,来到现今乌干达的北部地区,定居下来。与之相关的传说讲道:

拉莫吉有两个儿子,长子尼亚利戈,次子尼伊皮尔。

一天,尼亚利戈外出打猎,一头大象溜进他的家里,踏坏篱笆、撞倒茅舍。尼伊皮尔看见了,顺手抓起哥哥祭神的长矛,向大象掷去,戳在了大象的身上,大象带着长矛逃回了森林。尼亚利戈打猎归来,得知自己心爱的长矛被大象带走,火冒三丈,怒气冲冲地要求弟弟必须把长矛找回来。尼伊皮尔感到委屈,但仍然顺着大象逃回森林时留下的血迹出发了。他进入茫茫的林海,躲过犬、蛇的袭击和饿狼的追踪,终于到达了象的土国。在这里,小象、老象、公象、母象,成群结队,到处都是。要到哪里去找长矛呢?

正在发愁时,他忽然见到前面有一座茅舍,就走上前去。茅舍前坐着一个饿得奄奄一息的丑陋老太婆。尼伊皮尔把自己所带食物和水拿给她吃喝。老太婆感谢了尼伊皮尔的救命之恩,并告诉他,自己是象妈妈。尼伊皮尔把来意告诉她后,她指着茅舍后边的一间小木屋说:"那里有许多长矛,你自己去找吧。"尼伊皮尔翻找出了哥哥那支长矛,喜出望外。他手持长矛回到老太婆身边,对她表示了感谢。老太婆赞赏他的忠厚和勇敢,送给几颗珠子留念。尼伊皮尔告别老太婆,拿着长矛和宝珠,回到家里。他将长矛归还给哥哥,将宝珠交给自己的妻子保管。

这消息迅速传开了,四面八方的人都来观赏宝珠。尼亚利戈的妻子也领着小孩来了。小孩以为宝珠是某种食物,竟将宝珠吞进了肚里。尼伊皮尔见状大惊,赶快叫来哥哥商议对策。尼亚利戈原本就对自己逼迫弟弟去寻找长矛之事感到懊悔,这时更无颜请求他的宽恕。他向弟弟保证,三天之内一定会交还宝珠。尼亚利戈给孩子吃了泻药,之后日夜守候在他身边。三天过去了,孩子泻了多次,但仍不见将宝珠排泄出来。尼亚利戈眼见自己许下的期限已到,气急败坏,举起那把祭神的长矛,狠心地向孩子的肚子上戳去。孩子被杀死了。他从孩子的肠壁上找到那颗宝珠,交还尼伊皮尔。

从此以后,尼亚利戈和尼伊皮尔两兄弟变成了仇人。年迈的拉莫吉几次召开家庭会议,调解两个儿子之间的矛盾,却无济于事。最后,拉莫吉只好把所有财产分成两半,分家之后,让他们各走各的路。弟弟尼伊皮尔从乌干达北部向西,进入阿卢尔地区,和当地的苏丹人融合后,形成了今天讲罗语的阿卢尔部族。哥哥尼亚利戈则向东进入阿乔利地区,同当地的马迪人融合,形成了今天乌干达北部讲罗语的大部族——

---

① 李永彩主编:《东方神话传说(第三卷)》,北京:北京大学出版社,1999年,第94页。

阿乔利人。①

2. 历史人物传说

除以历史事件为中心的传说之外,在非洲还存在大量围绕某一历史人物的生平展开的历史人物传说。这些人物大多在历史上确有其人,但传说中的事迹却有可能是后人附会于其身上的。有时,民间艺人会依据这些传说,改编出相应的史诗。李昂戈·富莫的传说和奥兹迪的传说即是其中的典型代表。

(1) 李昂戈的传说

据研究,李昂戈是生活在1230年以前的斯瓦希里人的民族英雄。是年,篷特苏丹穆罕默德一世征服了李昂戈的家乡尚盖(Shanga)。李昂戈就此西行,成为僧祇地区七个城邦——克瓦(Kwa)、姆瓦那(Mwana)、温居埃姆(Ungiuam)、维伊都(Mwitu)、乌坎盖(Ukanga)、卡乌(Kau)及沙卡(Shaka)的统治者。李昂戈还是一位杰出的诗人。有西方学者将几百年来一直在东非沿海地区流传的548行诗归于李昂戈名下,并分列出18个题目——《酒赞美诗》《洗浴之歌》《豹子之歌》《荒原之歌》《爱情之歌》《李昂戈之歌》《献给椰树姑娘的小夜曲》,以及《李昂戈绝命诗》等。② 1913年,穆罕默德·基儒马对有关李昂戈的传说故事进行了加工,尤其是添加了一些有关伊斯兰信仰的元素,编写出了《李昂戈·富莫》史诗,讲述虽身为长子,却因为生母身份低微而不得志的"谢赫"家庭成员李昂戈·富莫,虽身负胆识、智慧与力量,且多才多艺,却一再受到同父异母的弟弟——"合法的谢赫"姆瑞格瓦尼迫害,最终死在背叛了自己的儿子马尼·李昂戈之手的悲剧故事。

(2) 奥兹迪的传说

奥兹迪的传说主要于尼日利亚南部的伊卓族中流传。传说讲道,奥兹迪的父亲被一群同乡人杀死。他在父亲被谋杀之后出生,神奇地成长起来,一个接一个地雇用了暗杀者们,又借助巫师祖母的超人能力,将他们全部杀死。后来,他又除掉了各式各样的超自然人物,最后把天花大王和他的扈从们砍个粉碎。他自称至高无上,并为此乐不可支。再后来,因为无仗可打,他放下了征伐的剑,恢复了社会的和平。③ 奥兹迪的传说随后也被收集、整理、改编成了《奥兹迪》史诗。

3. 宗教传说

除非洲本地的原始信仰以外,随着外部世界武力征服与商贸往来等的脚步,外来宗教——犹太教、伊斯兰教、基督教等都对这片大陆上的宗教信仰、精神文化产生过巨大影响,也因此留下了许多宗教传说。例如,《先知布拉希姆》讲述的实际就是发生在

---

① 李永彩主编:《东方神话传说(第三卷)》,北京:北京大学出版社,1999年,第95—97页。
② Jan Knappert: *Four Centuries of Swahili Verse: A Literary History and Anthology*, Portsmouth: Heinemann, 1979, pp. 60—101.
③ 佚名著,李永彩译:《松迪亚塔》,南京:译林出版社,2003年,译序,第10—11页。

犹太教、基督教和伊斯兰教共同承认的先知亚伯兰（亚伯拉罕、易卜拉欣）身上的传说，其中的一些传说情节在各宗教的经典中都有记载。但通观其思想、内容，就会发现，其来源主要是伊斯兰教的。这则传说讲道：

布拉希姆看到月亮在夜晚升起，惊叹道："那儿有我的真主！"但是当月亮落下的时候，他大声喊道："谁能追随消失的东西呢？"接着太阳升起，可是它也要落下。布拉希姆叹息道："一个人怎么能够接受来而复去的东西指导呢？"因此，布拉希姆学会了礼拜唯一的真主，真主管理太阳和月亮。他抡起斧头砍掉了镇里庙中的偶像，只留下一个最大的雕像。镇里的人指责他，把他带到大王面前。大王问道："你为什么把我们神的雕像都破坏了？"布拉希姆回答说："他们当中最大的雕像还在，你为什么不亲自问他，如果你能让木像说话！你为什么要崇敬雕刻，而不去崇敬让太阳升起和落下的真主？"大王回答说："我就是主！"布拉希姆反驳道："你不能让太阳从西方升起、落在东方。你既不能消灭生命，也不能带来生命。"这激怒了大王。他命令下属点燃大火，把布拉希姆扔进火里。可是真主命令火冷下来。真主又派出他的天使，将带着的长袍穿在布拉希姆身上，以保护真主的先知免遭火的伤害。

布拉希姆和他的妻子萨拉没有孩子。真主派三个天使去访问他们，并宣告了一个儿子的出生。信使们没有碰布拉希姆为他们准备的食物，他因此怀疑他们不是大地上的凡人。萨拉不相信以自己的年纪还会生育。真主让她生的孩子要比布拉希姆的另一妻子哈贾里生的孩子少——哈贾里是所有阿拉伯人的母亲。萨拉心存妒忌，因为哈贾里的儿子苏迈里长得英俊，又是长子，将是布拉希姆的继承人。她把哈贾里和苏迈里赶进沙漠。布拉希姆回到家中时，找不到自己的长子，感到凄凉孤苦，就去沙漠中寻找他的儿子。此时，哈贾里穿过荒凉的土地，直到精疲力尽。她坐下来哭了起来。真主造出一口井，让水汩汩上冒，以便止住她和儿子的干渴。这口井就是赞赞泉（渗渗泉），时至今日，它仍给前去麦加朝圣的人以力量。最后，布拉希姆还是找到了哈贾里和他们的儿子，给他们以安慰。

在苏迈里的帮助下，布拉希姆就地建造克尔白——天房。他向真主祈祷，可真主命令他牺牲他的儿子。布拉希姆说："我服从真主的意志。"苏迈里得知此事之后，也说："我服从真主的意志。"当布拉希姆举起大刀时，真主却派天使从空中抓住了他的手。一只公羊按照真主的命令出现了，并被宰杀掉。布拉希姆向真主祈祷，让他的儿子可以造就一个民族。真主回答说："我将使苏迈里成为居住在从大泽到大洋之间陆地上的所有阿拉伯人的祖先。你和你儿子的儿子不再崇拜偶像。你们将建造克尔白，并每年到这个神圣的地方朝圣。"因此，直至今天，朝圣者都聚集在那里，向安拉礼拜。①

4. 爱情传说

爱情是世界各族人民共同歌颂的永恒主题。在乌干达的维多利亚湖畔，生长着一

---

① 李永彩主编：《东方神话传说（第三卷）》，北京：北京大学出版社，1999年，第133—134页。

种美丽的树,树盖如伞,满树花枝鲜红似火,朵朵向着太阳开放,有人叫它火焰树,也有人叫它情人树。在非洲大地上,爱情传说也像火焰树那样蓬勃生长着,寄托着青年男女的情感。一则悲壮的爱情传说,叙述了火焰树的来历:

很久以前,村里有个美丽的姑娘,因为她美丽非凡,人们干脆叫她"美人"。美人到了适婚年龄,上门求婚的人络绎不绝。父母决定把她嫁给一个有势有财的酋长,但她执意不肯,因为她爱着一个勤劳、勇敢的年轻人杜图。杜图是一个农民的儿子,也是村里有名的猎手,曾经只身到丛林中去,捕杀了一头害人的斑豹。酋长为此十分恼火,决心拆散美人和杜图。他让杜图去当兵打仗。美人强忍着悲痛送别了杜图,决意要等他胜利归来。战斗在维多利亚湖畔进行。美人每天都要到山坡上去,向大湖那边眺望。

几个月过去了,美人仍不见杜图归来,心里十分焦急。她请求在空中盘旋的老鹰去打探杜图的归期。老鹰飞到了战场上,听见战鼓咚咚、号角齐鸣,看到战士们向敌人发起进攻。杜图英勇无比,手执长矛,冲在前面,却不幸被暗箭射中了头部,倒在血泊之中。老鹰发现了杜图的尸体,却不敢回去向美人报告。美人久久不见老鹰归来,心里焦急得像着了火,又派蜜蜂去湖畔察看情况。蜜蜂也不忍心回去传达这个噩耗。

美人一直在山坡上等候,情人却没有归来,老鹰和蜜蜂也没有了消息。绝望之中,她只好向着太阳哀求道:"老天爷啊!帮帮我吧!用你的光束把我带到大湖岸边,让我见见我的杜图吧。"太阳同情这位痴情的少女,就向她射出一道光束。美人双手紧紧抓住光束,轻轻地来到大湖岸边。她看到士兵们正在掩埋杜图的尸体,双膝跪倒在地上,悲痛欲绝,朝着太阳哭诉道:"老天爷啊!杜图死了,留下我孤独一人,我也不想活了,请用你的火焰把我烧熔,让我跟我心爱的人一块去吧!"太阳赞赏少女的赤诚,便射下一道火光,将她熔化。士兵们收起她的骨灰,同英勇的杜图的尸体一起,埋葬在大湖畔。不久,战斗胜利结束了。村民们再次来到维多利亚湖畔,为这对痴情的恋人扫墓。人们发现,两人的坟上长出了一棵美丽的树,这就是火焰树,又叫情人树。

5. 风俗传说

非洲各族群中都留存有大量风俗习惯,关于这些习俗的来历,也有一些传说进行了解释。例如,时至今日,仍旧在非洲很多地区盛行的"割礼"习俗,被很多西方人认定为非洲野蛮、落后的证据,但在非洲人看来,保留并坚持这一传统习俗,自有其道理。《黑人的起源》这则神话传说,就对它的神圣性与必要性作出了解释:

远古时代,造物主来到大地,用一堆乌黑油亮的炭精,和着泥水,按照神的模样,捏出了一男一女两个黑人,但他们还没有灵魂。造物主拿出一面神镜,在两人身边各盖了两个叠印,说:"这是你们的灵魂。"就这样,灵魂钻进了黑人的身躯。他们变得聪明过人,能打猎捉鱼、采蜜摘果,还会用兽骨、皮革装饰身体。

随着岁月流逝,鸟兽虫鱼世代繁衍、十分兴旺,唯独人类,仍然只有这一对黑人。原来,造物主把男女黑人的灵魂搅混了——男人的身体附着阴性灵魂,女人的身体里则钻进了阳性灵魂,双方都变成了阴阳合体。造物主得知真相之后,大吃一惊。他低头沉思片刻,想出了补救办法。造物主把男子领进了密林深处,让他躺在一块大石上。造物主捡起一块尖石,把男子的包皮割下了一大段,然后用几片树叶包好。他在伤口处抹了抹,血立刻被止住了。接着,造物主又把女人叫来,为她做了同样的切割手术。人类的第一对始祖就此有了男人和女人的不同性格,也有了生儿育女的能力。从那时起,直到如今,非洲大陆的不少地区仍然保留着男女青年行割礼的风俗。

(三)民间故事

在非洲大地上,民间故事的口头演述传统十分发达。作为专业的故事演述者,格里奥和其他说故事的人深受各民族、各群体的喜爱。这从殖民统治在非洲大陆蔓延开之前,他们崇高的社会地位中就有所体现。除了进入宫廷,为王公贵族保存风俗习惯、历史传统和国王的法例准则的格里奥之外,还有一部分格里奥带着自己的乐器,在非洲大陆上漫游,传授知识和文化传统。他们不仅记忆力超群,能够演述从古至今口口相传的长篇经典故事,还具有超绝的文本组织能力,会将枯燥的历史、冬烘的经验,巧妙地融入各种富有意趣的故事之中,伴随着音乐、舞蹈等为非洲人民所热爱的艺术形式演述出来。

流传在非洲的民间故事,一部分由本土起源,保持着浓重的非洲当地特色,还有一部分是随着武力征伐、宗教传播及商贸往来等,流传到非洲来的,既具有外来故事的特征,又常常在经过本土化的"改写"之后,被添加上了瑰丽的非洲色彩。

1. 动物故事

非洲动物故事数量极多,且在斯瓦希里、班图、豪萨、富拉尼、阿坎、祖鲁等非洲所有民族、部落中都有流传。在非洲人民的思想意识中,动物与人平等地生活在这个世界上是一件十分自然的事情,甚至在很多族群当中,某一种或几种动物会被当作祖先神来崇拜,地位超然于人类。如果说世界许多其他民族通常是借动物之口,宣谕人世间的道理,非洲动物故事则更多体现出了一种真正的人格化的动物的生活场景——人类也常常参与其中,时而被动物捉弄,时而从动物那里获得有用的信息。例如,在班图人中流传的《兔子与鬣狗》中,兔子和鬣狗给一个农民当帮工种地,工钱是一罐豆子;[①]阿坎人的《学会了各种动物语言的人》中讲道,不幸的人奥黑亚追逐一只偷取他的棕榈树液的鹿的脚步,来到了豹子的王国,豹子国王送给他一件礼物——听懂所有动物语言的能力。[②]豪萨人的故事《橡胶人》的主人公是一只好吃懒做、会耍小聪明的蜘蛛,跟村里人生活在一起,最后,因为偷采头人的花生,被头人的仆人设计捉弄了。[③]

非洲动物故事还经常讲述动物之间斗智斗勇的情节,被捉弄、被欺侮的对象往往

---

① [英]凯思林·阿诺特编:《非洲神话传说》,乌鲁木齐:新疆人民出版社,1982年,第111—114页。
② 同上书,第5—12页。
③ 同上书,第17—22页。

会凭借自己的智慧成功地报复对方。例如,在马拉维的尼亚加人中流传的《乌龟与狒狒》故事中,乌龟利用天然的地貌特征,成功地戏耍了此前曾捉弄自己,使自己难堪的狒狒。① 班图人的故事《乌龟和蜥蜴》讲道,乌龟拉着盐包回家的途中,一只大蜥蜴跳到了盐包上,并声称盐包是自己见到的,因此应该归自己所有,事情闹到了法庭,糊涂的长老们判决将盐包一分为二,乌龟和蜥蜴各得一半,吃了亏的乌龟设计报复,它按住正在路中间行走的蜥蜴,宣称是自己捡到的,并拉着蜥蜴一起到了法庭,长老们认为,如果要完全公正地判决,就得跟前一个盐包的案子一样,乌龟和蜥蜴各得一半,于是,在蜥蜴逃跑之前,乌龟抽刀将蜥蜴切成了两半。②

非洲动物故事中还有一个重要的类型,即动物寓言。例如,在塞内加尔的富拉尼人中,就流传着《妄自尊大的鱼》的故事。这则类似于《井底之蛙》的故事讲道,一个小池塘里生活着一群小鱼,其中的一条鱼比它的同伴身强力壮一些,因此总是装腔作势、盛气凌人,它看不起池塘里的其他鱼,在一条年长的鱼不怀好意的撺掇下,决意去大河里,"生活在同自己一般大的鱼群里,会更快活一些。"趁着一次洪水来了的机会,妄自尊大的鱼借水势游到了河里,这才发现原来河里的鱼比它所以为的要大得多,它东躲西藏,懊悔不已,一心只想回到那个小池塘去了。③ 故事的结尾,提出了"妄自尊大是没有什么好处的,做人应该谦虚"的寓意。

在印度、伊朗、阿拉伯等地广泛流传的一些经典故事类型也在非洲大地生根发芽,被吸纳为非洲自己的动物故事。例如,在受到以阿拉伯文化为主的多种外来文化深刻影响的斯瓦希里人中,就流传着《猴子的心》④这则故事。其情节类型与印度《五卷书》《佛本生故事》,以及阿拉伯的《卡里莱和笛木乃》等故事集中发生在乌龟与猴子之间的故事一致。只是在非洲的这个版本中,乌龟被替换成了更具海洋文化特征的鲨鱼。

2. 魔法故事

在非洲文明的早期,万物有灵的观念就在这片大陆上生长,人们普遍相信巫术、魔法的存在,非洲魔法故事的起源十分古老,且常常与成年礼仪、婚礼等仪式相关,其中的一些思想观念极具象征意义,引人深思。

非洲魔法故事中经常出现一些具有特异功能的人物、动物,如老太婆、蛇、兔子、老鼠等,他们会给善良、勇敢的主人公以真诚的建议或帮助,也会惩戒傲慢、懒惰、胆小的人类。与此相对应的,是魔法故事中魔法物件的存在,在禁忌母题的作用下,它们往往同样发挥着惩恶扬善的功能。例如,在南非佐萨人的《魔角》故事中,只有主人公马戈

---

① [英]凯思林·阿诺特编:《非洲神话传说》,乌鲁木齐:新疆人民出版社,1982年,第23—26页。
② 同上书,第13—16页。
③ 同上书,第159—162页。
④ 同上书,第138—142页。

达本人才能从魔角中受益。① 在约鲁巴人的《魔鼓》故事中,鼓的主人走路时,不能从木头棍子上跨越过去,哪怕是一根放倒的树干也不行,否则在敲打魔鼓时,出现的就不是食物,而是三百个拿着棍子和鞭子、逢人就打的愤怒战士——恶毒、贪婪的乌龟从敦厚善良、廉洁公正的国王那里骗取了魔鼓之后,破坏了这一禁忌,受到了惩罚,只好把魔鼓还给国王,另换取了一棵魔树。然而,这棵魔树身上同样存在禁忌——它"每天流出一次肉汤和沸树汁。然而,一天只是一次。如果谁要在同一天去收第二次,那么它就会消失或枯萎而死。"这一次,乌龟了解了这一禁忌之后,牢牢地记在心里,对魔树的存在守口如瓶,但乌龟的孩子们设法跟踪它,找到了魔树,在一天中第二次去取了食物,魔树枯萎而死,乌龟一家从此再也不能坐享其成。②

此外,一些世界性的魔法故事母题、类型也在非洲流传。例如,佐萨人的《蛇头人》就是非洲版本的《美女与野兽》,这则"蛇郎型"故事讲述了傲慢、骄矜又懒惰的姐姐想要做一位头人的新娘,却被蛇形的头人打死,善解人意又勤劳能干的妹妹在小动物、老妇人等的帮助下,取得了蛇头人的欢心,在答应嫁给他之后,破除了他身上的符咒,从而得到了一位高大、英俊又尊贵的丈夫的故事。③ 故事歌颂了尊重传统的妹妹,贬抑了个性主张强烈的姐姐——这体现在姐妹二人对传统送嫁方式等的态度上,其道德教谕功能是不言自明的。非洲的"蛇郎型"故事版本很多,包括了很多亚型,例如,《水中大王》就讲述了美丽的公主在拥有智慧的亲人帮助下,除掉了水中大王——大蛇恩肯扬巴,回到了亲人身边的故事。

讲述发生在性格特征、为人处世方式对立的两兄弟或两姐妹身上的不同遭遇的故事也很受非洲人民欢迎。例如,在上述《蛇头人》的故事中,自命不凡的姐姐受到了惩罚,谦虚勤劳的妹妹收获了幸福。而在《凡人上天》这则故事中,姐姐善良、勤劳、勇敢,善于听取他人的忠告,爬到天上获得了财富,之后又返回人间,妹妹则恶毒、懒惰,最终死于非命,因为"她有颗邪恶的心,所以老天生了她的气"④。在南非祖鲁人的《兄弟俩》故事中,胆小却贪婪、狠毒的哥哥想要残害勇敢、无辜的弟弟,最终哥哥失踪,弟弟获救后与父母一起,过上了富裕、幸福的生活。⑤

在坦噶尼喀的查格人中流传的《葫芦孩子》故事,与中国的"白水素女"或者说是"田螺姑娘"(丁乃通:《中国民间故事类型索引》400C)的故事有相通之处,只是在中国故事中,主人公与田螺姑娘的关系属于异类婚,且在妻子的真正身份被窥破以后,这种关系就随之解除了,而在《葫芦孩子》中,主人公与前来帮助她的葫芦孩子是养母与养

---

① [英]凯思林·阿诺特编:《非洲神话传说》,乌鲁木齐:新疆人民出版社,1982年,第79—86页。
② 同上书,第87—102页。
③ 同上书,第190—199页。
④ 李永彩主编:《东方神话传说(第三卷)》,北京:北京大学出版社,1999年,第80—82页。
⑤ [英]凯思林·阿诺特编:《非洲神话传说》,乌鲁木齐:新疆人民出版社,1982年,第200—204页。

子的关系,主人公发现帮助她的这些孩子的真实身份之后,葫芦孩子对她的帮助仍旧持续,直到她说破孩子们的真实身份——只不过是葫芦而已,才算真正地破坏了禁忌,孩子们永远地离她而去了。这一类型的故事被认为与原始文化中的成年礼仪相关①,非洲的故事版本,则提供了另一种辅助的视角。

吃人妖魔和害人精怪的故事也在非洲很多民族中流行,大人们借这样的故事来规束不听教导的孩子们,因此,故事的主人公也常常是一些小孩子。例如,在冈比亚富拉尼人中流传的《弗雷耶尔和巫婆岱博·恩戈尔》中,刚出生的最小的弟弟,"他的个头,只有他母亲的小指头那么大"的弗雷耶尔,凭借自己的聪明才智,从邪恶的巫婆岱博·恩戈尔手下救出了自己的十个青年哥哥。这一故事中还出现了反复变形的母题。坦噶尼喀的坎巴人故事《住在树屋内的孩子们》、在班图人中流传的《唱歌的鼓和神秘的南瓜》等,都属于这类以小孩子为主人公的剪除妖魔和精怪的故事。

3. 生活故事

生活故事讲述的是发生在父母子女、兄弟姐妹、夫妻妯娌日常生活中的故事。

(1)《伐木人的女儿》

在斯瓦希里人中流传的《伐木人的女儿》,是一则典型的"无手姑娘"(AT706)型故事,故事中的少女不仅被好吃懒做又贪婪的哥哥抢走了父母留下的几乎所有财产,还在凭借自己的劳动收获了一定财富之后,遭到哥哥的妒忌,失去了右手。流落在外的无手姑娘的美貌吸引了一位王子,他们结婚了,并生下了一个儿子。黑心的哥哥还不肯放过妹妹,趁着王子外出,向国王和王后诬陷妹妹是女巫。国王不忍心杀掉无手姑娘和她的孩子,将他们放逐,并假装他们已经死去。母子俩救起了一条蛇,为了报答他们,蛇让这位母亲的右手在水中重新生长出来,还让自己的父母送给他们两件宝物。此时,归来的王子听到了母子双亡的噩耗,悲痛欲绝,但他看到了母子俩利用宝物盖起的壮丽房屋,感到好奇,在前去观看时,认出了自己的妻子和儿子,一切真相大白。王子、王妃和他们的孩子从此过上了幸福的生活。王妃饶了哥哥的性命,但将他赶走了。②

(2)《哈拉包的忌妒》

在尼日利亚的豪萨人中流传的《哈拉包的忌妒》,也是一则典型的生活故事,具有一定的伦理意义。故事讲道:

很早以前,有一个人虽然有了两个儿子,却仍十分想再要一个女儿。因此,当他的妻子真的又生下了一个女儿之后,他对这个女孩儿极尽宠爱,给她买各种糖果、饰品和美丽的衣服,并且从不让她去森林里打水,或是去河边提水。他的两个哥哥则没有这

---

① 陈建宪:《〈白水素女〉"偷窥"母题发微》,《华中师范大学学报(人文社会科学版)》1999 年第 2 期。
② [英]凯思林·阿诺特编:《非洲神话传说》,乌鲁木齐:新疆人民出版社,1982 年,第 138—142 页。

种待遇,不光难得穿上一回新衣服,还经常要去干一些苦活儿。随着女孩儿渐渐长大,她的大哥哥哈拉包心中的不平愈加强烈,终于想出了一个摆脱妹妹的方法。他哄骗妹妹进入森林里,帮助他们给折下的干树枝打包。女孩儿见大哥与自己亲近,十分高兴地答应帮忙。哈拉包却借机支开了二弟沙杜萨,将妹妹绑在树枝上,遗弃在森林里。他故意指引错误的方向,使得父亲和弟弟都寻找不到女孩儿,只得伤心而归。

女孩子被过路的商队救下,因为害怕回家之后会再次受到伤害,在商队头目的劝说下,她认这位富商为父亲,从此随富商夫妻二人一起生活。富商夫妻十分宠爱这个女儿。随着女孩儿越长越美丽,人们渐渐忘记了她并非富商亲生,只当她是两人的亲女儿了。到了女孩儿要结婚的年纪,富商宣布,除了最完美的青年,别人不能作她的丈夫。这时,她的大哥哈拉包也已经长成了一个健壮而英俊的青年。他听说了女孩儿的美名,确定去碰碰运气。女孩儿的养父母对哈拉包十分满意,决定将养女嫁给他。第二天,两个青年人相见时,都为对方的英俊和美貌所吸引,但青年一开口说话,女孩儿就认出了他正是自己的哥哥哈拉包。她什么也没说,把心事埋在心里,告别了好心肠的养父母,跟着哈拉包向自己家里走去。

临行前,女孩儿的养父母送给她一个金杵,好让她结婚以后,捣米给她的丈夫做饼子吃。到家后的当天晚上,她取出金杵,开始捣米,一边捣一边唱道:

"我怎能嫁给我的哥哥?
我怎能告诉我的父亲?
连我的母亲都难以相信,
噢,叫我如何证明自己的身份!"

一位老太太听到她的歌声,就把哈拉包的父母叫了出来。凭借女孩儿背上婴儿时被火烫伤的一个疤,他们认出了自己的女儿。整个村庄都被感动了。"他们生起火堆,做了好吃的东西;招来了击鼓手,人人都欢乐地跳起舞来。"而坏哥哥哈拉包,为自己多年以前所干的事情感到无地自容,悄悄地离开了,从此杳无音讯。①

4. 民间笑话

非洲民间笑话故事的精华集中展现在其机智人物或机智动物故事的丰富性上。这类被称为"恶作剧精灵故事"(trickster story)的机智故事是非洲民间文学中所占比重最大的类型。例如,有学者统计,在约鲁巴民间传说和故事当中,机智故事的占比高达六成之多。②

非洲机智故事的主人公中有人类,但在大多数情况下,蜘蛛、兔子、乌龟、蜥蜴、青

---

① [英]凯思林·阿诺特编:《非洲神话传说》,乌鲁木齐:新疆人民出版社,1982年,第163—170页。
② Ropo Sekoni, *Folk Poetics: A Semiotic Study of Yoruba Trickster Tales*. Westport, Conn.: Greenwood, 1994, p.1.

蛙等人格化的动物才是主角，因此有时会与动物故事重叠。据统计，蜘蛛故事的数量最多，影响也最广，塞拉立昂的林姆巴族、尼日利亚的豪萨族、喀麦隆的格巴亚族、乍得的萨拉族、苏丹的罗族和阿赞德族、刚果的恩巴恩德族中，都有大量蜘蛛的故事流传。其中，在加纳的阿堪和象牙海岸的部分地区，蜘蛛名叫阿南斯（Ananse），有关于它的民间故事文本被合称为"阿南斯塞姆"（anansesem）。加纳的阿闪特人甚至将阿南斯塞姆用作对全部口头文学的统称，认为这类故事集中体现了民间故事的审美趣味、娱乐特性和讽喻功能。随着奴隶贸易的展开，蜘蛛阿南斯的故事影响到了美洲大陆及其周边岛屿。例如，在加勒比海的圣文森特群岛附近，人们用"阿南斯故事"（Anansi story）统称与蜘蛛有关的故事、谜语和其他娱乐游戏等。[1]

不同地区的机智动物也会略有区别，例如，在南非地区，羚羊和豺狼是常见的"恶作剧精灵"，松鼠、鼬鼠、鹡鸰等在某些地区的机智故事中也很常见。有时候，天神地祇也乐意在故事中扮演恶作剧精灵的角色。例如，在约鲁巴民间文学体系中，埃舒（Eshu）就被设定为具有恶作剧精灵性质的神，会利用自己的特殊身份捉弄人们。一则故事中讲道，两个朋友立誓要做对方的一生挚友，却没有恰当地献祭给埃舒。一天，当他们在各自的田里干活儿时，一位衣着华丽的男子骑着马来到他们中间。两个朋友在吃午餐的间隙讨论起了他们所看到的景象。然而，在左边的田里劳作的人坚称他看到了一位戴着白色帽子的气派人，而在右边的田里干活儿的人也坚持说他看到的是一位同样气派的骑手，却是戴着黑色的帽子。一场激烈的斗殴随之而来。这时，埃舒，也就是那位骑手来到这里，询问他们为什么打架。两个人分别申明了自己的立场。恩舒宣布两个人都是正确的，并且展示了他的帽子。原来，帽子的左边是白色的，右边是黑色的。之后，埃舒揭示了他作为神的身份，并且责骂了两人，因为他们在一开始立誓时没有对他表示尊重。[2]

非洲机智故事中的主人公并不总是能够成功地愚弄对方，他们也时常被别人玩弄于股掌之上。例如，一则在莫桑比克的桑格人中流传的故事讲道，作为恶作剧精灵的兔子与乌龟相约去农场偷土豆，偷到足够的土豆之后，兔子让乌龟去农场门口侦查一下情况。乌龟怕兔子会偷走属于自己的那一份，就和兔子商定，向两个方向分头行动，共同侦查情况。乌龟假意出发后，又迅速折返，钻进了装土豆的袋子。果然如它所料，兔子也提前返回，背起袋子偷偷溜走了。半路上，兔子感到饥饿，想要饱餐一顿时，却发现袋子里的乌龟早已吃掉了那些更好的土豆。值得注意的是，由于这些恶作剧精灵通常是一些处于弱势的小动物，它们的各种机智诡辩、投机取巧等行为通常会被认为是为生活所迫、不得已而为之，因此常能取得故事听众的谅解，甚至反过来博得他们的

---

[1] Lieke Van Duin："Anansi as Classical Hero"，*Journal of Caribbean Literatures*，2007，Vol. 5，p. 33.
[2] Henry Louis Gates Jr.：*The Signifying Monkey: A Theory of African-American Literary Criticism*. New York: Oxford University Press, 1988, pp. 33—35.

同情与喜爱。

除非洲本土的机智故事外,外来文化中的民间笑话也受到很大程度地欢迎。甚至于,一些史诗歌手在演述作品时,会不时地插入这样一些外来故事,以重新吸引听众的注意力。在乌干达的巴干达人中,就流传着一则《铁匠的难题》故事,讲道:

从前,有一位名叫瓦卢卡加的铁匠,心灵手巧,能打出各式各样的金属器具,因此深受人们喜爱。一天,国王召见了他,要给他布置一项特殊的任务。原来,国王要让他把一块奇形怪状的铁块打成一个活着的铁人,要能走路、会说话、善思索,血管里还要有血液流动。瓦卢卡加对此感到惊愕,但迫于国王的威势,只得答应回家好好想想。铁匠的朋友们得知此事以后,纷纷给他出主意想办法,但似乎没有一条行得通。可怜的铁匠为此寝食难安,饱受痛苦折磨。

一天黄昏,当他穿过一片荒凉的森林时,巧遇了儿时的一位朋友,只是这位多年不见的老朋友已经变成了一个疯子。两人一起分享了浆果和蜂蜜,之后,瓦卢卡加向朋友倾诉了自己的苦水,询问他的意见。疯子立刻回答说:"我告诉你怎么办。你去对国王说,要制造他所要的那种特殊的铁人,就得有特殊的焦炭和水。你请求他下一道命令,把全国所有人的头发都剃掉,积攒起来,烧成焦炭。要有一千担这样的焦炭才够用。再告诉他,还得有一百罐用全国人民的眼泪炮制的水。因为只有用这种水,才能使火不致烧得过旺。"

瓦卢卡加听后如获至宝,将疯子的话一五一十地转达给了国王。国王立刻吩咐全国按照瓦卢卡加的要求准备材料,但很快,他就意识到了问题所在,感慨说:"唉!我明白了!我们永远收集不到瓦卢卡加所需要的那么多焦炭和水。"因此,他免去了瓦卢卡加的任务。为了表示感谢,瓦卢卡加一直供养着自己的疯子朋友,直至生命终结。[①]

显然,这则故事与在东南亚、中亚与阿拉伯地区广为流传的机智人物纳斯尔丁等的故事有异曲同工之妙。

(四) 史诗

截至目前,人们并没有在北非埃及发现民间史诗传统存在的证据,但在撒哈拉以南的非洲地区,民间口头史诗传统则相当丰富,且迄今依然十分活跃。在一些史诗,如西非曼丁哥人的《坎比里》史诗等的演述过程中,格里奥(griots)负责组织、把握叙事脉络,另一种被称为"格里奥蒂"(griottes)的民间艺人则专门负责表演,这种表演通常会配以乐器伴奏与舞蹈。观众也经常参与其中,不仅对格里奥的表现作出评价,还会在演述者停下来的间隙,重复哼唱他之前演述过的段落。

据其流传的区域范围、史诗主要内容及表演特征的不同,非洲史诗可被分为北非史诗、中非史诗、东非史诗、西非史诗。

---

① [英]凯思林·阿诺特编:《非洲神话传说》,乌鲁木齐:新疆人民出版社,1982年,第122—126页。

1. 北非史诗

北非史诗大多具有浓重的阿拉伯文化色彩。一些学者以阿拉伯文化中缺少史诗这一民间文学体裁为论据，否定阿拉伯文化对非洲史诗的影响，是不够客观的。因为，就目前学界掌握的资料来看，在某种程度上，甚至可以说北非史诗主要是对阿拉伯英雄传奇等"类史诗"体裁的民间文学作品进行的改编。例如，流传于埃及和突尼斯的《巴尼·西拉尔》，讲述英雄诗人埃布·宰德的故事，就显然受到了阿拉伯地区关于这位英雄人物的传奇故事的影响，在结构方面，它也沿袭了阿拉伯英雄传奇的对称框架；在东部沿海地区，被认为是斯瓦希里史诗的《乌坦兹》等也属于此种类型。

2. 中非史诗

在中非地区的一些史诗传统中，人们主要围绕各种"起源"问题来作文章，因此形成了不少"起源史诗"。这类史诗的主人公通常是一个出生时即带有异象，或生来长相丑陋的、早熟的文化英雄，不得父亲爱护，由一位女性亲属担任他的守护者或管理者，例如，在刚果伊昂加人的史诗《姆温都》中，主人公的这位女性亲属就是他的姑母伊扬古拉。在一些版本中，史诗开篇即讲述了水蛇穆吉提向伊扬古拉求爱的故事。中非史诗中的大量章节亦围绕英雄坎坷的生平展开。但与一般的英雄史诗有所不同，起源史诗情节中的神话元素往往会超越它们的历史性，而与神话史诗的范畴相近。

加蓬和喀麦隆地区的芳族史诗——"穆维特"(mvett)则是中非史诗的另一个重要分支。它以其演述过程中所使用的竹制和弦乐器得名。这类史诗叙事一般不以某一位英雄的生平为核心，而主要讲述人类与神灵之间无止境的斗争故事——战士们的斗争对象是超自然的神力。因此，这类史诗的结构更具开放性，演述者能够自由地穿插和藻饰史诗情节。同时，它们比中非地区的起源史诗更富浪漫情怀，其中女性角色不是主人公的亲属，而经常是他们的恋人。

3. 东非史诗

东非史诗大多是在当地口头流传已久的人物传说、故事等的基础上，经过一系列的整理、改写而来的。著名的东非史诗有《李昂戈·富莫》《姆比盖》等。

(1)《姆比盖》

《姆比盖》是在乌闪巴拉人中流传的著名史诗。

因为上牙齿被砍掉了，姆比盖被当地很多人认为是不吉利的孩子，但他的父亲却对这种说法毫不在意，依旧悉心抚养他长大。父母死后，他同父同母的哥哥照料着他。然而，好景不长，哥哥也去世了，并且原本应属于他的遗产，还有哥哥的妻子和孩子的监护权都被夺走了。为了给自己的恶行开脱，他同父异母的兄弟们还诬陷他是男巫，是害死父母并会害死整个部族的人。部落里的其他人没有理会这种说法。伟大的猎手姆比盖很受年轻人的爱戴。

姆比盖按照神的指示，前往基林迪，并利用无害的魔法，清除了基林迪的野猪，利用自己的魔法和医术造福当地人,因此受到人们爱戴,还和酋长的儿子结为了兄弟。在又一次猎杀野猪的活动中,酋长的儿子死去了,包括姆比盖在内的其他猎手们只得逃离。他们在济拉伊安顿了一些时候之后,因为姆比盖声名远扬,乌闪巴拉境内的邦布里人邀请他去作酋长。他在那里娶妻,希望能就此安定下来。

伍盖是乌闪巴拉最重要的族群,在相当长的一段时间里,他们和巴尔的山人处于交战状态。伍盖的头人图里慕姆比盖之名而来,请他去作伍盖的酋长。姆比盖及他的妻子、妻兄等一行人历经艰辛,举行了绵羊祭祀等秘密礼仪,杀死了狮子之后,到达了伍盖,受到热烈欢迎。不久,他的妻子就在狮子皮做成的床上生下了第一个男孩。这个孩子大名叫作布吉,但他又被命名为姆温尼的辛巴(狮子)——姆温尼是姆比盖孩提时代的名字。从此,这一称呼就成为这一族系男子的头衔传承了下来。孩子由他的舅舅在邦布里抚养长大,之后成为那里的酋长。姆比盖的其他孩子们也作为他的代表,负责各个地区的事务。这在之后成为一种惯例。

姆比盖死后,举行了带有象征活人殉葬的仪式的秘密葬礼。之后,布吉被宣告为伍盖的新酋长,他在邦布里的位置由他的弟弟津威里顶替。[①]

(2)《米克达德和玛雅萨》

1913 年,斯瓦希里语和班图语言文学专家爱丽丝·维尔纳博士在访问肯尼亚基利菲县的博马尼村时,首次发现了《米克达德和玛雅萨》史诗。当时,她遇到了谢里夫·哈桑和他的妻子瓦那·芭姆(Mwana Bamu),后者以大声朗读她保存的珍贵手稿中的诗歌作品的方式娱宾。

《米克达德和玛雅萨》以先知穆罕默德和故事讲述者米克达德在麦加城外散步开场。为了躲雨,穆罕默德和米克达德进入了一个山洞,先知请米克达德来讲故事,以消磨等待天晴的这段时间。显然,史诗借鉴了以《一千零一夜》等为代表的东方连环串插式故事讲述结构,并且,在故事正式开始之前,首先进行了祝祷——无论在形式还是风格上,都具有强烈的阿拉伯色彩。然而,迄今为止,人们都未能在阿拉伯语世界中寻找到类似的故事版本。维尔纳博士认为,这篇史诗可能已在肯尼亚本地的口头传统中被演述了很多年,之后才被书写成具有一定阿拉伯特征的文本——这也可以解释文本作者时常忘记自己叙事者的身份,经常以第三人称提起米克达德的原因。

4. 西非史诗

西非地区拥有整个非洲大陆上最为强大的史诗传统和史诗资源。在当地的语言中,格里奥又被称为 jeli, jali, gewel, gawlo, mabo, gesere, jesere 等,其中的佼佼者被称为 Djeliba,意思是伟大的故事讲述者。历史上,"格里奥"享有重要的政治地位。殖民历史开始之前,每一个王朝家族都有自己的"格里奥";"格里奥"是国王的顾问,是

[①] 佚名著,李永彩译:《松迪亚塔》,南京:译林出版社,2003 年,第 177—189 页。

王子的教师,是国家历史文化的活档案。格里奥之间也具有一定的传承关系。例如,在格里奥法-蒂吉·西索科(Fa-Digi Sisoko)于1968年演述的史诗《松迪亚塔》版本中,就赞颂了马里的传奇格里奥卡拉·朱拉·桑卓伊(Kala Jula Sangoyi)等艺术大师。

虽然在当代,"格里奥"们丧失了重要的政治地位,但在西非人的眼里,他们依然背负着民族的记忆,是沟通过去和现在、神灵与凡间的使者。格里奥所讲述的史诗内容常被认为是一种真实的存在。例如,一位《松迪亚塔》的演述者马姆杜·库亚迪(Mamoudou Kouyaté)就宣称:"我的话语纯洁且绝无不实。"并且,作为西非史诗主体内容的历史事件,在功能上常常仅起到修饰、辅助的作用,因为史诗演述始终是以人为中心的,更关切"新近发生的过去",也就是更关注历史事件的现实意义。

在西非地区,另一个保存完好的史诗类型是主要讲述猎人事迹的狩猎史诗。它们的核心情节一般是猎人在妻子的帮助下,杀死一头猛兽。英雄史诗中的一些独立章节,也可能是狩猎史诗。这类史诗的历史性稍弱,更侧重于对社会价值的探讨。

著名的西非史诗有马里史诗《松迪亚塔》、索宁凯史诗《道西》、在塞内冈比亚地区流传的史诗《凯来法·桑尼》等。

(1)《松迪亚塔》

在马里、圭尼亚和冈比亚等国有诸多版本流传的《松迪亚塔》,是非洲民间文学中最璀璨的一颗明珠,也是研究者们历来关注的重点。松迪亚塔本是一个历史人物,其重要事迹是在1235年的克里纳战役中,团结曼丁戈人,击败了苏苏的苏曼古鲁——后者此前重创了加纳帝国。他在此之后创建了马里帝国,并为帝国发展作出了重要决定——皈依伊斯兰教。其传说被认为于加纳帝国大厦将倾之时已有流传。

史诗围绕英雄主人公松迪亚塔的生平事迹展开,讲述了马里帝国,又名曼迪联邦建立的历史过程。其核心情节为:曼迪国王去世前,遵照先知的预言立下了遗嘱,任命面相丑陋,浑身长满肉瘤,但心地善良的苏古龙之子松迪亚塔为王。因被恶毒的王后请人施以符咒,直到七岁(或说九岁),松迪亚塔还无法直立行走。王后违背国王的意愿,立自己的儿子——本是弟弟却阴差阳错被误以为哥哥,从此埋下了敌对的种子的丹卡朗·图曼为王。松迪亚塔不堪忍受侮辱,逃往麦马等地。成年后的松迪亚塔文武双全。因为王后母子无力抵御外敌入侵,他在一位格里奥的帮助下,联合了十几个国家,起兵讨伐,最后创建了盛极一时的马里帝国。除核心情节外,不同版本中还有侧重点各不相同的辅助情节,如松迪亚塔之母苏古龙之死、松迪亚塔在加纳帝国的首都学习技艺等内容。实际上,即便是同一位格里奥,在不同场合中演述的文本,在人物和情节方面都会发生很多变化。

《松迪亚塔》的演述者一般是曼迪族的男性艺人。表演时至少有一名学徒(naamu-sayer)陪同,这名学徒负责对每一行史诗作出积极的回应,其形式为语言应和及音乐伴奏。经常被使用的伴奏乐器包括非洲木琴(balaphon)、葫芦竖琴(kora)、琉特琴(lute)

等,在当下的史诗演述中,也有使用吉他伴奏的。女性参与者则主要负责演述史诗中的抒情段落和部族颂诗部分。

(2)《道西》

《道西》史诗反映了西非古老的少数民族索宁凯人的祖先法莎贵族,即所谓"第一等级",从沿海地区向内陆迁徙的历史过程。这次迁徙被认为发生在公元前两三百年间。其中的名篇《盖西瑞的诗琴》是对一位为了荣誉而战的英雄的颂歌。

(3)《凯来法·桑尼》

《凯来法·桑尼》的叙事年代相对较晚。它讲述了19世纪时,塞内冈比亚地区卡阿布王国的一位英勇王子帮助曼丁哥人反抗侵略势力,维护了传统信仰的事迹。在历史学家看来,凯来法·桑尼的事迹并无特别值得书写之处——他从来没有登上过王位,只是"又一个"死于背叛者之手的失败者。然而,这部史诗在当地操富拉尼语、索宁凯语和沃洛夫语的格里奥中影响较大,史诗主人公凯来法·桑尼王子被认为是一位纯粹的武士及文化英雄,所有史诗演述的初学者都必须首先掌握配合着葫芦竖琴的伴奏来介绍这部史诗的技艺。

三、民间歌谣

(一)民歌

在非洲,音乐不仅是一种艺术形式,更是一种生活方式。较之于艺术的精美,它更看重其调动全员参与,以实现群体共同诉求的功能。以此,民歌与非洲人民的日常生活、劳动和娱乐等密不可分。可以说,非洲人的生老病死、成年仪式、婚丧嫁娶、传统祭典、祈福禳灾、宗教礼仪等均离不开民歌的襄助。

总体来看,非洲民歌的特色是旋律简单、歌词简约,使用大量重复的乐段,在表演时有领唱、有合唱,无论是正式表演的歌者——一般是父子相传的专业人士,还是台下的听众,均可参与其中,成为演出的有机组成部分。因此,非洲民歌是一种群众性极高的民间文学形式。

北非埃及、突尼斯、埃塞俄比亚等地的音乐、歌曲主要是阿拉伯风格的,而在撒哈拉以南地区,尤其是在西非——马里、尼日利亚、喀麦隆、尼日尔、几内亚、赤道几内亚、多哥、塞拉利昂、几内亚比绍、冈比亚、毛里塔尼亚、纳米比亚、加纳、象牙海岸等国家和地区,非洲本土民歌以其强烈的个性感染着全世界的听众,无可计数的艺术家们从中撷取了大量灵感和素材。

除西非外,中非、东非、南非各民族的音乐也各具特色,例如,除在整个非洲都很流行的鼓乐器和弦乐器外,中非音乐还以式样复杂的笛子伴奏闻名,当地人用葫芦或椰子壳、贝壳等制作出的沙克等创艺乐器亦充满了原始的魅力;东非地区的人们则更加热爱聚集在一起载歌载舞的艺术形式,常以拍手、喊叫等更加简单、直接的方式来为民歌演唱助兴，马拉维人更以演奏拇指钢琴（mbira，又称掌上钢琴等）的绝技著称。南非地区的音乐、民歌形式原本与西非、中非和东非并无特别明显的差异，但 15、16 世纪以后，外来的葡萄牙、荷兰、英国人等将西方乐器与音乐理念引入了这里，给南非音乐、歌曲带来了新的发展变化，产生了矿工音乐等极具代表性的混合音乐形式，并由此产生出大批相应的民间歌谣。

非洲歌谣的形式极其丰富多变，但依据其内容，大致可分为颂诗、劳动歌、情歌、童谣等类型。

1. 颂诗

在非洲的不同族群中，颂诗有着不同的名称，例如，曼丁哥人称其为 dyamu；富拉尼人称其为 yettode；阿坎人称其为 nsabran；豪萨人称之为 kirari；约鲁巴人称之为 oriki；祖鲁人称其为 lzibongo 等。相关统计显示，颂诗在非洲不同族群中的叫法有两百余种之多。

颂诗的主题十分多样，有在仪式之中歌颂神灵和祖先的颂诗、战争颂诗，有歌颂部落图腾的颂诗，如马里人有专门的狮子颂诗等，甚至南非的巴索托人还为他们往返于矿场之间的交通工具——火车创作了大量颂诗。在诗中，他们将火车比作"平原上的百足蜈蚣"，比作神话中的蛇神本尊，还将火车行驶时发出的震动比作灵媒被附体时的舞蹈。这充分体现了颂诗这一体裁沟通过去与当下的功能，具有丰富的现世意义。有时，歌者还会把自己当作赞颂的对象。例如，1959 年，休·特雷西就在旅行途中记录了一位普通的莱索托人科拉·柯阿利（Kola Khoali）唱给自己的颂诗。[1] 在颂诗中，妇女被称赞为女孩、妻子、母亲和婆婆。此外，还有一种最为生动细致的颂诗，是巴伊马妇女对他们的牛群的赞美。

颂诗中并不总是对所歌颂对象的溢美之词，有时也夹杂有批判的意味，例如对暴虐的统治者或侵略者的抗议、讽刺与戏谑等。

（1）神的颂诗

非洲人的早期观念中充满了万物有灵的信仰，也留下了大量传唱至今的神的颂诗。例如，以下是一首在约鲁巴猎人的葬礼上演唱的，对死神的颂诗：

> 死亡从不独自杀人，
> 他也不会只身战斗。
> 他走向战场，带着大批的战士。
> 要清点他派出的先行官，
> 在我存在之时，他派出了大约十七个。
> 他首先派出了疾病。

---

[1] David B. Coplan: *The Time of Cannibals*, Chicago: The University of Chicago Press, 1994.

他接着派出了麻痹。
他派出了损耗。
他派出了诅咒。
在我存在之时,他派出了禁闭。
死亡最终到来,杀死了猎人的父亲,
这个正在饮用天堂之水的人。①

(2) 祖先颂诗

在许多非洲人的观念中,祖先同神灵一样,有着保佑、扶助本族人民的功能。以下是一则在津巴布韦的绍纳人中流传的,用以向瓦力神(Mwari,即上帝)和祖先祈祷的祖先颂诗。颂诗唱道:

塔维拉②,我们伟大的父亲,
我们祈求降雨。
这个国家已成一个干旱的花盆。
人们因缺雨而饱受折磨。
羊群已经离散,因为口渴。
天堂已经拒绝了落泪。
我们的孩子们说:"父亲把沙子撒进了我们的眼里。"
他让我们曝晒在阳光下,就像要被晾晒的谷物那样。
我们的胃像是鼹鼠啃咬出的洞穴,我们就是这样饥饿。
我们被无视了。我们该怎样做?
我们要对谁哭泣?
哪里有比你还好的家长呢?
你是我们古鲁斯瓦③的上帝,
是为我们开辟出道路的人。
塔维拉,人类的守护者,
无论你去往何方,我们追随着你,就像珠子钉在束腰带上,
你是促成降雨的人,
你是使食物出现在大地上的人。
水池从一开始就存在,

---

① Bade Ajuwon: " Ogun's Iremoje: A Philosophy of Living and Dying", Sandra T. Barnes ed.: *Africa's Ogun: Old World and New*, Bloomington: Indiana University Press, 1993.
② 塔维拉(Tovela),指远古祖先及灵媒。
③ 古鲁斯瓦(Guruuswa),意为"高草地",是移居到津巴布韦的绍纳人的传统祖地。

在寻找之前就被发现,
在其他一切之前,就是那个开端,
无所不能却又无比亲切,对待万物都像祖母一般。
不偏宠一个,是整个大地的祖母。
我们的上帝,是你将我们带到这片土地。
正是你,追寻着踪迹,
你的耳朵能够庇护全体陪伴者还有余。
上帝啊,你没有最偏爱者,
上帝啊,幼小的孩童和老年人共同的祖母,
我们犯下了怎样的罪行,而不能被告知呢?
我们向你禀告了将我们带来此处的苦痛。
我们不愿像羊那样死去。
老人告诉我们:"不会哭的孩子将死在他的摇篮皮里。"①

(3) 战争颂诗

非洲历史上战争频仍,早前发生在部落与部落之间,晚近时期又发生在当地人民与外族侵略者之间。今天,著名的金贝鼓(djembe,即一般所言的非洲鼓)在非洲各种生活、生产仪式,甚至世界性的摇滚音乐会中被敲响,但追根溯源,它首先是因其在战争中发挥出的巨大作用,而在马里帝国时期,自西非曼丁人手中传布到整个非洲的。之后,其影响进一步扩大到了全世界,成为广受喜爱的乐器之一。

伴随着金贝鼓和墩墩鼓(dundun)②等的敲击节奏唱响的,有大量非洲战争歌谣,例如,一首在加纳的阿坎人中流传的战争歌谣,就旨在使人们铭记他们的世敌,并回顾他们的先祖在战争中取得的辉煌胜利。在仪式中演唱时,歌手左手半掩双唇,右手持剑指向站在他面前的酋长,唱道:

他是不愿看到敌人胜利回归的人
他从战争的蹂躏中拯救老幼
他是令敌人的军队疲惫不堪之人
他能够阻挡子弹:当你向他开火,只是在浪费你的弹药
他是如此强大,能够使祭司的占卜失效
他抓住祭司们,夺走他们的钟铃
他不可被挑衅。如果有人胆敢向他发起挑战,那人定会人头落地
他不会在战场上被俘、被斩首

---

① O-lan Style eds.: *Mambo book of Zimbabwean verse in English*, Gweru: Mambo Press, 1986.
② 在某些非洲传统,如约鲁巴人的颂诗演述中,金贝鼓的演奏需要与墩墩鼓相配合。

>他像坚韧的树木,也像那些年老、潮湿、半死的树,没有一棵能被砍伐……①

每个诗章结束后,歌手会为演唱下一篇章做准备。在此期间,如果观众是国王、酋长等大首领,就会鼓角齐鸣,若是普通民众,则无法享受此等待遇。

一些战争歌谣甚至出现在了他们的敌人的报纸上。例如,1879年1月,祖鲁人在伊山得瓦纳战役中打败了由切姆斯福德爵士率领的英国军队。这次胜利在欧洲引起了不小的震动。同年7月4日,英国人在乌迪伦战役中战胜了祖鲁,结束了英祖战争。1879年7月31日,英国人以最终胜利者的姿态,怀着别样的情绪,在伦敦出版的《泰晤士报》上刊载了一首祖鲁人为庆祝他们之前取得的胜利而创作的战争歌谣:

>你是伟大而强大的首领!②
>你有一支军队!
>索奇卡的儿子派来了他的部队③
>我们摧毁了他们!
>阿玛索加④来了!
>我们摧毁了他们!
>骑在马上的士兵们来了!
>我们摧毁了他们!
>阿玛楞加⑤来了!
>我们摧毁了他们!
>洪盖⑥来了!
>我们摧毁了他们!
>你是伟大的首领!你拥有一支军队!
>他们何时敢卷土来攻?

2. 劳动歌

劳动歌是人们在日常劳动,及举行丰收庆典等活动时所唱的歌谣。它们常能反映出非洲不同地区的生产劳作情况及风俗、人情。例如,生活在埃塞俄比亚西南肥沃土地上的古拉格人,主要以种植芭蕉为生,也种植一些咖啡,同时织布及冶金。当地的查

---

① Kwabena Nketia collected:"Akan Poetry", *Black Orpheus* 3,1958,pp.5—27.
② 此处指当时的祖鲁国王开芝瓦约·卡姆潘达(Cetshwayo kaMphande,1826—1884年)。
③ 此处指英国在南非纳塔尔、德兰士瓦等地的政治活动家谢普斯通(Theophilus Shepstone,1817—1893年)。
④ 阿玛索加(Amasoja):指英国士兵。
⑤ 阿玛楞加(Amalenja):指纳塔尔志愿兵。
⑥ 洪盖(Hongai):指纳塔尔骑警。

哈语歌谣，经常以勤勉的劳动者为道德典范，赞扬他们勤劳、慷慨、富有善心的举动，也将那些好吃懒做的人树立为反面典型，加以批判，以此鼓励人们积极参与劳动。一些劳动歌中这样唱道：

> 哦，耕耘土地的人，你的善心多么伟大！
> 财富从你的指间涌现
> 大海在你家门前奔流
> 残疾的人来到你的房前乞讨
> 你与他分享你的收获
> 为此你获得保佑
> 孤儿来到你的门前乞讨
> 你与他分享你的收获
> 为此你获得保佑
> 蚂蚁不会噬咬你的手指
> 当你死去，必会到达命定的天堂
> 如果你继续活着，你的命运必被祝福
> ……
> 耕耘土地，勇气！
> 在田间劳作是上帝赐予的礼物
> 贫穷通过什么到来？
> 通过席子和座椅
> 贫穷不因矛而死；它死于犁
> ……①

还有一些劳动歌曲是在集体劳动过程中演唱的，歌词简洁、明快，适合多人反复唱诵。这种劳动歌通常起到加强劳动者之间的默契度，提升劳动士气和劳动效率的作用。例如，一首在加纳的阿散蒂地区流传的阿坎劳动歌，由妇女们在劳动中演唱，歌词如下：

> 丛林农场的主人在哪里？
> 拦住太阳！
> 家庭农场的主人在哪里？
> 拦住太阳！

---

① Walda Sanbat Banti collected, Wolf Leslau ed.: "The Farmer in Chaha Song", *Africa* 34, 1964, pp. 230—242.

直到播种结束,
拦住太阳!①

3. 情歌

非洲人民的情感如同照耀在大陆之上的太阳一般炽热,除歌颂亲情、友情的歌谣,抒写男女爱情的歌谣亦在各地区、各民族中传唱。例如,一首与史诗英雄李昂戈有关的斯瓦希里情歌就被翻译成了多种语言,流传极广。歌中唱道:

哦,女士,保持冷静不要哭泣,耐心地照看你的追求者
耐心地倾听他们所说,他们已经爬上了你的窗户
不要让那些过路的人看见

耐心倾听沙卡人的儿子所说,
抛开你的哀恸、悲伤和痛苦。
哦,女士,保持冷静,因为我将送给你精美的服饰作礼物
来自我们的家乡希贾兹。

我将用黄金链子和黄金珠子打扮你
它们由设拉子的能工巧匠打造;
我将为你建起雄伟的宅邸
用石灰打磨成白色,用装饰过的石头砌起。
……
哦,女士,我的女士,让我告诉你你是我之所爱;
让我告诉你我的爱如此伟大
你可以用你自己的眼睛发现它

抬起你的双眼看看这些事情
对你而言它们可能平凡无奇;
所有这些我将为你去做的好事,
凭借全能的安拉的恩典,
凭借他的恩典和闪耀的慈悲心,
就像明亮的月光一样。②

---

① Jack Mapanje & Landeg White compiled: *Oral Poetry from Africa*, London: Longman Press, 1984.
② Lyndon Harries: "Popular Verse of the Swahili Tradition", *Africa* 22, 1952, p.162.

一种在索马里一带流行的"巴勒沃"(Balwo),歌词精炼,却饱含充沛的情感。巴勒沃在当地语言中的意思是"悲伤",其中所描述的自然也是充满伤感的爱情。有一些宗教信徒认定巴勒沃情歌的内容有渎神的嫌疑,但这并没有影响到这种情歌的流行。一些巴勒沃中唱道:

> 女人,黎明时闪电般可爱,
> 甚至有一次对我说话。
>
> 闪电不能满足口渴,
> 如果你只是经过,对我来说又是什么?
>
> 这是索马里人的一项传统
> 嘲笑坠入爱河的男人。
>
> 当我死去——人生而必死
> 我的坟墓能否朝着她的方向?①

4. 童谣

和其他类型的歌谣一样,非洲各地的童谣也往往配合着乐器伴奏、舞蹈等一起表演。例如,在尼日利亚伊博人的传统中,一些本地乐器,如鼓乐器艾克维(ekwe)、奥格尼(ogene) 和 恩克瓦(nkwa),弦乐器乌博-阿卡(übo-aka)和一种独特的珠子乐器敖瑶(öyö)等常被用来给童谣演出伴奏。鼓乐器打出舞蹈的节奏,同时开始演唱。所有的舞者齐声歌唱,而领唱者通常也同时担任领舞的职责。

非洲童谣往往情感稚拙、词句简单,多在孩童之间传唱,但其关切的对象却往往是整个家庭、部族的利益,有时甚至包括了对人生的思考。例如,一首在肯尼亚的南帝人中流传的童谣唱道:

> 当月亮是新的
> 孩童们,如果你是南帝人,
> 当月亮是新的
> 他们朝它吐口水,他们说
> 欢迎月亮!
> 不论你吃什么,它都会噎住你
> 不论我吃什么,它都对我有好处

---

① Bogumil W. Andrzejewski: *Somali Poetry*, Bloomington: Indiana University Press, 1993.

如果老人看见了月亮，
他们对它说，
嗟，守护好孩子们和牲畜
来吧，月亮在照看你
守护着孩子们和牲畜，
守护我，直到你死去。①

在另一首南帝人的童谣中，歌词串联起了孩童们未来生活的方方面面，极富意趣：

谁会把羊粪蛋扔给我？
你会用羊粪做什么？
我会将它抛向天堂：
你想从天堂得到什么？
这样它会滴一些水在我身上：
你为什么想要一些水？
这样烧焦的草可能会长出来：
你为什么想要小草？
这样我的老牛可以吃：
你会对你的老牛做什么？
我会为这些老鹰屠宰它：
你想要这些老鹰做什么？
它们为我落下羽毛：
你为什么想要羽毛？
这样我可以把它们系在我的箭上：
你为什么想要你的箭？
这样我可以追捕敌人的牛：
你为什么想要敌人的牛？
这样我可以得到我的妻子：
你为什么想要你的妻子？
这样她可以给我生一个孩子：
你为什么想要你的孩子？
这样他可以寻找我的虱子：
你为什么想要虱子？

---

① A.C. Hollis: *The Nandi-Their Language and Folklore*, London: Duff Press, 1909.

这样我可以像个老人一样死去。①

(二) 谚语

非洲人民拥有古老的智慧,在民间口头传统中,它们常常以谚语箴言的形式被代代传述,以精练的话语概括生活经验与生存智慧,给人们以不断的指导或启迪。谚语的涵义往往超出它的字面意义,只有将它置入被讲述的语境之中,才能较为完整地理解其中真正的智慧。例如:

同一个真相可以有不同的版本。
你不能一边抓着自己的脚,一边奔跑。
不是所有的事情都能被看见,但是所有事情都存在。
男人总是赶时间。
不论你有多强壮,总是有人比你更强壮。
参天大树由一粒种子长成。
打败狮子的总是猎人,因为讲这个故事的总是猎人。
骆驼永远看不到它的驼峰。
嘴打起绊子来,比脚打绊子还糟。
在没有羞耻的地方,也就没有荣誉。
平静的大海锻炼不出老练的水手。
无知是糟糕的,没有求知的愿望更加糟糕。
无论夜有多长,黎明终将破晓。
大象们打架,伤到的是小草。
智者为愚人创造谚语,是为了让他们学习,而不是重复。

因此,谚语虽有时会被单独讲述,但在大多数情况下,它们是穿插在故事、史诗等的演述中的,是这些民间文学体裁的有机组成部分。

(三) 谜语

猜谜语是广受非洲人民喜爱的一项娱乐活动。非洲谜语的样式比较复杂。有些谜语十分简单、直接,谜面和谜底都并非严谨,但在出谜者和猜谜者之间往往存在一种因长期共同生活在一起而形成的默契,彼此认可对方的提问及答案。例如,一则汤加谜语问道:

打败我们的小东西。(谜底:蚊子)

类似的谜语在各地区、各民族中层出不穷,是最为常见的非洲谜语形式。例如,一

---

① A. C. Hollis: *The Nandi-Their Language and Folklore*, London: Duff Press, 1909.

则绍纳语泽祖鲁方言的谜语问道:

> 扮演打字员的小家伙。(谜底:舌头)

在另一些谜语中,则讲求谜面与谜底之间的某种节奏或平衡,例如,有一则汤加谜语问道:

> 在那边烟雾升起,在那边烟雾升起。

解谜时需以一种平衡的结构回答:

> 在那边他们哀悼一位酋长,在那边他们哀悼一个穷人。

还有一种有趣的谜语形式,在非洲多地都很流行。出谜者模仿出某种声音,解谜者通过声音判断出这是哪种事物或哪种场景。例如,一则富拉尼谜语谜面是:

> 可儿卜,可儿卜,尼卓拉。(Kerbu kerbu njolla)

谜底是:

> 蹄子踏在坚硬地面上的山羊。

有时,出谜者也会在单纯的模拟声音之外给出一定的限定条件或提示语,以缩小谜底的范围,降低难度。

在非洲不同地区还有一些独具地方特色的谜语形式。例如,南非地区有一种猜"鸟谜"的表演,通常由两名男子或男孩完成。二人作为对手,比试谁知道的鸟类多,对各种鸟类了解得更细致。有时,这种表演中还会加入戏谑的成分,社会性较强。例如,在1958年由佐敦记录的一场"鸟谜"表演中,出现了如下对话:

> 出谜者:你知道哪种鸟类?
> 解谜者:我知道白颈乌鸦。
> 出谜者:知道它的什么?
> 解谜者:它是个传教士。
> 出谜者:为什么这么说?
> 解谜者:因为它穿着带白色领子的黑法衣,还到处去找死尸埋葬。

在马库阿人中还流行一种非常独特"歌谜"。这种谜语形式似乎并未在其他地区、民族中被发现。它会在日常讲述,但还有一些具有性意味和典故的歌谜,与当地的启蒙仪式有关。例如,一则谜语讲道:"一个女人顺利地诱惑,尼提亚,尼提亚(ntiya ntiya),靠研磨,研磨,研磨。"谜底是一种盔伯劳鸟。"尼提亚,尼提亚"模拟的是女人在研磨谷物的过程中诱惑性摆动肢体,以吸引男子时的声音,而盔伯劳被认为是一种丝毫也不怕人的鸟类。①

（四）鼓语文学

鼓语文学是独具非洲特色的一种民间文学体裁。通常情况下，敲鼓传达出的是一些声音信号，不同节奏、强弱有别的鼓点能够传递那些事先约定好的、固定的信息，例如进军鼓、撤退鼓、开工鼓等等。但在非洲一些地区，说话鼓（talking drum）通过鼓声节奏及高低抑扬的变化，传达出的不仅仅是讯号，而是由词语组成的、富于变化的真正的语言。

鼓声之所以能够表达某些语言，是因为非洲鼓语所涉及的语言，如刚果科勒人的语言等，都具有高度依赖于音调的特征。在这些语言中，单词的意义不仅取决于音素，还取决于音调的高低，在某些情况下，甚至只取决于音调。鼓，有时也使用其他乐器，直接传递的是单词的音调模式，而要达到这种效果，鼓至少要提供两种音调；节奏模式在其中也起到一定作用，毕竟很多单词的音调模式是相同的；而为了区别音调、节奏模式相同的单词，人们还会运用多种多样的辅助设备。同时，鼓语中理所当然地存在很多"程式化"的语句和段落，听者对这些语句和段落的出现已有一定心理预期，因此更容易明白它们的意思。这些程式化的语句和段落往往要比日常直接的语言表述更长，因为额外增添的长度能使辨识它们的声调和节奏模式变得更加容易。这原本是出于现实的考虑，却给鼓语文学额外增添了一种奇异的魅力。

例如，科勒人如果想转达这样一条信息：传教士明天要来我们村里，把水和木柴拿到他屋里去，鼓语就会如此表达：

　　来自森林的白色人类灵魂
　　用树叶当屋顶的
　　自上游而来，自上游而来
　　当明天升起
　　在天空的高处
　　来到城镇和乡村
　　我们的
　　来，来，来，来
　　带上罗科伊拉（lokoila）藤蔓的水
　　带上柴火棍
　　到瓦片高高在上的屋子
　　来自森林的白色人类灵魂的

---

① L. Harries："Makua song-riddles from the initiation rites"，*Afr. Studies* I，1942，p. 36.

　　　　用树叶当屋顶的①

其中,"用树叶当屋顶"暗合《圣经》中的典故,此处用以点明传教士这一身份,而"瓦片高高在上的屋子"则是鼓语中指代普通屋子的程式化短语,"瓦片高高在上"并非这栋屋子的特征。

每当大雨要到来,科勒人也会敲响说话鼓,通知附近的人们注意避雨:

　　　　当心,当心,当心,雨,
　　　　坏灵魂,射毒蛇的儿子
　　　　不要下来,不要下来,不要下来
　　　　到土地上,到大地上
　　　　因为我们村里的人
　　　　将要进屋
　　　　不要下来,不要下来,不要下来。②

除在日常生活中作传递信息使用外,鼓语文学还被广泛地应用在各类宗教仪式、节日庆典及歌舞表演等之中。鼓语文学是如此独特,仅凭解译过的语言无法完全呈现其中的美妙,而在音乐方面作出的任何尝试也只能是附带的——被翻译成普通语言的文本仅可作为理解鼓语文学的一个支点。

除鼓语文学外,在西非南部等地区,角、笛等乐器也被用来呈现文学作品,体裁包括颂诗、谚语,甚至国家历史等。在演述这些作品时,时常会搭配以各种形式的舞蹈。例如,加纳的阿坎人在庆祝阿戴节(Adae Festival)③时,在黎明到来之前,必须表演鼓语诗歌《苏醒》:

　　　　天堂广阔,异常广阔。
　　　　大地广阔,非常非常广阔。
　　　　我们举起它,并把它拿走。
　　　　我们举起它,并把它带回,
　　　　从太初之时。
　　　　古老的上帝吩咐我们所有人
　　　　遵守他的戒律。
　　　　然后我们会得到想要拥有的一切,
　　　　无论是白色还是红色的。

---

① J. F. Carrington:"A Comparative Study of Some Central African Gong-languages", *IRCB* 3,1949,p. 54.
② Ibid. ,p. 88.
③ 在阿坎人的一年中,会重复九个阿戴周期,其中第九个阿戴节又被称为"大阿戴",是阿坎人的新年。

他是上帝,是造物主,是慈悲者。
"早上好,上帝,早上好"
我正在学习,让我成功吧。

四、民间戏剧

非洲民间戏剧的起源古老而复杂。一般认为,它们与早期各类神圣仪式上的表演有关,之后又与传统节日庆典、宗教或日常仪式、格里奥的演述等有着密不可分的关系。例如,象牙海岸的格里奥们在故事或史诗演述中,常会扮演一些英雄角色,以第一人称的口吻叙事,有时,他们还会一人分饰数角,互相对话,这样的一些表演形式被认为是非洲戏剧的肇始。如果将"表演性"——演员在观众面前扮演某种人类或非人类角色视为定义戏剧的决定性特征,那么,非洲的很多传统表演形式,如面具舞、手偶戏等,无疑都属于民间戏剧的范畴。历史上,这些表演的流行区域有一定差别,例如,面具舞主要在西非南部的森林地区流行,这与当地获取优质木料以制作精美面具的便利性相关。如今,随着时代的发展,剧种之间的区域界限日渐弱化。

早期的非洲戏剧表演是口头传统的一种。很多民间戏剧的表演场地和形式可能非常简单。例如,有些手偶戏演出只是在地上栽上棍子,挂起长袍,搭成简易的帐篷,观众们从帐篷的开口处观看。演出时,表演者像戴手套一样在手上套上手偶角色,并依靠手指动作模拟其行为。在为这些手偶配音时,表演者会在口中半含几片鸵鸟蛋壳,以制造出一种奇特的声音效果,但这也令他们的话语很难被听清,需要一位助手在旁边重复这些语句。一次手偶戏演出可能会表演数场独立的故事。这些故事大多情节简单,一般只有两个角色,在几分钟之内演完。接着是场间时间,表演者在帐篷里准备下一场的演出,鼓手和歌手则在外面继续娱宾。

正规的剧本晚于非洲戏剧出现,并且,即便在当下,已发表的戏剧作品也只是非洲戏剧的冰山一角,大量在非洲流行的戏剧都没有被整理过的剧本,更不曾被发表、出版过。甚至有一些戏剧形式本身就决定了它们很难有剧本出现。例如,在寇马尼布须曼人中,有一种完全不采用语言表达的演出——演员们利用动物的皮毛、角,或者是画像,依靠肢体动作模拟动物的行为,再现打猎时的各个阶段——就是默剧的一种。在《跳羚与狮子》这出戏剧中,小女孩们扮演跳羚,一些小孩子们就扮演孩童,还有两三个成人扮演狮子。演员对狮子先悄悄接近孩童,再走向跳羚这一过程的细腻模仿,常能使观众屏住呼吸、目不转睛。[①] 因此,只有亲临现场,结合音乐、舞蹈与观众的热情呼应,才可能真正感受到非洲民间戏剧的魅力。

在西非大草原地区的曼迪语族中流行着一种有趣的喜剧,即使用最苛刻的标准去

---

① C. M. Doke: "Games, Plays and Dances of the Khomani Bushmen", *Bantu Studies* 10, 1936, p.466.

衡量，它也无疑属于戏剧的范畴。这种喜剧有着清晰的情节、语言内容，包含音乐、舞蹈、戏服、明确的观众，以及数位演员间的互动。它通常在乡村的广场上演出，就像在城市里的剧院舞台上一样。它们甚至被描述为"真正的作品，有着完美的顺序和规范，由真人演绎，旨在表达一个具体的情节。从这个意义上讲，这里完全像是苏丹的剧场"①。

曼丁哥人表演的这种喜剧大多是以婚姻，尤其是婚姻中的不幸为题材的，但也会对日常生活的其他方面发出讽刺。演出时间主要集中在丰收后那几个月的傍晚。演出时有道具，但基本不会有舞台布景，只在月光、灯笼光或蜡烛的照明下，按照固定的次序演出剧目。演出开始前有鼓乐队和合唱队的暖场活动，伴着正襟危坐等待好戏开场的村民和只是来凑热闹、满场花蝴蝶一样飞舞的孩童的笑闹，演员们——基本都是男性，在一旁的屋子里认真地化妆，用石灰或其他材料将自己涂抹一番，再换上根据角色身份设计的戏服。当他们梳妆好后，观众们会得到通知。这时，全场安静下来，静候表演者的开场介绍。

这类喜剧的情节内容往往十分简单。例如，在亦属曼迪语族的班巴拉人中流传有这样一出喜剧：

饰演丈夫和妻子的两位男演员向由乐队扮演的长老申请建造房屋。在丈夫忙于建房的过程中，妻子勾搭上了另一位男子——她后来的情人。房子建好后，妻子想见情人，却一直苦于没有机会。终于，在丰收之后，她借口要去田里采摘种子，外出去和情人幽会。但没过多久，她疑心病重的丈夫也赶到了田里。妻子急忙将情人藏在了秸秆堆里。接着，夫妻二人间发生了以下对话：

  丈夫：你摘完种子了吗？
  妻子：是的。它们在我的篮子里。
  丈夫：那好，你拿着种子，我得拿着灰。
  妻子：（吃了一惊）什么灰？
  丈夫：我要把秸秆烧掉。
  妻子：（越来越惊慌）你可以明天再烧。我们现在回家吧。
  丈夫：不，我不赶时间，我现在就要烧掉它们。
  妻子：（十分慌乱）你没看到暴风雨要来了吗？
  丈夫：（依然装作什么也没注意到）是的我看到了。如果下雨了我就用衣服盖住灰。
  妻子：你收集好之前风就会把它吹跑的。
  丈夫：（坚定地）把秸秆烧掉之前我不走。

---

① H. Labouret & M. Travélé: "Le théâtre mandingue, Soudan français", *Africa* 1, 1928, P.74.

丈夫果然放火烧了秸秆堆，他的妻子这时围着它唱歌、跳舞。妻子的情人从秸秆堆里冲出来，想要逃跑。丈夫迅速追在他后面，同时反复大喊："抓住那只从我的秸秆堆里跑出来的耗子！"三位演员就此跑得不见人影，观众席里爆发出大笑。①

仅从情节与对话上来看，这出剧目显得略为单调，观众之所以做出如此热烈的回应，与演员对行为动作的细致模仿、对情绪的精准把握，以及乐队、歌手的伴奏和唱和之精彩密不可分。非洲戏剧绝不仅仅靠情节、对话来打动观众，而是一门综合性极强的艺术。

早期大多在西非森林地区的曼迪语族中上演的，同样注重利用化妆及戏服，尤其是借用面具来展现角色身份特征的面具舞，也是非洲民间戏剧的一种重要形式。但在面具舞中，戏剧情节部分往往只有初步的大纲，台词比重也很小——演员之间较少互动，音乐、舞蹈元素则异常丰富。例如，在尼日利亚东北部伊博人和伊比比欧人中流行的精魂戏，演出中使用的面具通常指向固定的人物类型，如女性、脾气暴躁者、滑稽角色等。其中，佩戴"美女"面具的演员通常是最主要的舞者。在伊卓族的卡拉巴依人中流行的一种以宗教与艺术的结合为特征的水精戏，也是较为典型的面具舞。它的起源神话中讲道，一名女子被水精绑架了去，在水精们将她放回之前，在她面前进行了许多场特别的表演，这名女子回家后，人们也掌握了这些表演，并加以自己的艺术化处理和改造，这就是水精戏。虽然神话所述如此，但除具有一定的宗教象征意义外，水精戏所展现的情节、场景实际都源自乡野村民们的日常生活。

然而，在不同族群的具体剧目中，情况也有较大差别。例如，奥戈尼人的面具舞表演中就常有清晰的叙事脉络与角色互动。在一出剧目中，一群面具舞演员装扮成衣衫褴褛的老人，与村里的长老们会面议事。在另一出剧目中，一位被称为"医生"的演员，在大力鼓吹了他的药的妙用之后，说服另一位被称为"造雨者"的演员服下了这些药，不料却毒死了他。在恐惧之中，医生出现了雨神卡玛鲁面前。经过许多戏剧化的配角表演，在医生就应当献出的祭品跟卡玛鲁讨价还价一番之后，他成功地将造雨者带回了人世。②

现代戏剧在非洲政治、文化生活中占据极高的地位。大量的戏剧家和演员采用本土元素来确立自身的政治和文化认同。戏剧运动和戏剧文化在许多地区的反殖民运动中发挥过重要作用。"在当代非洲，传统的表演形式与戏剧文学共存，不仅贡献了独特的舞蹈、音乐、造型等元素，还在结构、制作过程和观众接受等层面上对剧作家的创作持续地产生影响，形成了充满张力的戏剧表演文化。"③

---

① M. Delafosse：Contribution à l'étude du théâtre chez les noirs'，*Ann. et mém. Com et. AOP*，1916，pp. 352—354.
② G. I. Jones："Masked plays of South-Eastern Nigeria"，*Geographical magazine* 18，5，Sept. 1945，pp. 192—193.
③ 傅谨主编：《戏剧鉴赏》，北京：北京大学出版社，2017年，第290页。其中，第十六章"非洲戏剧"的作者是程莹、王上。

第三节 非洲民间文学研究概述

　　同在许多东方国家的情况一样,现代非洲民间文学搜集整理的先行者是西方学者,相应地,其研究范式也是由西方学者确立的。

　　早期西方殖民地官员、传教士、旅行家、人类学家们记录了大量口头散文体叙事文本。其中,神话、传说的比例较小,且多出现在人类学研究报告和历史概述中。民间故事的比重则很大。这些民间故事有些是根据故事演述家的口头文本直录下来的,有些是凝练概括过的文本,但出于西方比较文学研究、故事情节、类型、母题等研究的需要,它们大都是以西方语言的译本形式出版的。这在一定程度上损害了其原有的结构、形式特征,丢失了大量关键信息,其中很多文本更已无从追溯其来源的真实性。但仍有一些非洲故事汇编中保留了原文。这种较为严格的学术标准在刚果卢巴人故事的搜集整理中体现得较为突出。例如,van Gaeneghem 汇编的 75 则卢巴人故事和 Stappers 汇编的 56 个故事等,都同时保留了原文和译文。de Clerq、de Brandt、Theuws 等搜集、翻译的小故事集也以双语出版。这一时期,除正式的出版物外,还有一些未经出版的材料,例如,Donald Simmons 收集了 134 则埃菲克民间故事以及 655 条埃菲克谚语;Lorenzo Turner 收集了很多约鲁巴故事。应该说,这一时期对非洲民间文学的搜集整理、研究是十分分散的,成果看似不少,但实际既缺乏规模性,也缺乏系统性——相对而言最完备工作是对豪萨语民间故事的搜集整理,其中包括了由 Tremearne、Schön、Rattray、Taylor、Lippertden 等人出版的 388 个附有译文的豪萨语故事、731 个没有译文的豪萨语故事以及 88 个只有译文的故事。相应地,非洲故事类型索引和母题索引的编撰工作进展也十分缓慢。Kenneth W. Clarke 在 1957 年出版的博士学位论文《几内亚海岸地区故事母题索引》(*A Motif-Index of the Folktales of Culture Area V, West Africa*)虽然涵盖范围十分有限,亦属相关研究中的佼佼者了。

　　史诗方面,早在 1949 年,欧洲人类学家发表的刚果史诗《里安加》和于 1969 年被整理并翻译、出版的《温姆都》史诗是其中的代表性成果。

　　除散文体叙事文学和史诗之外,西方学者对非洲谚语等形式的民间文学作品的搜集整理也较为重视。早在 1843 年,Crowther 就着手搜集整理、出版约鲁巴谚语集了。他的首批成果中囊括了超过五百条谚语警句。这项工作后来为 Bouche、Bowen、Ellis 等学者继承了下去。20 世纪 50 年代起,一大批非洲歌谣,尤其是谚语集在欧洲陆续出版。Messatywa、Nyembezi、Ladipo、Lekens、Sissoko、de Lestrange 和 de Tressan、Burton、Nkongori 和 Kamanzi、Bourgeois、Akrofi、Molin、Hulstaert、Rodegem 等学者为此作出了巨大贡献。其中,Doke 的搜集整理工作具有里程碑式的意义。当时,他共搜集了 159 则故事、1695 条格言警句、144 条谜语和 95 首歌谣,以兰巴语出版,并同时附有译文。相较于其他群体而言,刚果的恩昆多语(Nkundo)文学成果在这一时期得到了更好的发掘,有两个版本的长篇史诗被记录下来。

在民间歌谣搜集方面,Enno Littmann 搜集整理并翻译的 717 首蒂格雷民歌是其中最为出色的代表。Dammann 还出版了九首斯瓦希里语长诗。Foucauld 搜集并翻译了 575 首瓦来哥(Twareg)诗歌,这些诗歌有具体作者,但是通过口头流传。此外,学者们还在上沃尔特的富拉尼人、刚果的姆贝特人和伯利阿人(Bolia)中发现了若干难以被定义在西方文类体系下的诗歌作品。

值得一提的是,Rop 等学者们在非洲民间文学的口头程式方面也做了一系列的研究工作。例如,Hulstaert 在恩昆多人中搜集到了 650 种程式化的欢迎辞,并以双语发表。[1]

1936 年,德国学者 H. 鲍曼的皇皇巨著《非洲人的原始人类神话作品》,试图分析 2000 个非洲神话[2],是这一时期的代表性研究成果。

20 世纪五六十年代之后,非洲各国、各族群逐渐摆脱了西方殖民统治的束缚,走上了民族独立的道路。非洲学者对继承和恢复本民族文化传统的兴趣日益高涨。他们开始四处走访各地的民间艺人,挖掘他们保存下来的口头文化财富,并整理成文字发表。凭借先天的语言、种族优势,他们很快取得了丰硕的成果。例如,在格里奥的帮助下,包括《松迪亚塔》等在内的一批非洲史诗就此被整理出版。虽然在版本方面远非全面,也不可避免地丢失掉了大量信息,但也确实使这些非洲民间文学瑰宝以一种更加便捷的形式展现在非洲以外的读者面前。其中的代表性成果有几内亚作家 D. T. 尼亚奈整理出版的《松迪亚塔:古马里史诗》(1960 年)、尼日利亚作家 C. P. 克拉克整理出版的《奥兹迪》(1977 年)等。[3]

与此同时,西方学者对非洲民间文学的研究兴趣始终保持在较高的水平。非洲口头文学专家露斯·芬宁根女士的代表作《非洲的口头文学》(1970 年)中虽有部分内容——如非洲是否存在史诗等问题——颇具争议,但仍因其所涉及的领域与资料的丰富性,而成为非洲民间文学研究领域的集大成之作。正如其所言,在此书出版之前,本领域内的研究虽已令人有汗牛充栋之叹,但并不系统,大多散见于各类期刊、论文集等之中,其中很大一部分还很难被获取到,研究的侧重点也并不平衡。[4] 基于此,《非洲口头文学》一书的参考文献和索引部分可谓宝藏。

1971 年,福尔比斯·斯图亚特在他为《牛背上的孩子与其他传说》所作的导言中写道:非洲故事"迄今诉诸文字的已有 7000 个左右(大多散见于学术著作和刊物中),据

---

[1] William Bascom: "Folklore Research in Africa", *The Journal of American Folklore* Vol. 77, No. 303, 1964, pp. 12−31.
[2] 李永彩主编:《东方神话传说(第三卷)》,北京:北京大学出版社,1999 年,前言,第 3 页。
[3] 佚名著,李永彩译:《松迪亚塔》,南京:译林出版社,2003 年,译序,第 4 页。
[4] Ruth Fennegan: *Oral Literature in Africa*, Cambridge: Open Book Publishers, 2012, p. 29.

搜集者估计,未曾记录的民间故事多达 20 万个"①。可见,非洲民间文学的搜集整理工作任重而道远,研究工作更是如此,而国际学术界对这一问题是有着较为清晰的认识的,也为此付出了巨大努力。

目前,仅在非洲就有 1972 年成立的塞内加尔文明研究中心;1977 年,在坦桑尼亚等东非诸国共同支持下成立的东非口头传统和非洲民族语言研究中心;1979 年起,由赞比亚大学主持的口述历史项目;于 1985 年启动的斯威士兰口述历史工程;于 1988 年成立的津巴布韦口头传统协会;于 1990 年在加纳大学成立的非洲学文献中心研究所等多家科研机构、多个项目在进行非洲民间文学的搜集整理和研究工作。

在欧美地区,伦敦大学东方与非洲研究学院(SOAS)常年致力于深入非洲大陆,进行民间文学方面的研究,取得了丰硕的成果;美国的印第安纳大学图书馆中有专门的民俗学文献收藏,保存了大量珍贵的非洲民间文学资料,在美国,乃至全世界的大学、科研机构中首屈一指。印第安纳大学还以这些馆藏为基础,出版了与非洲民间文学有关的系列著作——具体情况在大学的主页上可以找到。此外,美国西北大学的 Melville J. Herskovits 非洲研究图书馆等之中亦保存了大量影像资料,其中一些属于特藏。哥伦比亚大学的民族音乐研究中心等也为非洲民间文学研究做出了巨大贡献。

在以上文献档案及在非洲进行实地田野调查的基础上,Felix Oinas 主编的《英雄史诗和传说》②、Isidore Okpewho 的《非洲的史诗:口头表演中的诗学》③、Bernth Lindfor 主编的《非洲民俗的形式》④、Duncan Brown 的《文本在发声:南非口头诗歌与表演》⑤、Stephen Belcher 的《非洲史诗传统》⑥等研究著作陆续出版。2004 年,Philip M. Peek 和 Kwesi Yankah 整合、梳理了上述许多资源,编辑出版了《非洲民俗:一部百科全书》⑦,这是研究非洲民间文学的重要参考资料。

中国学界的前辈们也已在有限的基础上,针对非洲民间文学做了一部分译介、研究工作,例如,早在 20 世纪 20 年代,茅盾先生即已开始研究非洲神话了;1982 年,唐文青翻译的《非洲神话传说》出版,但这些研究最初只是零星、片段式的,没有形成系统。李永彩先生是中国研究非洲民间文学的第一位集大成者。他主编的《非洲古代神话传

---

① 李永彩主编:《东方神话传说(第三卷)》,北京:北京大学出版社,1999 年,前言,第 3 页。
② Felix Oinas ed.: *Heroic Epic and Saga*, Bloomington: Indianan University Press, 1976.
③ Isidore Okpewho: *The Epic in Africa: Toward a Poetics of the Oral Performance*, New York: Columbia University Press, 1979.
④ Bernth Lindfor ed.: *Forms of Folklore in Africa*, Austin: University of Texas Press, 1997.
⑤ Duncan Brown: *Voicing the Text: South African Oral Poetry and Performance*, Oxford: Oxford University Press, 1998.
⑥ Stephen Belcher: *Epic Traditions in Africa*, Bloomington: Indianan University Press, 1998.
⑦ Philip M. Peek & Kwesi Yankah eds.: *African Folklore: an Encyclopedia*, New York & London: Routledge, 2004.

说》中不仅收录有大量非洲神话、传说及故事文本,还包括了相关的研究成果。李永彩先生翻译的《松迪亚塔》一书中实际囊括了《松迪亚塔》《盖西瑞的诗琴》《姆比盖的传说》《李昂戈·富莫的传说》《温姆都史诗》等多部史诗的重要版本或史诗中的重要组成部分的译文,并且,在该书译序部分,李先生就非洲史诗的存在、保存、史诗类型、基本特征,以及史诗的现代意义等问题都作出了精彩的讨论。张玉安、陈岗龙等著的《东方民间文学概论(第四卷)》中的"南非民间文学"部分亦由李永彩先生主笔。近年来,北京大学、北京外国语大学、中国传媒大学等一批高校和科研机构中的年轻学者们也加入非洲民间文学的研究队伍中来,有望在非洲史诗、戏剧研究等方面取得丰硕成果。因此,尽管与非洲本地及欧美学界进行的译介及研究工作相比,中国学界目前所掌握的非洲民间文学资料和相应的研究成果还较为有限,但前景依然光明。毕竟,非洲大陆上的民间文学资源还远未被发掘完毕,还有极大的空间等待着后来者的加入。

思考题
1. 试阐述非洲神话与仪式之间的关系。
2. 试了解非洲"恶作剧精灵"故事与美洲同类型故事之间的渊源关系,比较二者之间的异同。
3. 试阐述音乐、舞蹈等艺术形式与非洲民间文学演述之间的关系。
4. 口头程式在非洲民间文学中具有哪些作用?
5. 非洲民间文学对现代非洲戏剧作家的创作产生了哪些影响?

本章主要参考书目
[英]凯思林·阿诺特编:《非洲神话传说》,乌鲁木齐:新疆人民出版社,1982年。
李永彩主编:《东方神话传说(第三卷)》,北京:北京大学出版社,1999年。
佚名著,李永彩译:《松迪亚塔》,南京:译林出版社,2003年。

后　记

《东方民间文学》是2007年度北京大学教材建设立项项目,同时也是北京市高等教育精品教材立项项目。教材原定2009年由北京大学出版社出版,但是因为种种原因,拖延到了今天才出版,我们有必要做一个明确的交代和说明。

"东方民间文学"是东方文学和民间文学领域的新兴学科,是我们重点建设的北京大学东方文学学科的新兴、边缘学科课程。目前只有张玉安、陈岗龙等著四卷本《东方民间文学概论》是填补国内外东方民间文学研究领域学术空白的概论性著作,而且该著作厚达2500多页,虽然适合研究生教学和东方文学研究者参考使用,但是不能直接当作本科生教材使用。因此,我们在《东方民间文学概论》的基础上编写了这本简明扼要地概括介绍东方民间文学基本知识和基础理论、更适用于本科生入门教材的《东方民间文学》。《东方民间文学》的基本目标是使学生明确认识东方文学史中的民间文学作品的口头传统本质特征,能够用民间文学的理论和方法分析解读东方文学史上的民间文学作品,同时又介绍东方各国至今口耳相传的活形态民间文学,使学生深刻认识到东方民间文学是东方文学的重要组成部分,更是东方文学的根。

《东方民间文学》是系统介绍东方各国民间文学的概论性教材。其中讲授的民间文学包括东方各国古代民间文学和现代民间文学两个部分。古代民间文学包括古代埃及、两河流域、希伯来、印度和伊朗的民间文学。我们从口头传统的角度出发,用民间文学理论分析东方文学史上的神话、史诗和《五卷书》《一千零一夜》等故事集,探讨其口头传统本质或民间文学特征,修正过去教材中将其当作作家文学或书面文学来讲授的错误观点和方法。古代民间文学部分的论述主要结合了早期东方文明典籍与考古资料的研究成果,讲授古代东方神话、史诗等民间文学的文化内涵和形式特征,并探讨其在古代东方各民族宗教哲学、文化艺术发展上的重要地位和作用。现代民间文学部分则主要介绍东方各地区、国家活形态民间文学的表演和传承情况,结合对东方各国民俗文化的描述,探讨民间文学在东方各地区、国家和民族日常生活及民俗仪式中的功能和形式,并论述民间文学在东方各国民族文学发展历程中的重要作用。本书通过简明扼要地介绍和深入浅出地分析东方各地区、国家最具代表性的民间文学作品,来探讨东方各地区、各国家民间文学的突出特点,论述其相互之间的趋同性,使学生既认识东方区域、国别民间文学各自的民族性,又了解东方民间文学的共同特征和其中潜在的趋同性,从而能够在宏观上把握好东方民间文学的整体特点。

《东方民间文学》由以北京大学外国语学院教师为主的20余位东方文学领域的专家学者共同编写,根据编写的需要,我们也吸收了新生力量。其中多位编者是参加过张玉安教授和陈岗龙教授主持的教育部人文社会科学重点研究基地北京大学东方文学研究中心重大项目"东方民间文学研究",并共同撰写了四卷本《东方民间文学概论》的专家。他们大多还撰写、出版了"东方民间文学丛书"中的国别民间文学概论性著作,已经积累了相当丰富的东方民间文学研究经验和教材编写经验。因此,多数章节的初稿很快就完成了,专家们又根据主编的修改意见对书稿进行了认真调整、加工和补充。但在个别章节的写作过程中,有专家学者由于身体原因等特殊情况,不能继续承担编写任务,只得重新更换人选。其中,编写非洲民间文学部分时遇到的困难最为突出,已经不是"三易其稿"所能概括的。多蒙亚非系青年教师程莹博士撰写初稿,张文奕博士在此基础上修改,最终完成非洲民间文学部分的定稿,这才使得这部《东方民间文学》至少有了本学科意义上的完整的结构体系。在此,感谢参加本教材编写的各位专家学者。尤其是张玉安教授、薛克翘研究员、孔菊兰教授、姜永仁教授、颜海英教授、阿地里·居玛吐尔地研究员,以及史阳、金勇、夏露、高木立子、赵杨等青年学者,从《东方民间文学概论》到"东方民间文学丛书",再到《东方民间文学》的出版,离不开他们的一贯支持。还要感谢陈贻绎教授和史月、李小元、刘漵、张文奕、程莹等更年轻一代的青年学者们加入教程的编写工作,出色地完成了各自的编写任务。在这里,特别要感谢张玉安教授,如果没有当年张玉安教授支持本教材主编做东方民间文学的相关研究课题,就不会有《东方民间文学概论》,不会有"东方民间文学丛书",更不会有《东方民间文学》。

本书在编写过程中也得到了民间文学同行专家学者的关心和指导。其中有两点需要做出特别说明并表达谢意。

其一,主编陈岗龙于2007年12月参加了在华中师范大学召开的"全国民俗学与民间文学教学研讨会",向与会者介绍了《东方民间文学》的编写情况,听取了刘守华教授等民间文学领域专家学者的意见和建议。本次教学研讨会汇聚了全国几十所大学的数十位专家学者,其中绝大部分学者都是编写过多部民间文学教材的资深专家,本次会议的主题是民俗学和民间文学学科建设和教材建设,侧重对全国各高校民间文学教材编写工作进行探讨。研讨会上各位专家学者提出的问题给了我们很多启发,其中更有四点使我们受益匪浅:一是要突出民间文学的文学性,加大作品赏析的比重;二是要重视民间文学的专业表述与教材的社会规范性;三是要注意民间文学教材的知识性、理论性和实用性;四是要强调民间文学的审美功能。听取了此次研讨会中各位专家学者的建议和意见以后,我们对《东方民间文学》的编写工作有了进一步明确的认识,并把这些经验和建议吸收到正在进行的教材编写工作当中。其中,从民间文学经典作品赏析入手来进行教学,丰富教程的知识性和加强理论性,从而使其更适合于教学工作的指导思想起到了很大作用。

其二,2008年1月,《东方民间文学》编写组召开了第二次教材编写工作会议,讨论了编写大纲。此次会议邀请了中央民族大学毕桪教授、北京大学中文系民间文学教研室王娟副教授参加。他们就相关工作提出了诸多建议,编写组从中受益良多。

进行《东方民间文学》统稿工作时,参与本书编写的几位编者恰好在北京大学、西安交通大学等高校中开设与东方文学、民间文学相关的研究生专业课和本科生通识课。课程的内容均与本书有较多重叠。授课过程中,编者们也就很自然地将本书的部分内容代入课堂。因此也算是在正式出版前,进行了小范围的教学实践。在这一过程中,编者们发现了一些问题、总结了一些经验,也从学生那里得到了许多积极、正面的反馈,真正可谓是教学相长了。据此,在初稿的基础上,我们在统筹提炼教材章节内容、设置思考题、选择参考书等方面又做了一些更具实用性、可行性,并且符合当下教学实际情况的调整。也就是说,学生们在本书的编写过程中亦发挥了独特作用,本书并非编者们单方面闭门造车的成果。与《东方民间文学概论》这样的大部头著作相比,它确实更适用于当下具体的本科教学工作。当然,非高等院校在读的学生,对东方民间文学有兴趣的普通读者们,在本书的指导下进行自主学习,也能够有很大收获。因此,即便不能说引领潮流,我们也算跟上了课程形式多样化发展、课程设计逐步升级,以适应不断发生变化的教学要求的时代脚步。亦因此,即便我们做得慢了一点、花的时间长了一点,但运用在其中的心思、付出的心血不会付诸东流。这是一部有能力改变既往偏重西方文学、看重作家文学、忽视东方文学、轻视民间文学的教学研究态势,提高学生专业水平和读者审美趣味的教材。

东方民间文学涉及的时间、空间范围非常之宽广,其中的诸多关联、诀窍更是数不胜数。客观上来讲,不会有任何一部教材能将所有这些内容通通涵盖其中。这既不现实,其实也无必要。我们始终要清醒地认识到,"教程领进门,修行靠个人"。书中对古代埃及、两河流域、印度、伊朗、阿拉伯、中亚、东南亚等地区民间文学传统的演示像是一个个"景点",通过它们,读者能够以点见面、连面成网,从而感受到整个东方民间文学的旖旎风光。如果能够进一步找准方向,进行更加深入的发掘和探索,那就更好了。而这就要求我们在学习、阅读的过程中,不仅要掌握书中那些尽管驳杂却也依然有限的知识点,而且要深入理解东方民间文学的精神,理解它的诉求、方法、目标,并诉诸实践,将它拓展到更加广阔的学科领域中去。归根结底,东方民间文学的教育是一种人文主义的教育。开拓视野、帮助思考、启迪心灵三者相辅相成。能对我们的学生、我们的读者达成自我实现、完成自我超越的过程有所助益,才应当是本书的终极目标。

本书具体分工如下:

第一章　老挝民间文学　　　　　李小元(北京外国语大学)
第二章　柬埔寨民间文学　　　　李小元
第三章　缅甸民间文学　　　　　姜永仁(北京大学)
第四章　菲律宾民间文学　　　　史阳(北京大学)

第五章	印度尼西亚和马来西亚民间文学	张玉安(北京大学)
第六章	日本民间文学	高木立子(北京科技大学)
第七章	朝鲜民间文学	赵杨(解放军外国语学院)
第八章	蒙古民间文学	陈岗龙(北京大学)
第九章	非洲民间文学	张文奕(西安交通大学)
		程莹(北京大学)

《东方民间文学》的编写工作曾搁置数年。现在，经过数次修改、反复统稿、认真打磨，它终于走到付梓出版的这一步。第二主编张文奕在其中起到了关键性作用。在接到相关任务后，张文奕认真梳理稿件、精心校对，参照主编设计的总体框架，对各章节内容做了结构规范化、表述统一化的处理，并将初稿中存在的各类问题整理出来，逐一解决。她还完成了一直搁浅的非洲民间文学部分的编写任务，为教程正文的编写工作画上了圆满的句号。当然，本教程并非尽善尽美，还有不少问题有待完善，也希望各位专家学者和读者们能够提出批评、指导意见，我们共同进步。

最后，感谢北京大学教务部、北京大学外国语学院和北京大学出版社等相关部门领导和工作人员对本书的大力支持，感谢他们对编写组的包容和关心。感谢张冰女士和责任编辑兰婷为本书的编辑出版工作做出的艰苦努力和不可替代的贡献。感谢北京大学外国语学院亚非系程雪、宝德楞和徐驰三位博士研究生，他们不仅在繁忙的学习、科研工作中抽出时间来协助校对，还就一些具体问题提出了宝贵意见。在此由衷致谢。

陈岗龙、张文奕
2020 年 7 月 20 日